LES TROIS VIES DE MARGARETA

Née à Francfort, fille d'une mère écrivain, Charlotte Link a publié son premier roman, aussitôt encensé par la critique, à l'âge de 19 ans. Elle s'est rapidement imposée comme une reine du grand roman féminin ainsi que du thriller psychologique pour aujourd'hui devenir l'un des auteurs les plus populaires en Allemagne. En dehors de ses romans, elle écrit également des nouvelles, des livres pour enfants et des articles pour divers quotidiens et magazines. Sa trilogie du *Temps des orages* (Lattès, 2002) a été adaptée à la télévision.

Paru dans Le Livre de Poche :

L'Heure de l'héritage

Les Lupins sauvages

Le Temps des orages

CHARLOTTE LINK

Les Trois Vies de Margareta

TRADUIT DE L'ALLEMAND PAR JEAN-MARIE ARGELÈS

L'ARCHIPEL

Titre original :

WENN DIE LIEBE NICHT ENDET
Wunderlich, Reinbek, 1986.

ISBN : 978-2-253-16038-0 – 1re publication LGF

Comment l'amour finit-il ?
S'il a une fin, ce n'est pas de l'amour.

Jean Paul.

LIVRE PREMIER

1

La campagne suffoquait sous une chaleur torride. Pas un nuage pour masquer le soleil, pas un souffle de vent, pas le moindre bruissement de feuilles. Haut dans le ciel, des rapaces tournaient au-dessus d'immenses champs de blé ; des prés aux mille fleurs s'élevait, lancinant, le chant strident de myriades de grillons. Les ruisseaux, réduits à de minces filets, s'écoulaient lentement sur leurs lits de galets, et les branches des saules, jadis entraînées par le courant, pendaient, sèches et immobiles. La poussière montait en minuscules spirales des chemins de terre surchauffés. Çà et là, des vaches, patientes et résignées, dormaient ou ruminaient à l'ombre d'arbres à bout de forces.

En cette journée d'août de l'an de grâce 1619, un ciel immaculé recouvrait depuis plusieurs semaines déjà la Bavière. Son bleu lumineux conférait une beauté paisible au pays munichois, à ses riches prairies mollement ondulées et à ses lacs étincelants, à ses opulents tapis de fleurs et à ses villages de poupées. C'était le règne de la beauté. De loin en loin seulement, le soir, des nuages gris et noirs s'amoncelaient à l'horizon, puis des éclairs jaillissant de leur ventre en direction de la terre se déchargeaient en une averse crépitante. Pourtant, dès le lendemain matin, le soleil brillait à nouveau de tous ses feux ; les Alpes, comme la veille, se dressaient visibles de loin dans l'air limpide, les cimes les plus élevées recouvertes de neige ; on aurait dit que la nature cherchait à faire étalage de toute sa richesse, été et hiver mêlés.

Cette même journée d'août, dans l'herbe d'un pré, à l'ombre d'un pommier, trois jeunes filles étaient allongées à côté d'un tas de pommes qu'elles venaient de cueillir. Somnolentes, incapables de converser, elles croquaient un fruit. Absorbées par ce léger bruit familier, elles ne poussaient de loin en loin qu'un soupir d'aise et, parfois aussi, des exclamations de mécontentement quand des abeilles ou des guêpes les approchaient de trop près. Âgées d'une quinzaine d'années, elles paraissaient en excellente santé, ce qui, dans l'Empire allemand de cette époque, n'allait pas de soi. Mais elles avaient la chance de vivre dans le duché de Bavière, un pays dont l'économie prospérait sous l'administration sage et avisée de l'influent duc Maximilien, un Wittelsbach. Il faut également dire qu'elles appartenaient à des familles nobles et aisées. Bien que nées en des temps terribles, elles n'avaient pas encore ressenti dans leur chair la misère et le malheur. On voyait à leurs vêtements qu'elles fréquentaient une école conventuelle où, si l'instruction répondait tout juste au minimum jugé indispensable, elles bénéficiaient en revanche d'une copieuse formation religieuse. On leur apprenait à tenir un ménage, on leur enseignait la patience, la maîtrise de soi, et, à la fin de leur séjour dans le couvent, elles étaient réputées prêtes à épouser l'homme de bonne noblesse que leurs parents, entre-temps, leur auraient choisi. Dans une existence aussi soigneusement planifiée, le séjour forcé dans un couvent représentait, pour nombre de jeunes filles, le seul moment de véritable jeunesse, le temps des amitiés, du plaisir et des petites libertés.

Les élèves couchées sur la prairie vivaient au couvent Sankt Benedicta, un vieux bâtiment à l'écart de tout, à une journée au sud de Munich. Elles portaient de longues robes montantes en lin d'un bleu grisâtre, des chaussures noires et, autour du cou, une croix en or. Elles étaient obligées de tirer leurs cheveux en arrière et de les nouer en un chignon, mais chacune s'était arrangée pour égayer cette stricte et dévote coiffure en laissant dépasser quelques boucles, tentant par là d'atténuer la laideur de vêtements dans lesquels elles se faisaient l'effet d'un épouvantail.

L'une d'elles, ayant fini sa pomme, se releva. De la même taille que ses compagnes, elle était plus mince, plus délicate. En dépit de la torpeur ambiante, elle inspecta les alentours d'un œil vif. La finesse et la grâce de son visage, avec ses grands yeux bleus, lui conféraient l'apparence d'une enfant, mais les cils fournis, le nez, droit et mince, et la bouche, charmante et douce, annonçaient la future belle et jeune femme. Pour l'instant, elle paraissait avoir chaud. S'éventant d'une main, elle tira de l'autre son chignon vers l'avant ; sous le poids des cheveux, elle avait le cou trempé de sueur.

— Vraiment, dit-elle, il fait une chaleur affreuse.

Aussitôt, sa voisine s'assit.

— Et comment ! gémit-elle, c'est à peine si on peut respirer.

C'était une jeune fille un peu grosse, trop massive pour être véritablement jolie, attirante néanmoins avec ses yeux et ses cheveux noirs et son visage plein, la douceur des traits cachant mal un soupçon de niaiserie. La troisième, toujours allongée, se tourna vers elle.

— Bien, sûr, c'est à cause de ton poids, Clara. Si j'étais aussi grosse que toi, moi non plus je n'arriverais pas à respirer.

Elle y était allée un peu fort. Les joues de Clara s'empourprèrent. Ce n'était pas la première fois qu'on l'humiliait ainsi, mais la douleur n'en restait pas moins vive.

— Que tu es méchante, Angela, cruelle même. Tu es…

— C'est vrai, c'était une remarque fort désobligeante, s'immisça la jeune fille blonde, tu devrais t'excuser, Angela !

— Margareta, notre archange de la paix, se moqua Angela, mais bon, Clara, je regrette. Tu me pardonnes ?

Ces mots furent dits sur un ton si badin et ironique qu'ils n'avaient pas grand-chose d'une excuse, Clara ne put cependant que les accepter. Elle réprima ses larmes d'un reniflement.

— Oui, finit-elle par répondre, je te pardonne. Mais uniquement si tu ne recommences…

— Angela fera des efforts, l'interrompit Margareta.

Elle savait que Clara ne cessait jamais de pleurnicher quand on s'était montré injuste à son égard, et elle connaissait aussi l'acharnement d'Angela ; mieux valait étouffer la querelle dans l'œuf.

— D'ailleurs, poursuivit-elle, je manque moi aussi un peu d'air. C'est la faute de ces maudits vêtements.

— Tu entends, s'écria Clara, Margareta elle aussi dit que…

— Nous pourrions enlever nos robes, proposa tranquillement Angela.

Ses compagnes la dévisagèrent, interloquées.

— Qu'est-ce que tu veux dire ? interrogea Margareta.

— Qu'est-ce que je pourrais bien vouloir dire ? Si nous quittons ces robes, nous serons encore suffisamment couvertes. Et puis personne ne nous verra.

— C'est impossible, objecta Clara. Nous ne pouvons pas nous dévêtir dans un pré, en plein jour !

À cette seule pensée, elle frissonna. Il n'y avait qu'une Angela pour émettre une telle proposition, projet qui sembla pourtant sourire à Margareta.

— Quelle merveilleuse fraîcheur ce serait ! murmura-t-elle avec envie, et comme nous serions mignonnes !

À l'idée du charmant tableau qu'elles offriraient, Margareta fut séduite, même en l'absence de spectateurs pour les admirer : si Angela le fait, se promit-elle secrètement, je l'imite !

Et, bien sûr, Angela s'exécuta. Pour ce qui était de fanfaronner, cette dernière ne craignait personne ; elle pouvait d'ailleurs se le permettre car elle n'hésitait jamais à passer à l'acte. Se relevant d'un bond, elle entreprit de se déshabiller.

Margareta et Clara la contemplèrent avec admiration. Angela suscitait l'admiration de ses amis, des étrangers – et même de ses ennemis – en raison de son extraordinaire beauté. Du même âge que ses compagnes, elle les surpassait en maturité. N'ayant ni l'apparence gauche de Clara, ni l'air enfantin de Margareta, elle possédait un visage expressif où se lisaient l'ironie et la confiance en soi. Quiconque réussissait à soutenir le regard direct de ses yeux noisette en retirait l'impression d'une volonté extraordinaire.

Le plus splendide, chez Angela, c'étaient encore les cheveux, des cheveux d'un blond vénitien éclatant : même étroitement tressé, son chignon ne parvenait pas à discipliner ses boucles.

Ayant quitté en un tournemain sa robe et ses chaussures, elle avait tout d'un ange. Elle n'avait gardé que deux jupons blancs lui arrivant aux chevilles. Le haut, assorti, en dentelle blanche, découvrait la moitié des bras, le cou ainsi que la naissance de la poitrine. La croix dorée, loin de diminuer l'aspect inconvenant de son accoutrement, le renforçait plutôt.

Margareta et Clara avaient souvent eu l'occasion de voir leur amie dans cette tenue, matin et soir dans le dortoir, mais ce qui paraissait naturel entre les murs du couvent évoquait irrésistiblement le péché ici, au beau milieu d'un pré.

Margareta n'en suivit pas moins sur-le-champ son exemple, imitée, après un temps d'hésitation, par Clara en personne. Ayant soigneusement plié leurs habits, elles en firent un tas au pied de l'arbre. Les premiers instants de malaise passés, Margareta commença à se sentir merveilleusement bien. L'agréable caresse du soleil sur ses bras dévêtus, la douceur de l'herbe sous ses pieds nus, la facilité que, soudain, elle éprouvait à respirer, à vivre ! Elle s'étira avec un profond soupir. D'un geste décidé, elle dénoua son chignon et secoua la tête. Ses cheveux tombèrent en une épaisse crinière jusqu'à sa taille. Ce fut une sensation prodigieuse, presque le sentiment d'une transgression, qui la troubla au plus profond d'elle-même. Elle sourit à ses compagnes.

— N'est-ce pas un beau spectacle ? demanda-t-elle d'un ton qui ne trahissait pas la vanité mais le bonheur.

Impressionnées, Angela et Clara libérèrent elles aussi leur chevelure. Même Clara n'éprouva aucune gêne et lança :

— Je vais au bord de l'eau, vous m'accompagnez ?

Les trois jeunes filles, côte à côte, traversèrent le pré à grandes enjambées jusqu'à un ruisseau où l'eau, dont le niveau avait certes baissé durant les dernières semaines, n'en demeurait pas moins aussi claire, fraîche et vive qu'auparavant. Ses rives étaient bordées d'une herbe drue et grasse, parsemée de pâquerettes et de fleurs de trèfle. Par endroits, il était si étroit qu'on pouvait sans peine le franchir d'un bond, mais les jeunes filles choisirent un endroit plus large pour patauger.

Margareta eut un léger rire. Penchant la tête en arrière, le visage offert au soleil, elle contempla l'azur du ciel les yeux mi-clos. Submergée par une violente joie de vivre, elle éprouva le désir que cet instant durât toujours. *Ni peur ni souffrance*, se disait-elle, *uniquement des journées d'été remplies de lumière et de douce chaleur, en compagnie d'amies comme Angela et Clara que j'entendrais parler et rire. Si seulement je pouvais ne jamais me marier, ne jamais être forcée de partir, ne jamais devoir être sérieuse et digne, si je pouvais rester maîtresse de ma propre vie !*

Un cri perçant la tira brusquement de sa rêverie. Se tournant, elle aperçut Clara qui était tombée assise dans l'eau. Debout derrière elle, Angela riant à gorge déployée, du fou rire qui désespérait les sœurs du couvent, s'exclamait, les mains sur les hanches :

— Oh, mon Dieu, Clara !

Margareta, à son tour, ne put s'empêcher de pouffer au spectacle de Clara immobile dans l'eau, ses courtes jambes allongées devant elle, les bras écartés du corps en un geste impuissant, l'incompréhension dans les yeux, tel un barbet trempé.

— Vous êtes méchantes, sanglota-t-elle. Me voilà toute mouillée et vous riez !

Comme elle se mettait à pleurer, Margareta eut pitié d'elle :

— Allez, donne-moi la main, je vais t'aider à te relever. Ma pauvre, comment t'y es-tu prise ?

— Je crains que ce ne soit ma faute, reconnut Angela qui n'avait pas du tout l'air contrite, j'ai simplement voulu la pousser un peu, sans penser que les gens comme Clara ont peine à garder l'équilibre, poursuivit-elle, un éclair dans le regard.

— Arrête ! lui intima Margareta. Tu es odieuse !

Elle tendit la main à son amie.

— Cesse de pleurer, tout est arrangé.

Clara essuya ses larmes. Elle était mouillée des pieds à la taille.

— Je suis vraiment navrée, dit Angela, mais tu n'as qu'à t'allonger au soleil et tout sera sec en un instant !

— Eh bien, tu vois, ce n'est pas si terrible que ça, la consola Margareta.

Clara approuva, un peu consolée par la sympathie qu'on lui témoignait. Elle s'apprêtait à sortir de l'eau et à remonter la légère pente au-dessus de la rive quand elle se figea.

— Qu'est-ce que c'est que ça ? s'écria-t-elle, effrayée.

— Quoi ? demandèrent ses amies qui, au même instant, entendirent elles aussi.

On percevait nettement le piétinement de chevaux et des voix. Margareta pâlit.

— Juste ciel, chuchota-t-elle, des étrangers !

— Des hommes, murmura Clara, le souffle coupé.

Même Angela fut prise d'inquiétude.

— Il faut retourner à nos robes, dit-elle.

— Trop tard, estima Margareta, ils nous verraient. Restons tranquilles en espérant qu'ils continueront leur chemin.

— Nos robes sont sous le pommier, à la vue de tout le monde, répliqua Angela.

— Que vont-ils faire ? demanda Clara qui, si grande était sa peur, saisit la main de Margareta.

— Ils ne vont rien faire du tout, répondit celle-ci. Sans doute tout bonnement poursuivre leur route.

Mais le bruit des sabots se rapprochait.

— Eh, cria quelqu'un, regardez un peu ce qu'il y a là, par terre !

— Par le diable, quel extraordinaire butin !

— Trois robes, et en rase campagne encore !

— Que ces robes sont laides !

Angela eut une exclamation indignée.

— Incroyable, siffla-t-elle, qu'est-ce qu'ils se croient, ces gaillards ? J'aurais bien envie de…

— Calme-toi, souffla Margareta, on dirait que tu veux attirer leur attention.

Un éclat de rire se fit entendre depuis l'autre bout du pré.

— Peut-être que ces robes contenaient quelque chose de moins laid qu'elles, dit une voix qui paraissait insouciante et à laquelle répondirent des cris d'approbation.

— Les dames doivent être quelque part par là !

— Alors, il va falloir se mettre à leur recherche.

Les voix se rapprochaient. Les jeunes filles se firent toutes petites. Elles étaient en proie à une profonde terreur. La guerre sévissait en Europe. Les gazettes parlaient de voleurs et d'assassins qui, errant dans les forêts, assaillaient des innocents, les dépouillaient ou les tuaient sans pitié. Margareta se remémora toutes les histoires atroces rapportées par les nonnes à ce sujet et se mit à trembler.

— Ils doivent être au moins cinq, chuchota-t-elle, toute pâle, et l'un deux a un accent étranger.

Clara ayant commencé à pleurer, Angela la poussa du coude avec impatience.

— Il ne faut pas montrer qu'on a peur, la prévint-elle, et, si c'est nécessaire, nous nous défendrons.

Margareta referma les mains sur sa croix d'or.

— Ce ne sont certainement pas des criminels, estima-t-elle.

Les pas s'approchaient, droit dans leur direction.

— Dieu du ciel, qu'est-ce que je vois là ?

Les jeunes filles se redressèrent et levèrent les yeux. Cinq hommes se tenaient devant elles sur la rive. Correctement vêtus, ils portaient des bottes de cuir souple, recouvertes d'une épaisse couche de poussière et de crasse. Une forte odeur de cheval les accompagnait. L'hilarité des visages, sous des cheveux en broussaille, n'arrivait pas à dissimuler la fatigue. Aucun ne devait avoir plus de trente ans et Margareta trouva qu'en dépit de leurs épées et de leurs poignards ils n'avaient guère l'air menaçant.

— Trois anges au bain, dit l'un d'eux. Que faites-vous dans un endroit aussi isolé ?

— Je pourrais vous retourner la question, rétorqua Angela avec colère. Il n'y a à la ronde ni route ni chemin, et vous passez là à cheval, comme si de rien n'était.

Les hommes la regardèrent, stupéfaits. Margareta ressentit presque de la fierté au spectacle de son amie faisant front, debout dans l'eau, la tête droite, ses cheveux bouclés rejetés en arrière. Si elle avait peur, elle n'en laissait rien paraître.

— Dites donc, ma petite dame, il ne faudrait pas nous traiter comme des bandits, tempéra l'un des hommes, manifestement le chef. Nous n'avons pas de mauvaises intentions.

Margareta détailla cet inconnu de très grande taille, dont le maintien, la nonchalance étudiée et l'élégance révélaient un homme tout aussi habile à fréquenter les cours princières qu'à monter à cheval. Sous un chapeau noir orné de deux longues plumes blanches, ses cheveux de jais lui tombaient en boucles épaisses sur les épaules. Il était couvert jusqu'aux hanches d'un habit en velours marron foncé, ceint à la taille d'une large écharpe rouge à franges noires qui retenait son épée. Un blason, avec des animaux et des fleurs, était gravé dans la poignée dorée de l'arme. Un large col en dentelle blanche, maculé, était à demi recouvert par un manteau noir qui descendait jusqu'aux hautes bottes de cuir

Ce manteau est beaucoup trop chaud ! songea Margareta, étonnée d'autant s'intéresser à cet étranger alors que ses amies et elle-même étaient en danger. *Il ne fait pas de doute qu'il est issu d'une famille noble.*

— À présent que vous nous avez bien contemplées, dit Angela, vous pouvez poursuivre votre route !

— Peut-être que nous ne vous avons pas encore assez contemplées, objecta le chef. Ce n'est pas tous les jours que se présente pareil spectacle !

Son regard glissa d'Angela à ses compagnes. Margareta s'attendait à ce qu'il ne lui accorde qu'une attention superficielle avant de s'intéresser de nouveau à Angela. Mais il la regardait fixement, comme sous le charme. Profondément troublée, elle voulut baisser les yeux, mais n'y parvint pas. C'était la première fois de sa vie qu'on la regardait ainsi, et elle trouvait cela merveilleux. Si seulement elle arrivait à garder un peu de contenance devant cet homme ! Or elle se sentait si mal assurée et gênée qu'il devait la trouver empruntée.

Il se détourna enfin. D'un seul coup, son ton passa de l'impertinence à la rudesse :

— Je vous prierai instamment de sortir de l'eau, car nous voudrions nous baigner.

Ses hommes ricanèrent, et la peur s'empara de nouveau des jeunes filles qui s'empressèrent de gagner la berge. Les hommes leur tendirent la main pour les aider. Margareta prit celle du chef, leva les yeux sans l'avoir voulu et rencontra une nouvelle fois le regard de ce dernier. Il souriait.

— J'espère que nous ne vous avons pas trop effrayées, dit-il.

— Oh… mais non… pas du tout, mentit Margareta.

L'homme lui lâcha la main.

— Vous vivez près d'ici ?

— Oui, dans un couvent, là, derrière ces collines. Mais… nous ne sommes bien sûr pas des sœurs, poursuivit-elle, et la peur la reprit aussitôt.

— Tant mieux, répliqua l'étranger. Votre monde semble bien plutôt relever du séculier que du sacré !

— Il nous faut à présent rentrer, affirma Margareta qui se sentait mal à l'aise dans ses vêtements mouillés.

Elle trouvait la situation si inconvenante qu'elle avait hâte d'y mettre fin.

— Oui, nous allons partir, renchérit Angela. Adieu !

— Encore un instant, demanda le chef. Pouvez-vous me dire où se trouve la ferme des Sandlinger ?

— Oui, répondit Margareta, dans cette direction. À cheval, vous n'en avez pas pour longtemps.

Il remercia en s'inclinant légèrement. Un de ses compagnons s'adressa à lui dans une langue étrangère, sur quoi le chef lui répondit en proférant les mêmes sons étranges. Ils avaient certainement déjà oublié la présence des jeunes filles qui se dépêchèrent de regagner le pommier où elles avaient laissé leurs robes. Elles aperçurent alors les montures des cavaliers.

— Les chevaux paraissent exténués, constata Margareta.

— Oui, mais regarde un peu ce harnachement ! répondit Angela.

Les minces licous en cuir souple, brodés de fils de soie brillants, se prolongeaient derrière les oreilles par des sangles en tissu. Sur deux ou trois bêtes, des espèces de houppes en soie écarlate couraient de part et d'autre du cou. Elles se terminaient par de grands anneaux dorés, au niveau des selles qui, posées sur des couvertures en peau à longs poils, étaient attachées par une sangle en cuir et des cordelières en soie allant s'enrouler autour de la naissance de la queue. Des brides de cuir se croisaient sur le poitrail, maintenues par de lourdes boucles, dorées elles aussi.

— Ces hommes doivent être très riches, supposa Margareta.

— Apparemment. Mais avez-vous reconnu la langue dans laquelle ils s'exprimaient ? demanda Angela en enfilant sa robe.

— Je n'y ai rien compris

— C'était du tchèque !

— Du tchèque ?

— Oui. Je suis sûre que ces hommes viennent de Bohême. Ce qui expliquerait qu'ils parlent également l'allemand.

— Mais que font-ils ici ? s'interrogea Clara.

— C'est louche en effet, réfléchit Angela tout haut. Ce sont peut-être des insurgés protestants ?

— Des protestants ?

— Quelle importance ? Il faut absolument rentrer maintenant, implora Clara. Nous allons manquer la messe du soir !

— Nous avons eu en tout cas une journée distrayante, répliqua Angela sans s'émouvoir. Bien entendu, nous ne raconterons rien de tout ça.

— Nous dirons que nous nous sommes endormies sous un pommier et réveillées trop tard, proposa Margareta.

Ses compagnes furent d'accord, et, après avoir lissé leurs robes, se mirent en route.

À peine remarquait-on que cette chaude journée touchait à sa fin. Une légère brise se leva, jouant avec les herbes hautes et les branches touffues. Le ciel se teinta, à l'ouest, d'un rouge tendre qui se reflétait sur les cimes enneigées des Alpes et dans l'eau scintillante du ruisseau. La douceur de l'air et du soleil déclinant apaisa à ce point les esprits des jeunes filles que même Angela en oublia de lancer des piques à Clara. Chacune d'elles était plongée dans ses pensées ; Margareta ne cessait de songer à l'inconnu. La frayeur que lui avait inspirée son premier regard s'était dissipée ; il n'était plus que flatteur dans son souvenir. L'avait-il vraiment trouvée jolie ? Si oui, quel événement merveilleux ! Mais il se pouvait qu'Angela eût raison et qu'il s'agît d'un protestant de Bohême. Or les sœurs les avaient toujours mises en garde contre les tenants de l'autre confession, leur recommandant de ne jamais se lier d'amitié avec un protestant. Margareta fut néanmoins attristée à l'idée de ne plus revoir l'étranger.

Pressant le pas, elles ne tardèrent pas à arriver au couvent. Édifié dans un vallon large et plat, il était entouré de prairies sur trois de ses faces, la quatrième étant tournée vers la forêt. Les murs gris ceinturant, telle une citadelle, une vaste cour intérieure et les tourelles aux quatre coins, entre des bâtiments d'habitation rectilignes, avaient près de deux cents ans. Sur l'un des côtés s'étendait un immense jardin, avec des légumes, des fleurs et des arbres fruitiers. Sankt Benedicta était riche. Les jeunes filles nobles qui y vivaient étaient issues de familles aisées qui payaient un bon prix pour l'éducation de leurs enfants. Le couvent possédait par ailleurs de grands domaines donnés à ferme, les sœurs percevant la quasi-totalité des revenus.

À leur arrivée, les jeunes filles reconnurent, au milieu des fleurs du jardin, la coiffe noire de sœur Josepha, au visage rond et avenant. À son habitude, elle s'occupait de ses plantes. Elle était la nonne préférée des pupilles, en permanence disposée à leur expliquer tout ce qui touchait à son cher jardin. Aucune des nombreuses et mystérieuses méthodes permettant de faire pousser les rosiers, les pieds-d'alouette, les chèvrefeuilles et les campanules, mais aussi la camomille et la menthe ainsi que mille autres herbes, ne lui était inconnue. C'est ainsi qu'elle ne semait et plantait qu'en période de lune croissante et ne cueillait de fleurs que de la main gauche. Un jour où Margareta était tourmentée par un mal de dents, elle l'avait emmenée avec elle au jardin, au coucher du soleil puis, ayant déterré la racine d'un séneçon en murmurant une formule à voix basse, elle l'avait pressée contre la dent malade avant de l'enterrer à nouveau, toujours chuchotante. Toute l'affaire avait paru un peu étrange à Margareta. La douleur avait toutefois cessé. Bien entendu, il valait mieux que la supérieure du couvent n'eût pas connaissance de pareilles pratiques, mais sœur Josepha pouvait compter sur le silence des pensionnaires.

— Où étiez-vous donc passées, les enfants ? s'écria-t-elle. Je ne vous ai pas vues à la messe !

— Ah, sœur Josepha, nous sommes désolées ! répondit Angela.

Elle était la mieux à même d'inventer des excuses sans qu'un papillotement de ses yeux innocents vînt trahir son mensonge.

— Nous nous sommes endormies sous un pommier.

Sœur Josepha nourrissait le secret désir de jouir des bons côtés de la vie ; aussi comprit-elle immédiatement ce qu'une sieste sous un pommier pouvait avoir d'enchanteur.

— Eh bien, vous aurez au moins eu un après-midi agréable, dit-elle. Rentrez à présent ! Il y a de la compote de poires au dessert.

Elle adressa un signe de tête bienveillant aux jeunes filles avant qu'elles ne gagnent la cour intérieure par une petite porte latérale, puis franchissent le grand portail du bâtiment. Une fraîcheur bienfaisante les accueillit dans la vaste salle d'entrée au sol empierré, au plafond voûté et aux vitraux colorés ne laissant filtrer qu'une faible lumière. Contrairement à de nombreuses autres constructions en Europe, qui n'opposaient aux conditions atmosphériques qu'un rempart insuffisant, ce couvent assurait à ses résidentes une vie confortable. En été, l'épaisseur des murs protégeait de la trop grande chaleur et, en hiver, on usait si abondamment du bois provenant des forêts conventuelles que personne ne souffrait du froid.

Par malheur, elles rencontrèrent dans la salle d'entrée la supérieure, sœur Gertrud, qui les toisa d'un air sévère.

— Vous êtes en retard.

Angela, qui, comme ses amies, s'était profondément inclinée, fit une nouvelle tentative :

— Nous sommes désolées, nous…

D'un geste impérieux de la main, sœur Gertrud lui imposa le silence.

— Je ne veux pas le savoir. Allez immédiatement à la chapelle et priez. Et que cela ne se reproduise pas !

— Non, révérende mère, dirent-elles d'une même voix en s'empressant de disparaître.

Quelle chance qu'elle ne nous ait pas privées de dîner, pensa Margareta. L'odeur de la compote de poires, une odeur douce et familière rappelant le pays natal, était partout présente. Dans la paix de cette soirée d'été, la jeune fille se sentit comme chez elle dans ce vieux couvent, un chez-soi rassurant et protecteur.

Les jeunes filles avaient parcouru quelques pas quand la voix de la supérieure se fit entendre à nouveau :

— Un instant, j'allais oublier. J'ai deux informations importantes pour vous. Tout d'abord, j'ai eu aujourd'hui des nouvelles de tes parents, Margareta. Ils veulent te voir et, d'après ce que j'ai pu lire, ils seront ici dans les prochains jours.

Margareta se contenta d'un « oh ! » pour toute réponse. Elle n'était pas spécialement heureuse, car, ayant peu vécu chez elle, sa famille ne lui manquait pas. Elle savait qu'un voyage entraînait toujours beaucoup de fatigues, aussi se sentit-elle prise d'une espèce de méfiance : pourquoi ses parents venaient-ils ? Cela annonçait-il quelque chose de désagréable ?

— Deuxième point, poursuivit sœur Gertrud, un messager a apporté la nouvelle de l'élection, à Francfort, du roi Ferdinand de Bohême comme empereur. Le Saint Empire romain germanique a un nouvel empereur.

L'ordre dans lequel la supérieure avait rapporté les deux nouvelles, pour inhabituel qu'il parût, était néanmoins tout à fait logique dans son optique : de tous les événements, les plus importants étaient ceux qui avaient un rapport direct avec Sankt Benedicta et ses hôtes. Tout le reste – guerre, empereur et roi, faits et gestes des puissants – ne venait qu'en second lieu.

Ni les jeunes filles ni sœur Gertrud n'imaginaient les conséquences que devait avoir, dans les années à venir, ce couronnement.

2

À quinze ans, Margareta possédait tout ce qui permettait à une jeune fille de son temps d'accéder à une existence confortable et relativement sûre. Belle et en bonne santé, elle appartenait à une famille riche et considérée. Wilhelm von Ragnitz, son père, descendant d'une famille noble établie depuis des siècles en Bavière, était le propriétaire d'un splendide château et d'importants domaines. Homme calme et sérieux, conscient de ses responsabilités, connu pour son sens du devoir, il jouissait de la totale confiance du duc Maximilien ; il pouvait même se vanter d'en être un ami proche. Il n'y avait dans sa vie ni haut ni bas dignes d'être notés. Il aimait sa femme Regina avec le même sérieux et la même fidélité qu'il accordait à tout ce qui lui tenait à cœur. La vénération et l'admiration se mêlaient dans son amour, Regina étant pour lui une source inépuisable de force et de supériorité. Elle venait à bout de tout ce qu'il trouvait difficile et insoluble. Il savait qu'il avait besoin d'elle et lui était chaque jour reconnaissant de sa présence. Mais ils souffraient, Regina davantage que son époux, d'un chagrin dont ils ne parlaient jamais. Le nom et la longue lignée des Ragnitz allaient s'éteindre. Regina avait mis au monde trois filles, après quoi le médecin lui avait interdit d'avoir d'autres enfants. Wilhelm von Ragnitz n'avait donc d'autre choix, pour avoir un jour des petits-enfants de sang noble, que de faire contracter à ses filles des mariages aristocratiques. Mais, là aussi, le destin ne lui avait guère été favorable. Adelheid, l'aînée, s'était mariée l'année précédente, à dix-neuf ans, avec le baron von Sarlach, mais celui-ci ne s'était montré digne ni de son nom ni de sa longue lignée d'aïeux. Il se révéla un piètre opportuniste uniquement préoccupé par son intérêt qu'il faisait ensuite triompher par la ruse et la servilité. Il était en outre joueur, et c'est son beau-père qui finissait par devoir éponger ses dettes. Au grand désespoir d'Adelheid, sa maison à l'abandon était le théâtre de beuveries. En une année de mariage, la jeune fille mélancolique s'était transformée en une femme aigrie. Son père en avait le cœur brisé et il aurait voulu n'avoir jamais donné son consentement à cette union. Jamais des enfants nés de pareil mariage ne pourraient être de dignes descendants.

Il ne pouvait non plus espérer que sa dernière-née connût un destin riant. Bernada était, à dix ans, une enfant vive et charmante, aussi jolie que sa mère. Pourtant, depuis cinq ans déjà, elle était totalement dépendante de l'aide d'autrui, incapable de mouvoir la partie inférieure de son corps depuis sa chute du haut de la galerie, dans la salle d'entrée du château. En dépit des douleurs épouvantables que lui occasionnaient l'humidité et le froid des longs hivers, elle conservait sa beauté et sa gaieté.

Wilhelm von Ragnitz savait qu'elle avait peu de chances de trouver à se marier. Il ne restait donc que Margareta, et il était bien résolu à ne pas commettre la même erreur qu'avec Adelheid.

Des trois sœurs, Margareta était la plus indépendante. Adelheid, ni spécialement belle ni très hardie, ne s'était pas risquée hors du cocon familial jusqu'à son mariage. Bernada, du fait de son infirmité, était tributaire de sa mère. Margareta, elle, suivit d'emblée sa propre voie, en révolte permanente contre Regina dont elle trouvait qu'elle dirigeait sa famille à la manière d'un militaire. C'est avec soulagement qu'elle apprit qu'elle poursuivrait son éducation dans un couvent, espérant par là accéder à des libertés insoupçonnées. La vie chez elle était si monotone et ennuyeuse qu'elle se sentait enfermée. Elle ne comprenait pas son père, toujours si sérieux, il l'inquiétait même parfois. Elle se sentait étouffée par sa mère. L'existence au couvent lui parut en revanche simple et joyeuse. Malgré la sévérité de nombreuses sœurs et la multiplicité des règles et obligations, les pupilles s'amusaient entre elles, rien ne parvenant à altérer leur envie de vivre.

Les premiers jours du mois de septembre 1619 furent aussi secs et chauds que les semaines précédentes. Au couvent, tout le monde récoltait puis mettait en conserve les fruits qui, cette année-là, faisaient ployer les arbres. Les quinze pensionnaires avaient le cœur à l'ouvrage tant le travail en plein air leur plaisait. De temps à autre, elles se dissipaient au point que la surveillante accourait les calmer, entreprise vaine ou peu s'en fallait.

Margareta savourait ces journées, même si l'arrivée imminente de ses parents la chagrinait un peu. Elle ne doutait pas qu'ils étaient porteurs de nouvelles désagréables, ayant même deviné de quoi il retournait : ils lui avaient certainement choisi un époux et ils venaient à présent préparer son départ du couvent, voire l'emmener immédiatement. Tout son être se révoltait contre cette perspective, car, ayant vu ce qu'il était advenu d'Adelheid, elle s'imaginait combien le mariage allait transformer son existence. Un château sans lumière, une bande de domestiques rétifs, un époux sans égard, alors qu'elle ne voulait échanger sa vie présente que contre un destin plus palpitant encore.

Dans son inexpérience, elle se mit à associer les désirs vagues dont elle était agitée aux yeux de l'homme à la belle prestance. Le regard qu'il avait porté sur elle, dans le pré, l'avait totalement subjuguée. De surcroît, la peur que lui inspiraient les éventuels projets de ses parents l'amenait à penser de plus en plus fortement à l'inconnu. Elle aurait tant aimé le revoir ! Quatre jours après la scène du ruisseau, une occasion sembla enfin se présenter. En descendant du dortoir dans la soirée, elle croisa sœur Antonie, une petite femme qui allait et venait d'un pas nerveux dans la grande salle. L'apercevant, celle-ci s'approcha d'elle :

— Ah, Margareta, ma chère enfant, que je suis contente de te voir. Pourrais-tu m'aider ?

— Que se passe-t-il donc ?

— Le remède, soupira la sœur, comment vais-je faire ?

Après avoir calmé la nonne, Margareta finit par comprendre que celle-ci avait confectionné un remède contre la toux à l'intention de la fermière Sandlinger et qu'elle n'osait le lui porter seule.

— Il fait presque déjà nuit, prétendit-elle.

Margareta trouva qu'il faisait encore grand jour, mais elle savait que sœur Antonie avait peur de son ombre. Par ailleurs, un certain émoi s'était emparé d'elle à l'évocation de la ferme des Sandlinger.

— Eh bien, sœur Antonie, je vais le porter à votre place. Une petite promenade du soir n'est pas pour me déplaire.

— Je me demande si la supérieure verrait d'un bon œil…

— Il n'y a qu'à ne rien dire, comme ça, elle ne s'inquiétera pas. Ne vous tracassez pas !

Sœur Antonie était trop heureuse de ne pas avoir à sortir pour chercher d'autres objections. Elle remit à Margareta le panier contenant le médicament et lui recommanda de ne pas se mettre en route sans un fichu car la fraîcheur risquait de tomber.

Margareta partit d'un bon pas. Bien qu'ayant peu d'espoir de rencontrer le jeune inconnu à la ferme, se doutant qu'il l'avait quittée depuis belle lurette, elle savourait cette petite escapade. Par cette soirée très claire, les montagnes paraissant aussi proches qu'en été, l'automne était déjà dans l'air et les pointes de quelques feuilles se coloraient d'un jaune tendre.

Le chemin longeait d'abord le jardin, franchissait le ruisseau par une passerelle et traversait un bois touffu avant d'atteindre une prairie vallonnée où se trouvait la ferme. Propriété d'un comte, elle était affermée aux Sandlinger. Il se chuchotait que la famille avait voulu se convertir au protestantisme plusieurs années auparavant, mais que le comte l'avait obligée à demeurer fidèle au catholicisme et que la discorde régnait depuis cet incident.

Songeant à ce qui se racontait au couvent et dans le village proche, Margareta se rappela la supposition d'Angela : s'ils arrivaient de Bohême, les étrangers étaient peut-être des révoltés protestants. Ce qui expliquerait pourquoi ils s'étaient enquis de la ferme des Sandlinger.

Seulement, que venaient faire ces hommes en Bavière où presque tous les habitants étaient catholiques et fidèles à l'empereur ?

En s'approchant, elle aperçut le visage méfiant de la fermière derrière une fenêtre. Celle-ci laissa passer un bon moment avant d'ouvrir et de sortir. Elle était d'une maigreur à faire peur.

— Qui va là ? cria-t-elle.

Les traits de la paysanne s'adoucirent quand Margareta vint à sa rencontre.

— Ah, vous êtes une des jeunes dames du couvent. C'est trop d'honneur, dit-elle avec, dans la voix, une pointe d'ironie que Margareta perçut fort bien.

— Sœur Antonie vous fait porter un remède.

Tendant le flacon, elle scruta l'intérieur de la maison, mais n'y découvrit personne.

— Comme c'est aimable à vous d'être venue jusqu'ici pour ça, s'étonna la femme d'un ton un peu plus cordial. Mes enfants toussent. Si vous désirez néanmoins entrer…

Margareta savait que la paysanne s'attendait à un refus. Une jeune fille noble n'entrait pas dans une ferme sans nécessité, surtout si elle était seule ; mais c'était peut-être l'occasion de revoir le jeune homme. Aussi la remercia-t-elle et, prétextant une grande soif, demanda à boire un peu d'eau.

La femme Sandlinger la fit entrer, se dépêcha d'apporter une cruche et se mit à parler d'abondance de sa ferme, des bêtes, de ses enfants et de l'existence ingrate dont ils avaient toujours eu à souffrir. Pendant ce temps, Margareta examinait les lieux. Ce n'était pas la première fois qu'elle pénétrait dans une demeure misérable, les pupilles, lors des fêtes religieuses, accompagnant les nonnes qui allaient visiter les pauvres et les malades. Cette maison-ci, aux murs en pierres des champs, était blottie sous un toit de chaume en mauvais état, et les fenêtres minuscules étaient obturées par des bouts de tissu pleins de poussière. La pièce où Margareta devait baisser la tête pour se tenir debout empestait la sueur et la pourriture. C'était l'unique espace où vivaient les nombreux membres de la famille et l'odeur de leurs corps se mêlait à la puanteur des poussins enfermés dans des cages étroites, logées sous la banquette du poêle, ainsi qu'à celle du foin qui faisait fonction de tapis et qui n'avait pas été changé depuis longtemps. À la faible lueur d'une chandelle, la jeune fille distingua les pâles visages d'enfants la dévisageant depuis ce qui leur servait de lit, un réduit plein de paille, creusé à même le mur. Ils toussaient, et l'un d'eux gémissait, écrasé qu'il était par ses frères et sœurs. La fermière paraissait ne pas s'en soucier, se plaignant du travail, de ses yeux qui lui permettaient à peine de filer le lin ou la laine, du chou et des betteraves à tous les repas. Margareta n'écoutait que d'une oreille. Tout cela l'ennuyait fort, et ce d'autant plus que ses espoirs avaient été vains, aucun étranger ne se manifestant. Elle finit par se lever.

— Je crois qu'il me faut partir, sinon on va s'inquiéter.

— Merci de votre visite, la salua la fermière en ouvrant la porte.

Margareta eut un mouvement de recul en franchissant le seuil. Elle ne s'était pas rendu compte que la nuit était proche. Le soleil venait de se coucher et l'humidité tombait sur les prairies. La messe du soir devait avoir commencé depuis longtemps.

— Au revoir, il faut que je me dépêche !

La femme s'inclina à plusieurs reprises. Margareta traversa la cour aussi vite qu'elle le put, prenant garde à ne pas trébucher sur les nombreuses taupinières, sur les pierres ou les branches qui jonchaient le sol. Pauvre sœur Antonie ! Quelle devait être son inquiétude ! Comment avait-elle pu s'attarder à ce point ? Dans le seul espoir que l'inconnu se montre ! Elle eut honte d'être restée là, comme une sotte, à chercher un homme des yeux. Elle se promit de ne jamais recommencer. Elle venait d'atteindre le bois quand, prise de frissons face au silence et à l'obscurité qu'elle allait devoir affronter, elle vit une ombre surgir soudain. Sur son chemin se dressait la silhouette d'un homme de forte taille dont elle ne distingua pas aussitôt les traits. Comme paralysée par la peur, elle entendit une voix grave l'interpeller :

— Bonsoir, mademoiselle !

Au français de l'apostrophe, il était aisé de déceler qu'elle émanait d'un noble cultivé, Margareta était cependant bien trop effrayée pour le remarquer. Se croyant en présence d'un vagabond, elle poussa un cri de terreur. Elle tenta de s'enfuir, mais ses jambes lui refusèrent tout service.

— Je vous en prie, ne criez donc pas, supplia l'inconnu. Je vous assure une nouvelle fois que je ne suis pas un bandit. J'ai manifestement la malheureuse habitude de vous faire peur.

Margareta le fixa, abasourdie, puis comprit enfin.

— Ah, c'est vous, dit-elle d'une voix tremblante de soulagement, je ne vous avais pas reconnu.

— J'espère que seule l'obscurité en est la cause et non que vous m'ayez déjà oublié.

— Je ne vous ai pas oublié, répondit Margareta en regrettant au même moment sa sincérité.

— Dieu soit loué ! Puis-je me présenter ? Richard von Tscharnini.

— Margareta von Ragnitz.

— Je suis heureux de faire véritablement votre connaissance. Savez-vous que vous m'avez fortement impressionné l'autre jour, dans ce ruisseau, avec vos grands yeux emplis de frayeur et cette ravissante... robe blanche.

Le souvenir de cet instant plongea Margareta dans l'embarras.

— Je me demande comment nous avons pu être sottes à ce point. Quelle idée stupide ! Et il a fallu de surcroît que vous arriviez vous et vos gens. Quel moment fâcheux !

— Mais imaginez un peu que nous ne soyons pas arrivés ! Je ne vous aurais jamais rencontrée !

Margareta sourit. Hésitante, elle ne se sentait pas à la hauteur de la situation. Il ne faisait pas l'ombre d'un doute qu'aucune des sœurs ne verrait d'un bon œil cet entretien en pleine forêt avec un inconnu. Par ailleurs, il l'intimidait. Pour ne pas rester muette, elle risqua :

— Mon amie pense que vous venez de Bohême.

— La jeune dame aux cheveux roux ?

Sur la réponse affirmative de Margareta, il hocha la tête.

— Une jeune fille futée. Oui, elle a raison, je suis de Prague. Mais je vous serais reconnaissant de ne révéler mes origines à personne.

— Non, bien entendu que non !

Margareta était bien résolue à garder ce secret, sans d'ailleurs savoir pourquoi. Comme lors de leur première rencontre, elle était fascinée par cet homme. Peut-être davantage encore ici, dans l'obscurité. Mais il était certainement déçu à présent de la voir dans cette tenue : cette robe impossible, ses cheveux bouclés dissimulés. Après avoir tant espéré cette rencontre, elle aurait voulu disparaître sous terre.

— Il faut que j'y aille, je suis déjà fort en retard.

— Me permettez-vous de vous accompagner ? Vous ne devriez pas vous promener seule en forêt, la nuit. Il y a tant de voleurs à notre époque.

Elle ne vit pas son sourire. Entre-temps, la nuit était tombée. Seule, elle aurait été terrorisée. Pas la moindre étoile ne perçait à travers les ramures. Le vent s'était levé, faisant bruire les feuilles. La situation avait quelque chose d'irréel. Il lui semblait que la jeune fille errant dans les bois n'était pas elle, mais une étrangère. En même temps la présence de cet homme, si près d'elle, l'inquiétait, la mettait mal à l'aise. Son comportement présent était-il un péché ? Elle se promit de faire amende honorable quand elle se confesserait.

— Mon apparition aussi soudaine ne vous surprend-elle donc pas ? lui demanda Richard.

— Non… c'est étrange. Je n'y ai pas réfléchi.

— Je vous ai aperçue à la ferme. Quand vous l'avez quittée, je suis sorti à mon tour, mais j'ai pris un raccourci pour vous attendre dans la forêt.

— Pourquoi avez-vous agi ainsi ?

— Je voulais vous revoir. J'ai beaucoup pensé à vous ces derniers jours, j'avais sans cesse votre image devant les yeux, telle que vous étiez ce jour-là, si menue, confuse et effrayée. Je n'avais pas fait attention à vous dans un premier temps, puis je n'ai plus vu que vous.

— C'est Angela que vous avez remarquée d'abord !

— Si vous parlez de votre amie aux cheveux roux, oui, elle ne passe pas inaperçue.

— Elle est belle. C'est ce que nous trouvons toutes. Et elle est tellement plus adulte que nous !

— Vous vous extasiez à son sujet pour détourner l'attention de vous, constata Richard avec ironie. Mais je vous trouve beaucoup plus jolie qu'elle !

Margareta ne répondit pas. Ils se mirent en route sans un mot. Un lièvre traversa soudain le chemin devant eux, ce qui les fit rire. Sentant le froid, Margareta prit dans le panier le fichu que lui avait donné sœur Antonie. Il le lui prit des mains, le lui passa autour des épaules et attira la jeune fille contre lui. Docile, elle s'abandonna, seul son cœur se mit à battre plus fort. Richard l'embrassa sur le front, sur les joues, lui caressa les cils du bout des doigts. Après une brève hésitation, il se pencha sur elle une nouvelle fois et l'embrassa sur la bouche.

Quand il l'eut lâchée, elle recula de deux ou trois pas. Elle contempla le beau visage tourné vers elle, un visage où se lisaient la pureté et la tendresse. Elle n'avait pas eu conscience du savoir-faire dont son compagnon avait fait preuve, toute au ravissement que provoquait en elle cette aventure sans précédent.

— T'ai-je une nouvelle fois effrayée ? chuchota Richard.

— Non, murmura-t-elle.

Elle avait voulu répondre d'un ton normal, mais elle avait la voix rauque. Elle toussa légèrement.

— Il faut absolument que je rentre, poursuivit-elle. Tout le monde doit déjà être à ma recherche.

— Je voudrais que nous nous revoyions.

— Vous restez donc dans la région ?

— Oui, quelque temps encore. Est-ce possible demain soir ?

Margareta savait que c'était plus que risqué, car il lui faudrait sans aucun doute quitter le couvent si elle venait à être surprise par une des sœurs. Mais le charme des minutes écoulées l'emporta sur la prudence.

— Pouvez-vous être demain à cette même heure devant le couvent ? Je sortirai à ce moment-là.

— Je serai là, promit-il.

— Partez maintenant ! Nous sommes hors du bois, et je ne voudrais pas que l'on nous voie.

— Bonne nuit, dit-il en lui souriant avant de disparaître dans l'obscurité.

Margareta, le cœur battant, traversa le pré en courant. Elle se sentait encore si légère que même la perspective de tomber sur une sœur Gertrud courroucée ne l'effrayait pas. Dans l'état d'exaltation où elle se trouvait, elle aurait affronté n'importe quel danger sans davantage y réfléchir.

À l'instant où elle arriva dans le jardin, une ombre se détacha du mur ; c'était Angela, vêtue de sa chemise de nuit en dentelle, une couverture jetée sur les épaules. Elle avait les traits décomposés par le froid et la colère.

— Mais, juste ciel, à quoi penses-tu donc à la fin ? apostropha-t-elle son amie. Où étais-tu passée ? Sœur Antonie se fait un sang d'encre.

— Angela ! Que fais-tu ici ?

— Ce que je fais ici ? Je t'attends, et depuis un sacré moment. Je suis à moitié gelée !

— Et pourquoi m'attends-tu ?

— Oh, mon Dieu, mais que se passe-t-il ? Tu rentres en pleine nuit et tu me demandes en toute innocence pourquoi je t'attends ici ! Je suis ici pour t'empêcher de passer par le porche. Nous allons entrer par la petite porte latérale.

— Mais tout le monde n'est-il pas déjà au courant de mon absence ? bafouilla Margareta.

— Non, parce que je t'ai couverte. Quand je ne t'ai pas aperçue à la messe, j'ai pensé que tu étais au jardin et que tu n'avais pas vu le temps passer. Pour éviter que la supérieure se fâche, j'ai prétendu que tu t'étais couchée avec un mal de tête. Après la messe, j'ai rencontré sous le porche sœur Antonie qui guettait ton arrivée. Elle m'a tout raconté. J'ai juste réussi à la dissuader d'aller voir la supérieure. Nous avons ensuite toutes dû aller au lit, puis je suis sortie en catimini pour t'attendre.

Margareta avait écouté en retenant son souffle.

— Angela, tu es une vraie amie. Te poster ici, en pleine nuit !

— C'est surtout le froid, renchérit Angela en claquant des dents.

— Tu ne vas pas croire ce que je viens de vivre !

Margareta eut le sentiment de ne pas pouvoir garder ce secret pour elle seule.

— Je me suis en effet entretenue le plus clair du temps avec la femme de la ferme des Sandlinger, expliqua-t-elle tandis qu'elles se hâtaient à travers le jardin. Mais, sur le chemin du retour, je l'ai rencontré, tu sais, Angela, l'homme aux cheveux noirs…

— Qui ça ?

— Le chef des hommes qui nous ont surprises l'autre jour !

— Ah, lui ! Il est encore ici ?

— Oui, il m'attendait. Je crois qu'il m'aime. Il m'a embrassée.

Angela s'immobilisa.

— Non, dit-elle.

— Si, mais pourquoi ouvres-tu de tels yeux ?

— Ce n'est pas possible. Margareta, tu te laisses embrasser en pleine nuit, en pleine campagne ?

— Oh, mais tu es jalouse ! Tu verras que lui et moi nous accordons beaucoup mieux que tu ne le crois. Ce n'est d'ailleurs pas n'importe qui. Il est de famille noble.

— Comment s'appelle-t-il ?

— Richard von Tscharnini.

— Ça, pour un nom de Bohême, c'est un nom de Bohême ! Il n'y a pas de doute, tu as fait la connaissance d'un protestant !

Ayant gagné la cour intérieure par la porte du jardin, elles pénétrèrent ensuite dans le bâtiment en utilisant une autre entrée secondaire. La grande salle de l'entrée n'était éclairée que par trois bougies.

— Peut-être que ce n'est effectivement pas si grave que ça, estima Angela. Une aventure sans lendemain !

— Oh, mais pas du tout, objecta Margareta avec un peu d'hésitation, nous nous reverrons demain soir !

Angela pinça les lèvres.

— J'ai bien peur que tu ne commettes une bêtise. Ne raconte rien aux autres, surtout pas à Clara, elle ne peut pas tenir sa langue.

— Non, bien entendu que non.

— Monte. Je vais juste informer sœur Antonie de ton retour !

Angela s'éloigna par une allée latérale, tandis que Margareta se dépêchait de grimper l'escalier de bois en évitant de le faire craquer. En haut, Clara était blottie dans une niche du mur, les yeux écarquillés.

— Te voilà enfin, Margareta. Je me suis fait un tel souci ! Où étais-tu passée ?

— Moins fort, tu vas réveiller tout le monde. Je me suis simplement attardée à parler avec la paysanne de la ferme des Sandlinger.

— Vraiment ? demanda Clara, incrédule.

— Bien sûr, qu'aurais-je pu faire d'autre ? Viens, allons dormir !

Elles entrèrent dans le dortoir. Si Margareta avait espéré trouver une pièce obscure, au silence rompu par la seule respiration régulière des pensionnaires endormies, elle s'était trompée. Toutes les bougies étaient allumées, ses compagnes, assises dans leur lit, la regardaient. D'un bout à l'autre de la salle, les interrogations fusèrent, un brouhaha plus qu'un murmure :

— Margareta, où étais-tu ?

— Pourquoi arrives-tu si tard ?

— Que s'est-il passé ?

Margareta soupira.

— Mon Dieu, calmez-vous un peu ! J'ai apporté un remède à la fermière Sandlinger, j'ai parlé avec elle et je n'ai pas vu le temps passer !

— Je ne le crois pas, déclara Ignatia, une fille pleine de méchanceté.

— Qu'est-ce que tu crois alors ? rétorqua Margareta, la foudroyant du regard.

Ignatia se contenta de hausser les épaules.

— Laissez-la tranquille, conseilla Paula, la plus raisonnable du lot. Il est tard, il est l'heure de dormir !

Les autres acquiescèrent. Margareta se glissa en toute hâte dans son lit, remontant sa couverture jusqu'au cou. Elle n'avait qu'une envie : que l'obscurité et le silence reviennent enfin et lui permettent de retrouver un peu de paix.

Angela, à son entrée dans le dortoir, éternua deux fois de suite. Margareta lui lança un coup d'œil contrit. Cette pauvre Angela n'allait-elle pas maintenant tomber malade par sa faute ?

Paula souffla les dernières bougies. Pendant quelques minutes, on entendit encore quelques chuchotements, quelques rires étouffés ainsi qu'un autre éternuement d'Angela. Terrassées par la fatigue, toutes finirent par sombrer dans un sommeil profond.

Seule Margareta resta éveillée. Contemplant le ciel constellé d'étoiles par la minuscule fenêtre cintrée au-dessus de son lit, elle se disait, tout étonnée que cette pensée suscite en elle une telle sensation d'ivresse, que son comportement de la journée représenterait, aux yeux de ses parents et des nonnes, l'inconvenance même.

3

Le lendemain matin, bien qu'affligée d'un rhume violent, Angela refusa de rester au lit. Elle parcourait les couloirs de Sankt Benedicta un mouchoir sur le nez. Margareta, se sentant fautive, la suivait comme son ombre, tentant de lui épargner tout geste superflu. Extrêmement malheureuse de la maladie de son amie, elle ne regrettait pour autant pas une seule seconde d'avoir vécu une soirée comme celle de la veille.

Clara était profondément vexée tant elle était certaine que Margareta ne lui avait pas avoué la vérité et qu'elle complotait avec Angela quelque chose. Elle résolut de ne plus échanger un mot avec sa compagne, mais, à sa grande déception, Margareta n'y prêta pas la moindre attention : elle avait le regard totalement absent, comme si ses pensées s'étaient envolées de ce bas monde.

Quand le soir tomba, la nervosité gagna cette dernière. Elle eut avec Angela un conciliabule.

— Les autres vont s'apercevoir que je ne suis pas au dortoir, dit-elle. Je sais que c'est beaucoup demander, mais ne pourrais-tu pas leur raconter que je suis restée auprès de sœur Antonie pour discuter de quelque chose ?

— Je ne suis vraiment pas d'accord avec ta manière d'agir, répondit Angela d'une voix altérée par le rhume.

— Angela, je t'en prie !

— Bon, d'accord, mais ne reste pas trop longtemps.

— Non, bien sûr que non. Merci.

Après la messe du soir, toutes les jeunes filles ayant souhaité une bonne nuit à la supérieure, Margareta profita d'un moment d'inattention pour se glisser dans le jardin. Il régnait déjà une profonde obscurité, et elle trouva étrange de fouler les chemins familiers où, quelques heures plus tôt, elle se promenait avec ses camarades. Elle traversa le jardin sans rencontrer âme qui vive, et elle fut saisie d'une peur épouvantable à l'idée que Richard aurait pu l'oublier, voire ne jamais s'être sérieusement intéressé à elle. Mais il fut soudain devant elle, de manière aussi inattendue que la veille. Surgi de l'ombre des arbres, il la prit dans ses bras. Cette fois elle trouva le geste presque normal. À cheminer ainsi, bras dessus bras dessous au milieu des prés, elle se sentit merveilleusement bien. Tout était très excitant : la nuit, la sortie en cachette et cette promenade avec un homme !

Durant de longues minutes, Richard parla de lui. Il appartenait à une riche famille de la noblesse bohémienne; luthériens convaincus depuis la Réforme, les siens avaient toujours combattu pour l'indépendance de la Bohême face à la dynastie des Habsbourg, contrairement à d'autres familles de la haute société qui, en dépit des conflits confessionnels, restaient fidèles aux Habsbourg dont ils espéraient qu'ils les protégeraient des calvinistes. La Bohême était un petit pays que se disputaient un trop grand nombre de familles, les calvinistes se distinguant par la virulence avec laquelle ils défendaient leurs prétentions. Un édit de l'empereur Rodolphe II, la

Lettre de Majesté, avait certes reconnu la liberté de culte à tous les sujets de Bohême, mais son successeur, l'empereur Mathias, bien que reculant devant une remise en cause globale de l'édit, s'était néanmoins montré enclin à ne pas en respecter tous les articles. Et, quand on apprit que ce serait l'archiduc Ferdinand de Styrie qui succéderait sur le trône de Bohême à Mathias, resté sans descendance, l'ensemble de la noblesse de Bohême s'était révoltée, doutant que Ferdinand, un catholique aux tendances despotiques, fût capable de tolérance.

— Nous aurions peut-être pu empêcher son élection, expliqua Richard à Margareta, si nous n'avions pas été si désunis. Luthériens, calvinistes et nationalistes fanatiques n'avaient en effet pas de ligne politique commune. Et nous avions le chef le plus incapable que l'on puisse imaginer, le comte von Thurn, qui n'était qu'un fort en gueule !

Sous une surface apparemment sans ride, c'est toute la Bohême qui était en ébullition. L'élection du roi était imminente sans qu'il se soit encore présenté de candidat contre Ferdinand. Les protestants n'étaient pas parvenus à en trouver un, et leurs chefs avaient fini par se rallier à Ferdinand dans l'espoir de réussir un jour à le contraindre à plus de tolérance.

Mais il devint bientôt évident qu'il n'était pas dans ses intentions de reconnaître la liberté religieuse des réformés. Il se produisit des troubles quand ses soldats empêchèrent des protestants de construire un temple, les jetant de surcroît en prison. Cet incident suffit à faire taire les divisions. La colère suscitée par l'arbitraire du souverain scella l'union de tous.

Richard évoqua l'assemblée que les protestants tinrent à Prague en mai 1618.

— Je m'y suis bien entendu rendu aussi, dit-il. La première journée se déroula dans le calme, pourtant, la nuit suivante, le comte von Thurn et quelques-uns de ses partisans décidèrent d'exécuter les gouverneurs Martinic et Slavata qui prétendaient avoir reçu de l'empereur une lettre leur ordonnant de dissoudre immédiatement l'assemblée des États de Bohême. Les protestants présumaient, à juste titre, que c'étaient Martinic et Slavata en personne qui avaient rédigé ladite lettre. Ils savaient en outre que les deux Habsbourgeois avaient jadis instamment pressé Ferdinand de ne pas reconnaître la Lettre de Majesté. Le comte von Thurn exigea leur exécution par défenestration.

— Par quoi ? demanda Margareta.

— On jette les condamnés par la fenêtre. C'est le châtiment habituellement réservé aux traîtres. C'est ainsi que, le lendemain matin, nous sommes allés au Hradschin, le château de Prague. Les condamnés tremblaient comme des feuilles et ont tenté de nous convaincre de leur innocence, en vain. Nous nous sommes emparés d'eux et de l'un de leurs secrétaires et les avons précipités à tour de rôle dans les douves.

— Oui, on en a entendu parler ici aussi. Ils ont cependant eu la vie sauve.

— Ils sont tombés tous les trois sur un tas de fumier. Martinic a réussi à s'enfuir et Slavata a été gracié. Tu sais comment toute l'affaire a fini. Ferdinand a été destitué et on a élu roi Frédéric, l'électeur palatin.

— Et que fais-tu ici ?

— Au printemps, j'ai accompagné le comte von Thurn dans sa campagne contre Vienne, puis j'ai rejoint le général Mansfeld. Et à présent…

— Et à présent ?

— On m'a envoyé en Bavière avec une mission secrète. Il s'agit d'armes que des alliés doivent nous remettre ici.

Son regard se fit grave.

— J'outrepasse tous mes devoirs en te racontant cela. Mansfeld et le comte von Thurn me couperaient la tête s'ils l'apprenaient. Divulguer nos secrets militaires à une catholique convaincue, à une sujette du duc de Bavière, lui-même partisan de l'empereur ! Promets-moi de n'en rien dire à personne !

— Mais penses-tu sérieusement que je pourrais te trahir ? Tu as beau combattre tout ce qui m'est cher, je serai toujours de ton côté.

Richard sourit et lui caressa tendrement les joues.

— Margareta, murmura-t-il, tu es si jeune, si prête à tout sacrifier à ton amour. J'aimerais que tu puisses m'accompagner.

— Quand dois-tu repartir ?

— Bientôt, je le crains. Dans quelques jours.

Margareta posa la tête sur son épaule. Elle était désespérée.

— Ne puis-je vraiment pas t'accompagner ?

Richard lui prit la main.

— Mais, petite Margareta, tu me connais depuis trois ou quatre jours à peine, et tu voudrais déjà faire un si grand pas ? Quitter le couvent, tes amies, ta famille, ton pays ? Je crois que tu évalues mal ce que cela signifie ! Et puis il n'y a pas de place pour toi dans l'armée.

— Il existe des femmes qui accompagnent leurs époux !

— Ce sont d'autres femmes que toi, plus robustes et plus expérimentées. Ce qui n'empêche pas qu'elles meurent comme des mouches. Le froid, les épidémies, tu n'y résisterais pas.

— Mais alors, nous ne nous reverrons plus ?

Elle le regardait, des larmes dans les yeux. Il l'enlaça.

— Qu'est-ce que tu vas penser là ? Bien sûr que nous nous reverrons. Je reviendrai et t'emmènerai.

— Quand ?

— Au printemps prochain.

Cela la consola. Elle aurait aimé que tout continue comme jusqu'ici, la sécurité du couvent d'une part et, de l'autre, l'excitation des rencontres secrètes. Mais, s'il était dans l'obligation de s'en aller, elle pouvait se raccrocher à l'idée de son retour.

Ils se rencontrèrent quelques fois encore, tôt le matin, car Angela était à court d'excuses pour les absences du soir. Margareta s'éclipsait quand toutes dormaient encore. Richard et elle couraient dans les prés couverts de rosée, leur haleine montant dans l'air vif du matin. L'automne arrivait et, si les journées étaient encore chaudes, les soirées et les matinées étaient déjà porteuses de clarté et de froid.

Quand Richard annonça un beau jour à Margareta qu'ils se voyaient pour la dernière fois parce qu'il devait se mettre en route l'après-midi même, elle fut terrifiée. Debout sur une petite colline, ils ne contemplaient pas comme à l'ordinaire l'ascension d'un soleil rougeoyant au-dessus des forêts, mais un jour gris et blafard filtrant à travers des nuages gorgés de pluie. Margareta était d'une extrême pâleur.

— Tu es sûr que tu reviendras ? implora-t-elle.

Richard la serra contre lui.

— Je reviendrai, promit-il. Je serai ici au printemps. Et nous partirons ensemble !

— Jamais mes parents ne consentiront à notre mariage.

— Ma famille non plus. Mais nous nous marierons tout de même. Pourquoi nous faudrait-il tenir compte des objections d'autrui ?

Margareta soupira. Comme ce serait mieux s'ils pouvaient célébrer leurs noces en tout bien tout honneur au lieu de devoir s'enfuir comme deux bandits. Elle avait le cœur serré à l'idée du chagrin qu'elle allait infliger à sa famille. Pourquoi fallait-il que Richard fût protestant ? Et pourquoi cela suffisait-il à les séparer alors qu'ils s'aimaient ?

— Ah, Richard, murmura-t-elle, je vais devoir attendre de si longs mois. Tu sais, c'est risqué. Mes parents peuvent arriver ici à tout moment, et je suis certaine qu'ils m'ont trouvé un époux. Ils me forceront peut-être à les accompagner…

— Il faut que tu gagnes du temps, l'exhorta-t-il. Montre-toi conciliante, mais implore d'eux un délai. Et ne parle surtout pas de moi !

— Non. Mais ce sera difficile. Je penserai à toi à tout instant de la journée.

— Moi aussi. Je t'aime, Margareta, et, si tu m'attends, je viendrai.

Il se pencha pour lui donner un baiser, mais, en ce jour d'adieu, il en alla autrement que d'habitude. Ses yeux étincelèrent, il lui embrassa les lèvres, puis le cou, et il posa un instant la tête sur sa poitrine. Déconcertée par la violence des gestes de son compagnon, elle prit en même temps conscience de l'intense et étrange désir qui s'emparait d'elle ; sa douleur de devoir le laisser partir fut telle qu'elle eut l'impression qu'on l'étranglait. Elle le regarda s'éloigner, aussi fier et assuré que le jour de leur première rencontre. Il avait surgi dans sa vie et il disparaissait tout aussi soudainement, la laissant autre, remplie de sensations et de sentiments nouveaux. Elle et ses compagnes avaient grandi dans un tel isolement, si loin du monde, qu'il lui était impossible de prendre ce qu'elle venait de vivre avec quelque distance. Cette aventure ne pouvait lui apparaître que comme l'événement le plus merveilleux de son existence. Le reste de la journée, elle ne put dissimuler sa tristesse, au point que même Clara en oublia son courroux et que, désemparée, elle lui demanda ce qu'elle avait. Margareta, sans répondre, éclata en sanglots. Ignorant comment elle allait surmonter l'épreuve des mois à venir, elle fut toutefois très vite obligée de se ressaisir et de cacher ses sentiments. Ses parents arrivèrent en effet deux jours plus tard.

Le couple formé par Regina et Wilhelm von Ragnitz avait fière allure. S'ils attiraient tous les regards sitôt qu'ils entraient dans une pièce, c'est à Regina qu'ils le devaient. Wilhelm respirait la dignité avec sa chevelure argentée, sa barbe d'un blanc de neige, un visage pensif où se lisait la lassitude et des yeux clairs qui paraissaient en permanence perdus dans le lointain. Il portait généralement un manteau noir et semblait toujours absent. Regina débordait en revanche de vitalité. Ses gestes, sa voix, son rire recélaient tant d'énergie qu'il était tout bonnement impossible de ne pas la remarquer. Son époux savourait en silence la gloire que lui valait d'être son accompagnateur. À la vue de ses parents, après un an et demi de séparation, Margareta qui avait eu le cœur serré avant cette rencontre ressentit néanmoins de l'émotion et de la nostalgie. Elle prit soudain conscience de l'amour qu'elle leur portait. Elle dévala l'escalier et se jeta dans les bras de sa mère.

— Mère, je suis si contente de vous voir, s'écria-t-elle, oh, et vous, père…

Elle l'étreignit à son tour et, folle de joie, l'embrassa. Wilhelm von Ragnitz contempla sa fille avec une grande fierté. Elle n'était pas aussi belle dans son souvenir. Quand ils l'avaient quittée, elle possédait encore quelque chose de très enfantin, alors qu'elle avait maintenant grandi, minci et que les traits de son visage s'étaient affinés.

Regina était heureuse elle aussi. Jadis, personne n'aurait été en mesure de prévoir que Margareta serait un jour particulièrement séduisante. Elle avait parfois redouté que cette fille connût la même évolution qu'Adelheid. Elle s'interdisait certes toujours de penser du mal de son aînée, mais elle ne pouvait s'empêcher de constater que l'échec de son mariage n'était pas sans rapport avec son apparence disgracieuse. Elle n'avait tout simplement pas eu le choix. Avec Margareta, les choses s'annonçaient plus simples.

— Ah, ma chérie, dit-elle avec soulagement, comme tu es jolie et comme tu es devenue femme. Tu as beaucoup gagné en maturité.

Margareta éprouva soudain le désir de se précipiter à nouveau dans les bras de sa mère et de tout lui raconter, lui expliquer qu'elle avait rencontré Richard, qu'ils s'aimaient, qu'elle partirait avec lui et que l'idée de meurtrir ainsi sa famille lui était insupportable. Mais elle se tut. Regina avait trop d'ambition et de maîtrise de soi pour ne pas rejeter les sentiments de sa fille et les juger puérils. C'était tout de même elle, et elle seule, qui savait où se situait le bonheur de ses enfants.

La supérieure conduisit en personne Wilhelm von Ragnitz et sa femme dans leur chambre pour qu'ils s'y remettent des fatigues du voyage. Pendant ce temps, Margareta, nerveuse, se promenait dans le jardin. Il avait plu, mais des rayons de soleil perçaient maintenant les nuages, faisant scintiller des milliers de gouttes d'eau dans les branches et sur l'herbe. Perdue dans ses pensées, Margareta cueillit quelques mirabelles trop mûres et les porta à sa bouche. Puis, ayant pris conscience qu'arrivée au bout du jardin elle regardait au loin les montagnes sans rien voir, elle résolut d'aller chercher Angela et Clara au couvent. À cet instant, elle aperçut quelqu'un venir dans sa direction – sa mère.

Celle-ci était manifestement à la recherche de sa fille, car, la découvrant au même moment, elle pressa le pas, un certain soulagement sur les traits.

— Ah, c'est toi, Margareta, enfin ! Angela pensait que tu devais être dehors, dans le jardin. Je finissais pourtant par me demander si je te trouverais un jour, dit-elle, debout à côté de sa fille, toutes deux contemplant les prairies devant elles. Quel pays merveilleux. Tu dois te plaire ici ?

— Oh oui ! Je m'y plais beaucoup. Et aussi parce que je m'entends si bien avec toutes mes amies.

— J'en suis heureuse. C'est une belle chose que de pouvoir un jour, regardant derrière soi, revivre des heures aussi agréables.

— Regarder derrière soi ?

— Eh bien, hésita Regina en écartant quelques petites mèches de son visage, l'enfance est si courte ; elle est si vite passée.

— Oui, je sais, dit Margareta tout bas.

— Et tu n'es déjà plus une enfant, mais une très belle jeune fille. Ce couvent n'est plus le séjour qui convient à une fille de ton âge.

— Que voulez-vous dire par là, mère ?

Regina prit sa fille par le bras et elles avancèrent dans les chemins ameublis par la pluie. Bien que sachant parfaitement ce que Regina avait en tête, Margareta voulait n'en rien laisser paraître. Le moment était venu de croire en Richard, croire qu'il reviendrait la chercher, croire que rien de ce qu'allait dire sa mère n'avait d'importance.

— Tu t'en doutes déjà certainement... ton père et moi... nous pensons que tu es maintenant une adulte. Et nous t'avons choisi un époux !

Elle avait lâché les derniers mots tout à trac et dévisageait à présent sa fille d'un air mal assuré. Elle espérait qu'elle n'était pas horrifiée et n'allait pas se mettre à contester ce projet. Mais Margareta resta imperturbable.

— Qui est-ce ?

— Tu le connais, vous vous êtes autrefois déjà rencontrés à diverses reprises. Il s'agit d'Albrecht von Malden.

Margareta se remémora l'époque où elle vivait au château de ses parents et où le comte et la comtesse von Malden venaient assez souvent passer l'après-midi ou la soirée. Le fils aussi était invité, et il était tout à fait mignon, autant qu'elle s'en souvenait.

— Tu le connais, n'est-ce pas ?

— Bien entendu. Nous avons beaucoup joué ensemble. Quel âge a-t-il à présent ?

— Vingt-deux ans. C'est un homme très recherché. Pas comme...

— Pas comme le mari d'Adelheid ?

— Oh, ne me parle pas de lui ! Il devient de jour en jour plus détestable ! Et Adelheid est extrêmement malheureuse. Elle n'a jamais été une beauté rayonnante comme toi, mais elle a actuellement tout d'une ombre blafarde.

Margareta, en entendant évoquer le destin de sa sœur, eut presque honte de ses propres tourments.

— Peut-être que, si elle est éprouvée à ce point, c'est que ce mariage a représenté pour elle quelque chose dont elle ne voulait pas ?

— Adelheid ne s'y est pas opposée, objecta Regina.

— Ça n'aurait de toute façon servi à rien.

Regina dévisagea sa fille.

— Tu parles d'un ton qui ne me plaît pas. J'ai fait pour Adelheid tout ce qui était en mon pouvoir.

— Je ne prétends pas le contraire.

— Et puis le mariage, c'est aussi de la politique.

— De la politique, en effet, voilà ce que c'est. Mais il y a néanmoins toujours des gens pour s'insurger contre ça.

— J'espère que ce n'est pas de toi que tu parles ?

— Non.

— J'en suis heureuse. Tu consens donc au projet que ton père et moi avons formé pour toi ?

Margareta aurait aimé demander si on accepterait qu'elle réponde en toute franchise, mais elle estima avoir déjà suffisamment éveillé de soupçons. Aussi se contenta-t-elle de cette requête :

— Oui, mère, j'épouserai Albrecht, mais, je vous en prie, pas tout de suite ! Permettez-moi de passer ici l'hiver et le printemps et, l'été venu, je ferai ce que vous attendez de moi.

Elle avait formulé sa prière d'une voix si claire et tranquille, d'un ton si convaincu que sa mère ne conçut aucune méfiance devant tant de docilité de la part d'une fille qui, depuis sa plus tendre enfance, était pourtant la contradiction incarnée. En réalité, Regina connaissait beaucoup moins bien ses enfants qu'elle ne se le figurait. Elle attira Margareta contre elle.

— C'est bien, ma petite, dit-elle, et, puis, n'est-ce pas, tu sais que je n'ai que ton bonheur en vue !

Margareta enfouit son visage dans les cheveux de sa mère afin de l'empêcher de lire sur ses traits. Parfois, en de tels moments, un sentiment de profond mépris pour cette femme la submergeait. Comment pouvait-elle s'imaginer tout savoir et tout connaître ? Et comment pouvait-elle jouer avec tant de conviction la mère pleine de sollicitude, alors que le premier venu était capable de deviner la soif de pouvoir qui l'habitait ? Mais peut-être était-elle sa propre dupe ? Margareta l'aimait pourtant toujours et elle eut l'impression de ressentir déjà la douleur qui serait la sienne quand elle s'enfuirait, abandonnant ses parents sans un adieu.

Wilhelm von Ragnitz manifesta une grande satisfaction quand Regina l'informa que leur fille ne créerait pas de difficultés. Il ne redoutait rien tant que des scènes d'hystérie.

— Je te remercie, Regina, de t'être chargée de cette affaire et d'avoir su aussi merveilleusement la convaincre, la félicita-t-il.

— Oh, ce fut fort simple en vérité. Je crois même qu'elle est contente. Elle va tout de même être comtesse. Nous pourrons être très fiers de cette fille, Wilhelm. On nous l'enviera ! Il faudra inviter plus d'une centaine de personnes…

Les parents de Margareta repartirent au bout de quelques jours, plus sereins et détendus qu'à leur arrivée. À la fin du printemps, ils viendraient chercher leur fille et célébreraient des noces somptueuses. Regina imaginait déjà la robe dans laquelle la promise ferait figure de princesse.

4

Cet été torride terminé, il sembla que l'hiver avait sauté l'automne. Très tôt les feuilles tombèrent des arbres, arrachées par un vent violent et froid. La première neige fit son apparition dès novembre et, en décembre, la Bavière était ensevelie sous un épais manteau blanc.

Une période de dures épreuves commença alors pour les pensionnaires de Sankt Benedicta. La nuit, elles dormaient certes sous des couvertures en fourrure, mais les fentes des fenêtres laissaient généralement passer de tels courants d'air qu'elles gelaient. L'heure du lever était fixée au petit matin, et il n'était pas rare que, regroupées dans la cour, tremblantes de froid, en pleine obscurité, elles fussent obligées de briser la couche de glace qui s'était formée durant la nuit sur l'eau du bassin. Elles croyaient avoir des glaçons à la place du nez et des oreilles, et elles avaient les dents douloureuses tant il faisait froid. Elles avaient l'impression que l'eau leur cisaillait la peau, aucune d'elles n'échappait pourtant à la toilette matinale, une nonne les surveillant de près.

Ensuite seulement, de grands feux flambaient dans toutes les cheminées, chauffant aussi la grande salle où les jeunes filles, assises sur des bancs en bois, lisaient leur bible, apprenaient des poèmes en français ou chantaient. Ces heures étaient très pénibles sous la houlette de certaines religieuses, mais avec d'autres, sœur Josepha par exemple, Angela n'avait qu'à implorer d'une voix douce et en ouvrant de grands yeux naïfs : « Ma sœur, laissez-nous donc bavarder un petit moment ! » pour que son vœu fût exaucé sur-le-champ.

À midi, elles s'installaient aux longues tables noires du réfectoire. On leur servait certes encore de la viande, des œufs et du lait, mais de plus en plus souvent de simples légumes, avec du pain et de l'eau. La guerre qui faisait rage au loin saignait le pays à blanc, et le couvent lui-même, en dépit de son aisance, ressentait assez sérieusement les effets de la misère générale. Les jours de jeûne, les pupilles avaient de la peine à rester droites sur leurs bancs, sans bouger, brodant, tissant ou filant, pendant qu'une nonne leur lisait des histoires.

Ce que Margareta préférait, c'était descendre le soir dans la cave aux voûtes faiblement éclairées par la lueur vacillante des bougies. Elles se pressaient alors dans la cuisine où des feux à l'air libre brûlaient sous d'énormes chaudrons en cuivre, une odeur d'herbes et d'épices envahissant tout l'espace. Sœur Josepha, les joues cramoisies, s'affairait d'un chaudron à l'autre, remuait consciencieusement la mixture, la goûtait de temps en temps et murmurait pour elle toute seule. C'est là, au sous-sol, qu'elle concoctait ses remèdes contre tous les maux possibles et imaginables : la toux et la fièvre, la variole et la scarlatine, les rhumatismes et les douleurs d'estomac. Elle transmettait son savoir aux jeunes filles.

— Vous aurez beau faire un grand mariage, leur répétait-elle, un jour viendra où vous serez bien aise de vous rappeler mes remèdes pour vous guérir, vous ou les vôtres.

De temps en temps, les pensionnaires devaient ramasser du bois dans la forêt et, malgré le froid glacial, chacune était volontaire pour ce travail. Marcher en s'enfonçant dans la neige était un réel plaisir. Seule Clara préférait rester assise devant la cheminée, ce qui lui était toujours autorisé en raison de l'étonnant répertoire d'excuses qui était le sien.

Tout le monde, dans les environs du couvent, ne disposait pas d'autant de bois que les nonnes de Sankt Benedicta. La plupart des gens gelaient effroyablement dans leurs demeures ouvertes à tout vent. Pendant ces dures semaines, une grippe sévère gagna les villages l'un après l'autre et peu d'habitants y échappèrent. Beaucoup ne s'en relevèrent pas, en particulier les enfants. On pouvait quotidiennement entendre les églises alentour sonner le glas. Les gens s'évitaient.

Les nonnes eurent fort à faire durant cette période, visitant les malades, leur apportant de quoi manger et se soigner, des vêtements chauds, les consolant, priant avec eux.

— C'est notre devoir sacré d'adoucir les peines et la misère de nos frères catholiques, disait sœur Gertrud à chaque messe du matin, suscitant chez ses auditrices le sincère désir de se rendre utiles elles aussi.

Aussi leur permettait-on de temps en temps d'accompagner les sœurs dans leurs visites de charité.

Durant cet hiver, Margareta fut la seule à nourrir une peur quasi panique de la maladie et de la mort. Les années précédentes, elle avait été aussi insouciante que ses camarades, alors qu'à présent elle concevait soudain son existence comme quelque chose de précieux qu'il lui fallait défendre à tout prix. Depuis qu'elle était tombée amoureuse de Richard et qu'elle l'attendait, elle ne pouvait en effet s'empêcher de penser que sa vie pourrait s'interrompre subitement avant d'avoir véritablement commencé. Elle trouvait que tout ce qu'elle avait accompli jusqu'ici était de peu d'importance, hors du réel.

En même temps que son amour pour Richard s'était éveillé en elle un amour de soi-même qu'elle n'avait jamais connu. C'était sans suffisance mais avec un authentique et très grand bonheur qu'elle contemplait son corps. Le matin, au lever, assise sur le rebord de son lit, elle admirait un instant ses jambes élancées. Elle caressait sa peau pour en savourer la douceur, vérifiait le poids de ses cheveux blonds sur sa nuque et touchait du bout des doigts la pointe légère de ses longs cils. Elle aimait parler et écouter sa propre voix, elle aimait son rire qu'elle trouvait plus tendre qu'autrefois. Elle aurait aussi eu plaisir à examiner son visage, malheureusement il n'y avait pas le moindre miroir au couvent. Le matin seulement, quand elles étaient à la fontaine, Margareta avait parfois la joie d'apercevoir son sourire se refléter sur la surface tremblante de l'eau.

Son entrain avait aussi grandi depuis qu'elle attendait Richard. Si Angela avait jadis été la meneuse incontestée dans leurs aventures, Margareta l'avait détrônée. Par une froide journée ensoleillée de février, Clara, Angela et elle se rendirent ensemble au village le plus proche. Elles avaient appris que c'était jour de marché. On y attendait des comédiens, des Tziganes et des marchands ambulants, et les trois pensionnaires étaient fort désireuses d'assister à tout cela. Sœur Gertrud les y autorisa exceptionnellement.

Si la neige avait cessé de tomber depuis plusieurs jours, il en restait néanmoins une couche épaisse, gelée en surface. Les jeunes filles progressaient avec peine, s'enfonçant à chaque pas, ce qui n'enlevait rien à leur bonne humeur. Même Clara pleurnichait moins que d'ordinaire.

Il leur fallut près de deux heures pour arriver au village, au-delà d'une forêt, un enchevêtrement de maisonnettes à pignon pointu, blotties le long de ruelles étroites et mal aérées. Des chiens et des chats y erraient, des femmes bavardaient, vêtues de haillons, des paniers au bras, tandis que des enfants jouaient dans des flaques d'une neige fondante et brunâtre. Tout le monde détaillait du regard les jeunes filles, car, dans ces sombres venelles, l'existence était monotone ; aussi chaque tête nouvelle représentait-elle une diversion bienvenue.

On apercevait autour du village, derrière des rideaux d'arbres dépouillés, quelques fermes d'aspect misérable en dépit de leur parure d'une blancheur étincelante. Des charrettes bâchées s'étaient installées sur le pré communal que l'on n'avait pas encore déblayé de sa neige. Elles étaient chargées d'ustensiles divers : des poêles, des assiettes et des plats, des bijoux en verre ou en bois, des tissus bariolés, des peaux de bêtes, des couteaux à la lame acérée, des fleurs séchées, des bouteilles contenant des liquides de toutes les couleurs, des corbeilles et des bougies. Les vendeurs, misérablement vêtus, semblaient exténués, debout, presque résignés, à côté de leur marchandise, rares en effet étant les clients en mesure d'acquérir leurs maigres trésors. Les Tziganes avaient beau savoir qu'ils étaient depuis trop longtemps dans la localité pour susciter encore un quelconque intérêt chez les habitants, ils appréhendaient de poursuivre leur route sur cette neige tôlée. Emmitouflées jusqu'aux oreilles dans des couvertures, les femmes jetaient depuis l'intérieur des charrettes des regards courroucés, grondant de temps à autre leurs enfants qui faisaient les quatre cents coups au bord du ruisseau gelé. L'une d'elles, l'air absent, remuait au-dessus d'un feu le contenu d'un grand chaudron d'où montait une odeur délicieuse. Une autre, impassible comme si c'était pour elle chose habituelle, venait d'enterrer son bébé mort de froid dans la nuit.

Un comédien déguisé en bouffon débitait des plaisanteries sous l'œil de fillettes du village riant sous cape. Il jonglait avec des cailloux, faisait disparaître et réapparaître un œuf, remuait les oreilles. Un gros aubergiste vendait de la bière mousseuse et chaude qu'il puisait dans une jatte en bois ; à côté de lui travaillaient un cordonnier et un savonnier. Un chaudronnier martelait un morceau de cuivre brillant tandis qu'un marchand de draps étalait sur des planches de grands lés de toile, vantant à des clients imaginaires les qualités de ses tissus.

Les trois amies flânaient d'une voiture à l'autre. Elles étaient restées si longtemps sans sortir de leur couvent que tout leur semblait nouveau et excitant. Elles contemplaient, fascinées, les femmes assises dans les charrettes, les visages rongés par les soucis sur lesquels elles ne lisaient ni les privations ni la misère, mais la magie du voyage et de l'aventure.

Elles ont déjà parcouru tout l'Empire, se disait Margareta. *Comme ce doit être extraordinaire d'ainsi circuler dans le vaste monde !*

Elles finirent par s'attarder longuement devant un stand de bijoux multicolores étincelant dans la lumière hivernale. Margareta avait envie d'une paire de boucles d'oreilles aux fausses perles vertes ; Clara ne se lassait pas d'admirer un large bracelet serti d'éclats de verre, et

Angela caressait un collier en fer-blanc argenté. Un petit homme aux cheveux bruns s'approcha.

— Ce collier vous plaît ? demanda-t-il avec un accent étranger.

— Il est magnifique.

L'homme accrocha le bijou au cou de la jeune fille et recula d'un pas.

— Vous avez tout d'un ange, constata-t-il d'un ton de respect.

Les personnes présentes furent d'accord elles aussi. La parure soulignait de merveilleuse manière la noblesse des traits d'Angela.

— Puis-je vous l'offrir ?

Angela soupira.

— Nous n'avons malheureusement pas le droit de porter ce genre d'objet, répondit-elle. De plus, je ne saurais accepter pareil cadeau.

— Mais vous me feriez une joie immense, insista le marchand en regardant Angela d'un air implorant.

Aux yeux de ce Tzigane, pieux catholique, les élèves du couvent avaient presque les traits de la Madone, tout particulièrement la belle Angela. Elle finit par céder devant le bonheur que semblait lui procurer l'idée de lui faire un cadeau. Elle le remercia chaleureusement et poursuivit son chemin avec ses compagnes.

— Tu ne pourras jamais le montrer au couvent, lui dit Clara avec un peu d'envie. Jamais sœur Gertrud n'autoriserait cela !

— Bien entendu que je ne le montrerai pas, je le cacherai sous mon oreiller et je le regarderai tous les soirs.

— C'est sans arrêt qu'il arrive ce genre de choses à Angela, remarqua Margareta. Elle ensorcelle les hommes au point qu'elle obtient ce qu'elle veut.

— Ma foi, pour ce qui est des hommes, tu ne manques pas de chance non plus, rétorqua Angela, à voix si basse toutefois que seule Margareta l'entendit.

Elles avancèrent encore un peu sur la place, mais l'atmosphère était si morne qu'elles décidèrent de rentrer. Elles allaient quitter le marché quand un tumulte et des cris attirèrent leur attention. Se retournant, elles aperçurent un cortège se dirigeant dans leur direction, une foule en désordre d'hommes et de femmes hurlant des choses incompréhensibles, riant et braillant. Margareta, bien qu'incapable de discerner de quoi il retournait, n'en percevait pas moins la menace émanant de cette horde déchaînée.

— Venez, j'aimerais savoir pourquoi ils crient comme ça, proposa Angela, tout excitée.

— Oh non, implora aussitôt Clara, prise des mêmes craintes que Margareta.

Angela, les yeux brillants, s'obstina, et ses deux amies finirent par la suivre à contrecœur.

Des villageois curieux, sortant de toutes les maisons et de toutes les ruelles, les dépassèrent, se poussant et se bousculant. Il semblait impossible que tant de gens vivent dans un village aussi petit.

Les jeunes filles s'approchèrent elles aussi mais sans rien distinguer. Angela demanda à une jeune femme ce que voulaient ces gens. Elle se retourna avec un sourire mauvais aux lèvres :

— Ils vont brûler Amanda, une sorcière et une voleuse !

Margareta poussa un léger cri d'horreur. Sachant naturellement qu'on brûlait un peu partout des sorcières, qu'on pendait des gens, qu'on les exécutait d'une manière ou d'une autre, elle n'avait pourtant jamais assisté à pareil spectacle. Elle frémit et voulut retenir Angela, mais celle-ci avait commencé à se frayer un chemin à travers la cohue. Résignées, ses camarades la suivirent. Parvenues au milieu de la foule agglutinée autour d'un véhicule, une espèce de traîneau en bois tiré sans hâte par deux hommes, elles virent assise sur ce dernier une jeune fille, les mains liées. De petite taille, gracile, elle ne devait pas avoir plus de quatorze ans. Ses cheveux noirs, défaits, lui tombaient sur le dos et leur masse ébouriffée soulignait la pâleur du visage. Elle devait épouvantablement geler dans son mince habit gris sans manches, mais peut-être ne sentait-elle déjà plus du tout le froid, tant elle paraissait inerte, le regard déjà perdu et absent. On aurait dit qu'elle ne comprenait pas les cris de la foule, qu'elle ne voyait pas les visages cruels qui l'entouraient.

— Qu'a-t-elle donc fait ? demanda Angela à haute voix.

Une grosse femme se tourna vers elle.

— C'est une sorcière. Elle est entrée dans cinq maisons, et dans chacune d'elles quelqu'un était mort le lendemain matin. Et elle a aussi volé.

Puis, se retournant vers le traîneau, elle hurla d'une voix rauque :

— Tuez-la ! Brûlez cette sorcière !

— A-t-elle été condamnée ? interrogea Margareta.

— Elle a été conduite devant un tribunal dans le village voisin. Elle a refusé de reconnaître ses péchés même sous les pires tortures. Ce qui prouve bien qu'elle a passé un pacte avec Satan, sinon elle ne l'aurait pas supporté, n'est-ce pas ? Cela fait plusieurs jours qu'on ne lui a rien donné à manger et qu'elle doit dormir dans une cave glaciale, sans jamais s'être plainte. Le juge a dit qu'elle devait être brûlée !

Margareta fut prise de vertige. Ces simulacres de procès se déroulaient quotidiennement, elle ne l'ignorait pas. Mais, d'un seul coup, tout paraissait si irréel. Cette jeune fille était peut-être effectivement une sorcière. Les nonnes mettaient en garde contre ces créatures qu'elles appelaient les « filles de Satan », ces responsables du mal ici-bas. Il était alors juste d'exterminer ces femmes. Cette enfant pâle, aux grands yeux, assise sur son traîneau, avait néanmoins l'air si misérable, si triste ! Margareta sentit son corps se contracter sous l'effet de la pitié et de la peur, elle se sentit devenir étrangère à tout ce qu'on avait pu lui enseigner durant de longues années sur la nécessité de combattre le mal. Elle n'avait plus qu'un désir : sauver cet être à peine plus jeune qu'elle. Elle s'étonnait de ne pas éprouver de répulsion envers la sorcière, mais de la colère et du dégoût au spectacle de la foule déchaînée. Quels êtres vils et hideux ! Qu'elles étaient répugnantes, ces bonnes femmes la bave aux lèvres, précocement vieillies en raison des privations, les cheveux clairsemés, les dents noires, et soudain ravies d'enfin pouvoir vivre quelque chose d'extraordinaire ! Margareta les trouvait presque pires que les hommes qui exprimaient leur indignation par des grossièretés et se délectaient de la nudité à peine voilée de la délinquante.

Margareta s'aperçut que de nombreuses mains affairées avaient dressé sur la place un bûcher. Angela serra les poings.

— Assassins ! grommela-t-elle.

Clara la regarda, épouvantée, et chuchota :

— Tais-toi, c'est une sorcière !

— Oh non ! Elle n'est pas plus sorcière que toi ou moi. Regarde-la un peu ! Elle n'a certainement rien fait de mal !

À cet instant, la condamnée tourna les yeux vers les trois jeunes filles, et le regard inerte s'anima : c'étaient là des filles de son âge, soigneusement vêtues, bien nourries, et quoi que leur réserve l'avenir, du moins en possédaient-elles un, d'avenir ! Comme soudain consciente de son destin tragique – devoir mourir avant même d'avoir commencé à vivre –, la sorcière se mit à percevoir ce qui l'entourait, les visages cruels, l'immensité glacée des champs de neige, le bûcher. On put lire alors la souffrance et la terreur sur ses traits. Elle ouvrit la bouche pour un faible gémissement. La foule poussa un hurlement railleur. *Rien n'éveillera jamais la pitié chez ces brutes féroces*, pensa Margareta, *et ils font pourtant tout ça au nom de Dieu !*

Angela détacha soudain le collier qu'on venait de lui donner et, s'approchant tout près du traîneau, mit le bijou dans la main de la condamnée à mort. Celle-ci serra le cadeau contre elle, ses lèvres esquissèrent un sourire de gratitude. Alors les hommes qui tiraient le traîneau pressèrent le pas, la foule qui les suivait écarta Angela. Elle revint auprès de ses amies.

— Rentrons, dit Margareta, nous n'y pouvons plus rien.

Foulant la neige en silence, elles partirent dans l'obscurité naissante. Clara pleurait et Angela paraissait totalement absente. Margareta n'arrivait pas à oublier les yeux qui l'avaient fixée avec tant de désespoir, et elle se reprochait son impuissance. Elle grelottait de tout son corps. Elle savait cependant que cela n'avait rien à voir avec le froid, mais avec l'incertitude qui était soudainement entrée dans sa vie. Depuis l'été dernier, elle était tourmentée par le sentiment pesant que son monde, jusque-là solide et bien établi, commençait à vaciller.

5

Le printemps 1620 n'arriva que timidement, sans cesse retardé par des tempêtes et des chutes de neige. Avril fut encore froid et pluvieux, de rares rayons de soleil parvenant à grand-peine à permettre l'éclosion de quelques fleurs. On aurait dit que le temps avait été lui aussi contaminé par l'atmosphère lugubre que la guerre faisait peser sur l'Europe.

Depuis qu'en octobre de l'année précédente l'électeur palatin Frédéric avait été couronné roi de Bohême, l'Allemagne tout entière était le théâtre de querelles politiques et de conflits militaires. Le duc Maximilien de Bavière avait été furieux de voir un protestant sur le trône de Bohême, lui qui avait eu le dessein de ramener les insurgés à la raison tout en réconciliant, si possible, la Ligue catholique et l'Union protestante. Il avait alors pris le parti de Ferdinand, le nouvel empereur, qui déplorait toujours amèrement la perte de sa couronne de Bohême. Le premier avait promis au second des troupes et des armes pour lui permettre de récupérer son trône, sans renoncer pour autant, bien sûr, à exiger le commandement de l'armée.

À un moment, Ferdinand s'était trouvé dans une situation peu confortable. Où que son regard se portât, il devait constater que le destin s'était prononcé en sa défaveur. Le cruel roi de Hongrie, Bethlen Gabor, avait pris la tête d'une armée en direction de Vienne, dévastant et pillant sur son passage, faisant ensuite le siège d'une ville remplie de réfugiés où sévissaient la famine et la peste. Dans le même temps, les pays protestants d'Europe avaient officiellement reconnu Frédéric comme roi de Bohême, les princes de l'Union se rangeant eux aussi de son côté, bien entendu, sans toutefois lui apporter une aide véritable. Cette temporisation était seule à laisser quelque espoir à l'empereur Ferdinand : son rival Frédéric avait certes été reconnu, mais ses amis se souciaient peu de lui, faisant semblant de croire son pays à l'abri de toute difficulté. En réalité, la plupart d'entre eux redoutaient une évolution sanglante en Bohême et ne souhaitaient pas se retrouver impliqués dans les affrontements qui menaçaient. Ferdinand, en revanche, grâce à son alliance avec Maximilien, avait derrière lui l'ensemble de la Ligue catholique. En mars, il avait invité ses représentants à une assemblée à laquelle tous avaient participé sans exception. Ils avaient décrété que la Bohême appartenait à l'Empire et que, par conséquent, Frédéric, qui avait été couronné par les insurgés, devait être considéré comme responsable de la rupture de la paix. L'empereur lui adressa un ultimatum, lui enjoignant de quitter la Bohême avant juin 1620 ; en cas de refus, il s'exposerait à en être chassé par la force des armes.

Jeune, inexpérimenté et savourant un bonheur puéril dans l'éclat de la cour pragoise où il se livrait à une dilapidation incroyable, Frédéric tarda à se rendre compte de la précarité de sa situation. Il avait vu Ferdinand plongé dans des difficultés sans nombre, sans s'apercevoir que celles-ci étaient aplanies depuis longtemps. L'empereur avait des amis puissants, des princes qui le soutenaient.

Par une fraîche journée du début du mois de mai, Margareta et Clara, munies de grands paniers déjà chargés de fleurs et d'herbes, cheminaient dans les prés proches du couvent, à la recherche d'autres plantes. En raison du froid inhabituel qui avait marqué cette année-là, leur tâche n'était pas aisée, mais elles ne se laissaient pas décourager. Sœur Gertrud, la supérieure, allait avoir soixante-dix ans ; aussi fallait-il décorer le couvent de fond en comble. Chacun savait que, même si elle prétendait le contraire, la nonne escomptait que la cérémonie en son honneur serait grandiose.

Les deux amies marchaient depuis quelque temps quand elles prirent conscience qu'à force de bavarder elles en avaient presque oublié leur travail.

— Nous allons chercher séparément jusqu'à ce que nos paniers soient pleins, proposa Margareta. La première qui aura terminé viendra attendre l'autre ici.

Clara ayant acquiescé, elles partirent dans des directions opposées.

Margareta mettait à présent du cœur à l'ouvrage, parcourant les champs à grands pas et cueillant tout ce qui se présentait. Elle n'avait pas envie de flâner, car le temps était menaçant. De sombres nuages se formaient au-dessus de la ligne bleu foncé des Alpes, tandis que la pluie, pareille à une muraille noire, arrivait depuis l'ouest. Non, ce n'était vraiment pas le printemps. Margareta vivait dans une attente impatiente ; le temps pressait ! Richard avait certes promis de revenir et elle ne doutait pas de lui, mais, s'il n'arrivait pas bientôt, il serait trop tard et ses parents l'emmèneraient.

Elle n'arrêtait pas de songer à Richard. À chaque instant de solitude, ses pensées glissaient vers lui ; aussi ne fut-elle pas étonnée quand, se redressant et s'apprêtant à rentrer, elle aperçut un cavalier à quelque distance. Elle eut aussitôt la conviction qu'il s'agissait de celui qu'elle aimait. Laissant tomber son panier sans s'en apercevoir, elle se mit à courir. Le cavalier accéléra l'allure. Son cheval descendit la colline d'un trot rapide et régulier. Margareta finit par reconnaître le visage familier. Elle fut prise d'un léger tremblement, ce qui la contraria. Des mois durant, elle s'était imaginé cet instant, elle l'avait vécu cent fois en pensée, et voilà qu'elle était comme paralysée. Elle avait la bouche si sèche qu'elle était incapable de prononcer un mot. Elle ne pouvait, interdite, que regarder le jeune homme stopper sa monture et mettre pied à terre.

Il avait maigri durant ces huit mois et avait l'air plus las que jadis. À la vue de Margareta, il se métamorphosa. Il rayonnait de bonheur et Margareta perdit sa réserve. Sans hésiter, elle courut à lui et le prit dans ses bras, envahie soudain d'une sérénité merveilleuse. Il n'était pas arrivé trop tard.

— Et tu viens même à ma rencontre, dit Richard.

La serrant contre lui, il la dévisagea. Il la trouvait changée, mais cela pouvait tenir à ce qu'il l'avait rencontrée en été, en pleine chaleur, en plein soleil. Elle sortait à présent de l'hiver qui l'avait éprouvée comme tout un chacun. Elle paraissait plus délicate encore, plus fragile. Elle sourit enfin.

— Dieu du ciel, s'écria-t-elle, tu as pris ton temps.

— J'espère que tu n'as pas douté que je reviendrais ?

— Non, il s'en est pourtant fallu de peu qu'il soit trop tard !

— Bon, en tout cas je suis là, maintenant. Et je t'ai trouvée immédiatement. Je pensais avoir à te faire sortir du couvent, mais sans savoir comment m'y prendre.

— On m'a envoyée ici cueillir des fleurs.

— Je sais. J'ai rencontré ton amie de l'autre côté de la colline, la jeune fille aux cheveux noirs. Je l'ai reconnue et abordée.

— T'a-t-elle reconnu elle aussi ?

— Je ne crois pas. Elle a eu très peur et m'a certainement pris pour une canaille. Totalement paniquée, elle m'a expliqué que son amie n'était pas loin et m'a indiqué la direction. Je me suis dit que c'était peut-être toi et je suis parti à ta recherche.

Margareta ne put s'empêcher de rire en pensant à la pauvre Clara.

— Tu arrives de Prague ?

— Non, j'étais à Paris. J'ai rendu visite au duc de Bouillon, un oncle du roi Frédéric. C'était un protégé du roi Louis, et nous espérions, grâce à lui, gagner la cour de France à notre cause. Bouillon est malheureusement un abruti. Il y a beau temps qu'il a perdu tout pouvoir et il se prévaut de pouvoirs qu'il ne possède plus.

— Il n'y a donc pour vous aucune aide à attendre de la France ?

— Non, mais c'était à prévoir.

Margareta soupira. Elle s'intéressait si peu à la politique qu'il lui était aisé de se ranger du côté de Richard, même si cela allait à l'encontre des opinions de sa famille.

— Le peuple de Bohême soutient-il toujours son roi ? s'enquit-elle.

— Il s'aliène par bêtise toutes les sympathies. Les gens l'ont bien accueilli et la pompe de sa cour les a d'abord impressionnés. Maintenant, chacun comprend que l'État n'a pas d'argent et qu'il est menacé de toutes parts. Ce qu'ils veulent, c'est un roi mettant en œuvre une politique claire et sensée. Or Frédéric ne l'admet pas. Il continue à s'amuser.

Après ces propos empreints de gravité, Richard retrouva son sourire.

— Pourquoi parler de cela ? Ce n'est pas très important. Tu veux certainement savoir quand nous allons partir ?

— Est-ce pour bientôt ?

— Assez, oui. Demain soir.

Margareta tenta de ne pas avoir l'air trop effrayé.

— Mais c'est très rapide !

— Il faut que j'aille à Prague ! On m'y attend, je n'ai pas de temps à perdre, dit Richard en la regardant avec tendresse. Je ne voudrais pas que tu sois malheureuse. Si quitter tout ce qui t'est familier te brise le cœur, dis-le-moi. Peut-être…

— Nous n'avons pas le choix. Ma famille ne donnera jamais son consentement à notre mariage, et il me faut donc agir en cachette. La seule chose qui me briserait le cœur, ce serait que tu partes sans moi.

— Je te remercie. Tu dois tant abandonner ! Mais je te jure que tu n'auras jamais à le regretter. Nous allons tout d'abord gagner le château de mes parents.

— Et quand nous marierons-nous ?

— Quand je t'aurai présentée à ma famille. Je veux leur donner la possibilité de t'accepter.

Margareta, troublée à l'idée de se retrouver face à une famille apparemment hostile, se tut néanmoins. Elle y réfléchirait ultérieurement. Richard lui demanda de se trouver le lendemain soir, à la nuit tombée, à l'arrière du jardin.

— N'emporte pas trop de bagages, la prévint-il. Tu devras en effet voyager à cheval au début. J'ignore quand je pourrai me procurer une voiture.

— Va-t-on nous laisser franchir librement les frontières ?

Richard montra son épée.

— Elle m'a déjà ouvert plus d'une route, mais je ne vais sans doute pas avoir à m'en servir. Nous avons l'air fort inoffensif.

Margareta aurait aimé l'écouter encore longtemps et lui poser de nombreuses questions sur son pays et sa famille, mais un nuage chargé de pluie était arrivé sans qu'ils l'aient remarqué. En un instant, ils furent mouillés jusqu'aux os, et c'est dans cette situation désagréable que Margareta se rappela enfin Clara qui devait attendre depuis un bon moment à l'endroit convenu. Elle prit la main de Richard.

— Je serai à l'heure demain soir, promit-elle. Il faut que j'y aille à présent. Clara est à coup sûr déjà en larmes.

Ils s'embrassèrent tendrement, puis Richard monta en selle et disparut dans la pluie. Margareta retrouva son panier. Au moins était-il passablement plein ! Elle courut aussi vite qu'elle le pouvait pour rejoindre Clara. Celle-ci, trempée et grelottante, les tresses dégoulinantes, faisait pitié à voir dans sa robe qui lui collait au corps.

— Où étais-tu passée ? demanda-t-elle en pleurnichant. Je suis toute mouillée et j'attends depuis des heures. Nous allons être en retard et on nous grondera !

Pour la première fois depuis qu'elle connaissait Clara, Margareta ne fut pas irritée par ses lamentations. Sachant qu'elle n'entendrait plus jamais ces jérémiades, elle se surprit à presque y prendre plaisir.

— Ma pauvre, compatit-elle, tu es trempée, c'est vrai, mais moi aussi. Il faut vite rentrer.

En route, Clara raconta sa terrible aventure, quand un étranger avait surgi, un dangereux vagabond à l'aspect négligé.

Arrivées au couvent, elles subirent un long sermon en raison de leur retard et de leur pitoyable apparence. Puis on les envoya se changer avant d'aller décorer la chapelle. Au cours de ce travail, Margareta parvint à se glisser dans le dortoir sans se faire remarquer. Elle voulait en effet préparer ses bagages, ignorant si elle en aurait l'occasion le lendemain pendant la cérémonie d'anniversaire. Son élégant sac de velours ne se prêtait certainement pas à un voyage aussi long, mais elle n'avait rien d'autre. Il lui fut au moins épargné d'avoir à faire des choix douloureux, les pensionnaires n'étant autorisées qu'à garder de rares biens personnels. Elle décida de mettre sur elle sa robe de voyage marron et, dans son sac, en plus de son linge, son manteau noir et sa vaporeuse tenue de fête en soie vert clair dont le décolleté lui paraissait tout à fait indécent. Elle n'emporterait pas sa robe du couvent.

Ayant rejoint ses camarades dans la chapelle, elle rit et bavarda avec elles. La nostalgie l'envahit en les entendant parler de l'été et de tous leurs projets. Il y aurait belle lurette qu'elle ne serait plus là. *Mais où ?* se demanda-t-elle, soudain angoissée.

Le lendemain fut une journée de grand vent et de pluie. Margareta ne cessait de regarder par la fenêtre avec inquiétude. Si le mauvais temps persistait, aller à Prague ne serait pas une partie de plaisir. Sœur Gertrud, visiblement flattée qu'on eût si richement décoré le couvent, tenta, à son habitude, de cacher sa joie.

— Vous savez pourtant bien que je n'aime pas un pareil faste, reprocha-t-elle aux nonnes et aux pupilles, d'un ton presque aimable.

L'après-midi, elle leur fit servir des gâteaux. Margareta en fit disparaître quelques-uns dans sa poche. Qui sait quand Richard et elle-même trouveraient de quoi manger ?

La journée fut tout entière consacrée à des prières : pour que santé et félicité soient accordées à sœur Gertrud, prospérité et salut à Sankt Benedicta et à tous ses résidents, pour que l'Église catholique triomphe à travers le monde et que ses ennemis connaissent une mort ignominieuse. Tard dans l'après-midi, sœur Gertrud prononça un discours, commençant par évoquer les grandes missions incombant au couvent et à l'Église. Puis elle parla de son existence comme nonne et de la profonde satisfaction qu'elle en avait retirée, avant de s'adresser directement aux jeunes filles :

— Chères pupilles, le moment est aujourd'hui venu de vous donner quelques règles utiles pour votre avenir. Vous n'avez plus que peu de temps à vivre ici. Déjà, la première d'entre vous va suivre ses parents en vue de son mariage et les autres ne tarderont pas, elles non plus, à quitter le couvent. J'ignore si quelqu'une d'entre vous entrera dans les ordres ou si vous préférerez toutes le siècle à la règle, mais peu importe : choisissez une voie conforme à votre rang et à votre éducation, une voie conforme à la morale, une voie que vous pourrez suivre la tête haute. Et, quand vous l'aurez choisie, acceptez alors le destin que Dieu vous a assigné et assumez-le sans plainte ni récrimination !

Sœur Gertrud se tut et laissa errer son regard dans la salle. Les jeunes filles la regardaient avec déférence. Seule Margareta garda les yeux baissés.

Oh, vous vous entendez tous à susciter des sentiments de culpabilité, songeait cette dernière. *Vous appelez choisir ce qui est simplement l'acceptation de ce que vous avez décidé pour nous, et vous nous contraignez à la docilité en nous assénant votre morale. Vous êtes habiles car voilà que je commence déjà à me demander si je peux accomplir mon dessein la tête haute.*

— Vous vivez en des temps incertains, poursuivit sœur Gertrud. L'Allemagne est en proie aux troubles, partout des guerres éclatent ; à peine l'une d'elles est-elle terminée qu'une autre se déclenche ailleurs. Ces conflits mettent en jeu la foi et le pouvoir et il faudra peut-être des années, de longues années, avant que l'Europe vive enfin en paix. Et vous aussi, mes chères élèves, vous allez peut-être vous retrouver face à l'horreur dans les années qui viennent. Il se pourrait que vous soyez confrontées à des situations où vous vous demanderez où est le bien, où se situe le mal, comment faire pour être agréables au Seigneur Tout-Puissant. Dans de tels moments, fermez les yeux et ne prenez conseil que de vous-même. Si vous vous arrêtez à une décision et que vous soyez en mesure de la justifier devant Dieu et votre foi catholique, alors ce sera la bonne. Si vous n'êtes pas en mesure de le faire, priez afin de vous délivrer de vos mauvaises pensées !

Sœur Gertrud se tut une nouvelle fois et eut un sourire plein de douceur.

— Gardez mes paroles en mémoire ! conclut-elle.

Toutes les jeunes filles étaient fort impressionnées par les propos de la supérieure, mais aucune ne se sentit aussi directement concernée que Margareta.

Sœur Gertrud croit fermement à ce qu'elle dit, pensa-t-elle, se sentant seule visée par ce discours. N'apportait-elle pas le chagrin et la honte à sa famille ? Ne se précipitait-elle pas aveuglément vers son propre malheur ? Au regard de la morale de l'Église, elle avait tort. Pourtant, son amour pour Richard était si fort qu'il ne pouvait être répréhensible !

J'essaierai toujours de garder ma propre estime, se promit-elle en son for intérieur, *je ne ferai rien que je ne puisse justifier.*

Elle ne fléchit pas dans sa résolution de suivre Richard jusqu'en Bohême. Vers la fin du dîner, elle heurta la table si maladroitement que son gobelet de lait se renversa sur sa robe.

— Dieu, que je suis sotte, dit-elle en se levant. Il faut que je lave ça avec un peu d'eau. Je monte un instant au dortoir.

— La messe va commencer, lui rappela Angela.

— Je sais. Peux-tu dire à sœur Gertrud que je reviens tout de suite ?

Craignant que son amie n'essaie de la retenir, elle ne lui avait pas avoué son dessein. Angela n'avait effectivement aucun soupçon, et Margareta la regarda se diriger gaiement vers la chapelle. La reverrait-elle un jour ou cette séparation était-elle définitive ? Pourquoi tout devait-il se dérouler en secret ?

Elle courut jusqu'au dortoir. En un clin d'œil, elle changea de robe. Tirant son sac de dessous le lit, elle sortit sans un regard en arrière. Personne, pas un bruit dans l'escalier. Elle entendit des chants étouffés sortant de la chapelle. Elle pouvait encore faire demi-tour, renoncer à ce projet délirant. Puis elle pensa à Richard qui l'attendait à l'extérieur et qu'elle ne reverrait jamais si elle cédait à ses peurs. Sans se tourmenter plus longtemps, sans adieu sentimental à une institution qui lui avait servi de foyer pendant tant d'années, elle courut sans bruit jusqu'à la porte du couvent, se glissa dans la cour, dans le jardin enfin. Le vent hurlait, lui cinglant le visage d'une pluie glaciale dans une obscurité plus forte que d'ordinaire. Les vieux arbres gémissaient, l'herbe était plaquée au sol. Margareta avait de la peine à avancer. Serrant son sac contre elle, pressant l'allure, elle gardait les yeux grands ouverts malgré la pluie. Puis elle aperçut Richard, à cheval, tenant une deuxième monture par les rênes. Sautant à terre, il vint à sa rencontre.

— Ah, te voilà, constata-t-il d'un ton presque indifférent, comme s'il ignorait l'énormité du pas qu'elle était en train d'effectuer.

Mais le sang-froid dont il faisait preuve l'aida à chasser ses propres pensées douloureuses.

— Tu as même une selle de dame pour moi !

— Je me la suis procurée, expliqua-t-il.

Margareta préféra ne pas lui demander comment il s'y était pris et tous deux montèrent sur leur cheval.

— Je connais la route que nous allons d'abord emprunter, la rassura-t-il, un sentier plat, sans obstacle. Nous pouvons donc prendre le galop, ce qui nous permettra de parcourir un bon bout de chemin avant le lever du jour. Tu tiendras jusqu'au bout ?

— Bien sûr !

Sa présence si proche lui donnait des forces, son assurance du courage, et elle sentit grandir son goût pour l'aventure. Elle était convaincue d'agir comme il le fallait, pour la bonne raison qu'elle ne pouvait agir autrement. Elle maintint son cheval derrière celui de Richard. Ils prirent le trot, accélérèrent et se lancèrent enfin dans un galop puissant au travers de la nuit et de la tempête. Derrière les arbres, les faibles lumières du vieux couvent disparurent dans l'obscurité.

6

Ils restèrent en selle toute la nuit, à l'exception de quelques arrêts, et ne firent qu'au matin une halte prolongée sous de grands arbres les protégeant mal de la pluie, avant de poursuivre leur route d'une seule traite jusqu'au soir. Ni le vent ni la pluie ne cessèrent un instant. Trempée jusqu'aux os et frigorifiée, Margareta crut qu'elle allait pleurer de soulagement quand, à la tombée de la nuit, ils aperçurent enfin une maison isolée au milieu des prés et des bois. Au-dessus de l'entrée pendait une enseigne rouillée portant l'inscription prometteuse « Au cygne blanc ». Ils entrèrent dans la cour et Margareta glissa de sa selle, à bout de forces. Richard paraissait nettement moins épuisé. Habitué aux chevauchées de plusieurs heures sous la pluie, il avait beaucoup moins que sa compagne la sensation d'avoir les membres rompus.

— Quand nous aurons mangé quelque chose et que nous nous serons réchauffés, tu iras mieux, lui dit-il. Mais écoute-moi bien : pas un mot sur le fait que nous sommes en chemin pour la Bohême ! Ce pays connaît beaucoup trop de troubles et, de plus, les gens sont ici pour la plupart des partisans de l'empereur. Ce n'est pas le moment de déclencher des querelles.

L'aubergiste, un gros homme au visage rougeaud, tout heureux de recevoir des hôtes à une heure aussi tardive, leur expliqua qu'à part lui un valet et une bonne étaient les seuls occupants de la maison et qu'il se sentait fort isolé.

— Il est dangereux de voyager par les temps qui courent, leur confia-t-il tout en approchant de la cheminée la massive table de chêne et en les invitant de la main à y prendre place. Les forêts sont pleines de bandits, racaille et compagnie. Jésus Marie, les honnêtes gens risquent leur peau à tout instant.

Il apporta une cruche d'eau, mit sur la table des assiettes et des gobelets en bois ainsi qu'une planchette sur laquelle il y avait du pain et du fromage, puis tout de même, au bout d'un certain temps, une écuelle pleine de bière dont les voyageurs purent se servir à volonté à l'aide d'une louche.

— Ça va vous redonner des forces après cette longue route ! glissa-t-il à ses deux hôtes en les regardant manger et boire avec curiosité, leurs éloges quant à la bonne chère et à la tranquillité de son auberge lui procurant un plaisir évident.

Margareta ne voulait pas paraître impolie, pourtant, en dépit de sa faim, elle n'appréciait pas particulièrement le repas, tant elle trouvait insolite ce qui l'entourait. La pièce basse blanchie à la chaux, les fenêtres minuscules, les ombres inquiétantes, dansantes et vacillantes, que le feu projetait contre les murs, tout lui paraissait menaçant. À cette heure-ci, ses amies du couvent étaient à l'office du soir, sous la sévère surveillance de sœur Gertrud. Elle fut soudain submergée d'un violent désir de retrouver la sécurité de ce refuge. Avant que quelqu'un ne s'aperçoive que les larmes lui montaient aux yeux, elle porta vivement son gobelet à ses lèvres et but à longs traits. L'aubergiste l'observait.

— Une demoiselle jeune comme vous n'a donc pas peur d'un aussi long voyage à cheval ?

Margareta secoua la tête. Des voleurs dont cet homme parlait, elle n'avait pas peur, certes non, si elle avait peur, c'était d'avoir le mal du pays. Richard, montrant son pistolet posé sur la table près de lui, assura pour sa part :

— J'ai de quoi nous défendre.

— Où vous rendez-vous, si je peux me permettre ?

— À Ratisbonne, répondit le jeune homme sans broncher, nous y rendons visite à des parents.

— Ratisbonne, tiens, tiens ! C'est tout à côté de la frontière avec la Bohême, n'est-ce pas ? Mon Dieu, avec tout ce qui risque de se passer encore là-bas ! Qu'est-ce que vous pensez des protestants, des insurgés ?

— Eh bien… oui, bien sûr qu'ils pensent avoir raison. Je veux dire par là qu'il peut toujours très vite éclater des querelles politiques entre un souverain et les États d'un pays. Et quand on sait avec quelle violence les confessions s'opposent entre elles en Bohême. La vieille noblesse du pays est protestante, l'ancien roi Ferdinand, désormais notre empereur, est catholique. Tout ça mélangé…

— Ma foi, monsieur, je vais vous dire les choses comme je les vois, confia l'aubergiste en se penchant en avant, je ne suis pas aussi intelligent que les princes qui gouvernent et régissent tout, mais croyez-moi : ce qui se passe là-bas, à Prague, va se propager alentour, et les combats vont durer de nombreuses années. Et tout le mal vient des protestants, des hérétiques ! Ils ont passé un pacte avec le Malin, travestissent nos Saintes Écritures et sèment le désordre dans notre peuple… Que Dieu ait pitié de nous !

L'homme se signa hâtivement et Margareta l'imita par habitude. La mine de Richard s'était assombrie.

— Le problème n'est pas celui de la confession, objecta-t-il. Ces dernières années, les États de Bohême se sont justement tenus à l'écart de toute influence politique. Pourquoi la Bohême n'a-t-elle pas eu le droit de devenir une royauté élective et pourquoi les villes n'ont-elles pas leur mot à dire dans le choix de leurs régents ? Ferdinand a été institué contre la volonté de la noblesse, et pour quel résultat ?

Il s'interrompit quand il sentit, sous la table, le pied de Margareta appuyer sur le sien. Il vit alors qu'elle avait un air soucieux. Il aurait dû refuser de répondre à leur hôte. Changeant prudemment de sujet, il se plaignit du mauvais temps et du froid. L'homme, qui ne s'était heureusement pas rendu compte de la brusque montée de la tension dans la pièce, fit volontiers chorus. Ils bavardèrent à propos de l'hiver glacial, de la pluie, des mauvaises récoltes qui s'annonçaient, jusqu'au moment où Richard s'aperçut que Margareta, tassée sur son siège, faisait pitié à voir et avait cessé depuis un bon moment de suivre la conversation. Il se leva.

— La journée a été rude, je crois qu'il est temps d'aller dormir.

— Bien sûr. Je vais vous montrer votre chambre.

Sans y avoir réfléchi, Margareta intervint :

— Nous voudrions deux chambres, s'il vous plaît.

L'homme interrogea du regard Richard qui approuva d'un signe de tête. Un escalier raide, craquant sous leurs pas, les conduisit au premier étage où l'aubergiste ouvrit deux portes contiguës, chacune donnant sur une pièce étroite et obscure. Avec la bougie qu'il avait à la main, il en alluma une autre, posée dans le couloir.

— Vous pourrez venir chercher du feu ici, dit-il. Je vous souhaite une bonne nuit.

Il considéra Margareta avec curiosité. Jusque-là il avait cru qu'elle était la femme du jeune monsieur, mais il s'était vraisemblablement trompé.

— Bonne nuit, mademoiselle, murmura-t-il avant de faire demi-tour et de redescendre l'escalier en soufflant bruyamment.

À peine fut-il disparu que Richard prit les mains de Margareta dans les siennes.

— Pourquoi donc deux chambres ?

Elle le regarda, effrayée.

— Nous… nous ne sommes pas mariés.

— Nous le serons bientôt.

— Oui, mais nous ne pouvons pas, pour autant, tout simplement…

Il sourit et elle ne sut plus que dire. Sa confusion était grande, car elle ne s'était jamais trouvée en situation de faire quelque chose que les nonnes qualifieraient d'impudique et dont elle n'avait qu'une notion incertaine, bien qu'Angela, qui, pour des raisons mystérieuses, avait toujours vent de ce qui était interdit, lui eût transmis suffisamment d'informations pour qu'elle en ait au moins une vague idée. Voilà pourquoi elle savait ne pouvoir passer la nuit dans la même chambre que Richard sans perdre sa pudeur.

— Je ne sais pas… reprit-elle, mais, en même temps que son compagnon, elle aperçut une ombre au pied de l'escalier.

— L'aubergiste nous écoute, chuchota Richard, et il n'a pas besoin d'apprendre que tu t'es enfuie d'un couvent. Puis-je entrer dans ta chambre un instant ?

La bougie à la main, il la suivit et referma la porte derrière lui.

— Quelle chambre misérable ! s'exclama-t-il avec dégoût au spectacle d'un coin humide où se traînaient quelques cafards. Il en sera malheureusement le plus souvent ainsi pendant notre équipée. J'espère que tu tiendras bon.

— Je pense que oui, répondit Margareta en posant son sac sur une chaise, tout en prenant soin de rester au milieu de la pièce.

Richard s'approcha tout près d'elle et elle sentit qu'il l'entourait de ses bras et l'attirait contre lui.

— De quoi as-tu peur ? De sœur Gertrud ?

— Non, pas de la supérieure, bien sûr. Elle…

— … est à Sankt Benedicta, dans son lit, en train de dormir. Il n'y a personne ici qui puisse te dire quoi que ce soit.

— Ça ne fait rien. Tout est allé si vite. Je ne suis partie qu'hier soir, nous ne sommes même pas mariés et…

— Mais nous le serons bientôt.

— Pour le moment, nous ne le sommes pas !

Richard lui donna un baiser sur les cheveux. Dehors, le vent soufflait toujours en tempête et la pluie tambourinait contre les carreaux. Malgré sa fatigue et ses incertitudes, Margareta se rendit compte qu'elle souhaitait secrètement que Richard reste avec elle et continue à la tenir dans ses bras. Malheureuse, elle releva les yeux.

— Je ne peux pas, souffla-t-elle.

Richard hocha la tête et recula d'un pas.

— Je vois que pour l'instant sœur Gertrud est plus forte que moi. Il vaut peut-être mieux que tu dormes maintenant. Tu vas avoir besoin de toutes tes forces d'ici que nous soyons en Bohême, dit-il en se dirigeant vers la porte. Si jamais tu as peur, je suis là, à côté. Bonne nuit.

Il disparut. Margareta, les doigts raides, commença à se déshabiller. Elle craignit de se mettre à pleurer tant son mal du pays et son désarroi étaient grands. Mais, s'étant glissée dans le lit et ayant éteint la bougie, elle constata qu'elle n'avait même plus la force de pleurer. La fatigue d'une nuit blanche et d'une longue journée de cheval s'empara d'elle au point que, voulant revoir en pensée les traits d'Angela et de Clara pour se réconforter, elle n'y parvint pas non plus. Quelques instants plus tard, elle dormait déjà.

Le voyage dura plusieurs semaines. Désireux de se soustraire aux questions gênantes, Richard n'empruntait que des trajets déserts, évitant les villages et les villes, passant la nuit chez des paysans à qui il était aisé de raconter des histoires plus ou moins crédibles. Une fois surmontées leurs craintes devant des voyageurs inconnus, ils se montraient accueillants et confiants envers ceux qui leur apportaient une distraction bienvenue. Un autre avantage de cette solution était l'absence de voisins trop curieux.

Richard estima plus sage de continuer à voyager à cheval, car, plus mobiles, ils avaient moins à redouter les bandits de grand chemin qui, non contents de détrousser leurs victimes, les pendaient souvent à un arbre proche. Richard ne songeait pas aux fatigues que chaque journée représentait pour une Margareta non rompue à cet exercice. Au bout de peu de temps, elle était brisée à en pleurer. Ses muscles étaient douloureux au point qu'elle ne réussissait à demeurer assise sur sa selle qu'au prix d'un extrême effort de volonté. Chaque fois que Richard proposait de mettre leurs montures au galop, elle aurait aimé lui crier :

— Est-ce que tu me prends pour un vieux soldat qui, sa vie durant, n'a rien fait d'autre que monter à cheval ? Je suis tout simplement à bout.

Consciente de la nécessité d'avancer rapidement, elle serrait néanmoins les dents et ne disait mot. Pour la première fois de son existence, elle appréciait à sa juste valeur le fait de trouver le soir un lit où s'enfoncer et étendre ses membres exténués. Jamais encore elle n'avait ressenti une telle lassitude physique et il lui arrivait même de ne plus être dégoûtée par les hébergements, souvent d'une saleté repoussante, qu'ils devaient parfois partager avec des souris, des rats et autres vermines. De temps en temps, le soir, elle lavait un peu de linge pour ne pas paraître totalement négligée, et peu s'en fallait qu'elle ne s'endormît debout. En pareille circonstance, en état d'épuisement total dans des chambres sordides, le mal du pays la submergeait à nouveau. Elle revoyait Sankt Benedicta et ses amies, les nonnes et ses parents, se demandant ce que diable elle faisait ici, quelque part entre Munich et Prague, par une aussi triste et sombre soirée. Quand il se trouvait un miroir dans la chambre, elle y voyait une jeune fille maigre, aux yeux démesurés, à la peau trop hâlée. Certes, le soleil ne se montrait que rarement en ce mois de mai, pourtant, venait-il à briller, s'en protéger n'était pas chose aisée. Margareta se consolait en pensant qu'elle retrouverait sa pâleur distinguée dès l'hiver revenu. Non, ce n'était pas cela qui lui pesait, mais les douleurs, la fatigue et le sentiment d'être loin de tout ce qui lui était familier et habituel. Elle prenait une conscience toujours plus nette de ce qu'elle avait abandonné naguère, en cette nuit pluvieuse. Quand le matin, encore totalement moulue, elle sortait à grand-peine de son lit, enfilait sa robe froissée et pleine de poussière et qu'elle se retrouvait devant Richard, elle savait cependant pourquoi elle avait choisi d'endurer de pareils tourments. Vivre avec lui compensait tout, le mal du pays, le chagrin et l'inquiétude quant au sort de ceux qu'elle avait quittés. Il lui suffisait de le voir devant elle pour supporter les journées interminables à dos de cheval, la pluie et le vent, le soleil brûlant, la faim et la soif. Elle croyait de toutes ses forces que Prague lui serait une patrie nouvelle, qu'elle fonderait une famille avec Richard et qu'elle retrouverait son ancienne sécurité.

Ils passèrent au large de Ratisbonne, cette ville qui, comme le disait Richard, se trouvait juste au sud de la frontière avec le Palatinat, l'électorat du roi de Bohême présentement en si grande difficulté. Peu après, ils durent traverser le Danube. Margareta comprit qu'ils étaient sur le point d'arriver en Bohême. Le paysage était vallonné, couvert de forêts, et il ne changea pas d'aspect une fois la frontière franchie. Elle fut heureuse de ne pas s'être aperçue qu'ils avaient quitté la Bavière car, sinon, le mal du pays l'aurait sans nul doute assaillie sans retenue. Ses forces morales n'en déclinaient pas moins lentement. Elle était si épouvantablement lasse, elle se sentait si sale et abattue, atteinte d'une tristesse insidieuse. Richard parut alors s'inquiéter.

— Tu as l'air accablée, Margareta, tu as changé, tu souris si rarement. Es-tu malheureuse ?

Margareta s'apprêtait à répondre que non, qu'elle était très heureuse, quand elle se ravisa :

— Je suis heureuse d'être partie avec toi et je le referais immédiatement. Il n'empêche que mon pays me manque.

Le regard de Richard se fit compréhensif.

— J'imagine ce que tu ressens, concéda-t-il, cependant tu m'as, moi. Tant que je suis avec toi, tu ne devrais pas avoir le mal du pays.

Une chose au moins plaisait à Margareta : la Bohême. Certes, elle n'avait ni la fertilité ni la luxuriance de la Bavière, pas plus que l'horizon n'était barré par des cimes enneigées, mais ses collines aux versants en pente douce étaient couvertes de sombres forêts sentant la résine et de moelleux tapis de mousse. L'été, en cette fin du mois de mai, s'annonçait en dépit des pluies abondantes. Le soleil perçait à travers les branches, et il était agréable de s'asseoir dans les clairières et d'étirer ses membres fourbus tout en engloutissant les aliments que Richard avait obtenus dans quelque ferme en échange de pièces soigneusement cousues dans les doublures de son vêtement. Margareta, en proie à une faim dévorante, pouvait ingurgiter des quantités d'une nourriture devant laquelle, jadis, elle aurait hoché la tête. Pourtant, à l'exception de ses muscles des bras et des jambes de plus en plus vigoureux, elle demeurait maigre.

Je dois vraiment être d'une beauté ensorcelante, songeait-elle avec ironie. *Mon Dieu, si seulement ma peau n'était pas pareillement hâlée ! Que va penser la famille de Richard ?*

Le paysage n'était pas seul à lui indiquer qu'ils avaient quitté la Bavière, il y avait aussi les gens : des voyageurs faisant un bout de chemin en leur compagnie ou bien des fermiers à qui ils achetaient de quoi manger et qui les invitaient à partager leur repas. Margareta découvrait dans les Tchèques un peuple accueillant en même temps que plein de fierté et d'assurance. Pas une conversation qui ne se terminât sans que la politique des Habsbourg et leur ingérence dans les affaires de la Bohême aient été vilipendées. Même les paysans, d'ordinaire assez mal disposés envers la noblesse, défendaient les insurgés. Margareta réussissait généralement à suivre les discussions, les gens se mettant à parler allemand quand ils apprenaient que la jeune fille ne comprenait pas le tchèque. Or, un jour où ils étaient assis au milieu d'une bande d'enfants, Margareta se demandant comment elle allait pouvoir avaler les petits pois à moitié crus que la paysanne lui proposait aimablement, le mari frappa soudain la table du poing avant de laisser échapper un flot de paroles incompréhensibles. Richard lui répondit alors dans sa langue et l'échange se poursuivit ainsi jusqu'au moment où Margareta mit à profit une brève pause pour demander de quoi il était question.

— Il parlait des catholiques, lui résuma Richard. Il ne les aime pas beaucoup. Il disait qu'il préférerait encore que sa fille épouse un mendiant ou un vagabond plutôt que l'un d'entre eux !

— Très aimable de sa part ! constata Margareta à mi-voix.

Le paysan, à l'évidence, ne paraissait pas envisager une seconde que l'un de ses hôtes pût être catholique, sinon il n'aurait en effet pas fait preuve d'une telle impolitesse.

Un peu plus tard, alors qu'ils avaient repris leur chevauchée, Margareta voulut en savoir davantage :

— Qu'est-ce que tu lui as répondu ?

— Au paysan ? Eh bien, j'ai moi aussi dit du mal des catholiques et je lui ai donné raison, dit-il avec désinvolture.

La jeune fille fut blessée. Elle n'appréciait pas la réaction de Richard, même s'il ne voulait que la protéger. Il aurait dû manifester un peu plus de réserve.

— Ces perpétuels discours haineux me rendent malade, rétorqua-t-elle. J'ai bien envie de dire haut et fort à ces gens qui je suis. Au moins ils verraient qu'ils n'ont pas le diable devant eux.

— Margareta, ne fais pas de bêtise, je t'en prie. Tu rendrais tout plus difficile sans aucun profit. Quand nous étions en Bavière, j'ai moi aussi dû rester calme sans me soucier de ce que pouvaient raconter les gens. Dans certaines situations, trop de sincérité ne peut rapporter que des désagréments.

À la vue de son visage animé et éveillé, si détendu depuis qu'ils étaient en Bohême, elle sentit monter en elle un sentiment de colère : il avait peut-être raison, mais sa manière de trouver sa propre attitude bien naturelle et de tenir pour acquis qu'elle s'accommoderait de tout la contrariait.

— Tu ne heurterais personne en mettant une sourdine à tes critiques contre les catholiques, répondit-elle avec irritation.

Richard leva les yeux.

— Tu m'en veux vraiment, constata-t-il avec étonnement. Je crois qu'il est grand temps que nous arrivions chez moi et retrouvions un peu de tranquillité. Tu verras, nous n'allons plus vivre que des moments agréables. Nous irons au bal et donnerons des réceptions. Tout le monde pourra admirer ta beauté, tout le monde t'aimera, Margareta.

Il lui donna la main et ils chevauchèrent ainsi, côte à côte, un petit moment. Comme toujours en de pareils instants, la colère de Margareta s'évanouit si rapidement qu'elle en oublia même qu'elle avait pu lui en vouloir. La tendresse de Richard la laissait sans défense.

Il lui semblait qu'ils avaient avancé sans fin au travers des forêts de Bohême quand Richard lui annonça un jour où il pleuvait :

— Si le temps n'empire pas, nous arriverons aujourd'hui au château des Tscharnini. Il se trouve près de Rokitzan.

— Est-ce que ta famille est actuellement au château ?

— Non, je ne pense pas. Ils sont à Prague.

— Allons-nous y aller nous aussi ?

— Toi, tu vas rester ici et te reposer pendant que je me rendrai à Prague où je dois rencontrer un émissaire du général Mansfeld. À mon retour, je ramènerai ma famille.

Margareta fut heureuse de ce sursis. Après tout ce qu'elle avait appris durant le voyage sur les rapports entre catholiques et protestants, elle s'attendait désormais à ce que, ne serait-ce que pour cette raison, les Tscharnini ne soient pas d'accord avec le choix de Richard et tentent même d'empêcher le mariage. Une fois reposée, elle serait mieux en mesure de tenir tête à un détachement ennemi de quatre membres.

Richard lui avait suffisamment parlé des siens pour, sans l'avoir voulu, lui avoir inspiré quelque crainte. Même s'il avait l'art de dépeindre leurs particularités avec humour, elles n'en paraissaient pas anodines pour autant. Il avait décrit son père, Ludwig von Tscharnini, comme un vieil homme aux cheveux blancs, quelque peu rugueux, aimant se faire craindre, mais qui, au fond, n'était pas aussi dur qu'il voulait le laisser croire. Sa femme était la seule à savoir comment s'y prendre avec lui. D'après Richard, sa mère, Caroline, était une femme sévère et énergique, bien que très maternelle et résolue à défendre toutes griffes dehors le bien-être de sa famille.

Ce qui ne joue pas particulièrement en ma faveur, s'était dit Margareta *in petto.*

— Et puis j'ai aussi deux sœurs plus jeunes que moi. Sophia a vingt ans. Elle est très belle et pleine de vie, même si certains la redoutent un peu, car elle peut à l'occasion avoir la langue affilée et cruelle. Mais ses amis peuvent compter sur elle sans réserve.

— M'aimera-t-elle ?

— Bien sûr ! Elle aime les filles jolies et ayant de l'esprit. Et tu t'entendras bien avec Marie également. Elle a quinze ans, c'est la petite dernière, tu comprends, et elle est donc un peu gâtée et capricieuse, mais très affectueuse tout compte fait.

Margareta n'était pas très rassurée. Elle se faisait déjà une idée assez précise de la famille : cinq personnalités volontaires, entre lesquelles l'harmonie devait être rompue assez souvent, mais faisant front à l'extérieur, formant un clan prêt à combattre tout intrus indésirable. Et voilà qu'elle arrivait, elle, catholique, fugueuse, sans dot, avec un nom qui ici ne signifiait rien, prétendant à la main de Richard, le fils unique des Tscharnini. Il ne lui serait pas aisé d'arriver à ses fins en gardant la tête haute. Il était possible qu'ils doivent se marier sans la bénédiction de la famille, ce qui, en définitive, lui était indifférent.

Le château des Tscharnini était à l'écart de toute agglomération. C'est un propriétaire inconnu qui, quelque cent ans plus tôt, avait fait bâtir sur une éminence boisée, dans le style de la première Renaissance, un petit bâtiment aux lignes nettes, blanc à l'origine, gris maintenant, avec des plafonds voûtés, de hautes fenêtres cintrées et des cours intérieures enchevêtrées. Petite, la propriété était si charmante que ses hôtes s'y sentaient rapidement chez eux. Le vaste parc longeait d'abord le dos de la colline avant de descendre jusqu'au pied de celle-ci. Des chemins couverts de gravier couraient entre les pelouses soigneusement tondues, les arbres et les buissons étant eux aussi livrés aux soins du jardinier. Mais la végétation sauvage reprenait sans cesse ses droits, la forêt proche regagnant les territoires d'où elle avait été chassée, les haies épineuses, la mousse et la fougère partant à l'assaut de la pente.

Margareta et Richard suivirent un sentier sinueux qui remontait jusqu'à la porte d'entrée en fer, percée dans la muraille du château. Il s'était remis à pleuvoir. Les herbes mouillées, les troncs d'arbres aux sombres reflets et les feuilles couvertes de gouttelettes donnaient une telle impression d'humidité et de fraîcheur que la nature paraissait presque plus ravissante qu'un jour de grand soleil. Margareta était trop trempée et frigorifiée pour s'ouvrir à de telles sensations. Plus encore que de la nourriture, c'est un lit que son corps réclamait, un lit où elle pourrait s'abandonner à un sommeil interminable. La nostalgie et l'appréhension du monde nouveau qui l'attendait s'effacèrent pour ne laisser place qu'au bonheur d'être enfin arrivée.

Dans la petite avant-cour de l'entrée principale, un jeune homme accourut à leur rencontre, rayonnant.

— Oh, voilà notre jeune monsieur ! s'écria-t-il. Quelle chance que vous soyez sain et sauf !

Il glissa en direction de Margareta un regard, étonné d'abord, puis aussi amical qu'un instant plus tôt. Il reportait manifestement l'amour qu'il vouait à son maître sur celle qui l'accompagnait.

— Bonjour, Jaroslaw, lui répondit Richard, sautant de cheval et aidant Margareta à mettre pied à terre à son tour. C'est notre fidèle serviteur Jaroslaw. Il vit ici depuis quelques années déjà. Et voici Mlle von Ragnitz. Elle est mon invitée.

Le jeune homme aurait certainement aimé en apprendre davantage sur la nature de la relation entre son maître et la jeune étrangère, mais, sachant qu'il n'avait pas à poser ce genre de question, il se contenta de la saluer :

— Soyez la bienvenue, madame !

Margareta lui adressa le sourire le plus chaleureux et le plus avenant dont elle fût capable. Elle avait le sentiment que, dans sa situation, elle avait besoin d'alliés, même s'il ne s'agissait à l'évidence que d'un serviteur à l'âme d'enfant.

— Ma famille est à Prague ? demanda Richard.

De la tête, Jaroslaw fit signe que oui.

— Je n'ai vu personne depuis plusieurs semaines, précisa-t-il, et j'ignore quand ils reviendront. J'ai néanmoins appris que Mlle Sophia s'est fiancée.

— Ah bon, réellement ? s'étonna Richard, visiblement intéressé. Et avec qui donc ?

— Avec M. Julius von Chenkow. Il est lui aussi de Prague et…

— Merci, je connais les Chenkow. Famille riche, grande influence politique, remarqua Richard en riant. La petite a fait preuve d'habileté !

Margareta trouva ce propos grossier et se sentit soudain très mal. Elle était fatiguée et exécrait la pluie. Heureusement, Richard s'aperçut au même instant qu'elle n'était pas bien. Il lui prit le bras.

— Jaroslaw, est-ce que Lioba est là ?

— Bien sûr, monsieur. Elle se fera un plaisir de s'occuper de la jeune dame.

— Je le pense aussi. Margareta, Lioba est une femme merveilleuse. Je la connais depuis le temps où j'étais encore un petit garçon. Tu l'aimeras toi aussi.

Margareta, suivant Richard, monta quelques marches menant dans une antichambre haute de plafond. Il y faisait froid et leurs pas résonnaient sur le sol de pierre. Une porte s'ouvrit alors, laissant passer une femme petite et âgée, au visage maigre, aux traits accusés, au nez en lame de couteau. Sous des cils longs et fournis, les yeux bleu ciel étaient vifs et pleins d'intelligence. Un fichu de toile autour de sa tête était serré si fort qu'aucune mèche de cheveux n'en sortait ; au-dessus – on aurait dit une assiette renversée –, une coiffe en tissu vert et rouge recouvrait les oreilles. La vieille servante, portant une modeste robe rouge pâle, boutonnée jusque sous le menton, était emmitouflée dans un manteau bouffant en laine, brodé de motifs rouges et verts eux aussi. Margareta devina aussitôt qu'elle était en présence de la femme qui tenait entre ses mains tous les fils de la maison.

En apercevant le jeune homme, Lioba poussa un cri qui fit tressauter Margareta.

— Monsieur Richard ! dit-elle, se précipitant vers lui et lui prenant les mains. Monsieur Richard, vous êtes de retour, que Dieu soit loué !

Il partit d'un éclat de rire.

— Mais Lioba, je ne suis pas parti depuis si longtemps que ça !

— Je suis toujours triste quand vous n'êtes pas là, et je suis inquiète. Mais tout est rentré dans l'ordre !

— Il faut que tu salues mon accompagnatrice, Lioba. C'est Mlle Margareta von Ragnitz.

Lioba tourna lentement son regard vers la jeune fille qui voulut sourire mais dont les lèvres se figèrent : les yeux de la vieille femme, brûlants d'amour et d'admiration quand ils contemplaient Richard, s'étaient brutalement durcis. Elle considérait Margareta avec un tel mépris que celle-ci ne put que baisser la tête. Lioba sourit. Quelle victoire facile !

— Je vous salue, mademoiselle… Ah, comment est-ce déjà votre nom ?

— Mlle von Ragnitz, prends-en bonne note, Lioba, intervint Richard, mécontent.

Lioba hocha la tête.

— Bien entendu, monsieur.

— Elle est très fatiguée, mène-la dans une des chambres.

— Celle de Mlle Sophia ?

— Oui, c'est ça, c'est la plus belle.

Richard se tourna vers Margareta :

— Monte avec Lioba. Tu peux dormir aussi longtemps que tu en auras envie. Tu ne vas pas tarder à retrouver tes forces.

Lioba prit des mains de Margareta son sac de voyage.

— Avez-vous d'autres bagages, mademoiselle ?

— Non, je n'ai que ça.

Le silence de Lioba fut plus humiliant que n'importe quelle parole. Elle tenait le sac crotté un peu loin d'elle afin de bien montrer son dédain. Margareta sentit la moutarde lui monter au nez. Elle était issue d'une famille riche et noble ; cette vieille et laide corneille n'avait pas le droit de la traiter ainsi. Rejetant ses cheveux en arrière, elle releva la tête.

— Montre-moi ma chambre, Lioba, ordonna-t-elle d'un ton sec, et toi, Richard, je te souhaite une bonne nuit !

Elle l'embrassa plus longuement que d'ordinaire, pour bien faire comprendre à Lioba qu'elle n'était pas femme à se laisser évincer aussi facilement. Elles montèrent un escalier en colimaçon débouchant sur un couloir étroit au bout duquel Lioba ouvrit une porte. Margareta entra la première dans la pièce spacieuse. Malgré la nuit tombante, elle distingua sans peine le tapis tissé, le large lit aux matelas épais et moelleux, les draps d'une blancheur immaculée et la lourde couverture de brocart. Elle vit aussi d'immenses placards en bois précieux, des tentures aux garnitures en or et une petite table sur laquelle était posé un grand miroir. La pluie tapait contre les fenêtres. Le bruit familier éveilla en Margareta le souvenir de son pays natal.

Lioba fit le tour de la pièce pour allumer les nombreuses bougies fichées sur des bougeoirs dorés accrochés aux murs. Elle s'arrêta devant la cheminée.

— Il fait frais, remarqua-t-elle, désirez-vous du feu ?

— Non, je me couche tout de suite.

— Avez-vous faim ?

Bien que littéralement affamée, Margareta était en même temps trop lasse pour manger. Aussi déclina-t-elle l'offre. Lioba resta impassible.

— Alors, je vais seulement vous apporter un peu d'eau pour votre toilette, dit-elle avant de disparaître.

Margareta se laissa choir lourdement sur le lit. Elle se retrouva presque engloutie dans les couvertures moelleuses. Avec un soupir de satisfaction, elle apprécia le confort dont elle bénéficiait enfin : qu'il était merveilleux de se reposer dans une chambre où les souris ne couraient pas sur le plancher ! Elle retira ses bottes et remua les orteils. Pieds nus, elle alla à une fenêtre qu'elle ouvrit à deux battants. Le bruit de la pluie se fit plus fort, et un air humide et aromatique pénétra dans la pièce. La vue donnait sur la partie sauvage du parc et, au-delà, sur les forêts environnantes. Elle avait devant elle un vieux chêne gigantesque dont les branches noueuses arrivaient presque jusqu'à la fenêtre. Elle sentit soudain qu'elle commençait à aimer ce château et se dit que ce serait merveilleux de vivre ici avec Richard après leur mariage. Elle quitta la fenêtre en entendant la porte s'ouvrir. Lioba entra, portant un gros broc.

— Voici votre eau, mademoiselle.

— Merci beaucoup. Pose-la sur la table.

Lioba s'exécuta, mais resta dans la pièce, indécise. Elle avait manifestement une question à poser. Margareta s'en aperçut.

— Y a-t-il encore quelque chose ?

— Eh bien..., hésita la vieille femme qui prit soudain un air de défi. Comptez-vous épouser le jeune seigneur von Tscharnini ?

S'attendant à cette question, Margareta s'apprêtait à remettre sèchement la servante à sa place, quand elle se ravisa :

— Oui, Lioba. Dès que j'aurai été présentée à la famille, nous nous marierons.

Lioba eut un sourire étrange.

— Je pense, dit-elle d'une voix douce, que la baronne l'empêchera par tous les moyens !

— Oh, et moi je pense que tout ça ne te regarde en rien, répliqua Margareta, furieuse.

— Bien sûr que non, mademoiselle. Bonne nuit !

Margareta suivit des yeux Lioba quand elle quitta la pièce.

Comment une domestique pouvait-elle se conduire de la sorte ? Elle paraissait sûre de sa position et de sa force, sinon elle n'aurait pas osé parler sur ce ton à sa future maîtresse. Quelle vieille stupide et ignorante ! Margareta la maudit en son for intérieur.

Le sentiment de sécurité qui s'était lentement éveillé en elle était à nouveau dissipé. Un peu amorphe, elle regarda autour d'elle, puis elle se ressaisit. Elle était épuisée, mais demain elle se sentirait certainement mieux. Elle se dévêtit, éteignit les bougies et se blottit dans les draps fleurant bon la lavande. Avant que le sommeil ne la submerge, sa dernière pensée fut pour Richard. Dans une semi-inconscience, elle entendit encore la pluie et perçut l'odeur de la forêt se mêlant à celle des bougies se consumant.

Le lendemain matin, il pleuvait toujours. Ouvrant des yeux encore ensommeillés, Margareta constata que Lioba avait dû venir très tôt, car les fenêtres étaient fermées, un feu brûlait dans la cheminée, du linge propre était posé sur une chaise en compagnie d'une paire de chaussures neuves. Sautant du lit, elle regarda par la fenêtre et s'ébroua. Quel triste été ! Pluvieux et froid, alors qu'il aurait été si agréable d'arriver dans sa seconde patrie par un beau soleil. Après une toilette soigneuse, elle enfila la robe de soie verte qu'elle avait emportée du couvent, un peu froissée certes, mais, une fois sur elle, il n'y paraissait pour ainsi dire pas. Quel dommage qu'elle n'ait aucun bijou, à l'exception de sa chaîne en or. Tous étaient restés au château de ses parents.

Après un dernier regard satisfait dans le miroir, elle sortit et rencontra dans la grande salle Jaroslaw qui, les bottes maculées et de la paille dans les habits, arrivait manifestement de l'écurie. Il sourit en apercevant la jeune fille.

— Bonjour, mademoiselle !

— Bonjour, Jaroslaw. M. von Tscharnini est-il déjà réveillé ?

Le jeune homme la conduisit jusqu'à une petite pièce à demi obscure, avec de nombreux rayonnages chargés de livres précieux, de lourds volumes aux reliures de cuir, aux garnitures en métal et aux fermoirs argentés. De longs rideaux en velours rouge foncé masquaient les fenêtres. Un feu brûlait dans la cheminée maçonnée. Richard, assis à une table, se leva et, souriant, vint au-devant de Margareta.

— Bonjour, ma chérie, tu as aujourd'hui une mine merveilleuse.

Margareta l'embrassa et elle eut presque l'impression de saluer son mari. Comme ce serait merveilleux de vivre dans ce château et de voir tous les jours Richard tel qu'il était aujourd'hui, rieur, plein d'assurance, reposé et de bonne humeur. La confiance en soi qui émanait de lui sans qu'il eût besoin de grandes phrases ni de postures, tout montrait qu'il était l'héritier prometteur d'une des familles les plus influentes de Bohême.

— Assieds-toi près de moi et déjeune. Tu dois avoir faim !

— J'ai l'estomac qui crie famine ! avoua Margareta, en remplissant une assiette de tout ce qui s'offrait à elle, pain blanc moelleux, bouillie de farine de seigle, gruau au lait et aux raisins secs.

Elle mangea avec avidité. Chaque bouchée était un délice. Elle but aussi des quantités de cacao chaud et sucré. Enfin rassasiée, elle s'appuya contre le dossier de son siège.

— Qu'est-ce que tu dois penser de moi ? J'ai mangé comme un ogre. Même Clara n'était pas aussi vorace.

— Clara, c'était cette fille de petite taille et aux cheveux noirs ?

— Oui, elle avait perpétuellement faim et Angela se moquait d'elle à ce propos. Clara se mettait chaque fois à pleurer, se rappela Margareta en riant. Les reverrai-je jamais ?

— Mais bien sûr que tu les reverras. Un jour, quand nous serons mariés depuis longtemps, elles te pardonneront, te comprendront peut-être même, et tu pourras leur rendre visite.

— Ah oui, ce serait bien. Nous irions tous les deux en Bavière !

— C'est ce que nous ferons. Mais maintenant, écoute-moi, Margareta : je vais partir dès aujourd'hui pour Prague. J'ignore pour combien de temps, mais je reviendrai probablement dans quatre ou cinq jours.

— Tu dois vraiment partir aujourd'hui déjà ?

— Je suis désolé. Tu sais, on m'attend. Et il faut que je parle à ma famille de nos… projets.

— Alors, ils vont se dépêcher de rentrer pour me soumettre à une inspection !

Il la regarda comme pour lui donner du courage.

— Quelqu'un d'aussi charmant que toi ne devrait pas avoir d'objections à une telle inspection, dit-il en se levant. Viens, la pluie a cessé. Je vais te montrer le parc.

Ils sortirent main dans la main. La couverture nuageuse se déchira au même moment, laissant apercevoir un bout de ciel bleu et lumineux. De temps à autre, le paysage était même baigné de soleil. Ils firent d'abord un tour complet du château, ce qui permit à Margareta de contempler avec émerveillement, au sud du manoir, une pente couverte de vignes. Sous le chêne poussant devant sa fenêtre, elle vit une écurie abritant deux chevaux.

— Nous n'avons pas d'autres animaux ici, expliqua Richard, ce sont les fermes des environs qui nous approvisionnent en tout.

Ensuite ils traversèrent le parc, puis le pré non entretenu, jusqu'à l'orée du bois. Les herbes trempées leur battaient les mollets, les branches leur caressaient les joues. Richard s'arrêtait à tout instant pour embrasser Margareta. Bientôt, ils seraient mariés et elle lui appartiendrait enfin corps et âme. Dans ses bras, elle se sentait en sécurité. Sa famille pouvait toujours venir, elle pouvait même lui être hostile, avec Richard à ses côtés, elle s'estimait assez forte pour contraindre les autres à s'incliner.

Richard s'en alla après le déjeuner. Elle descendit la côte avec lui, puis le suivit des yeux jusqu'au moment où son cheval eut disparu entre les arbres. Pourvu qu'il revienne bientôt ! Elle n'était pas à son aise en compagnie de la grincheuse Lioba qui la suivait constamment de son regard sournois. Après s'être montrée amicale à son égard, Margareta lui manifestait à présent son mécontentement, lui précisant chaque fois que nécessaire qu'elle avait à respecter ses ordres. Elle la traitait avec dureté et sans égard, en dépit de sa répugnance à agir de la sorte et du désagrément que lui procurait cette atmosphère tendue. Le temps s'étant amélioré, Margareta pouvait sortir et se promener dans le parc, généralement escortée par Jaroslaw qui lui vouait manifestement une profonde admiration. Il la regardait avec adoration, et Margareta, de son côté, l'avait pris en affection. Elle apprit qu'il était le petit-fils de Lioba.

— Ma mère est morte, lui raconta-t-il un jour, il y a des années de cela. Ma grand-mère m'a alors pris avec elle. Elle a toujours été au service de M. Richard. J'en suis si heureux !

Son visage enfantin rayonnait. Margareta en fut touchée. Elle n'était pas surprise qu'il eût pour Richard un tel attachement : il pouvait en effet difficilement satisfaire son besoin de chaleur auprès de la vieille femme. La jeune fille, ayant tenté d'obtenir de lui plus de renseignements sur la famille Tscharnini, n'apprit pas grand-chose, sauf que la baronne était très belle et que Jaroslaw avait un peu peur du baron et de Mlle Sophia.

Le temps passa vite. Le soleil et la chaleur firent du bien à Margareta qui se remit de ses fatigues et reprit du poids. Huit jours plus tard, se promenant dans sa robe verte sur le sentier en graviers devant le manoir, elle entendit soudain des hennissements et un bruit de voiture. Elle vit alors une calèche monter la côte. Elle posa une main sur son cœur qui s'était mis à battre follement. Son assurance s'était envolée. S'obligeant à grand-peine au calme, elle s'immobilisa au soleil, dans une attente angoissée.

7

Margareta ne vit d'abord que Richard surgissant de derrière la calèche sur son cheval. Elle garda les yeux rivés sur lui. Sautant à terre, il lui prit la main.

— Me voilà de retour, et j'ai amené avec moi toute ma famille !

Le cocher, après avoir ouvert la portière, aidait les occupants à descendre de la voiture. Le premier à apparaître fut un vieux monsieur aux cheveux blancs, au visage sillonné de rides. Les yeux d'un noir intense avaient quelque chose de menaçant sous les sourcils en broussaille. Quelque peu corpulent, il donnait une impression de lourdeur. Ce devait être le baron von Tscharnini, même s'il ne présentait pas la moindre ressemblance avec Richard. Sa femme, Caroline, le suivit. Margareta fut aussitôt fascinée par cette dame mince, de haute stature, au beau visage aimable, aux yeux marron pleins de vivacité. Elle avait les lèvres minces et de lourds cheveux noirs. Elle ne portait pas de bijou, à l'exception d'un fin collier d'argent, sa robe de velours bleu était elle aussi de coupe simple, ce qui soulignait la noblesse de ses traits. Une jeune fille sauta de voiture à sa suite ; il s'agissait sans doute de Marie, la cadette, qui tirait par la main sa sœur Sophia. Margareta pensait avoir devant elle la famille au grand complet quand elle vit encore descendre de voiture deux jeunes messieurs dont elle ignorait qui ils étaient. Mais elle n'eut pas le temps d'y réfléchir plus longtemps, car la mère de Richard, se détachant du groupe, vint à sa rencontre en souriant.

— Margareta von Ragnitz ? interrogea-t-elle d'une voix douce.

Margareta eut envie de l'embrasser tant elle fut soulagée. Cette femme était bonne et chaleureuse, et elle n'avait rien à craindre d'elle. Pleine de gratitude, elle lui baisa la main.

— Oui, madame, je suis Margareta von Ragnitz.

Elle répéta son nom d'une voix vibrante de fierté, toute sa confiance lui étant revenue. La baronne se tourna vers son fils.

— Quelle belle jeune fille, dit-elle.

— Je vous remercie, répondit Richard.

— Comme vous l'imaginez sans doute, je suis la mère de Richard et voici mon époux, le baron von Tscharnini, poursuivit-elle en faisant signe au père de Richard d'approcher.

Celui-ci, loin de sourire, toisa Margareta d'un œil sévère.

— Vous êtes catholique n'est-ce pas ? demanda-t-il d'un ton bourru.

Margareta avala sa salive nerveusement.

— Je… eh bien…, balbutia-t-elle avant d'être prise de colère, comme il lui arrivait quand elle avait peur, et de répondre d'un air de défi : Oui, monsieur le baron !

Le vieil homme grommela, mais sa femme s'interposa aussitôt.

— Nous parlerons de ça plus tard. Marie et Sophia, venez, je vous prie !

Les deux jeunes filles s'approchèrent. Margareta vit du premier coup d'œil qu'elle ne s'entendrait pas avec Marie. Petite et délicate, les yeux globuleux, elle était de faible constitution, ce pourquoi elle avait à l'évidence toujours été gâtée. Sans sourire, l'adolescente lui tendit la main et se détourna tout de suite.

Sophia avait un abord plus sympathique, avec son visage ouvert, ses beaux yeux et un grand naturel dans l'attitude.

— Bienvenue chez nous et, je t'en prie, appelle-moi Sophia ! dit-elle d'une voix amicale.

Margareta fut très heureuse de cette invite, Sophia ayant tout de même quatre ans de plus qu'elle.

— Merci, répondit-elle. Moi, c'est Margareta.

Toutes deux se regardèrent en face. Margareta eut la certitude d'avoir trouvé une amie.

Ce fut au tour des deux jeunes messieurs de s'approcher, et Sophia présenta l'un d'eux comme son fiancé, Julius von Chenkow, l'autre comme un ami de la famille, Friedrich von Lekowsky. Ils la saluèrent très amicalement mais, comme le constata Margareta, méfiante, un rien de compassion dans le regard.

— Je souhaite me reposer, annonça la baronne. Ludwig, viens avec moi, s'il te plaît.

Son époux la suivit sans hésiter. *Ils veulent parler de moi*, songea Margareta, trouvant cette idée fort désagréable. Elle se sentit un peu perdue, car, Richard ayant demandé à Julius et à Friedrich s'ils voulaient boire un verre de vin avec lui en signe de bienvenue, les trois jeunes gens étaient entrés dans le manoir. Marie disparut elle aussi. Margareta sentit alors une main se poser sur son épaule.

— Veux-tu monter avec moi ? demanda Sophia. Richard m'a dit que tu loges dans ma chambre. Tu m'aideras à défaire mes bagages !

— Je vais bien entendu déménager, proposa Margareta poliment.

Mais Sophia ne voulut rien entendre.

— Non, nous ferons apporter un autre lit. Ce sera agréable de pouvoir parler de tout et de rien avec une compagne raisonnable. Avec Marie, c'est impossible, c'est une cruche !

Margareta fut étonnée par la manière crue dont Sophia parlait de sa sœur, puis elle se rappela qu'elle était connue pour sa franchise brutale. Elle la suivit. Dans le couloir, elle entendit la forte voix du baron provenant d'une chambre. Il parlait tchèque et semblait furieux. Bien que ne comprenant pas un mot de ce qu'il disait, Margareta fut certaine qu'il était question d'elle.

Jaroslaw avait déjà apporté les affaires de Sophia, mais les avait dispersées dans toute la pièce, ce qui fit hocher la tête à Sophia.

— Jaroslaw est l'être au monde le plus dénué de sens pratique. Je constate que tu n'as guère pris tes aises ici.

Elle ouvrit une armoire.

— Mais où sont tes robes ? s'étonna-t-elle.

— Je n'en ai qu'une en dehors de celle-ci. Dans le couvent où je vivais nous n'avions pas le droit de posséder grand-chose.

— Non ? Eh bien, j'ai encore là, dans les armoires, pas mal de vieilles robes. Tu peux les prendre. Ce n'est pas qu'elles soient passées de mode, mais je n'y rentre plus. Tu es plus mince que moi.

Sophia se mit à défaire ses bagages rapidement. Elle possédait de merveilleuses robes en velours et en soie ainsi que de précieuses parures. Elle maniait ces affaires avec quelque désinvolture, à la manière des gens habitués à la richesse.

— Je n'ai pas pu emmener avec moi de femme de chambre, expliqua-t-elle. Il n'y avait pas assez de place dans la voiture. Et avant que je fasse appel à Lioba…

— Tu ne l'aimes pas ? l'interrogea Margareta, pleine d'espoir.

Sophia eut un geste de répulsion.

— Une vieille intrigante, vile et envieuse ! Je la déteste.

— Je ne l'aime pas non plus. Elle m'a d'emblée été hostile.

— Ça ne m'étonne pas. Elle est à coup sûr jalouse à cause de Richard.

— À cause de Richard ?

— Elle l'aime. Plus qu'une mère, plus qu'un enfant élevé par elle, ce qui suffirait déjà à provoquer des brouilles, mais Lioba aime Richard comme une femme aime un homme.

— Est-ce possible, une chose pareille ? Elle a presque trois fois son âge !

Sophia haussa les épaules.

— Apparemment, ça l'est. Dans ce cas-là au moins, il en va ainsi. Et ce n'est pas du tout sans danger. Les vieilles femmes qui tombent amoureuses et dont l'amour n'est pas payé de retour sont imprévisibles.

— Je dois donc m'attendre à ce qu'elle me fasse plus de difficultés encore, une fois que Richard et moi serons mariés.

Sophia, en train de fouiller dans un sac, se releva et contempla Margareta. Celle-ci, déconcertée, lui rendit son regard.

— Qu'y a-t-il ? Ai-je dit quelque chose qu'il ne fallait pas ?

— Ma chère enfant, tu crois vraiment qu'il va t'épouser ?

— Bien sûr... bien sûr que je le crois !

Sophia soupira.

— Ma mère ne le permettra jamais, dit-elle avec lenteur.

— Ta mère est une femme pleine de bonté, et elle m'aime bien. Elle m'a souri comme si j'étais déjà sa bru !

— Ah oui, le célèbre sourire de la baronne von Tscharnini. Tout Prague le connaît et l'admire. Mais crois-moi, Margareta, elle est capable de l'adresser à son pire ennemi, de le prendre dans ses bras tout en lui enfonçant un poignard dans les reins.

— Non, je ne le crois pas !

— Je connais ma mère mieux que toi.

— Soit ! Mais même si elle et le baron n'y consentent pas, nous nous marierons.

— C'est Richard qui l'a dit ?

Margareta confirma de la tête. Elle eut peur en voyant l'expression songeuse de Sophia.

— Tu l'as suivi parce que tu as cru qu'il t'épouserait ?

Margareta la regarda avec colère.

— Oui, cria-t-elle, oui, voilà pourquoi je l'ai suivi ! Et tu parais mettre en doute la parole de Richard !

S'asseyant au bord du lit, Sophia tendit les mains à sa compagne.

— Approche !

Margareta ne bougea pas.

— Je voudrais d'abord savoir pourquoi tu tiens des propos aussi étranges.

— Je vais te le dire. Dis-moi, aimes-tu vraiment Richard ?

— Oui, je l'aime. Je l'aime plus que tout au monde. J'ai abandonné pour lui tout ce que j'avais, parce qu'il signifie, pour moi, plus que toute ma vie antérieure. Ce fut pour moi une séparation affreusement difficile, mais l'idée d'être pour toujours à ses côtés compensait tout !

Sophia se remit lentement sur ses pieds.

— Ah, Margareta ! dit-elle. Je me suis longuement demandé, ces derniers jours, à quoi pouvait ressembler une jeune fille ayant suivi mon frère si loin de chez elle. J'ai cru que tu étais une aventurière ayant saisi la première occasion de se soustraire à la mainmise de sa famille. Je vois à présent… tu l'aimes vraiment.

Margareta resta muette.

— Tu l'aimes, poursuivit Sophia. Tu ne peux cependant imaginer le nombre de filles qui sont tombées amoureuses de Richard. Ni de celles qu'il a courtisées.

— Cette fois, c'est différent !

— Margareta, je suis connue pour ne jamais hésiter à dire la vérité. Cette fois pourtant, cela me coûte. Tu me plais beaucoup, je trouve que tu es courageuse et forte. Mais Richard ne t'épousera jamais. Jamais ! Je peux te jurer devant Dieu qu'il ne le fera pas !

Margareta sentit monter en elle une légère angoisse. Sa confiance en Richard était telle qu'elle n'aurait accordé foi à personne d'autre, mais Sophia restait si calme et sûre d'elle qu'elle fut ébranlée. Elle tenta néanmoins de ne rien laisser transparaître de ses pensées. C'est d'un air hautain qu'elle toisa sa compagne.

— Peut-être parles-tu de choses que tu ne comprends pas, dit-elle. J'ai vu comment Richard se comportait avec moi, et je sais qu'il m'aime !

— Sur ce point, je te crois. Richard tombe vite amoureux et il aime de tout son cœur. Mais il pensera toujours et d'abord à son propre bien-être. Jamais il ne renoncera à son héritage, ni pour toi, ni pour qui que ce soit. Et c'est ce à quoi il serait obligé s'il t'épousait. Tu es issue d'une bonne famille, mais tu es bavaroise et catholique. Même si tu te convertissais, cela ne changerait rien. Pour mes parents, tu n'es pas une jeune fille sans défauts. À Prague, en revanche, ils ont l'embarras du choix.

Margareta eut les larmes aux yeux.

— Comment oses-tu parler ainsi. Ne peux-tu…

— Moins fort, je t'en prie !

— Ne peux-tu t'imaginer que Richard, même s'il ne pense véritablement qu'à lui, me considère peut-être comme l'être le plus important et le plus désirable qu'il ait jamais rencontré ? Qu'il n'ait plus besoin de tout le reste et qu'il ne respecte pas les souhaits de sa famille ?

— Pourquoi le ferait-il ? Tu es jeune et belle, mais ne surestime pas tes chances ! Des filles jeunes et jolies, il n'en manque pas. Il ne va pas affronter tant de désagréments pour tes beaux yeux !

Elle avait dit ces derniers mots avec une dureté délibérée, et ce fut plus que Margareta n'en pouvait momentanément supporter. Elle quitta la pièce précipitamment. Dehors, elle ne put retenir ses larmes. Elle était en pleine confusion et saisie de peur. Si Sophia avait raison, cela signifiait la fin pour elle. Car où aller, pour l'amour de Dieu ? Elle ne pouvait retourner dans son pays, après s'être enfuie avec un homme et fait éconduire. Or elle ne connaissait personne à Prague. Devant l'impasse où elle se trouvait, elle se mit à pleurer à chaudes larmes, incapable de s'arrêter jusqu'au moment où elle prit conscience qu'il lui serait fort préjudiciable de se montrer dans cet état. Il fallait qu'elle sorte dans le parc et se calme. Elle se retrouva à l'air libre sans avoir rencontré de membre de la famille. Il faisait très chaud ; le soleil et le ciel bleu la consolèrent un peu. Le parc, ombragé, était si accueillant, si engageant ! Traversant des buissons touffus, elle pénétra dans des taillis impraticables. Elle courait, sa robe s'accrochant parfois à des branches, mais rien ne la ralentissait. Elle voulait à tout prix être seule. Les minutes qu'elle venait de passer avec Sophia lui paraissaient avoir été un mauvais rêve. Mais, dehors, l'assurance lui revenait. Elle avait jusqu'ici fait totalement confiance à Richard et, se remémorant les moments où, debout devant elle, il la regardait avec tendresse, elle sourit de ses doutes. Il n'y avait pas plus d'une demi-heure qu'elle avait fait la connaissance de cette jeune femme et voilà qu'elle était presque sur le point d'accorder foi à ses sombres prédictions. Que savait-elle au juste, qu'est-ce qui lui donnait le droit de prétendre de telles choses ? Cela avait été une bêtise d'écouter si longtemps la sœur de Richard.

Margareta, entre-temps arrivée à l'extrémité du parc, se retrouva face à un mur de pierre en ruine. Il était si bas en un endroit qu'elle put sans peine l'escalader. Elle aperçut alors une petite clairière inondée de soleil. Elle entendait quelque part le clapotis d'un ruisseau et, au-dessus de sa tête, un oiseau chanta dans un arbre. Elle décida de revenir un jour avec Richard en ce lieu. Comme ce serait bien de s'asseoir avec lui sur ce vieux mur !

Plongée dans ses pensées, elle poussa un léger cri d'effroi en entendant une branche craquer, puis elle vit un homme sortir de la forêt. C'était Friedrich von Lekowsky qui avait accompagné la famille avec le fiancé de Sophia.

— Oh, excusez-moi, dit Margareta, je n'aurais pas dû crier. Je me croyais seule !

— Je suis désolé, je n'avais pas l'intention de vous effrayer.

Tous deux partirent du même rire, tant leurs excuses formulées à l'unisson avaient eu quelque chose d'étrange.

— Vous venez souvent ici ? demanda Friedrich.

— Non, c'est la première fois. Je viens juste de découvrir cet endroit.

— Je le connais depuis longtemps. Vous savez, j'ai déjà passé pas mal de semaines dans le château.

Margareta l'invita à prendre place à côté d'elle sur le mur. Friedrich la remercia et s'exécuta. Elle l'examina à la dérobée. Aussi grand que Richard, il était blond, avec de beaux yeux verts. Il avait de la prestance, peut-être trop de douceur et de rêverie dans le regard pour être véritablement attirant. C'était quelqu'un dont Margareta pouvait imaginer qu'il écrivait de la poésie en cachette et adorait avec ferveur des femmes mariées et inaccessibles.

Il l'avait à l'évidence lui aussi examinée à la dérobée, car il dit d'un ton de gêne :

— Je ne voudrais pas paraître importun… il me semble pourtant que vous avez pleuré !

Elle se passa vivement la main sur les yeux.

— J'ai eu une petite dispute.

Friedrich hocha la tête avec compréhension.

— Une famille difficile !

— La connaissez-vous depuis longtemps ?

— Oh oui ! Je suis ami avec Richard depuis l'enfance. Jeunes, nous étions presque toujours ensemble.

— Je connais Richard depuis un an seulement. Un jour, il a surgi… et toute mon existence en a été bouleversée.

— Oui, il est comme ça. Il lui suffit d'apparaître pour gagner tous les cœurs. Depuis toujours…

Friedrich s'interrompit. Margareta comprit ce qu'il avait voulu dire.

— Beaucoup de filles sont déjà tombées amoureuses de lui, compléta-t-elle.

— Oui… mais ce n'a jamais été aussi sérieux que cette fois.

— Bien évidemment. Il a en effet l'intention de m'épouser !

Le ton de défi n'échappa pas à Friedrich.

— Bien sûr que c'est aujourd'hui différent, et je m'en réjouis. Ne m'en veuillez pas, mais vous êtes tout à fait à votre place dans cette famille si peu ordinaire. Vous… vous êtes très belle. Jamais encore je n'avais vu de cheveux blonds aussi magnifiques.

Margareta se mit à rire. La situation était très insolite, et elle se demanda un bref instant ce que les sœurs de Sankt Benedicta en penseraient. Elle était assise dans un parc avec un inconnu qui lui adressait de merveilleux compliments ! Comme souvent ces derniers temps, elle aurait aimé qu'Angela fût là pour pouvoir tout lui raconter, bavarder avec elle comme jadis et aussi lui demander conseil. Dans l'état de perplexité qui était le sien, la présence de son amie lui aurait été fort utile.

— Vous avez l'air très songeuse, dit Friedrich, j'espère que vous n'avez pas de soucis ?

— Mais non, répondit-elle en sachant bien qu'il ne la croyait pas.

Il avait vu les larmes dans ses yeux et il était un être assez sensible pour deviner les sentiments d'autrui.

— Voyez-vous, poursuivit-il, si jamais les choses ne se passaient pas comme vous vous les êtes imaginées, venez à Prague et demandez à voir Luzia von Lekowsky. C'est ma sœur. Elle se fera une joie de vous accueillir chez elle un certain temps.

Margareta descendit vivement du mur.

— Merci, c'est très aimable à vous. Il faut à présent que je rentre au château.

Faisant demi-tour, elle s'efforça de repartir au travers de la broussaille en gardant calme et assurance. En elle se mêlaient la colère, la peur et l'humiliation. Pour la seconde fois en cette journée en effet, elle avait parlé de Richard avec des personnes qu'elle connaissait peu et, dans la froideur des yeux de Sophia comme dans la douceur de ceux de Friedrich, elle avait lu la même franche compassion.

Les jours suivants parurent étranges à Margareta parce que tout le monde se comportait comme une famille passant des vacances tranquilles à la campagne avec des invités. Personne, manifestement, ne s'inquiétait ni de savoir pourquoi Richard avait fait venir ses parents, ni de ce que cette attente devait avoir d'insupportable pour Margareta. Caroline la traitait avec complaisance, telle une invitée bienvenue, mais l'évitait dans la mesure du possible et se montrait peu. Ludwig restait lui aussi le plus souvent invisible, prenant même ses repas à l'écart de la famille. Les jeunes gens passaient en revanche leurs journées ensemble. Il faisait si beau qu'ils sortaient du matin au soir, dans le parc ou dans les bois environnants. Ils partaient à cheval, se promenaient à pied ou discutaient, assis sur la pelouse devant le château. Tout cela était fort nouveau pour Margareta. Elle n'avait jusqu'ici partagé ses loisirs qu'avec des filles et, aussi agréable que cela eût été, le plaisir était à présent beaucoup plus grand en raison de la présence de trois jeunes hommes. Elle-même était bien sûr généralement en compagnie de Richard, de même que Sophia restait le plus souvent aux côtés de Julius. Friedrich se joignait alors à Marie, tout aussi lunatique et désagréable qu'au premier jour. Margareta ne lui prêtait pas la moindre attention. Dans l'ensemble, l'harmonie régnait. Si Margareta n'avait pas été en permanence angoissée pour son avenir, elle aurait pleinement savouré ces instants. Un jour qu'ils jouaient à cache-cache, Richard et elle cherchèrent ensemble une cachette dans la forêt. Alors qu'ils couraient, main dans la main, elle rassembla tout son courage :

— As-tu déjà parlé à ton père de notre mariage ?

Richard s'arrêta net.

— Mais bien sûr, ma chérie. Je leur ai déjà tout raconté quand je suis allé chercher ma famille.

— Et qu'en disent-ils ? Sont-ils d'accord pour que nous nous mariions ?

— Ils n'ont encore rien décidé. Ne te fais pas de souci. Je crois que tu leur plais.

— Mais je me fais du souci ! Personne ne me parle de rien !

Margareta avait soudain un air furieux. Richard soupira.

— Ne nous disputons pas ! Je comprends que cette situation te soit désagréable. Je parlerai demain à mon père.

— Puis-je être présente ?

— Non, il vaut sans doute mieux que je parle d'homme à homme. Mais je viendrai aussitôt te voir !

Margareta se sentit rassérénée. Quelle que soit la manière dont les choses se passeraient, cette conversation allait enfin la délivrer de cette terrible incertitude. Le soir, dans son lit, écoutant dans le noir la respiration de Sophia endormie, elle comprit combien elle tenait à ce que le baron von Tscharnini l'accueillît de manière honorable dans sa famille. Durant toute la semaine, elle s'était montrée à chacun sous son jour le plus aimable, elle avait été attentive, polie et d'humeur radieuse. Elle avait sans nul doute été charmante dans les ravissantes robes de Sophia, avec ses bijoux, ses perles, ses bracelets et ses bagues. Friedrich, par ses compliments, le lui avait confirmé à une ou deux reprises. Pourquoi quelqu'un aurait-il quoi que ce soit à lui reprocher ? Le lendemain matin, elle était très confiante et elle le resta toute la matinée. Elle se promena dans le parc avec Sophia, cette dernière évoquant certaines familles nobles de Prague sur lesquelles couraient des histoires absolument scandaleuses. Elles évitaient d'un commun mais tacite accord d'aborder le sujet délicat entre tous. Vers midi, alors qu'elles revenaient au château, Margareta vit Friedrich, Julius et Marie assis sur un banc. Richard n'était pas avec eux.

— Savez-vous où se trouve Richard ? demanda-t-elle aussi incidemment que possible.

— Je crois qu'il a un entretien important avec père, répondit Marie, son petit minois pointu rayonnant de méchanceté.

Il était évident qu'elle savait sur quoi portait cet entretien et que les autres le savaient aussi. Ils avaient l'air gêné, ne sachant pas très bien que dire. Margareta trouva cette situation insupportable.

— Je monte, dit-elle avec calme, et elle disparut dans la demeure.

Elle était résolue à gagner la jolie chambre accueillante, à fermer la porte derrière elle et à laisser le destin s'accomplir. Mais, dans le couloir, elle entendit, comme le jour de l'arrivée de la famille, de vifs éclats de voix. Or les personnes s'exprimaient cette fois en allemand. Margareta n'avait pas l'intention de prêter l'oreille, rien ne lui semblant plus répugnant en pareille situation. Pourtant, dans la pénombre du corridor en pierre, elle se retrouva dans l'impossibilité de bouger les jambes. Comme paralysée par une force invincible, elle resta debout, une joue appuyée contre le froid du mur, hors d'haleine, ses mains moites jointes comme pour une prière. Elle reconnut sans le moindre doute les voix de ceux qui parlaient.

— Quel acte puéril et irréfléchi ! disait à l'instant Caroline d'une voix encore douce, malgré l'intolérance que trahissaient ses propos.

De la part de Ludwig, il n'y eut qu'un grognement approbateur.

— À aucun moment, je n'ai eu le sentiment d'agir de manière inconsidérée. Je suis tombé très amoureux de Margareta et j'ai désiré l'épouser.

— Ah bon ! Et tu le désirais toujours huit mois plus tard ?

— Oui, mère, toujours. Ce qui devrait vous prouver que j'ai longuement réfléchi à tout avant de l'emmener avec moi. Ce que j'éprouve pour Margareta n'est pas une amourette sans lendemain.

— C'est une ineptie ! s'emporta Caroline dont la voix s'était faite perçante et qui se tourna apparemment vers son époux. Mais dis donc toi aussi quelque chose, Ludwig !

— J'ai dit tout ce que j'avais à dire. Jamais ils ne recevront mon consentement. Jamais !

— Dis aussi à Richard qu'il ne peut pas non plus l'épouser sans notre consentement !

Richard eut un léger rire amer.

— Ta mère a raison ! l'admonesta son père. Si tu contractes ce mariage contre notre volonté, tu ne recueilleras pas l'héritage familial. J'y veillerai !

— Trouvez-vous cela juste, père ?

— Tu me permettras de déterminer moi-même ce que je considère juste ou non !

— Eh bien, reprit Caroline, serais-tu prêt à consentir un pareil sacrifice et à vivre dans la pauvreté ?

Margareta pressa le mur de ses mains moites. Elle vit nettement en pensée Richard redresser la tête, rejeter vers l'arrière ses cheveux noirs et proclamer d'un ton de défi son renoncement à tous les biens terrestres. Elle tendit l'oreille, mais un long moment s'écoula avant qu'il ne réponde. Il finit par dire :

— Je lui ai juré que je prenais la pleine responsabilité de notre décision.

— Je sais, répliqua Caroline, et je trouve que tu as agi comme un gredin. Réfléchis bien et réponds maintenant très honnêtement : as-tu jamais été sérieusement résolu à tout sacrifier à ton amour ?

Margareta se sentit défaillir. C'était comme si la peur lui chassait tout le sang de la tête. Une seule pensée lui martelait la cervelle, une pensée insistante et douloureuse : *oui, oui, bien sûr qu'il était sérieusement résolu. Bien sûr, et maintenant aussi il est sérieusement résolu.*

Ne posez donc pas des questions stupides, madame la baronne, il l'est, et il l'a toujours été…

— Eh bien, as-tu jamais eu l'intention, pour Margareta, de renoncer à ton héritage s'il le fallait ? insista Caroline.

— Je ne crois pas, concéda-t-il au bout d'un petit moment. Non, je n'ai jamais vraiment été résolu à cela. J'espérais…

— Oui, tu espérais. Toujours tu espères, tu penses et tu crois, mais tu ne prends jamais une décision mûrement réfléchie. Tu as emmené cette jeune fille avec toi dans un élan de passion, mais on connaît ton inconstance, et tu as de la sorte vraisemblablement détruit son existence. Mais cela t'est indifférent !

— Si son existence devait être détruite, ce ne serait pas par ma faute. Si vous cédiez, mère…

— Tu sais que cela m'est impossible.

— Qu'avez-vous à reprocher à Margareta ? Elle est belle et distinguée, elle est de bonne famille. Elle serait digne de notre nom !

— Oui, c'est une charmante jeune fille et elle a d'excellentes manières. Mais elle est catholique et est originaire de la Bavière. Et je n'ai pas l'intention, vois-tu, de souffrir que la moindre tache vienne souiller notre nom !

Caroline parut considérer l'entretien comme terminé, car Margareta entendit des pas se rapprocher et la porte s'ouvrir en grand. Elle eut juste le temps de tourner le coin et, ses genoux pliant sous elle, de tomber sur une marche d'escalier. Caroline était restée sur le seuil.

— Tu peux aller maintenant lui dire que votre projet est irréalisable, qu'elle doit l'oublier.

— Je ne sais comment lui annoncer cela, protesta Richard d'une voix qui trahissait un profond embarras. Où va-t-elle bien pouvoir aller ?

— Elle peut rester ici quelque temps, jusqu'à ce qu'elle juge pouvoir rentrer chez elle.

— Oh, mère, vous savez bien qu'après ce qui s'est passé elle ne peut pas retourner dans sa famille.

— Cela n'est pas notre problème.

Caroline avait dû refermer la porte, et les voix étaient à nouveau étouffées.

— Mais tu dois le lui dire, répéta-t-elle sur un ton de commandement.

— Pas tout de suite. Je le lui dirai aujourd'hui, pas à présent.

Le baron grommela une nouvelle fois quelque chose. Margareta cessa d'écouter. Elle se releva lentement et ce fut alors comme si son sang refluait dans sa tête. Toute la demeure parut vaciller, tandis que sa raison se refusait à comprendre ce qu'elle avait entendu. Richard l'avait trahie. Il ne l'avait jamais véritablement aimée. Un instant, elle n'eut qu'un voile noir devant les yeux, et elle crut qu'elle allait s'écrouler tant sa douleur, presque physique, était épouvantable. Simultanément, une rage folle, une fureur sans limites monta en elle, une haine dont la violence l'effraya. Elle revit en pensée Richard, le regard pressant de ses yeux noirs, sa voix douce et persuasive, et cette soirée de septembre où il l'avait embrassée sur un sentier, en pleine forêt, et où il était devenu le centre de sa vie. Elle avait été suspendue à ses lèvres, avait cru à ses promesses et avait fini par le suivre jusqu'ici. Des souvenirs de leur équipée surgirent devant ses yeux, les auberges sinistres, ses élans de tendresse et son insistance. Oh, Dieu du ciel, quand elle songeait qu'elle avait été sur le point de… ça au moins, il ne l'avait pas obtenu d'elle, sinon il avait obtenu tout ce qu'il désirait ! Sans une hésitation, elle avait abandonné tout ce qui lui était cher. Un nouveau flot de colère, impétueux et irrésistible, la submergea. Retroussant ses jupons, elle s'apprêta, si insensée était sa peine, à faire irruption dans la pièce et à se jeter sur Richard, tel un chat en furie. Qu'il ressente dans sa chair un peu des tortures qu'il lui infligeait ! Mais, à cet instant, elle entendit des pas. Julius et Friedrich étaient déjà devant elle. Le premier riait.

— Margareta, vous n'allez pas croire…, commença-t-il avant de s'interrompre en découvrant son visage.

L'œil hagard, les lèvres tremblantes, elle fixait les deux hommes qui, épouvantés, reculèrent d'un pas. Jamais encore ils n'avaient eu le spectacle d'une femme bouleversée à ce point en même temps qu'habitée d'une rage aussi terrifiante.

— Est-il arrivé quelque chose ? demanda Friedrich, désemparé.

Margareta essaya de prendre une profonde inspiration.

— Non, tout va bien, finit-elle par articuler en se détournant.

— Margareta, vous avez… vous avez un air étrange, la supplia Julius, vous êtes certaine que tout…

— Non, réellement, ne vous inquiétez pas.

Margareta eut un faible sourire. Elle ne pouvait plus parler, tant elle devait rassembler ses forces pour ne pas perdre connaissance. Elle entendit encore Friedrich dire quelque chose tandis qu'elle grimpait les escaliers, les jambes flageolantes.

8

Par chance, la chambre que Margareta partageait avec Sophia était vide. Elle aurait été incapable, en cet instant, de parler avec qui que ce soit de ce qui venait de se produire, ni de laisser croire que tout allait bien. Elle se sentait toujours assommée quand elle s'effondra sur le lit, sur le point d'être terrassée par la douleur, par le désespoir révoltant d'un amour déçu. Elle enfouit son visage dans l'oreiller, et les larmes qu'elle retenait à grand-peine jaillirent alors. Son corps était agité de sanglots et elle poussait des cris de détresse déchirants, à demi étouffés par la masse des plumes. Jamais, au grand jamais, elle n'aimerait un homme comme elle avait aimé Richard. Jamais elle ne l'oublierait. Elle l'aimait comme au premier jour et tout le mal qu'il lui faisait n'y pouvait rien changer. Elle n'arrivait pas elle-même à comprendre, affalée sur sa couche et pleurant toutes les larmes de son corps, comment elle pouvait en même temps éprouver tant de haine et un amour aussi effréné. Pourquoi, mais pourquoi l'avait-il trahie et abandonnée ? Comment un sentiment qu'elle prenait pour de l'amour avait-il pu, chez lui, être aussi aisément ébranlé ? À aucun moment il n'avait vraiment eu l'intention de l'épouser envers et contre tout, alors qu'il la voyait, dans une confiance aveugle, renoncer pour cela à tout son passé. Jamais elle ne pourrait retourner chez elle. Elle s'était enfuie en pleine nuit, abandonnant ses parents et tous les occupants du couvent à leur effarement : jamais plus elle ne pourrait affronter leurs regards. Elle avait perdu son honneur. Les amis et les connaissances de sa famille l'éviteraient, elle qui avait osé déguerpir avec un protestant de Bohême, et aucun homme de la haute société ne pourrait, à plus forte raison, se permettre de prendre pour épouse une jeune fille ayant un tel passé.

— Il m'a privée de tout avenir, se lamenta-t-elle tout bas, sentant néanmoins que l'angoisse du lendemain ne pesait pas aussi lourd que la douleur d'avoir été trompée.

Elle se redressa lentement. Ses larmes se tarirent ; elle avait pleuré trop longtemps et trop violemment. L'épuisement la gagnait. Elle alla devant le miroir. La robe empruntée à Sophia était froissée, et elle était toute décoiffée. Mais le pire était le visage qui lui faisait face, une espèce de masque blanc, aux traits déformés, d'où deux yeux rouges et gonflés – on aurait dit ceux d'une autre – la considéraient.

Je ne pourrai pas descendre dîner aujourd'hui, songea-t-elle, sa réflexion étant absurde dans la mesure où le soir était encore loin et où rien ne lui était plus indifférent que le fait de manger ou pas. Elle alla à la fenêtre et contempla le bleu profond du ciel. Les arbres se balançaient doucement dans la lumière de cet après-midi d'été. Elle se calma, le chagrin était toujours en elle, mais sa raison reprenait le dessus. Richard viendrait lui parler, et elle espérait réussir à lui signifier sans cris ni larmes qu'elle le tenait pour un être méprisable. Elle pourrait ainsi au moins tenter de garder sa fierté en ne se montrant pas à lui sous les traits d'une malheureuse en larmes.

Elle avait oublié depuis combien de temps elle était à la fenêtre quand elle aperçut soudain Richard sortir du château et traverser la cour. Elle fut brusquement prise du violent désir de provoquer elle-même l'entretien sans attendre qu'il ait trouvé les mots adéquats. Elle ouvrit les battants et se pencha.

— Richard ! cria-t-elle d'une voix étonnamment distincte.

Il s'immobilisa et chercha autour de lui.

— Je suis en haut !

L'ayant enfin découverte, il lui fit signe de la main. Elle ne répondit pas à son geste.

— Monte !

— Pourquoi donc ? demanda-t-il, sans grand enthousiasme.

— J'ai à te parler. Viens tout de suite, je t'en prie !

Voyant qu'il n'avait d'autre choix, il hocha la tête et rentra. Elle remit sa chevelure en ordre devant le miroir, constatant qu'elle n'avait plus aussi mauvaise mine que quelques minutes auparavant, même si chacun pouvait voir qu'elle avait pleuré. Raidissant les épaules, elle attendit, droite comme un i. Mais, à l'entrée de Richard, toujours élégant et souriant, la douleur de l'avoir perdu lui transperça le cœur. Elle comprit qu'elle ne supporterait pas leur conversation sans pleurer.

À sa vue, Richard ferma hâtivement la porte derrière lui.

— Pour l'amour du ciel, qu'est-il donc arrivé ? Tu as une mine épouvantable.

— Vraiment ?

— Oui, qu'est-ce que tu as ? Tu as l'air si étrange.

Elle eut un petit sourire amer.

— Esprit sans malice, dit-elle, tu n'as donc aucune idée de ce qui a pu se passer ?

Il resta un instant perplexe, puis il commença à comprendre et pâlit.

— Tu sais tout, présuma-t-il.

Elle fit signe que oui. Il avança de quelques pas vers elle.

— Je t'en prie, comprends…

Il s'interrompit, paraissant ne savoir que faire de ses mains, vivant et triste tableau de l'embarras et de la confusion.

— Tu as écouté à la porte ?

Une nouvelle fois, Margareta s'abstint de répondre. Elle ne voulait en effet lui venir en aide d'aucune façon ; en même temps, elle n'était pas sûre de pouvoir contrôler sa voix.

— Si tu as tout entendu, alors tu sais… alors tu dois savoir combien ce fut difficile pour moi et comme…

Il ne trouvait pas ses mots.

— Dis quelque chose, Margareta.

Puis, comme elle se taisait toujours, il cria soudain :

— Mais parle, parle donc !

— Abandonne ce ton !

— Et toi, cesse de te montrer aussi froide et intransigeante !

— Oh, mais qu'est-ce que tu préférerais ? Que je te fasse des reproches et que tu puisses te défendre ? Non, non, il ne faut pas intervertir les rôles. C'est toi l'agresseur et le gredin dans ce jeu lamentable !

Le ton glacial et cassant de sa voix la surprit elle-même.

— Ce n'était pas correct de ta part d'écouter à la porte, osa-t-il.

— Trouves-tu que tu as encore le droit de juger du comportement des autres ?

— Tu es étrange… Tu parles avec une telle froideur, une telle insensibilité.

Elle se passa la main sur le front. Le sang lui battait aux tempes. *Tu ne vois donc pas*, pensait-elle, *que ma froideur cache un désespoir insensé et que, sans ce rempart, je m'effondrerais. De toute façon, je ne vais pas tenir longtemps le choc. Je t'aime, Richard, je t'aime, je voudrais tomber à tes pieds et te supplier de ne pas m'abandonner. J'irais jusque-là dans l'humiliation si j'avais l'espoir de te retenir.*

— Pourquoi ne me réponds-tu rien ? demanda Richard. Es-tu à ce point furieuse contre moi que tu n'éprouves plus pour moi que de la haine ?

— Je l'ignore. Je ne veux savoir qu'une chose : est-il exact que tu n'as jamais eu sérieusement l'intention de m'épouser contre la volonté de ta famille ?

— J'ai toujours été persuadé qu'ils y consentiraient !

— Ce n'est pas une réponse. Je t'ai demandé si tu as jamais été prêt à renoncer, pour notre amour, à ton héritage si c'était nécessaire.

— Tu as écouté aux portes. Tu sais donc tout.

— Je veux l'entendre de toi à moi. Dis-le-moi en face, les yeux dans les yeux !

Richard alla à la fenêtre. Soudain, il se retourna vers Margareta et un reste de fierté le poussa à mettre un terme à cette situation indigne.

— Bon, dit-il, je te l'avoue, je n'ai jamais eu l'intention de t'épouser si mon père ne nous accordait pas sa bénédiction !

— Alors, ma seconde question est superflue, répondit Margareta en fondant en larmes et perdant, face à l'énergie retrouvée de Richard, la maîtrise de soi qu'elle avait gardée à grand-peine.

— Quelle question voulais-tu encore me poser, Margareta ?

— Je voulais savoir, dit-elle d'une voix entrecoupée par les sanglots, je voulais savoir si tu m'aimes.

— Tu en doutes ?

Elle le contempla, incrédule.

— Mon Dieu ! cria-t-elle. Oui, bon sang de bonsoir, oui ! Je doute de toi comme je n'ai jusqu'ici douté de personne !

— Margareta, l'implora Richard en lui prenant la main, Margareta, je t'aime ! Je t'aime tant ! Mais je ne peux pas te sacrifier la faveur de ma famille, cela m'est tout simplement impossible !

Margareta retira sa main. Rouge de colère, elle l'accabla de reproches :

— Mais moi, je l'ai pu ! Moi, tu m'y as autorisée ! Tu m'as tranquillement regardée renoncer à tout, absolument tout, pour toi ! Tu n'as pas eu peur d'exiger de moi ce sacrifice tout en sachant que c'était un mensonge qui m'y avait poussée !

— Mais je voulais tout tenter. Je comptais bien finir par arracher le consentement de ma famille. Et je continuerai à lutter. Je ne cesserai pas de parler de ça avec mon père !

— Tu ne comprends absolument pas le problème.

Elle prit une profonde inspiration pour retrouver le contrôle d'elle-même, avant de poursuivre :

— Le problème, c'est que tu m'as trompée. Je t'en veux moins de n'être pas capable de renoncer à tes biens que d'avoir connu dès le début les limites de ta fidélité et de ne pas m'en avoir avertie. J'aurais beaucoup pleuré et me serais consumée de chagrin pendant quelque temps. Je t'aurais peut-être même méprisé, mais je m'en serais remise. Or tu as été trop faible et tu as préféré me voir, pour te suivre, quitter pleine d'espoir et de naïveté tout ce qui avait été jusque-là mon existence.

— Je ne pouvais rien dire parce que je t'aime. Je voulais à tout prix que tu sois là quand je parlerais à mon père. Je croyais que je pourrais alors l'amener à céder. Comprends donc que tout ceci n'est arrivé que parce que je t'aime !

— Non, tu te donnes le beau rôle. On ne précipite pas dans un tel malheur quelqu'un que l'on aime, et puis, de toute façon, si tu m'aimais, l'argent et le rang social n'auraient pas plus d'importance pour toi que pour moi. J'ai compromis pour toi mon nom et ma réputation, alors que, toi, tu ne cherchais pas une femme pour la vie, uniquement pour une brève et plaisante aventure !

— Tu fais de moi une véritable canaille. Si j'étais comme tu le dis et si je n'avais recherché qu'une aventure…

— Ah, l'interrompit Margareta, faut-il encore que je te remercie d'avoir évité ce qui aurait peut-être rendu toute l'affaire encore plus désagréable ? De n'avoir pas mis en œuvre avec plus de conviction tes talents de séducteur et de n'avoir pas fait de moi ta femme avant notre mariage ? Mais ce qui m'a protégée, ce fut ta peur que je tombe enceinte. M'abandonner dans ces conditions aurait trop nui à ta réputation !

— Non, ce n'est pas ce que je pensais. Mais puisque nous abordons ce point : tu ne peux tout de même pas avoir été naïve au point de croire que tout se passerait comme prévu, sinon tu n'aurais pas fait montre d'une telle réserve. Tu voulais garder ce dernier atout, et tu ne t'es pas donnée à moi alors que tu en avais bien souvent le désir. Est-ce que je me trompe ?

— Comme tu es vulgaire, murmura Margareta, vil et méchant. Jamais, je te le jure, je n'ai agi envers toi par calcul. Tu aimerais bien qu'il en ait été ainsi, car cela justifierait ta propre lâcheté, tes dissimulations !

Elle ne comprenait pas elle-même comment elle pouvait parler avec autant de haine et d'amertume, mais son humiliation et sa colère étaient trop fortes pour qu'elle gardât son sang-froid.

— J'ai appris une chose entre-temps, poursuivit-elle, hors d'haleine, ce ne sont pas le corps ni la beauté d'une femme qui excitent les hommes et les attirent, ce n'est pas ainsi qu'on les tient sous sa coupe.

— Ah bon ? Vraiment ? Et où as-tu appris tout ça ?

— Regarde autour de toi, ou regarde-toi dans une glace. Ce que désire un homme, bien davantage que la beauté, l'amour et le bonheur, c'est l'argent, les titres, la renommée et le pouvoir ! Vous ne vivez que pour ça, c'est pour ça que vous faites la guerre, que vous assassinez, que vous vous querellez, que vous vous tuez et vous exterminez. Ce que vous placez au-dessus de tout, c'est le pouvoir…

Se remettant à pleurer, elle lui cria entre deux sanglots :

— Tu préfères me livrer à un destin incertain et cruel, mettre ma vie en jeu que renoncer à la perspective de devenir un gentilhomme influent à Prague !

Elle eut beau se tapoter les yeux avec son mouchoir, elle ne parvint pas à endiguer le flot de ses larmes. Ce n'était pas de gaieté de cœur qu'elle offrait à Richard ce spectacle qui le renforçait dans son sentiment de supériorité, mais elle était à bout de forces. L'incertitude et la peur des derniers jours l'avaient plus affaiblie qu'elle ne le croyait et la douleur avait pris le dessus. Tremblant de tout son corps, elle se souciait peu de savoir l'effet qu'elle pouvait faire à Richard. Elle le sentit soudain l'enlacer et l'attirer contre lui. Elle céda à l'ancienne intimité, ne voyant plus que lui, un homme à qui elle pouvait s'abandonner et auprès de qui elle pouvait tout oublier. Elle appuya sa tête pesante et douloureuse contre son épaule. Elle s'abandonna un instant à la tentation de croire que tout allait s'arranger et que Richard allait veiller à ce que personne ne lui fasse plus de mal.

— Calme-toi, je t'en prie, chuchota-t-il, ma chère petite Margareta, ne pleure pas, ma chérie.

Il lui caressa tendrement les cheveux, elle s'apaisa et ses larmes tarirent lentement.

— Tu es trempé, maintenant, dit-elle.

Il sourit.

— Ce n'est pas grave, tes larmes sont précieuses. Mais tu ne devrais pas les verser à cause de moi.

— À cause de qui alors ? Tout est fini. Tu épouseras une autre que moi et tu m'oublieras, et je vais… ah, je ne sais pas ce que je vais faire. Rien, vraisemblablement.

— Ne te désespère pas ainsi. Nous ne pouvons pas nous marier, mais nous ne sommes pas obligés de nous séparer. Je suis très riche, tu sais, et je peux prendre soin de toi. Je louerai un appartement à Prague et nous nous y retrouverons chaque fois que cela me sera possible.

Margareta eut un sursaut de recul. Ses yeux ne furent plus qu'une fente.

— Et quel serait mon statut dans cet appartement ? Je serais ton amante, à qui tu accorderais un peu de temps à l'occasion, qui attendrait patiemment que tu lui rendes visite en cachette ?

— Cesse donc enfin ces attaques injustes, s'écria-t-il en la repoussant. Je n'y peux rien si tu t'obstines à mal me comprendre…

— Oh non, je te comprends parfaitement.

En dépit de son désespoir, elle avait été blessée dans sa fierté et, bien que prête à tout tant son amour était grand, elle écouta la voix de la raison et repoussa cette exigence.

— Je ne vais pas m'abaisser à ce rôle. Je ne pourrais pas vivre ainsi. Je préfère ne plus te revoir du tout. Je prendrai soin de moi toute seule. Je serai indépendante, de toi et de ta pitié !

— Mais ce n'est pas de la pitié, objecta-t-il d'une voix douce et implorante. Je t'aime et je ne veux pas te perdre.

— Tu ne m'aimes pas.

Elle luttait de toutes ses forces contre la faiblesse qui, tel un désir, montait en elle.

— Va-t'en à présent. Va-t'en et sois certain que nous n'aurons désormais plus rien de commun. Plus jamais !

— Tu es bien consciente de ce que tu dis ?

— Oui.

Il baissa les yeux.

— J'aurais voulu que les choses se passent autrement, dit-il désemparé. J'espérais qu'on pourrait…

— Va-t'en maintenant !

Margareta ne savait pas combien de temps encore elle réussirait à garder bonne contenance. Richard ne vit que son visage de marbre. Il fit demi-tour et quitta la pièce à grands pas.

Les semaines qui suivirent furent affreuses. Margareta n'avait qu'une envie : rompre les ponts derrière elle et ne plus se montrer ; cependant, contrainte de rester au château, elle devait témoigner d'une certaine gratitude pour cette hospitalité. C'était Caroline, perpétuellement souriante, qui suscitait chez elle la colère la plus grande. Elle aurait aimé lui tourner le dos chaque fois qu'elle la rencontrait. Mais, étant son invitée, elle ne pouvait naturellement se le permettre. Il lui fallait demeurer polie et cela augmentait l'horrible humiliation qu'elle subissait. Elle passait le plus clair de son temps dans la chambre de Sophia et ne s'éclipsait que de temps à autre pour se promener au soleil. Elle ne paraissait aux repas qu'à contrecœur et exceptionnellement, si bien qu'elle maigrit beaucoup. Elle évitait totalement la compagnie de Richard. Si elle le voyait seul quelque part, elle se sauvait et elle parvint à ne le rencontrer qu'en présence de tiers. Elle recherchait de préférence la compagnie de Julius et de Friedrich. Bien que n'ignorant rien de ce qui s'était passé, ils n'en parlaient pas, se contentant de lui manifester une sympathie silencieuse. Sophia était elle aussi du côté de Margareta.

— C'est un gredin infatué de lui-même et faible de caractère, dit-elle, furieuse, le soir de cette journée si pleine d'événements quand, allongées toutes les deux dans leur lit, elle entendait sans arrêt les sanglots que Margareta tentait d'étouffer dans son oreiller. Il ne se soucie que de ses intérêts. Le pire, c'est que, grâce à son charme et à sa beauté, il a bénéficié depuis l'enfance de l'indulgence de tous. Jamais personne ne lui a vraiment tenu rigueur de son comportement.

— Je le condamne, murmura Margareta, ajoutant, avec plus de violence encore : Je voudrais qu'un jour il ait besoin de moi pour une raison quelconque. Je lui rendrais la monnaie de sa pièce, toute la monnaie !

— Ne va pas te consumer en désirs de vengeance, la mit en garde Sophia. La haine est un sentiment aussi fort que l'amour. C'est seulement lorsque Richard te sera devenu indifférent que tu auras triomphé de l'épreuve, lorsque tu pourras entendre prononcer son nom sans rien éprouver.

— Je ne surmonterai jamais une telle humiliation.

— Il le faut. Tu as beau pleurer, il n'empêche que c'est en définitive une chance que les choses se soient terminées ainsi. Tu es mille fois trop bonne pour mon frère, je m'en suis aussitôt rendu compte quand je t'ai vue. Ce qu'il lui faut, c'est une jolie petite sotte et pas une jeune fille aussi avisée et sensible que toi !

Ce que disait Sophia était agréable à entendre et raisonnable, mais ne put consoler Margareta bien longtemps. Elle avait succombé à un amour trop violent, elle avait associé Richard à de trop nombreux espoirs pour que sa blessure pût guérir aussi rapidement.

Fin juin, on apprit au château Tscharnini que le roi d'Espagne avait doté d'une armée un de ses gentilshommes, du nom de Spinola, avec pour mission d'occuper le Palatinat. Les protestants de l'Empire craignaient depuis longtemps l'Espagne, il se chuchotait que des pots-de-vin avaient été versés à la cour impériale afin de gagner les principaux conseillers de Ferdinand à la cause du roi d'Espagne et qu'aucune décision n'était prise sans que l'ambassadeur de ce pays eût son mot à dire. Spinola, qui jouait un grand rôle dans la politique espagnole, passait pour un catholique fanatique, haïssant les protestants. S'il était maintenant à la tête d'un avant-poste dans le Palatinat, il pourrait occasionner de grandes difficultés à l'Union.

— Les princes protestants de l'Empire devraient enfin apporter leur aide au roi Frédéric, lança Julius avec colère. Spinola gagne trop de terrain et cela finira par leur coûter cher !

Or certains princes redoutaient toujours de s'immiscer dans le conflit ; d'autres, qui auraient eux-mêmes aimé être élus à Prague, estimaient que Frédéric, en tant que roi de Bohême et prince électeur du Palatinat, avait de toute façon trop de pouvoir ; par envie et jalousie, ils se tenaient donc à l'écart.

Personne ne s'opposa par conséquent à Spinola et le bruit finit par se répandre que le duc Maximilien de Bavière levait de son côté une armée pour marcher sur Prague. Cette nouvelle plongea Margareta dans un profond embarras, dans la mesure où elle éprouvait un sentiment de coresponsabilité tout à fait sans fondement pour les actes de son souverain ; la jeune Bavaroise eut l'impression d'avoir personnellement déclaré la guerre à la Bohême.

— C'est absurde, se contenta de déclarer Sophia à ce sujet, mais Margareta tressaillait chaque fois que Richard, Julius et Friedrich évoquaient la menace de guerre.

— Nous combattrons bien entendu ce Maximilien, affirma un jour Julius avec vivacité.

— Et le contraindrons à la retraite, ajouta Friedrich les yeux brillants, nous… mais il s'interrompit avec tact quand il prit conscience du désarroi de Margareta.

Il apparaissait d'ailleurs douteux que le roi Frédéric réussît à rassembler derrière lui une armée capable de combattre vraiment. Sa popularité auprès de la population baissait avec une rapidité effrayante et, durant l'été, il dilapida presque tout le capital de sympathie dont il disposait encore.

Une famille amie des Tscharnini, originaire de Prague, s'installa pour quelques jours au château ; elle se fit l'écho indigné des bruits qui couraient dans la ville à propos de la conduite du jeune souverain.

— Bien que les caisses soient vides, des foules d'invités sont reçus soir après soir au château de Prague ; on leur sert les mets les plus raffinés et les vins les plus chers sous des centaines de cierges, raconta une des hôtes. On y fait de la musique, on rit et on danse. Sans Christian von Anhalt, tout se serait déjà écroulé depuis longtemps, car le roi ne s'occupe de rien. Il entretient une cour gigantesque et se procure – Dieu sait comment – des bijoux et des parures pour la reine. Il va jusqu'à faire en public des choses qui… La narratrice baissa la voix et poursuivit : J'ai entendu dire qu'il s'était récemment baigné dans la Vltava dans le plus simple appareil, et cela en présence de la reine et de ses dames d'honneur !

Sophia éclata de rire à cette évocation.

— Comme j'aurais aimé être là ! s'écria-t-elle, ce qui amena Caroline à admonester sa fille avec indignation :

— Quitte cette pièce et ne te montre plus tant que tu ne te comporteras pas mieux !

Sophia sortit, riant toujours.

Mais peu de gens considéraient la manière d'agir du roi avec autant d'humour, et la situation de ce dernier devint sérieuse et périlleuse. Peu après se trouva confirmée la rumeur selon laquelle Maximilien de Bavière avait confié le haut commandement de son armée déjà en ordre de marche au comte de Tilly.

— Je vais rentrer à Prague, annonça Ludwig. Je veux assurer le roi du soutien inconditionnel de notre famille.

— Nous rentrerons bien entendu avec toi, dit Caroline. Par ces temps d'incertitude, une famille ne peut se séparer.

À ces mots, Margareta se sentit fort mal, se rendant compte qu'elle allait devoir prendre une décision. Elle ne pouvait vivre indéfiniment au château en tant qu'hôte tolérée, surtout si la famille s'en allait. Il lui revint alors à l'esprit ce que Friedrich avait dit de sa sœur, mais cette solution ne lui plaisait guère. Elle imposerait à nouveau sa présence à des étrangers, de plus à quelqu'un qui n'avait rien à voir avec tous ces événements. *Les Tscharnini*, se dit-elle avec un sentiment de révolte, *sont au moins un peu responsables de moi, dans la mesure où ils sont à l'origine de ma situation !*

Quelques jours avant le départ de la famille, Caroline entra chez Margareta. Portant une robe noire, des perles blanches dans les cheveux, elle était redevenue la dame aimable qui traitait Margareta comme une invitée bienvenue.

— Ma chère enfant, commença-t-elle avec un sourire et en posant délicatement sur le bras de son interlocutrice sa main fine aux bagues précieuses. Vous savez combien nous sommes heureux de vous avoir !

— Merci, madame la baronne, répondit Margareta en lui rendant son sourire malgré elle.

Elle songea aux mots de Sophia : elle tue ses ennemis tout en leur faisant les yeux doux !

Caroline se dirigea lentement vers la fenêtre, la traîne de sa robe froufroutant sur le parquet. Elle avait l'air si distingué que c'est à peine si Margareta osait respirer.

— Je suis heureuse que notre château vous plaise, reprit-elle. Vous savez qu'il est la propriété de notre famille depuis des générations, et nous l'aimons beaucoup.

Elle laissa ses doigts frôler le velours des rideaux, la soie du napperon posé sur le rebord de la fenêtre et les roses du vase de cristal. Il y avait dans ses gestes autant de délicatesse que d'énergie.

— Ce château personnifie la tradition de notre famille, les qualités propres aux Tscharnini. Il incarne en lui les idées de richesse, de beauté et d'éternité.

Elle se retourna vers Margareta. Elle avait toujours sur les lèvres son tendre sourire, alors que ses yeux châtain foncé reflétaient la détermination et la dureté. La mère de Richard n'eut pas besoin d'exprimer plus avant sa pensée, Margareta l'avait comprise. Pour rien au monde, la baronne n'accepterait que l'éclat de son nom fût souillé.

— Bien entendu, ajouta-t-elle aimablement sans que son regard se fût adouci, vous pourrez rester ici tant qu'il vous plaira.

— Je ne voudrais pas être importune…

— Pour l'amour du ciel, comment le pourriez-vous ? s'étonna Caroline avec un geste magnanime du bras. Nous avons de la place en suffisance ! Si vous le souhaitez, vous pouvez passer ici le reste de l'été, même si les lieux risquent d'être un peu déserts. Mais Lioba sera là et vous ne serez donc pas seule.

— C'est très aimable à vous…

— À l'automne, vous pourrez penser à rentrer dans votre pays. Nous vous procurerions naturellement une voiture !

La voix de Caroline n'avait pas changé, mais Margareta perçut un accent qui lui indiqua que cette proposition amicale devait en réalité être comprise comme un ordre irrévocable.

Cette femme sait parfaitement ce qu'a commis Richard, pensa-t-elle, *et elle se dit que si je peux vivre ici deux ou trois mois, cela suffira à faire disparaître les responsabilités : les Tscharnini auraient alors tout fait pour que les choses soient rentrées dans l'ordre.*

Elle observa Caroline remettre en place divers objets sur la petite table devant la fenêtre, comme pour bien montrer que Margareta, en tant que simple invitée dans la maison, n'apporterait ni ne laisserait le moindre changement. Elle serra les dents pour ne pas crier tant cette belle femme mince et cruelle l'irritait avec son perpétuel sourire.

— Madame la baronne, articula-t-elle avec le courage du désespoir, vous savez peut-être que je ne pourrai jamais rentrer chez moi.

— Mais mon enfant, ne parlez pas ainsi ! Il est évident que votre famille vous pardonnera. Il n'est en effet rien arrivé !

Puis, plissant les yeux, elle jeta à Margareta un regard insistant.

— Il n'est rien arrivé, dites-moi, qui puisse vous attirer d'autres désagréments encore ?

La fierté de Margareta ne lui permit pas d'essayer de faire changer la baronne d'avis au prix d'un mensonge ; de toute façon, elle le sentait bien, elle n'aurait pas eu grand succès.

— Non, votre fils s'est comporté de manière extrêmement correcte, répliqua-t-elle d'un ton mordant. On ne me pardonnera pourtant pas. Je ne peux pas rentrer chez moi.

— Eh bien, lança Caroline en se tournant à demi vers la porte, indiquant qu'elle ne souhaitait pas prolonger l'entretien, vous constatez donc que vous avez agi de manière inconsidérée.

— Je constate qu'on peut peut-être qualifier de puérile la confiance que je plaçais dans votre fils, rétorqua Margareta, caustique.

Caroline haussa les épaules.

— Quoi qu'il en soit, vous pouvez en tout cas passer ici les mois de septembre ou d'octobre, et une solution se présentera bien d'ici là.

— Je l'espère, madame.

Caroline quitta la pièce d'un pas mesuré, et Margareta hésita entre l'envie de pleurer ou de jeter contre le mur la carafe d'eau. Elle déchira son mouchoir en deux, mais cela ne parvint pas non plus à chasser de son esprit l'image de Caroline et de son sourire, pas plus qu'à atténuer sa haine de cette femme.

Deux jours plus tard, Richard fit à son tour son apparition dans la chambre de Margareta pour prendre congé. Il avait l'air embarrassé, ce qui lui donnait moins fière allure que son habituelle insouciance.

— Ces dernières semaines, tu m'as évité, commença-t-il. Je comprends que tu m'en veuilles, mais je voudrais que…

Il leva les mains dans un geste d'impuissance.

— Que voudrais-tu ?

— Eh bien, que nous ne nous séparions pas comme ça.

Il se passa la main droite sur le visage, et Margareta eut l'impression qu'il se sentait dépassé par la situation. Elle l'examina en se disant qu'il était étrange qu'en dépit de leur ressemblance il présentât une tout autre apparence que sa mère. Si leurs yeux avaient la même couleur et la même forme, on ne lisait pas la détermination dans les siens, plutôt une singulière expression de faiblesse. Il était bizarre que cela ne lui fût jusqu'ici pas apparu. Peut-être qu'il dégageait habituellement une trop forte impression de gaieté et de joie de vivre pour qu'on décelât autre chose derrière cette façade ?

Pour l'heure, il n'était même pas capable de soutenir son regard.

— Tu ne me croiras certainement pas, dit-il tout bas, mais je t'aime beaucoup.

— Ah, Richard, fit-elle avec un mouvement hésitant de la main, tant de belles paroles ! Vois-tu, je crois que tu as pour toi-même une trop grande adoration, alors qu'en réalité tu es uniquement préoccupé de ne manquer de rien, préoccupé de ton bien-être.

— Tu veux donc te séparer de moi en éternelle inimitié ? demanda-t-il, visiblement très affecté.

— Non. Je ne veux pas être ton ennemie. Je veux t'oublier.

— Cela me paraît pire encore, mais c'est ton droit.

La prenant par la main, il l'attira contre ses lèvres.

— Adieu ! dit-il.

Sa voix avait retrouvé la tonalité affectueuse que Margareta connaissait si bien. Elle pinça les lèvres en sentant qu'il était de nouveau pleinement dans son élément.

— Moi, en tout cas, je ne t'oublierai pas, poursuivit-il, et je voudrais que tu saches combien je suis désolé de tout ça.

— Adieu, Richard, j'ai vécu... Elle eut beaucoup de mal à prononcer ces quelques mots : ... de bons moments avec toi.

Il lui sourit, puis s'en alla d'un pas plus léger qu'à son arrivée.

Margareta connut un petit triomphe le matin du départ de la famille, quand Sophia déclara soudain qu'elle voulait également passer l'été au château.

— J'aime bien Margareta, dit-elle tout net, et je trouve que notre famille a beaucoup de torts à réparer à son égard. Nous ne pouvons pas la laisser là, comme si de rien n'était !

— Ma chérie, qui te donne le droit... commença Caroline qui fut coupée par Margareta :

— Personne n'a à rester ici à cause de moi. Je me débrouillerai toute seule.

— Mais je veux rester ici. Pourquoi passer l'été à Prague alors qu'ici tout est plus joli ?

Chacun comprit le blâme qu'elle adressait à sa famille. Richard et Caroline pincèrent les lèvres, tandis que Julius remarquait avec tristesse :

— Alors, je vais rester longtemps sans te voir, Sophia.

— Je serai rentrée à Prague pour notre mariage, promit celle-ci.

Elle avait un air si résolu que Caroline n'osa pas soulever d'autres objections. Elle ne haïssait rien tant que de longues querelles en présence de tiers et n'ignorait pas que Sophia ne se laisserait arrêter par aucune considération.

— Ma foi, mon enfant, tu dois savoir ce que tu fais.

Tous prirent place dans la voiture, Richard monta sur son cheval. Friedrich se pencha par la fenêtre.

— Pensez à ma sœur Luzia à Prague, chuchota-t-il.

Margareta lui lança un regard de gratitude. Elle l'aimait beaucoup et elle était très heureuse d'avoir trouvé dans ce pays quelqu'un qui serait à ses côtés en cas de nécessité. Elle avait espéré que Richard l'éviterait, mais il s'approcha d'elle sur sa monture.

— Je te vois peut-être aujourd'hui pour la dernière fois, je voudrais t'offrir un souvenir…

Ôtant une bague de son doigt, il la lui tendit. Elle ne fit pas un geste.

— Prends-la, je t'en prie !

— Non. Ne saisis-tu donc pas la dérision qu'il y a à m'offrir une bague justement ?

— Ce n'était pas mon intention. Il n'y a jamais eu volonté de moquerie de ma part, jamais.

— Tu sais que je veux t'oublier. Je n'ai pas besoin de souvenir.

Il chercha à lui mettre la bague dans les mains. Elle recula et le bijou tomba dans la poussière à ses pieds. Il sembla vouloir encore dire quelque chose, mais se retint. Il fit faire une demi-volte à son cheval et s'en alla sans se retourner. La voiture démarra elle aussi. Ils disparurent l'un après l'autre au virage et on n'entendit plus que le claquement des sabots et le bruit des roues.

— Bon, dit Sophia, les voilà partis. Et toi, Margareta, tâche de ne plus penser à Richard !

— Je ne penserai plus à lui, promit-elle.

Bien que gardant les yeux secs, elle avait l'impression que son cœur, lui, pleurait. Jamais elle n'avait autant aimé Richard qu'en cet instant où il s'était éloigné d'elle sans hésitation ni remords.

9

L'été 1620 fut horriblement froid. Il pleuvait souvent et Jaroslaw passait son temps à alimenter en bois les grands poêles du château. Il s'efforçait de rendre aux jeunes filles leur séjour aussi agréable que possible, attitude s'expliquant vraisemblablement aussi bien par son amour pour Margareta que par sa crainte de Sophia. Lioba elle aussi ne ménageait pas sa peine, mais Margareta savait bien que c'était uniquement en raison de sa compagne. La vieille femme manifestait autant de froideur qu'au premier jour à l'intruse catholique, mais elle lui lançait de surcroît des regards venimeux à présent.

En sa présence, Margareta ne laissait jamais paraître la moindre tristesse, pas plus que devant Sophia, femme au demeurant peu susceptible d'engendrer la mélancolie. Pourtant, bien que trouvant elle-même cela peu raisonnable, Margareta avait ramassé la bague de Richard et la portait au cou, accrochée par un ruban. En effet, dans les semaines qui avaient suivi le départ de la famille, ses pensées avaient presque exclusivement tourné autour de l'amant infidèle. Ces idées noires l'auraient sans nul doute plongée dans des états dépressifs, si Sophia ne s'était montrée si loquace. D'une langue bien affilée ne ménageant personne, elle se moquait des êtres qui lui étaient proches, parfois avec tant de justesse et de verve que Margareta ne pouvait s'empêcher de rire. Sophia l'obligeait aussi à se promener quotidiennement, par tous les temps. Elles sortaient même fréquemment du parc, et Sophia montra à son amie quelques fermes des environs dont les habitants travaillaient pour le compte des Tscharnini, la plupart leur étant assujettis. Ces longues courses fatiguaient Margareta qui était fort heureuse de pouvoir s'endormir rapidement, le soir. C'était surtout la nuit qu'elle redoutait, moment où elle était en proie à ses idées noires et où le souvenir la rattrapait.

Juillet et août passèrent de la sorte. Les bruits évoquant l'imminence d'une bataille pour Prague se précisaient. L'armée du duc Maximilien s'approchait ; elle traversait l'Autriche, et on rapportait que les soldats ravageaient le pays, pillaient et assassinaient. Le comte Spinola, l'Espagnol, était entré dans le Palatinat et occupait Mayence. Les troubles et la guerre semblaient avoir gagné tout l'Empire. Nombreux étaient ceux qui se tenaient prêts à s'enfuir à tout instant.

— Tu ne vas naturellement pas rentrer chez toi, dit Sophia à Margareta, même si ma mère voulait que tu retournes en Bavière à l'automne. Tenter de se frayer un chemin entre toutes ces troupes serait braver la mort. Tu resteras ici jusqu'au printemps s'il le faut !

— Oui, il m'est difficile de faire autrement, concéda Margareta, hésitante. De toute façon, je redoute…

— Tu crains ta famille, n'est-ce pas ? Ne serait-ce que pour cette raison, il vaut mieux que tu attendes.

Au grand regret de Margareta, le moment approchait où Sophia devrait rejoindre Prague. À la mi-septembre,

Caroline fit savoir à sa fille que les préparatifs du mariage étaient sur le point de s'achever et que Julius attendait sa fiancée avec impatience.

— Il veut m'épouser au plus vite parce qu'il va sans doute devoir partir pour la guerre. Quelle perspective merveilleuse de peut-être se retrouver veuve quinze jours après son mariage !

Margareta eut un sursaut, puis elle lut sur le visage de son amie que ces propos cyniques n'étaient destinés qu'à cacher sa peur.

Ce serait bien sûr abominable, pensa-t-elle, *mais Sophia aurait au moins eu la chance d'avoir un court moment pour mari l'homme qu'elle aime, et d'avoir l'assurance qu'il l'aimait. Chose qui me sera à jamais refusée.*

Le départ de Sophia se fit dans la tristesse. Ayant loué une voiture dans la ville voisine, elle se fit accompagner et protéger par Jaroslaw. Margareta dut donc rester seule avec Lioba, perspective peu riante. Sophia promit de revenir bientôt la voir, puis les deux jeunes filles s'embrassèrent et Margareta se retrouva sur l'espace couvert de gravier, devant le château, à saluer du bras une voiture s'éloignant. Mais, cette fois, elle était seule.

Les journées de septembre furent si froides et pluvieuses que Margareta ne put sortir. D'un air grincheux, Lioba allumait tous les matins le feu dans la cheminée de la chambre et c'est d'aussi mauvaise humeur qu'elle servait les repas auxquels Margareta n'avait d'ailleurs rien à redire. Elle ressentait parfois une étrange peur superstitieuse. En rêve, Lioba lui apparaissait sous les traits d'une sorcière ricanante et maléfique qui, en voulant à sa vie, mélangeait à ses aliments des herbes vénéneuses, tout en proférant de mystérieuses formules incantatoires. Chaque fois qu'elle portait la première cuillerée d'un plat à sa bouche, la jeune fille la goûtait précautionneusement, à la recherche d'une saveur ou d'une amertume suspectes, se reprochant intérieurement sa folle imagination. Une nuit, elle rêva que la vieille femme se tenait auprès de son lit et la touchait de ses doigts décharnés. Elle s'éveilla en criant et s'assit. Son front était couvert d'une sueur glacée et elle avait le cœur battant. Or tout était calme. Elle se recoucha donc, mais ne se rendormit pas de sitôt.

Fin septembre, Tilly entra en Bohême à la tête de son armée. Il paraissait avoir le dessein de marcher directement sur Prague. Margareta qui ne s'était jusque-là que peu souciée du danger, voyant uniquement en lui une bonne raison de ne pas partir, commença à être prise d'inquiétude. Les nouvelles se répandaient rapidement. Les paysans venant livrer des légumes et des œufs au château racontaient que les troupes, dans leur progression, se comportaient comme des barbares. Elles ne laissaient derrière elles que dévastations et saccages.

— Oui, c'est tout ce qu'on peut attendre de ces gens, disait Lioba avec perfidie, ce sont des Bavarois.

Margareta se mordait les lèvres. Elle trouvait que sa situation était horrible et elle savait qu'elle ne pouvait même pas escompter une protection du fait que les ennemis étaient des compatriotes. On ne croirait sans doute pas qu'elle était elle-même originaire de Bavière, à supposer même qu'on lui laisse le temps de parler.

En octobre, elle reçut de Sophia une lettre qui décrivait la fête fastueuse qu'avait été son mariage, joie malheureusement très vite assombrie par les événements menaçants. Son amie écrivait que la vie avec Julius était merveilleuse et qu'elle était heureuse. À la fin de la lettre, elle avait adopté un ton plus sérieux :

« Ma chérie, je t'en prie, ne t'attarde pas au château. Tu n'y es absolument pas en sécurité. Je ne dis pas que tu y es en danger immédiat, les ennemis étant en effet encore loin, n'attends néanmoins pas l'ultime moment ! Viens à Prague avec Lioba. La ville sera défendue, mais, même si nous sommes vaincus, les conditions de la reddition seront négociées et la population n'aura pas trop à souffrir. Je vis malheureusement avec Julius dans ma famille et je ne peux t'accueillir. Friedrich te fait en revanche savoir que tu peux toujours aller chez sa sœur. Elle serait heureuse de ta venue ! »

Margareta sut gré à Sophia de se soucier ainsi de son sort. Mais elle ne souhaitait toujours pas accepter l'hospitalité d'une étrangère. Dans l'écurie, il y avait deux puissants chevaux et une voiture neuve. Elles pouvaient fuir à tout instant.

— C'est à vous de savoir quand le moment sera venu, lui répliqua Lioba d'un ton indifférent quand elle lui montra la lettre.

Margareta présuma que la vieille femme, pas aussi sereine qu'elle voulait le faire croire, avait plaisir à laisser le soin de cette décision difficile à une jeune fille mal assurée.

Ma foi, je n'ai besoin ni de ses conseils ni de son aide, se dit Margareta. *Je me débrouillerai sans cette vieille sorcière.*

Par une claire et froide journée d'octobre, alors que les arbres étaient déjà remplis de feuilles colorées, un paysan surgit au château.

— Mademoiselle, devinez un peu ce qui s'est passé, s'écria-t-il rayonnant de joie à la vue de Margareta. Les Bavarois ont été battus par le général Mansfeld dans la région de Plzen ! Prague est sauvée !

— C'est vrai ? demanda Margareta, incrédule, mais le paysan ne cessait d'assurer que tout danger était à présent écarté.

Les troupes vont sans doute bientôt se retirer totalement, pensait-il, *ce serait vraiment bien de pouvoir enfin dormir tranquille.*

— Alors, vous allez pouvoir retourner en Bavière avant l'hiver, mademoiselle, suggéra Lioba pleine d'espoir.

— J'attendrai jusqu'à ce qu'il n'y ait plus aucun danger, rétorqua Margareta, et elle se retira.

Cette journée d'octobre avait été la dernière à bénéficier d'un beau soleil en cette funeste année dont l'été, avec son froid perpétuel et son humidité, avait déjà été si pénible. Il se mit à pleuvoir de manière presque ininterrompue, et, quand la pluie cessait, un vent violent se levait, hurlant et tempêtant. Comme si l'hiver allait arriver en octobre, Margareta croyait déjà sentir la neige dans l'air quand elle ouvrait sa fenêtre le matin. Les nuages gris assombrissaient son humeur, et elle restait souvent des heures à les regarder filer et s'effilocher au-dessus du château.

Par une de ces mornes journées, Margareta était assise sur son lit. Elle avait trouvé dans une commode un petit bout de tissu blanc sur lequel quelqu'un avait commencé à broder des fleurs avant d'ensuite l'oublier. Elle s'occupait à terminer le travail interrompu, même si elle n'avait que peu d'intérêt pour ce genre d'activité, mais le travail manuel lui offrait dans les circonstances présentes une distraction bienvenue. Tout à coup, elle se dressa en sursaut en entendant le piétinement précipité d'un cheval. Un cavalier s'approchait du château au triple galop. Elle n'avait pas la moindre idée de qui il pouvait s'agir.

L'après-midi, les paysans venaient rarement, et de toute façon ils n'étaient jamais aussi pressés. Margareta dévala les escaliers et parvint à la porte du manoir en même temps que Lioba.

— Lioba, que se passe-t-il ?

La vieille femme haussa les épaules.

— Comment pourrais-je le savoir ? Nous allons l'apprendre.

Elles sortirent et tombèrent sur un cheval couvert d'écume et s'ébrouant, portant sur son dos un cavalier épuisé et hors d'haleine. Margareta reconnut en lui un jeune homme habitant une cabane de bûcheron au cœur de la forêt. Elle l'avait remarqué en raison de son naturel joyeux, alors que, présentement, son visage défiguré n'exprimait que la peur.

— Mademoiselle, parvint-il à proférer, rassemblez quelques affaires et tâchez de gagner Prague. La forêt grouille d'ennemis !

— Quoi ?

— Des soldats de Tilly. Ils sont ici et ils saccagent tout. Seule une ville fortifiée peut nous protéger contre ces barbares.

— Mais je ne comprends pas ! On les avait repoussés !

— Il s'agissait d'une rumeur ridicule, fausse depuis *a* jusqu'à *z*. Ils sont ici. L'armée du roi Frédéric barre toutefois encore l'accès de Prague à ces maudits Bavarois. Faites en sorte de rejoindre la ville !

Margareta se sentit prise de vertige tant sa terreur était grande. S'agrippant aux rênes du cheval, elle tourna vers le cavalier un visage devenu blafard.

— Emmène-nous, le supplia-t-elle, nous n'y arriverons pas seules. Je t'en prie, aide-nous à gagner Prague !

L'homme secoua la tête d'un air de regret.

— Je ne vais pas à Prague, j'essaye de rejoindre nos troupes pour m'y enrôler.

— Mais alors, mon Dieu, que va-t-il advenir de nous ?

Le cavalier, du haut de sa monture, jeta un regard de compassion à Margareta. Il n'avait jamais eu de sympathie pour les gens riches, mais Mlle von Ragnitz s'était toujours montrée aimable avec lui. Il aurait aimé pouvoir l'aider.

— Prague se trouve dans cette direction, dit-il en indiquant le nord-est. Vous arriverez bien à la ville, j'en suis sûr. Mais il faut que j'y aille maintenant !

Saluant de la main, il repartit au galop aussi rapidement qu'il était arrivé. Margareta fit demi-tour.

— Lioba, qu'allons-nous faire ? demanda-t-elle, le souffle coupé.

Lioba gardait son calme.

— Nous allons rassembler les affaires les plus utiles, puis nous nous mettrons en route. Je sais comment rejoindre Prague !

— C'est vrai ? Oh, Lioba, tu es un ange !

Margareta constatait avec gratitude que le danger semblait les rapprocher. Lioba avait à présent autant besoin d'elle que l'inverse, et elles devenaient du même coup des alliées.

— Montez, faites un paquet de couvertures et de vêtements, poursuivit la servante, pendant que je vais préparer des provisions.

— Oui, oui, bien sûr !

Margareta était déjà dans l'escalier quand elle s'immobilisa :

— Qui attelle les chevaux ?

— Je m'en occupe. Je vais de ce pas dans l'écurie.

Margareta approuva de la tête et courut jusque dans sa chambre. Ressortant le sac de voyage avec lequel elle était arrivée au château quelques mois plus tôt, elle le remplit de vêtements et d'objets lui appartenant et d'autres appartenant à Sophia, parce qu'il lui sembla correct de ne pas abandonner au pillage les biens de son amie. C'est ainsi qu'elle ramassa en vitesse des bijoux, une liasse de lettres et un tableau miniature de Caroline accroché près de la fenêtre. La robe légère qu'elle avait sur elle lui paraissant trop délicate pour une fuite, elle la remplaça par son ancien habit de voyage de couleur sombre. Elle passa aussi un manteau, qui lui serait utile pour affronter le froid et l'humidité. Elle prit encore quelques couvertures de laine avec lesquelles elles pourraient peut-être confectionner une couche dans la voiture afin de pouvoir se relayer pour dormir, si tant est qu'elles aient l'occasion de fermer l'œil.

Bien que ces diverses opérations lui aient pris du temps, elle jeta un dernier regard autour d'elle. C'est dans cette chambre qu'elle avait été chez elle durant les mois écoulés, et, malgré les nombreuses larmes qu'elle y avait versées, elle s'y était attachée. Elle espéra du fond du cœur que les soldats ne pilleraient ou surtout ne brûleraient pas le château. Peut-être qu'elle y reviendrait un jour, qui sait ?

— Si j'atteins Prague en vie, se dit-elle à mi-voix.

À la pensée qu'il allait lui falloir se risquer dans d'épaisses forêts et affronter des dangers inconnus, son sang se glaça dans ses veines : Lioba et elle, seules sans aucune protection, avec pour unique et dérisoire espoir celui de ne pas être découvertes. Qui pouvait dire, en effet, dans quelle mesure les soldats ennemis occupaient la campagne, qui pouvait affirmer que des troupes ne se trouvaient pas déjà sur la route de Prague ?

Munie de son sac, elle descendit l'escalier quatre à quatre, espérant que Lioba serait prête. Le temps pressait et leur situation devenait de minute en minute plus périlleuse. Il fallait partir sur-le-champ.

En bas, le silence était total. Elle courut dans les couloirs, ses pas résonnant de manière sinistre.

— Lioba !

Pas de réponse. Seul lui parvint, depuis la forêt, le martèlement d'un pic. Elle entra dans la cuisine. Elle était bien rangée, le bois soigneusement empilé à côté de l'âtre, le sol nettoyé. Il ne manquait que le grand panier d'osier habituellement suspendu dans un angle.

— Lioba ! cria Margareta et, n'obtenant toujours pas de réponse, elle cria plus fort encore : Lioba ! Lioba, où es-tu ? Réponds !

Soudain saisie d'une folle terreur, Margareta fit demi-tour et courut jusqu'à la porte d'entrée du manoir. Lioba devait être occupée à préparer les chevaux. Elle se précipita à toutes jambes vers l'écurie, le gravier crissant sous ses pas. La porte était ouverte. Elle s'immobilisa, respirant avec peine.

— Lioba !

Il fallut un peu de temps à ses yeux pour s'habituer à l'obscurité. L'écurie était spacieuse, construite en pierre, étonnamment accueillante avec son odeur familière de foin, de paille et de cheval. Des fenêtres tombait une faible lumière. Margareta put néanmoins constater qu'il n'y avait plus qu'un cheval devant le râtelier et que la voiture avait disparu. Il fallut plus de temps à l'entendement de Margareta qu'à ses yeux pour comprendre ce qui s'était passé : un cheval et la voiture n'étaient plus là, et pas trace de Lioba. Ce n'était pas possible ! L'idée effroyable qui naissait en elle ne pouvait tout de même pas être vraie !

— Lioba ! cria-t-elle encore, mais sa rage était telle que sa voix, se cassant, devint stridente. Lioba ! Lioba ! Lioba !

Elle se refusait à le croire. Elle courut à travers toute l'écurie, retourna, toujours courant, jusqu'au château. Paniquée, elle se ruait de pièce en pièce, ouvrait les portes, appelant la servante. Elle se heurtait partout au froid et au silence. La seule vie qu'elle aperçut fut sous la forme d'une petite souris disparaissant, effrayée, dans la fissure d'une paroi. Margareta finit par se retrouver dehors. Épuisée, elle s'appuya contre un mur du manoir. Il s'était mis à pleuvoir, et de grosses gouttes lui frappaient la figure. À peine le remarquait-elle. Elle prit peu à peu conscience que Lioba l'avait laissée tomber, que la vieille sorcière était partie en catimini, l'abandonnant à son sort. De peur et d'impuissance, elle fondit en larmes, comme paralysée dans la pluie de plus en plus violente, incapable de rassembler ses forces et de faire appel à sa raison.

— Richard, sanglota-t-elle, ah, Richard, viens à mon aide. Viens à mon aide !

Un gros oiseau s'envola du mur, non loin d'elle, en poussant des cris perçants. Terrifiée, elle hurla. Elle était si peu maîtresse de ses nerfs qu'elle voyait des ennemis partout et entendait des voix de soudards. Son hurlement lui fit recouvrer le sang-froid. Son pouls s'apaisa un peu et ses pensées s'ordonnèrent. Elle ne pouvait rester là, sans bouger, il lui fallait partir. Lioba ne pouvait être très loin, peut-être arriverait-elle à la rattraper. Où pouvaient bien se trouver les selles et les brides ? Un cheval de trait se laissait-il seulement monter ? Elle découvrit une selle et un mors et les traîna jusqu'auprès du cheval. Elle ne savait même pas son nom, mais elle pouvait essayer de l'appeler « Varus », comme un étalon qu'avait eu son père.

— Varus, viens, prends ça dans ta bouche !

L'animal se défendit opiniâtrement contre le mors, serrant les mâchoires, s'obstinant à lancer la tête en arrière, piétinant sur place et renâclant.

— Je t'en prie, je t'en prie, ne me rends pas la tâche difficile !

Margareta fondit une nouvelle fois en larmes. Elle appuya son visage contre le cou du cheval qui ronfla d'aise. Comme pris de pitié, il ouvrit soudain la bouche et elle put placer le mors. Il ne restait plus que la selle. Quelle qu'ait été la monture à laquelle elle était destinée, elle était nécessairement trop petite pour ce cheval de trait. Sur le large dos de Varus, elle semblait flotter, et il était bien sûr impossible de boucler la sangle. Margareta y renonça. Il lui faudrait donc monter à cru, peut-être d'ailleurs cela permettrait-il d'avancer plus vite. Elle prit Varus par la bride pour l'amener tout contre un mur. De là, elle réussit avec quelque peine à grimper sur l'animal, s'attendant à chaque instant à ce qu'il la désarçonne. Mais Varus ne broncha pas, comme s'il avait déjà souvent été monté. Margareta prit les rênes en main. Elle tenait devant elle le sac sur lequel elle veillait attentivement. Il ne fallait pas le laisser tomber, car, sans aide, elle serait dans la quasi-impossibilité de remonter en selle.

— Allez, Varus, en avant ! dit-elle en lui pressant les flancs.

Elle constata avec soulagement qu'il obéissait. Il descendit la pente devant le château à grandes foulées, tanguant et roulant, mais pas une seule fois il ne broncha en dépit de l'herbe mouillée et des feuilles glissantes. Margareta n'était encore jamais montée à cru. Au début, elle eut un peu de mal à garder son équilibre, mais, en bonne cavalière, elle finit par s'adapter au rythme et n'eut bientôt plus besoin de se retenir à la crinière du cheval. La situation avait pour elle quelque chose de cauchemardesque. Elle se sentait comme dans un conte, seule dans une immense forêt, entourée de mille dangers, abandonnée de tous. Se sentir ainsi livrée à elle-même était quelque chose de nouveau. De toute son existence, jamais Mlle von Ragnitz n'avait eu à faire face à pareille situation : il y avait toujours eu à ses côtés des êtres pour la protéger et prendre soin d'elle, que ce soit dans sa famille ou, plus tard, au couvent. Elle avait accepté cette prise en charge comme allant de soi, et c'était à présent pour elle un réveil cruel que d'être seule et de savoir que, en cas d'urgence, personne ne serait là pour lui prêter main-forte.

— Ah, si seulement Angela était là, gémit-elle.

Elle fut presque tentée de retourner au château et de s'y abandonner à son sort, perspective qui lui paraissait moins terrifiante que d'errer dans la forêt, exposée au risque de voir surgir à tout instant des inconnus. Petit à petit pourtant, elle sentit, surmontant sa peur, que sa raison prenait le dessus ainsi que sa volonté de tout tenter afin de gagner Prague sans encombre.

Elle était arrivée au pied de la colline quand elle s'aperçut qu'elle n'avait remarqué aucune trace de voiture bien que la terre fût ramollie. Lioba n'était pas passée par là, elle avait dû partir dans la direction opposée. Ce qui expliquait pourquoi Margareta n'avait pas entendu les crissements du gravier que n'aurait manqué de provoquer la lourde voiture. Elle se rendit compte du même coup qu'elle avait peu de chances de rattraper la servante. Elle décida donc, dans le faible espoir de rejoindre Prague à un moment ou à un autre, de prendre la direction du nord-est que le jeune bûcheron lui avait indiquée.

Varus allait d'un pas régulier. Le sol était trop mouillé pour lui permettre d'adopter un train plus rapide. La tête basse, il avançait sans hésitation, au travers des branchages, des buissons et des broussailles. Il paraissait ne sentir ni les épines ni l'éternelle pluie battante à peine atténuée par les arbres. Margareta était profondément reconnaissante au cheval de faire preuve d'une telle assurance tranquille. Une bête nerveuse serait définitivement venue à bout de ses forces. Souvent, pour éviter les fourrés, elle était obligée de se coucher sur l'encolure de sa monture. Elle se cachait alors le visage dans la crinière, et la chaleur du crin lui procurait calme et réconfort. Elle ne cessait de penser : *Si tu me mènes jusqu'à Prague, je ne me séparerai plus de toi, tant que tu vivras, je te le promets. Et devrais-je souffrir de la faim, je partagerai tout avec toi !*

Il n'y avait pas de véritable chemin que Margareta aurait pu suivre, uniquement un vague sentier paraissant mener dans la bonne direction. Elle ne cherchait d'ailleurs pas de voie plus accessible, estimant que le danger d'y rencontrer des soldats aurait été plus grand.

Au bout d'une heure, la forêt s'éclaircit et Margareta se retrouva devant une fermette. Elle la connaissait depuis une promenade avec Sophia, et elle connaissait aussi ceux qui y habitaient. Elle eut un bref élan de joie, espérant pouvoir se joindre à la famille si elle ne s'était pas déjà enfuie. S'approchant, elle vit que les volets étaient fermés, qu'aucune fumée ne montait de la cheminée et que rien ne bougeait dans l'étable ou la porcherie. Les paysans étaient déjà partis. Elle fut déçue au point que les larmes lui montèrent aux yeux. Elle allait passer son chemin quand elle entendit une faible plainte. Se retournant, elle aperçut un minuscule chaton blanc et noir gisant sur le sol, à demi mort. Il pouvait avoir quelques jours.

Surmontant sa peur, elle glissa à bas de sa monture. Prise de pitié, elle ramassa le petit animal qui tenait juste dans sa main.

— Mon pauvre, chuchota-t-elle, n'aie pas peur, je suis là.

Miaulant faiblement, il lui lécha la main. Il avait faim, mais elle n'avait pour l'instant rien qui pût le nourrir. Elle posa la petite boule de fourrure sur les habits de son sac. Elle l'emmenait pour au moins lui épargner de mourir seul dans cette ferme perdue.

Elle se remit en route, animée du seul espoir de rencontrer des gens qui la prendraient avec eux. Seule, elle le savait de plus en plus clairement, elle n'atteindrait pas la ville.

10

Quand la nuit fut tombée, Margareta se sentit à bout de forces et de courage. Elle n'y voyait presque plus rien sous l'épais couvert, et la pluie la cinglait. Elle se croyait sur le point de mourir, aussi l'idée de rencontrer des ennemis ne lui inspirait-elle plus qu'une peur sourde, dissimulée derrière la réalité de l'instant. Il lui était presque devenu indifférent de tomber ou non sur des soldats et elle ne pensait plus aux multiples dangers la guettant. Elle n'aspirait qu'à une chose : trouver un refuge chaud et sec où elle pourrait poser sa tête lourde d'une douleur lancinante et échapper par le sommeil à sa situation désespérée. Varus paraissait lui aussi exténué. Il était en route depuis midi et n'arrivait plus à distinguer le chemin envahi par les broussailles. Il avait certes brouté de l'herbe de temps à autre, mais le froid et l'humidité devaient le tourmenter lui aussi. Mieux valait ne pas le surmener. Margareta décida donc de faire une halte et de se reposer.

— Arrête-toi, Varus !

Sa voix suffit à le faire stopper. Sans faire un pas de plus, il laissa sa grosse tête tomber lourdement. Les jambes raides, Margareta se reçut en douceur dans un tapis de feuilles mouillées. Elle resta quelques instants totalement immobile, car, au moindre geste, des frissons de froid lui parcouraient le corps. Puis elle fouilla prudemment dans son sac. Elle sentit la fourrure du chat et sa respiration régulière. Dieu merci, il avait survécu !

Elle posa le sac sous un grand épicéa qui offrait une assez bonne protection contre la pluie, puis revint vers Varus pour le débarrasser de son harnachement. Il n'allait certainement pas se sauver et il serait plus à l'aise sans le mors dans la bouche. Elle eut quelques difficultés, dans l'obscurité, à défaire les boucles et les cordons ; elle avait les mains gourdes et le cuir était dur. Parlant à voix basse au cheval, elle frottait de temps à autre sa joue contre ses naseaux. Elle lui était infiniment reconnaissante de sa présence et de sa fidélité.

Emportant le sac, elle s'enfonça à grand-peine à l'intérieur des broussailles. Ses habits, trempés de part en part, semblaient peser des tonnes. Les branches et les feuilles lui fouettaient le visage, la pluie lui ruisselait le long du dos, glaciale. Le pire était le froid.

Je vais mourir, songea-t-elle, *presque indifférente, je vais mourir de froid et je ne m'en apercevrai peut-être pas. Je m'endormirai et ne me réveillerai pas.*

Elle trouva un arbre de grande taille, très touffu, qui lui sembla offrir un abri un peu plus sec qu'ailleurs. Elle appuya le dos contre le tronc et se laissa glisser jusqu'à se retrouver accroupie, les bras noués autour des jambes. Si seulement elle avait emporté les couvertures de laine ! Elles étaient restées quelque part dans le château lors de son départ précipité.

Elle posa la tête sur les genoux, se demandant si quelqu'un avait jamais été aussi épuisé et misérable qu'elle en ce moment. Était-elle arrivée à la fin du périple qu'elle avait jadis entamé au côté de Richard, si pleine d'espoir, et au cours duquel tant de rêves s'étaient brisés ? Était-elle destinée à mourir au pied d'un arbre, en pleine forêt, à l'insu de tous ? Si elle mourait, Richard l'apprendrait-il et que cela signifierait-il pour lui ?

Elle chercha à s'imaginer ce qu'il était en train de faire. Peut-être, avec l'armée de Bohême, se portait-il à la rencontre de l'armée bavaroise et peut-être devait-il lui aussi dormir à la belle étoile. Mais il avait un feu pour se réchauffer les mains, des camarades à qui parler et de quoi manger. Margareta n'avait bien sûr pas pensé à emporter des vivres.

Le chat poussa un faible miaulement. Il lécha avidement le doigt que lui tendit Margareta et se mit à ronronner de manière à peine audible. Margareta sourit. La confiance de l'animal la touchait. C'était la première fois qu'un être cherchait protection auprès d'elle, alors qu'elle était dans l'incapacité de se réfugier dans les bras de quelqu'un de plus fort. Elle écouta un petit moment le ronronnement et s'apprêtait à se lever pour remuer les bras et les jambes, quand elle entendit un bruit. Elle crut qu'une branche avait craqué à quelque distance, puis, le silence revenu, elle pensa s'être trompée. Mais, à cet instant, un cheval hennit, et il ne faisait aucun doute que ce n'était pas Varus.

Elle se leva d'un bond et s'immobilisa. Les yeux écarquillés, elle tentait de percer l'obscurité. Qui était là, combien étaient-ils et, surtout, étaient-ce des ennemis ? Ses oreilles s'emplirent d'un bourdonnement tandis que son cœur s'affolait. Il fallait se cacher, s'enfoncer encore plus avant dans les broussailles. Mais Varus n'était pas loin, sans doute prêt à répondre à son congénère. Si les ennemis le trouvaient, ils sauraient du même coup que quelqu'un se tenait à proximité et ils ratisseraient peut-être les fourrés.

À l'aide, mon Dieu, pria intérieurement Margareta, *oh, je T'en prie, sauve-moi ! Pardonne-moi tous mes péchés et ne m'abandonne pas !*

En faisant le moins de bruit possible, elle tâtonna autour de l'arbre. Elle n'y voyait goutte et ignorait de quelle direction venait le danger, s'il s'éloignait ou se rapprochait. Elle entendit nettement des chocs de sabot, puis un bref ébrouement. Il n'y avait manifestement qu'un cheval, mais ce pouvait aussi n'être qu'une avant-garde.

Margareta ne bougeait pas d'un pouce. Il était improbable que le cavalier passe tout près d'elle, et il se pouvait ainsi qu'il ne la voie pas plus qu'elle ne le verrait. Or, à cet instant, Varus poussa un fort hennissement. Aussitôt son congénère s'arrêta. Margareta s'imagina le cavalier, tendu lui aussi, guetter dans la nuit, cherchant à repérer la menace. S'il s'agissait d'un soldat, il possédait infiniment plus d'expérience qu'elle dans ce genre de situation. Peut-être était-il déjà en train de s'approcher furtivement. Il était épouvantable d'être là à attendre qu'une main, par-derrière, la saisisse par le cou, de s'apprêter à sentir sur sa peau le froid de l'acier. Sa peur était telle que, pour y échapper, elle aurait presque préféré se montrer et se rendre. Mais elle demeurait comme paralysée, debout contre l'arbre, fixant l'obscurité, voyant des ombres dont elle n'aurait su dire si elles étaient réelles ou le fruit de son imagination. Elle pensa qu'elle allait s'évanouir de peur, et elle ne parvint qu'à grand-peine à rester sur ses pieds.

Il ne peut pas s'approcher sans que je l'entende, se dit-elle, mais cela n'était pas tout à fait vrai. La forêt, silencieuse à l'instant encore, sembla soudain s'animer. On entendait le clapotis de la pluie, le craquement des branches, le froufrou d'une souris dans les feuilles. Et, quelque part dans cette nuit obscure, un cavalier attendait, immobile, que sa proie bouge. Bien que consciente du risque, Margareta ne tarda pas, pour soulager ses muscles fatigués, à commettre l'erreur de faire passer prudemment le poids de son corps d'une jambe sur l'autre. Elle posa alors le pied sur une branche qui se brisa avec un fort craquement. Retenant son souffle, elle s'immobilisa. À présent, personne ne pouvait ignorer où elle se trouvait.

Le trot rapide d'un cheval et un ébrouement se firent aussitôt entendre. Elle se serra davantage encore contre le tronc de l'arbre, se demandant, épouvantée, ce que cela signifiait que l'inconnu ne se soucie plus, d'un seul coup, de trahir sa présence. Soudain elle sentit qu'on l'attrapait par le bras et qu'une main de fer la tirait de côté. Une voix rude cria :

— Jette ton épée !

Elle poussa un hurlement. Morte de peur, elle sentit pourtant disparaître l'horrible crispation de la minute qui venait de s'écouler. Au moins, elle était face au danger. Son hurlement avait manifestement déconcerté son agresseur. Avec déjà un peu moins de rudesse, il la fit tourner vers lui. Margareta distingua la vague silhouette d'un homme qui, debout, la regardait.

— Qui êtes-vous donc ? demanda-t-il.

Par chance, il parlait allemand sans aucun accent étranger. Il avait une voix un peu rauque, comme s'il était enrhumé.

— Je me rends à Prague, dit Margareta qui tremblait de tout son corps, de froid et de peur.

Le fait que le danger ait enfin pris une forme concrète avait quelque chose de rassurant.

— Êtes-vous seule ? demanda l'inconnu, incrédule.

Il la lâcha enfin. Margareta s'entoura le corps de ses deux bras pour cacher ses tremblements, en vain. Elle claquait bruyamment des dents.

— Oui, je suis seule, vraiment, il n'y a personne ici. Je… j'étais dans un château près de Rokitzan. Mes… proches sont depuis longtemps à Prague.

Elle se mit à pleurer, ce qui l'exaspéra elle-même.

— J'ai dû vous faire une peur terrible, dit l'homme, je vous en prie, ne pleurez pas. Vous n'avez rien à craindre.

— Je suis navrée, s'excusa-t-elle en s'essuyant le visage. Je crois que je suis d'une sensibilité excessive.

— Cela n'a rien d'étonnant. Depuis combien de temps êtes-vous en route ?

— Depuis aujourd'hui à midi.

— Avez-vous mangé quelque chose depuis lors ?

— Non.

— Vous devez être affamée et exténuée. J'ai de quoi manger dans mes sacoches. Je vais le chercher.

Au moment de s'éloigner, il se retourna pourtant et prit la main de Margareta.

— Pourquoi tremblez-vous ainsi ? Auriez-vous encore peur par hasard ?

— Non, c'est juste le froid.

— Vous êtes trempée, n'est-ce pas ? Vous devriez mettre d'autres habits. Avez-vous une robe sèche ?

Margareta jeta un coup d'œil à son sac transpercé par la pluie.

— Peut-être tout à l'intérieur y en a-t-il une plus sèche que celle que j'ai sur moi, dit-elle au travers de ses larmes. Et puis je transporte aussi un chaton avec moi.

— Réellement ? Eh bien, changez-vous vite. Puis je vous donnerai une couverture qui vous protégera de la pluie.

— Merci beaucoup. C'est gentil de votre part, murmura Margareta.

L'étranger sourit. Il s'attendait à affronter un ennemi et se retrouvait en présence d'une jeune fille gelée, trempée et crottée. L'obscurité ne lui permettait pas de distinguer grand-chose, mais il se rendait tout de même compte qu'il avait affaire à une presque enfant encore.

— Je vais chercher la couverture, dit-il en disparaissant entre les arbres.

Margareta sortit précautionneusement le chat du sac et le posa par terre, petit être sans défense. Elle trouva effectivement une robe qui lui parut à peu près sèche et elle entreprit de se changer le plus vite qu'elle pouvait. Elle fit glisser le tissu mouillé le long de son corps avec difficulté et elle sentit alors cruellement le froid. Elle ne pouvait s'arrêter de trembler. Elle eut besoin de deux fois plus de temps que d'ordinaire pour se rhabiller. Mais elle trouva merveilleux d'avoir de nouveau quelque chose de sec sur le dos, et elle était presque déjà heureuse que cet homme ait fait son apparition. Elle était dans un bien trop triste état pour se demander s'il ne représentait pas un danger. Pour l'instant, il lui offrait ce qu'elle désirait le plus : de la chaleur, de quoi manger et une voix humaine.

Elle venait de reposer le chat dans le sac quand le soldat inconnu revint, lui tendant une épaisse couverture.

— Passez-la autour des épaules, ordonna-t-il, elle vous tiendra chaud et vous protégera plus ou moins de la pluie.

Elle ne se réchauffa pas immédiatement, mais il revint en elle un sentiment de sécurité et d'espoir. Il émanait de cet homme un je-ne-sais-quoi qui lui inspirait confiance et, pleine de reconnaissance, elle sentit glisser de ses épaules le lourd fardeau d'avoir à elle-même lutter pour sa survie. C'est lui qui allait à présent veiller à ce qu'elle ne meure pas de froid pendant son sommeil et qu'elle ne soit pas assaillie par des gens hostiles. Qu'il le veuille ou non, il était obligé de la protéger.

— Suivez-moi, s'il vous plaît, j'ai découvert là-derrière un endroit où nous serons mieux à l'abri de la pluie.

— Oh, quelle chance ! Mais il faut encore que j'aille chercher mon cheval, dit-elle, scrutant l'obscurité. Va... cria-t-elle, mais, avant qu'elle ait pu achever, l'étranger fut à ses côtés et lui mit la main sur la bouche.

— Silence, siffla-t-il, puis il la relâcha.

Margareta regarda autour d'elle.

— Qu'y a-t-il ? interrogea-t-elle, effarée.

— Prenez garde à une chose : par les temps qui courent, il ne faut jamais pousser un cri, la nuit, au milieu des bois. Cela peut avoir des conséquences très désagréables.

— Vous pensez qu'il y a des ennemis à proximité ?

En voyant luire ses dents, elle comprit qu'il souriait.

— Qui entendez-vous par ennemi ?

— Eh bien, les Bava...

Elle s'interrompit, effrayée.

— Les Bavarois ? compléta-t-il. Vous êtes du parti du roi Frédéric ?

— Oui, c'est-à-dire que...

Elle ne savait pas ce qu'elle devait répondre. L'homme n'était pas un Bavarois, cela s'entendait à son accent, mais il était probable qu'il était un adversaire de Frédéric.

— Ne prenez donc pas cet air épouvanté. Croyez-vous que je pourrais maintenant vous tuer en apprenant que nous ne sommes pas du même bord ?

— Non.

— Bon, alors cessez d'avoir peur. J'irai chercher votre cheval tout à l'heure.

Il passa devant, et Margareta le suivit. Elle était si lasse qu'elle était incapable de se demander qui était cet homme et ce qu'il faisait dans cette région. Indépendamment de sa volonté, elle avança en trébuchant, s'étonnant juste, en un éclair, qu'il trouve si aisément son chemin malgré l'enchevêtrement des broussailles et la nuit. Soudain, l'obligeant à se courber, il lui dit :

— Baissez-vous !

Ils entrèrent alors dans une espèce de grotte, constituée par trois épicéas. Le sol y était sec, et les branches inférieures devaient avoir été précédemment enlevées, car l'abri était relativement spacieux. Elle eut un soupir de soulagement.

— Comment avez-vous trouvé ça ?

— Je connais cette grotte d'avant, expliqua l'inconnu.

Il faisait si sombre que Margareta ne voyait plus rien de lui, ne percevant que ses mouvements.

— Enveloppez-vous dans la couverture et dormez. Nous aurons, demain, un bon bout de chemin à faire.

— Vous venez vraiment avec moi à Prague ?

— Bien entendu. C'est également là que je vais. Mais dormez. Je m'occupe de votre cheval.

— Vous savez où il est ?

— Mais bien sûr. Il a henni suffisamment fort.

Elle entendit un bruit de feuilles, l'homme s'éloigna. Elle trouva son sac à tâtons, en sortit le chaton et le serra contre elle.

— N'aie pas peur dans le noir, chuchota-t-elle.

Ce fut sa dernière idée distincte en cette nuit. Dans une semi-somnolence, elle eut encore une vague pensée pour Richard, mais le sommeil triompha, et la réalité, les peurs et l'incertitude s'effacèrent.

En dépit des fatigues et des émotions de la veille, Margareta se réveilla de bonne heure. La dureté inhabituelle de la couche et des rêves agités ne lui avaient autorisé qu'un sommeil fragile, et elle ouvrit les yeux presque à contrecœur. Elle n'avait pas froid, elle avait en revanche les membres rompus et la nuque raide. Elle se redressa avec un léger gémissement et se palpa le corps avec précaution. Comment allait-elle pouvoir remonter sur son cheval ?

La lumière du jour filtrait dans la grotte et, à travers la petite ouverture, Margareta pouvait apercevoir la brume grise de cette matinée d'octobre. Il ne devait pas être tard, sinon l'inconnu l'aurait certainement réveillée. Il n'était pas là, sans doute se tenait-il devant le refuge.

Repoussant la couverture, elle se dirigea à quatre pattes vers la sortie. Elle s'arrêta un instant. Sa robe noire était complètement froissée et, de toute façon, elle devait avoir une mine épouvantable. Les doigts écartés, elle tenta de démêler un peu ses cheveux. Peine perdue ! Toutes les mèches semblaient s'être entrelacées et, dans la lumière sans éclat du réduit, sa chevelure paraissait plus grise que blonde. Finalement, cela n'avait guère d'importance dans les circonstances présentes.

Elle repoussa quelques branches pour se glisser dehors. Elle cligna des yeux. La lumière était plus vive qu'elle ne l'aurait cru. Il y avait devant elle une minuscule clairière et, enveloppé dans une couverture, l'étranger assis sur une pierre. Il avait allumé un feu au-dessus duquel il se chauffait les mains. À côté de lui, Varus et l'autre cheval broutaient. Il ne pleuvait plus ; en revanche, l'air avait fraîchi. L'homme avait déjà entendu Margareta et la regardait avec un sourire amical.

— Vous voilà donc réveillée ?

— Oui, et je me sens toute dispose.

Elle se releva un peu trop vivement, ce qui la fit aussitôt grimacer de douleur. L'homme hocha la tête, plein de compréhension.

— Une nuit comme ça fatigue. Venez, asseyez-vous à côté de moi, l'invita-t-il en lui faisant une place sur la pierre.

Elle s'assit à côté de lui.

— Il est temps que je me présente, continua l'inconnu. J'espère que vous me pardonnez d'avoir oublié hier de le faire. Je suis le comte Maurice Lavany. Je suis de Prague.

Souriant, Margareta se tourna vers lui pour l'examiner furtivement. Il ne devait plus être très jeune, il avait le visage trop glabre et l'air trop expérimenté pour cela. De fines cicatrices sillonnaient son front et ses joues ; l'étroite fente des yeux clairs et la tension de la bouche témoignaient d'une vigilance que seule confère une existence tumultueuse. Les cheveux bruns avaient des reflets d'argent. Il portait un habit noir recouvrant les hanches ; au-dessous, des hauts-de-chausses noirs étaient enfoncés dans des bottes montantes. Il avait sur la tête un large chapeau et autour des épaules un manteau de fin tissu noir. Bien qu'humides et froissés au sortir de cette nuit en plein air, tous ces vêtements étaient manifestement de bonne provenance, à l'image de leur propriétaire.

— Je m'appelle Margareta von Ragnitz et je suis née en Bavière.

Maurice la regarda avec étonnement.

— Vraiment ? En Bavière ?

— Oui, je... j'ai rendu visite ici à de la famille, prétendit-elle, peu désireuse de révéler le véritable motif de son séjour en Bohême.

Aucun soupçon n'effleura Maurice.

— J'espère que vous ne m'en voudrez pas, mais je trouve que vos proches font preuve d'un peu d'irresponsabilité en vous laissant ainsi vagabonder. Vous ne devez pas avoir plus de quinze ans.

— J'ai seize ans, répliqua-t-elle d'un ton digne, ce qui n'impressionna pas outre mesure Maurice.

— Ce n'est guère mieux, mais cela ne me regarde pas, conclut-il en prenant un gros morceau de pain et en le tendant à sa compagne. Mangez. Hier, quand j'ai voulu vous apporter quelque chose, vous dormiez déjà. J'ai cru bon de ne pas vous réveiller.

À la vue du pain, Margareta se rendit compte qu'elle avait effroyablement faim. Elle n'avait rien avalé depuis vingt-quatre heures. Les émotions avaient en fait comme endormi son estomac. Elle s'empara alors du pain offert et y mordit à belles dents.

— J'ai par ailleurs sauvé votre chat, ajouta-t-il. Hier soir, il est sorti de votre couverture, totalement perdu. Heureusement, car vous auriez facilement pu l'écraser pendant la nuit.

Elle s'arrêta de mâcher, toute pâle.

— Mon Dieu, murmura-t-elle, mais où est-il ?

— Avec moi, répondit-il en repoussant légèrement la couverture qu'il avait jetée sur son dos, de manière à ce que Margareta puisse voir le chaton dormant paisiblement sur ses genoux. Je lui ai donné le lait qui me restait. Nous n'avons rien à boire, mais peut-être allons-nous bientôt rencontrer un ruisseau.

Margareta contempla le chat, toute penaude.

— Je ne comprends pas comment j'ai pu l'oublier à ce point.

— C'est pourtant compréhensible, vous étiez si fatiguée.

Maurice l'observa terminer son repas, se demandant s'il devait croire l'histoire qu'elle lui avait racontée. Il lui était difficile d'imaginer que des proches aient pu la laisser absolument seule. Pourtant, par ailleurs, la jeune fille ne donnait pas l'impression d'être une menteuse. Elle faisait l'effet d'être délicate et très jeune, et, une fois lavée et peignée, elle serait sans doute jolie. Elle sentit son regard et elle leva les yeux. Maurice n'en fut pas le moins du monde gêné. Il avait l'assurance de ses quarante-sept ans qui, en même temps, lui permettaient de tout naturellement ressentir la distance existant entre la jeune fille et lui.

— Quand vous aurez fini, nous nous mettrons en route.

Elle fourra dans sa bouche le dernier morceau de pain.

— Donnez-moi le chat, je vais le remettre dans le sac.

Elle l'emmitoufla avec soin. Elle se sentait mieux, seuls ses genoux étaient aussi douloureux qu'au lever. Mais peut-être cela allait-il passer à cheval, pensa-t-elle naïvement.

Maurice possédait un très beau cheval bai, à côté duquel Varus paraissait particulièrement balourd, bien qu'il dressât orgueilleusement la tête, comme conscient de son inestimable valeur aux yeux de Margareta.

Ils eurent tôt fait de lever le camp. Maurice hissa la jeune fille sur sa monture. Elle réprima un cri de douleur afin de ne pas passer à ses yeux pour une femmelette. Elle tiendrait le coup, dût-elle s'évanouir sur Varus. Maurice ouvrait la route, toujours à bonne allure, manifestement sûr de son chemin. Margareta n'avait rien d'autre à faire que veiller à ne pas tomber de cheval et à retenir le sac contenant le chaton. Elle apercevait devant elle la silhouette de l'homme et un profond sentiment de soulagement ne cessait de l'habiter. Elle ne savait ce qu'elle aurait fait sans son sauveur. Il paraissait si miraculeux que Dieu lui ait envoyé cet homme sûr de lui et inspirant confiance. Si elle avait la chance d'arriver un jour à Prague sans être morte de froid, sans s'être égarée ou sans avoir été attaquée par des soldats, ce serait à lui, et à lui seulement, qu'elle le devrait.

Parfois, traversant une prairie ou suivant un chemin plus large qu'habituellement, ils cheminaient côte à côte et s'entretenaient. Margareta surveillait ses propos, cherchant plutôt à faire parler son compagnon. Elle apprit que les Lavany résidaient depuis fort longtemps à Königgrätz, qu'ils étaient maintenant dispersés aux quatre vents et ne se retrouvaient que rarement dans la demeure familiale, au cœur des monts des Géants.

— Ma mère était française, raconta Maurice, elle était de Nantes et, même après son mariage avec mon père, elle n'a jamais cessé d'être en proie au mal du pays. À sa mort, elle y est retournée.

— Vit-elle encore ?

— Non, elle est morte il y a quelques années.

— C'est d'elle que vous tenez votre prénom français, n'est-ce pas ?

— Oui, car elle se cramponnait de toutes ses forces à sa patrie. Avec moi elle parlait généralement français. En vérité – Maurice, pensif, fit une courte pause –, en vérité elle a dû être très malheureuse.

Il releva rapidement les yeux, désireux de chasser ces pensées, et changea de sujet :

— Vous aussi, vous vous êtes fort éloignée de votre famille.

Margareta approuva de la tête.

— Voyez-vous, j'ai été élevée dans un couvent et j'ai souhaité être un peu indépendante pendant quelque temps. Malheureusement, j'ai à l'évidence choisi le mauvais endroit pour cela.

— Dans des époques comme celle-ci, tous les endroits sont dangereux. Partout, la guerre menace d'éclater ou sévit déjà. On se demande comment tout cela finira.

— J'aimerais savoir, réfléchit tout haut Margareta, si l'hérétique Martin Luther aurait fait sa réforme, s'il avait su combien le schisme religieux allait provoquer de guerres et de misère dans le monde !

— Je ne suis pas certain qu'il faille tout ramener à ça. Au premier coup d'œil, il semble qu'on ait affaire à des guerres de religion. À y regarder de plus près, on découvre des intrigues on ne peut plus terrestres et des soifs de pouvoir tout à fait personnelles. Ce genre d'événements n'a jamais de cause unique.

Ils poursuivirent leur chevauchée un instant en silence, Margareta méditant ces derniers mots. Sœur Gertrud avait toujours traité Luther de diable, de corrupteur de l'humanité, de mauvais guide dont l'influence néfaste devait être combattue par tous les moyens, y compris au-delà de sa mort. Et n'était-il pas responsable des malheurs de l'époque où elle devait vivre ? *En tout cas*, songeait-elle, *Richard et moi nous serions mariés si cet homme n'avait pas divisé l'Église.*

— Dites-moi, demanda soudain Maurice, interrompant le silence, comment s'appellent vos parents de Prague ? Peut-être que je les connais.

— Tscharnini, répondit-elle sans réfléchir.

Maurice la regarda, interloqué.

— Les Tscharnini ? Les luthériens les plus fanatiques de toute la Bohême ?

Margareta comprit son erreur. Elle avait revendiqué haut et fort son catholicisme, si bien qu'il devait paraître tout à fait étrange que puissent coexister au sein d'une même famille des convictions religieuses aussi opposées.

— Oh, nous ne sommes apparentés que de loin, bafouilla-t-elle en s'apercevant qu'il ne la croyait pas.

Et, pour faire diversion, elle lui demanda :

— Connaissez-vous cette famille ?

— Tout le monde, ici, la connaît. Elle appartient aux milieux les plus distingués de Prague. Elle s'est également fait beaucoup remarquer lors du soulèvement. Ils sont parmi les derniers fidèles du roi Frédéric.

— Vous ne les aimez guère !

— Je ne dirais pas ça, contesta Maurice. Politiquement, nous sommes des adversaires, mais jadis, à l'occasion de fêtes ou de cérémonies, j'ai pu m'entretenir de fort bonne manière avec certains membres de la famille.

— Ah bon ? s'anima Margareta qui espérait qu'il serait question de Richard. Connaissez-vous Sophia ?

— Oui, elle est extrêmement intéressante. D'une sincérité absolue.

— Oui, n'est-ce pas ? Je l'aime bien aussi. Et connaissez-vous aussi… Richard ?

Maurice eut un petit rire moqueur.

— Le beau Richard. Qui pourrait ne pas le connaître ? Sans ses liaisons, de quoi Prague pourrait-il bien bavarder ?

Margareta se sentit blêmir.

— En a-t-il vraiment tant que ça ? demanda-t-elle en espérant que Maurice n'avait pas remarqué le tremblement dans sa voix.

Il lui lança un regard pénétrant.

— Pour être franc, je ne m'en soucie pas.

— Bien sûr que non, l'approuva-t-elle tout bas.

Elle fut alors obligée de laisser Maurice passer devant, ce dont elle se félicita, car cela mit fin à la conversation. Elle se demanda ce que Maurice pensait d'elle à présent qu'il paraissait ne plus croire ce qu'elle lui avait raconté. Elle nota toutefois avec gratitude qu'il avait assez de tact pour ne pas poser de questions.

En dépit du grand froid, ils allaient bon train, Maurice empruntant des sentiers à peine décelables ou coupant à travers champs et bois, mais toujours sans hésiter. Lors d'une courte pause, Margareta demanda à son compagnon pourquoi, s'il était un adversaire du roi de Bohême, il se rendait à Prague.

— Je suis en mission pour le compte de l'empereur, répondit-il avec laconisme.

Habituée à ce que les hommes ne semblent avoir d'autre occupation que de transmettre des messages secrets, Margareta en resta là.

Le crépuscule s'annonçait quand ils atteignirent la crête boisée d'une longue chaîne de collines. Devant eux s'ouvrait une large vallée qu'ils purent contempler grâce à la présence d'un coupe-feu. Un épais voile de brume blanche recouvrait le fond de la dépression, conférant au paysage quelque chose d'irréel et de fantomatique, impression accentuée encore par l'obscurité grandissante. Margareta distingua néanmoins des murailles de pierre noirâtre, des tours fortifiées, des toits et des portes. On aurait dit des spectres surgissant de l'ombre, et il était difficile d'imaginer que des êtres humains puissent vivre en un tel lieu. On n'entendait pas un bruit. Après les efforts de la journée, Margareta respira à fond. L'air humide et froid sentait l'automne, une odeur de feuilles pourries, de champignons, d'écorce détrempée et d'aiguilles de sapin. Des naseaux des chevaux s'échappaient des volutes de vapeur blanche. Margareta interrogea Maurice du regard. Il confirma :

— C'est Prague, en effet !

11

Par cette froide soirée d'automne, les habitants étaient rentrés chez eux de très bonne heure. On voyait de faibles lueurs dans de nombreuses maisons et, çà et là, la lumière d'un feu perçait l'obscurité. Les ruelles, certainement remplies pendant la journée de rires et de jurons, des bavardages et du pas des citadins pressés, étaient comme mortes. Un peu plus loin, une voiture roulant à grand fracas sur le pavé se fit entendre, des rats se battaient en couinant sous un escalier. Margareta observa en frissonnant les déchets que les habitants jetaient par les fenêtres et qui, s'empilant en monceaux de part et d'autre des rues, répandaient une répugnante odeur de pourriture. Un chat flaira les ordures avant de disparaître comme une flèche par un soupirail. On perçut dans le lointain un bref rire éraillé.

Margareta et Maurice avançaient de front. Les sabots de leurs chevaux claquaient sur les pavés irréguliers, résonnant si fort dans le silence que Margareta en était presque incommodée. Elle aurait voulu être déjà rendue, non seulement parce qu'elle était lasse, mais aussi parce qu'elle se sentait oppressée dans ces rues étroites et pleines de brouillard. Elle avait ardemment souhaité arriver dans cette ville, et voilà qu'elle s'y sentait comme prise au piège. Un sombre pressentiment l'envahit.

— Tout est si tranquille, dit-elle en frissonnant. On dirait que les gens s'attendent à un malheur inexorable.

— Ils savent que les Bavarois arrivent, et, dans les familles, on craint pour les hommes qui sont partis au-devant de l'ennemi.

Ils longèrent une maison devant laquelle était suspendue une lanterne répandant une lumière vacillante et blafarde, et, l'espace d'un instant, Maurice put distinguer le visage blême et plein d'effroi de Margareta. Leurs chevaux avançaient si près l'un de l'autre qu'il réussit à lui tenir la main quelques secondes.

— Le monde ne va pas s'écrouler, la rassura-t-il. Ne vous faites pas de souci !

Il lui lâcha la main. Margareta se sentit pourtant aussitôt réconfortée. Elle n'avait jamais connu personne dont émane autant d'assurance que chez Maurice. Il savait aussi où se trouvait la demeure des Tscharnini, alors qu'elle n'en avait, bien entendu, pas la moindre idée. Elle espérait que Sophia fût là pour l'amener chez la sœur de Friedrich. Arriver seule lui serait profondément désagréable tant elle trouvait déjà humiliant de devoir quémander un hébergement, telle une mendiante dépenaillée. Il y a quelques mois encore, le poids de son nom et de ses origines la protégeait, et elle devinait maintenant l'insignifiance de ce genre de choses à l'étranger, là où chacun ignorait qu'elle pût avoir la moindre importance.

Ils tournèrent dans une ruelle plus large, où les maisons, davantage en retrait de la chaussée, paraissaient plus hautes. C'était là que débutaient les quartiers élégants qu'habitaient les citadins aisés et, un peu plus loin encore, les familles nobles. La brume, cependant, obscurcissait et uniformisait tout. Margareta était déjà certaine qu'elle n'aimerait jamais Prague.

Ils firent halte devant une maison étroite et très haute. Margareta distingua de nombreuses petites fenêtres, une large porte d'entrée en bois, précédée de quelques marches en pierre, et des murs au colombage richement ornementé. La demeure était si sombre et silencieuse que la jeune fille prit peur.

— Est-ce la maison des Tscharnini ? demanda-t-elle.

Maurice fit signe que oui.

— Y a-t-il quelqu'un ? s'inquiéta-t-elle, dubitative.

— Je ne vois pas où ils pourraient être, sinon. Frappez à la porte !

— C'est ce que je vais faire, admit-elle en lui tendant la main. Vous n'êtes pas obligé d'attendre dans le froid. Vous avez déjà tant fait pour moi. Sans vous, je ne serais jamais arrivée jusqu'ici. Je vous remercie !

— Je ne vais pas m'en aller sans savoir si vos parents sont bien là, dit-il en sautant à terre et en aidant Margareta à descendre de cheval. Je resterai jusqu'à vous savoir en totale sécurité.

La jeune fille soupira. Quel serait son embarras si c'était Richard qui ouvrait la porte ! Elle était sûre que Maurice avait depuis longtemps percé à jour son histoire, mais c'était égal, lui imposer cette rencontre lui serait très désagréable.

Hésitante, elle actionna le heurtoir. Si seulement c'était Sophia qui apparaissait ! Au bout d'un instant, on entendit des pas se rapprocher et une jeune fille en tenue de domestique ouvrit.

— Oui ? interrogea-t-elle d'un ton méfiant.

Margareta lui sourit d'un air engageant.

— Mlle Sophia von Tscharnini est-elle là ?

La servante la toisa avec hauteur.

— Vous parlez peut-être de la baronne Sophia von Chenkow ?

— Oh oui, bien entendu. J'avais totalement oublié… Est-elle là ?

— Que lui voulez-vous ?

La domestique faisant preuve de toujours plus de condescendance, Maurice sortit de l'ombre.

— Faites savoir à la baronne von Chenkow que Mlle Margareta von Ragnitz et le comte Lavany désirent lui parler.

Le dernier nom ne manqua pas son effet. La jeune fille pâlit et accusa le choc.

— Comte Lavany, répéta-t-elle. Je vais immédiatement… donnez-vous la peine d'entrer !

— Non, nous préférons attendre dehors, répondit Margareta à la hâte.

La servante disparut. Maurice eut l'air de vouloir poser une question. Il ne faisait pas l'ombre d'un doute qu'il ne croyait à présent plus rien. Sophia fit bientôt son apparition. Poussant un petit cri, elle prit son amie dans ses bras.

— Margareta ! Ah, je ne pensais pas que tu arriverais jusqu'ici !

— Je ne le pensais pas non plus. J'aurais sans doute couru à ma perte si je n'avais pas croisé la route du comte !

Margareta se tourna alors vers Maurice et Sophia suivit son regard. Sa bouche grimaça un sourire moqueur mais pas inamical.

— Tiens, tiens ! Maurice ! Vous voilà au faîte, n'est-ce pas ? La défaite guette les protestants de Bohême.

— Je serais navré, madame, si cela devait faire de nous des adversaires, répliqua le comte en s'inclinant légèrement.

— Ah, mon cher, vous savez parfaitement que j'ai toujours eu un faible pour vous. J'aime que les gens combattent fidèlement pour ce qu'ils tiennent pour juste. Même s'ils sont catholiques.

— Grand merci ! Dans le cas présent, mon seul problème est celui du roi. Je l'ai d'emblée considéré comme inapte à gouverner la Bohême.

Sophia éclata de rire.

— Puis-je vous faire une révélation ? Mon mari et mon frère ont beau être partis en campagne pour le roi en question, et malgré la loyauté que je leur dois, j'ai de ce souverain la même opinion que vous. C'est une mauviette !

— Richard et Julius sont dans l'armée ? demanda Margareta.

— Oui, depuis quelque temps déjà. Cela doit être épouvantable par ce froid.

Sophia chercha des yeux autour d'elle.

— Où est donc Lioba ?

Margareta eut un ricanement méprisant.

— Elle s'est éclipsée quand la situation est devenue dangereuse, et elle m'a laissée tomber.

— Est-ce vrai ? Cette diabolique vieille devra veiller à elle si jamais je la rencontre !

— Elle n'est pas ici ?

— Non. Elle n'y est sans doute pas parvenue, mais ce n'est que justice, me semble-t-il. Viens donc, ajouta-t-elle en prenant la main de Margareta, je t'emmène chez Luzia von Lekowsky !

— Es-tu certaine qu'elle n'a rien contre ma venue ?

— Non, cesse donc avec ça ! Luzia est un ange.

— Souhaitez-vous que je vous accompagne ? proposa Maurice.

— Non, merci bien. Nous n'avons que quelques pas à faire. Mais je vous suis reconnaissante de nous avoir amené Margareta.

— Vous m'avez sauvé la vie, je ne l'oublierai jamais, ma vie durant, intervint Margareta.

— C'était tout naturel, et je l'ai fait avec plaisir.

— Nous reverrons-nous ? Je pense que oui. Peut-être les circonstances seront-elles alors moins dramatiques.

Il monta en selle.

— Adieu, dit-il, et n'ayez pas peur. Ici, à Prague, vous êtes en relative sécurité !

Levant la main en guise de salut, il s'éloigna, et le brouillard l'engloutit rapidement, comme s'il n'avait jamais existé. Sophia l'avait elle aussi suivi des yeux.

— Tu as eu une grande chance. Le comte Lavany fait partie des hommes de Bohême les plus nobles et les plus expérimentés. Tu dois avoir un ange gardien pour l'avoir rencontré, justement lui !

— Ma foi, ce furent en tout cas des jours affreux, répliqua Margareta en frémissant, j'avais une telle peur et il faisait si froid...

— Ma pauvre, comme je suis étourdie ! Je n'arrête pas de parler alors que tu sembles gelée. Allons tout de suite chez Luzia, tu pourras t'y réchauffer.

Sophia prit Varus par la bride, et les deux jeunes femmes partirent à grands pas côte à côte. En chemin, Sophia donna à son amie quelques indications.

— Nous n'avons pas raconté à Luzia que tu étais venue en Bohême avec Richard. Nous pensons...

— Je comprends, la coupa Margareta avec un peu d'amertume. Le nom de Richard doit rester sans tache.

— Ne m'en veux pas ! S'il ne tenait qu'à moi, je me ficherais pas mal du nom de Richard. Mais ma mère en aurait fait une véritable maladie et j'ai voulu lui épargner ça.

— Je ne t'en veux pas, mais que vais-je dire à Luzia ?

— Que tu es une vieille amie à moi. Nous avons fait connaissance il y a de nombreuses années de cela, alors que je faisais un voyage en Bavière avec ma famille. Tu devais ensuite épouser un homme qui te répugne au plus haut point et donc…

— C'est à peine un mensonge, murmura Margareta.

— Eh bien, tu vois, ça rend la chose plus simple encore. Tu t'es enfuie et, au terme d'un périple aventureux, tu as atterri en Bohême. Ma famille n'approuve bien entendu pas ton comportement et refuse de t'accueillir. C'est comme ça que tu te retrouves chez Luzia. Que penses-tu de mon plan ?

— Il est bon.

Sophia saisit son amie par le bras.

— Pourquoi une telle mélancolie ?

— Ah, Sophia, répondit Margareta, la voix tremblante, vois-tu, j'arrive dans cette ville où tout est si gris et froid, et il faut en plus que je cherche un abri chez des étrangers tout en sachant fort bien que je ne pourrai jamais rentrer chez moi. Je ne reverrai jamais les gens que j'aime, ils ignoreront ce que je fais et comment je vis. Si je meurs, ils ne le sauront même pas !

— J'imagine ton état d'esprit, et je sais aussi quelle responsabilité ma famille a dans ce qui t'est arrivé. Mais, Margareta, c'est arrivé, et, d'une manière ou d'une autre, tu devras vivre avec ça, ou bien tu sombreras dans le désespoir. Peut-être que toutes tes souffrances présentes ont un sens qui ne t'apparaîtra que plus tard et se révéleront avoir été pour toi une chance, qui le sait ?

Margareta hocha la tête, pas convaincue, mais elle s'était ressaisie. Elle vivait et, après les événements des derniers jours, cela n'allait pas de soi.

La demeure de Luzia se trouvait deux rues plus loin. Elle ne différait guère de celle des Tscharnini, sinon qu'elle était plus large et plus cossue.

— Les Lekowsky sont très fortunés, expliqua Sophia, et, à la mort des parents, Friedrich et Luzia furent les seuls héritiers.

Elle actionna le heurtoir. Bientôt des pas retentirent, la porte s'ouvrit. Du fait de l'obscurité, Sophia ne vit paraître qu'une silhouette de femme.

— Bonsoir, Luzia, je t'amène Margareta von Ragnitz.

— Bonsoir, Sophia... et Margareta ! prononça d'une voix douce la jeune femme en prenant l'étrangère par la main. Je suis heureuse que vous acceptiez de loger chez moi.

Margareta ravala son émotion, subjuguée par la bonté qu'on lui témoignait. Elle lança un regard à Sophia qui hocha la tête d'un air satisfait.

— Je t'avais bien dit que Luzia était un ange. Luzia, tu sais que cette nigaude croit qu'elle va t'importuner ?

— C'est vraiment nigaud, repartit Luzia en riant, je vis pour l'instant toute seule dans cette maison et les visites me font plaisir. Entrez donc !

— Volontiers, merci beaucoup. Mais mon cheval...

— Le garçon d'écurie s'en occupera. Tu restes un peu, Sophia ?

Sophia déclina l'offre à regret.

— On va se faire du souci pour moi, je reviendrai te voir dès demain, Margareta.

Elle embrassa son amie avant de s'en retourner d'un pas pressé. Margareta pénétra dans une entrée faiblement éclairée. Une merveilleuse chaleur et une douce odeur de bonne chère l'accueillirent. Elle respira à fond et ferma les yeux un bref instant.

— Vous êtes fatiguée. Par quelles épreuves vous avez dû passer ces derniers jours !

Margareta distinguait à présent les traits de la jeune femme et elle fut frappée par son étonnante ressemblance avec Friedrich. Elle avait les mêmes cheveux d'un blond foncé et les mêmes yeux gris-vert dans un visage mince et pâle. Il émanait d'elle, comme chez son frère, douceur de caractère et sympathie ; elle possédait elle aussi un inhabituel mélange de timidité enfantine et de maturité bienveillante. Beaucoup plus petite et délicate que Margareta, elle accentuait encore son insignifiance apparente en portant une robe gris clair. On ne pouvait la qualifier ni de jolie ni de séduisante ; la seule chose remarquable en elle était sa fragilité. Pour la mettre en valeur de manière à attirer l'attention des hommes, il aurait toutefois fallu user de moyens plus subtils.

Elle fait partie de ces femmes qui restent toujours en retrait, songea Margareta qui éprouva aussitôt une grande sympathie à son égard.

— Je vous remercie de m'accueillir. Sinon, je ne sais où…

— Mais cela me fait très plaisir, l'interrompit Luzia, nous serons bien ensemble. Venez, je vais vous montrer votre chambre !

Une bougie à la main, elle passa devant d'une démarche gracieuse, suivie d'une Margareta pleine de gratitude.

Conformément aux espérances de Luzia, les premiers jours se passèrent dans une totale harmonie. Il neigeait, mais il faisait bon dans la très belle maison dont Luzia et Friedrich avaient hérité, une demeure exceptionnellement vaste, bâtie toutefois dans un style fort habituel. Elle se composait d'un corps de bâtiment donnant sur la rue, comportant quelques salons aménagés avec élégance, uniquement utilisés en cas de réception. Une longue pièce confortable où l'on se tenait la journée reliait le devant de la maison et l'arrière où se trouvaient la cuisine et les autres pièces. Venait ensuite une large cour entourée de murs, avec un grand marronnier. Luzia expliqua qu'il était très agréable, l'été, de s'asseoir dans son ombre, à l'abri de l'agitation de la rue, parmi les fleurs.

Dès le premier jour, Margareta se fit apporter devant le feu un grand baquet en bois par la femme de chambre de Luzia et elle se baigna longuement dans une eau bien chaude, parfumée au romarin. Après son périple exténuant, elle savourait avec une particulière reconnaissance les commodités de la maison. Le sol de toutes les pièces était recouvert de tapis moelleux, les plafonds ornés d'artistiques stucs blancs, les meubles en noyer précieux. Une chose la fascinait notamment : Luzia avait dans la cuisine un robinet, un mince tuyau de fer orné de guirlandes métalliques bigarrées, d'où on pouvait pomper à volonté de l'eau claire et fraîche. Seules quelques familles pragoises fortunées possédaient un tel luxe ; les autres devaient envoyer quotidiennement leurs domestiques aux robinets publics de la ville.

À table, Luzia usait de vaisselle en argent et non en étain comme les Tscharnini ou en bois comme chez les nonnes du couvent. C'était un vrai plaisir de manger des gaufres et de boire du vin, assises à bavarder dans des fauteuils en cuir, devant la cheminée.

La jeune Pragoise avait l'art de mener des conversations animées, ce qui ne l'empêchait pas de s'intéresser à tout ce que Margareta racontait : sa vie au couvent, ses amies Angela et Clara, sa venue en Bohême et sa fuite à Prague. Luzia écoutait avec tant d'attention et de compréhension que Margareta faillit lui avouer l'entière vérité sur Richard et elle. Mais elle se souvint chaque fois à temps de sa promesse à Sophia. Sans cesse pourtant, elle tentait comme incidemment d'amener la conversation sur Richard et prêtait alors, retenant son souffle, une oreille avide aux propos de sa compagne. Par chance, Luzia se montrait confiante et sincère. Elle parlait volontiers des Tscharnini qu'elle connaissait depuis l'enfance.

— Friedrich et moi avons passé toute notre jeunesse avec Richard, Sophia et Marie. Nous passions tous les étés soit dans notre propriété à la campagne, soit au château des Tscharnini. Ces étés… ah, s'il y avait quelque chose que j'aimerais revivre, ce seraient les étés, disait-elle, les yeux et la voix emplis de mélancolie. Nous jouissions d'une liberté complète, nous jouions à perdre haleine, sans fin, sans notion du temps ; comme des fous, nous parcourions les bois, les prairies, les champs de blé, nous agissions à notre guise. Un jour, je ne me rappelle plus quel âge j'avais, la peste s'est déclarée en divers endroits de Bohême. Nos familles décidèrent, par précaution, de ne pas rentrer à Prague. Nous sommes donc restés, jusque tard dans l'automne, au château. Tu y as toi-même connu l'automne, n'est-ce pas ? Cette extraordinaire nature sauvage et flamboyante. C'est à cette époque que Richard m'a appris à monter à cheval. Il m'asseyait devant lui, sur sa monture, et nous galopions à la vitesse du vent, c'est du moins ce qu'il me semblait, et je n'avais pas peur du tout. J'étais simplement heureuse, souhaitant que la peste dure éternellement pour que ces chevauchées n'aient pas de fin.

Après un bref silence, Luzia ajouta d'un air pensif :

— C'était ça le merveilleux, cette ignorance absolue de la méchanceté du monde !

Un frisson parcourut Margareta. Elle se sentait gagnée par la nostalgie avec laquelle Luzia parlait du passé. Elle la comprenait si bien !

— Je sais, j'ai moi-même vécu cela. Mais ce temps est révolu, nous ne sommes plus des enfants, et on ne peut revenir en arrière.

— Ah, peut-être que le pire n'est pas certain, objecta Luzia dont le visage avait retrouvé sa gaieté. Quand les Bavarois se seront retirés, nous pourrons peut-être, au printemps prochain, partir pour quelques mois à la campagne. Nous deux, Friedrich et quelques amis. On s'amusera comme des fous.

— Oui, ce serait magnifique, s'écria Margareta.

Elle était consciente qu'il valait mieux ne pas risquer d'y retrouver Richard, mais les conversations avec Luzia avaient ranimé ses sentiments à l'égard de celui-ci.

Certains après-midi, Sophia leur rendait visite. Toujours au courant des dernières nouvelles, elle les rapportait aux deux amies. La situation des deux armées, celle de Bavière comme celle de Bohême, semblait très précaire. Le froid et l'humidité extrêmes démoralisaient les soldats qui tombaient malades, souffraient de la faim et n'avaient pour ainsi dire plus la force de combattre.

— En plus, les troupes de Bethlen Gabor, cette espèce de Hongrois, terrorisent les environs de Prague, raconta-t-elle un jour. Il est soi-disant venu pour aider le roi, et ses soldats n'ont rien d'autre à faire que piller les fermes et se goberger ! Tu peux te féliciter d'être en sécurité ici, Margareta !

Elles s'entretinrent encore un peu jusqu'au moment où Sophia, la nuit tombée, prit congé. Margareta regarda par la fenêtre. Si, le matin, il avait dégelé, de petits flocons de neige tombaient maintenant en voletant.

— Regardez, il neige ! s'écria-t-elle.

Les trois femmes contemplèrent ensemble le spectacle. Des larmes vinrent aux yeux de Luzia.

— Nos pauvres soldats, murmura-t-elle, comme ils doivent souffrir ! Mon pauvre Friedrich qui n'a jamais voulu faire la guerre… Ah, pourquoi ne peut-il y avoir la paix ?

Sophia eut une moue d'amertume : à peine mariée, elle avait dû se séparer de son époux !

Et moi ? songea Margareta. *Qu'est-ce que j'éprouve ? Une peur atroce pour Richard. Malgré tout ce qu'il m'a fait, je l'aime, et je veux qu'il reste en vie. J'ai beau l'avoir perdu, je ne supporterais pas sa mort. Je ne sais pas pourquoi je l'aime encore, il en va pourtant ainsi, et il en sera toujours ainsi.*

Elle observa la neige former une fine couche poudreuse ne s'épaississant que lentement. Il était difficile de s'imaginer que le printemps reviendrait, qu'on reverrait la douce lumière du soleil et le vert tendre des feuilles. Elle sentit néanmoins un espoir étrange, indéfinissable, monter soudain en elle, la conviction de n'être pas encore vaincue.

Dans les premiers jours de novembre, Margareta rencontra inopinément Maurice Lavany, par un après-midi brumeux et humide où le monde entier paraissait en proie à la désolation, où la neige fondante giclait sous les pieds. Ayant soudain eu envie de prendre un peu d'exercice au grand air, elle était partie se promener en ville. Les rues étaient le théâtre d'une belle animation ; des femmes, des paniers à provisions au bras, couraient dans tous les sens, parmi la cohue des voitures passant en cahotant et des gens échangeant haut et fort des nouvelles.

Dans une entrée, un barbier corpulent faisait l'article pour de fausses dents en ivoire, à côté d'un collègue qui, penché sur une victime criant à fendre l'âme, était occupé à lui arracher des chicots noirâtres à l'aide de gigantesques tenailles. À tous les coins de rue, des musiciens, bravant le froid, jouaient sur de modestes violons des airs insolites et entraînants. Un bouffon, debout sur les mains contre un mur, avait beau remuer les oreilles et faire les plus abominables grimaces, il n'intéressait pas grand monde. La plupart des badauds s'étaient rassemblés autour d'une cage en bois dans laquelle deux coqs aux vives couleurs se jetaient l'un sur l'autre. La foule hurlait, chacun misant sur son champion. Seule une jeune fille se détourna avec horreur du spectacle atroce offert par les deux volatiles ensanglantés. Margareta, qui, prise elle aussi de dégoût, se dépêchait de passer son chemin, fut retenue par un marchand importun qui vendait des paniers remplis d'herbes séchées et des creusets contenant divers onguents.

— Pur baume de fleurs de soucis, ma jolie colombe, susurra-t-il, ça rend la peau aussi souple et douce que du velours !

Un autre s'approcha, la poitrine couverte de colliers étincelants sertis de minuscules boîtes émaillées où brillaient des verroteries bariolées.

— Un joli collier pour une jolie femme, proposa-t-il avec le sourire.

Margareta échappa à la tentation en prenant la fuite à toutes jambes. Il y avait tant de belles choses dans cette ville – échiquiers et couronnes de fleurs séchées, perruques dorées avec de lourdes tresses et luths à incrustations d'ivoire poli – qu'elle ne se lassait pas de les admirer. Cependant elle découvrit soudain un spectacle qui, d'un seul coup, lui assombrit l'humeur. Au milieu de la place du marché était planté un pilori auquel était attaché un vieillard. On lui avait arraché la langue et crevé les yeux, mais des gamins lui jetaient encore des pierres et des immondices, tandis que de vieilles femmes l'injuriaient grossièrement.

L'inquiétude pesait sur le remue-ménage habituel de la ville ; l'animation s'était transformée en agitation fébrile. Ce n'était pas une journée comme les autres et les gens le sentaient. Quelque part devant les portes de la cité, des armées se faisaient face et, si les troupes impériales réussissaient à repousser celles de Bohême, il ne serait pas longtemps possible de défendre Prague. La ville était surpeuplée, les gens avaient besoin de bois et de vivres. Ces derniers commençaient à manquer. De nombreux paysans avaient été chassés de leurs fermes, d'autres ne se risquaient pas en ville, si bien qu'on ne trouvait guère de quoi manger au marché. Quelques femmes se disputaient les marchandises à tue-tête, s'insultaient et en venaient aux mains à l'occasion.

Margareta observa avec amusement deux grosses filles de cuisine, le visage rougi par l'effort et la colère, la coiffe de travers et les cheveux en bataille, qui tenaient une miche de pain chacune par un bout, refusant de lâcher leur proie. Elles juraient tour à tour en allemand et en tchèque, recourant à des mots que Margareta n'avait encore jamais entendus.

— Pires que des enfants, dit une voix d'homme derrière elle.

Se retournant, elle reconnut Maurice qui ôta avec courtoisie son chapeau à plume.

— Bonjour, je suis très heureux de vous voir.

— Ah, comte Lavany ! s'écria-t-elle. Vous êtes encore dans la ville ?

— Oui, je me rends de ce pas chez les conseillers du roi, pour leur transmettre une nouvelle.

— Vraiment ?

— Oui, bien que je sois persuadé que ça ne servira pas à grand-chose. Il s'agit des soldats qui avancent vers la ville… mais ne parlons pas de la guerre. Regardez donc un peu, ajouta-t-il en montrant les deux femmes.

L'une d'elles avait inopinément lâché prise, si bien que l'autre, le pain toujours dans les mains, était tombée dans la neige fondue, déclenchant sur la place une tempête de cris et de rires. Maurice prit Margareta par le bras.

— Venez, mieux vaut partir d'ici. Les partisans des deux dames ne vont pas tarder à se tomber dessus à bras raccourcis, et je peux vous assurer qu'à côté de ça une guerre de religion n'est que bagatelle !

Margareta éclata de rire et ils s'empressèrent de disparaître dans une ruelle latérale.

— Je vais vous accompagner un bout de chemin, proposa Margareta, je n'ai rien prévu de faire aujourd'hui.

— C'est très gentil à vous. Il y a longtemps que je ne me suis pas promené en ville avec une aussi jolie femme, répondit Maurice avec galanterie.

Elle resplendit de joie en entendant ce compliment. Elle se félicita de s'être lavé les cheveux la veille et de porter un manteau de Sophia. À franchement parler, elle se trouvait elle-même jolie.

— Quand vous m'avez vue pour la première fois, vous avez dû être horrifié. J'ai vu ensuite dans une glace à quel point j'étais crottée et ébouriffée !

— Oh, c'est certes exact, mais je vous ai malgré tout trouvée charmante.

— Soit ! En tout cas, je me sens mieux depuis. Sauf que, dit-elle, le visage soudain soucieux et grave, sauf que je m'inquiète pour les hommes là-dehors, que je m'inquiète aussi de ce qu'il va advenir de Prague et de nous.

Maurice s'arrêta.

— Ne vous rongez pas trop les sangs ! Cela ne changera rien à rien et vous ne feriez que peindre l'avenir sous des couleurs plus noires qu'elles ne le seront.

— Tant de gens vont mourir !

— Y a-t-il quelqu'un pour qui vous craignez en particulier ?

— Des amis.

— Des amis de Bohême, n'est-ce pas ?

— Oui, c'est étrange, ne trouvez-vous pas vous aussi ? Je suis de Bavière et catholique, mais je tremble pour la vie de protestants de Bohême. C'est en vérité absurde.

— Non. Vous avez en vue des individus et non leur religion ou des luttes pour le pouvoir. C'est normal pour une aussi jeune fille que vous êtes. Toute guerre, n'engendrant que haine et malentendus, est déraisonnable. Si rien ne change dans les prochaines années, l'Empire allemand se videra de son sang, et de l'intérieur de surcroît.

— Pensez-vous que Prague n'est que le début ?

— Peut-être. Ce peut aussi être la fin explosive d'une évolution compliquée, l'impulsion qui amènera à la solution d'un conflit qui dure depuis trop longtemps.

Un vieux mendiant venait à leur rencontre en trébuchant. Maurice lui jeta une pièce de monnaie.

— Il est néanmoins probable que jamais le monde ne sera régi par la raison, constata Margareta, sceptique.

— Il y a des chances. Pourtant, sur nombre de points, il est obligatoire que les hommes parviennent à s'entendre avant de s'être entretués jusqu'au dernier. Ce schisme… il faudra bien un jour ou l'autre vivre avec. Nous ne pouvons pas passer les cinq cents ans à venir à nous disputer nos vies et nos biens. Je suis convaincu que le jour arrivera où catholiques et protestants vivront en bonne intelligence et se demanderont avec étonnement pourquoi ils se sont combattus avec tant d'acharnement. Malheureusement, trop d'êtres auront péri d'ici là et, en outre, on aura entre-temps trouvé un autre motif de désaccord.

— Oui, et il en ira éternellement ainsi.

— Assurément. Et on ne peut que tenter de sauver dans son entourage immédiat ce qui peut encore l'être. Par exemple sa propre vie. En tout cas, je vais parler au roi, car je présume qu'il ne va pas tarder à abandonner son armée et à rentrer à Prague. J'essaierai de le persuader de s'enfuir.

— Sa situation est grave à ce point ?

— Il devrait au moins se montrer prudent. Je ne suis pas de son camp, mais sa mort pourrait provoquer de nouveaux conflits.

Ils étaient parvenus au pied du Hradschin. Margareta tendit la main à Maurice.

— Je vous souhaite bonne chance pour les prochains jours.

— Nous en réchapperons à coup sûr, répondit-il.

— J'espère que nous nous reverrons bientôt.

Il lui sourit et la regarda s'en aller. S'apercevant qu'il avait recommencé à neiger, elle serra son manteau autour de ses épaules et rentra chez elle.

12

La décision d'attaquer Prague fut prise dans la première semaine de novembre. Aucune des deux armées ne pouvait résister plus longtemps aux épidémies et à la faim. Les troupes de la Bohême se retirèrent à la faveur de la nuit et du brouillard jusque devant les murs de la ville, sur la Montagne Blanche, en prévision d'un assaut imminent des impériaux contre Prague. Ce mouvement n'échappa cependant pas à ces derniers qui suivirent leurs adversaires. Les Bavarois se retrouvèrent donc massés au bas de la montagne, situation la plus défavorable qui fût en cas d'attaque contre eux. Mais le comte de Tilly ne temporisa pas et lança une brutale offensive qui surprit les troupes protestantes et les plongea dans un désordre invraisemblable. Elles n'avaient pas reçu d'ordres clairs, car il régnait un tel désaccord entre leurs chefs, Christian von Anhalt, le comte Thurn et le général Bucquoy, qu'ils n'avaient pas pu se résoudre à une tactique commune. De plus, n'ayant pas touché leur solde depuis longtemps, démoralisés et estimant vaine cette bataille, des soldats se mutinèrent. Le roi Frédéric était trop impopulaire pour que son armée consentît des efforts extrêmes en sa faveur ; il s'était d'ailleurs réfugié depuis un bon bout de temps déjà derrière les murailles de Prague. De tous les hommes massés sur la Montagne Blanche, peu lui étaient désormais vraiment dévoués, soit un petit nombre de descendants des familles protestantes nobles dont il pouvait escompter une fidélité absolue. Le reste se composait de gens modestes qui n'avaient rallié l'armée qu'en raison de la solde et qui en avaient assez de toute cette affaire. Aussi les Bavarois ne se heurtèrent-ils qu'à une faible résistance, transperçant les lignes sans réelles difficultés et avec un tel élan que l'ennemi prit la fuite. Seuls quelques hommes regroupés autour du fils de Christian von Anhalt tinrent bon, s'efforçant de retenir les troupes adverses, dans l'espoir de sauvegarder un peu de la dignité et de l'honneur de la Bohême. La plupart périrent, les survivants furent contraints d'abandonner le combat. L'armée de Bohême tout entière, disloquée, se retrouva éparpillée, en fuite, pourchassée sans pitié, massacrée.

La nouvelle de l'immense défaite se répandit comme une traînée de poudre à l'intérieur des murailles en cette journée du 8 novembre 1620. Un silence pesant tomba sur Prague. Les rares passants qui se croisaient dans les rues désertes se contentaient de chuchoter quelques mots avant de poursuivre leur chemin en toute hâte et de se barricader dans leurs maisons.

Margareta et Luzia s'étaient levées de bonne heure ce jour-là. Elles n'avaient pas terminé leur petit déjeuner quand une Sophia toute pâle, mal réveillée, les avait rejointes.

— Je n'en peux plus chez moi, expliqua-t-elle. Ma mère, comme pétrifiée, ne desserre pas les dents. J'ai laissé Marie auprès d'elle. Je suis moi-même trop nerveuse pour ne rien faire, je m'inquiète terriblement pour Julius !

Pour la première fois, Margareta voyait Sophia au bord des larmes. La longue attente devait l'avoir usée, et elle paraissait à bout de forces. Luzia fit des efforts touchants pour la distraire un peu, parlant de connaissances communes, de bals où elles avaient dansé et s'étaient amusées des années plus tôt. Elle-même était blanche comme un linge, craignant pour la vie de son frère.

Les jeunes femmes n'avaient cessé de regarder par la fenêtre. La maison n'était pas loin des murailles, si bien que, de là, on apercevait en temps normal la Montagne Blanche qui n'était que peu boisée. Pourtant, le brouillard était tel en cette journée qu'elles distinguaient à peine la rue. Elles en étaient donc réduites à attendre des nouvelles.

Vers la fin de la matinée, assises silencieuses devant l'âtre, perdues dans leurs pensées, elles regardaient les flammes quand le feu étouffé de l'artillerie les avait fait sursauter, un grondement irréel traversant le brouillard, cessant brièvement pour reprendre ensuite plus longuement.

Luzia s'était levée d'un bond.

— Que se passe-t-il ? s'était-elle écriée, affolée.

— On tire, avait chuchoté Margareta en déglutissant avec peine. La bataille semble battre son plein.

Elles s'étaient précipitées derechef à la fenêtre. Dans la rue, une femme appelait Dieu à l'aide d'une voix stridente. Il commençait à y avoir du remue-ménage dans les maisons, des têtes apparaissaient aux fenêtres, les gens guettaient à travers les fentes des portes, des enfants pleuraient. Un chien s'était mis à aboyer et un homme à jurer à tue-tête.

— Oh non, ils combattent, ils se tuent. Oh, Sophia, Margareta, ce sont les hommes les plus braves de la Bohême qui sont en train de mourir là-bas ! avait gémi Luzia, agrippée au rebord en bois de la fenêtre.

Ses compagnes avaient gardé le silence, sachant que des hommes laissaient leur vie en dehors de la ville parce qu'ils soutenaient inconditionnellement le roi et donc la Bohême, prêts à tous les sacrifices. Eux morts, le pays tomberait inévitablement dans la dépendance et la servitude.

— J'aimerais être avec eux, avait sangloté Luzia, et, s'ils meurent, je voudrais aussi mourir. Ils sont si braves et si jeunes !

Elle avait pris dans les siennes les mains de Sophia et toutes deux s'étaient étreintes. Margareta s'était sentie exclue : elles pouvaient donner libre cours à leur désespoir. Luzia craignait pour son unique frère, Sophia pour son frère et son époux. Seule Margareta ne pouvait mettre un nom sur son angoisse, car Richard ne lui appartenait pas et personne ne devait plus être au courant de ce qu'il y avait eu entre eux.

La canonnade ayant enfin cessé, le silence qui lui avait succédé paraissait presque d'autant plus menaçant. Le fait de prêter l'oreille aux salves d'artillerie leur avait donné le sentiment absurde de partager le sort des combattants. À présent, tout semblait avoir repris le cours habituel d'une journée de novembre, mais elles savaient bien que la bataille n'était pas terminée.

Pour se changer les idées, elles avaient mangé un peu de gâteau et chacune but un petit verre de vin à seule fin de se détendre un peu et de reprendre des forces.

Entendant soudain du vacarme dans la rue, elles se penchèrent une nouvelle fois par la fenêtre. Un cavalier, les vêtements en lambeaux, descendait la rue au trot, son cheval soufflant bruyamment. Des gens l'ayant entouré, il les frappa de son chapeau à l'aveuglette pour se dégager et se mit à hurler :

— Laissez-moi passer, je vais chez le roi ! La bataille est perdue ! Il y a des milliers de morts !

Ce fut aussitôt un concert de pleurs et de lamentations. La foule eut beau libérer le messager, il eut de la peine à avancer, tout le monde se ruant hors de chez soi sans se soucier ni du froid ni du brouillard. Chacun voulait savoir ce qui s'était passé et, très vite, les bruits les plus effarants et les plus extravagants se répandirent. Les rues retentissaient de clameurs et de jurons, beaucoup s'en prenant au roi et également à ceux qui s'étaient battus pour lui.

— C'est uniquement sa faute si la Bohême a subi cette défaite ! s'écria un homme avec fureur. C'est le roi qui nous a précipités dans le malheur !

— Il faut le chasser ! hurla une femme d'une voix de fausset.

— C'est sa faute si la racaille catholique va maintenant faire main basse sur nos dernières provisions ! glapit une vieille matrone.

— Il faut montrer aux Bavarois que nous ne sommes pas des fidèles de ce roi. Ni de lui ni de ses soldats ! cria quelqu'un, déclenchant des murmures d'approbation.

Luzia referma vivement la fenêtre.

— Vous avez entendu ? chuchota-t-elle. Mon Dieu, quel sort attend l'armée si elle revient battue ?

— Quelles ignobles brutes ! murmura Sophia. Nos gens là-dehors sont tombés pour l'indépendance de la Bohême, et c'est ainsi qu'on les remercie !

Le visage résolu, elle prit son manteau.

— Sortons, dit-elle, peut-être que nous pourrons faire quelque chose au retour de nos soldats.

Ses amies l'accompagnèrent. Margareta, les mains tremblantes, s'habilla chaudement. Des milliers sont morts ! Le martèlement dans sa tête ne voulait pas cesser. Des milliers sont morts ! Pour quelles raisons Richard ne devrait-il pas en être ? Pour quelles raisons aurait-il échappé à la mort, lui ? Elles dévalèrent l'escalier et sortirent dans la rue.

Il y régnait une cohue inimaginable. De grosses cuisinières, vêtues de marron et coiffées de bonnets blancs, surgissaient de leurs maisons, suivies par des bonnes, poussées par la curiosité. Les auberges se vidaient de leurs clients dont les manteaux sentaient la fumée et la bière ; des artisans ou des commerçants abandonnaient en toute hâte leurs lieux de travail et restaient plantés là, une poule, un balai, ou bien encore un élément de meuble inachevé à la main. D'élégantes dames en manteau de fourrure sautaient avec précaution par-dessus les ordures au bord de la rue, mais personne n'avait d'égards pour elles en un tel jour, et elles ne tardaient pas à être bousculées grossièrement comme tout un chacun. Des enfants ayant perdu leur mère dans la foule passaient en pleurant. Quelqu'un cria que le roi avait quitté la ville et pris la fuite. Des hurlements de fureur accueillirent la nouvelle. Dans sa panique, la population ne voyait d'autre issue à ses malheurs que d'en rejeter la responsabilité sur un seul individu et de le poursuivre de leur vengeance. Il s'était écoulé un bon moment depuis l'apparition du premier messager quand l'agitation reprit soudain. Margareta s'enfonça dans la cohue pour entendre ce qui se disait.

— Les survivants s'approchent de la ville, les troupes impériales sur leurs talons.

— Il ne faut pas les laisser rentrer, sinon nous sommes perdus. Prague doit se rendre !

— On ne peut tout de même pas fermer les portes !

Margareta crut défaillir en entendant ces propos. Elle s'adressa à un jeune homme.

— S'il vous plaît, par où doivent arriver nos gens ?

Il haussa les épaules.

— Par la porte de l'ouest, si tant est qu'ils arrivent.

Luzia et Sophia s'approchèrent à leur tour.

— C'est par là-bas qu'il faut aller ! cria Sophia en montrant la direction de l'ouest. Peut-être que nous pourrons venir en aide aux blessés.

C'était chose plus facile à dire qu'à faire, vu l'extrême difficulté qu'elles éprouvaient pour avancer au travers de la foule compacte. Elles rencontraient des voitures bringuebalant dangereusement sur les pavés, des chevaux renâclant et piaffant, des gens qui couraient ou s'agglutinaient, bouchant la ruelle. Les trois amies se glissaient dans les vides s'ouvrant dans la foule et bousculaient les badauds tout en veillant à ne pas tomber sous les sabots d'un cheval ou les roues d'une voiture. Quand elles découvraient quelqu'un de connaissance, Luzia et Sophia lui demandaient des nouvelles des soldats, mais personne ne fut en mesure de les renseigner véritablement. Certains assuraient que nul ne pouvait rentrer dans la ville, d'autres disaient avoir déjà vu des soldats à l'intérieur des murailles et que quelques-uns avaient réussi à s'enfuir. Les jeunes femmes se raccrochèrent à ce faible espoir. Peut-être que le sort avait été assez clément pour sauver Richard, Friedrich et Julius.

Elles arrivèrent enfin à la porte ouest. La rue était noire de monde. Personne ne parvenait à approcher les sentinelles. Même de derrière, on voyait cependant que les énormes battants en bois étaient fermés, munis de verrous en fer et irrémédiablement submergés sous la masse humaine. Sophia eut le souffle coupé à cette vue.

— Je n'arrive pas à le croire, s'écria-t-elle, ils empêchent les nôtres de rentrer ! Oh, mon Dieu, mais… comment peuvent-ils faire une chose pareille ?

Luzia, bouleversée, ferma les yeux.

— Ah, que c'est cruel, murmura-t-elle, ils fuient devant l'ennemi et trouvent les portes de leur ville fermées.

Une femme se tourna vers elles, le visage ruisselant de larmes.

— Ils disent que la ville va se rendre et qu'elle ne laisse donc pas entrer les hommes en armes, sanglota-t-elle, mais c'est tellement horrible ! On raconte qu'ils sont poursuivis et massacrés. Beaucoup… beaucoup se sont noyés dans la Vltava…, puis elle se mit à pleurer à chaudes larmes.

Un homme à la longue barbe hirsute les regarda les yeux brillants de colère.

— Personne ne leur a demandé de se battre pour le roi et de plonger Prague dans le malheur, maugréa-t-il.

Alors qu'elle luttait depuis un petit moment contre une forte sensation de vertige, Margareta fut submergée par une vague de fureur. Elle fit un pas en avant.

— Comment osez-vous parler comme ça, apostropha-t-elle l'individu. Ces hommes valent mille fois plus que vous et que toute cette maudite ville ! Si on les laisse mourir, la Bohême subira une perte dont elle ne se remettra jamais !

— Permettez… protesta l'homme, mais Sophia vola au secours de son amie et siffla :

— Je vous souhaite, à vous et à tous ceux qui sont responsables de la fermeture des portes, d'avoir à le payer un jour, cela dût-il vous coûter la vie !

Luzia lui mit la main sur le bras pour la calmer.

— Je t'en prie, Sophia, regardons plutôt si nous connaissons quelqu'un parmi ceux qui s'en sont tirés.

Elles s'enfoncèrent dans une rue latérale, mais où chercher ? Elles n'en avaient aucune idée. Dans la cohue, Margareta se trouva soudain séparée de ses amies. Regardant autour d'elle pour les retrouver, elle découvrit Julius descendant la rue à cheval. Repoussant sur le côté tous ceux qui lui barraient le passage, elle se précipita vers lui et saisit les rênes de sa monture.

— Baron von Chenkow ! cria-t-elle.

Il la reconnut sur-le-champ.

— Margareta ! Vous êtes à Prague ? Savez-vous où ma femme… ?

— Oui, elle est à votre recherche. Elle est quelque part par là. Oh, elle nous a vus !

Julius sauta de cheval, Sophia accourut et tomba dans ses bras sans se soucier de ce qui l'entourait. Ils restèrent un instant enlacés, Sophia ne cessant de lui chuchoter quelque chose et lui de lui répondre. Margareta se mordit les lèvres. Elle était contente du bonheur de Sophia et de son soulagement, mais comme ce serait merveilleux que Richard surgisse à son tour sain et sauf devant elle ! Julius n'était apparemment pas blessé, même s'il avait l'air exténué, les cheveux en broussaille, pas rasé, les vêtements crottés et déchirés. Il parut beaucoup plus âgé à Margareta que la dernière fois où elle l'avait vu, l'été précédent.

Il finit par lâcher Sophia. Celle-ci, à son habitude, reprit immédiatement ses esprits et s'avisa de ce qui, pour l'heure, était le plus important.

— Est-ce que Richard et Friedrich sont dans la ville ? demanda-t-elle.

— J'aimerais le savoir, répondit-il, je ne les ai pas vus. Nous avons été séparés dès le début des combats et chacun a dû se débrouiller seul. Dieu du ciel ! ajouta-t-il en se prenant la tête entre les mains, jamais je ne voudrais revivre une bataille aussi confuse !

— Je crois que nous ferions mieux de rentrer, estima Luzia. Ici nous ne pouvons rien faire. Si Friedrich et Richard sont dans la ville, ils rentreront chez eux.

Ils se mirent en route, muets et accablés. Il leur fallut une nouvelle fois se frayer un chemin au travers d'une foule de plus en plus dense avant de se retrouver avec soulagement chez Luzia et de pouvoir refermer la porte sur le vacarme de la rue. Par chance, le feu n'était pas éteint dans la cheminée. Approchant les sièges, ils tendirent les pieds vers les flammes et frottèrent leurs mains gourdes. Personne ne disait mot. Julius regardait fixement devant lui, épuisé et angoissé, les yeux bordés de rouge, et, à mesure que la tension diminuait en lui, il semblait s'effondrer.

Sophia brisa une fois le silence en lui demandant s'il ne voulait pas s'allonger, mais il refusa :

— Je ne pourrais pas dormir.

— Vous ne voudriez pas tout nous raconter, suggéra Luzia. Cela vous soulagerait peut-être !

— Non, mieux vaut ne rien dire.

Ils se turent de nouveau. Avec la tombée de la nuit, un certain calme revint dehors. Les gens avaient trop froid pour que leur curiosité ou la peur les retiennent plus longtemps dans la rue. Au début de la soirée, on frappa à la porte. Sophia, Luzia et Margareta bondirent de leur siège, mais ce n'était qu'une domestique des Tscharnini. Elle était chargée par Caroline de ramener Sophia chez elle.

— Mme la baronne ne va pas bien, l'émotion a été trop forte, annonça-t-elle. Je dois aussi vous dire que la ville s'est rendue. Le duc Maximilien est déjà au Hradschin. Le roi et la reine sont en fuite.

Au bout d'un bref silence, Luzia demanda brusquement :

— Et qu'est-il arrivé à nos soldats ? Où sont-ils ?

— Je l'ignore, dit la domestique, désemparée. La plupart ont dû périr !

Affolée, Luzia voulut mettre son manteau :

— Il faut partir à la recherche de Friedrich et de Richard. S'ils sont en vie, ils sont quelque part dans la ville, blessés peut-être. Il faut les aider.

Julius la raisonna :

— Cela ne servirait à rien. Il fait beaucoup trop sombre. Et puis, ce serait dangereux. Les soldats ennemis traînent déjà dans les rues.

— Oui, vous avez raison, dit-elle en raccrochant le manteau.

Sophia fit claquer sa langue avec irritation.

— Je n'ai à vrai dire pas envie de rentrer chez moi, dit-elle. Que ma mère n'aille pas bien n'est qu'une excuse. En fait, elle ne supporte pas que tout le monde ne soit pas regroupé autour d'elle.

Margareta donna silencieusement raison à son amie, Julius se montrant pour sa part plus conciliant :

— Nous devrions rentrer, peut-être a-t-elle vraiment besoin de toi.

Sophia finit par céder. Eux partis, la maison parut encore plus triste et vide. Luzia restait plongée dans ses pensées, silencieuse. Margareta, nerveuse, courait d'une pièce à l'autre, regardait dans la rue plongée dans le noir, à l'écoute du moindre bruit en provenance de l'extérieur. Elle se tenait à l'une des fenêtres du devant quand elle distingua au-dessous d'elle deux silhouettes, juste devant la maison, deux formes vacillantes et mal assurées. Elle descendit en courant et ouvrit la porte sans penser un seul instant qu'elle pouvait avoir affaire à des ennemis. Elle ne s'était pas trompée. Certes, un des hommes était un inconnu, mais il soutenait Friedrich, qui, grièvement blessé, ne pouvait tenir debout seul. Il avait le visage, la poitrine et une jambe ensanglantés. Levant la tête avec peine, les yeux mi-clos, il regarda la jeune fille et lui sourit.

— Margareta, murmura-t-il avant de perdre connaissance.

Il se serait écroulé sur le sol si son compagnon ne l'avait retenu. Luzia arriva sur ces entrefaites. Elle étouffa un cri d'effroi à la vue de son frère.

— Vit-il ? interrogea-t-elle, épouvantée.

— Oui, il vit, la rassura le soldat, mais il est très mal en point. J'ai d'abord cru qu'il était mort, quand je l'ai vu soudain lever faiblement la main. Je l'ai traîné jusqu'à la ville, je suis resté caché jusqu'au soir, puis il m'a guidé jusqu'ici.

— Comment vous remercier ? s'écria Luzia. Vous avez sauvé la vie à mon frère. Si vous n'aviez pas...

— C'était bien normal. Dois-je le porter à l'intérieur ?

— Oui, s'il vous plaît, et grand merci !

À trois, ils firent monter l'escalier à Friedrich inconscient et le déposèrent sur le canapé du salon. Lilli, le chaton de Margareta, qui dormait paisiblement sur un des coussins, dégringola effrayé sur le plancher et se glissa sous un fauteuil.

— Ne désirez-vous pas rester un peu et manger quelque chose ? demanda Luzia au soldat.

— Je préfère rentrer chez moi. Ma famille me croit certainement mort.

Margareta l'accompagna jusqu'à la porte d'entrée de la maison et en profita pour l'interroger :

— Savez-vous par hasard si Richard von Tscharnini est au nombre des survivants ?

— Je le connais, mais je ne l'ai pas vu depuis ce matin. Ce n'est d'ailleurs pas forcément un mauvais signe.

— Non, bien entendu. Je vous souhaite une bonne nuit.

L'homme prit congé. Après avoir refermé la porte, Margareta demeura un moment les mains jointes. Dieu avait permis à Julius et à Friedrich de revenir, Richard devait donc lui aussi avoir survécu ! Si seulement elle pouvait en avoir confirmation ! Comment allait-elle pouvoir résister à l'incertitude toute une nuit ?

Elle n'eut en réalité pas le temps de sombrer dans l'angoisse ou de s'abandonner aux idées noires, Friedrich étant dans un état si préoccupant que ni Luzia ni elle ne furent en mesure de dormir ou de penser. La bonne ayant apporté un seau d'eau chaude et d'innombrables bouts de tissu, elles le lavèrent et pansèrent ses plaies. Une épée ennemie l'avait sévèrement atteint à la tête et aux épaules. Si une croûte s'était déjà formée sur la blessure de la jambe, les deux autres ne cessaient de saigner. Les deux femmes constatèrent avec terreur que, malgré l'épaisseur de leurs pansements, le tissu ne tardait pas à se teinter de rouge, se transformant très vite en chiffons dégoulinant de sang.

— Ça ne s'arrête pas, gémit Luzia.

Elles renouvelèrent un nombre incalculable de fois les pansements. Luzia, bien qu'au bord des larmes, travaillait vite et sans perdre son calme. Margareta éloignait les haillons souillés de sang et passait de temps à autre un linge mouillé sur le visage de Friedrich ou sur le front luisant de sueur de sa sœur. Sa robe était pleine de sang. Le plus terrible, pourtant, était de devoir peut-être assister à la mort de Friedrich. Il était impossible de perdre autant de sang et de rester en vie. Elle se sentait de trop, inutile, à rester là à contempler le visage gris et amaigri du blessé. Tout semblait noyé dans le sang. Le travail de Luzia avait quelque chose de désespéré, et elle ne lui était d'aucun secours. Elle ne pouvait que la seconder dans son activité, vaine selon toute apparence.

Peu après minuit, Friedrich sortit de son évanouissement. Il remua les lèvres sans parvenir à se faire comprendre, mais Luzia fut convaincue qu'il demandait à boire.

— Il y a du lait à la cuisine, dit-elle à Margareta. Dis à la bonne de le faire tiédir et de l'apporter.

Margareta s'exécuta, réveilla la domestique assoupie sur une chaise et rapporta la boisson. Avec mille précautions, elles firent ingurgiter à Friedrich quelques cuillerées, mais la faiblesse triompha à nouveau de lui, et il ferma les yeux.

Luzia se pencha sur lui.

— Friedrich, Friedrich, m'entends-tu ?

Il rouvrit péniblement les yeux.

— Friedrich, sais-tu si Richard est vivant ?

Margareta s'approcha et, tendue, prêta l'oreille. Friedrich, sans répondre, laissa alors tomber la tête de côté. Luzia se releva d'un air décidé.

— Je vais chercher le docteur, sinon il va mourir.

— C'est trop dangereux d'y aller seule, je t'accompagne.

— Il vaut mieux que tu restes auprès de Friedrich, au cas où il aurait besoin de quelque chose. La servante de cuisine est une incapable. Je t'en prie, reste avec lui !

Margareta fit signe qu'elle était d'accord. Elle chercha à cacher sa peur, sa peur de rester seule avec un blessé grave qui risquait de mourir entre ses bras. Elle écouta les pas de Luzia se perdre dans la nuit et n'entendit bientôt plus que les râles de Friedrich. S'agenouillant auprès de lui, elle lui prit la main. Elle n'avait pas sommeil, mais se sentait à bout de forces. La défaite et l'occupation de Prague avaient apporté tant de malheur aux habitants de la ville ! Elle partageait la tristesse de ces femmes et de ces hommes. Si Richard était tombé, il lui faudrait, elle aussi, enterrer ses derniers espoirs.

Plongée dans ses sombres pensées, Margareta ne s'aperçut qu'un peu plus tard que les blessures avaient cessé de saigner. Elle ressentit d'abord un profond soulagement avant de remarquer que le visage aux yeux fermés était aussi pâle que celui d'un mort. La peur l'envahit de nouveau. Elle fit claquer ses doigts près d'une de ses oreilles pour vérifier s'il avait encore sa connaissance. Il ne bougea pas. Désespérée, elle alla à la fenêtre. Où était donc Luzia avec son médecin ?

Il s'écoula un long moment avant que celle-ci ne réapparût, tirant derrière elle un médecin à la mine défaite, non rasé. Depuis midi, il s'était occupé de blessés, éclissant des membres brisés, pansant des plaies et fermant les yeux des morts. Il monta les escaliers d'un pas pesant.

— Docteur, vite ! C'est à peine s'il vit encore ! cria Luzia, s'étant aussitôt précipitée vers son frère.

Le médecin hocha la tête d'un air songeur.

— Je ne peux pas faire grand-chose pour lui, il est extrêmement affaibli. Un bon à rien lui a manifestement cautérisé les plaies avec de l'huile de sureau noire – une méthode totalement dépassée –, les pauvres diables en périssent presque de douleur. Avant, il a dû l'endormir avec une décoction de mandragore… et il suffit d'une petite dose en trop pour envoyer quelqu'un dans l'au-delà, avant qu'on ait le temps de dire ouf. Je vais vous donner quelque chose…, dit-il en tendant à Luzia une boîte sortie de sa poche. C'est un onguent, essence de rose, térébenthine et jaune d'œuf. Étalez-le fréquemment sur les blessures. Et voilà une poudre, baume sauvage et basilic. Faites-la-lui boire avec un peu de vin, ça le fortifiera.

— Pensez-vous qu'il survivra ? demanda Margareta, terrifiée.

— Je ne peux me prononcer. S'il respire encore demain matin, vous pourrez avoir de l'espoir. Veillez à ce qu'il reste tranquillement couché !

Le médecin s'empressa de quitter la maison. Nombreux étaient encore ceux qui attendaient sa visite en cette nuit. À peine avait-il tourné les talons que Luzia préparait déjà les médicaments et en enduisait les blessures de Friedrich. Elle s'assit à côté de lui et chaque fois qu'elle croyait le voir revenir un peu à lui, elle lui faisait ingurgiter quelques cuillerées de vin médicinal. Margareta s'était appuyée au dossier de son fauteuil, avec la ferme intention de veiller. Elle finit pourtant par s'endormir. Elle ne se réveilla que lorsque Luzia la secoua légèrement. Un jour grisâtre perçait à travers les fenêtres. Luzia rayonnait.

— Il va mieux, annonça-t-elle, il respire très régulièrement.

— Dieu soit loué ! s'exclama Margareta qui s'apprêtait à se lever, quand Luzia l'arrêta.

— J'ai une autre bonne nouvelle. Très tôt ce matin, les Tscharnini ont fait savoir que Richard est vivant et qu'il n'est pas blessé. Il est déjà auprès de sa famille.

Cette fois Margareta n'émit qu'un faible gémissement. L'intolérable tension des dernières heures disparut. Richard était vivant. Pourvu que son visage ne la trahisse pas ! Elle passa sur ses lèvres une langue sèche tant l'émotion avait été forte. Jetant un coup d'œil à Luzia, elle perçut une lueur dans ses yeux et la tendresse qui émanait d'elle. Elle prit conscience que jamais elles n'aborderaient ce sujet, tout en devinant que Luzia avait tout compris depuis belle lurette et qu'elle ne la condamnait pas pour autant.

13

Les jours suivants, les Pragois eurent fort à souffrir des conséquences de la défaite. Les vainqueurs firent leur entrée dans la ville avec éclat, conscients de leur force. Les chefs logeaient au Hradschin, les troupes se partageant les rues et les ruelles. Le soir même de la bataille, le couple royal s'était fait transporter sous un déguisement hors de la ville et il était à présent en fuite, Frédéric n'ayant pas oublié d'emporter les pièces les plus précieuses des joyaux de la couronne. La cité des rives de la Vltava n'en renfermait pas moins, même sans celles-ci, bien des richesses fort tentantes. Les soldats, fatigués, affamés et gelés, mais furieux et enivrés de leur victoire, tremblaient de convoitise. Le duc Maximilien accéda à leurs désirs inexprimés. Il fit fermer toutes les portes de la ville et livra les maisons des citadins au pillage. Les hommes furent autorisés à entrer où ils le souhaitaient et à mettre la main sur tout ce qu'ils pouvaient emporter. Personne ne se risqua à s'opposer à eux. C'est impuissants et muets que les habitants durent subir la mise à sac de leur cité, l'une des plus riches d'Europe.

Luzia et Margareta durent, elles aussi, supporter un jour que des soldats étrangers fouillent leur maison et s'emparent de tout ce qui leur paraissait précieux. Ils étaient commandés par un jeune et robuste capitaine, coiffé d'un large chapeau à plume et chaussé de bottes de cuir crottées qui maculaient tous les tapis.

— Où est le maître de maison ? demanda-t-il d'un ton rude à Margareta.

Il parlait un bavarois dont les sons familiers la firent tressaillir, mais son vis-à-vis la toisait d'un air glacial. Elle était pour lui une noble de Bohême, une de ces insurgés qui les avaient contraints à intervenir pour défendre les intérêts de l'empereur.

— Friedrich von Lekowsky a été blessé au combat, il ne peut se lever, répondit-elle.

Son dialecte n'était apparemment plus reconnaissable, puisque le capitaine ne s'aperçut pas qu'elle était bavaroise. Elle ne voulait d'ailleurs pas non plus se dévoiler telle, car elle aurait eu des difficultés à expliquer pourquoi elle séjournait à Prague et entretenait des rapports d'amitié avec une famille protestante. Il est probable que cela aurait été considéré comme la preuve d'une trahison. Ce qu'elle vivait ici était très pénible. Plus que jamais, elle avait le sentiment d'être sans patrie depuis sa fuite l'année précédente. En effet, outre le désagrément d'être obligée de jouer la comédie, elle éprouvait autant de colère que Luzia envers les pillards. Pareils à une horde de barbares, les soldats se ruaient dans les belles pièces bien soignées. L'interminable campagne les avait transformés en êtres dépenaillés, aux vestes et aux pantalons en lambeaux, aux cheveux en bataille et aux yeux rougis luisants de cupidité. Ils emportaient des tableaux, des tapis, de la vaisselle en argent et des bijoux. Ils défonçaient les armoires, jetant par terre tout ce qui ne les intéressait pas. Luzia et Margareta se tenaient le plus possible à l'écart, mais la plupart des hommes ne restaient pas insensibles à leur présence. Ils les examinaient d'un air méprisant, se livrant à leur sujet à des remarques désobligeantes auxquelles Luzia répondait par la froideur, Margareta par l'insolence. L'un d'eux s'approcha de celle-ci et la prit par le bras.

— Il y a de belles femmes à Prague, dit-il avec un sourire, vraiment… il y a longtemps que je n'avais plus vu de fille aussi jolie et aussi blonde. Dis donc, tu ne voudrais pas venir avec moi ? Tu ferais un mignon butin, ma foi !

Margareta se libéra.

— Lâchez-moi ! lui intima-t-elle d'un ton sec.

L'homme lui reprit aussitôt le bras.

— Oh, ma belle dame, la Bavière est un beau pays. Tu t'y plairais. N'est-ce pas, ajouta-t-il, tourné vers ses camarades, que la petite se plairait chez nous ?

Un beuglement de joie lui répondit.

— T'as raison, emmène-la, cria l'un d'eux, mais n'oublie pas que nous partageons notre butin !

Margareta se débarrassa de la main qui la tenait et disparut dans la pièce d'à côté. Luzia, toute pâle, la suivit. Elle vit que son amie luttait contre l'envie de pleurer.

— Ne te désespère pas, l'implora-t-elle, je sais que tout ça est très dur pour toi, mais ça ne durera pas !

— Ils ne sont pas tous comme ça, Luzia, crois-moi. Tu sais, la Bavière est vraiment un beau pays, et il y a tant de gens convenables là-bas…

— Je le sais bien, et je suis convaincue que beaucoup de Tchèques agiraient de même dans des villes bavaroises. C'est comme ça !

Du reste, Luzia acceptait avec beaucoup de flegme la mise à sac de la maison familiale.

— La plupart des choses se trouvent de toute façon dans notre résidence à la campagne, expliqua-t-elle. Ils ne peuvent pas faire de nous des pauvres.

Elle n'avait d'inquiétudes que pour Friedrich, toujours très faible, et qui aurait eu besoin de repos absolu. Il s'agitait, croyant devoir défendre sa maison contre les ennemis, alors qu'il était incapable de se lever de sa couche.

— Vous êtes déjà revenus ? demanda-t-il un jour au prix d'un gros effort.

Un soldat se dirigea sur lui, en rage.

— Prends garde, sinon je te renvoie à ton créateur, tu comprends ? hurla celui-ci avec un geste de menace.

— Quel courage de votre part ! remarqua Margareta, mordante.

L'homme lui lança un regard furieux avant de disparaître. Ce fut la seule fois où Margareta rechercha la confrontation. Sinon, elle se tenait sur la réserve, épiant les propos des soldats. Mais elle n'apprit rien concernant des gens de sa connaissance et sa recherche de visages familiers resta vaine. Pourtant, durant la semaine qui suivit la bataille, elle rencontra un homme qu'elle avait totalement chassé de sa mémoire.

Par une journée très froide, elle s'était proposée pour aller faire quelques courses, la bonne, par peur des soldats, n'osant pas faire un pas dans la rue, tandis que Luzia ne voulait pas sortir en raison de Friedrich. Toutes les portes de la ville faisaient encore l'objet d'une stricte surveillance, rien ni personne n'entrait dans la cité. Bien qu'ayant donc peu de chances de trouver des aliments frais, elle voulait tout de même essayer. Cela ne les dérangeait pas, ni elle ni Luzia, de manger chichement, mais Friedrich avait besoin d'une nourriture substantielle.

Elle flâna dans les rues, observant la vive animation qui y régnait malgré la ruineuse défaite et la présence des soldats ennemis. Un morceau de papier, poussé par le vent, franchit un mur et tomba à ses pieds. L'ayant ramassé par curiosité, elle y vit des caricatures malintentionnées de prêtres et de moines obèses suçant le sang d'une troupe de pauvres et pieux chrétiens tout en brandissant la croix et en célébrant les vertus de l'Église catholique. Elle laissa tomber le papier haineux comme s'il lui avait brûlé les doigts. Se faire surprendre par les impériaux ou leurs sympathisants en train de lire ce genre d'écrit incendiaire pouvait coûter cher.

Elle n'osa se retourner qu'au bout d'un petit moment et ses yeux s'arrêtèrent sur un homme aux cheveux bruns qui mordait avec appétit dans un morceau de pain. Elle le reconnut sur-le-champ, bien qu'elle ne l'eût pas vu depuis des années. C'était Albrecht von Malden, l'ami d'enfance que ses parents lui avaient choisi comme époux !

Elle tressaillit ; elle s'apprêtait à passer à côté de lui sans le regarder et à l'éviter, mais il avait déjà tourné les yeux dans sa direction. L'immense étonnement qu'elle y lut lui révéla qu'il savait lui aussi qui il avait en face de lui. Tous deux eurent besoin d'un instant pour se ressaisir. Margareta eut un sourire hésitant. Albrecht laissa passer un véhicule, puis traversa la rue. À peine plus grand qu'elle, il était aussi mince et délicat qu'avant, d'une silhouette quasi enfantine. Il donnait néanmoins l'impression d'être très mûr et plus âgé qu'il ne l'était en réalité.

— Margareta, dit-il l'air surpris, sans sourire.

— Albrecht, répondit-elle, puis, trouvant stupide leur façon de rester sans savoir que dire, elle ajouta : Jamais je n'aurais pensé vous rencontrer ici.

Il lui aurait semblé bizarre de le saluer sur un ton moins formel, tant l'ami d'enfance lui était devenu étranger.

— Eh bien, la raison de ma présence à Prague est simple à expliquer... tout à l'inverse de la vôtre ! répliqua-t-il en restant très distant.

— Que voulez-vous dire par là ?

Il eut un rire amer.

— Comptez-vous jouer la comédie ? Votre attitude et l'air innocent dont vous me regardez me donnent presque cette impression.

Margareta accusa le choc.

— Si vous croyez..., commença-t-elle.

— Ah, mais je ne crois rien du tout, l'interrompit-il, et n'allez pas croire que je sois d'humeur à entreprendre un bavardage amical. Peut-être vaudrait-il mieux que nous feignions de ne pas nous connaître.

Se découvrant, il s'en allait, quand Margareta le retint.

— Albrecht, le supplia-t-elle.

Il s'arrêta.

— Qu'y a-t-il ?

— Je voudrais seulement que vous restiez un petit moment. Comprenez... vous arrivez de mon pays !

— Oh, auriez-vous le mal du pays ? Il fut pourtant une époque où vous n'eûtes de cesse de l'avoir quitté !

Jamais Margareta n'aurait pensé qu'il pût être aussi amer.

— Je sais que je vous ai déçu vous aussi.

Albrecht gardait les yeux baissés. Quand il les releva, ils étaient soudain emplis de colère.

— Vous m'avez ridiculisé. J'ai été raillé et tourné en dérision à cause de vous. Vous savez, ce fut beaucoup plus qu'une déception. Le fiancé attend chez lui en toute candeur, pendant que la fiancée s'enfuit avec un autre ! Cela me restera collé à la peau jusqu'à mon dernier jour.

Ces derniers mots étaient ceux d'un être ulcéré, profondément blessé dans son honneur de mâle.

— Je ne vous ai jamais rien promis, répondit Margareta à voix basse.

— J'avais la parole de vos parents et tout le monde le savait. Par ailleurs, madame votre mère m'avait informé que le mariage prévu avait rencontré votre accord.

— Il y a soudain eu un autre homme…

— Et ? Vous a-t-il épousée ? Vous auriez alors une existence satisfaisante.

— Oui… tout est aujourd'hui tel que je le désirais…, dit-elle en s'efforçant de sourire.

Elle était une si piètre menteuse qu'Albrecht la perça aussitôt à jour.

— Ne me racontez pas d'histoires, je ne crois pas que vous soyez mariée. Vous n'en donnez pas l'impression. Je me demande de quoi vous vivez. Mais peut-être que ce n'est pas si difficile que ça pour une fille, par les temps que nous vivons !

Les yeux de Margareta étincelèrent de colère.

— J'exige que vous vous excusiez de cette grossièreté, cria-t-elle si fort qu'une marchande qui passait se retourna.

— Je suis désolé, dit-il.

— Quels que soient mes torts, je n'ai tout de même pas commis de crime, poursuivit-elle, les larmes aux yeux. Je suis seulement tombée soudain amoureuse. Et ce seul motif vous donne à tous le droit de me condamner !

Albrecht ne répondant rien, elle lui demanda d'une voix mal assurée :

— Tout le monde me méprise, n'est-ce pas, et ma famille m'a rejetée.

— Je le pense, oui, répondit-il d'un ton moins sec, car il était ému par l'angoisse qui se lisait sur le visage blême de la jeune fille. Vos parents ont été exposés à la même honte que moi. Cette époque n'a pas été facile pour eux.

— Et comment vont-ils maintenant ? Sont-ils en bonne santé ?

— En tout cas, ils l'étaient la dernière fois que je les ai vus. Bernada a bien entendu toujours des douleurs, mais elle est la créature la plus charmante, la plus aimable que je connaisse. Le baron n'apparaît que rarement en public, mais il en était déjà ainsi dans le passé. Et votre mère…

— C'est pour elle que le coup a été le plus rude, n'est-ce pas ?

— Elle avait mis de grandes espérances dans ce mariage, confirma-t-il. Vous savez que le mariage d'Adelheid est un échec absolu et que Bernada ne se mariera jamais. Tous ses espoirs reposaient donc sur vous !

— Oui, ma mère a établi ses plans comme un chef de guerre, répondit Margareta avec rancune, parfois je me dis que… ah, cela est sans importance, Albrecht.

Elle poursuivit avec un pâle sourire :

— Albrecht, je voudrais que vous sachiez bien que vous n'y êtes pour rien, je veux dire que je ne vous ai pas fui ! Je suis partie avec cet homme. S'il n'avait pas surgi dans ma vie, je vous aurais volontiers épousé.

Ce qu'elle disait n'était pas tout à fait conforme à la vérité, mais cela ne parut d'ailleurs pas intéresser Albrecht. Après son bref et violent éclat, il s'était parfaitement repris, comme s'il avait surmonté tout cela depuis longtemps. Il lui déclara d'un ton impassible :

— Je ne prétendrai pas que je suis heureux de vous avoir rencontrée, mais, étant donné que ce fut un caprice du destin, je n'ai pas lieu de m'en montrer irrité. Chez moi, je ne dirai rien de cette rencontre. Je suppose que je vais ainsi au-devant de vos désirs ?

— Oui, merci.

— Eh bien, adieu, Margareta. En dépit de tout, je vous souhaite sincèrement de connaître le bonheur.

Sa politesse, plus que sa colère, laissait transparaître le mépris. *Pour lui, je suis presque déjà une fille des rues*, se dit-elle, affectée. Mais elle fit front. En quoi l'intéressait-il au fond ? Elle lui répondit donc tout aussi poliment :

— Je vous souhaite aussi une vie de bonheur. Elle sera certainement plus belle que si nous l'avions partagée, vous et moi. Je crois à présent que nous n'étions pas faits pour nous entendre.

— C'est possible.

Albrecht la dévisagea à nouveau, trouvant qu'elle avait beaucoup changé. La dernière fois qu'il l'avait vue, elle avait treize ans et il avait trouvé son visage et son regard pleins de charme et de délicatesse. Aujourd'hui, trois ans plus tard, il trouvait qu'il n'en restait guère de traces. Elle était certes plus belle et sensuelle que jadis, toutefois on aurait dit que se mêlaient en elle une tristesse nouvelle et un soupçon de cynisme. Ce qui lui était arrivé, quoi que ce fût, lui avait ôté cette grâce innocente qui l'avait fasciné. Il eut soudain la conviction que la déchéance la guettait, et elle lui fit pitié. Puis, le contentement de soi prenant le dessus, il se dit que c'était elle en définitive, et personne d'autre, qui avait gâché la chance de mener un jour une existence heureuse et honorable.

Ils prirent congé comme deux personnes se connaissant vaguement qui, s'étant rencontrées par hasard, n'avaient pas eu grand-chose à se dire. Albrecht s'éloigna sans se retourner. Bien qu'incarnant un peu du pays natal de Margareta, il ne lui avait, avec sa froideur glaciale, rien dispensé de la chaleur du nid familier. Tout doute sur ce que les siens pensaient d'elle était désormais levé.

Ce fut la dernière fois que Margareta vit Albrecht. Il fut emporté par une des nombreuses épidémies qui accablèrent l'armée lorsqu'elle battit en retraite en direction de la Bavière.

Friedrich ne guérissait que lentement. Il avait échappé à la mort de justesse et cette lutte l'avait vidé de toutes ses forces. Pendant des semaines, il était resté faible et pâle, sans appétit, et le moindre effort l'épuisait. Luzia elle-même était presque malade de souci. Décembre étant arrivé et Friedrich n'allant toujours pas mieux, elle décida de faire quelque chose.

— Ici, il ne se remettra jamais, expliqua-t-elle à Margareta et Sophia, il faut qu'il aille à la campagne. Nous allons donc partir pour nos terres dès que ce sera possible. Margareta nous accompagnera, naturellement. Sophia et Julius également si le cœur leur en dit.

— Mais c'est merveilleux, s'écria Margareta. Passer Noël à la campagne, quelle chance !

Sophia donna elle aussi aussitôt son accord :

— Je suis sûre que Julius nous accompagnera. Notre armée s'est dispersée et il n'a donc aucune obligation de ce côté-là. Il peut, pendant quelque temps, confier à d'autres le soin d'administrer nos biens. En outre, cet hiver, Prague est misérable et inhospitalière comme jamais.

Elles craignirent d'abord de ne pouvoir partir. La confusion et l'incertitude les plus totales régnaient. L'empereur n'avait pas encore décidé quel sort il réservait à la ville. Certains parlaient d'expulsions et d'arrestations, mais personne ne savait rien de précis. Sophia obtint pour eux tous une autorisation de départ. Richard ne fut pas du voyage. Margareta qui avait attendu avec angoisse cette décision fut déçue. Elle ne l'avait plus revu depuis qu'il avait quitté le château des Tscharnini et, bien qu'ignorant quel comportement adopter si elle le rencontrait, elle se sentit fort triste.

Je ne lui manque manifestement pas du tout, se dit-elle avec amertume. Il était probable que c'était Caroline qui le retenait, mais pourquoi diable se laissait-il ainsi dominer ?

Ils firent le trajet avec plusieurs voitures tant les bagages étaient nombreux ; en plus de la bonne de Luzia, quelques domestiques de Sophia et de Julius étaient eux aussi du voyage. Luzia et Sophia avaient préparé de beaux vêtements d'hiver et de lourds manteaux de fourrure, les hommes des habits pour monter à cheval et des armes pour chasser. Ils avaient en outre besoin de médicaments, compositions aux herbes, racines séchées, baumes, ainsi que d'une foule de produits de beauté, crèmes, onguents, sels de bain, parfums, jusqu'à des perruques et des postiches. Les domestiques avaient également dû empaqueter des couvertures et des coussins, sans compter la vaisselle, les tableaux, les bougies, les jeux, les cartes et les livres. Cela représentait un nombre appréciable de caisses. Luzia remarqua néanmoins qu'il y en avait moins que d'habitude, les pilleurs ayant fait main basse sur beaucoup de choses.

Au terme d'un voyage de plusieurs heures, ils arrivèrent au château, près de la localité de Lipan, à l'est de Prague, au milieu de champs de neige étincelants et de sombres forêts de conifères. Le bâtiment en pierre de taille, qui, contrairement à celui des Tscharnini, n'était pas juché sur une colline modeste et sans prétention, mais étalait sa magnificence au cœur d'une large plaine, ravit Margareta. Une allée de chênes majestueux les mena dans la cour.

Au bout de quelques jours, Margareta comprit que le séjour en ces lieux ne serait pas bénéfique que pour Friedrich. Ils passaient la journée le plus souvent dehors. Friedrich, devant encore se montrer patient, ne pouvait monter à cheval et se promenait dans le parc avec Luzia. Margareta se joignait parfois à eux. Elle préférait toutefois faire des chevauchées avec Sophia et Julius. C'était la chose du monde la plus merveilleuse que de galoper à travers la campagne enneigée, sous la voûte lumineuse du ciel de Bohême, et d'oublier les événements des semaines et des mois précédents. Sa peur la quittait alors et elle ne faisait qu'un avec sa monture, s'abandonnant à la vitesse de la course à travers la neige. Plus tard, ils rentraient au pas au château en bavardant. Julius surmontait lentement les horreurs de la bataille de la Montagne Blanche et était de très bonne humeur. Il plaisait de plus en plus à Margareta, séduite par son sérieux et son caractère consciencieux. Jamais elle n'aurait cru que quelqu'un pût manifester avec tant de naturel et une aussi totale assurance ces qualités qu'elle trouvait jusque-là fades et ennuyeuses. Elle était également émue par l'évidence de l'amour qu'il portait à Sophia. Il ne cessait de couver la jeune femme d'un regard rayonnant. D'un seul sourire, d'un bout à l'autre d'une pièce, ils pouvaient, sans une parole, montrer qu'ils étaient unis comme les doigts de la main. Margareta éprouvait une légère tristesse au spectacle de cette tendresse. Elle-même aurait tant souhaité trouver auprès d'un autre être un tel sentiment de sécurité. Comme cette vie réussissait à Sophia ! Elle paraissait plus belle et en meilleure santé que jamais. Quand, souriante, les yeux brillants, elle arrivait au galop, ses boucles noires flottant au vent, Luzia et Margareta l'enviaient souvent pour sa nature vigoureuse. Margareta était convaincue que le bonheur de Sophia tenait, pour une part aussi, au fait qu'elle avait enfin échappé à sa mère et à son autorité.

Noël approchait, un jour que Margareta redoutait, croyant que le mal du pays et le chagrin la submergeraient. Mais la fête se passa dans un climat de grande intimité et d'harmonie. Assis autour de la cheminée, vêtus de leurs plus beaux habits, ils mangèrent des noix en buvant du vin, et, quand ils se taisaient, on n'entendait que les craquements des bûches dans le feu. Dehors, il neigeait sans discontinuer. Margareta observait ses compagnons avec un sentiment de chaude amitié et d'amour. Elle avait beau ne connaître ces êtres que depuis peu, leurs visages lui étaient devenus tout à fait familiers. Ils avaient tant fait pour elle durant les derniers mois qu'ils lui étaient devenus très proches. *Je voudrais ne pas les perdre de toute ma vie*, pensa-t-elle soudain, *conserver leur amitié, leur rendre un jour un peu de ce qu'ils m'ont offert et vivre encore de nombreux moments comme cette soirée. En dépit de tout ce que j'ai perdu, j'aurai au moins gagné ceci.*

— L'année est maintenant bientôt terminée, dit Luzia, rêveuse, et que nous aura-t-elle apporté ?

— La guerre, répondit Sophia, la guerre dans tout l'Empire, et personne ne sait quand elle cessera.

— Il reste que nous sommes toujours en vie, remarqua Julius. Nous avons au moins remporté ce triomphe. Nous terminons l'année vivants !

— Eh oui, réfléchit tout haut Margareta, contemplant pensivement les flammes, peut-être est-ce là le véritable sens des choses. On brave tous les dangers et on reste en vie. Qui sait pour combien de temps encore ?

— Diable, dit Sophia en avalant quelques gorgées de vin, nous devrions parler d'autre chose. Margareta est soudain toute mélancolique, alors qu'il y a des tas de sujets de conversation plus importants. Par exemple : organiserons-nous un bal au château pour la nouvelle année ?

— Un bal ? demanda Margareta tout excitée. Oh, tu parles sérieusement ? Savez-vous que je n'ai encore jamais été à un bal ?

Luzia la regarda avec étonnement.

— Encore jamais ? Alors, ne serait-ce que pour cette raison, il faut le faire !

— Mais tu sais danser ? s'enquit Sophia.

— Oui, j'ai appris. Seulement, au couvent, je n'ai jamais eu l'occasion de le faire.

— Bien, décida Sophia, alors nous allons inviter pour le Nouvel An toutes les personnes que nous connaissons. Ils seront contents de cette diversion.

Tous se mirent à parler en même temps, à rire, à faire des projets. Margareta les écoutait avec curiosité et impatience. Quel admirable début de nouvelle année ! Un bal avec de la musique et des chandelles, du vin et des habits de soie ! Ah, elle voulait être belle ce soir-là, plus ravissante et séduisante que jamais. Car Richard viendrait et, en la voyant, il faudrait que, subjugué, il cesse de se poser des questions. Elle regarda par la fenêtre la neige tomber continûment. L'espoir qui germait en elle depuis des semaines et des mois devint certitude. Elle n'avait que seize ans et, quoi qu'il se soit passé précédemment, aussi cruel que cela ait été, sa confiance en elle et en son destin n'en avait pas été détruite.

Il ne restait qu'une semaine pour tout préparer. Les deux hommes se tenaient habilement à l'écart, ne se montrant qu'à l'heure des repas et le soir. Les domestiques nettoyèrent le château de fond en comble, décorèrent la salle de bal, disposèrent des chandelles, brossèrent les tapis, montant et descendant les escaliers, bavardant du matin au soir. Certains d'entre eux aidèrent les jeunes femmes à préparer leurs vêtements. Luzia donna à Margareta une grosse pièce de soie d'un bleu-vert lumineux.

— Elle est pour toi afin que tu sois particulièrement jolie pour ton premier bal. Il y a longtemps que je l'ai achetée, mais elle me ferait paraître trop pâle. Toi, elle devrait t'aller à merveille.

— Je ne peux pas accepter, protesta Margareta, tu devrais, avec ce tissu, confectionner une robe pour toi-même.

— Oh non, ce n'est vraiment pas la couleur qu'il me faut. J'aurais l'air d'un fromage là-dedans. Toi, elle te va parce que tes yeux brillent autant que la soie. Et puis, avec les cheveux blonds que tu as !...

Margareta se laissa bien sûr facilement convaincre. Jamais elle n'avait possédé de soie si belle et si délicate. S'en étant drapée, elle ne cessait de sautiller devant le miroir. Luzia avait raison, la couleur lui allait bien et mettait en valeur le brillant de ses yeux. Dans une robe coupée dans ce tissu, aucune femme ne lui arriverait à la cheville !

— Oh, comme je te remercie, Luzia, s'écria-t-elle en embrassant son amie. Qu'aurais-je fait sans toi ?

La pièce à couture devint, les jours suivants, le principal lieu de séjour des jeunes femmes. Un feu vif brûlait dans la cheminée. Des tissus, des fils dorés, des éventails et des foulards de soie traînaient un peu partout, et, au milieu de ce désordre, quelques bonnes, assises sur de petits tabourets, cousaient, riaient et bavardaient. La couturière, spécialement venue de Prague, les pressait infatigablement et repérait d'un œil vigilant le moindre point de travers. Margareta, Luzia et Sophia passèrent des heures sur leur tabouret à subir des essayages, les cousettes ne cessant de leur faire quitter les robes, les reprenant, les leur faisant enfiler de nouveau. Elles supportèrent l'épreuve malgré l'air confiné de la pièce, si bien que les habits de bal furent effectivement prêts la veille du 31 décembre. Pour finir, Margareta borda elle-même son décolleté de galons d'or et Luzia promit de lui prêter un bijou en or et en turquoises dont elle avait hérité.

14

En se mettant au lit, ce soir-là, Margareta se dit que plus rien ne pouvait aller de travers. Et comme toujours, ses dernières pensées avant de s'endormir furent pour Richard.

La dernière journée de l'année 1620 avait été claire et ensoleillée. Si on avait considéré ce temps magnifique comme augurant de l'année nouvelle, l'espoir d'heures plus heureuses aurait été grand. Au réveil, Margareta ouvrit aussitôt la fenêtre pour respirer l'air glacial, tant la certitude de vaincre la plongeait dans l'excitation ! Elle se demandait comment elle allait pouvoir attendre jusqu'au soir. Au cours du petit déjeuner, elle dut supporter quelques taquineries visant sa joyeuse fébrilité.

— On dirait un enfant la veille de son anniversaire, dit Julius. Eh bien, Margareta, seriez-vous déjà impatiente ?

— Serais-je sinon dans un tel état d'excitation ? répondit-elle en riant. Ah, si seulement c'était déjà le soir !

— Il est étonnant que tant de personnes aient accepté notre invitation en dépit de la dureté des temps, remarqua Friedrich.

— C'est justement parce que les temps sont durs, affirma Sophia. Tout le monde espère que l'année nouvelle sera heureuse.

— Pourvu que les hommes ne discutent pas de politique pendant toute la soirée, souhaita Luzia. Friedrich et Julius, ayez l'amabilité de les en empêcher !

Tous deux promirent d'essayer. Luzia alla voir dans la cuisine où en étaient les préparatifs. La nourriture n'était pas aussi plantureuse que d'ordinaire en pareille circonstance, car, en cet hiver, certaines denrées de luxe n'étaient pas disponibles, même pour les gens riches, la cuisinière avait néanmoins confectionné avec adresse quelques mets de choix.

Margareta et Sophia montèrent à l'étage pour mettre la dernière main à leur garde-robe. Margareta caressait le bijou aux turquoises que Luzia avait déposé dans sa chambre. Fasse le ciel que ces parures l'aident à conquérir son Richard ! Sophia lui sourit affectueusement.

— Es-tu heureuse de ce bal ?

— Je suis tellement contente ! répondit Margareta. Je n'ai jamais vu une pareille splendeur, vécu tant d'émotions !

— Oui, tu es encore jeune, remarqua Sophia avec un peu de nostalgie. Quand j'avais seize ans, chacun des bals auxquels je prenais part me paraissait le moment le plus brillant de ma vie. Regarde-moi à présent !... dit-elle en se plaçant devant le miroir et en faisant la grimace. Vingt et un ans et mariée ! Je peux te l'assurer, les choses deviennent tout de suite moins passionnantes. Je ne peux plus jeter d'œillade aux hommes jeunes et flirter à ma guise en me moquant des regards courroucés des vieilles dames. Je danse avec mon mari, et peut-être un ou deux messieurs dignes m'inviteront-ils. Le reste du temps, je serai dans mon coin avec d'ennuyeuses matrones !

Margareta ne put s'empêcher de rire en entendant son amie s'exprimer avec un désespoir aussi comique, mais celle-ci finit par rire elle aussi.

— Eh bien, en tout cas, c'est bon d'être jeune ! Tu pourras danser autant que tu voudras et flirter à ta guise… tout en ayant la délicieuse impression d'être une débauchée ! Ah, Margareta, profite de cette soirée, profite de ta liberté !

— Tu sais, je préférerais être à ta place, répondit son amie, le visage soudain songeur. Tu as une existence assurée, tu sais toujours exactement où est ta place. Tu es passée de la sécurité de ta famille à celle du mariage, et tu ne peux même pas t'imaginer ce que signifie de n'avoir personne pour te protéger, personne sur qui s'appuyer !

— Oh ! Margareta, s'exclama Sophia qui prit son amie dans ses bras avec une tendresse inhabituelle, tu ne remarques donc pas combien nous t'aimons ? Pour nous tous, tu es comme une sœur ! Mets-toi bien dans la tête que ce ne sont pas seulement les liens familiaux ou un mariage le plus souvent arrangé par d'autres qui t'assurent l'amour et la sécurité. C'est toi qui forgeras ta propre existence avec les qualités qui sont les tiennes, pour les buts que tu te seras fixés. Et c'est ainsi que tu te feras des amis pour la vie !

— Je le sais, Sophia. Mais je t'en prie, comprends donc que je voudrais avoir quelque chose qui m'appartienne entièrement, un mari, des enfants. Je veux une famille que personne ne puisse me prendre, répliqua Margareta qui, après avoir regardé au-dehors la mine grave, retrouva soudain le sourire. J'y arriverai et je ne serai plus jamais sans patrie. J'ai si bon espoir pour l'année qui vient. Peut-être déjà pour cette nuit. Avec cette merveilleuse robe…

Sophia la considéra d'un air amical mais un peu dubitatif.

— Margareta, dit-elle avec prudence, je te vois si heureuse, si pleine d'espoir. Je ne voudrais pas te décourager, j'aimerais tout de même savoir… ce n'est pas Richard sur qui tu fondes tes rêves et tes projets, j'espère ?

Venant de quelqu'un comme Sophia, la question avait été posée de manière extraordinairement prudente, ce qui n'empêcha pas Margareta de sentir monter en elle une violente irritation. Son visage se ferma.

— Je ne vois pas pourquoi t'est venue une telle idée, lança-t-elle, je t'ai pourtant dit que je veux oublier Richard.

— J'espère que c'est vrai.

— Sophia, ne t'inquiète pas. Si je suis heureuse de cette soirée, ce n'est pas à cause de Richard, mais uniquement parce que c'est mon premier bal !

— Bon, eh bien, je te crois.

Le visage de Sophia montrait clairement qu'elle n'en croyait pas un mot.

— Je vais à présent prendre un bain, déclara-t-elle, et, Margareta, ce n'était pas suspicion de ma part, seulement une mise en garde !

La porte se referma derrière elle, tandis qu'on entendait ses pas s'éloigner. Margareta resta un instant les yeux perdus dans le vague, perplexe, puis elle rejeta la tête en arrière d'un geste si brusque que ses cheveux qu'elle avait relevés sans les attacher lui retombèrent sur les épaules.

— Oh non, dit-elle tout haut, je ne me laisserai ni régenter ni décourager !

Prenant appui sur le plateau de sa coiffeuse, elle posa le front contre la glace du miroir. Elle vit ses yeux brillants dans l'ovale pâle et délicat de son visage, ses cheveux blonds. Elle trouva que devenir adulte était merveilleux, soudain consciente que son corps et sa beauté représentaient des armes extraordinaires, des armes invincibles. Elle n'enviait les autres filles de son âge que pour une raison : chaque bal serait pour elles, des années durant, un simple jeu plaisant, tandis que, pour elle-même, celui de ce soir représenterait une obligatoire bataille désespérée. Mais elle refoula aussitôt ce genre de pensées pour ne plus que se réjouir du grand et imminent événement.

Le soir arriva finalement plus vite qu'ils ne s'y attendaient. Le crépuscule tomba sans bruit sur la campagne environnante, tandis que la résidence s'illuminait soudain, d'innombrables chandelles et bougies projetant leur lumière jusque dans le parc. À ceux qui s'approchaient dans la neige profonde, le château apparaissait comme un somptueux îlot de chaleur en plein cœur de la nuit glaciale.

Margareta se tenait devant son miroir, tremblante de joie et d'excitation. Lisa, sa bonne, venait de l'aider à passer sa robe, tirant à petits coups sur quelques plis pour les faire disparaître, avant de reculer d'un pas, les mains jointes, extasiée.

— Un ange, murmura-t-elle, un ange en personne !

Lisa était prompte à s'enflammer pour tout ce qui brillait et étincelait, mais cette fois, oublieuse de toute modestie, Margareta partagea son enthousiasme. La robe était ravissante, parfaitement accordée à l'humeur qui était la sienne en cet instant : lumineuse, fastueuse, généreuse et resplendissante, elle soulignait la minceur de la taille, mettait en valeur la régularité des épaules et la rondeur des bras. Elle reflétait la nervosité de la jeune fille, ses rêves agités. Nombreuses étaient les femmes qui, à l'occasion des fêtes, disposaient dans leur chevelure de fausses nattes ou de fausses boucles, voire portaient des perruques poudrées. Margareta, qui avait les cheveux longs et drus, préférait renoncer à ces artifices. Penchant la tête à moitié pour vérifier de côté l'état de sa coiffure, elle eut un sourire de satisfaction. Au même instant, Sophia entra dans la pièce, magnifique dans sa robe de satin d'un rouge vif, dont le haut lui moulait la poitrine, tandis que la jupe, très évasée, se prolongeait par une traîne. Un foulard de soie jaune, transparent, posé sur les épaules, mettait en évidence la profondeur du décolleté. Elle portait un collier en or avec un pendentif plat orné d'une pierre d'un noir aussi ardent que celui des yeux de sa propriétaire.

— Que tu es belle, Margareta ! Attends, je vais te mettre tes bijoux.

Se plaçant derrière son amie, elle lui passa le collier autour du cou et lui enfila les bracelets et les bagues. Elles entendirent alors un tintement de cloches à l'extérieur du château.

— Un traîneau ! s'écria Lisa au comble de l'excitation. Les premiers invités arrivent !

— Oui, nous descendons tout de suite. J'espère que Luzia est prête. Elle…

Mais, avant que Sophia ait pu terminer sa phrase, Luzia entra en coup de vent dans la pièce, nerveuse comme Margareta ne l'avait que rarement vue. L'exaltation lui avait donné des couleurs, ce qui lui allait bien, et elle était fort élégante dans une robe d'un gris argenté discret.

— Nos premiers hôtes sont là ! s'écria-t-elle aussi surexcitée que Lisa à l'instant. Descendez vite. Julius et Friedrich attendent déjà dehors !

Margareta lissa une dernière fois sa robe et prit son éventail. Luzia la regarda, admirative.

— Vraiment, Margareta, tu es…

— Oui, elle est la plus belle ce soir, l'interrompit Sophia. Nous allons devoir la surveiller !

Elles descendirent l'escalier, leurs traînes froufroutant contre les marches. On entendait de la musique dans la salle de bal, des voix et des rires dans le hall d'entrée.

Margareta n'aurait pu rêver de cadre plus prestigieux pour son premier bal. De nombreuses familles de la bonne noblesse protestante de Bohême avaient répondu à l'invitation, et, avec leurs superbes habits, leurs bijoux précieux et leurs fiers sourires, elles étaient un vivant défi aux malheurs de l'année écoulée. Quelques-unes des familles dont des membres étaient tombés sur la Montagne Blanche n'étaient pas venues, mais toutes celles qui étaient là avaient eu à souffrir des pillages et des humiliations. Ainsi s'expliquait que tous ces gens paraissaient avancer la tête haute comme jamais, bavardant, riant et dominant la douleur encore visible dans leurs regards. On aurait dit qu'ils étaient en représentation, jouant une grande fête de triomphe en ce dernier jour de l'année 1620. Jeune et naïve comme elle l'était, Margareta contemplait d'un œil ravi le brillant de cette noble société, prenant pour argent comptant chaque mot prononcé, tenant pour vrais chaque regard, chaque rire. Elle ne comprenait pas, et ne pouvait comprendre, qu'elle assistait en cette soirée à une tragédie. Si elle avait prêté une oreille plus attentive aux conversations, elle aurait entendu parler de menaces de dépossessions, d'arrestations et de procès, de dissolution des États de Bohême. Elle aurait pris conscience qu'une société sur le point de s'écrouler prenait ici congé en une fête aussi somptueuse que désespérée. Les êtres venus ce soir-là savaient qu'ils ne tarderaient peut-être pas à devoir se renier, eux et leurs idéaux, pour survivre. Margareta, entourée de chandelles et de musique, tremblait d'émotion. Ses amis et elle avaient leur place au fond de la salle, où ils accueillaient les participants au bal. L'aboyeur, à chaque nouvel arrivant, frappait le sol d'un lourd bâton doré, annonçant son nom d'une voix forte. Les flûtes et les chalumeaux jouaient alors un air entraînant, et tous les regards se tournaient vers la porte. Les invités, objets d'une observation impitoyable masquée sous une apparence d'intérêt fugace, s'avançaient vers leurs hôtes, foulant un long tapis rouge. On échangeait salutations et compliments chaleureux. Margareta prit note avec plaisir qu'elle ne passait pas inaperçue. De nombreux membres de cette société ne l'avaient encore jamais vue et la trouvaient d'une beauté remarquable. Les hommes la regardaient d'un air admiratif, les femmes chuchotaient et faisaient des messes basses, se demandant qui était cette inconnue. Elle était présentée comme une cousine de Friedrich et Luzia, originaire du Palatinat et en visite pour quelques mois chez ses parents. Nul ne devait apprendre qu'elle était bavaroise et catholique. Elle trouvait amusant de jouer un rôle, tentant de conférer à sa physionomie une expression mystérieuse. Il ne lui échappa pas qu'elle trouverait toute la soirée de nombreux admirateurs. Pourtant le seul dont elle guettait vraiment l'arrivée n'avait toujours pas fait son apparition. Tout le monde était là ou presque, quand les noms tant attendus résonnèrent :

— Le baron et la baronne von Tscharnini ! Le baron Richard et Mlle Marie von Tscharnini !

Le rideau rouge barrant l'entrée fut tiré de côté pour laisser le passage au couple le plus élégant de la fête.

Le baron et la baronne étaient tous deux vêtus de noir, une couleur qui donnait à Ludwig l'apparence de la témérité, à Caroline celle de la séduction. Ils restèrent immobiles un instant, secondes que Caroline mit à profit pour adresser à toute l'assemblée un gracieux sourire, puis ils avancèrent majestueusement vers le bout de la salle entre des rangées de spectateurs. Richard et Marie, côte à côte, les suivaient. Marie portait une robe jaune citron un peu trop luxueuse pour son âge. Elle faisait de toute façon pâle figure à côté de son frère. Richard était d'une beauté à couper le souffle dans une chemise de soie blanche, sur laquelle il portait une veste de velours vert foncé dont les manches bouffantes étaient ornées de motifs brodés rouges et dorés. Un large col de dentelle lui recouvrait les épaules, tandis qu'une écharpe de soie d'un rouge vif soulignait la minceur de sa taille. Il avait sur le visage une expression de gravité qui tranchait avantageusement avec le maintien affecté de ses parents. Une lueur passa dans les yeux de toutes les jeunes filles. Margareta sentit son cœur se mettre à battre plus vite et plus fort ; elle avait les yeux rivés sur les siens, comme fascinée. Ses sentiments pour lui, elle le savait à présent très clairement, n'avaient rien perdu de leur force. Aujourd'hui comme en cette lointaine journée d'été quand il l'avait surprise au bain et qu'il l'avait hissée hors du ruisseau, il était son unique amour. Beaucoup de choses avaient changé entre-temps, pas ce qu'elle ressentait à son égard !

Ludwig et Caroline s'approchèrent. La baronne salua Friedrich, Luzia et Julius, puis tendit la joue droite à sa fille pour qu'elle lui donne un baiser.

— Comme tu as bonne mine, ma chérie, dit-elle avec tendresse.

— Merci. Vous êtes également très belle, mère, répondit Sophia poliment mais sans chaleur.

Caroline se tourna vers Margareta avec un sourire plus marqué encore.

— Vous êtes toujours chez nous ?

— Je bénéficie de l'hospitalité des Lekowsky.

— Comme je suis heureuse de vous revoir. Je vous croyais retournée depuis longtemps dans votre pays !

Et vous auriez préféré de loin qu'il en soit ainsi, eut envie de lui répondre ironiquement Margareta. Elle se tut cependant, se contentant d'une révérence. Quand elle releva les yeux, Richard se tenait devant elle. Lui prenant les deux mains, il s'inclina et la regarda. Elle ne put articuler un seul son ; seules ses lèvres, par habitude, esquissèrent un sourire. Ils étaient tout près l'un de l'autre ! Elle eut envie de fermer les yeux et de se laisser aller contre lui. Elle aurait voulu faire preuve de gaieté, de vivacité et d'esprit en cette soirée pour l'ensorceler. Mais elle pressentit qu'elle en serait incapable, incapable de feindre en sa présence. Son amour pour lui était sans bornes, et elle n'avait même pas besoin de le lui dire, cela se lisait sur son visage.

— Comme tu es belle ce soir, dit-il tout bas, encore plus belle que dans mon souvenir.

— Tu t'es souvenu de moi ? demanda Margareta sans coquetterie.

— Tous les jours. J'aurais voulu te revoir à Prague, mais je n'ai pas osé te rendre visite. Tu…

— Richard ! intervint alors Caroline. Richard, tu dois saluer les autres invités !

— J'arrive ! dit-il en s'inclinant devant Margareta. Excuse-moi. Nous nous reverrons au cours de la soirée.

Il disparut dans la foule. Margareta le suivit du regard, bouleversée au plus profond d'elle-même. Elle tressaillit quand Sophia surgit à ses côtés.

— Tu as l'air complètement retournée, chuchota cette dernière, et je sais bien pourquoi. Margareta, si cette soirée est pour toi une torture, il vaut mieux que tu te retires. Personne ou presque ne s'en apercevra à l'heure qu'il est.

— Me retirer ? demanda Margareta en riant. Pourquoi donc ? Je veux danser toute la nuit.

— Et moi, je voudrais que tu ne perdes pas la raison et fasses ou dises quelque chose que tu regretterais plus tard.

— Si tu avais cette crainte, tu aurais pu y réfléchir avant !

— Je ne savais pas que tu étais encore…

Au grand soulagement de Margareta, Sophia ne put terminer sa phrase car la première danse commençait. Un jeune homme s'avança précipitamment vers Margareta.

— M'accorderez-vous cette danse ?

— Mais oui, très volontiers !

Sans un regard pour Sophia, elle s'éloigna au bras de son cavalier.

La salle de bal avait un air de fête particulier en cette soirée. Tous les tapis, y compris le rouge ayant servi à l'accueil, avaient été retirés pour permettre aux couples d'évoluer librement sur le sol en marbre. Les murs étaient tendus de fines tapisseries aux couleurs vives représentant des scènes de chasse et de danse. Du haut d'énormes lustres, des centaines de chandelles éclairaient l'assemblée. Des fauteuils au capitonnage de velours étaient disposés tout autour de la pièce ; de dignes matrones y étaient assises, regardant danser les jeunes gens, chuchotant entre elles à leur sujet, dissimulées derrière leurs éventails ornés de bijoux. Les musiciens avaient pris place sur une espèce de balcon avec leurs instruments, harpes, luths, violes, flûtes et tambours. Une épinette et des hautbois jouèrent une pavane, la danse de salon espagnole ouvrant chaque bal. Les danseurs, pleins de gravité, tournaient autour de leur partenaire au rythme de la musique, se touchant de temps à autre du bout des doigts, faisant une courbette ou une révérence. Les couples se défaisaient et se reformaient sans arrêt. Ensuite, quand vint le tour de la gaillarde, plus animée, l'ambiance se réchauffa. De nombreux invités qui n'avaient pas eu l'occasion de se saluer se rattrapaient bruyamment. Margareta tournoyait d'un danseur à l'autre. Elle vit une douzaine de visages d'hommes qui lui plurent, et, plus d'une fois, des bras lui enserrèrent la taille plus étroitement que nécessaire. Elle trouvait ce jeu merveilleux, et il n'y avait pas de rire plus radieux que le sien. Il arriva un moment où la danse les réunit, Richard et elle. Il la regarda avec autant de sérieux que précédemment ; elle-même sentait son sourire se défaire chaque fois qu'ils s'effleuraient. Mais avant qu'elle ait pu dire quoi que ce soit, ils furent de nouveau séparés.

Quand la musique cessa, tous les couples initiaux s'étaient reformés. Margareta lança un discret regard de côté pour voir qui Richard avait invité. C'était une très jolie fille aux cheveux cuivrés, aux yeux bleus et au visage délicat. Tournée vers lui, elle lui dit quelque chose en cet instant précis, ce à quoi il répondit avec un sourire. Margareta eut le sentiment désagréable qu'il existait entre eux deux une certaine intimité, mais elle s'empressa de se dire que ce n'était qu'une fausse impression due à sa jalousie. Il ne fallait pas qu'elle se crispe. Elle avait en effet observé d'autres femmes dont les visages, sous l'effet de la jalousie, s'étaient émaciés et enlaidis. Elle ne voulait pas rôder dans la salle comme une ombre aux aguets, elle devait conserver à ses traits leur fraîcheur et leur jeunesse. C'est ainsi que, durant les premières heures du bal, elle cessa de prêter attention à Richard, ne manquant pas une danse, buvant du vin, bavardant et riant. Elle donnait à chacun des hommes avec qui elle conversait l'impression qu'elle le trouvait incroyablement attirant. L'éclat inhabituel qui l'entourait et la proximité de Richard la faisaient paraître avide de vivre, exactement comme elle l'avait désiré. Mais, simultanément, elle avait la sensation bizarre d'être étrangère à elle-même, comme si son vrai moi, sa raison et son âme, se trouvait en dehors d'elle, observant avec une étonnante objectivité les êtres et les événements. Elle vit très nettement que Caroline faisait des messes basses avec Ludwig en regardant dans sa direction et que Marie la toisait avec mépris. Elle perçut de l'inquiétude dans les yeux de Sophia, une tension curieuse chez Luzia, de l'insouciance chez Friedrich et Julius. Elle remarqua aussi que Richard ne la quittait pas des yeux, sans toutefois parvenir à interpréter son comportement. Elle se trouvait dans un état inhabituel qu'elle ne comprenait pas. Elle avait même parfois l'impression que la musique mettait entre elle et le reste de l'assemblée comme un rideau de bruit.

Quelle nuit, se dit-elle, *ah, je crois que j'ai trop bu et dansé trop vite.*

Elle décida de se reposer quelques minutes et, fendant la foule, gagna un banc près d'une fenêtre. Un peu d'air froid traversait les volets fermés et les rideaux, et elle poussa un soupir de soulagement. La tête lui avait véritablement tourné durant les dernières minutes. Elle retrouva lentement ses esprits. Elle vit, dans la salle,

Richard debout à côté de la jeune fille aux cheveux cuivrés et d'un homme d'un certain âge. Mais, l'instant d'avant, il avait encore jeté un œil dans sa direction, elle en était certaine. Elle entendit soudain quelqu'un s'éclaircir la voix tout près. Un jeune homme se tenait devant elle, elle avait dansé avec lui, mais elle ne se rappelait plus son nom. Elle lui sourit amicalement.

— Ah, dit-elle, quel plaisir de vous revoir !

— Puis-je m'asseoir auprès de vous ? demanda-t-il et, Margareta ayant acquiescé de la tête, il prit place en lissant de la main ses cheveux soigneusement bouclés. Vous savez, je vous ai observée toute la soirée. Vous n'êtes pas passée inaperçue. Votre maintien est si différent de celui des autres dames !

Margareta haussa ironiquement les sourcils.

— Voulez-vous dire que je me serais mal comportée ?

Il fit un geste de dénégation.

— Non, Dieu m'en préserve, dit-il effrayé, au contraire. Vous êtes la plus ravissante de toutes !

Elle avait un peu de mal à suivre ce qu'il disait et maudit en silence le vin qu'elle avait bu. Pourquoi cette soirée était-elle si étrange ? Richard était là-bas, mais voilà qu'il conversait avec une autre dame.

— Il va être minuit.

Elle se tourna vers son voisin.

— Oui, dit-elle, et on entrera dans une nouvelle année.

— L'année 1621. Je suis toujours si rempli d'espoir quand débute une année nouvelle. Est-ce la même chose pour vous ?

— Oui, bien sûr.

Elle vit le baron confier quelque chose à Friedrich, sur quoi celui-ci adressa un signe de la tête aux musiciens. Ils terminèrent le morceau qu'ils étaient en train de jouer, puis les instruments se turent. Le brouhaha, sans son bruit de fond, résonna de manière bizarre. Les invités cessèrent leurs conversations, on entendit le rire bruyant d'une femme.

— Pouvez-vous imaginer que nous nous voyions de temps en temps en cette nouvelle année ? Si vos proches vous le permettent, je serais enchanté de vous faire connaître les environs de Prague. Me feriez-vous cette joie ?

— Certainement, oui. Puis, regardant son voisin, elle interrogea : Pourquoi la musique cesse-t-elle ?

— Je l'ignore. Mademoiselle von Ragnitz, vous avez sans doute encore un peu de peine à vous sentir chez vous en Bohême, n'est-ce pas ? Je me disais que vous auriez peut-être plaisir à trouver quelque compagnie pendant votre séjour ici. Bien entendu, vos parents prennent à coup sûr grand soin de vous. Mais vous n'avez certainement pas encore fait beaucoup de nouvelles connaissances ?

— Non...

— Vous n'avez dû jusqu'ici vivre et endurer pratiquement que la peur et des horreurs. Je... j'aimerais vous aider à oublier tout cela...

Ludwig traversa la salle jusqu'à une estrade où trônaient deux énormes vases contenant des fleurs en soie. Tous les regards convergèrent sur lui.

— Pourrai-je donc vous rendre visite quand vous serez revenue à Prague ?

Le jeune homme regarda sa voisine dans l'attente d'une réponse, mais elle n'avait pour ainsi dire rien enregistré de ses boniments. Elle se leva.

— Je crois que le baron von Tscharnini désire annoncer quelque chose, remarqua-t-elle, avançons-nous un peu afin d'entendre.

Son admirateur manifesta son accord.

— Mais vous réfléchirez à ma proposition, n'est-ce pas ? insista-t-il.

— Je vous le promets.

Se faufilant à travers la foule, elle parvint presque au premier rang. Le baron s'éclaircit la voix :

— Mes chers amis ici rassemblés, je ne voudrais bien entendu pas interrompre longtemps cette joyeuse animation et je sais aussi qu'il n'est pas d'usage de rendre publiques, à l'occasion de fêtes organisées par d'autres, des affaires... d'ordre privé. Mais l'idée que nous ne serons pas de sitôt à nouveau réunis m'a amené à solliciter de notre hôte si large d'esprit l'autorisation de m'adresser à vous. Je le fais pour une raison à la fois belle et émouvante. S'interrompant un instant, il lança un regard vers son épouse qui lui fit, en souriant tendrement, un signe d'approbation. Eh bien, reprit-il, je voudrais, quelques minutes avant minuit, vous faire part d'une heureuse nouvelle qui, pour ma famille et moi-même, inaugurera de manière éclatante la nouvelle année.

— Le baron fait durer le plaisir, chuchota à son mari une femme à côté de Margareta. Il n'aime rien tant que placer les Tscharnini au centre de l'attention.

— Mais ils s'arrangent aussi toujours pour créer l'événement. Je me demande ce que ça va être cette fois !

— J'ai la grande joie, dit Ludwig avec emphase, de vous annoncer les fiançailles de mon fils Richard avec Mlle Theresia von Makowitz !

Il avait usé d'un ton si pathétique que, dans un premier temps, personne ne dit mot. Ensuite, il y eut toute une série de réactions diverses et simultanées. Une intense rumeur s'éleva, d'où émergeaient des remarques pleines d'envie, d'émotion ou d'ironie.

— Dieu du ciel ! Richard von Tscharnini tourne le dos aux douceurs de l'existence ! Quel malheur pour les femmes de Bohême !

— Mais comment cette petite Theresia s'y est-elle prise ?

— Il va enfin se ranger ! tel fut le commentaire soulagé d'un homme parmi les présents.

— Ma foi, à la place de la demoiselle j'y regarderais à deux fois ! Quelqu'un comme Richard ne sera jamais fidèle !

La jeune fille aux cheveux cuivrés vint se placer au côté de Richard et chacun put deviner qu'elle était l'élue tant elle le regardait avec tendresse.

Margareta se sentit horriblement mal, au point qu'elle crut qu'elle allait s'arrêter de respirer. Elle percevait un vague brouhaha, mais elle remarqua très nettement qu'elle était le centre d'attraction de nombreux regards, que sept paires d'yeux épiaient la moindre de ses réactions. Elle vit le triomphe froid de Caroline, le sourire victorieux de Ludwig, la joie mauvaise de Marie, la stupéfaction sur le visage de Sophia, une profonde compassion chez Friedrich et Julius. La salle se mit à tourner autour d'elle. Et elle sentit soudain que Richard la regardait, comme lui demandant pardon. Elle eut envie de vomir, l'humiliation et la révolte montèrent en elle. Durant ces quelques instants, l'horreur provoquée par l'annonce des fiançailles passa au second plan, si grande était la torture de devoir rester exposée à la curiosité. Elle se demandait comment elle allait pouvoir la supporter quand l'attention générale se porta sur Luzia qui, le visage de cendre et les lèvres décolorées, s'effondra, évanouie.

— Ciel, vite, un flacon de sels !

Il y eut une bousculade autour de la jeune femme inconsciente. Sans plus réfléchir, Margareta profita de l'occasion. En quelques pas, elle fut à la porte et s'enfuit dans l'obscurité du couloir.

Elle se retrouva dans la fraîcheur et le calme. Les voix ne lui parvenaient plus que sous forme d'un murmure assourdi, et une seule chandelle était allumée. Margareta s'appuya contre un pilier. Couverte de sueur de la tête aux pieds, elle tremblait encore et avait les mains gourdes. Elle ne reprit ses esprits que peu à peu. La soirée qu'elle avait vécue dans un état second volait en éclats, en autant de dures et évidentes réalités. La salle brillamment éclairée, la musique sonore et la multitude des voix n'étaient plus qu'un souvenir douloureux. La vivacité des mouvements avait fait place à l'étourdissement et le vin, si délicieux un instant auparavant, n'avait plus laissé en elle qu'un arrière-goût fade et amer à la fois. Elle avait mal à la tête. Combien ces dernières minutes avaient été atroces ! Les coups d'œil indiscrets, la dérision, la pitié. Richard était fiancé, perdu à jamais. Sa faculté de penser se réduisait à peu de chose : fiancé et perdu à jamais ! Mon Dieu, était-il possible qu'elle ait dansé et ri, confectionné une robe et forgé des projets, qu'elle ait nourri des espoirs à un moment où tout était déjà arrêté ? Qu'après ce qui s'était passé l'été dernier elle ait eu la sottise de se contempler, triomphante, dans son miroir et de croire à l'invincibilité du rire et de la beauté ? Aveugle, elle avait de surcroît commis la maladresse de ne pas mieux cacher son dessein. De Sophia à Caroline, chacun savait à quoi était destiné tant d'éclat ; tous se délectaient à présent de sa défaite. Et Richard, son Richard, en avait été le témoin. Sa pitié devait l'avoir accompagnée toute la soirée au spectacle de ses efforts, sachant ce qui allait advenir peu avant minuit.

Minuit ! Margareta tendit l'oreille. Le tintement clair des cloches de la chapelle lui parvint, annonçant le début d'une nouvelle année, une année froide, glaciale, impitoyable. Elle aperçut par une fenêtre un ciel noir aux innombrables étoiles scintillantes et, au-dessous, le blanc lumineux de la neige gelée. Elle faillit obéir à l'envie de partir en courant dans la campagne aussi loin que ses pieds la porteraient. Elle entendit alors des pas dans le couloir. Une jeune fille et un homme, main dans la main, chuchotaient en riant. À la vue de Margareta, ils se lâchèrent la main, effrayés.

— Beaucoup de bonheur en cette nouvelle année ! lancèrent-ils.

Du bonheur ! Margareta passa sa langue sur ses lèvres sèches.

— Bonne et heureuse année ! répondit-elle d'une voix rauque.

Le couple la regarda avec surprise puis sortit dans le parc par une petite porte. Des voix se firent aussi entendre de l'autre côté du couloir. L'heure semblait arrivée où les amoureux quittaient la salle à la recherche de coins tranquilles. Elle devait partir de là, ne pas se faire remarquer et encore moins avoir à répondre à des questions. Elle grimpa, hors d'haleine, les marches qu'elle avait descendues quelques heures plus tôt, souriante et fière. Pourvu qu'elle ne rencontre personne ! Le corridor du premier étage était vide. Entrée dans sa chambre, elle constata avec soulagement que Lisa n'était pas là, qu'elle était seule. Seule Lilli, sa chatte, couchée sur le lit, leva la tête et se mit à ronronner. Margareta s'effondra à côté d'elle dans les oreillers et, la prenant à deux mains, se cacha le visage dans sa fourrure. Le désespoir s'abattit alors sur elle, toute la douleur de cette dernière et définitive défaite.

15

Seulement vêtue d'une robe de chambre froissée, Margareta, pâle, les cheveux ébouriffés, se tenait debout au milieu de la chambre de Sophia. Ses yeux rougis étincelaient de colère. D'une voix froide, haineuse, elle lançait accusation sur accusation contre son amie.

— Tu le savais ! Ne mens pas, je sais que tu le savais ! Avoue-le !

Sophia était appuyée à côté de la fenêtre, elle aussi non encore habillée. L'air las, elle ne tentait pas d'interrompre Margareta. Elle regardait de temps à autre en direction de Luzia assise sur le lit, muette, les yeux perdus dans le vague, qui ne sursauta qu'en entendant Margareta s'en prendre soudain à elle.

— Et toi aussi, tu le savais ! Ton évanouissement était certes bien simulé, mais tout ça ne fut pas pour toi une surprise !

Luzia fondit en larmes.

— Je n'en avais pas la moindre idée, se défendit-elle. Nous l'ignorions tous.

— Je me doutais que ma mère comptait marier Richard aussi vite que possible, remarqua Sophia, mais pourquoi en parler sans en être sûre. Et, pour ce qui est de Luzia, je te jure qu'elle ne savait rien de rien.

— Toute la soirée, je ne me suis pas sentie bien, confirma Luzia, et puis soudain cette émotion…

— En tout cas, dit Sophia, Luzia est maintenant au courant pour Richard et toi.

Prenant lentement conscience de l'absurdité de ses accusations et honteuse d'avoir, contrairement à sa promesse, trahi son secret, elle s'affala sur une chaise, la tête entre les mains. Sa colère tombée, elle s'effondra et se sentit misérable. Elle avait passé une nuit de désespoir, entrecoupée de crises de larmes, où s'étaient succédé des assoupissements et des retours désolés dans une réalité atroce, des nausées et des maux de tête. La musique, assourdie, parvenait jusque dans la chambre obscure et, quand les domestiques avaient accompagné les invités aux traîneaux, la première clarté filtrait déjà par la fenêtre. À un moment quelconque de la nuit, Sophia avait timidement frappé à la porte et demandé à entrer. Margareta était restée couchée, les yeux rivés sur le verrou qui avait un peu bougé mais ne s'était pas ouvert. Elle avait écouté les pas s'éloigner puis s'était rendormie. À son réveil, un pâle soleil d'hiver éclairait la pièce. Se relevant pesamment, elle avait jeté un œil dans le miroir et soupiré. Elle avait ôté d'un geste las sa belle robe et retiré de ses cheveux les roses chiffonnées. Elle ne voulait plus voir sur elle ces objets dans lesquels elle avait placé des espoirs insensés. Et, quand elle avait enfilé sa robe de chambre et serré la ceinture, elle avait à nouveau senti la rage bouillir en elle et, comme prise de folie, elle s'était ruée hors de sa chambre pour gagner celle de Sophia. Par chance, Julius était déjà sorti, pourtant, en cet instant, même sa présence n'aurait pas été en mesure de la retenir. Elle avait aussitôt apostrophé son amie :

— Pourquoi ne m'as-tu pas prévenue ? Pourquoi m'as-tu exposée à cet affront ?

Et elle était à présent prostrée sur une chaise, épuisée et confuse. Après son bruyant éclat, il s'était fait un calme étrange.

— Tu devrais aller dans ta chambre et t'allonger, finit par dire Sophia, tu n'as pas toute ta tête.

Margareta s'exécuta sans résistance. Elle se mit au lit où elle resta les deux jours suivants, sans presque rien manger ni boire, se rongeant les ongles jusqu'au sang. Elle ne reparut en bas que le troisième jour, pâle et amaigrie. Elle n'eut pas un mot pour évoquer les événements de la nuit du Nouvel An, les autres s'en abstinrent aussi. L'atmosphère était désormais si refroidie qu'ils ne tardèrent pas à reprendre la route pour Prague.

La ville, prospère et florissante jusqu'il y a peu, semblait totalement transformée. L'ennemi avait emporté tout ce qui avait quelque valeur, si bien que, dans les murs de Prague, on ne trouvait pratiquement plus une once d'or, plus un thaler d'argent. Plus d'une famille se retrouvait absolument sans ressources. La nourriture manquait cruellement, la campagne autour de Prague ayant été dévastée, les réserves englouties par les soldats ou délibérément détériorées. La Bohême vivait un rude et sinistre hiver.

Margareta séjournait toujours chez Luzia. Friedrich était maintenant là, lui aussi, si bien qu'elle se sentait plus importune que jamais. Il lui fallait trouver le chemin de l'indépendance, lui fallût-il pour cela, comme elle se le dit plus d'une fois de manière provocatrice, épouser le premier venu.

Cependant, en dépit de ses ennuis personnels, il lui était difficile de ne pas voir que, pour la Bohême, les temps difficiles n'étaient pas révolus. Comme si l'empereur Ferdinand voulait porter le coup de grâce à un adversaire vaincu depuis longtemps, il infligea à la Bohême un châtiment terrible. Inopinément, il fit arrêter, fin février, les rebelles protestants qui s'étaient fait particulièrement remarquer pendant le soulèvement. Une nuit, ses sbires se répandirent dans la ville, frappèrent à des douzaines de portes, exigeant brutalement qu'on leur ouvre et emmenant les malchanceux figurant sur leurs listes. Ces derniers furent conduits à la grande prison de Prague, la Tour blanche, et les cachots se remplirent les uns après les autres jusqu'à peu ou prou chasser leurs occupants habituels, les rats. Parmi ceux qui luttaient depuis des années pour la liberté de leur pays et de leur religion se trouvaient Richard et Julius. Margareta fut frappée de stupeur d'apprendre que ces deux hommes dont la jeunesse insouciante avait déjà été abrégée par les troubles politiques et la guerre se trouvaient maintenant enfermés dans une geôle glacée et crasseuse, promis à un sort peut-être plus cruel encore.

— Pourquoi eux deux ? cherchait-elle à comprendre. Pourquoi justement eux ?

— Ils furent des participants de la première heure, expliqua Sophia d'une voix trébuchante. Ils ont accompli des missions secrètes et cela s'est su. Tout n'est pas apparu au grand jour, car nous serions sinon déjà dépossédés de nos biens. Mais, hélas, comme je renoncerais volontiers à tout mon patrimoine si cela devait sauver mon mari ! Mon Julius, mon Julius, murmura-t-elle avec désespoir, cachant son visage entre ses mains.

— Richard est lui aussi…, intervint Margareta avec prudence.

Sophia se retourna et rétorqua avec violence :

— Mon frère ? Oh, qu'il aille au diable ! Je serais heureuse s'il sauvait sa peau, mais c'est véritablement un gredin et, de tous ceux qui sont en prison, c'est peut-être lui qui a le plus mérité la mort !

Ses compagnes l'ayant considérée d'un œil horrifié, elle souffla avec mépris, avant de quitter la pièce :

— Vous savez très bien que c'est la vérité, et notamment toi, Margareta !

Le printemps approchait à pas comptés et hésitants, mais rares étaient les Pragois disposés, en cette année, à saluer avec joie le retour de la douceur et la fonte des neiges. De trop nombreuses familles avaient leurs pensées exclusivement tournées vers la Tour blanche où croupissaient les leurs. En mars, un tribunal nommé par l'empereur se réunit sous la présidence de Karl von Liechtenstein, avec, parmi ses membres, de hautes personnalités, tels le comte de Tilly et le conseiller militaire impérial Albrecht von Wallenstein. Il était chargé de juger les rebelles et, un court instant, régna l'espoir qu'il ferait preuve de clémence. Mais il n'y avait en fait rien à attendre de lui. Le verdict fut transmis à Vienne et l'empereur le signa : tous les accusés auraient la tête tranchée.

La nouvelle ne fut pas réellement une surprise, même si cela n'adoucit en rien le désespoir des familles. Quelques-unes, ayant cherché à acheter la libération des leurs, se heurtèrent à un refus brutal, quand ce ne fut pas à des menaces. Les exécutions auraient lieu en juin, leur répondit-on, et elles feraient mieux d'être prudentes, car on n'en était pas à quelques condamnés de plus.

Ce fut la première fois que Margareta vit Sophia s'effondrer. Elle ne parlait pour ainsi dire plus, ne mangeait et ne buvait presque rien, regardait fixement devant elle, incapable de la moindre action. Au début, elle avait certes tout tenté en faveur de son époux, essayé de lui rendre visite, de lui faire passer de la nourriture, puis, après avoir été injuriée et offensée par les gardiens, elle restait comme paralysée.

— Il y a peut-être encore de l'espoir, lui dit un jour Margareta, les exécutions sont retardées, ce qui signifie que les responsables hésitent et…

Elle ne termina pas sa phrase, attendant une réplique qui ne vint pas.

— Tu ne penses pas, toi aussi, qu'ils sont en train de changer d'avis ? demanda-t-elle tout bas.

— Non, répondit Sophia.

Margareta avait de plus en plus l'impression de vivre un cauchemar. Comme hébétée, elle suivait le cours des événements tragiques. *N'y a-t-il donc rien qui soit bon, beau et susceptible de rendre heureux ?* se demandait-elle parfois. Elle était bloquée là, au milieu d'étrangers, seule, sans patrie. L'homme qu'elle aimait et qui ne serait jamais à elle était voué à une mort ignominieuse. La douleur singulière qu'elle éprouvait à l'idée que Richard ne serait bientôt plus au nombre des vivants l'étonnait. Ce sentiment était noyé dans une non moins étrange léthargie qui la laissait hébétée et inerte, contrairement à sa nature rebelle et emportée.

Un soir pourtant, elle fut tirée de cet état et contrainte d'agir. Elle était seule dans la maison, Luzia et Friedrich ayant été invités ne rentreraient qu'à une heure tardive. Elle regardait, dans le salon, Lilli jouer avec une coquille de noix. Elle s'apprêtait à aller au lit quand la bonne entra.

— Mademoiselle, il y a en bas une dame qui souhaiterait vous parler.

— Qui est-ce ?

— Elle n'a pas donné son nom. Mais elle vous prie instamment de la recevoir.

— Eh bien, fais-la monter, je te prie !

Étonnée, Margareta se dirigea vers la porte sur le seuil de laquelle apparut bientôt une femme mince, toute vêtue de noir et portant un grand chapeau avec un voile brodé qui lui masquait le visage. Elle s'arrêta, hésitante.

— Bonsoir, la salua Margareta.

— Bonsoir.

Margareta ne réussit pas à la reconnaître au son de sa voix.

— Excusez-moi, mais je ne sais pas exactement qui…

La femme vérifia d'un bref coup d'œil vers la porte si la bonne avait disparu. Elle releva alors son voile et le repoussa en arrière par-dessus le chapeau. C'est à grand-peine que Margareta retint une exclamation de surprise. Elle était en face de Theresia von Makowitz.

— Je suis Theresia von Makowitz, se présenta-t-elle au moment même où Margareta criait son nom. Vous me connaissez ?

— Oui, depuis le bal du Nouvel An. Je vous en prie, asseyez-vous.

Theresia prit lentement place.

— Je suis désolée de ne pas m'être fait connaître aussitôt, mais personne ne doit apprendre que je suis chez vous.

— Naturellement.

Margareta s'assit à son tour. Elle avait du mal à lutter contre son désarroi. Il était si étrange de se trouver soudain face à la femme à laquelle elle avait pensé avec tant de haine ces dernières semaines. Elle était là, angoissée, peu assurée, en même temps que confiante d'une certaine manière, jouant nerveusement avec ses gants de soie. Il était douteux qu'elle fût au courant des rapports ayant uni son hôtesse et son fiancé. Margareta ne la quittait pas des yeux. Elle était certainement très jeune, pas plus de seize ou dix-sept ans elle non plus. Plus petite que Margareta, de silhouette plus enfantine encore, elle était en revanche dotée du visage le plus beau et le plus charmant que celle-ci eût vu à Prague. Elle avait aussi de magnifiques cheveux lumineux. On pouvait découvrir dans ses yeux innocents, ceux d'un ange sans tache comme toute sa personne, nulle trace de ruse, d'envie ou de triomphe. Margareta se sentit soudain maladroite et méchante à côté d'elle.

— Je ne sais comment présenter ma requête, commença-t-elle. Sachez que je viens vous demander votre aide. Je n'ai pas d'autre issue. Il s'agit de mon futur époux, Richard von Tscharnini.

— Ah oui, arriva à articuler Margareta d'une voix faible, ajoutant avec un calme simulé à grand-peine : il est au nombre des gens arrêtés, n'est-ce pas ?

— Oui, depuis février. Je n'ai pas réussi à le voir une seule fois. J'ai longtemps espéré que lui et les autres seraient graciés. Et puis ce furent les condamnations à mort.

Elle s'interrompit pour retenir les larmes qui lui montaient aux yeux, mais, n'y parvenant pas, elle poursuivit en sanglotant :

— Mademoiselle von Ragnitz, je ne peux pas vivre sans lui. Je mourrais s'il devait périr !

Margareta se leva d'un geste brusque pour masquer sa propre émotion.

— J'ignore en quoi je pourrais vous aider.

Pourtant, poursuivit-elle en son for intérieur, *s'il existait un moyen, tu ne peux deviner ce que je serais prête à faire pour le sauver.*

— Oh, vous êtes la seule à pouvoir peut-être quelque chose ! répondit Theresia en se levant elle aussi. La baronne Tscharnini m'a tout raconté à votre sujet. Je vous en supplie, ne m'en veuillez pas, cependant je sais que vous venez de Bavière et que vous êtes catholique.

Margareta se retourna brusquement.

— Que vous a-t-elle encore dit ?

Theresia lui jeta un regard d'incompréhension.

— Rien d'autre !

Margareta la crut.

— Oui, c'est vrai. Mais, voyez-vous, je ne suis pas d'ici et je n'ai que dix-sept ans. Je ne dispose pas de la moindre influence.

— Vous disposez toutefois d'autres moyens que nous ! En tant que Bavaroise, vous êtes considérée comme une fidèle de l'empereur, et vous avez… la bonne confession. Et puis je sais que vous connaissez bien le comte Lavany.

— La baronne vous a aussi parlé de ça ?

— Oui, elle a dit qu'il vous avait sauvé la vie. Mademoiselle von Ragnitz, Lavany est un ami de Liechtenstein, et il est en étroite relation avec l'empereur. Si vous vous adressiez à lui…

— Pourquoi Sophia ne le fait-elle pas ? Elle le connaît aussi !

— Mais elle est du camp des vaincus. Elle ne peut escompter que Lavany se laisse influencer par elle. S'il vous plaît, s'il vous plaît, essayez !

Theresia implorait Margareta du regard. Or c'est à peine si celle-ci la voyait encore. Celui qu'elle avait devant les yeux, c'était Richard, Richard sur l'échafaud, Richard devant son bourreau. Il n'y avait plus besoin des supplications de Theresia pour emporter sa décision.

— Maurice Lavany est-il à Prague ? s'enquit-elle.

Les yeux de son interlocutrice s'illuminèrent.

— Vous allez le faire ? demanda-t-elle en retenant son souffle.

— Oui, je vais essayer de sauver Richard.

En un instant, la léthargie désespérée des derniers mois avait disparu. Il y avait enfin un espoir. Elle était comme enivrée par l'idée de garder en vie celui qu'elle aimait. Son sort était entre ses mains, et elle allait tout tenter.

Theresia tira d'un petit sac un bout de papier plié en quatre et le lui tendit.

— Voici l'adresse.

— J'irai le voir demain, promit Margareta en prenant le billet.

Theresia, replaçant le voile devant sa figure, se dirigea vers la porte.

— Je vous en saurai éternellement gré, dit-elle, et j'aimerais que vous veniez à notre mariage. Bonne nuit, mademoiselle von Ragnitz !

Ne s'étant pas retournée, elle ne vit pas les traits de Margareta se pétrifier. Leur mariage ! Pour la première fois durant cet entretien, elle prit conscience de l'unique conséquence que risquait d'avoir en définitive son intervention. Sauver Richard serait le perdre à tout jamais au profit de Theresia. Elle ne croyait pas une seconde que Richard, par reconnaissance, lui reviendrait, et ce n'était de toute façon pas ainsi qu'elle aurait voulu le reconquérir. Bien sûr, des idées malsaines lui vinrent à l'esprit durant la nuit : et si elle exigeait de Caroline une récompense pour ce qu'elle s'apprêtait à faire… qu'elle et Ludwig autorisent Richard à l'épouser.

Mais elle écarta cette pensée, sachant trop bien qu'elle était incapable d'agir ainsi. Son amour pour lui était trop pur pour être sali par un chantage. Elle allait l'aider, mais de manière désintéressée. Et, au plus profond d'elle-même, elle savait qu'elle acquerrait de la sorte plus de pouvoir sur lui que par un mariage obtenu de force.

Comme promis, Margareta partit le lendemain soir rendre visite à Maurice. Elle dit à Luzia vouloir se promener un peu et elle repoussa toutes les objections de son amie qui craignait pour elle. C'était la pleine lune, le vent était tiède et il y avait des odeurs de printemps et de terre. Même la puanteur des ordures dans les rues n'arrivait pas à les couvrir.

Margareta eut tôt fait de trouver la maison. Elle regarda prudemment autour d'elle. Une fille aux vêtements sales passa à côté d'elle d'un pas nonchalant, la dévisageant avec curiosité. Margareta ne voulait pas qu'on la voie frapper, sachant trop bien que, le lendemain, la moitié de la ville parlerait de la femme inconnue que Maurice Lavany avait reçue tard le soir. Elle attendit donc que la fille fût enfin partie. Poussant un soupir de soulagement, elle se dirigea vers la porte. Un domestique ouvrit.

— Bonsoir, dit-il, attendant qu'elle s'explique.

— Je voudrais rencontrer le comte Lavany.

— Qui dois-je annoncer à monsieur le comte ?

— Margareta von Ragnitz.

Le domestique, l'ayant invitée à entrer, disparut avant de reparaître assez vite.

— M. le comte vous attend, dit-il, faisant entrer Margareta dans une petite pièce confortable donnant sur l'entrée.

Maurice vint à sa rencontre.

— Mademoiselle von Ragnitz ? s'étonna-t-il.

— Oui…

— Je vous croyais repartie depuis longtemps pour la Bavière.

— Non, je vais rester encore quelque temps à Prague. Maurice sourit.

— Pardonnez mon étonnement. Je suis très heureux que vous soyez ici. J'aurais été désolé de ne jamais revoir la jeune fille de la forêt.

Sans qu'il l'en ait priée, elle se laissa tomber dans un fauteuil. Maurice s'assit en face d'elle. Avant qu'il ait pu poursuivre la conversation, elle prit les devants :

— Je viens vous présenter une prière.

Une expression de refus se dessina aussitôt sur le visage du comte.

— Je m'imagine de quoi il s'agit.

— Vraiment ?

— Ces dernières semaines, c'est presque chaque soir que quelqu'un s'est retrouvé là où vous êtes assise et tout le monde m'a adressé la même requête.

— Quelle requête ?

— Ah, écoutez, vous le savez bien ! dit-il en se passant les doigts écartés dans les cheveux, paraissant plus âgé et plus las que d'ordinaire. Les femmes de ceux qui attendent la mort dans la Tour blanche viennent me voir, pleurent, me supplient et refusent de comprendre que je ne peux rien pour elles.

— Vous ne pouvez vraiment rien ?

— Non, dit-il en se levant, je ne suis pas l'empereur. Il n'est pas en mon pouvoir de gracier les gens qu'il a condamnés à mort. Croyez-moi, moi-même je considère ces verdicts comme... bon, quoi qu'il en soit, je ne peux rien y changer.

Allant à la fenêtre, il regarda dans la nuit.

— Bien sûr que vous ne pouvez tous les gracier, argumenta Margareta, mais si vous intercédiez auprès de Karl von Liechtenstein, puis auprès de l'empereur, en faveur d'un seul de ces hommes, d'un seul, n'accéderait-il pas à votre requête ?

— Ma chère enfant, comme je vous l'ai déjà expliqué, vous n'êtes pas la première à venir me voir. Même si j'avais le pouvoir de sauver un de ces malheureux, qui devrais-je choisir ? Ou, autrement dit, continua-t-il en ne regardant toujours pas Margareta, ne croyez-vous pas qu'une telle décision est au-dessus de mes forces ?

Margareta resta silencieuse un long moment. Elle finit par dire tout bas :

— Alors, ne choisissez pas entre les prisonniers. Choisissez parmi les solliciteurs, et choisissez-moi. Je vous dirai alors qui sauver !

Maurice se mit à rire, mi-étonné, mi-amusé.

— Pourquoi devrais-je me décider en votre faveur ?

Il ne reçut pas immédiatement de réponse, puis, sentant une main se poser sur son bras, il vit que Margareta était venue tout contre lui. Il eut un geste de recul.

— Je vous en prie..., dit-il.

— Faites-le pour moi. Maurice, je voudrais que vous le fassiez pour moi.

Pas un instant, avant d'être là, elle n'avait envisagé de le prier de cette manière. Inexpérimentée comme elle l'était, elle n'avait pas du tout songé qu'elle pourrait employer d'autres moyens que les mots et, ultime recours, que les larmes. Pourtant, au moins depuis le bal du Nouvel An, elle devinait que sa beauté et sa jeunesse attiraient les hommes. Par des conversations qu'elle avait surprises, elle avait appris que Maurice était à un âge où on n'était pas insensible au charme des jeunes femmes. Elle eut un léger sourire.

— Je vous en prie, Maurice, murmura-t-elle.

Il devinait bien entendu ce qu'elle avait en tête et il faillit rire. Elle était si peu experte à ce jeu ! Son attitude et la manière dont elle le considérait semblaient presque encore celles d'une enfant. Il n'en sentit pas moins un doux frisson lui parcourir le corps, et, avec horreur, il constata qu'il n'avait jamais vu de bouche plus sensuelle que celle qu'elle lui offrait, avec ses dents si blanches et le doux arrondi de ses lèvres délicates. Il recula rapidement d'un pas.

— Que dois-je faire ? interrogea-t-il.

— Vous voulez vraiment m'aider ? demanda-t-elle, radieuse, le souffle court.

— Oui, répondit-il, lui-même étonné de la rapidité avec laquelle sa résistance avait cédé.

Au fond, il avait abandonné son attitude de refus uniquement pour se sortir de la situation dans laquelle Margareta l'avait placé à l'improviste.

— Il s'agit de l'un de mes amis.

— Je suppose qu'il s'agit de Julius von Chenkow ?

— Ju…

Margareta resta court. Elle n'avait pas pensé à lui une seconde.

— Ma foi, je pensais que vous veniez au nom de la baronne von Chenkow.

— Mon Dieu, murmura Margareta.

Elle avait oublié Julius et le désespoir de Sophia. Julius qui s'était toujours montré si bon à son égard, un ami si dévoué. Et dont la femme faisait tout pour elle !

— Ne pouvez-vous pas venir en aide à deux hommes ?

— De qui s'agit-il donc encore ?

— De Richard von Tscharnini. J'ai reçu la visite de sa fiancée hier...

Maurice haussa les épaules avec impuissance.

— C'est trop me demander. Je ne peux même pas vous promettre de sauver un de vos amis, mais deux, c'est à coup sûr impossible. Il vous faut choisir !

— Je ne peux pas ! Je ne peux pas en abandonner un !...

Elle vit Sophia devant elle, son visage blême aux yeux rougis. Elle revit aussi Julius chevauchant au côté de sa femme dans les champs de neige, lui souriant et plaçant son cheval contre le sien pour lui prendre la main. Quel amour il portait à sa femme, mais quelle amitié il lui avait en même temps accordée, elle qui n'était qu'une étrangère. Et Richard en revanche ? Elle avait presque un goût amer dans la bouche en le revoyant le jour où elle lui avait demandé s'il allait se décider pour elle ou contre elle. Aujourd'hui encore, elle ressentit une nausée en se remémorant son embarras, son incapacité manifeste à régler des problèmes désagréables. Elle sut toutefois au même moment qu'il lui serait impossible de se libérer de l'attraction qu'il exerçait sur elle. Elle soupira.

— Que faire ? Quel que soit mon choix, je vais endosser une terrible culpabilité !

— Personne ne vous tiendra pour responsable, tenta Maurice, mais, je sais, c'est une situation épouvantable !

Seul Julius l'aurait mérité, Julius et personne d'autre ! L'idée lui traversa l'esprit, ses lèvres, cependant, ne laissèrent pas passer un son.

Sans Richard, je ne peux pas vivre. Je serais incapable de vivre en sachant qu'il est mort. Elle était devenue pâle comme un linge et tremblait. Maurice lui prit les mains.

— Écoutez-moi…, commença-t-il.

Margareta ne le laissa pas poursuivre. Relevant la tête, elle dit, le regard encore incertain, mais d'une voix à la fermeté forcée :

— Je suis venue vous voir à la demande de Theresia von Makowitz. Je parle donc en son nom. Faites votre possible pour sauver Richard von Tscharnini !

Maurice la contempla d'un air songeur.

— Je vais tout tenter, dit-il.

16

Margareta ne sut jamais comment Maurice s'y était pris pour influencer l'empereur, ignorant les relations mises en œuvre ou les arguments employés. Quoi qu'il en soit, Richard fut le seul des détenus de la Tour blanche à être gracié. La première semaine de juin, il réintégra discrètement sa famille. Sa libération ne fut jamais confirmée officiellement. Les responsables se contentèrent de rayer le nom de Tscharnini de leurs listes, si bien qu'un prisonnier de ce nom n'avait jamais existé. Bien sûr, quelques amis et connaissances eurent vent de son retour. Lui-même pourtant, quand on l'interrogeait, pouvait seulement répondre que son arrestation avait dû être une erreur. Durant un temps très bref, cet événement renforça quelques familles dans l'espoir que d'autres grâces suivraient. Leur attente fut vaine. Le sort des autres condamnés était scellé depuis longtemps.

Comme Maurice le lui avait instamment demandé, Margareta ne souffla mot de sa démarche. Elle avait pourtant oublié Theresia qui, ne se doutant de rien, en parla. À peine les larmes de joie versées pour la libération de son fiancée étaient-elles séchées que, tout excitée, elle racontait à ce dernier qu'il ne devait son salut qu'à la charmante Margareta von Ragnitz qui avait fait intervenir le comte Lavany. Richard resta comme figé. Il s'était naturellement douté que sa libération n'était pas le fait du hasard, songeant d'ailleurs plutôt à une quelconque corruption. Et voilà qu'à présent un sentiment désagréable venait se mêler à son soulagement. Il avait justement fallu que la personne qui l'avait sauvé fût Margareta, une femme qui devrait en fait le mépriser ! En dépit de la gêne extraordinaire qu'il ressentait à cette idée, il savait qu'il n'avait d'autre choix que d'aller la remercier. Theresia l'y poussait elle aussi.

— Si seulement nous pouvions lui offrir quelque chose, disait-elle. Ah, je lui donnerais tout ce que j'ai, tout !

— Moi excepté, je suppose, répliqua Richard avec un sourire contraint.

Thérésia éclata de rire.

— Bien sûr que non, mais tu es vraiment prétentieux. Peut-être qu'elle ne voudrait pas de toi du tout !

— Il y a des chances que non. Puis, prenant son chapeau : Eh bien, j'y vais de ce pas.

— Dois-je t'accompagner ?

— Non, ce n'est pas la peine. De toute façon je ne serai pas long.

Il prit son temps, car l'entrevue lui était tout, sauf agréable. Il aurait préféré ne plus revoir Margareta dont il avait l'impression qu'elle était une ombre s'abattant sans arrêt sur lui pour lui rappeler une faute qu'il s'efforçait désespérément d'oublier. Il lui arrivait d'ailleurs de refouler de temps en temps le passé. Et c'était précisément dans ces moments-là qu'il la rencontrait à nouveau.

Aussi superficiel qu'il fût, Richard n'était pas dépourvu de conscience. Il était simplement plus habile que d'autres à ne pas l'entendre. Tandis qu'il avançait le long des rues tranquilles, il constata une fois encore que les reproches de Margareta étaient fondés. S'il aimait quelqu'un, c'était tout d'abord lui-même, et il lui semblait vain de chercher à y remédier, en conséquence de quoi il n'essayait même pas. Comme beaucoup d'êtres gratifiés par la nature de tous les avantages physiques, il était devenu l'esclave absolu de sa propre apparence, s'efforçant de manière quasi obsessionnelle de ne rien perdre de son charme. Il ne voyait pas que, depuis son jeune âge, il ne tirait la haute idée qu'il avait de lui-même que de son pouvoir de séduction et que, avec le temps, il lui deviendrait impossible de vivre en en étant privé. En prison, l'un des tourments les plus atroces avait été, pour lui, de ne pas pouvoir se laver. Mais cette sensibilité exacerbée s'étendait à tous les aspects de son existence. Il n'acceptait pas que quoi que ce soit de laid, de désagréable ou de repoussant vînt se mettre en travers de son chemin ; il n'existait rien pour quoi il acceptât de faire des sacrifices, de devenir modeste et pondéré. Tout, autour de lui, devait être grandiose ; telle l'écume couronnant une vague déferlante, il entendait rester au-dessus des affres de la conscience, des angoisses, des pertes et de la tristesse. Il était tombé amoureux de Margareta parce qu'elle était belle et jeune, mais aussi parce qu'elle le confirmait dans l'idée qu'il se faisait de lui. Or Theresia possédant les mêmes atouts, il lui fut facile de l'aimer aussi, et cela d'autant mieux que la position sociale de celle-ci lui promettait une existence assurée et lisse. Il ne voulait rien d'autre que bien vivre, et il trouvait également qu'il serait absurde de renoncer à quelque chose s'offrant à lui de si alléchante manière.

Si la couche sociale dont faisait partie Richard von Tscharnini ne faisait plus étalage de l'opulence presque vulgaire du siècle précédent, beaucoup d'usages et de traditions se perpétuaient malgré la guerre et l'occupation, et les Tscharnini étaient encore assez riches pour mener une vie agréable. Dans la noblesse, la démesure touchant le manger et le boire était encore considérée comme de bon ton, et on profitait de chaque occasion pour organiser des festins de plusieurs heures. Plus il y avait de plats et de vin, plus grande était la réputation de l'hôte, et la réputation était pour les Tscharnini d'une importance extrême. Les châteaux somptueux, le mobilier confortable et les habits fastueux étaient les signes de la considération sociale. Jamais il n'y avait eu de tissus aussi ravissants, nobles et colorés, jamais il n'y avait eu autant de bijoux. La soif de vivre désespérée de ces premières années de guerre semblait se refléter dans les visages au maquillage criard de nombreuses dames.

Le monde entier est immoral, se disait Richard en gravissant les marches de pierre de la maison de Luzia. *Pourquoi ne le serais-je pas ? Je suis sans doute un affreux gredin, mais, par le diable, je ne suis ni un assassin, ni un voleur, ni un tortionnaire, et chaque mendiant que je rencontre a droit à une obole.*

Il savait que Margareta était seule en ce jour, car il ne lui avait pas échappé que sa jeune sœur avait invité Friedrich et Luzia à une promenade en voiture en omettant, en toute méchanceté, d'inviter leur amie. Il pourrait donc lui parler à cœur ouvert. Il s'armait intérieurement contre ses exigences. Il était convaincu qu'elle allait lui révéler quelles contreparties elle attendait de lui pour sa libération. Il ne devait laisser planer aucun doute sur le fait qu'il entendait toujours épouser Theresia.

Margareta eut un sursaut de peur en voyant entrer dans la pièce Richard qui avait poussé la bonne de côté. Elle se leva, mal assurée.

— Richard, ce qu'on entend dire est donc vrai ? Tu es libre.

Sa pâleur et son aspect misérable, sa maigreur aussi, épouvantèrent Richard, mais il s'était juré de dissimuler ses réactions.

— Ma chère, Theresia m'a tout raconté. Je suis venu te remercier.

— Ah, tu es au courant ?…

— Oui, je sais tout. Margareta, dit-il presque tendrement en s'approchant d'elle, ma très chère Margareta, pourquoi as-tu fait cela pour moi ?

Elle s'aperçut avec irritation que son cœur battait la chamade. Cet homme s'entendait de manière incroyable à rendre toute femme faible et impuissante.

— Mlle von Makowitz est venue me voir, répondit-elle d'un ton sec. Elle m'a demandé cette faveur et, comme elle m'a fait pitié, je l'ai aidée.

Le courage avec lequel, les traits figés, pâle et la voix cassée, elle dissimulait la vérité l'émut.

— C'est donc pour Theresia que tu l'as fait, répéta-t-il.

— Oui.

— Bien qu'elle te soit totalement étrangère. N'aurait-il pas été plus normal de sauver Julius ?

Il regretta immédiatement ces dernières paroles, tant les yeux de Margareta s'écarquillèrent d'effroi. Il devait l'avoir touchée au point sensible, ce qu'il n'avait pas recherché. Bien qu'il n'eût pas l'intention de la faire souffrir, sa vanité l'y avait poussé. Il voulait entendre de sa bouche qu'elle avait agi par amour pour lui. Il avait besoin qu'elle lui confirme qu'elle lui appartenait toujours malgré sa trahison.

— Excuse-moi, je viens de dire une bêtise. Je voulais juste être certain que tu l'as fait pour moi. C'est bien ça, n'est-ce pas ?

— Oui.

Serrant les lèvres comme pour conserver quelque chose par-devers elle, elle se décida pourtant à l'exprimer :

— Ce que tu viens de dire n'était pas si bête. Raconte-moi donc ce que tu ressens quand tu penses à Julius !

— Penser à lui semble te tourmenter profondément.

Le regardant fixement, elle explosa :

— Oui, nom de nom, oui ! Il est l'un des hommes les plus dignes d'être aimés, les plus compatissants que j'aie jamais rencontré, il est mille fois meilleur que toi ! Le monde n'aurait rien perdu si on t'exécutait la semaine prochaine ! Mais, Dieu du ciel, c'est à bon droit que tout le monde pleurera la mort de Julius !

— C'est vraiment très flatteur pour moi, quoiqu'un peu contradictoire. Finalement en effet, en dépit de ton affection pour le noble Julius, c'est moi que tu as sauvé !

— Mais ne me demande pas pourquoi ! Ce fut odieux, ignoble… Je ne comprends plus du tout ce qui m'a pris !

— Je le comprends, moi, dit Richard d'une voix douce, Margareta, tu m'aimes. Tout ce dont tu m'as menacé, de me détester et de m'oublier, tu n'y arrives pas ! La nuit du bal, tu étais belle comme jamais, et j'ai vu sans doute possible que tu m'aimais toujours !

— Non ! gronda-t-elle, glacée de honte au souvenir de cette nuit fatale où elle avait révélé à tous ses sentiments.

— Margareta, ma chérie, pourquoi le contester ? Dis donc ce que tu penses. Je t'aime aussi. Je suis peut-être un gredin, mais je ne te mens pas. Je t'aime !

Elle secoua violemment la tête.

— Pourquoi dis-tu ça maintenant ? Est-ce en récompense de ce que j'ai fait ? Ah, ne te donne pas tant de peine ! Tu vas bientôt épouser Theresia, et tu lui diras que tu l'aimes et, peu après, tu le diras à l'une de tes innombrables maîtresses. Je crois qu'il n'y a pas de phrase qui te sorte plus aisément de la bouche que celle-ci !

Richard soupira. L'aigreur de ses propos l'empêchait de faire le moindre pas vers elle. Il savait néanmoins parfaitement que cette aigreur ne servait qu'à dissimuler son impuissance face aux sentiments qu'elle nourrissait à son égard. Il sentit son pouvoir.

— Je sais, dit-il, que c'est toi que je devrais épouser maintenant et…

— Oh, que voilà de charitables pensées ! dit-elle avec un sourire ironique et glacial. Tu épouserais Margareta von Ragnitz par gratitude et pour soulager ta conscience. Par le diable, jeta-t-elle, soudain prise de répulsion, comment peux-tu croire que je sois à ce point pitoyable ? Je ne t'épouserais pas, même si tu m'en priais à genoux. C'est fini, Richard !

Il comprit qu'il avait sous-estimé sa fierté.

— Tu n'accepterais plus rien de moi ?

— Rien !

Richard se dirigea lentement vers la porte, puis se retourna une dernière fois.

— Tu me détestes, constata-t-il.

Margareta le regarda. Un bref instant, ses traits perdirent leur masque de froideur, et elle répliqua avec violence :

— Je préférerais ne pas en arriver là !

— Mais quoi alors ?

— Je donnerais tout au monde pour t'oublier à jamais !

Il ne répondit pas. La porte se referma derrière lui. Margareta avait de la peine à respirer. Elle s'attendait à pleurer comme d'habitude, mais elle n'en eut même pas la force.

Les exécutions eurent lieu le 21 juin 1621 sur l'Altstädter Ring de Prague. La matinée entière, des soldats parcoururent les rues pour rappeler leur présence et étouffer dans l'œuf toute velléité de révolte, tout attentat, toute tentative de libération. Si le calme prévalut, ce fut en fait moins en raison de la présence de forces armées que de la démoralisation des habitants. Les plus vaillants combattants de Bohême, quand ils n'étaient pas justement en train de poser leur tête sur le billot, avaient déjà péri sur la Montagne Blanche.

C'est une foule immense qui, de noir vêtue, rassemblée, silencieuse et bouleversée, autour du lieu du supplice, prit congé des héros dont les noms restent indissolublement associés aux périodes les plus glorieuses et les plus sombres de la Bohême. Un sourd roulement de tambours, destiné à couvrir d'éventuels cris ou plaintes des victimes, accompagna l'exécution. Mais les condamnés firent face à la mort avec un grand courage.

Margareta, elle, n'alla pas sur le Ring. Elle passa la matinée dans sa chambre, la tête enfouie dans les oreillers, se bouchant les oreilles de ses deux mains pour ne pas entendre l'horrible roulement des tambours. Elle comprenait soudain le sens du mot « péché ». Les nonnes du couvent l'employaient en toute occasion et il était toujours apparu bien démesuré à Margareta, appliqué aux menues frasques dont les jeunes filles se rendaient parfois coupables. Elle sentait à présent qu'elle venait, pour la première fois de sa vie, de pécher véritablement. Pour que Richard survive et soit son obligé, elle avait laissé mourir un homme qui méritait bien plus que lui de bénéficier de son aide. Dans quelles voies Dieu allait-il désormais orienter son destin pour la punir de son égoïsme ?

À midi, Friedrich qui avait dit adieu à ses amis sur le Ring rentra chez lui. Il dit que Julius était mort avec calme et courage, priant tandis qu'il présentait sa tête au bourreau. Friedrich s'effondra ensuite sur une chaise et se mit à pleurer tout bas. Luzia prit par le bras Margareta qui assistait à ce spectacle, bouleversée au dernier point.

— Viens, chuchota-t-elle, laissons-le seul. Il a perdu son meilleur ami et nous ne lui sommes d'aucune aide !

Margareta se laissa docilement entraîner hors de la pièce.

— Il faut que j'aille voir Sophia, elle doit terriblement souffrir. Theresia doit lui avoir tout raconté depuis longtemps et je dois lui expliquer…

— Ne va pas la voir, conseilla Luzia, pas aujourd'hui. Je suis sûre qu'elle ne veut voir personne.

— Mais il faut qu'elle sache combien ce que j'ai fait me tourmente. Sais-tu que je….

— Je sais tout. Richard l'a raconté à Friedrich. Ah, ma chérie, je t'en supplie, ne te sens pas coupable !

Margareta la regarda d'un air las. Comment lui expliquer ce qu'elle éprouvait ? À quoi bon lui dire que sa conscience l'accablait de jour en jour davantage, qu'elle avait déjà pensé à la mort pour échapper à sa culpabilité. C'est avec reconnaissance qu'elle lut dans les yeux de Luzia l'amitié que celle-ci lui témoignait. *Elle fait preuve de tant de compréhension à mon égard*, songea-t-elle, *que, quoi que je fasse, elle sera toujours à mes côtés.*

Le 1er juillet eurent lieu les noces de Richard et de Theresia. Des amis de la famille s'indignèrent, estimant que célébrer une union aussi peu de temps après la mort tragique d'un des leurs manquait de dignité ; nombreux furent donc ceux qui ne répondirent pas à l'invitation, parmi eux Friedrich et Luzia. Margareta, incapable de supporter la vue du couple, la déclina également. Rester dans la maison lui parut tout aussi impossible, Friedrich, inconsolable, ne parlant en effet qu'en cas d'absolue nécessité. Le jour du mariage, Luzia, souffrant de maux de tête, ne quitta pas le lit. Margareta erra d'une pièce à l'autre jusqu'au moment où elle crut devenir folle. Elle quitta alors précipitamment la maison. Le soleil brillait impitoyablement dans un ciel d'un bleu intense. La puanteur des ordures pourrissant sous l'effet de la chaleur était horrible. Margareta n'en fut pas moins soulagée de se retrouver dehors. Elle réussit même à s'imaginer l'été à Sankt Benedicta, les champs de blé immenses, les arbres bien fournis, le jardin si coloré de sœur Josepha. Elle revit la rondeur du visage de Clara et entendit le rire impertinent et contagieux d'Angela. *Se retrouver élève dans l'insouciance du couvent*, songea-t-elle avec nostalgie, *ou au moins avoir des enfants ! Si j'avais des enfants, j'aurais quelqu'un !* Peu avant le pont Charles, elle croisa Sophia, en deuil, qui arrivait à cheval.

— Sophia ! cria-t-elle.

Celle-ci arrêta sa monture.

— Oui ?

Elle avait mauvaise mine, pâle, vêtue et coiffée négligemment, sans chapeau et sans gants.

— Tu n'es pas à la noce de ton frère ?

— Non.

— Je comprends... C'est étrange qu'il se marie si vite après...

Elle ne reçut pas de réponse. Sophia la regardait sans faire un geste. Margareta se sentit fort mal à l'aise.

— Je comptais te rendre visite très bientôt, mais j'attendais un peu parce que...

De nouveau, aucune réponse.

— Sophia, j'ai beaucoup de choses à t'expliquer.

— Tu n'as rien à m'expliquer.

— Si. Theresa t'a certainement raconté que je suis allée voir le comte Lavany pour lui demander de faire sortir Richard de la Tour blanche.

— La famille t'en sait gré.

— Oui, mais...

Margareta suivit des yeux une charrette chargée de fûts de bière qui était passée à grand fracas à côté d'elles. Elle n'arrivait pas à trouver les mots justes.

— Sophia, tu penses certainement que j'aurais pu tout aussi bien demander la vie sauve pour Julius, chez Lavany.

— Et ? s'enquit Sophia d'une voix neutre et froide.

Margareta eut soudain envie de la voir pleurer ou se plaindre. Comment parler avec elle si elle restait de pierre ?

— Je l'aurais pu, dit-elle avec hésitation. Lavany m'a laissé le choix. J'étais obligée de prendre une décision.

— Et tu l'as fait.

— Oui, mais je t'en prie, il faut que tu me croies...

Ses explications expirèrent devant l'attitude de refus de Sophia.

— Oh, Sophia, pour l'amour du ciel, je suis terriblement navrée, dit-elle tout bas.

— Pourquoi devrais-tu être navrée ? Tu es un être libre, et, à tes yeux, cela implique manifestement que tu as des devoirs envers toi-même en premier lieu. Peut-être que nous agirions tous de la même façon. Tu as sauvé l'homme que tu aimes.

— Mais tu sais bien toi-même combien ça m'a coûté. Ah, Sophia, j'aimais tant Julius. Il était si bon, si amical, l'homme le plus honnête, courageux et franc que…

— Tu n'as pas besoin de m'énumérer ses qualités, répliqua Sophia qui se maîtrisait avec peine, j'étais tout de même sa femme.

Margareta tenta de lui prendre la main, mais elle la retira.

— Je souhaiterais ne plus avoir affaire à toi.

Margareta tressaillit.

— Ce n'est quand même pas moi qui l'ai assassiné, murmura-t-elle. Tu ne peux me détester !

— Je ne te déteste pas, non, je m'y refuse, car tu n'as rien fait de mal. Tu n'as fait qu'obéir à ta conscience…

Margareta soupira, mais Sophia l'ignora.

— Tu avais le droit de faire ce choix, et ce droit je ne te le conteste pas, bien sûr. Mais malgré tout – tu peux trouver que c'est une attitude sentimentale ou rancunière –, malgré tout je préfère ne pas te revoir. Je ne peux pas te revoir ! Tu le comprends ?

Margareta acquiesça de la tête.

— Je t'aime, Sophia, murmura-t-elle. À Noël encore, je me disais : j'ai au moins ces amis qui ne m'abandonnent pas. Et à présent Julius est mort, et toi…

— Oui, je t'abandonne, termina Sophia. Mais je voudrais encore te dire quelque chose. Je ne suis pas persuadée que tu seras plus heureuse parce que Richard est en vie. Tu le veux à tout prix, mais tu vois ce qu'il est en train de faire ! Il promet à la belle Theresia de l'aimer jusqu'à la fin de ses jours et de lui être fidèle, ce qui te laisse au moins la consolation de savoir qu'il ne tiendra pas cette dernière promesse. Tu pourrais à tout moment devenir son amante.

— Jamais ! Quoi qu'il arrive, je ne serai pas son amante !

Sophia eut un faible sourire.

— Pauvre enfant, tu aurais dû rester dans ton couvent. Ou alors, il te faut à présent comprendre que le temps n'est plus où tu pouvais sagement attendre un signe du destin, un signe qui, bien entendu, serait conforme à la vision que tu te fais d'une existence convenable. J'ai vraiment rarement vu un être qui sache aussi peu que toi ce qu'il veut. Tu désires un homme, mais tu es trop fière pour accepter de lui ce qu'il peut t'offrir. Puis-je te donner un conseil ? Bâtis une vie qui te soit propre, une vie qui te rendra indépendante.

— Merci, répliqua Margareta avec le plus de dignité qu'elle le pouvait. Je sais ce que j'ai à faire.

— Très bien. Alors, adieu !

Sophia lui adressa un signe de la tête et fit prendre à son cheval un trot léger. Margareta la suivit des yeux, désemparée et accablée de douleur. Elle comprit qu'elle avait perdu Sophia, une femme qui faisait ce qu'elle disait, une femme dont la confiance et l'amitié avaient été brisées. Margareta restait en plein soleil, comme assommée. Fermant un bref instant les yeux, elle prit alors une profonde inspiration, puis s'éloigna à pas rapides et fermes, la résolution inscrite sur le visage. Quand on avait tout perdu, on n'avait plus besoin d'avoir encore peur. Quoi que le sort lui réservât, elle se sentait assez forte pour l'affronter.

— Tu sais, Richard, murmura-t-elle tout bas, tu peux tranquillement rester avec ta Theresia. C'est tout de même moi qui t'ai offert la vie, la chose la plus précieuse qui soit !

Voilà pourquoi – elle le savait – c'est toujours elle qui le posséderait. Il était son obligé et ne pourrait jamais se libérer d'elle complètement.

17

En septembre 1621, Maurice Lavany demanda à Margareta si elle voulait devenir sa femme. Sa surprise fut si grande qu'elle en resta d'abord sans voix. De tout l'été, en dépit de fréquentes rencontres, Maurice n'avait pas le moins du monde laissé entendre qu'il éprouvait pour elle un attachement particulier. Friedrich et Luzia étaient partis résider trois mois dans leur château, mais Margareta n'avait pas voulu les accompagner. Il lui semblait que Friedrich la méprisait depuis son intercession en faveur de Richard, sentiment qui n'avait certainement pas pour seule source son imagination. Il régnait entre eux une tension muette, leurs relations avaient pris un ton plus froid et plus courtois. Margareta avait donc préféré rester en ville en dépit de la chaleur, mais aussi de la tristesse que même l'été n'arrivait pas à chasser des rues. Prague, jadis si vivante, si cossue, si brillante, n'avait plus la force de se relever du coup porté par le destin.

Maurice Lavany avait eu le projet d'accompagner Albrecht von Wallenstein dans sa campagne contre Bethlen Gabor le rebelle, qui, à la tête d'une puissante armée hongroise, menaçait la Moravie, mais, au début de l'été, il avait souffert pendant plusieurs semaines d'un violent accès de faiblesse cardiaque dont il ne s'était remis que lentement. Il s'ennuyait, était irritable, se sentait guéri puis ressentait à nouveau des douleurs. Il ne haïssait rien tant que le sentiment de ne pouvoir totalement se fier à ses forces physiques.

Margareta, au courant de sa maladie, lui avait rendu visite un après-midi. Elle avait envers lui une énorme dette de reconnaissance et manquait par ailleurs cruellement de compagnie. Quand elle s'entretenait avec lui, le temps s'écoulait plus rapidement. Les visites devinrent bientôt une agréable habitude. Margareta s'était bien sûr demandé parfois s'il n'y avait pas de femme dans sa vie. Elle avait donc appris que, marié, il avait ensuite perdu sa femme, Elisabeth Katharina, dix ans auparavant, au cours d'une épidémie de variole. Il apparaissait toutefois que Maurice avait surmonté depuis longtemps ce coup du sort. Leur union conjugale avait manifestement moins reposé sur des sentiments profonds que sur des intérêts familiaux.

Les sentiments de Margareta envers Maurice n'étaient rien d'autre que ce qu'aurait éprouvé un enfant envers quelqu'un de plus âgé lui assurant la sécurité grâce à son expérience et à sa sagesse. Auprès de Maurice, elle n'éprouvait jamais ce qu'elle avait ressenti en présence de Richard. Ce n'était d'ailleurs pas pour elle un sujet de réflexion. Mais elle n'oubliait pas l'émotion qui s'était emparée d'elle le soir où elle avait imploré de lui la vie sauve pour Richard. Elle devinait avoir remporté auprès de Maurice son premier triomphe de femme, tout en ignorant peu ou prou ce à quoi elle s'était livrée, car, si elle avait remarqué l'effet qu'elle produisait sur lui, elle n'en sous-estimait pas moins dans une large mesure le pouvoir dont elle disposait et la vulnérabilité de cet homme. Elle était persuadée qu'il lui faudrait faire usage de moyens beaucoup plus subtils pour le séduire, mais cela n'était de toute façon pas dans ses intentions.

Si Maurice ne se méprenait pas sur l'attitude de Margareta à son égard, l'attirance qu'elle exerçait sur lui n'en était pas moins forte, et, un jour, il abandonna sa résistance intérieure. En tant qu'homme préoccupé de politique, poussé par le besoin de peser sur les événements de son temps, il avait une vision assez primaire de ce qui constituait sa vie privée, une vision parfois marquée de l'arrogance nonchalante de celui qui n'a pas de temps à perdre à des bagatelles. Après des scrupules initiaux, l'écart d'âge entre eux cessa de lui apparaître comme un obstacle insurmontable. Durant les longues semaines de cet été, son attachement grandit, ainsi que son désir de l'avoir pour toujours auprès de lui. L'attendrissement qu'il avait éprouvé quand il avait trouvé dans la forêt cette enfant sale et tremblante, à demi morte de froid, se transforma en admiration pour une belle jeune fille, voire en un violent désir sexuel. Il lui était complètement indifférent d'avoir déjà quarante-huit ans.

Quand il lui demanda si elle voulait l'épouser, elle resta interdite tant cette question la prenait de court. Il lui prit la main.

— Réfléchissez-y en toute tranquillité pendant quelques semaines, lui dit-il. J'attendrai. Sachez toutefois que je vous aime.

Margareta rentra chez elle comme hébétée, cherchant à mettre de l'ordre dans les pensées qui l'assaillaient. Bien que s'étant souvent dit qu'elle devrait bientôt se marier, elle n'avait jamais envisagé que Maurice pût faire partie des gens à prendre en considération. Il était bien trop âgé et elle ne le trouvait pas beau du tout ! Elle n'aimait pas les cicatrices de son visage, il avait des yeux trop clairs, le regard trop froid, les lèvres trop minces. Ce qui l'attirait, c'était son esprit de décision, son courage, sa confiance en lui et la supériorité qui émanaient de tout son être. Elle trouverait auprès de lui la sécurité et la possibilité de se reposer, mais pas la tension amoureuse qui l'avait unie à Richard. Elle se résolut pourtant très vite à donner son accord à Maurice. Elle ne voyait pas de meilleure issue à sa situation. Elle épouserait un homme considéré, dans les bonnes grâces de l'empereur, possédant richesse et pouvoir, et portant de plus le titre de comte. Comtesse Lavany, elle mènerait l'existence dont elle avait toujours rêvé. Elle songea avec colère à Sophia et à ses dernières paroles si blessantes ; elle songea aussi à Richard, mais alors son cœur se mit à battre la chamade. Enfin, enfin, elle pourrait se soustraire à sa pitié. Il verrait qu'elle aussi pouvait avoir des hommes ! Et puis – cette pensée lui fit en même temps chaud à l'âme et froid dans le dos – le mariage avec Maurice lui permettrait un jour un retour honorable au pays. Elle prit Lilli sur ses genoux.

— Dans un ou deux ans, lui chuchota-t-elle, je partirai pour la Bavière. Mariée, avec un nom et un titre prestigieux, riche. Tout me sera pardonné. Ma mère sera si fière de moi ! Si un comte Lavany m'a épousée en dépit de mon passé, elle ne pourra plus rien me reprocher !

Trois jours plus tard, elle accepta l'offre de Maurice. Il lui facilita la tâche en paraissant ne pas attendre d'elle des déclarations d'amour enflammées ou des mots tendres. Mais, alors qu'il lui baisait les mains, elle sentit soudain une première et légère répugnance à son endroit. Effrayée, elle tenta de la refouler. Elle lui devait en effet la plus entière reconnaissance. Elle était incapable de s'expliquer cette sensation étrange. C'était un peu comme une fureur contenue à l'idée qu'elle se livrait à lui pour se sortir d'une situation difficile. Elle trouva ses propres réactions troubles, déconcertantes et, de plus, honteuses.

— Quelle date préférerais-tu pour les noces ? lui demanda Maurice.

— J'aimerais attendre le retour de Friedrich et de Luzia, en octobre, répondit-elle après un temps de réflexion, je souhaiterais les inviter.

— Très bien, approuva aussitôt Maurice, mais il n'y aura pas de cérémonie grandiose. Pas une année comme celle-là, j'espère que tu le comprends.

Margareta le comprenait d'autant mieux qu'elle-même ne considérait pas cet événement comme grandiose.

Quelques semaines plus tard, Friedrich et Luzia rentrèrent à Prague. Margareta brûlait d'impatience de leur apprendre la grande nouvelle.

— Que c'est merveilleux, ma chérie, dit Luzia après avoir écouté son amie avec surprise et intérêt. C'est drôle, je n'avais jamais remarqué que vous éprouviez tant de sympathie l'un pour l'autre !

— Nous ne nous en sommes aperçus que cet été, répondit Margareta sous le regard scrutateur de Friedrich.

— Une sage décision, approuva-t-il d'une voix légère. J'espère seulement que vous savez apprécier un homme comme le comte Lavany à sa juste valeur. Il est trop bon pour être utilisé au profit d'objectifs égoïstes.

— Je ne comprends pas vos réserves, rétorqua Margareta avec froideur. Ce n'est pas moi qui ai fait des avances à Maurice, c'est lui qui m'a demandé de devenir sa femme !

Faisant demi-tour, elle le planta là.

Deux ou trois jours plus tard, le comte Lavany fit porter à Margareta un grand rouleau d'une soie blanche éblouissante. Elle présuma que c'était Luzia qui avait suggéré ce cadeau, Maurice n'étant pas homme à avoir seul de telles idées. La soie devait lui avoir coûté une fortune, les produits de luxe étant rares et donc hors de prix. Margareta et Luzia décidèrent de charger la meilleure couturière de Prague de confectionner la robe.

De loin en loin, Margareta devait se rendre aux essayages, mais elle passait le plus clair de son temps à se promener en ville. Un jour, elle rencontra Theresia, mariée avec Richard depuis trois mois déjà, plus charmante que jamais, qui, apercevant Margareta, poussa un cri de ravissement.

— Oh, quelle chance ! Nous avons justement appris hier vos fiançailles. Comme je suis contente ! Vous devez être très heureuse ?

— Oh oui, répondit Margareta de manière déjà machinale, Luzia ne cessant en effet de lui poser la même question.

Theresia sourit presque tendrement.

— Vous avez tant fait pour moi. C'est pourquoi je suis si contente de vous savoir heureuse. Quand je pense que, sans vous, mon mari... ah, je préfère ne pas y penser du tout. Vivre avec lui est une chose merveilleuse. Aucune journée n'est assez longue à mon gré, et même ma propre existence me paraît trop courte pour tant de bonheur. Il y faudrait l'éternité !

— Je vous comprends.

Margareta eut de la peine à vaincre un léger étourdissement. Cette créature n'allait donc pas arrêter ses bavardages avant qu'elle ne s'évanouisse ou ne se mette à pleurer ?

— Bien sûr que vous me comprenez, continua Theresia d'une voix douce, car vous ressentez certainement la même chose que moi. Mais, dit-elle en agitant sa délicate ombrelle en guise d'au revoir, je ne veux pas vous retenir plus longtemps. Nous vous verrons au plus tard lors de votre mariage !

— Pardon ? sursauta Margareta.

— Nous avons reçu hier l'invitation du comte. Mille fois merci, cela nous fait grand plaisir.

Theresia fit un signe de tête amical avant de poursuivre son chemin à petits pas gracieux. Margareta, elle, emprunta une ruelle latérale pour se rendre chez Maurice. Quelques officiers lui rendaient justement visite. Il sortit quand on lui annonça la venue de Margareta.

— Bonjour, ma chérie, dit-il avec étonnement, très aimablement néanmoins, passes-tu par hasard ou une raison particulière t'amène-t-elle ?

— Est-ce vrai que tu as invité Richard et Theresia von Tscharnini à notre mariage ?

— Oui, pourquoi cette question ?

— Parce que… je ne le souhaite pas !

— Mais je ne peux pas revenir sur cette invitation.

— Tu aurais au moins pu me demander mon avis.

— Vraiment, dit-il avec quelque impatience, je n'ai pas considéré comme si important de savoir qui viendrait ou non. Il fallait bien que j'invite l'un des Tscharnini, et, après ce… deuil dans la famille, j'ai estimé que le mieux était d'inviter le jeune couple, le plus à même d'apprécier des festivités.

— Pourquoi donc nous faut-il inviter quelqu'un de la famille des Tscharnini ? Je ne le comprends pas ! insista-t-elle, au bord des larmes.

Maurice soupira.

— C'est une simple obligation sociale, expliqua-t-il. Nos familles étaient amies autrefois. Si je n'invitais aucun d'entre eux, cela apparaîtrait comme une mesquinerie de la part du vainqueur envers le vaincu.

— Tant pis…

Maurice lui lança un regard perplexe.

— Qu'as-tu soudain contre les Tscharnini ? Je croyais que c'étaient des parents, et tu t'es d'ailleurs fortement engagée en faveur de Richard et de Theresia.

— Il s'agit d'une querelle personnelle, prétendit Margareta en s'apprêtant à partir. Tu as des visiteurs, il ne faut pas les faire attendre.

Maurice la retint par la main.

— Tout va bien ? Tu es si pâle !

— C'est bien naturel, répondit-elle avec un faible sourire, un mariage est quelque chose de très éprouvant.

Se libérant, elle quitta la maison.

Le mariage était fixé au 25 octobre et le prêtre voulut marier le couple dans la demeure de Maurice. Ce matin-là, Margareta se sentit très mal dans sa peau. Tôt levée, elle regarda par la fenêtre ce qui s'annonçait comme une magnifique journée d'automne.

— J'aimerais savoir pourquoi le soleil est de la partie, murmura-t-elle.

Luzia fit alors son apparition, fort étonnée de trouver Margareta tout éveillée.

— Il est encore bien tôt, je pensais que tu dormais encore.

— Je n'ai pas fermé l'œil de la nuit. Aide-moi, je t'en prie, à enfiler ma robe !

Il fallut un bon moment avant que Margareta ne fût prête, mais alors, se regardant dans le miroir, d'admiration elle oublia presque son chagrin. De coupe simple, la robe avait un décolleté rond, garni de dentelle, des manches bouffantes, une taille étroite et une large jupe se terminant par une traîne. N'ayant pas attaché ses cheveux d'un blond clair simplement ornés d'une couronne de fleurs blanches et de feuilles vertes, Margareta avait l'air plus jeune que d'ordinaire. Elle avait minci durant la dernière période et paraissait plus délicate, impression que renforçait encore la fatigue d'une nuit blanche, lisible sur ses traits. L'émotion envahit Luzia.

— Comme tu es belle ! chuchota-t-elle. Ah, penser que tu n'habiteras plus ici !

— Nous nous reverrons souvent, la consola Margareta en jetant un dernier regard dans le miroir. Je pense que je suis prête. Nous pouvons y aller !

C'est à peine si Margareta, Luzia et Friedrich prononcèrent une parole durant le trajet en voiture les menant chez Maurice, Luzia parce que ce genre d'événement était au-dessus de ses forces nerveuses, Friedrich parce qu'il voyait le visage de marbre de Margareta. Sachant tout de la fiancée, il comprenait que la présente journée n'était qu'un acte parmi d'autres d'une longue tragédie. Quand ils sortirent de la voiture devant la demeure, Margareta s'arrêta un instant et ferma les yeux.

— Soyez courageuse, lui chuchota-t-il. Vous commencez enfin une vie nouvelle !

Puis il la prit par la main pour la conduire dans le salon. À partir de cet instant, la réalité passa au second plan, et Margareta eut l'impression de se mouvoir dans un rêve bizarre, un peu comme durant la nuit du Nouvel An où elle s'observait elle-même d'un œil froid, un œil qui n'aurait pas été le sien. Elle traversa les rangs des invités – ils étaient une vingtaine ou une trentaine –, elle entendait un léger murmure sans saisir ce qui se disait, elle croisait des regards curieux, aimables, pleins de douceur ou de froideur, apercevait de clairs tissus de soie et des bijoux étincelants, sentait des parfums pénétrants qui se mêlaient à l'odeur des fleurs. Elle marchait lentement parce que sa robe était un peu trop longue et qu'elle ne voulait pas trébucher. Elle savait qu'elle aurait dû sourire. Les invités qui la soumettaient à un examen sévère escomptaient découvrir dans ses yeux le bonheur, de l'émotion et du mouvement, mais elle se sentait incapable de contrôler l'expression de son visage.

Je dois avoir l'air d'aller à mon exécution, songea-t-elle. *C'est dommage, je les déçois.*

Un autel avait été dressé dans l'un des salons. Il consistait en trois tableaux disposés en demi-cercle et représentant la Cène, la crucifixion et la résurrection du Christ. Devant ces trois panneaux, on avait placé une relique, une croix en or, aux riches ornements, et un magnifique calice dont les camées et les miniatures en nacre blanche, avec leurs montures en or ciselé et en grenats, brillaient mystérieusement à la lumière des cierges et du soleil entrant dans la pièce. Il y avait partout de grands bouquets de fleurs d'automne.

Margareta était debout devant le prêtre quand Maurice vint soudain se placer à côté d'elle. Elle remarqua que, comme elle, il avait l'air grave. Il portait une cape en brocart noir et doré et naturellement aussi son épée. Ils s'agenouillèrent côte à côte, puis le prêtre commença la cérémonie d'une voix monotone. Margareta regarda ses mains jointes, essayant de se rappeler l'une des nombreuses prières apprises au couvent, mais aucune ne lui vint à l'esprit. Finalement, le prêtre fit le signe de la croix au-dessus du couple et éleva les mains pour les bénir. Ils se relevèrent.

Maintenant je suis sa femme, se dit-elle, *personne de ma famille ne le sait, mais je suis à l'instant devenue la comtesse Lavany.*

Elle ne ressentit rien, ni à cette idée ni quand Maurice se pencha sur elle et l'embrassa sur la joue. C'était la première fois qu'il touchait de ses lèvres une autre partie de son corps que les mains. Elle posa une main sur son bras, car ils devaient à présent avancer le long du grand tapis entre une double haie d'invités. Margareta se tourna lentement et regarda Richard droit dans les yeux. Bien qu'il fût placé au premier rang, presque à côté de l'autel, elle ne l'avait pas encore aperçu. Tel un dormeur s'éveillant d'un sommeil profond, elle eut un brusque geste de recul tant la lumière était vive et tant les murmures autour d'elle étaient forts. Comme fascinée, elle gardait les yeux rivés sur ceux de Richard. Il lui sourit presque imperceptiblement et les larmes lui vinrent aussitôt aux yeux. Elle tenta désespérément de les retenir, mais elles roulèrent l'une après l'autre le long de ses joues et elle se dit avec rage : *Pourquoi a-t-il fallu que tu viennes ? Pourquoi agis-tu ainsi ? Pourquoi me tourmentes-tu alors que tu sais combien je souffre ?*

Mais sa colère retomba aussi vite qu'elle était venue. Il ne resta plus en elle que de la tristesse. *Ah, Richard, c'est toi qui devrais aujourd'hui te tenir à mes côtés, toi et personne d'autre. Comment a-t-il pu se faire que nous vivions une telle journée ? Je passe devant toi en tant que comtesse Lavany, et tu me regardes, accompagné de ta femme qui me sourit, pleine d'amour, parce qu'elle me remerciera toute sa vie de t'avoir sauvé pour elle. Comment cela a-t-il pu se produire, alors que je sais que nous sommes faits l'un pour l'autre, que nous sommes destinés à vivre l'un pour l'autre ? Je t'en prie, crois-moi, maintenant encore je t'appartiens, et il n'en sera jamais autrement !*

Les larmes de la fiancée, censées annoncer un mariage heureux et fécond, émurent les invités. Très peu de présents connaissaient la jeune fille ; la concernant, personne ne savait plus que ce qui avait été officiellement annoncé lors du fameux bal de Nouvel An. Tous s'accordèrent à la trouver charmante, notamment parce qu'elle paraissait bouleversée.

Dans une pièce de plus grandes dimensions, on avait disposé des tables où la vieille cuisinière qui vivait depuis longtemps chez Maurice servait ses hôtes. Heureuse du remariage du comte, elle entourait l'élue de sa sollicitude. Margareta remarquait à peine ce qu'elle mangeait et buvait et les conversations des gens n'étaient pour elle qu'un vague murmure. Son attention se concentrait sur Richard, assis à proximité et s'entretenant de chevaux avec un homme qu'elle ne connaissait pas. C'est avec ravissement qu'elle entendait sa voix. Elle connaissait et aimait chacune de ses intonations, chacun de ses gestes.

Elle se rappelait avec une force nouvelle l'époque où ils s'étaient rencontrés, cette journée d'été torride dans les prés de Sankt Benedicta, la soirée dans la forêt, théâtre de leur premier baiser, leur fuite jusqu'en Bohême. Elle était alors si certaine de leur amour ! Margareta était entièrement absorbée dans ses pensées. Heureusement, Maurice ne s'aperçut pas de son état, plongé qu'il était depuis un bon moment dans une discussion politique qui le détournait de tout le reste.

L'après-midi s'écoula rapidement. Maurice avait engagé des musiciens qui, sur des harpes, des psaltérions, des chalumeaux, des flûtes, des cors et des luths, jouaient des airs populaires et des danses. Ayant pris place devant une épinette aux riches ornements sculptés, une femme chantait des mélodies sentimentales. Le vin coulait à flots, occasion de nombreux vœux de bonheur formulés à l'intention du jeune couple.

Margareta s'efforçait de sourire et de se montrer aimable alors qu'elle avait le cœur lourd. Il lui avait fallu attendre cette journée pour sentir réellement et définitivement qu'elle devrait vivre pour toujours sans Richard. Elle éprouva un instant l'envie d'être seule avec lui. Trop de monde, néanmoins, se pressait autour d'elle pour le lui permettre. Vers le soir, des nuages s'amoncelèrent et un violent orage éclata. La plupart des invités partirent précipitamment, désireux d'arriver chez eux avant que les rues en partie non pavées ne fussent devenues impraticables. Ils prirent congé du couple les uns après les autres. Quand elle eut Richard devant elle, Margareta perdit son sourire.

— Je te souhaite tout le bonheur possible, murmura-t-il, et rappelle-toi que je t'aimerai tant que je vivrai. Même en tant que comtesse Lavany.

Margareta, figée, voulut répondre mais ne trouva rien à dire. Maurice la regardait et tout autre mot prononcé aurait pu la trahir. Elle tendit la main à Theresia et dut pour la centième fois s'entendre dire tout le bonheur que sa rivale éprouvait à rencontrer une amie aussi rayonnante. *Elle fait preuve d'une imagination extraordinaire*, ne put-elle s'empêcher de penser.

— J'espère que nous nous verrons souvent, dit Theresia en souriant, n'est-ce pas, Richard ?

— Ma foi, nous devrions quand même laisser nos deux amis seuls quelques semaines, répondit Richard un peu crispé. Viens, allons-y !

— Je vous accompagne jusqu'à votre voiture, leur proposa Maurice, car ils étaient les derniers à prendre congé. Margareta, tu montes déjà ? La cuisinière va te montrer la chambre.

— Oui, dit Margareta en évitant de croiser le regard de Richard, espérant méchamment qu'il souffrait à son tour.

La cuisinière conduisit Margareta à l'étage.

— Je vous souhaite une bonne nuit, madame la comtesse, et voici pour vous, lui dit-elle devant la porte de la chambre, lui tendant une coupe pleine d'un liquide de couleur foncée. Des graines de laurier, des chardons et des clous de girofle dans un bouillon de pigeon, expliqua-t-elle avec un air mystérieux. Grâce au livre des plantes de ma défunte grand-mère. Si vous le buvez, madame la comtesse, votre amour pour lui sera encore plus intense…

Margareta en doutait fort, mais elle ne voulut pas vexer la vieille femme.

— Merci, Jitka, répondit-elle donc joyeusement avant d'entrer, et bonne nuit !

La faible lueur de la bougie éclairait une pièce meublée avec une grande élégance, évoquant davantage un salon qu'une chambre à coucher. Seul le grand lit au baldaquin vert signalait la véritable destination de l'endroit.

Jitka semblait avoir respecté consciencieusement chacune des indications du livre de sa grand-mère, dans le dessein de favoriser, cette nuit, le bonheur amoureux des jeunes mariés. Elle avait posé près de la porte un plat rempli de fleurs et de plantes au parfum envoûtant. Margareta reconnut de la verveine, de la menthe, du thym et des violettes, toutes espèces dédiées à Vénus et, selon la croyance populaire, propres à stimuler les capacités amoureuses d'une femme, et, parmi elles, du basilic et du genêt, les plantes de Mars. Du lit lui parvint l'odeur de la marjolaine. Jitka devait avoir répandu des flacons entiers d'essences parfumées sur les draps.

Margareta s'empressa de vider la coupe par la fenêtre. La mixture était plus à même de lui donner la nausée qu'à éveiller en elle un quelconque autre sentiment. Dehors, dans la rue, il faisait nuit noire et la pluie était toujours forte. Si seulement le printemps pouvait revenir bientôt ! Quand il faisait chaud, elle avait plus de courage et de force, et l'un et l'autre lui seraient nécessaires pour affronter la vie qui l'attendait, pour oublier tout le passé et puiser de nouveaux espoirs. Elle aimerait tant être heureuse, retrouver le bonheur chaud, familier et si léger des jours enfuis.

Elle regarda autour d'elle dans la chambre. C'est avec une certaine répugnance qu'elle pensa à Maurice qui allait la rejoindre d'un moment à l'autre. Ah, elle s'était une seconde fois mise dans une drôle de situation ! Bien sûr, elle aurait pu tomber bien plus mal encore. Mais pourquoi fallait-il qu'elle se voie justement contrainte à chercher de pareilles issues ? Pourquoi le sort ne lui accordait-il pas le seul époux qu'elle désirait ?

18

Quand elle se réveilla, le lendemain matin, le lit était vide à côté d'elle. Maurice devait s'être levé sans bruit, car elle n'avait absolument rien remarqué. Soulagée, elle se redressa. Elle ne se sentait pas plus attirée par lui que la veille au soir.

Se levant, elle alla se regarder dans le miroir. Margareta, comtesse Lavany ! Ça y était enfin : femme mariée, elle avait un nom, un foyer, des biens, jouissait du respect et s'était montrée digne de ses origines. Elle se faisait déjà une joie du visage de sa mère quand elle se présenterait à elle un jour. Peut-être aurait-elle alors déjà un fils qui, même s'appelant Lavany, serait du sang de la famille Ragnitz et enchanterait son grand-père. Oh oui, elle avait envie d'avoir beaucoup d'enfants pour ne plus jamais être seule. Afin d'oublier Richard et de n'être plus que la comtesse Lavany, la mère d'enfants bien nés qui feraient honneur à leur famille. Tout en rêvant, elle s'habilla et se peigna. Elle constata avec surprise qu'elle avait faim.

En bas, Jitka avait déjà mis la table et allumé un feu dans la cheminée.

— Madame la comtesse, s'écria-t-elle en apercevant Margareta, vous avez dormi longtemps ! Il est presque midi !

Pleine d'attentions, elle avança un siège pour sa maîtresse et lui mit du gâteau sur son assiette.

— Allez, mangez bien, madame la comtesse !

— Merci, Jitka. Est-il vraiment déjà si tard ?

— Très tard, confirma Jitka, et M. le comte a beaucoup regretté de devoir prendre son petit déjeuner sans vous.

— Où est-il donc ?

— Chez le prince von Liechtenstein. Ah, M. le comte est quelqu'un d'important, il a partout son mot à dire ! s'exclama la cuisinière en hochant la tête d'un air pénétré.

Margareta ne put s'empêcher de sourire. Elle était sûre qu'elle s'entendrait bien avec Jitka.

Après avoir mangé, elle inspecta la maison, se faisant la remarque que tout s'accordait bien à ce qu'elle savait de Maurice. Il y avait des meubles chers et élégants dans chaque pièce, mais aucun n'avait de touche personnelle. L'appartement aurait pu être celui de n'importe quel noble de Bohême pour qui sa demeure ne répondait qu'à des impératifs de représentation. Dans l'un des salons, elle trouva un portrait de la première femme de Maurice. Elle l'examina avec curiosité et fut déçue. La comtesse était pâle, avec l'air de s'ennuyer, et dépourvue de tout attrait.

Tard dans l'après-midi, alors que Margareta était occupée à broder, Maurice entra dans la pièce, les joues rougies par le froid. Margareta courut à sa rencontre.

— Ah, te voilà, je me faisais déjà du souci !

Après une hésitation, Maurice l'embrassa. Il avait eu dans la nuit l'impression que ses témoignages d'affection n'étaient pas particulièrement agréables à sa compagne, alors qu'elle paraissait à présent détendue et aimable. Il approcha de la cheminée pour se réchauffer les mains.

— Je suis désolé de t'avoir laissée seule aujourd'hui justement, mais la réunion était très importante. Au surplus, je t'ai rapporté un cadeau.

— Oh ! s'exclama-t-elle, incapable de cacher sa curiosité. Qu'est-ce que c'est ?

— Rien que j'aie pu prendre avec moi. Ce serait un peu trop encombrant. C'est une propriété à la campagne avec un manoir, répondit-il en se tournant vers elle en souriant.

— Un… ? Vraiment ? Un véritable manoir ?

— Oui, pas très loin de Prague. Il m'a été offert par Karl von Liechtenstein. Le château de ma famille est toujours rempli de tantes très âgées et querelleuses et j'ai donc pensé que tu serais heureuse d'avoir une résidence à toi, en dehors de la ville.

— Ah, Maurice, c'est un merveilleux cadeau. Tu sais, je ne me plais pas particulièrement à Prague, et, comme ça, nous pourrons en sortir et vivre à la campagne. C'est…

Soudain, une idée lui vint à l'esprit et sa mine s'assombrit.

— Maurice, à qui appartenait le château jusqu'ici ? Ce n'est tout de même pas un bien exproprié ?

Margareta savait que les biens expropriés faisaient pour l'heure l'objet d'un commerce actif. Ayant enlevé à de nombreux nobles protestants leurs propriétés et leurs terres, on était à présent à la recherche de repreneurs aisés. L'empereur se trouvait dans une situation financière désastreuse, alors qu'il prévoyait devoir faire la guerre des années encore pour assurer son pouvoir. Rien ne lui était donc plus indispensable que de l'argent, si bien que toute vente d'un domaine était la bienvenue. Les acheteurs profitaient naturellement de la situation et marchandaient les prix à la baisse. Il arrivait que des propriétés parmi les plus belles, les plus anciennes et les plus rentables fussent cédées à vil prix. Le bénéfice de ces opérations était réduit, ce qui entraînait la poursuite des expropriations. Aucun protestant ne pouvait plus se sentir à l'abri.

Margareta tenait cette pratique pour immorale et indigne. Maurice la rassura.

— Je peux t'assurer que cette demeure n'est pas un bien exproprié. En tout cas, l'expropriation n'est pas le fruit de la guerre. Le propriétaire était criblé de dettes, un buveur impénitent et avili, et le bien a été saisi pour payer ses dettes. L'empereur n'est pour rien dans cette affaire bien qu'il s'agisse d'un protestant.

— J'en suis heureuse, dit Margareta avec soulagement, et où se trouve cette propriété ?

— Près de Kolin, soit à quelques milles à l'est de Prague. Elle s'appelle Belefring.

— Belefring, répéta Margareta, un joli nom. Quand me la feras-tu visiter ?

— Sitôt que possible.

Ils quittèrent Prague dès le mois de novembre, avec trois grandes voitures, trois domestiques armés, Jitka et Dana, une femme de chambre que Margareta avait prise à son service. Bien entendu, Varus et Lilli furent eux aussi du voyage, le sage étalon comme un des chevaux de trait, la jeune chatte dans un panier d'osier garni de coussins de velours. Malgré le mauvais état prévisible des routes, malgré le vent glacial qui soufflait alors, malgré les voleurs de grand chemin et les mille autres dangers qui les guettaient, Margareta n'en pouvait plus d'attendre. Elle se pensait incapable de rester un jour de plus à Prague, cette ville laide et tombée dans la misère qui ne lui avait apporté que des malheurs et où, même maintenant, elle ne se sentait pas bien. Elle était seule la journée entière, Maurice ne restant guère à la maison. Quand il rentrait, elle n'en était pas soulagée pour autant. Sa présence ne lui était pas spécialement agréable. Elle éprouvait si peu d'amour pour lui qu'elle en était effrayée, mais elle pensait que cela s'arrangerait à la campagne où ils seraient en pleine nature et ne seraient plus contraints de demeurer dans d'étroites petites pièces. C'est enfin à cause de Richard qu'elle avait précipité son départ. À trois reprises, au cours de ses promenades, elle l'avait rencontré, accompagné de Theresia ; la première fois, Maurice était lui aussi présent ; il s'était entretenu avec Theresia, tandis que Richard et elle restaient face à face, muets. Plusieurs jours après cette scène, elle s'étonnait encore que Maurice n'ait pas remarqué la tension entre elle et Richard.

Maurice n'ayant lui-même pas encore vu le bien, il craignait que, à l'image de son ancien propriétaire, il fût dans un état déplorable. Il s'était trompé. Belefring était un ravissant petit château, entouré de vastes champs au cœur d'une vallée accidentée, de forêts épaisses et de prairies immenses. La demeure avait été aménagée de façon luxueuse. Il y avait dans toutes les pièces de lourds tapis en laine, si moelleux qu'on s'y enfonçait à chaque pas. Les hautes fenêtres cintrées étaient faites de petits carreaux ronds de différentes couleurs, si bien que la lumière pénétrant dans les pièces était d'un rouge tendre ou d'un bleu délicat. Il y avait des chandeliers en verre, de longs bancs aux dossiers sculptés, des fauteuils au capitonnage en velours, d'énormes tables en chêne marquetées et des poêles montant jusqu'au plafond ; leurs carreaux plombés, blancs, bleus et bruns, étaient ornés de peintures représentant des personnages étranges. Les ayant longuement observées, Margareta finit par reconstituer des histoires, le plus souvent empruntées à la Bible, mais aussi des contes et des légendes ainsi que de très anciennes fables. Dans la cage d'escalier aux poutres vermoulues étaient accrochés des tableaux aux encadrements dorés, représentant des scènes de l'Ancien Testament, notamment la vie de Judith, la tyrannicide, qui finissait par brandir, triomphante, la tête tranchée de son adversaire. Margareta, frissonnant légèrement, passa rapidement devant cette dernière peinture. En revanche, un gigantesque tableau suspendu dans la galerie supérieure l'attira comme par magie. Il représentait des hommes couverts de sang, armés d'épées et de poignards, qui se ruaient les uns contre les autres en un horrible carnage, paraissant se livrer à une véritable orgie meurtrière.

— De quoi s'agit-il donc, pour l'amour du ciel ? demanda Margareta, terrifiée, quand elle vit cette sombre scène pour la première fois.

— De l'âge de fer, expliqua Maurice, d'après l'idée qu'Hésiode se faisait de l'histoire de l'humanité. L'âge d'or et l'âge d'argent sont révolus, et maintenant les hommes s'entretuent.

Un fin rai de lumière scintillante, tombant d'une fenêtre latérale, éclairait un sabre dégoulinant de sang. Margareta se détourna d'un geste vif.

— C'est terrible ! murmura-t-elle.

— Faut-il le décrocher ?

— Non… non, dit-elle, évitant toujours de regarder le tableau, car… Ça correspond bien à la réalité, n'est-ce pas ? Ne vivons-nous pas à l'âge de fer ?

Souvent, revenant d'une promenade à pied ou à cheval, Margareta s'arrêtait dans l'escalier pour regarder la peinture dont les couleurs restaient lumineuses même dans la pénombre. L'œuvre lui apparaissait comme un avertissement, elle qui, les derniers mois, s'était si souvent interrogée sur son propre destin. Une guerre épouvantable menaçait de détruire l'Empire et personne ne savait combien de temps elle durerait. Avait-on le droit, en une époque pareille, d'épuiser ses forces à se lamenter à propos d'un amour perdu ? Avec une piété retrouvée, elle reprit la lecture de la Bible et la prière du soir. Elle possédait un chapelet composé de rubis et de perles qu'elle portait comme un collier, sous sa robe, et parfois, dans l'escalier, elle récitait un *Ave Maria*.

Heureusement que Dana, la femme de chambre, était là. Devenue pour Margareta une véritable amie, elle l'empêchait, par sa présence, de sombrer dans la mélancolie.

Cette jeune fille était plus intelligente et d'esprit plus pratique qu'elle n'aurait osé l'espérer et rien ne semblait pouvoir altérer sa bonne humeur. Elle aimait écouter ce que racontait sa maîtresse et, étant toutes deux du même âge, elle était pour elle une interlocutrice idéale. Margareta était de plus convaincue que Dana, peu portée sur le bavardage, était une personne à qui on pouvait se fier en toute sérénité. Bien entendu, Margareta ne lui parla pas de Richard, sans exclure néanmoins de le faire un jour.

Quand Margareta repenserait plus tard à cet hiver des années 1621 et 1622, elle se dirait que cela avait été l'unique période heureuse de son mariage avec Maurice. La suite semblait avoir été une lente dérive vers un désastre, elle n'éprouvant que de la répugnance, de la haine, de la tristesse, allant jusqu'à offenser et humilier son époux, lui ne manifestant qu'une indifférence grandissante. Ces quelques mois, en revanche, s'étaient écoulés dans l'harmonie. Il avait d'abord beaucoup neigé, mais les semaines suivantes n'avaient connu que le soleil et un ciel d'azur. Margareta et Maurice passaient le plus clair de leur temps dehors, ce qui leur faisait le plus grand bien. Ils dormaient jusque tard dans la matinée et restaient assis le soir devant la cheminée, Maurice parlant de lui et de sa vie. Il avait traversé quelques rudes et périlleuses épreuves qui faisaient frissonner Margareta. Il s'interrompait parfois pour demander :

— Mes éternels récits de guerre ne t'ennuient-ils pas trop ?

Elle se contentait de secouer la tête. Il lui était entretemps apparu que ce qui les tenait éloignés, ce n'étaient ni l'expérience de la vie de Maurice ni leur grande différence d'âge, mais Richard. Aussi s'efforçait-elle de refouler cette prise de conscience. Il lui était plus facile de rendre Maurice responsable de toutes les difficultés plutôt que sa propre dépendance par rapport à un homme qui l'avait trahie et abandonnée. Chaque fois que Maurice l'embrassait ou l'étreignait, elle avait l'impression qu'il revendiquait une chose à laquelle il n'avait pas droit.

L'harmonie régnant entre eux durant cet hiver ne reposait donc pas sur une véritable compréhension mutuelle, uniquement sur un commun effort de politesse, Maurice espérant vraiment, pour sa part, finir par conquérir

Margareta. Par amour pour elle, il avait rompu tout contact, pendant ces quelques semaines, avec Prague, la politique et le cours de la guerre dans l'Empire, une concession qu'il n'entendait pas prolonger éternellement. Mais la froideur dont elle avait fait preuve pendant les premiers jours de leur mariage et qu'il attribuait à ses fréquentes absences l'avait poussé à tout tenter pour la rendre heureuse. Il l'accompagnait dans ses promenades, écoutait plein de patience et d'intérêt ses récits sur la Bavière et Sankt Benedicta.

De son côté, Margareta combattait de toutes ses forces sa répugnance à l'égard de Maurice, sentiment qu'elle-même trouvait stupide et déplacé, tout comme son amour pour Richard.

Cependant les belligérants ne songeaient pas un instant à renoncer à leur folle et atroce rage destructrice, semblant plutôt enclins à ne pas laisser intacte une seule parcelle du sol allemand. L'empereur n'avait pas abandonné son projet d'annexer le Palatinat, il en avait seulement jusque-là été empêché par l'habileté du général Mansfeld. Au printemps 1622, le roi Frédéric disposait de plus d'alliés que jamais, les chefs de guerre Mansfeld, Christian de Brunswick et le prince électeur de Bade se rangeant fermement de son côté avec leurs armées. Or toutes ces troupes étaient fort éloignées les unes des autres, ce qui offrait une chance à leurs adversaires. Le comte de Tilly et l'officier espagnol Cordoba furent chargés d'empêcher leur jonction.

Début mars, Maurice reçut directement de l'empereur un compte rendu relatif à ces événements, ce qu'il considéra comme une invitation à participer à nouveau à la vie politique. Il envisagea de rejoindre les troupes de Tilly.

— Crois-tu que tu peux rester seule ici ? demanda-t-il à Margareta après l'avoir informée de ses projets. Ou préfères-tu retourner à Prague ?

— Oh non, pas à Prague. Je reste ici.

— Je voudrais pouvoir rester auprès de toi. Sans cette guerre…

— Bien sûr, se dépêcha-t-elle de l'interrompre, je sais, tu n'y peux rien.

— Si le traité entre l'Espagne et l'Angleterre avait pu être conclu, cela aurait peut-être signifié la fin de la guerre. Sous protection de l'Espagne, le roi Frédéric serait redevenu prince électeur du Palatinat et l'empereur aurait fini par annuler le ban prononcé contre lui. Mais j'ai bien peur que personne ne souhaite que la guerre cesse. Il est indéniable que c'est essentiellement la soif de pouvoir qui anime chacun des camps.

Pense-t-il que cela m'intéresse ? se demandait Margareta tout en l'écoutant poliment. Elle ressentait depuis peu une irritation croissante. Même si cela ne faisait que quatre mois qu'elle vivait avec Maurice, elle avait l'impression d'être à bout de patience. Elle perdait toute envie de faire des efforts et la haine qui se dissimulait derrière cette attitude l'effrayait. Sans aucune raison, elle rejetait la faute de tous ses malheurs sur lui, l'homme qui l'avait sortie d'une situation sans issue. Il était responsable de sa rupture avec Richard, de la mort de Julius, du chagrin de Sophia ; il avait profité de l'impasse où elle se trouvait pour lui imposer le mariage, et il ne l'aimait absolument pas. Bien que sachant parfaitement que ces pensées étaient injustes, elle ne parvenait pas à s'apaiser, même en se raisonnant. Sans s'en apercevoir, elle sombrait dans la haine typique qu'éprouve contre son sauveur celui qui est le seul responsable de sa propre déchéance. *Ce serait une bonne chose*, pensa-t-elle, *si Maurice partait pour quelque temps.*

Elle ne l'écouta que distraitement lui parler des dispositions qu'il avait prises pour elle. Le régisseur du domaine était, dit-il, un homme de confiance et il s'occuperait de tout. Elle n'aurait pas affaire avec les paysans travaillant sur la propriété, et, à la maison, elle serait secondée par Dana, Jitka et trois domestiques.

— Je crois qu'il ne peut rien arriver, conclut-il.

— Non, que pourrait-il donc arriver ?

Elle sentit qu'elle ne devait pas le laisser partir sans quelques paroles d'adieu aimables.

— Je t'en prie, sois prudent et veille à ce qu'il ne t'arrive rien, dit-elle sans conviction.

— Mais tu sais bien que j'en ai vu d'autres, répliqua Maurice tout aussi crispé.

Comme si souvent, le niveau de leur conversation était retombé à celui de la simple courtoisie. Margareta se ressaisit.

— C'est vrai, dit-elle tout bas, je voudrais que tu reviennes sain et sauf.

Maurice sourit et, comme toujours quand il souriait, la douceur envahit son visage.

— Tu ne peux savoir combien j'en suis heureux.

S'approchant tout près d'elle, il lui prit les deux mains.

— Est-ce que tu sais que je t'aime ? l'interrogea-t-il.

— Tu me l'as souvent dit.

— Et tu me crois ?

— Pourquoi ne te croirais-je pas ?

Elle recula imperceptiblement et il la lâcha.

— Ma petite fillette crottée de la forêt, dit-il, je pense que je suis tombé amoureux de toi dès ce jour-là.

— Mais je ne suis plus la petite fillette crottée de la forêt, répondit-elle sèchement.

— Non ?

— Non ! Bien sûr que non. Cela va bientôt faire deux ans de ça. Et d'ailleurs…

Elle chercha désespérément mais en vain une réplique cinglante.

— Et d'ailleurs, je ne suis plus cette fillette !

— Non, admit Maurice, on peut au moins dire que tu n'es plus crottée !

Il avait retrouvé son ton badin, la soudaine tendresse ayant fait place à la réserve.

Deux ou trois jours après, il quitta Belefring en compagnie de quelques fils de paysans volontaires. Margareta l'accompagna jusqu'au portail fermant le parc et lui fit signe longuement tandis qu'il s'éloignait. Les chevaux s'élancèrent comme s'ils partaient pour une fête et non pour la guerre. Comme les yeux de Maurice brillaient au moment du départ ! Il avait rajeuni et Margareta n'eut pas à simuler la soudaine peur qu'il lui arrive quelque chose. Elle fut néanmoins soulagée qu'il s'en aille, tant elle avait eu de peine à montrer en permanence de la bonne humeur et à préserver leur bonne entente.

En revenant au château, elle vit un cavalier sur une colline proche, immobile sur sa monture, qui, autant qu'elle put en juger, regardait en direction de Belefring. Cela lui sembla étrange, puis elle chassa rapidement cette sensation et se dépêcha de rentrer, l'air étant encore froid, en mars, et les prairies couvertes de neige.

Le printemps finit par arriver. Se sentant fort libre, Margareta était aux anges. La pureté et la tiédeur de l'air, la douceur du vent l'enchantaient. Elle emmenait toujours Dana avec elle lors de ses promenades. Avoir retrouvé une amie lui procurait une joie immense. Dana lui rappelait Angela dont elle avait la nature joyeuse et simple et l'indestructible confiance en soi. Son rire, plus enfantin, était aussi bruyant que celui de sa compagne d'enfance. Elles ne se ressemblaient absolument pas, car on ne pouvait dire de Dana qu'elle était jolie. Ses cheveux en permanence un peu décoiffés étaient d'un blond foncé sans relief, elle avait des yeux gris pâle et le visage couvert d'innombrables taches de rousseur. Pourtant, à cause de son tempérament, tout le monde s'accordait à la trouver charmante.

Margareta avait conscience du bien que lui procurait la compagnie de Dana. Durant les deux années écoulées, elle avait vécu des événements douloureux, avec très peu d'occasions de rire. Or Dana répandait autour d'elle une gaieté dont Margareta avait été si longtemps privée. Elles étaient toutes deux avides de connaître les aspects agréables de l'existence, Dana qui n'avait jamais eu que la pauvreté pour compagne et Margareta qui avait été élevée dans les mornes et strictes règles d'une vie claustrale. Maintenant, Margareta avait de l'argent et personne n'était là pour surveiller la manière dont elle en usait. Les jeunes femmes firent venir de Prague une couturière qui leur confectionna des robes splendides. Elles se laissèrent dire que le velours carmin et le satin vert foncé étaient pour l'heure très à la mode à Prague. Margareta appréciait tout particulièrement les dessous beaucoup plus agréables au toucher que les rêches tissus de lin de jadis. Elle s'habillait à présent de soie, douce et lisse sur la peau, aux motifs fleuris multicolores, des vêtements délicats et gracieux qu'elle regrettait de ne pouvoir montrer à quiconque. Elle portait des bas de dentelle blanche et des chaussures de cuir doré. La couturière réussit même à la persuader de se faire percer le lobe des oreilles.

— Il existe de ravissantes boucles d'oreilles que vous ne pourrez porter sans les trous, lui dit-elle. Aucune dame de la bonne société n'y renoncerait !

Margareta supporta donc stoïquement la douleur quand l'habile vieille femme la tortura avec une grosse aiguille chauffée au rouge, frictionnant ensuite les plaies avec de mystérieuses herbes afin d'éviter l'infection. Une fois la cicatrisation achevée, elle acheta deux chaînettes en or se terminant par de petites pommes de pin dorées qui, des oreilles, descendaient presque jusqu'aux épaules. En se regardant dans la glace, elle eut enfin le sentiment d'être une véritable comtesse.

— Cela plaira-t-il au comte ? demanda-t-elle, dubitative, à Dana. J'ai un peu l'air accoutrée, tu ne trouves pas ?

— C'est ainsi qu'on les porte aujourd'hui, et puis, mieux vaut ne pas trop demander leur avis aux hommes, répondit la délurée Dana. D'ailleurs, si je ne me trompe, celui du comte ne vous préoccupe guère, n'est-ce pas ?

Margareta lui lança un regard pénétrant. Elle avait parfois le sentiment que Dana savait très bien que tout ne se passait pas le mieux du monde entre Maurice et elle. Elle avait assez souvent remarqué que la jeune fille le regardait avec compassion. Mais, comme il était parti, les choses ne pouvaient plus se gâter. La gaieté de Margareta était à cette époque encore tout à fait authentique, même si, en fait, elle tentait de refouler les pensées désagréables avant d'en être obsédée.

Par une journée d'avril ensoleillée, Margareta et Dana étaient restées au lit jusqu'à midi, se demandant ce qu'elles allaient faire ensuite. Depuis le départ de Maurice, elles avaient pris l'habitude de dormir toutes les deux dans la chambre de Margareta. C'était là une coutume absolument courante, de nombreuses maîtresses désirant disposer de leurs femmes de chambre à toute heure du jour ou de la nuit. Pour les deux jeunes femmes, cela présentait l'avantage de pouvoir s'entretenir longtemps le soir et de reprendre leur babillage dès le petit matin. Ce jour-là, elles n'arrivaient pas à se décider à quitter leurs lits. Dana finit par se redresser en bâillant.

— Certains jours, j'aimerais ne pas me lever du tout, à moins qu'un prince ne vienne chanter sous ma fenêtre, soupira-t-elle.

— Les princes ne viennent jamais quand on les attend. À vrai dire, dit Margareta se redressant à son tour et tendant l'oreille, j'ai l'impression que ton souhait se réalise. J'entends un cheval.

— Venez, voyons un peu de qui il s'agit !

Toutes deux regardèrent avec curiosité par la fenêtre. Un cheval était arrêté devant le porche d'entrée, et son cavalier mettait péniblement pied à terre, un homme grand et corpulent, plus très jeune, mais pas sans charme. Son vêtement était de bonne coupe, bien que négligé.

— Ma foi, il n'a pas l'air d'un prince, constata Dana, déçue. C'est peut-être un des fermiers.

— Il ne manque alors pas de culot, remarqua Margareta. Regarde un peu avec quel naturel il se dirige vers l'entrée principale. Je crains qu'il ne s'agisse d'un visiteur. Je vais devoir m'habiller.

Elle n'était pas encore prête quand on frappa à la porte. Jitka entra, l'air ému.

— Un monsieur voudrait vous parler, madame la comtesse. Il attend dans le grand salon.

— Qui est-ce ?

— Il s'appelle le baron Belinsky.

— Je ne connais personne de ce nom. Ah, donne-moi une robe quelconque, Dana. Je me demande qui cela peut bien être.

— En tout cas, remarqua Jitka d'un ton pointu, il n'a sûrement pas pris de bain depuis des semaines.

— Il ne manquait plus que cela ! Dis-lui que j'arrive tout de suite.

Jitka disparut. Margareta ne tarda pas à sortir à son tour. Elle était fermement décidée à accueillir dignement les gens en l'absence de Maurice.

Dans le salon était assis l'homme qu'elle avait vu par la fenêtre. Il se leva à son entrée et avança d'un pas. Malgré son sourire, Margareta le trouva d'emblée antipathique.

— Baron Belinsky ?

Il s'inclina sans que son sourire s'effaçât de son visage.

— Vous êtes la comtesse Lavany, je présume, dit-il en la toisant d'un air peu avenant. Vraiment, on peut envier le comte. Je savais déjà qu'il avait épousé une femme très jeune, mais qu'elle soit *si* jeune…

Il eut un geste élogieux de la tête. Margareta trouva le compliment rien moins que charmant, tant il était d'une insolente familiarité. Elle s'efforça cependant de rester courtoise.

— Asseyez-vous, le pria-t-elle tout en prenant elle-même place sur un canapé.

Belinsky se laissa tomber sur un siège en face d'elle. Il la regardait toujours, un sourire grinçant aux lèvres, ce qui ne faisait que l'irriter davantage. Comment osait-il se conduire avec tant d'effronterie ? Elle trouvait que, de près, il ne présentait pas aussi bien que depuis la fenêtre et que son corps massif était moins celui d'un riche bien nourri que d'un buveur. Elle avait déjà observé ce genre de visage rougeaud et bouffi. *Le diable sait où Maurice a connu cet homme*, se dit-elle.

— Vous savez qui je suis ?

— Non, je l'ignore. Je suppose que vous êtes une connaissance du comte. À dire vrai, mon mari n'est pas ici.

— Oh, je le sais bien. Sinon, il ne serait pas aussi agréable de rendre une visite à sa jeune épouse.

— Je trouve vos propos on ne peut plus inconvenants.

Belinsky éclata d'un rire bruyant.

— Si jeune et si vertueuse ! Le vieux monsieur est apparemment tout pour vous ?

Margareta se leva. Les propos de cet homme dépassaient de loin ce qu'elle était prête à supporter, même si elle voulait demeurer polie.

— Si vous entendez offenser le comte, dit-elle, faites-le, je vous prie, en sa présence !

— Ah, ne vous fâchez pas, je ne voulais pas vous blesser.

— Dans quel but êtes-vous donc venu ?

— Eh bien, commença Belinsky en s'appuyant confortablement sur son dossier, cela me ramène à ma première question. Savez-vous *qui* je suis ?

— Je vous ai déjà dit que je l'ignorais.

— Oui, c'est exact. C'est un peu étrange, mais le comte doit avoir ses raisons pour ne pas faire état de mon existence. Car, voyez-vous, le baron Belinsky était jusqu'il y a quelques mois le propriétaire de Belefring. Avant qu'on ne me dépossède de mon bien !

— Oh… Belefring vous appartenait ?

— Oui. Jusqu'à ce que, comme je l'ai déjà dit, on ne me l'enlève !

— Et pourquoi venez-vous ici ?

Belinsky sourit. Il avait un instant fait perdre contenance à Margareta, et il était satisfait.

— Eh bien, poursuivit-il avec lenteur, peut-être avais-je envie de voir les gens qui m'ont volé mon pays !

— Volé ? répéta Margareta, indignée. Nous avons acheté Belefring !

— Ah, vous appelez ça acheter ? Quand des protestants sont expropriés en raison de leur foi et doivent ensuite vivre comme des mendiants ?

— Vous n'avez pas été exproprié en raison de votre foi, mais de vos dettes !

À ces mots, le sourire de Belinsky se figea.

— Écoutez-moi bien, ma jeune dame, je ne me laisserai pas insulter. Et ce que vous venez de dire était une insulte, compris ?

Il se pencha un peu en avant et la fixa de ses yeux larmoyants. Elle eut peur et recula.

— Si vous n'êtes venu que pour vous livrer à des menaces, vous pouvez repartir sur-le-champ !

— Allez-vous me faire chasser de la maison ?

— Oui, et si le comte était là, il l'aurait fait depuis longtemps !

— Mais je suis venu parce qu'il n'était pas là ! dit Belinsky qui avait retrouvé son sourire. Avec lui, négocier serait plus dangereux qu'avec vous.

Elle le regarda avec mépris, mais se tut. Elle ne le craignait plus, espérant seulement qu'il ne tarde pas à partir. Il suscitait en elle un profond dégoût.

— J'ai observé le départ du comte, reprit-il d'une voix vibrante de fierté. Cela fait en effet des semaines que je séjourne à proximité.

— Alors, c'était vous le cavalier sur la colline ?

Un frisson la parcourut. Il fallait découvrir le but de sa visite.

— Ne me direz-vous donc pas pourquoi vous êtes ici ?

— Mais si ! s'écria-t-il en se levant. Je suis ici parce que je voudrais recouvrer Belefring. Le domaine appartient à ma famille depuis plus de trois cents ans et je ne serai pas celui qui l'aura perdu. Je le récupérerai !

— Vraiment ? demanda Margareta d'un ton ironique pour masquer sa peur. Comment allez-vous vous y prendre ?

— Je ne suis pas seul, comtesse Lavany. Les paysans qui travaillent sur Belefring sont presque tous derrière moi. Ce sont en effet des protestants.

— Et, à votre avis, ces paysans, que vont-ils faire ?

Il ricana.

— Vous aimeriez bien le savoir, mais je ne peux encore le prévoir ! Il y a beaucoup de choses avec lesquelles nous pouvons vous rendre la vie difficile.

— Les paysans sont tous bien traités et la liberté de religion leur est assurée. Il n'y a pas de raison pour qu'ils nous en veuillent.

— On verra bien ! dit Belinsky en ouvrant la porte. J'ai été heureux de faire votre connaissance, ma chère. Au revoir ! Je crois que nous aurons l'un et l'autre un bel été.

Il disparut et, peu après, Margareta entendit la porte de la demeure se refermer. Elle restait comme pétrifiée. Puis elle tira violemment le cordon de soie servant à appeler les domestiques. Dana et Jitka entrèrent en trombe dans la pièce.

— Que se passe-t-il ? s'écrièrent-elles d'une même voix. Que voulait ce monsieur ?

— Ce n'est pas un monsieur, c'est une brute ! répondit Margareta.

Puis elle narra leur entretien et, comme elle l'espérait, trouva dans les deux femmes des alliées fidèles qui ne se laissaient pas impressionner.

— Le gaillard était sans doute saoul, déclara Jitka, sinon il n'aurait pas proféré de telles âneries !

— Les paysans veulent leur tranquillité, pas de soulèvement, renchérit Dana. Vraiment, madame la comtesse, vous n'avez pas de souci à vous faire.

— Non, vous avez sûrement raison, concéda Margareta qui, néanmoins, se surprit à souhaiter le retour de Maurice qui, avec son imperturbable confiance en soi, saurait prendre en charge tous les problèmes.

19

De tout l'été, il ne se passa rien d'extraordinaire à Belefring ; en fait, il ne se passa même rien du tout. Margareta ne connaissant personne dans les environs, elle ne reçut pas plus de visites qu'elle n'en rendit. Elle restait inaccessible au monde extérieur, ce qui lui procurait un profond sentiment de paix. Le temps restait imperturbablement ensoleillé et chaud, circonstance qui suffisait à la rendre d'humeur enjouée. Une fois seulement, par une nuit de pluie et de grand vent, elle eut un horrible cauchemar. Elle se réveilla en hurlant. Bien que ne se souvenant plus de quoi elle avait rêvé, elle n'arrêtait pas de trembler. Dana alluma quelques bougies et prit Margareta dans ses bras.

— Mais qu'y a-t-il ? À quoi avez-vous rêvé ?

— Je ne me rappelle plus, répondit Margareta qui se mit à pleurer.

De toutes les sensations confuses que le rêve avait suscitées en elle, il ne restait qu'un sentiment de peur paralysante, d'insécurité et de désespoir. Elle vit soudain Julius devant ses yeux, ce qui ne fit que redoubler ses pleurs, si bien que Dana, ne sachant à quel saint se vouer, commença à se demander si elle n'allait pas réveiller

Jitka. Margareta finit par se calmer sans avoir révélé un seul mot de son secret. Elle dormit le reste de la nuit d'un sommeil agité et passa la journée du lendemain dans un état de profond abattement. Puis les sinistres impressions s'effacèrent et tombèrent dans l'oubli.

Les habitants de Belefring savaient peu de chose du déroulement de la guerre. Parfois seulement, un domestique s'étant rendu à Kolin, il rapportait quelque nouvelle ; c'est ainsi qu'ils apprirent que le roi Frédéric, après s'être enfui de Prague, menait une lutte sans espoir pour conserver son Palatinat. Début mai, Tilly avait réussi à joindre ses troupes à celles de l'Espagnol Cordoba, et il avait tenté à son tour de mettre un coin entre l'armée de Frédéric et celle de Christian de Brunswick. Des combats sanglants avaient affaibli à ce point les impériaux conduits par Tilly et Cordoba qu'ils n'avaient pu empêcher le général Mansfeld, accouru entre-temps, de franchir le Neckar. Pour l'heure, celui-ci avait entrepris de faire sa jonction avec Christian de Brunswick et il marchait sur le Main, poursuivi par Tilly et Cordoba qui parvinrent effectivement au but avant lui.

— Les armées pillent et assassinent sans pitié sur leur passage, dit l'un des domestiques. Ah, Sainte Vierge Marie, qu'allons-nous devenir ?

Chaque fois qu'arrivaient aux oreilles de Margareta des nouvelles de la guerre, elle pensait à Maurice. La séparation n'avait rien changé à ses sentiments contradictoires à son égard. Tant qu'il était loin, elle vivait sans souci et confortablement, mais elle savait que, dès son retour, elle reprendrait d'autant plus douloureusement conscience qu'elle était son épouse et devait renoncer à tout jamais à Richard. Néanmoins, l'idée que Maurice pouvait tomber au combat lui était insupportable. Elle se sentirait à jamais coupable en raison des idées mauvaises qu'elle nourrissait envers lui. Pour soulager sa conscience, Margareta s'agenouillait tous les soirs dans sa chambre, devant un cierge, avec son chapelet. Maurice l'avait amenée à Prague saine et sauve et lui offrait à présent un avenir assuré, si bien qu'elle entendait au moins prier pour sa sauvegarde. Faire plus lui était impossible.

L'été s'écoula, chaud et paresseux, monotone, si bien que les gens vivant encore dans des contrées paisibles mangeaient à leur faim et dormaient sur leurs deux oreilles. La récolte, à Belefring, serait bonne cette année, chacun pouvait le constater. Les épis étaient drus et dorés, les arbres pliaient sous les fruits. Margareta n'ignorait cependant pas que ce n'était pas partout le même spectacle, loin de là. Des bandes armées sillonnaient l'Empire et ses campagnes, ne laissant derrière elles que la désolation. L'approvisionnement des troupes était un problème permanent pour les chefs de guerre, et l'autorisation de piller représentait le moyen le plus simple de le résoudre. Les populations étaient donc livrées à la barbarie. Quand on n'était pas tué sur-le-champ, on mourait plus tard de faim ou victime de l'une des nombreuses épidémies qui sévissaient. Beaucoup de villages florissants étaient réduits en cendres, sans plus âme qui vive. Chacun frissonnait en se demandant combien de sacrifices cette guerre exigerait encore.

Margareta écoutait les nouvelles atroces qui leur parvenaient avec horreur, mais presque avec incrédulité et de manière un peu abstraite. Les chaudes et lumineuses nuits d'été, les journées torrides, la douceur de l'air ne laissaient guère de place aux images de sang et de douleurs.

Aucune menace ne s'étant manifestée durant toute cette période, ni du côté des Bavarois ni de la part de

Belinsky, Margareta avait tendance à oublier le répugnant baron. Peut-être était-il en train de cuver son vin quelque part, se disait-elle avec indifférence. Ce ne fut qu'en octobre que cet événement du printemps se rappela à son souvenir.

Les choses commencèrent quand Dana, par un après-midi pluvieux, surgit dans la chambre de Margareta. Celle-ci lisait une lettre de Luzia qu'un serviteur lui avait apportée de Kolin, la veille. Depuis, elle ne cessait de la lire et de la relire, surtout le passage où il était question de Theresia : ayant fait une fausse couche en août, elle avait survécu de justesse. L'enfant, un garçon, était mort-né. Luzia ne donnait pas d'autres détails, mais Margareta pensait qu'elle l'informait parce qu'elle était au courant de son amour malheureux.

En dépit d'un sentiment naturel de compassion pour Theresia, Margareta ne pouvait s'empêcher de ressentir une espèce de léger triomphe. *Moi*, se disait-elle, *j'aurais donné à Richard des enfants vivants !*

Dana ne se laissa pas arrêter par l'air absent de Margareta, totalement absorbée par ses pensées.

— Madame la comtesse, s'écria-t-elle, il faut que vous descendiez tout de suite !

Margareta sursauta.

— Que se passe-t-il ?

— Il y a en bas, dans l'entrée, cinq hommes, serfs qui travaillent ici, à Belefring. Ils ont avec eux une fillette et prétendent qu'il s'agit d'une sorcière, une sorcière dangereuse.

— Oh, mon Dieu ! s'exclama Margareta soudain alarmée.

Elle ne se sentait absolument pas à la hauteur de la situation. Une sorcière ! Que faire ?

Elle descendit avec Dana. Jitka, corpulente et imposante, se tenait sur la dernière marche, dans l'attitude résolue d'un général prêt à défendre au péril de sa vie chaque pied de son territoire. Cinq hommes hâlés, de robustes paysans, étaient plantés devant elle, l'air menaçant avec leurs peaux de mouton à longs poils qui les protégeaient plus ou moins des premières froidures de l'automne. L'un d'eux tenait fermement par le bras une enfant, bien que la pauvre créature n'eût pas la moindre chance de s'échapper. La fillette ne paraissait pas avoir plus de douze ans, impression peut-être trompeuse du fait de l'extrême maigreur du petit corps et du visage. Vêtue d'une espèce de robe en lin marron attachée à la taille par une corde, pas coiffée, des boucles brunes lui tombant sur les épaules et ne cessant de lui recouvrir la figure, elle avait pauvre allure. On voyait qu'elle avait faim, qu'elle était affaiblie, sans résistance. Une angoisse atroce se lisait sans ses yeux.

Margareta avança vers le groupe. Sa propre peur s'évanouit au spectacle de cette enfant aux abois. Sans qu'un mot eût encore été prononcé, son cœur avait déjà pris le parti de la fillette.

— Que s'est-il passé ? demanda-t-elle calmement.

Derrière elle, Jitka écumait de rage.

— Ces gens prétendent que cette pauvre petite chose est une sorcière. Ha ! Je n'ai jamais vu créature aussi inoffensive, par Dieu ! Non, jamais !

— Jitka, laisse ces hommes parler, lui demanda Margareta.

L'un d'eux finit par se racler la gorge.

— Madame la comtesse, nous sommes tout à fait sûrs que cette sorcière a l'intention de porter malheur à Belefring. Elle a déjà fait beaucoup de mal. Nous exigeons donc…

— Qu'est-ce qui vous fait dire que c'est une sorcière ? demanda Margareta d'un ton si revêche que l'homme la regarda d'un air étonné.

— Eh bien, finit-il par répondre, chacun de nous et quelques autres encore peuvent en témoigner. Celui-ci, dit-il en montrant un petit gaillard aux cheveux bruns, l'a vue courir sur la colline au moment de la pleine lune. Celui-là aussi. Et…

— Peut-être qu'elle avait rendez-vous avec son petit ami, objecta Dana avec ironie, il y a des tas de gens qui font ça au moment de la pleine lune !

Les hommes la fusillèrent du regard.

— Nous avons d'autres preuves, dit l'un. La femme d'un voisin a fait trois fausses couches, et chaque fois la sorcière avait été chez elle la veille. Trois vaches sont mortes il y a trois nuits alors que la sorcière avait traîné autour de l'étable. On a aussi vu des bougies brûler jusqu'au matin dans sa cabane.

— Je suis certaine qu'il y a des explications à tous ces événements, rétorqua Margareta en se penchant vers la fillette. Comment t'appelles-tu ? lui demanda-t-elle d'un ton amical.

La petite la dévisagea avec méfiance.

— Anna, répondit-elle à voix basse.

— Anna ! Quel joli nom. Tu vis aussi à Belefring ?

— Oui.

— Avec ta famille ?

L'enfant fit non de la tête.

— Elle vivait avec sa grand-mère, une vieille très bizarre, qui est morte il y a trois semaines, dit un paysan.

— Et maintenant, la petite est seule ?

— Oui.

— Et vous n'avez pas honte de traiter de la sorte une enfant sans défense ? cria Margareta hors d'elle. Lâchez-la !

Elle attira Anna contre elle.

— Quel âge as-tu ?

— Onze ans.

— Onze ans ! Ce ne peut être une sorcière !

Les hommes se taisaient, il émanait néanmoins d'eux une telle hostilité que chacun comprenait que leur silence ne signifiait pas qu'ils capitulaient.

— Anna, raconte-nous pourquoi tu cours sur la colline la nuit, s'immisça Dana. Je suis sûre que tu as une bonne raison.

Anna hésita un peu, mais sa confiance envers Dana et Margareta semblait avoir grandi, et elle sentait certainement qu'elles étaient pour elle l'espoir du salut.

— Je sors chaque fois qu'il y a clair de lune, expliqua-t-elle, c'est si beau et il fait si clair. C'est merveilleux sur la colline, dans la lumière de la lune.

— Est-ce que vous avez déjà entendu quelque chose de semblable ? demanda le petit homme brun. Il n'y a qu'une sorcière pour avoir des sentiments pareils !

— Oui, ce sont des sentiments, répliqua Margareta, les sentiments d'un enfant qui trouve quelque chose merveilleux et veut sans cesse le revoir. Elle aime la lune comme d'autres aiment les fleurs ou le gazouillis d'un ruisseau !

— Je n'ai rien à voir non plus avec les vaches mortes ou avec la femme qui n'a pas pu avoir d'enfant vivant, reprit Anna, encouragée, je passe mes journées à courir un peu partout, et c'est par hasard que je me suis trouvée là quand ces choses se sont passées. Mais je ne sais pas pratiquer la sorcellerie, croyez-moi. Je ne suis pas une sorcière !

Des larmes lui montèrent aux yeux.

— Évidemment que tu n'es pas une sorcière, et nous te croyons, se dépêcha de répondre Margareta. Ces hommes se sont terriblement trompés. Mais explique-nous pourquoi tu traînais autour de l'étable et pourquoi une bougie brûle chez toi toute la nuit.

Anna baissa la tête, ses boucles brunes faisant comme un voile devant son visage. Un tremblement la prit. Margareta écarta les mèches d'un geste précautionneux.

— Tu peux répondre sans avoir peur, personne ne te fera de mal ici.

— J'allais à l'étable, commença la fillette en hésitant, parce que je… ah, j'avais tellement faim, et je cherchais quelque chose à manger. Je sais, c'est mal… mais j'avais une telle faim…

Elle éclata en sanglots.

— Vous voyez bien, dit l'un des hommes, elle n'est pas qu'une sorcière, elle est aussi une voleuse.

— Mais, bon sang de bonsoir, comment peut-elle sinon trouver de quoi manger ? s'exclama Dana. Elle est toute seule, vous le savez tous et personne ne lui vient en aide. Doit-elle se laisser mourir de faim ? Elle n'a personne qui s'occupe d'elle !

— À partir d'aujourd'hui, elle a quelqu'un, déclara Margareta. Elle va rester ici. Tout ce qu'elle dit prouve son innocence. Et les bougies brûlent certainement parce qu'elle a peur dans le noir.

— Non, je n'ai pas peur. Les bougies ne sont restées allumées que pendant les nuits où ma grand-mère était malade. Je ne voulais pas qu'elle meure dans le noir.

Jitka se mit à sangloter sans retenue. Margareta toisa les hommes.

— Croyez-vous toujours que c'est une sorcière ?

Les paysans conservaient l'air furieux.

— Nous exigeons qu'elle soit traduite devant un juge, dit celui qui les menait. C'est lui qui établira si elle est innocente ou non.

— Vous savez parfaitement que, de nos jours, tout le monde est jugé coupable devant un tribunal, intervint Dana. Regardez un peu cette enfant. Les juges n'auraient pas besoin de beaucoup la malmener pour qu'elle avoue n'importe quoi !

— Vous savez que c'est une sorcière, et c'est pour ça que vous avez peur du juge. Mais nous avons de notre côté un homme puissant, le baron Belinsky, et il va…

— Oh, bien sûr, l'interrompit Margareta, j'aurais dû me douter que ce Belinsky se cachait là-derrière. C'est lui qui vous aura influencés !

— Croyez ce que vous voulez, madame la comtesse, reprit le meneur d'un air sombre, nous allons parler avec le baron et c'est lui qui décidera que faire. Jusque-là…

— Jusque-là, l'enfant restera chez nous, au château, termina Dana.

— Comment comptes-tu t'y prendre pour nous imposer ça ? Si nous voulons l'emmener, nous l'emmenons !

— Nous avons des domestiques qui n'hésiteront pas à vous chasser à coups de sabre, menaça Margareta. Allez ! Disparaissez !

Elle employait des mots durs pour les convaincre de sa détermination. Elle avait pourtant conscience qu'agissant ainsi elle leur déclarait la guerre, et elle refoula l'idée des malheurs que cela allait peut-être entraîner. Au moins avait-elle paré au danger le plus immédiat. De mauvaise grâce, l'air renfrogné, les hommes quittèrent le château. Le dernier s'arrêta sur le seuil.

— Nous reviendrons, dit-il, car nous ne tolérons pas qu'une sorcière se cache à Belefring !

Si les paysans avaient été seuls, Margareta n'aurait pas été trop effrayée, mais, avec Belinsky à leur tête, ils devenaient dangereux. Il avait mené cette affaire avec habileté ! Entendant satisfaire son besoin de vengeance, il avait entraîné derrière lui les paysans en jouant sur leur superstition. En dépit de cette menace, Margareta était résolue à ne pas céder et à protéger la fillette en toute circonstance.

D'abominables histoires que les pensionnaires du couvent se chuchotaient à l'oreille lui avaient appris quel sort terrible attendait Anna. Des procès en sorcellerie avaient toujours lieu un peu partout, et le moindre soupçon, la moindre calomnie pouvaient amener une femme devant un juge. Elle se souvenait de descriptions effarantes de supplices sans nom. Dans de sombres caves, les victimes étaient torturées au point de très vite réclamer la mort et d'avouer n'importe quel forfait. Si l'une d'elles résistait plus longtemps, on la jetait, entre les séances, dans un cachot humide et obscur, où, la privant de sommeil, on excitait au maximum sa sensibilité à la douleur. Margareta avait entendu dire que les tortionnaires ne se contentaient généralement pas d'un aveu, mais que, usant de promesses mensongères, ils cherchaient à arracher d'autres noms. Très peu de femmes arrivaient à ne pas parler sous la torture, citant au hasard des noms sans penser qu'elles livraient ainsi des innocentes à une mort atroce. Une fois que les supposées sorcières avaient été tourmentées jusqu'à ne plus avoir figure humaine, on les traînait jusqu'à un bûcher et on les brûlait. Souvent, des membres de la famille essayaient de corrompre le bourreau afin que, à l'abri de la fumée, il étrangle rapidement la malheureuse pour lui épargner une lente asphyxie.

Margareta avait eu très tôt la ferme conviction qu'on n'avait pas le droit, à quelque fin que ce soit, de torturer une créature vivante. Là, durant ces dernières minutes, tandis qu'elle négociait avec ces hommes, serrant contre elle la petite malheureuse tremblant de tout son corps, une image depuis longtemps oubliée avait surgi devant ses yeux. Elle s'était rappelé la journée où, avec ses amies du couvent, elle s'était rendue au village. Elle avait revu le sinistre cortège, entendu les braillements des hommes, les glapissements des femmes. Elle s'était souvenue de la délicate jeune fille aux grands yeux, docile et résignée, aux mains de la populace. Elle aurait voulu, jadis, lui venir en aide, mais elle était désarmée. Aujourd'hui, elle n'était pas aussi impuissante, même si elle se sentait seule.

— Si seulement le comte était là ! soupira-t-elle.

— Nous sommes là, nous, répliqua Dana. Peut-être qu'il ne s'agissait que de menaces creuses.

20

Anna s'habitua vite à la vie au château. Elle jouait des heures durant avec Lilli, dormait dans une petite chambre à côté de celle de Jitka, si bien que la cuisinière devint comme une mère pour elle. Dana était une véritable sœur ; avec Margareta, en revanche, elle gardait une distance craintive. Elle n'avait jamais adressé la parole à une noble.

Margareta n'osait espérer que l'affaire se terminerait sans plus de problèmes, et son sentiment ne la trompait pas. Deux semaines après l'incident, elle fut réveillée par des piétinements dans la cour, des hennissements et des voix contenues. Elle se précipita vers la fenêtre. La nuit était noire et ventée, des nuages couraient dans le ciel, la lune ne se montrant que par instants. Margareta réussit malgré tout à apercevoir devant le portail une troupe d'hommes, certains à cheval, d'autres à pied, quelques-uns tenant des torches qui éclairaient la scène d'un jour sinistre. Ils étaient serrés les uns contre les autres, presque immobiles. Ils n'étaient manifestement pas dans des dispositions amicales.

— Oh, mon Dieu, gémit Margareta, je crains que ce ne soit le début de l'épreuve de force. Que faire à présent ?

Retournant à son lit à tâtons, elle réveilla Dana.

— Que se passe-t-il ? demanda celle-ci de mauvaise grâce, tout endormie encore et clignant des yeux.

— Lève-toi ! Il y a là-dehors au moins deux douzaines d'hommes. Je crois qu'ils viennent à cause d'Anna !

Dana fut instantanément debout et se rua à son tour vers la fenêtre.

— Cela devait arriver, murmura-t-elle, mais nous ne rendrons pas Anna, on verra bien ce qui se passera !

— Bien sûr ! Cependant… ils vont essayer de nous obliger. Nous avons trois domestiques dans la maison, et en plus Jitka et Anna seulement.

— Ils ne rentreront pas. Tant qu'ils…

Dana fut interrompue par un bruit sourd qui résonna dans la nuit. Quelqu'un actionnait le heurtoir du portail principal.

— Ouvrez ! exigea une voix bourrue. Ouvrez tout de suite !

— C'est le baron Belinsky, annonça Margareta, mais il peut toujours attendre !

Elle ouvrit la fenêtre d'un geste résolu et se pencha. Le vent la cingla, la décoiffant.

— Baron Belinsky ! cria-t-elle.

La lune, se montrant soudain, éclaira la place devant l'entrée et les visages figés des hommes. Belinsky recula de quelques pas et leva les yeux.

— Oh, notre très estimée comtesse nous fait la grâce de se montrer à la fenêtre de ses appartements ! Je vous salue, ma belle !

— Que venez-vous faire ici ? C'est le milieu de la nuit !

— Oui, je sais. Mais cela ne me dérange pas !

— Moi, oui ! cria Margareta, furieuse, ce qui fit rire Belinsky.

— Ça ne change rien à l'affaire, mon petit trésor. Ces hommes ont décidé que nous nous mettrions au travail cette nuit et, ajouta-t-il en levant les épaules d'un air de regret, qu'y puis-je ?

— Quelle sorte de travail ? s'immisça Dana. À l'évidence un travail très honorable si on ne peut l'effectuer que la nuit !

— Très honorable en effet. Il s'agit du juste châtiment d'une dangereuse criminelle, la sorcière qui est cachée dans cette demeure.

— Bande de salauds ! hurla Dana qui pouvait se montrer fort grossière quand on l'énervait. Disparaissez ! Il n'y a pas de sorcière ici !

— Vous allez nous la livrer, répondit Belinsky d'une voix aimable, car vous ne voulez certainement pas vous rendre coupables d'un crime !

— Belinsky, vous pouvez être sûr que la fillette ne sortira pas de cette demeure, s'écria Margareta, quand bien même vous passeriez une semaine entière là-dessous !

Un murmure de colère parcourut la masse compacte des hommes. Un seul mot suffit à Belinsky pour le faire cesser. Puis il releva les yeux, tout sourire ayant cette fois disparu de ses traits.

— Je parle tout à fait sérieusement, bon sang, dit-il. Si la petite n'est pas sortie dans les minutes qui viennent, ce foutu château brûlera de fond en comble !

Devant cette menace, Margareta et Dana jugèrent plus prudent de se retirer et de fermer la fenêtre. Elles étaient de toute façon frigorifiées, l'air vif de l'automne transperçant sans pitié leurs légères chemises de nuit. On entendait Margareta claquer des dents, de froid et de terreur.

— J'ai bien peur que Belinsky passe à l'action, dit-elle. Mon Dieu, on ne peut donc rien faire ?

Dana tendit à sa maîtresse une robe de chambre

— Enfilez déjà ça, ordonna-t-elle. Sinon vous allez attraper la mort !

— Je ne vais de toute façon pas tarder à l'attraper, murmura Margareta.

Pourquoi fallait-il qu'il lui arrive encore une chose pareille ? Pourquoi fallait-il qu'un ivrogne poussé par la soif de vengeance surgisse et monte astucieusement contre elle des paysans, la plongeant dans une situation périlleuse durant une sombre nuit d'automne ?

Dana alluma quelques bougies. Margareta vit alors qu'elle était très pâle, même ses taches de rousseur avaient presque disparu.

— Je vais m'occuper de Jitka et d'Anna, dit-elle. Tout ce vacarme a déjà dû les réveiller de toute façon !

Margareta retourna à la fenêtre et risqua un œil au-dehors. Les hommes étaient toujours regroupés, semblant se concerter, puis quelques-uns s'éloignèrent et partirent dans des directions opposées pour faire le tour de la demeure. *Ils nous cernent*, pensa-t-elle.

Belinsky était toujours devant le château. Il ne manifestait ni nervosité ni excitation. Il gardait son flegme, ayant atteint son premier objectif, faire peur à Margareta.

Très peu de temps après, Dana revint, suivie de Jitka, mal réveillée et furieuse, et d'Anna, terrifiée.

— Qu'est-ce que ces bougres se figurent…, commença Jitka, mais Margareta lui coupa la parole :

— Jitka, c'est vraiment sérieux. Il faut réfléchir à ce que nous pouvons faire.

— Avant qu'ils ne mettent le feu au toit, ajouta Dana.

— Si seulement nous pouvions alerter les troupes de la milice de Kolin, murmura Jitka.

— Ce n'est pas possible. La maison est cernée…

— C'est à moi qu'en veulent ces gens, n'est-ce pas ? demanda Anna.

Elle avait une toute petite voix et son visage aigu était gris à la lueur des bougies. Margareta la prit dans ses bras.

— N'aie pas peur, Anna, la consola-t-elle, il ne t'arrivera rien.

— Mais peut-être à vous, madame la comtesse, je préférerais sortir maintenant avant que…

— Ne dis pas de bêtises, la coupa Margareta. Nous n'allons pas te livrer à cette meute. Je crois d'ailleurs que ça ne servirait à rien. Belinsky se soucie fort peu de toi. Il veut assouvir sa vengeance et il ne t'a utilisée que comme prétexte afin de gagner les paysans à sa cause.

— Comtesse Lavany, entendit-on crier dans la cour, montrez-vous à la fenêtre !

Margareta se pencha une nouvelle fois au-dehors.

— Où est la sorcière ? demanda Belinsky.

— Je vous ai déjà dit que vous ne l'auriez pas.

— Alors, nous allons mettre le feu à la demeure !

— Qu'est-ce que ça vous rapportera ? Je croyais qu'il s'agissait avant tout pour vous de récupérer Belefring, et vous voulez à présent le détruire !

— Il s'agit de la sorcière ! cria Belinsky en fureur.

Margareta eut un rire amer.

— C'est un mensonge, vous le savez parfaitement !

— Bien. Vous allez donc voir de quoi je suis capable !

Belinsky s'adressa par signes aux paysans.

— Sainte Madone ! balbutia Jitka, nous sommes perdues.

— Non, pas encore, cria Margareta, mobilisant ses dernières forces. Une demeure comme celle-ci ne brûle pas si facilement. Il nous faut de l'eau !

— Nous ne pouvons pas aller au puits !

— Non, mais nous avons de l'eau dans la maison, pour nous laver, boire. Apportez-la dans la grande salle ! ordonna-t-elle en regardant avec inquiétude autour d'elle. Mais où sont les domestiques ?

Ils arrivaient justement, mal réveillés, effarés. L'un avait enfilé sa veste à l'envers, un autre avait encore ses bottes à la main.

— Il est arrivé quelque chose ? demanda Johann, l'écuyer.

— Non, on nous enfume, c'est tout, déclara Dana d'un ton mordant. Vous pouvez tranquillement continuer à dormir !

— Arrêtez, il faut faire vite, dit Margareta. Aidez-les à transporter de l'eau !

On entendit en bas un fort bruit de verre brisé.

— Ils enfoncent les fenêtres, cria Dana.

Chacun comprit aussitôt ce que cela signifiait. Certes, personne ne pouvait entrer à l'intérieur du château dont les fenêtres du bas étaient protégées par des grilles en fer, mais il était aisé de lancer des torches enflammées à l'intérieur et d'incendier ainsi le mobilier.

Tous se précipitèrent au rez-de-chaussée et constatèrent qu'ils ne s'étaient pas trompés. Deux torches avaient été lancées dans un petit salon à côté de la porte d'entrée et leurs flammes s'étaient attaquées au tapis. Dana les éteignit à l'aide d'une couverture.

— Ce sont des diables, murmura-t-elle. Vite, il faut nous disperser. Ils vont faire la même chose dans toutes les pièces.

Déjà on entendait partout le bruit des vitres se brisant. Les domestiques se séparèrent, Jitka, suivie d'Anna, se mettant à la recherche d'eau, Margareta et Dana entrant chacune dans une pièce différente. Il fallut pourtant bientôt constater que la résistance semblait condamnée à l'échec. Belefring se composait de trop nombreuses pièces au rez-de-chaussée. Ils n'étaient que sept face à une vingtaine de fenêtres. Les occupants ne pouvaient agir aussi rapidement que les assaillants. Ne disposant de surcroît que de peu d'eau, ils devaient éteindre les flammes en les étouffant ou en leur tapant dessus.

Margareta et Dana s'activaient partout et c'étaient elles les plus efficaces. Jitka était trop lourde pour être d'une aide véritable et les trois domestiques ne semblaient toujours pas avoir réellement compris de quoi il retournait. Pour Anna, cela devait être un cauchemar épouvantable. L'air hagard, elle courait d'une pièce à l'autre. À un moment, elle demanda à Margareta :

— Est-ce qu'il ne vaudrait pas mieux que je sorte ?…

— Non, répondit Margareta fermement, tu restes ici et tu nous aides à combattre le feu !

— Madame la comtesse ! cria Jitka. Le salon vert est en feu !

Margareta poussa Anna et partit en courant. Dès la porte du salon, la fumée lui sauta au visage. Elle vit avec horreur que le tapis brûlait en plusieurs endroits et que deux des longs rideaux étaient en flammes de tout leur long.

— Viens, Dana, vite ! Il faut décrocher les rideaux ! Et vous, les autres, occupez-vous du tapis !

Un coup de vent passant par la fenêtre brisée fit monter les flammes. Margareta eut une quinte de toux. La fumée irritait la gorge et les yeux. Il fallait décrocher les rideaux avant que le feu ne s'attaque aux boiseries. Elle tira de toutes ses forces sur le tissu. Un lambeau enflammé lui tomba sur une main, lui arrachant un cri de douleur. Pourvu que ses vêtements ne s'embrasent pas ! Elle hurla à Dana qui se cramponnait à l'autre rideau et tirait :

— Nous n'y arriverons pas, c'est impossible !

— N'abandonnez pas ! cria Dana en retour. Ils ne nous vaincront pas aussi vite que ça !

À cet instant, Margareta arracha si soudainement le rideau de sa fixation qu'elle eut juste le temps de sauter de côté pour l'éviter. Elle prit un petit tapis avec lequel elle essaya d'éteindre les flammes. La peur et l'effort lui avaient donné chaud, et elle essuya son front trempé de sueur tout en rejetant en arrière ses cheveux qui lui pendaient sur le visage. Elle eut envie de quitter sa robe de chambre ; cela lui parut néanmoins trop dangereux, elle serait en effet moins protégée encore. Tout semblait si atrocement irréel : le ciel noir et tourmenté dehors, le feu se propageant, la manière silencieuse dont les assaillants agissaient. Les flammes gagnaient autour d'elles si vite qu'il devenait impossible de les éteindre à temps. Le feu était vaincu dans le salon vert, mais il prenait simultanément en dix autres endroits.

Margareta se redressa, épuisée. Si seulement on leur venait en aide ! Elle ne savait vraiment plus comment continuer à résister. Un des serviteurs était à nouveau inactif au milieu de la pièce. À bout de forces, Margareta le prit à partie :

— Ne reste pas là à ne rien faire ! Si tu ne te bouges pas, tu brûleras toi aussi !

— Mais, madame la comtesse, je crois que le danger est passé. Les hommes se sont rassemblés devant le château et ils ont cessé de mettre le feu !

— Qu'est-ce que tu dis ? demanda Margareta en se ruant vers la fenêtre.

Elle parvint à grand-peine à voir que le groupe s'était de nouveau reformé devant le portail. À côté d'elle, une nappe reprit feu. Pestant, elle fit tomber le tissu par terre et le piétina. Il était probable que l'incendie était éteint partout, mais pourquoi les assaillants s'étaient-ils arrêtés ? Ce ne pouvait être qu'une tactique nouvelle, ou bien… Une idée terrifiante la traversa. Elle se retourna vers les autres.

— Où est Anna ?

Dana et Jitka se regardèrent, interloquées.

— Oui, où est-elle ? répéta Dana. Je viens juste de… Elle écarquilla les yeux. Croyez-vous qu'elle ?…

— J'en ai peur, dit Margareta.

En un rien de temps, ils se pressaient tous devant la fenêtre du couloir d'entrée. Cette fois, Margareta examina les lieux avec plus d'attention et vit qu'Anna était au milieu des hommes et que ces derniers paraissaient négocier avec Belinsky. Il était évident que le baron n'était pas satisfait du tout de la tournure prise par les événements. Ce qui l'intéressait, c'était de détruire la demeure, objectif qui n'était désormais plus celui des paysans.

— J'aurais dû m'en douter, gémit Margareta. Dès qu'on a cessé de la surveiller, elle est sortie !

— Vous devez faire quelque chose, madame la comtesse, implora Jitka. Vous ne pouvez pas abandonner la pauvre petite !

— Je ne pense pas pouvoir changer quoi que ce soit, répondit sombrement Margareta. Ces sauvages ne rendront pas leur proie volontairement.

Elle courut à la porte d'entrée. Dana la retint.

— Vous allez sortir, madame la comtesse ?

— Oui, ils ne me feront rien, ils ont ce qu'ils veulent. Et Belinsky n'arrive pas à s'imposer.

Elle tira le verrou et ouvrit la lourde porte. Anna avait dû s'échapper par une sortie de derrière. Les hommes se retournèrent en entendant ce bruit. Ils dévisagèrent Margareta avec hostilité. Les cheveux flottants, la robe de chambre serrée autour du corps, elle avança de quelques pas. Belinsky avait les yeux étincelants de fureur.

— Eh bien, vous avez fini par la sacrifier à votre propriété, s'écria-t-il, méprisant. Vraiment vous faites preuve de trop de noblesse !

— Elle est sortie à mon insu, répliqua Margareta, et cela vous contrarie énormément, n'est-ce pas, baron ?

— Prenez garde, l'avertit Belinsky. Je peux toujours réduire le château en cendres !

— Je crois que l'aide va vous manquer pour cela !

— Nous avons obtenu ce que nous voulions, intervint un paysan, nous partons.

— Avant, vous allez libérer la fillette, exigea Margareta.

— Non, ça, c'est sûr que nous n'allons pas le faire !

— Je vous mets en garde, tous tant que vous êtes. Que croyez-vous qu'il arrivera quand le comte apprendra à son retour que vous m'avez menacée en son absence ?

— Ces gens ne dépendent pas du comte, s'écria Belinsky, mais de moi !

— Vous savez bien que ce n'est pas vrai ! Le maître de Belefring est le comte Lavany.

— Le comte approuvera notre action. Il sait lui aussi qu'il faut exterminer le mal, dit un paysan.

Le désespoir de Margareta grandit. Les hommes ne semblaient pas le moins du monde prêts à accéder à sa demande.

— C'est votre dernière chance, dit-elle dans une ultime tentative, si vous libérez Anna maintenant, le comte ne saura rien de toute l'affaire.

Mais elle n'obtint pas de réponse. Les hommes se retournèrent, décidés à partir en emmenant Anna. Belinsky gardait les yeux baissés, l'air furieux. Margareta leva les bras dans un geste de désarroi, puis les laissa retomber. Elle ne pouvait rien faire. Regardant derrière elle, en direction de la demeure, elle aperçut les visages bouleversés de Dana et de Jitka.

Personne, maintenant, ne nous viendra en aide, songea-t-elle avec une colère impuissante et, à cet instant précis, elle entendit, malgré les mugissements du vent, des chevaux approcher rapidement, elle les entendit s'ébrouer, elle entendit le tonnerre des sabots frappant le sol. Pas une seconde Margareta ne douta qu'il arrivait de l'aide. Déjà les cavaliers étaient là, dix hommes, Maurice à leur tête. Belinsky tira aussitôt son épée. Jurant, il hurla quelque chose aux paysans, ce qui, visiblement, leur fit perdre de leur assurance. Quelques-uns se sauvèrent sans attendre, tandis que d'autres se saisissaient des armes qu'ils avaient apportées, des fourches et des haches. Aucun d'eux ne se souciait plus d'Anna. Margareta en profita pour avancer de quelques pas encore et attraper la fillette à bras-le-corps. Anna se libéra de son étreinte et courut vers le château où Jitka la recueillit.

Maurice tenait son cheval en bride. Malgré l'étonnement qui devait être le sien devant pareille situation, il ne se départait pas de son calme.

— Que se passe-t-il ici ? demanda-t-il.

— Une sorcière ! s'écria Belinsky. Une sorcière se cache au château !

Il avait peur, ce que trahissaient ses yeux exorbités et son front luisant de sueur. Il gesticulait avec son épée. C'est alors seulement que Maurice le reconnut.

— Belinsky, dit-il avec rudesse, par le diable, que faites-vous ici sur mes terres ?

— Il voulait incendier la demeure ! s'écria Dana au moment même où un paysan se lançait dans une explication.

— La sorcière…

— La prétendue sorcière est une malheureuse fillette, dit Margareta, et aucune des accusations que ces gens ont portées contre elle n'a pu être prouvée !

— Vous allez disparaître sur-le-champ, ordonna Maurice. Je déciderai plus tard des suites à donner à cette affaire. Et vous, ajouta-t-il en avisant Belinsky brandissant son épée, si vous souhaitez un duel, j'y suis tout disposé.

Mais la résistance de Belinsky était brisée. Il abaissa son arme d'un air renfrogné.

— Je ne veux plus jamais vous revoir ici, le menaça Maurice d'une voix douce, avez-vous compris, Belinsky ?

Le baron acquiesça de la tête.

— Alors, déguerpissez, et laissez votre épée ici !

— Comment ? Mon épée ? s'exclama Belinsky, relevant la tête avec indignation.

— Oui, répondit froidement Maurice.

Le baron lui lança un bref coup d'œil, et il lui sembla plus indiqué de céder. D'un geste rageur, il jeta son épée loin de lui. Il voulut dire encore quelque chose, mais Maurice l'interrompit :

— Disparaissez donc ! Et si jamais vous remettiez les pieds ici, vous ne vous en tireriez pas à si bon compte !

Trébuchant et haletant, Belinsky sortit de la cour du château sans se retourner. Maurice sauta à terre et prit Margareta dans ses bras.

— Ma chérie, il s'est passé ici des choses terribles en mon absence !

— Oh, Maurice, quelle chance que tu sois là !

Elle se cramponnait à lui, tandis qu'elle s'abandonnait peu à peu à un bienfaisant soulagement.

— J'ai eu terriblement peur. Si tu n'étais pas arrivé…

— Eh bien, je suis là. Tu devrais savoir que je ne te laisserai jamais tomber, dit-il en lui relevant la tête et en examinant son visage. Tu as une tache de suie sur le front et les lèvres toutes bleues et tu es aussi froide au toucher que de la glace. Il faut vite rentrer chez nous.

Margareta remarqua alors seulement à quel point elle était gelée. Elle se dépêcha de rentrer, tandis que Maurice s'entretenait brièvement avec ses accompagnateurs. Il trouva ensuite sa femme dans sa chambre, assise sur le lit, enveloppée dans une couverture. Jitka lui avait apporté du vin rouge, chaud et épicé, qui embaumait la pièce. Maurice se défit de son sabre et se laissa tomber lourdement dans un fauteuil, se passant la main sur le visage. Il paraissait las, ses joues non rasées lui donnant une apparence insolite.

— Ce fut une longue chevauchée, dit-il.

— Et une jolie réception ! compléta Margareta. Je suis navrée.

— Ah, mais c'est toi qui étais en danger. Que s'est-il donc passé, au fait ?

Margareta lui parla du baron et de sa soif de vengeance, de ses projets sournois. Maurice hocha la tête.

— Un triste individu, ce Belinsky, reprit-il, mais je te jure que s'il nous fait encore des ennuis, je le tue !

— Tu vas rester quelque temps ici ?

— C'est fort possible, acquiesça Maurice dont la voix et l'expression laissèrent soudain percer l'amertume.

— Pour quelle raison ?

— Mon cœur. Cette maudite faiblesse qui m'a tant tracassé l'été dernier. Cela a recommencé dans le Palatinat. Voilà pourquoi je suis déjà de retour.

— Est-ce que cela a été grave ?

Maurice haussa les épaules.

— Des spasmes, des vertiges. Je ne peux rien contre eux !

Se levant, il alla se réchauffer auprès de la cheminée.

— Le docteur dit que si je meurs précocement, ce sera la faute de mon cœur.

— Mais tu vas peut-être te remettre. Tu es simplement parti trop tôt après ta dernière crise !

— Ma foi ! En tout cas, je suis pour l'instant en bonne santé ! s'écria-t-il en souriant soudain.

Il ne voulait pas parler plus longtemps de la maladie qui le plongeait sans arrêt dans le désespoir. S'il lui arrivait parfois de s'abandonner à ses sentiments et de brasser des idées noires, il se rappelait lui-même à l'ordre au prix d'une discipline de fer. Il était capable de chasser la peur pendant des mois entiers.

— Je crois que je vais prendre un bain, ajouta-t-il. Cela fait une éternité que je n'ai plus senti le contact de l'eau. Et toi, mets-toi au lit !

— Bonne nuit, Maurice.

Elle le regarda sortir, souffla la bougie et se blottit dans ses coussins. Elle se réchauffa peu à peu et une merveilleuse sensation d'insouciance et de confiance l'envahit. Après la dure tension qui avait sollicité toute son énergie, ce fut comme un doux glissement dans un bon-

heur d'enfant, le bonheur de se savoir en pleine sécurité. *C'est bon qu'il soit là*, pensa-t-elle en s'endormant, *c'est vraiment bon.*

Peu après le retour de Maurice, l'hiver arriva. Bien qu'on fût à peine à la mi-novembre, une épaisse couche de neige recouvrait le pays, et des stalactites de glace pendaient de tous les toits. Quand Margareta ouvrait sa fenêtre le matin, elle se penchait pour respirer l'air glacial. Puis elle se glissait dans la chambre de Maurice pour voir s'il était réveillé. Elle aurait aimé partir à cheval avant le petit déjeuner, mais elle n'osait sortir seule tant que Belinsky était en liberté. Maurice dormait encore généralement. Il se couchait beaucoup plus tard que sa femme et se levait donc plus tard qu'elle. Elle le contemplait longuement quand il dormait ainsi, allongé sur le dos, une expression de tension sur le visage, la bouche hermétiquement close même dans le sommeil. Ses cheveux gris étaient devenus plus clairs depuis leur première rencontre. Ses cicatrices ressortaient davantage en hiver qu'en été. Tour à tour, le visage de Maurice l'émouvait et l'irritait. Image parlante d'une existence aventureuse, il révélait peu d'élans d'humanité. Elle détestait de plus le soupçon de lassitude qui le traversait parfois, de même qu'elle avait en horreur le sourire de supériorité dont il la gratifiait quand elle émettait une idée qui relevait pour lui de la puérilité ou de l'irréflexion. Elle ne cessait de se dire qu'elle était injuste, car, chez Richard aussi, transparaissait parfois la fatigue et son sourire trahissait plus d'ironie et de condescendance que celui de personne d'autre au monde. Elle avait trouvé cela attirant, pourquoi n'était-ce pas le cas en présence de Maurice ?

De quoi le rends-je responsable ? se demandait-elle sans jamais trouver de réponse. Peut-être le sentiment de perte qu'elle ressentait de son fait tenait-il à l'idée que sa jeunesse perdait de son charme face à son expérience et apparaissait comme de la naïveté. Devant son miroir, elle éprouvait une véritable jouissance à se voir si jeune et à embellir de mois en mois. Elle était à la veille de son dix-neuvième anniversaire et, repensant à ce qu'elle était quand elle avait fui le couvent à seize ans, elle souriait avec indulgence. Son corps avait depuis gagné en attraits et en maturité et elle avait à présent les traits d'une adulte, son visage s'étant aminci, son teint éclairci. C'est avec ravissement qu'elle contemplait son reflet dans la glace, ses immenses yeux bleu-vert sous de lourds sourcils, ses longs cheveux blonds, épais et brillants. Quand elle les coiffait longuement, ils étaient encore plus drus et faisaient comme un voile autour de sa figure. Mais elle avait parfois mauvaise conscience à ainsi s'admirer. On lui avait toujours appris que la coquetterie était l'œuvre du diable. *Comment puis-je ainsi m'attacher aux apparences ?* se demandait-elle. *Pourquoi est-ce si important pour moi ? Mais peut-être est-ce cela qui me blesse chez Maurice ? Il a une femme jeune et épanouie que tout homme lui envie, et c'est à peine s'il paraît remarquer qu'elle est séduisante. Richard, lui, aime la beauté par-dessus tout : il m'admirerait en s'apercevant que je me suis faite belle pour lui, et, dans chacun de ses regards, dans chacune de ses paroles, dans chacun de ses sourires, je pourrais sentir l'intensité de son désir. Maurice est lui aussi un homme, et il le remarque forcément, ce n'est toutefois pas important pour lui !*

Elle s'efforçait de dissimuler ses sautes d'humeur. Quand, malgré tout, elle était en proie à une tension intérieure, Maurice feignait de ne pas le voir. Il était de toute façon soucieux et renfermé. Les calamités auxquelles il avait été confronté ces derniers mois dépassaient en horreur tout ce qu'il avait vécu au cours de ses campagnes antérieures et cela lui avait assombri le caractère. Il avait vu piller des villes avec une brutalité inédite, incendier des villages, assassiner leurs habitants de manière bestiale. Il avait encore dans les oreilles le mugissement affolé du bétail prisonnier des flammes, les hurlements des femmes et les pleurs bouleversants des enfants. Il avait dû assister impuissant au spectacle de soldats prendre un plaisir sauvage à torturer. Dans sa propre troupe, il avait tenté d'empêcher de tels excès, mais il avait constaté combien c'était difficile. Beaucoup, en se livrant à ces atrocités, semblaient vouloir se venger pour les misères dont eux-mêmes étaient accablés. Les officiers n'intervenaient que rarement, alors que des innocents étaient victimes des désirs sanguinaires et sadiques qu'assouvissaient les soudards. Les interdictions réduisaient l'ardeur au combat, et Maurice avait donc été souvent obligé de faire preuve de prudence, pour ne pas provoquer d'émeutes et des désertions massives. En tant que conseiller de l'empereur, il considérait les actions de guerre comme des moyens légitimes d'imposer le pouvoir de celui-ci, mais ces excès remettaient en question les normes qui le guidaient dans l'existence et il en concevait de la culpabilité. Contrairement à ses habitudes antérieures, il racontait peu de choses à Margareta à propos de ce qu'il avait vécu. Il lui avait jusqu'ici été évité dans une large mesure d'être confrontée à la misère et à l'abjection sans bornes, et Maurice aurait tout donné pour continuer à l'en préserver. Quand elle était assise auprès de lui devant la cheminée, il éprouvait pour elle un mélange étrange d'amour et de désir pour une femme et d'instinct de protection envers un être sans défense. Son profil, la finesse du nez et la souplesse des lèvres lui paraissaient presque ceux d'une enfant. Puis, quand elle se penchait soudain vers le feu en étirant son corps, la sensualité de ses gestes le subjuguait. Souvent, dans des moments semblables, Maurice se disait que cela avait peut-être été une erreur d'épouser une aussi jeune femme. La jeunesse de Margareta éveillait en lui des sentiments contradictoires et lui faisait prendre conscience de son propre âge, chose dont il se souciait jadis comme d'une guigne. Il se souvenait d'autres femmes qui avaient traversé sa vie, de brèves aventures, de sentiments passionnés qui s'en étaient allés aussi vite qu'ils étaient venus. Jamais ces liaisons passagères ne l'avaient ni ému ni influencé profondément. Il pensait aussi, bien entendu, à Elisabeth Katharina, sa défunte épouse. Elle l'avait aussi peu attiré que lui ne l'avait attirée. Cela provenait de ce qu'Elisabeth Katharina, en raison de son éducation puritaine, avait horreur des hommes, si bien que Maurice n'en avait pas été blessé personnellement. Ce qui n'était pas le cas avec Margareta dont le beau corps le tentait et dont la jeunesse le troublait. Elle le rejetait alors qu'il pressentait la soif d'amour qui l'habitait et qu'il se demandait secrètement vers qui la portait sa passion. Maurice n'aurait toutefois jamais admis, ni devant lui-même ni devant autrui, que la froideur de son épouse le rendait jaloux.

Ils passèrent la fête de Noël dans le calme. Puis ce fut l'année 1623. La guerre ne cessait de s'étendre, l'Empire tremblait sur ses bases, et aucun espoir de paix ne se dessinait. Maurice semblait avoir recouvré la santé, mais les événements politiques le préoccupaient beaucoup.

Par une froide soirée de janvier, il lisait dans sa chambre quand Margareta entra sans bruit, ce qui ne lui arrivait que rarement. Du premier coup d'œil, il s'aperçut qu'elle n'était pas comme d'ordinaire.

— Que se passe-t-il, ma chérie ?

— J'ai quelque chose à te dire, fit-elle en s'asseyant.

— Oui ?

— Ce sera sans doute pour toi une nouvelle inattendue, mais pour moi aussi…

— Rien de grave, j'espère ?

— Non, non. Je vais avoir un enfant, c'est tout.

Il fallut quelques secondes à Maurice pour se remettre de sa surprise.

— C'est vrai ? demanda-t-il enfin.

— Mais bien sûr puisque je te le dis, répliqua-t-elle, irritée.

Maurice tombait effectivement des nues. Il n'avait jamais vraiment envisagé une grossesse de Margareta, tant, depuis son retour, ils avaient rarement été seuls ensemble. Il lui lança un regard mal assuré.

— Tu es contente ?

— Toi, non ? répondit-elle, agressive.

Maurice reposa son livre.

— J'ai souvent pensé qu'il serait vraiment bien que nous ayons un enfant. Je suis très heureux. Mais j'ai l'impression que toi…

— Mais moi aussi je suis heureuse ! s'exclama-t-elle d'une voix soudain chaleureuse et animée, les yeux brillants. C'est merveilleux ! Je vais avoir un enfant ! J'ai toujours souhaité avoir un enfant ! Un enfant à moi !

Maurice, sur le point de remarquer qu'il s'agissait aussi de son enfant à lui, se demanda au même moment s'il pouvait l'affirmer en toute certitude.

— Et ce sera pour quand ?

— En août, si Dana et moi ne nous sommes pas trompées dans nos calculs.

Il soupira intérieurement de soulagement après s'être livré à une rapide soustraction. Il pouvait au moins être à peu près quasiment certain de sa paternité.

— Dana est donc déjà au courant ?

— J'ai bien été obligée de l'interroger. Je n'aurais pu, seule, savoir exactement… Ah, Maurice, n'est-ce pas merveilleux ?

Il contempla son visage rayonnant. Il y avait longtemps qu'il ne l'avait vue si heureuse. Peut-être que cet enfant allait apporter du neuf dans leur relation, songea-t-il. Quand il serait là, il y aurait enfin quelque chose les unissant, elle et lui.

21

Le premier enfant de Margareta naquit effectivement en août, près de deux ans après son mariage avec Maurice, par une chaude soirée de la fin de l'été, à l'instant où un soleil rouge et or disparaissait à l'horizon. L'accouchement avait duré cinq heures, sans être particulièrement pénible. Les contractions l'avaient surprise à midi, alors qu'elle regagnait sa chambre après le déjeuner afin de s'habiller pour une promenade. Une douleur l'avait frappée dans l'escalier, violente au point de l'obliger à se cramponner à la rampe et à chercher à reprendre sa respiration. Elle sut aussitôt de quoi il retournait et se dit avec soulagement : *Enfin ! Je vais très bientôt tenir mon enfant dans mes bras !*

Elle avait été habitée d'une immense impatience durant les derniers mois. Nuit et jour, ses pensées ne tournaient qu'autour de l'enfant auquel elle vouait un amour de plus en plus ardent depuis le jour où elle avait appris qu'elle était enceinte. Sa fierté était telle qu'elle n'était même pas troublée par les transformations qu'elle observait dans son apparence : ses cheveux perdaient de leur éclat, elle avait souvent l'air fatigué, le teint pâle. La vue d'autres femmes rencontrées à l'occasion de visites avec Maurice dans des propriétés voisines ou à Kolin ne la faisait pas davantage souffrir. C'est sans jalousie qu'elle prenait note de la finesse de taille des dames alors qu'elle-même ne cessait de grossir. Jitka prenait soin d'elle de manière touchante, soucieuse que rien de fâcheux n'arrivât à la mère ou à l'enfant. À chaque repas, Margareta devait avaler des montagnes de coings, car on croyait que cela aidait à faire naître des enfants particulièrement forts et intelligents. La cuisinière avait suspendu dans la chambre à coucher, au-dessus du lit, un petit sachet en tissu qu'elle avait rempli d'estragon, de pivoines et de prêle des champs séchés.

— On ne peut être assez prudent, madame la comtesse, prévenait-elle. Les mauvais esprits recherchent les âmes non encore nées pour les habiter. Mais ils sont impuissants contre ces fleurs.

Rien n'avait changé, durant ces mois, dans l'attitude de Margareta envers Maurice. Elle se préparait avec ferveur à son rôle de mère, tandis qu'elle traitait de plus en plus le père de son enfant comme un étranger toléré par politesse. Elle ne voulait partager ni ses sentiments ni son bonheur. L'être qu'elle allait mettre au monde était sa propriété exclusive, il serait enfin quelqu'un lui appartenant corps et âme.

Quand les contractions commencèrent, elle ressentit plus de joie que de peur. Dana et Jitka accoururent en entendant les gémissements de leur maîtresse et elles la conduisirent de concert dans la chambre où elles l'allongèrent précautionneusement. Son léger étourdissement disparut aussitôt. Elle se sentit si bien, si vite libérée de toute douleur qu'elle crut s'être trompée. Déçue, elle se mit à pleurer, mais Jitka la tranquillisa.

— Ne vous faites pas de souci, madame la comtesse, l'enfant sera là avant la nuit !

Les contractions arrachèrent à Margareta quelques plaintes, mais les douleurs restèrent supportables. Il régnait dans la pièce une chaleur oppressante. On avait en effet fermé toutes les fenêtres et allumé un feu dans la cheminée, la lumière et l'air frais étant réputés nocifs pour la parturiente. Jitka avait repoussé de côté la plupart des meubles pour se mouvoir en toute liberté. Elle allait et venait maintenant sans relâche, apportant des linges et de l'eau chaude, faisant de temps en temps avaler à Margareta quelques gorgées d'une tisane de racine de mandragore réduite en poudre, censée endormir les douleurs.

Celle-ci aperçut à un moment, tard dans l'après-midi, Maurice penché sur elle, l'air soucieux.

— Ma chérie, comment te sens-tu ? demanda-t-il.

Margareta se rejeta de l'autre côté.

— Comment veux-tu que je me sente ? Accoucher n'est pas particulièrement agréable !

— Veux-tu que je reste auprès de toi ?

Une nouvelle douleur la traversa et elle serra les dents.

— Non, parvint-elle à dire, sors ! Je t'en prie, sors tout de suite ! Tout de suite ! Je n'y arrive pas quand tu es là ! Sors !

La douleur reflua. Épuisée, Margareta garda les yeux clos et entendit, comme un bruit lointain, la porte se refermer sur Maurice. Elle réussit à respirer plus calmement. Qu'est-ce qu'il s'imaginait ? Allait-elle accoucher sous ses yeux, alors qu'elle veillait soigneusement à ce qu'il ne l'aperçût jamais sans qu'elle fût vêtue ? Déjà, dans la situation présente, il lui était pénible de savoir Dana et Jitka autour d'elle.

Puis vint la contraction décisive, elle poussa de toutes ses forces, et ce fut la délivrance.

— C'est quoi ? demanda-t-elle d'une voix rauque.

— Une fille, annonça Jitka rayonnante, la plus jolie fille du monde. Mon Dieu, qu'elle est mignonne !

— Comme elle est petite ! Elle a même déjà quelques cheveux blonds ! s'exclama Dana au comble du ravissement, prenant des mains de Jitka le nouveau-né déjà enveloppé d'une couverture et le posant dans les bras de la mère.

Margareta ouvrit délicatement la couverture et contempla le minuscule visage.

— Ma petite, murmura-t-elle, ma toute petite, ma douce Angela. Ne dirait-on pas un ange ?

Elle s'était longtemps demandé comment elle prénommerait son enfant et avait fini par trancher en faveur d'Angela – s'il s'agissait d'une fille –, en souvenir de sa meilleure amie dont elle espérait qu'elle pourrait un jour voir son enfant.

Dana revenait à présent, suivie de Maurice qui contempla l'enfant d'un air ému et bouleversé. Il joua précautionneusement avec les doigts minuscules.

— Angela, le nom lui va à ravir, dit-il.

Sa femme le regarda avec insistance. Elle était convaincue qu'il souhaitait un garçon. Il avait beau dire que cela lui était indifférent, elle l'avait senti. Malgré sa faiblesse, elle était prête à engager le fer si ses traits trahissaient le moindre soupçon de déception. Mais elle ne vit que de la joie et de l'émotion.

— Es-tu heureux ?

Il lui prit les mains et lui baisa le bout des doigts.

— Je suis très heureux, et reconnaissant. Je te remercie, ma chérie, pour le plus beau cadeau de mon existence !

Elle sourit, un peu étonnée qu'un homme comme Maurice n'ayant en tête que la politique et les choses de la guerre pût se laisser entraîner à une telle exubérance de sentiments par la naissance d'un enfant. Dans un élan subit, elle lui caressa les cheveux.

— Regarde, Maurice, c'est notre enfant, dit-elle, un être qui ne doit la vie qu'à nous deux.

Pour la première fois depuis leur mariage, elle se sentit véritablement décidée à reprendre leur liaison à zéro et à la sauver. Dans l'état d'épuisement et de soulagement où elle était, elle n'aspirait plus qu'à la paix, une paix durable.

Dans le salon de sa demeure pragoise, Theresia von Tscharnini, assise près de la fenêtre donnant sur la rue, brodait avec une grande habileté des fleurs, des arbres et des oiseaux sur un napperon. Elle ne se redressa qu'une fois le dernier point achevé. Avec un léger gémissement, elle porta les mains à ses reins. Elle avait en effet constamment mal au dos, surtout quand elle était restée longtemps immobile. Il lui fallait alors absolument se lever et étirer ses membres.

Elle se leva donc avec lenteur et examina son ouvrage à la lumière. Elle hocha la tête d'un air satisfait. Elle enferma le napperon dans une armoire, comptant l'offrir à sa belle-mère Caroline qui célébrerait son anniversaire quelques jours plus tard. Ce ne serait certainement pas une fête joyeuse, la famille Tscharnini vivant des jours trop difficiles. Le malheur paraissait s'abattre sur elle de tous les côtés à la fois. Il était étrange de constater que le sort était le plus souvent incapable de répartir également sur toute une existence les peines qu'il réservait à un individu.

C'était le vieux baron qui suscitait les craintes les plus vives. Depuis le début de l'année 1623, il voyait ses forces décliner rapidement, et il passait des mois entiers au lit. Il perdait fréquemment conscience pendant des heures, laissant croire qu'il ne se réveillerait pas. Durant les semaines chaudes de l'été s'était produite une amélioration passagère, puis, en septembre, il y avait eu rechute. Il était probable qu'il ne verrait pas la fin de l'année. Il avait en effet perdu toute envie de vivre. Il n'était resté à ce noble protestant ni la richesse ni la considération. Il n'était plus de ce temps, son monde était détruit, son pays, la Bohême, était aux mains d'étrangers.

Theresia revint à la fenêtre et regarda au-dehors. Ce qu'elle vit était si désolant qu'elle releva instinctivement les épaules. Une pluie fine et incessante formait des flaques entre les pavés sales et défoncés, un spectacle sinistre certes, mais qui ne touchait guère Theresia tant il n'exprimait au fond rien d'autre que ce qu'elle éprouvait elle-même. À dix-huit ans à peine, elle était déjà une femme profondément malheureuse. Elle avait perdu l'espoir de connaître des jours meilleurs et ne considérait plus son existence que comme un long calvaire. Les jours s'écoulaient de manière uniforme, et elle se sentait trop faible pour apporter des changements dans sa vie. Elle ne savait pas elle-même à quel moment la jeune fille gaie et pleine d'assurance était devenue celle qu'elle était aujourd'hui. Sa fausse couche de l'année précédente y était sans doute pour quelque chose, ce ne pouvait pourtant être l'unique raison. Elle avait d'abord été submergée par un chagrin si violent qu'elle avait cru mourir. Puis elle avait conçu de la colère contre l'arbitraire et la cruauté de la vie, contre le sort qui se refusait à exaucer son vœu le plus ardent : donner un fils à Richard, l'homme qu'elle aimait par-dessus tout au monde. Le chagrin qu'il éprouvait lui était plus insupportable que le sien propre, bien qu'il ne le montrât pas, toujours calme, attentionné, plein d'assurance. Mais il était déçu, Theresia le sentait parfaitement. Pourtant, après de longues semaines de grisaille, une foi nouvelle était née en elle, et elle s'accrochait à cet espoir. Nombreuses étaient les femmes qui, ayant perdu leur premier enfant, en avaient ensuite eu d'autres, beaucoup plus qu'elles ne l'auraient souhaité. Elle était de constitution très délicate et cette fausse couche avait suivi sa première grossesse ; aussi ne devait-elle pas se résigner.

Elle était effectivement très vite tombée enceinte à nouveau. Elle allait nettement mieux que précédemment et elle retrouva sa confiance. Au cinquième mois de la grossesse, en mai 1623, elle refit néanmoins une fausse couche. L'enfant non viable mourut aussitôt, elle-même luttant des semaines contre la mort. Elle était encore très faible, le jour où le médecin la dévisagea, la mine grave.

— Jamais plus, ma chère, dit-il, vous n'y survivriez pas. Il faut vous résigner à ne pas avoir d'enfant !

Si la famille lui témoigna généralement compréhension et sympathie, Caroline ne réussissait pourtant pas à cacher combien elle était touchée par ce coup du sort. C'est elle qui avait en main les diverses destinées de la famille Tscharnini, c'est elle qui avait tout dicté, arrangé, projeté et combiné. Elle avait commis, avec Theresia, une erreur de taille, et, pour l'assumer, l'ambitieuse devait faire des efforts quasi surhumains. Elle avait pris la chose beaucoup plus au tragique que Richard qui, dans les premiers temps, avait d'abord éprouvé de la compassion pour sa femme, pour ensuite écarter d'un revers de main tout souci concernant l'avenir. Rien ne pouvait lui empoisonner durablement la vie.

Or c'était hélas Richard qui faisait de sa vie à elle un enfer ! Theresia appuya la tête contre la boiserie. Elle avait contracté ce mariage avec une telle bonne foi ! Elle avait adoré son époux en raison de sa beauté et de son charme, convaincue qu'il lui portait un amour aussi passionné et exclusif que le sien. Comment avait-elle pu être aussi stupide ? Exclusif ! Comme si Richard était capable de n'aimer qu'une femme. Chacune des dames qui croisaient son chemin lui témoignait tant de complaisance qu'il était difficile de lui reprocher son inconstance. Avec le temps pourtant, la jalousie et la tristesse, la rage et le chagrin s'étaient transformés en une douleur quasi physique qui lui coupait le souffle. Elle avait été désirable jadis en raison de son charme angélique. Il n'en était rien resté. Depuis sa première fausse couche, elle n'avait pu se défaire d'une maigreur anguleuse et disgracieuse. Ses yeux paraissaient trop grands, elle avait les traits creusés, le teint blême. Peut-être aurait-elle réussi à prendre le dessus sans les continuelles et exténuantes humiliations que lui infligeait Richard en ne lui laissant d'autre choix que d'assister, passive et impassible, à ses multiples liaisons. Il était toutefois probable qu'il ne devinait même pas qu'elle était au courant de tout.

Elle se demandait parfois si elle ne devrait pas lui faire des reproches, lui jeter à la face sa peur et sa tristesse, mais elle reculait toujours. Elle n'ignorait pas que les hommes ne détestent rien tant que les reproches de leur épouse et qu'elle ne ferait par là que l'éloigner davantage d'elle. De plus, en dépit de sa peine, elle n'aurait que difficilement osé condamner sa conduite. Sa belle-mère ne lui avait-elle pas récemment déclaré que c'était en définitive la faute des épouses si les maris cherchaient des aventures avec d'autres femmes ? La bonne société de Prague n'allait-elle pas jusqu'à approuver les escapades des hommes, alors que les épouses infidèles étaient considérées comme des pécheresses ?

Theresia avait beau pressentir combien ces jugements étaient injustes, elle n'avait ni la force ni le courage de s'insurger contre eux.

Même si sa beauté s'était si vite fanée et qu'elle était incapable de lui donner des enfants, Theresia entendait rester au côté de Richard, l'assurer de sa totale fidélité en dépit de ses tromperies. Elle voulait être pour lui l'appui solide dont il avait un besoin si pressant en ces temps difficiles.

Comme pour tous les protestants de Bohême, un monde venait de s'effondrer pour Richard. Ils avaient cru, après les terribles exécutions sur l'Altstädter Ring, que leurs malheurs étaient terminés. Pourtant, après une brève trêve, la répression avait repris. Depuis mars 1623, l'empereur séjournait dans la ville, bien décidé à tarir pour l'éternité toute nouvelle source de résistance à Prague. Les expropriations se poursuivaient, et des familles qui se sentaient déjà en sécurité se retrouvaient du jour au lendemain sans patrie et sans biens. Les impôts et les taxes auxquels étaient soumis les protestants étaient relevés arbitrairement et sans vergogne ; ils ne disposaient plus d'aucun droit, même pas sur leurs terres quand elles leur appartenaient encore. S'il plaisait à l'empereur de loger ses soldats dans un château, il le faisait sans autre forme de procès, et personne ne remboursait les dégâts occasionnés par les occupants. Il importait de détruire sans pitié le protestantisme et le nationalisme bohémien ; l'empereur entendait aussi remplir ses caisses en dépouillant consciencieusement de ses richesses la vieille noblesse du pays.

Theresia aurait tant aimé, en ces temps troublés, pouvoir donner et trouver du réconfort au sein d'une famille solidaire dans l'adversité. Les autres ne remarquaient-ils donc pas combien elle se sentait misérable ? Elle avait été une jeune fille insouciante et gaie, élevée dans l'aisance, la justice et l'amour, habituée à la succession sans heurt de journées ensoleillées. Depuis l'enfance, elle vivait dans le monde enchanté des fêtes, des bals et des banquets, le monde de la sociabilité et de la culture. Elle revivait comme dans un rêve les soirées d'été dans le château de sa famille, ses courses dans les prairies pour, répondant à l'appel de sa bonne, regagner son foyer dans le gris-bleu du jour déclinant, la peau encore chaude du soleil disparu et le cœur habité de la certitude que chaque journée serait inévitablement suivie d'une autre, qu'elle s'éveillerait le lendemain matin aussi heureuse qu'elle s'était endormie la veille. Aujourd'hui où le monde paraissait courir à sa perte, aujourd'hui seulement elle appréciait à son juste prix, mais avec douleur, la félicité des jours enfuis.

Elle fut tirée en sursaut de ses pensées par un bruit de pas. Richard, le teint hâve, entra et sourit en apercevant sa femme.

— Ah, tu es là, ma chérie. Je te cherchais.

Comme chaque fois, Theresia, en le voyant, eut l'impression de fondre et se dit, subjuguée : *Je pourrais tout te pardonner, tout ce que tu as fait et tout ce que tu feras.*

— Père est mort. Il y a quelques minutes seulement. Il a eu une mort douce, sans souffrir, je crois.

— A-t-il dit quelque chose ?

— Non, c'est à peine s'il était encore conscient.

— Peut-être que je devrais me rendre auprès de ta mère…

— Non, laisse, Sophia et Marie sont avec elle.

Il alla à la fenêtre, comme Theresia peu avant, et regarda dans la rue.

— Si les temps étaient meilleurs, dit-il, père serait encore en vie. Mais la peur de tout perdre, les humiliations, tout cela a épuisé ses dernières forces.

Elle regardait son mari, appuyé, l'air exténué, sur la croisée. *Quelle est exactement sa tristesse ?* se demandait-elle. *La mort de son père le touche-t-elle vraiment ? Il est si difficile de déceler ses véritables sentiments.* Elle alla vers lui timidement.

— Si tu as envie de pleurer, tu n'as pas besoin d'avoir honte devant moi !

Elle se sentit aussitôt ridicule, car il se retourna, l'air ahuri.

— Est-ce que je ressemble à quelqu'un qui a envie de pleurer ?

— Non, je pensais seulement que…

— Oh, je m'y attendais. Cela fait des semaines, des mois… et maintenant c'est presque un soulagement. Voir un homme comme mon père dans un tel état, c'était pire que de le savoir mort.

— Je te comprends.

— Oui, tu me comprends. Tu me comprends toujours, dit-il en la contemplant d'un air un peu songeur, presque avec tendresse.

Il lui caressa les cheveux.

— Tu es en réalité trop bonne envers moi.

Theresia sourit, et des larmes lui montèrent aux yeux. Comme désireux de ne laisser s'installer une atmosphère de sensiblerie en quelque circonstance que ce soit, il changea aussitôt de sujet.

— Tu sais, cela peut paraître un peu déplacé... mais, il y a quelques minutes de cela, je suis devenu le baron von Tscharnini. J'ai recueilli l'héritage.

— Alors, je suis baronne ?

— La plus jolie baronne de Bohême ! dit-il en lui donnant un baiser sur ses lèvres minces et rêches qui n'avaient plus rien de leur douceur d'antan.

Elle eut un sourire plein d'ironie et de tristesse.

— Tu parles si bien qu'on serait tenté de te croire. Mais je sais que je suis laide. Pas seulement pour ce qui est de l'apparence, dit-elle en se laissant tomber dans un fauteuil. Le baron et la baronne von Tscharnini ! Ce qui manque, c'est uniquement un fils qui pourra dire le jour de ta mort : je suis le nouveau baron von Tscharnini !

Richard soupira. En dépit de sa douceur, Theresia devenait froide et cynique chaque fois qu'elle évoquait leur absence d'enfant. Il s'assit à côté d'elle sur l'accoudoir et lui prit les mains.

— Chérie, ne te torture pas sans cesse à ce propos ! Tu sais bien que je ne t'en aime et t'en admire pas moins. Nous trouverons un moyen...

— Il n'existe aucun moyen. Et cela ne sert à rien d'espérer un miracle qui ne se produira jamais. Ah, Richard, continua-t-elle, les larmes ruisselant le long de ses joues, si je savais pouvoir mettre un enfant au monde en sacrifiant ma vie, je le ferais. Je le ferais sans une hésitation !

— Et tu crois que je le permettrais ? Peut-être es-tu prête à ce sacrifice, mais je ne le veux pas. Je ne veux pas te perdre.

— Tu parles à nouveau comme si tu m'aimais !

— Mais naturellement que je t'aime, Theresia.

— Tu m'aimes ou bien ne supportes-tu pas de me voir pleurer ? Les larmes sont désagréables pour celui qui doit les sécher ! Et les désagréments sont ce que tu redoutes le plus au monde !

Theresia avait parlé d'un tel ton d'amertume blessée qu'il la regarda avec stupéfaction. Jamais encore elle ne lui avait parlé ainsi.

— Je trouve que, de ta part, engager une querelle à propos de mes défauts si tôt après la mort de mon père, c'est manquer quelque peu de délicatesse, rétorqua-t-il.

Theresia, déjà, se repentait. Elle ne s'était jamais sentie de taille à mener des discussions avec Richard, le jugeant trop fort pour qu'elle pût espérer le vaincre.

— Pardonne-moi, pardonne-moi, je te prie ! Je ne sais pas pourquoi j'ai dit ça. Je ne le pensais pas, crois-moi !

— Bien sûr que non, la rassura Richard, soulagé.

Il se leva et elle fit de même.

— La longue maladie de mon père et les troubles politiques nous ont tous les deux épuisés. Nous devrions quitter Prague quelque temps et nous reposer au château Tscharnini. Est-ce que cela te plairait ?

Les yeux de Theresia s'illuminèrent. Mais sa joie s'évanouit aussitôt.

— Nous ne pouvons quitter Prague, les temps sont trop incertains, objecta-t-elle. Nous risquons d'être soudain dépossédés et de ne même pas l'apprendre, de ne rien pouvoir sauver et de nous retrouver face au néant à notre retour. Non, ce serait trop dangereux.

Elle redressa la tête d'un air résolu pour masquer la déception dont elle était elle-même à l'origine.

— Tu as l'air bien combative ! constata son mari.

— Sur mes gardes seulement. Nous devons maintenant être vigilants.

— Tu crois que si nous nous attendons à leur agression, nous serons mieux à même de la repousser ? Nous sommes à leur merci, aujourd'hui ou demain. Ils peuvent tout nous enlever !

— Oui, je sais. Si seulement il existait un moyen d'échapper à ce sort ! C'est terrible, cette peur, cette incertitude, cette absence de droits.

Richard resta songeur. Puis il lui prit la main.

— Chérie, tu souhaites, toi aussi, vivre à nouveau en sécurité, dans la sérénité et l'harmonie d'antan, revenir aux temps que nous avons l'un et l'autre connus et aimés ?

— Bien sûr, mais…

— Tu aimerais trouver un moyen pour cela, Theresia ? Il existe. Je voulais te faire cette proposition plus tard, mais je la fais maintenant !

Il s'interrompit, paraissant chercher ses mots.

— Nous pouvons sauver ce qu'on menace de nous ôter. Nous pouvons le sauver en… nous convertissant à la confession catholique !

— Non ! cria Theresia, les yeux écarquillés, fixant son mari, incrédule. Elle resta quelques minutes interdite, puis finit par dire : Tu ne parles pas sérieusement !

Richard sentit l'irritation monter en lui.

— Je ne parle pas à la légère quand il s'agit de choses importantes, j'ai longuement réfléchi à tout ça.

Theresia retomba dans son fauteuil et enfonça la tête dans ses mains. Elle comprenait que cette proposition était en fait une décision déjà arrêtée. Son cœur s'affola soudain et elle crut que l'air allait lui manquer.

— Jamais, chuchota-t-elle, jamais.

— Pourquoi donc ? Tu réagis comme si je voulais faire de toi une païenne. Les catholiques sont des chrétiens comme nous. Cela ne change rien pour nous.

— Jamais, répéta Theresia.

Richard lui ôta les mains du visage.

— Theresia, reprit-il d'un ton insistant, ne vois-tu donc pas qu'il s'agit d'un acte purement apparent ? Nous rejoignons l'Église catholique parce que c'est la volonté de l'empereur, mais nous restons des protestants convaincus. Regarde un peu combien le font à présent ! Et ceux qui ne le font pas perdent tout ! Ils quittent leur demeure comme de pauvres diables et partent pour le Brandebourg ou je ne sais où mener une existence misérable de fugitifs ! Ils n'ont plus rien, plus rien au monde !

— Si, répliqua Theresia d'une voix que le désespoir faisait trembler. Si, ils ont leur foi. Ils l'ont encore. Richard, je ne trahirai pas ma foi ! Dussé-je vivre dans la pauvreté et la misère, mendier et errer sans patrie à travers le monde, je garderai ma confession !

Horrifiée à l'idée de la situation dans laquelle Richard l'avait mise, elle se remit à pleurer.

— Je t'en prie, sanglota-t-elle, dis-moi que ce n'est pas vrai ! Dis-moi que tu ne te laisseras pas imposer de commettre ce péché !

Richard se passa la main dans les cheveux d'un geste exprimant l'épuisement et l'accablement.

— Mon père vient de mourir, et je ne pense pas qu'il soit correct de se disputer dans la maison où son corps repose. Mais tu dois prendre conscience de ce que le baron von Tscharnini, à présent, c'est moi, et que c'est moi qui prends les décisions.

Elle le regarda, les yeux rouges.

— La mort de ton père… On dirait que tu n'attendais que ça, qu'il meure, que tu puisses agir à ta guise.

Richard avança dans sa direction d'un pas résolu, elle l'avait rarement vu aussi furieux.

— Pardonne-moi, se dépêcha-t-elle de dire, la voix rauque, étonnée de pouvoir encore parler. Ta mère est-elle au courant de ton projet ? Et tes sœurs ?

— Ma mère sera d'accord, c'est une femme très intelligente. Et mes sœurs devront se déterminer elles-mêmes !

— Mon Dieu, quelle froideur, Richard ! On dirait que ce que tu projettes n'est qu'une bagatelle. Alors que, il n'y a pas si longtemps de cela, tes ancêtres comme les miens se sont rassemblés autour de Martin Luther et ont, avec lui…

— Laisse donc, l'interrompit-il, à quoi cela nous sert-il aujourd'hui ? À l'époque qui est la nôtre, nous n'avons d'autre choix que d'abandonner Luther, si nous ne voulons pas aller à notre perte.

— N'y a-t-il donc rien que tu respectes ? Rien pour quoi tu sacrifierais ta vie ? Je veux dire, rien en dehors de ta richesse et de ton pouvoir ?

Richard, à la vue de la mince silhouette assise en pleurs, blême, proférant ces mots à son encontre, sentit monter en lui une haine si violente qu'il pensa que sa femme pouvait la lire dans ses yeux. Un souvenir l'envahit : l'image d'une jeune fille blonde en jupons blancs dans une prairie, sous un ciel d'août brûlant. Le regret le frôla de son aile, mais cela suffit à lui arracher un léger gémissement. Maintenant, il aurait le pouvoir et la liberté de faire ce qu'il voulait, mais il était trop tard. La femme en pleurs était la sienne jusqu'à la fin des temps.

— Theresia, dit-il d'une voix plus résolue que jamais auparavant, j'ai déjà tout sacrifié un jour, afin de conserver ma richesse et mon influence. Ne serait-ce que pour cela, afin que ce sacrifice n'ait pas été vain, je ferai l'impossible pour protéger à l'avenir ce que je possède.

— De quel sacrifice parles-tu ?

— C'était il y a bien longtemps, et cela est de peu d'importance pour toi. Mais nous allons nous convertir au catholicisme. Le plus vite possible !

— Tu vas me forcer ?

— Je crois que cela est en mon pouvoir, répliqua Richard avec dureté, bien qu'il lui en coûtât de parler de la sorte à Theresia.

— Parce que tu es un homme ?

— Parce que tu m'aimes, Theresia. Parce que tu m'aimes tant que tu ne pourrais vivre sans moi. Et si tu ne me soutiens pas maintenant, alors, je te le jure, je te quitterai. Je ne peux pas divorcer d'avec toi. Mais même si nous restions ensemble, notre union ne serait pas plus agréable pour toi que l'enfer.

Theresia pâlit encore.

— Tu me tues en agissant ainsi, murmura-t-elle, mais il ne l'entendit pas.

Il avait déjà quitté la pièce, claquant la porte derrière lui.

Il aurait été incapable de la regarder dans les yeux, fût-ce l'espace d'une seconde.

22

L'année 1624 commença dans le calme au château Belefring. Pour tenir compte des circonstances, la nouvelle année ne donna lieu qu'à une petite fête, puis l'ancienne existence reprit ses droits. C'est alors que survinrent de nouvelles tensions entre Margareta et Maurice. La jeune femme était souvent assaillie d'idées noires, même si son enfant lui apportait toujours une diversion bienvenue. Elle s'occupait autant que possible d'Angela, le gros du travail étant toutefois assuré par la domesticité. La nourrice récemment embauchée, Anna et Jitka s'arrachaient littéralement la petite, si bien que Margareta n'avait que de loin en loin l'occasion de la prendre dans ses bras et de l'emmener promener. Au début, Maurice l'avait généralement accompagnée, manifestant alors envers la minuscule fillette une affection et une admiration touchantes. Mais il s'aperçut bientôt que sa femme préférait être seule. Elle parlait souvent à sa fille ou lui chantait à voix basse des chansons, se taisant chaque fois que Maurice s'approchait. Elle était malheureuse de le repousser aussi manifestement, mais sa présence lui ôtait toute spontanéité. Dès qu'il était auprès d'elle, elle ne pouvait faire autrement que songer à Richard, ce qui la contrariait et la plongeait dans le désespoir. Ce fut une période où elle pensait par ailleurs beaucoup à Julius.

Sa mort remontait à près de trois ans déjà, pourtant. On aurait dit que la peur et la culpabilité n'avaient que sommeillé au plus profond d'elle-même, ces sentiments refaisant surface et l'accablant avec plus de force encore qu'à l'époque. Elle éprouvait en même temps de la colère, dont elle ne savait d'où elle lui venait et contre qui elle était dirigée. Mais, obligée de la laisser s'exprimer d'une manière ou d'une autre, elle la manifestait essentiellement envers Maurice.

Ils ne cessèrent alors de se quereller l'hiver durant, au printemps encore et même l'été venu. Il y avait belle lurette que Margareta avait oublié le serment formulé après la naissance d'Angela. Elle tenait à son époux des propos grossiers, méchants et désespérés, sans parvenir à lui faire perdre son sang-froid. Il devenait glacial, faisait preuve d'une objectivité humiliante, mais ne haussait jamais le ton ni ne sortait de ses gonds. Il manifestait une telle supériorité que Margareta ne pouvait que se sentir diminuée, plus impuissante et furieuse que jamais.

— Tu ne peux t'imaginer, l'apostropha-t-elle un jour, combien ce fut atroce pour moi de devoir choisir le prisonnier que tu sauverais. N'as-tu pas eu idée de la situation dans laquelle tu me mettais ?

— C'est toi qui es venue me voir et non le contraire. C'est toi qui m'as mis dans une situation difficile. Je t'ai aussitôt dit que je ne pouvais rien faire.

— Mais ensuite, d'un seul coup, tu as pu ! Pourquoi n'es-tu pas resté ferme ?

Maurice éclata de rire.

— Il est étrange de voir combien de maximes finissent, dans la vie, par se révéler exactes. On ne devrait en effet jamais enfreindre ses principes. Et c'est pourtant ce que j'ai fait ce jour-là.

— Et pourquoi ?

— Ma foi, ce fut un instant de faiblesse. Dont tu fus la cause, ma chérie. Je devais certainement être déjà amoureux de toi, ce qui n'était peut-être pas une bonne idée, mais c'est ainsi. C'est d'ailleurs pour cette même raison que je t'ai finalement épousée.

— C'est toi qui m'as mise devant ce choix. Un choix que je ne pouvais faire, et tu aurais dû le savoir. J'avais dix-sept ans et toi près de cinquante !

— Retiens bien une chose, Margareta, répondit Maurice avec froideur, une expression qu'elle connaissait bien à présent. Tu ne peux rejeter sur autrui les erreurs que tu as commises. Ce jour-là, souviens-toi, tu avais depuis longtemps choisi quand tu es venue me voir. Tu étais résolue à sauver Richard von Tscharnini, pour une raison ou pour une autre.

Il s'arrêta et considéra sa femme avec attention. Rougissant légèrement, elle baissa la tête.

— C'est moi, poursuivit-il, qui ai évoqué l'autre homme, et me rappelle combien cela t'a effrayée, car tu l'avais oublié depuis longtemps.

— Et même si c'était vrai ! Ah, Maurice, repenser à cela m'est insupportable. Je ne peux tout simplement pas le supporter.

Elle éclata en sanglots.

— Pourquoi veux-tu être coupable ? Tu as en définitive sauvé la vie d'un homme…

— Pour cela, j'en ai trahi un autre !

— Non, tu n'as trahi personne. Tu avais à choisir entre deux possibilités qui te plongeaient l'une et l'autre de la même manière dans la culpabilité. Et c'est pourquoi tu n'es coupable de rien.

— Tu ne me comprends pas, constata-t-elle d'un ton désolé.

— Pourrait-il se faire que je ne sache pas tout ? Y aurait-il des choses que tu ne m'aurais pas racontées ? demanda-t-il, l'air interrogateur, et Margareta crut lire dans ses yeux qu'il en savait bien davantage que ce qu'il prétendait.

Sa haine, une nouvelle fois, grandit, sa rage devant son calme, sa sagesse, son éternelle et immense supériorité.

— Pourquoi devrais-je te raconter des choses à mon propos ?

— Si je te répondais : parce que nous sommes mariés, cela ne paraîtrait sans doute pas suffisant comme raison, mais je peux t'en nommer une meilleure.

— Laquelle ?

— Parce que tu m'aimes.

C'était bien davantage une question qu'une constatation, question accompagnée d'un regard franc mais scrutateur.

— À ta place, je n'en serais pas aussi sûr.

Il haussa les sourcils. S'il était blessé, il n'en laissa en tout cas rien voir.

— Voilà la réponse la plus nette que j'aie jamais reçue de ta part. Il ne me reste alors plus qu'à te demander pourquoi tu m'as épousé. Parce que tu étais en difficulté et que tu ne voyais pas d'autre issue ? Parce que tu ne réussissais pas à avoir quelqu'un d'autre ? Ou bien parce que tu voulais avoir un enfant à tout prix ?

Pâle comme la mort, la voix tremblante, elle répliqua :

— Je n'ai cessé d'attendre que tu te demandes un jour pourquoi j'ai épousé un homme beaucoup plus âgé que moi et si insupportablement infatué de lui-même.

Elle fut aussitôt effrayée par sa propre méchanceté.

— Oh, mon Dieu ! chuchota-t-elle en s'enfuyant de la pièce.

Dehors, elle se heurta à Dana appuyée contre le mur à côté de la porte.

— Écouterais-tu aux portes par hasard ?

— Oui, répondit la jeune fille qui ne cherchait jamais d'échappatoires quand elle était prise sur le fait.

— Que ça doit être intéressant pour toi !

— Madame la comtesse, dit Dana d'un ton grave, ne craignez-vous pas de devoir un jour terriblement regretter tout ça ?

— En quoi cela te regarde-t-il ?

Mais Margareta fondit en larmes.

— Oh, Dana, sanglota-t-elle, aide-moi ! Je ne sais pas ce qui m'a pris. Je me sens si mauvaise, si épouvantable. Je me déteste ! Je n'ai plus envie de vivre !

— Calmez-vous, ordonna la jeune fille avec douceur. Vous allez vivre et vous serez à nouveau heureuse. Vous traversez une crise sérieuse, mais vous la surmonterez.

Elle passa un bras autour des épaules de Margareta et elles montèrent côte à côte l'escalier menant à la chambre où dormait la petite Angela. Par expérience, Dana savait que c'était l'enfant qui apaisait le mieux sa maîtresse.

Quand, le lendemain matin, Margareta descendit prendre son petit déjeuner, Maurice était déjà sorti. Jitka l'informa qu'il était parti à cheval et qu'il serait de retour à midi. Margareta n'avait pas parlé avec lui depuis leur querelle de la veille. Elle avait passé la soirée dans sa chambre et était restée une bonne partie de la nuit éveillée, à ruminer les nombreux reproches qui lui avaient été adressés. Elle ne s'était endormie que fort tard.

Elle avait auparavant confié tous les secrets de son existence à Dana, et la jeune fille était donc à présent au courant pour Richard aussi. À son habitude, elle avait fait preuve de compréhension et de sympathie, sans toutefois rien abandonner de son opinion selon laquelle Margareta agissait mal envers Maurice.

— Tu l'adores ! s'était exclamée Margareta, presque fâchée.

Dana avait haussé les épaules.

— Je sais en tout cas qu'il est l'homme le plus noble et le plus remarquable que j'aie jamais rencontré.

Elle était parvenue à convaincre sa maîtresse de s'excuser le lendemain auprès de Maurice. Ce pas lui coûtait. Elle aurait préféré ne plus jamais le revoir et surtout ne plus parler de leur querelle. Or c'était impossible puisqu'ils vivaient ensemble.

Elle sortit donc d'un pas hésitant jusque devant la porte du château quand elle entendit un cheval s'approcher. Maurice arriva au trot, sauta de sa selle et lança les rênes à un domestique avant d'apercevoir Margareta. Il se contenta d'un sec bonjour.

— Bonjour, Maurice.

Elle cherchait avec angoisse à lire sur ses traits la haine, la colère ou l'humiliation. Il avait cependant son air de tous les jours, un peu plus impénétrable, un air aimable néanmoins, tranquille et détendu. Ses cheveux grisonnants étaient collés sur ses tempes par l'humidité.

— Tu rentres avec moi ? demanda-t-il.

— Oui, tout de suite.

Elle se demandait comment commencer. Elle le prit par le bras.

— Maurice, dit-elle à voix basse, Maurice, je t'en prie, je voudrais que tu saches combien je regrette. Je ne voulais pas dire tout ce que j'ai dit hier, et il n'y a d'ailleurs rien de vrai là-dedans. Je ne comprends pas moi-même comment…

Elle s'interrompit, désemparée. Maurice fut magnanime comme à l'accoutumée.

— Il n'y a pas de problème, répondit-il. Nous étions tous les deux énervés ces derniers temps. Je ne t'en veux pas.

Elle fut soulagée. Pourtant, les jours suivants, elle ne se sentit pas à l'aise du tout. Il lui avait pardonné avec une indifférence qui l'avait vexée. Il avait changé de comportement à son égard : toujours aimable, il gardait toutefois ses distances, la traitant en étrangère, en simple hôte. Il s'était éloigné d'elle, manifestement sans colère, avec sérénité, comme si c'était l'unique réponse à apporter à son attitude. Il ne lui accordait plus de signes de tendresse, ne lui donnait qu'un bref baiser le matin, l'air de respecter les convenances.

Que peut-il faire d'autre ? se demandait parfois Margareta. Il ne pouvait que ressentir comme un rejet non seulement ses propos au plus fort de leur dispute, mais aussi leurs affrontements antérieurs, son attitude agressive, tantôt teintée de tristesse, tantôt de colère. Or il était beaucoup trop indépendant et fier pour s'imposer. En se comportant ainsi, il mettait Margareta en situation de se sentir méchante et en faute, lui-même restant inattaquable. Margareta n'avait plus qu'un souhait : *pou-*

voir à nouveau se séparer quelque temps dans l'espoir de débloquer la situation.

Une occasion ne tarda pas à se présenter. La guerre qui pendant un certain temps avait paru s'apaiser semblait reprendre de la vigueur. Frédéric, roi chassé de Bohême puis prince électeur palatin déchu de ses droits et mis au ban de l'Empire, n'avait toujours pas abandonné la lutte et parcourait l'Europe pour plaider sa cause. Il avait trouvé des alliés dans les pays soutenant le protestantisme et désireux d'affaiblir la trop puissante maison des Habsbourg. En juillet 1624, la France, les Provinces-Unies des Pays-Bas, la Suède, le Danemark, la Savoie et Venise signèrent un traité d'alliance contre l'empereur Ferdinand et sa politique. Leurs premières attaques plongèrent ce dernier dans une inquiétude extrême. Il se tourna vers l'homme dont il espérait qu'il lui serait du plus grand secours à cet instant, Albrecht von Wallenstein, assez riche et puissant pour lever une armée et venir en aide au souverain aux abois. Ce chef de guerre de Bohême, ambitieux et sans scrupules, qui avait acquis durant les expropriations d'énormes quantités de terre et comptait plus de vassaux que personne, avait promis de recruter vingt mille soldats avant la fin de l'année 1624.

Cette nouvelle rendit Maurice nerveux et il n'était pas difficile, pour qui le connaissait, de deviner ce qui l'agitait. Il vivait depuis plus de deux ans déjà à Belefring, seigneur comme tant d'autres, mais se reposer n'était pas son fort. Sa faiblesse cardiaque ne s'étant plus manifestée depuis longtemps, il avait retrouvé ses forces, son assurance et son besoin d'agir.

En février 1625, il fit part à Margareta de son projet de se joindre à Wallenstein et de repartir en campagne.

— J'espère que tu n'auras pas trop peur, toute seule ?

— Oh, si, Maurice ! J'aurai à coup sûr très très peur ! s'écria-t-elle.

Elle s'était soudain souvenue de l'affreux baron Belinsky, revoyant cette froide nuit d'octobre où les pièces du rez-de-chaussée brûlaient et où Jitka, Dana et elle luttaient contre les flammes. Jamais elle ne voulait revivre ça.

— Oui, admit Maurice, seulement je ne sais pas comment…

— Il y a une solution, l'interrompit Margareta dont les yeux s'étaient mis à briller parce qu'elle avait eu une idée. Je pourrais aller à Prague. J'ai tant d'amis là-bas que je n'ai pas revus depuis plus de trois ans. Ce serait bien d'y retourner.

Elle avait déjà la tête bourdonnante d'idées nostalgiques, se réjouissant d'avance des retrouvailles avec Luzia et Friedrich, peut-être même avec Sophia et, de loin, avec Richard en personne. Elle sentit son cœur battre plus vite. Elle avait été si malheureuse ces derniers temps, peut-être cela venait-il de ce que l'isolement de Belefring lui pesait : toujours vivre avec les mêmes gens. Soudain, la solution de tous ses problèmes lui sembla être de revenir dans la ville pleine d'animation et d'attraits. *Comme il est étrange*, pensa-t-elle, *que j'aie pu un jour fuir Prague épuisée, le cœur lourd.* Elle ne s'était pas sauvée assez vite ni assez loin pour oublier ce qui s'était passé. L'esprit était capable d'opérer de prompts changements, ou du moins le temps qui passait le faisait-il changer très rapidement d'opinion. Parvenant constamment à pressentir que le réconfort l'attendait quelque part, l'être humain retrouvait sa soif de vivre à cette idée.

— Si tu le souhaites, tu peux bien entendu retourner à Prague. Habiteras-tu chez Luzia von Lekowsky ?

— Oui, elle m'a invitée dans chacune de ses lettres.

Dana fut enchantée par la perspective de séjourner à Prague.

— Nous allons vivre des choses merveilleuses ! s'exclama-t-elle sans s'imaginer très précisément en quoi pouvaient consister ces prodiges.

Puis la gravité se peignit sur ses traits.

— Je ne devrais peut-être pas parler ainsi, dit-elle, car cela se produit à l'occasion d'un événement bien triste. M. le baron part à la guerre et qui sait si…

— Ah, tais-toi ! Il n'a pas cessé de faire une guerre ou l'autre et il ne lui est jamais rien arrivé.

— Vous n'avez pas peur pour lui, n'est-ce pas ? Cela vous serait-il indifférent qu'il meure ?

— J'ignore qui t'a donné le droit de te mêler perpétuellement de mes affaires, s'emporta Margareta. Et puis, cela ne m'est pas indifférent, bien sûr que non ! Mais j'ai la plus grande confiance dans ses capacités. Au fond… il est en dépit de tout le seul être à qui je me fie sans réserve, tant en ce qui me concerne qu'en ce qui le touche, lui.

— Vous devriez d'autant mieux apprécier qu'il soit à vous, commenta Dana au franc-parler. Après tout, c'est votre affaire, ajouta-t-elle en haussant les épaules.

Margareta approuva de la tête. Oui, c'était son affaire, et tout ce qu'elle avait dit était exact. L'idée que Maurice pût mourir au combat lui paraissait en effet totalement absurde.

Fin mars, la dernière neige fondit et il devint possible d'envisager de voyager. Maurice et quelques hommes du domaine qui le suivraient à la guerre allaient accompagner jusqu'à Prague la voiture où prendraient place Margareta, Angela et Dana, avant de rejoindre l'armée de Wallenstein. Jitka resterait à Belefring avec Anna. La fillette, attachée de toutes ses fibres à la cuisinière, ne la quittait pas d'un pas. Elles accomplissaient ensemble toutes les tâches, l'habile Anna se révélant une précieuse auxiliaire. Elle avait quatorze ans à présent et paraissait aussi satisfaite qu'en bonne santé. Margareta n'aurait jamais cru que cette fillette respirerait un jour à ce point le courage et la joie de vivre.

Le moment de la séparation venu, Jitka pleura, car, bien que conservant Anna, elle avait le cœur déchiré de voir partir Angela.

La petite était l'enfant la plus ravissante qui se pût imaginer. Elle marchait, bavardait avec tout un chacun et fredonnait à longueur de journée. Ses cheveux étaient de la même couleur que ceux de sa mère, les yeux toutefois plus minces et plus bleus, ce en quoi elle ressemblait à Maurice. Tout le monde était persuadé qu'elle serait un jour belle comme un astre.

Elles arrivèrent à Prague par une journée d'avril tiède et printanière, au terme d'un voyage agréable et sans histoire. La douceur de l'air avait attiré la foule dans les rues retentissant du fracas des véhicules, des exclamations des gens échangeant des nouvelles, de cris d'enfants et d'aboiements. Les mendiants, sortis de leurs trous, demandaient l'aumône d'un ton pleurnichard. Les nobles, sur des chevaux bien soignés, étaient en quête de distractions. Dana se penchait à la fenêtre de la voiture, les yeux écarquillés, cherchant à enregistrer ce qui s'offrait à toute vitesse à sa vue. Sa fascination était si grande que Margareta souriait en hochant la tête. Citadine plus ancienne que sa domestique, elle n'en était pas moins emplie d'un étonnement heureux : elle avait quitté une ville vaincue, abattue, pillée, d'un gris et d'un vide cauchemardesques, alors qu'en ce jour la vie avait repris ses droits, non pas l'ancienne qui aurait ressuscité, mais une vie nouvelle, inconnue. Beaucoup d'étrangers, catholiques orthodoxes originaires de pays appartenant aux Habsbourg, étaient venus à Prague, attirés par l'appât du gain. Les expropriations les avaient comblés. Ils construisaient, dans le fastueux style baroque méridional, des demeures et des églises qui, au sein de la configuration médiévale de la ville, prenaient l'aspect d'étranges pierres précieuses. Pour Margareta, ces gens avaient quelque chose d'immoral, car elle estimait qu'on n'avait pas le droit de faire des affaires en profitant de la défaite d'autrui. Elle n'avait pas pu prévenir Luzia à temps de leur arrivée, mais celle-ci était chez elle et les contempla d'un air stupéfait. Elle se précipita à la rencontre de Margareta, laissant tomber par terre le panier qu'elle tenait à la main.

— Oh, ma chère Margareta ! s'exclama-t-elle en embrassant son amie sans laisser paraître la moindre froideur.

Puis, soudain embarrassée, elle recula d'un pas et sourit timidement.

— Je suis si contente de te revoir !

— Luzia, tu ne peux imaginer combien tu m'as manqué, s'écria Margareta, débordant d'une joie non feinte.

Elle constatait tout à coup combien elle avait souffert de ne plus voir le doux visage de la jeune femme. Un sentiment de sécurité l'envahit et elle se félicita plus que jamais de s'être résolue à venir à Prague. C'est avec fierté qu'elle présenta sa fille.

— Et voici donc Angela !

Ce fut le coup de foudre entre Luzia et la petite. Pour cette raison au moins, Luzia repoussa avec indignation l'idée de Margareta se proposant d'habiter dans la demeure de Maurice.

— Je veux t'avoir pour moi seule, dit-elle, nous avons assez de place pour vous tous. Friedrich sera certainement de mon avis !

Margareta en était moins sûre. Depuis qu'elle avait arraché Richard des mains du bourreau en lui livrant Julius, Friedrich se montrait beaucoup moins cordial et, à la fin, il la traitait même de façon presque contrainte. Bien que ressentant un peu d'angoisse à l'idée de le retrouver, elle accepta l'offre de Luzia. Et, quand il se présenta finalement à elle, il le fit avec une parfaite amabilité. Il lui avait manifestement pardonné.

Maurice resta encore deux jours à Prague. Il rencontra quelques amis, des hommes politiquement influents, réussissant à convaincre quelques-uns d'entre eux de l'accompagner dans son entreprise. Par une matinée sombre et froide, il vint chez Luzia prendre congé de Margareta. Elle ouvrit la porte en personne, enveloppée dans une chaude couverture. Elle paraissait très pâle.

— Tu es gelée, lui dit Maurice, nous aurions dû nous dire adieu dès hier soir.

— Non, les adieux se font à l'ultime moment.

La séparation la touchait plus qu'elle n'aurait cru. Il n'était pas facile de voir partir un mari à la guerre, par une matinée aussi grise de surcroît. *Je devrais lui dire maintenant que je l'aime*, pensa-t-elle. Lui passant les deux bras autour du cou, elle l'embrassa tendrement.

— Reviens vite, le pria-t-elle à voix basse. Tu sais, je… je voudrais tant que ça aille mieux entre nous. Je ne suis pas froide, même si tu as toute raison de le croire !

— Mais je le sais bien, la rassura-t-il en lui caressant la joue d'un geste bref. Adieu, je penserai à toi et à Angela chaque jour que Dieu fait. Ne te mets pas en danger !

— Non, bien sûr. Ce serait vain de te demander la même chose, répondit-elle avec un faible sourire, mais sois prudent tout de même !

— Oui, je vais faire mon possible.

Maurice sauta en selle, fit un dernier geste de la main et déjà son cheval s'éloignait d'un pas pesant. Le claquement des sabots résonna entre les murs, puis devint de plus en plus faible. La ruelle redevint aussi silencieuse et vide qu'auparavant, comme si personne n'y habitait, hormis quelques chats, rôdeurs furtifs et attentifs.

23

Margareta se réadapta à la vie à Prague plus vite qu'elle ne l'avait prévu. Elle s'y trouva tout de suite à l'aise. Elle observait avec passion tout ce qui se passait autour d'elle, suivant des yeux les beaux messieurs et prêtant une oreille curieuse aux derniers potins. Elle mordait dans cette vie comme une véritable affamée, décidée à oublier sa tristesse et à ne plus prêter le flanc aux soucis. Ses pensées allaient chaque jour davantage à Richard qu'elle savait si proche. Elle n'aurait jamais osé lui rendre visite, mais, dans la rue, elle le cherchait constamment des yeux, mettant à profit chaque occasion de sortir en ville. Luzia lui avait fait part de quelques nouveautés intervenues chez les Tscharnini. Notamment, bien sûr, de l'incroyable conversion au catholicisme du jeune baron et de son épouse.

— Nous n'arrivions pas à y croire, avait-elle raconté, peinée. C'est en effet une trahison ! C'est terrible de penser… Puis, s'avisant que Margareta était elle-même catholique, elle se dépêcha d'ajouter : Ce n'est pas tant qu'ils soient devenus catholiques, je veux dire que cela n'est pas aussi grave que le fait qu'ils se soient soumis au pouvoir et à la force.

C'est du Richard tout craché, pensa Margareta. Tout haut, elle dit :

— De fortes pressions ont certainement été exercées sur les Tscharnini, non ?

— Ma foi, peut-être suis-je un peu injuste. Nous avons la partie plus facile dans la mesure où nous sommes moins influents et moins importants ! dit Luzia en partant d'un rire mélancolique et résigné. À quelque chose parfois malheur est bon !

Elle relata aussi la longue agonie du baron et évoqua la baronne qui était encore plus difficile à supporter qu'autrefois et qui traitait sa bru avec une froideur blessante. Margareta avait déjà entendu parler des deux fausses couches de Theresia. Cela ne lui inspirait aucun sentiment de triomphe ou de satisfaction, sauf à l'égard de Caroline qui avait vu ses espérances déçues.

— Et comment va Sophia ? finit-elle par demander. S'est-elle remariée ?

— Oh non ! Elle ne se remariera certainement jamais. Elle se comporte de manière normale, amicale ou ironique selon son humeur. Il est difficile de deviner ses véritables sentiments !

Au bout de deux semaines, Margareta n'avait encore vu aucun des Tscharnini, et l'impatience la gagnait. Il lui tardait également de revoir Richard et Sophia, celui qu'elle aimait et l'amie d'antan. Dana, qui ne s'embarrassait pas de complications, lui conseillait de leur rendre visite. Elle refusait chaque fois énergiquement, quand, la première semaine de mai, une occasion se présenta.

Luzia apparut un matin au petit déjeuner l'air quelque peu songeur, tenant une lettre qu'un messager venait d'apporter.

— De mauvaises nouvelles ? s'enquit Friedrich.

— Non, c'est une lettre de Theresia von Tscharnini. Elle nous invite tous les deux à dîner demain.

Friedrich haussa les sourcils.

— La dame cherche à sonder le terrain de l'autre côté, jugea-t-il. Une tentative prudente afin de regagner d'anciens amis. Mais, pour moi en tout cas, les Tscharnini, c'est terminé !

— Friedrich ! Tu sais bien que Theresia était opposée à cette conversion. Richard lui a brisé le cœur en exigeant cela d'elle. Cette lettre est une prière désespérée de sa part, et nous ne pouvons pas l'humilier par-dessus le marché.

— Mais Theresia n'est pas seule en cause, expliqua Friedrich, Richard sera présent à ce repas. Et je me suis juré de le fuir. Ce n'est pas d'aujourd'hui que date ce trait de caractère qui le pousse à toujours esquiver les difficultés, quitte à se renier, poursuivit-il en laissant un long moment son regard posé sur Margareta. Cette conversion au catholicisme, c'est la goutte qui a fait déborder le vase !

— Tu ne m'accompagnes donc pas ? s'assura Luzia en redressant énergiquement la tête. Eh bien, j'irai seule. Je ne vais pas faire à Theresia l'affront d'un refus.

Son regard effleura alors Margareta.

— Mais tu peux m'accompagner, toi ! s'exclama-t-elle. Oui, tu m'accompagneras à la place de Friedrich !

— Moi ?

De stupéfaction, Margareta faillit laisser tomber Angela, assise sur ses genoux en train de sucer son pouce.

— Mais c'est absolument impossible ! ajouta-t-elle.

— Pourquoi ? Tu connais bien la famille. Leur rendre visite est un simple geste de politesse.

— Tu sais parfaitement pourquoi ce n'est pas possible. Nous nous sommes quittés en mauvais termes, Richard et moi, et Sophia ne veut plus me revoir. Ce serait manquer de tact que de leur faire la surprise de ma visite.

— Je le pense aussi, s'immisça Friedrich. Ce pourrait être une soirée très pénible. Il me semble que ce n'est pas une bonne idée, Luzia.

— Alors, j'irai seule, soupira Luzia, mais réfléchis-y à deux fois, Margareta !

Bien entendu, l'idée de cette invitation était comme une épine fichée dans le cœur de Margareta. Bien que certaine que sa première inspiration avait été la bonne, elle était en même temps tourmentée par le désir de revoir Richard et Sophia. Elle prit l'avis de Dana tout en devinant ce qu'il serait.

— Mais bien sûr qu'il vous faut y aller ! s'écria celle-ci, indignée que Margareta hésitât.

— Mais si tout tourne mal par ma faute ?

— Non, il ne faut pas penser à ça. Ne vous torturez donc pas l'esprit ! Faites simplement ce que vous avez envie de faire ! Si on n'est pas capable de ça, on n'arrive à rien !

— À quoi devrais-je donc arriver selon toi ?

— Pourquoi m'interroger, moi ? s'étonna Dana avec un sourire gentiment moqueur. Vous êtes la mieux placée pour le savoir.

Les arguments de Dana ne restèrent pas sans effet. Peut-être sa confidente avait-elle raison, auquel cas il lui fallait saisir l'occasion sans se soucier plus longtemps de sa conscience. Elle ne vivrait en définitive qu'une fois et ne pouvait pas éternellement résister à toutes les tentations qui s'offraient. Elle éprouvait du plaisir à accepter une fois un défi, justement parce qu'elle savait qu'il ne le fallait pas. Cette idée avait presque quelque chose de grisant, et Margareta rejeta résolument la tête en arrière.

— Je viendrai avec toi demain soir, annonça-t-elle à Luzia. Je me fais déjà une fête de cette distraction !

Luzia, qui détestait sortir seule, fut enchantée de sa décision. Friedrich, en revanche, ne dit mot. Margareta put même lire dans ses yeux une forte réprobation. Contrariée, elle décida néanmoins de ne pas s'en soucier. Friedrich pouvait bien se montrer sentencieux et moralisateur, qu'avait-il obtenu de l'existence en définitive ? Il commençait à avoir des traits de vieux célibataire, et, aux yeux de Margareta, cela était encore plus dérangeant que chez une femme.

Le lendemain après-midi, Margareta s'apprêta avec un soin particulier. Grâce à la couturière qui était venue en quelques occasions à Belefring, elle possédait un grand choix d'habits, et elle prit tout son temps pour choisir. Elle finit par mettre une robe de velours rouge vif à vertugadin et à manches ballon, serrée à la taille, le corselet se terminant par une longue pointe tournée vers le bas, l'ample jupon bouffant ondoyant sur les hanches. Le profond décolleté était bordé d'un col montant, en dentelle blanche. Elle se fit tresser dans sa coiffure des chaînettes de rubis, ornant également de rubis ses oreilles, sa gorge et ses bras. Le résultat l'étonna elle-même. Elle n'avait plus eu depuis longtemps l'occasion de se parer pareillement. Pourtant – et sa mauvaise conscience ne devait pas y être pour rien – elle ne parvint pas à s'admirer sans réserve comme jadis, lors du fameux bal de Nouvel An.

Peut-être que je vieillis, se dit-elle, *mon visage prend une expression plus dure. Je n'ai certes que vingt et un ans, mais on n'y peut rien.*

Luzia ne tarit pas de compliments sur la robe, mais sa première réaction avait été la surprise. Elle-même s'était habillée de manière plus discrète, avec une robe montante bleu clair. Friedrich sourit.

— Que vous êtes belle, Margareta, s'exclama-t-il, l'air de dire en réalité : Vous avez tout d'une gourde coquette accoutrée avec mauvais goût !

— Merci infiniment ! répondit Margareta d'un air majestueux, avant de prendre son manteau et de quitter la demeure, suivie par Luzia.

Il faisait presque nuit, l'air était humide et frais. À peine distinguait-on les murs et les pignons, seules quelques lanternes à la maigre flamme vacillante éclairant les ruelles. Rares étaient les bruits perçant l'obscurité, comme si la brume étouffait tout. Margareta se crut reportée quatre ans en arrière, le soir où elle était arrivée pour la première fois à Prague accompagnée de Maurice. Le même silence, le même assourdissement pesaient alors sur la ville.

Frissonnante, elle se renversa dans les sièges rembourrés de la voiture. Son cœur battait à se rompre, et elle avait une telle peur qu'elle avait du mal à déglutir. Dans quelques instants elle allait revoir Richard. Soudain, elle n'éprouva plus que de l'angoisse, elle eut envie de descendre, mais elles étaient déjà en route. Par la petite fenêtre, elle discernait çà et là les enseignes métalliques aux lignes courbes accrochées au-dessus des auberges ou des ateliers, ou même parfois une lumière dans un logement. Luzia paraissait calme et détendue, ce qui ne lui était pourtant d'aucun réconfort en cette soirée. Elle aurait aimé que les chevaux ralentissent leur allure. Elle avait les doigts agrippés sur son éventail. Elle aurait vraiment dû mieux peser ce que signifiait cette rencontre avec Richard et Sophia, et, d'un seul coup, même sa robe rouge lui parut totalement inconvenante en une telle circonstance. Sophia devinerait aussitôt pourquoi elle s'était ainsi attifée. Si seulement elle ne s'était pas embarquée dans cette aventure ! Au même instant, la voiture s'arrêta, et le cocher les aida à descendre. Elles étaient devant la porte des Tscharnini et il n'était plus possible de faire marche arrière.

— Tu es toute pâle, s'inquiéta Luzia, tu n'es pas bien ?

— J'ai froid, c'est tout. Viens, entrons !

Une bonne les introduisit, les priant d'attendre, mais Theresia arrivait déjà. Son soulagement de constater que ses hôtes étaient là fut touchant. Puis elle s'immobilisa, surprise.

— Mais c'est la comtesse Lavany ! s'exclama-t-elle. J'ignorais que vous étiez à Prague ! Que je suis heureuse de vous voir ! Soyez la bienvenue !

Sa joie était sincère, sans affectation, et elle tendit la main à la jeune femme avec une cordialité rayonnante. Margareta eut du mal à cacher sa consternation. Theresia avait une mine épouvantable ! Elle n'avait plus que la peau sur les os, un teint de cire, de sombres et larges cernes sous les yeux. Ses cheveux, autrefois si beaux, lui pendaient en mèches brunes et ternes autour du visage.

Elle doit être très malade ou très malheureuse, songea Margareta. Elle se rappela les deux fausses couches et les paroles de Luzia : « Richard lui a brisé le cœur en l'obligeant à se convertir au catholicisme ! »

Elle fut prise d'une profonde pitié. Auparavant déjà, elle n'avait jamais éprouvé de haine pour cette rivale à la gentillesse innocente. À présent, face à cette femme malade, cela lui aurait été absolument impossible.

Luzia balbutia des excuses embarrassées pour l'absence de Friedrich, prétendument indisposé mais désolé. Theresia ne pouvait être dupe, elle opina néanmoins poliment, l'air tout à fait convaincu.

— Entrez donc !

Luzia et Margareta la suivirent dans le salon contigu au centre duquel, éclairée par des bougies, une grande table était dressée, recouverte d'une nappe en lin blanc, avec une profusion de mets de choix. Theresia présenta ses invitées d'une voix claire.

— Luzia von Lekowsky est venue, annonça-t-elle, et vous ne devinerez pas qui l'accompagne !

Elle fit un pas de côté pour révéler Margareta aux regards, si bien que celle-ci bénéficia, à son corps défendant, d'une entrée en scène spectaculaire. Sophia, Marie, Richard et la baronne, visiblement vieillie, étaient assis au coin de la cheminée, contemplant avec une stupéfaction non dissimulée l'invitée-surprise.

— Margareta von Ragnitz, souffla Caroline.

— Pardonnez-moi, mère, mais c'est la comtesse Lavany ! la corrigea Richard qui, ayant rapidement recouvré ses esprits, se leva, s'avança vers Margareta et lui baisa la main. Je suis ravi de vous voir, comtesse.

Ni son maintien ni sa voix ne trahissaient rien, mais Margareta, qui le regardait droit dans les yeux, y découvrit un sourire aussi ironique que tendre, une joie de la revoir qui lui parut sincère ainsi que de l'admiration pour avoir eu l'audace de porter une robe aussi osée et une parure aussi ostentatoire. De l'admiration aussi pour le courage avec lequel elle se présentait dans cette pièce en hôte longtemps désirée.

Tandis qu'il se tournait vers Luzia, Sophia s'approcha. Margareta, dans son trouble, ne l'aperçut que quand elle fut devant elle.

— Bienvenue, Margareta, dit-elle avec un sourire aimable, cela fait une éternité que nous ne nous sommes vues !

Paniquée, Margareta se demanda ce qu'elle pouvait bien penser d'elle en cet instant : *Oh, elle me méprise, je le sens, elle méprise mon absence de tact et mon total manque de fierté. Elle me considère avec une superbe qui est plus douloureuse que la haine ou l'hostilité. Je la connais, je connais sa franchise. Elle est en mesure de faire une remarque suffisamment caustique et sans équivoque pour me rendre ridicule jusqu'à la fin de mes jours. À tout instant elle est capable de dire quelque chose, sur ma robe, sur moi…*

— Bonsoir, Sophia, se contenta de murmurer Margareta, s'attendant à une méchanceté aussi bien pesée que transparente.

Mais Sophia fit étalage ce soir-là d'une habileté et d'un charme que personne ne lui avait jamais connus. Plus tard, à table, ce fut elle qui sauva sans arrêt la situation. Apparemment sans peine, elle évita toutes les embûches, faisant oublier l'atmosphère tendue. Caroline regardait son assiette, l'air indigné, Marie ne disait pas un mot, se contentant d'examiner Margareta avec une curiosité insolente. Richard avait pris place en face de cette dernière et ne la lâchait pas une seconde du regard. Il avait dans les yeux un éclair que Margareta trouvait éhonté en présence de sa femme. Luzia avait pu constater, entre-temps, combien son frère avait raison de s'opposer à ce qu'elle emmène Margareta. Mal à l'aise, elle gigotait sur sa chaise. Theresia ne remarquait rien de tout cela. Assise devant son assiette qu'elle n'avait pour ainsi dire pas entamée, les yeux émerveillés comme ceux d'un enfant, elle se croyait visiblement ramenée des années en arrière.

Enfin, son ancienne amie Luzia était son hôte ainsi que Margareta qui ne lui avait pas marchandé son aide. Elle avait en aversion les étrangers catholiques arrogants et forts en gueule que Richard fréquentait à présent. Elle trouvait que la soirée était parfaitement réussie, Sophia ne cessant de raconter des histoires plaisantes et drôles, adressant constamment la parole à Margareta, bavardant avec gaieté et lui posant des questions polies marquant son intérêt. Celle-ci répondait avec un entrain artificiel. Le plus pénible pour Margareta, durant cette soirée, ce furent l'aisance et la maîtrise de soi de Sophia. Elle, en revanche, jouait nerveusement avec sa fourchette, rongeait de mauvaise grâce une côtelette de mouton et mâchonnait sans conviction des haricots ou du pain d'orge. On servit du moût et du whisky, du vin aussi dans de hautes coupes en étain. Rien n'arriva toutefois à la libérer de sa tension intérieure.

Si seulement elle avait été seule avec Sophia, elle aurait pu lui parler ouvertement, lui expliquer pourquoi elle était venue ici ainsi accoutrée, bien que sachant qu'il y aurait Theresia et que cette dernière souffrirait à coup sûr de voir une rivale se présenter avec des desseins aussi évidents. Elle lui aurait avoué qu'elle ne réussissait pas à tuer son amour pour Richard, mais qu'elle, Sophia, était toujours pour elle une amie et qu'il n'y avait pas une journée, pas une nuit, où elle n'ait pas pleuré la mort de Julius.

Mais il lui fallait se taire et entrer dans le jeu de Sophia dont la virtuosité lui faisait ressentir avec toujours plus de netteté sa propre médiocrité.

À un certain moment, profitant d'une courte pause dans la conversation, Richard se pencha vers elle.

— Votre époux s'adonne de nouveau au métier des armes ?

Avant qu'elle ait pu répondre, Theresia intervint :

— Cela doit être terrible, n'est-ce pas ? Combien vous devez craindre pour lui !

— Oui, concéda Margareta sans conviction, bien que ce soit un soldat fort expérimenté.

— Depuis combien de temps êtes-vous mariés ? s'enquit Richard. Quatre ans, n'est-ce pas ?

Puis, la regardant droit dans les yeux, il ajouta :

— J'espère que vous êtes heureuse, comtesse ?

Margareta accusa le coup.

— Oui, commença-t-elle d'une voix hésitante, puis, adoptant un ton de défi : Très heureuse même. C'est comme si je n'avais attendu que lui une vie durant.

Richard eut un sourire plein de pitié et de dérision.

— J'en suis enchanté pour vous.

— Saviez-vous, au fait, que la comtesse a un enfant depuis plus d'un an ? intervint à son tour Luzia.

Caroline et Theresia tressaillirent.

— Comme c'est merveilleux, commenta la deuxième avec tristesse. Vous ne pouvez savoir combien vous pouvez être reconnaissante au sort !

— Un héritier pour le comte Lavany ? demanda Caroline avec effort.

Margareta la dévisagea avec une haine mal dissimulée.

— Une fille, répondit-elle, hautaine, mais nous aurons bien d'autres enfants.

— Très certainement, remarqua Richard, car nous souhaitons tous que monsieur votre époux revienne sain et sauf de la guerre.

— Oh oui, s'exclama Margareta, nous le souhaitons, baron Tscharnini !

Plus personne ne parla pendant un petit instant, on n'entendait que le cliquetis des couverts. Puis Richard reprit la parole :

— J'ai entendu dire que cette guerre n'est pas près de se terminer. Tel que je connais l'héroïque comte Lavany, il ira jusqu'au dernier combat.

— Tout le monde ne peut pas s'aménager une vie aussi agréable que la tienne, remarqua Sophia, cinglante.

— Oh, je pensais avoir assez fait pour ma patrie sur la Montagne Blanche ! J'ai même été emprisonné pour ma fidélité à la Bohême.

— Mais tu t'es comme toujours arrangé pour te tirer d'affaire à temps.

— Me le reprocheras-tu ?

— Je vous en prie, pas de dispute ce soir, implora Caroline.

Elle paraissait à bout de forces. La présence de Margareta devait représenter pour elle une grande fatigue nerveuse.

— Peut-être entrerai-je moi aussi un jour en campagne, repartit Richard, désinvolte. Pour l'instant, à vrai dire, je n'ai pas envie de quitter Prague. Ça faisait longtemps que la ville ne m'était pas parue aussi pleine de charme ! Et je devrais maintenant préférer partir pour la guerre ?

Il adressa à Margareta, sur ces mots, un sourire cajoleur. *C'est inouï*, pensa-t-elle, furieuse, *il ne peut pas dire des choses pareilles avec un sourire pareil ! Si Theresia ne s'est aperçue de rien cette fois…*

Mais Theresia avait toujours l'air aussi ingénu. Bien que, depuis leur mariage, elle ait eu suffisamment de preuves de l'infidélité de Richard, Margareta ne représentait tout simplement pas un danger à ses yeux. Elle aimait cette femme qui lui était venue un jour en aide.

— Je ne sais pas, dit-elle, je trouve en fait que Prague manque totalement de charme, surtout en hiver.

Elle exceptée, tous les convives avaient compris l'allusion de Richard. Il régna un silence gêné pendant quelques secondes.

— Tu as parfaitement raison, lui répondit alors Sophia tout en ne quittant pas Margareta du regard. Un manque absolu de charme ! Depuis la défaite, on s'efforce désespérément de faire renaître le passé, mais on tombe, ce faisant, dans le disparate et le vulgaire. Il y a longtemps que Prague n'est plus celle que nous avons connue et aimée !

Caroline sourit avec suffisance, Luzia regarda autour d'elle d'un air désemparé. Richard et Sophia se défièrent des yeux, tandis que Margareta, rouge de honte, plongea la tête dans son assiette. Jamais encore elle n'avait ressenti une telle envie d'être ailleurs, loin, très loin.

L'ambiance était définitivement gâchée, et les invitées ne tardèrent pas à s'en aller. En dépit de l'offense que Sophia venait de lui infliger, Margareta savait qu'il lui fallait absolument lui dire encore un mot. Elle parvint à se retrouver un instant seule avec elle dans l'entrée.

— Sophia, lui glissa-t-elle en toute hâte, je regrette d'être venue. Je n'aurais pas dû. Et tu m'as clairement montré ce que tu penses de moi. Mais je suis contente que tu aies fait en sorte que Theresia ne remarque rien.

Sophia resta imperturbable.

— Je l'ai fait pour elle, répliqua-t-elle, car je me ferais couper en morceaux pour éviter que cette femme souffre davantage encore. Apprendre qu'elle était à la même table qu'une femme qui a des vues sur son mari et qui arrivera peut-être à ses fins l'aurait plongée dans le désespoir !

Margareta s'apprêtait à se défendre quand Theresia se joignit à elles, les obligeant à interrompre leur conversation.

Les semaines suivantes, Theresia donna trois autres soirées, mais Margareta n'alla à aucune, prétextant qu'elle ne se sentait pas bien. Elle avait eu une telle honte devant Sophia qu'elle se jura de ne plus revoir Richard.

Après de longs préparatifs, Wallenstein quitta définitivement la Bohême en juin 1625 pour voler avec ses troupes au secours de l'empereur. Il laissait derrière lui un pays pauvre, affamé, attendant, désespéré, des jours meilleurs. L'été était l'un des plus froids que l'on ait connus depuis longtemps, annonçant une récolte si catastrophique que la panique menaçait de se déclarer. On souffrait de la faim et des privations depuis trop longtemps pour avoir encore la force d'affronter les difficultés avec courage. C'est alors, comme si le sort prenait un plaisir macabre à faire oublier une épreuve par une autre pire encore, que la peste se déclara presque partout en Europe, se propageant à une vitesse impressionnante. Elle gagnait village après village, ville après ville, décimant sans distinction. Elle éclatait quelque part, s'apaisait et partait chercher ailleurs des victimes. L'effroi, une peur sans nom, la précédait, elle faisait son apparition, accompagnée d'une épouvante plus grande encore, et elle laissait derrière elle d'atroces souffrances.

À Prague, les premiers cas furent connus fin juin, et la rumeur suffit à déclencher une fuite éperdue. Les rues s'emplirent en un clin d'œil de voitures, de chevaux et d'une foule se dirigeant vers les portes. Quiconque avait le moyen de se réfugier en dehors des murs de la ville était résolu à le mettre à profit.

Margareta commença par ne pas accorder foi aux bruits qui couraient, une des raisons de son attitude étant qu'elle ne voulait pas les entendre. Elle trouvait en effet peu tentant de quitter une nouvelle fois Prague et de retourner à la campagne. Revenir à Belefring, dans cette solitude ? Pourquoi, d'ailleurs, ce qui se racontait serait-il exact ? Ce n'étaient pas les premières rumeurs de ce genre et, s'il fallait chaque fois s'enfuir, on n'en finirait jamais.

Elle se tranquillisa donc ainsi et tranquillisa les autres du même coup. Mais, quelques jours plus tard, Friedrich rentra pâle et nerveux.

— C'est vrai, rapporta-t-il, la peste est en ville. Je le sais maintenant de source sûre. Au début, on a caché les malades, mais, ce matin, on est venu emporter trois morts de chez eux.

— Mon Dieu ! s'écria Margareta en s'agrippant à son bras, figée par la panique. Il faut partir ! Il faut partir tout de suite ! Seigneur, pourvu qu'il ne soit pas trop tard !

Elle avait perdu tout sang-froid. Friedrich la retint.

— Ne perdez donc pas la tête ! Emballez les affaires de première nécessité. Luzia, toi aussi. Je vais m'occuper des chevaux et de la voiture.

Il disparut. Margareta s'appuya contre la rampe. Quelle horreur ! Finir ainsi, enfermé dans une ville entourée de murs, exposé à la plus terrible des épidémies !

— Viens, il faut faire vite, la bouscula Luzia qui, bien qu'ayant l'air épuisée, retrouva vite ses esprits et se mit au travail, rapide et réfléchie.

Dana l'aidait, tandis que Margareta fourrait la chatte Lilli dans un sac et sortait Angela de son lit. Celle-ci, dérangée dans son sommeil, protesta bruyamment.

— Calme-toi, ma chérie, la consola sa mère, nous partons faire une promenade.

Les mains tremblantes, elle habilla l'enfant, l'emmitouflant jusqu'aux yeux pour tenir la peste éloignée d'elle. Sortir était à présent devenu dangereux, mais il n'y avait pas le choix. Quand Friedrich revint avec une voiture, les femmes l'attendaient. Des masses de gens étaient déjà en route, d'après lui. Les dernières nouvelles s'étaient manifestement ébruitées. Sans perdre davantage de temps, ils partirent à leur tour. Les larmes montèrent aux yeux de Margareta. Luzia lui prit la main.

— Nous allons chez nous, à Lipan, et nous y demeurerons ensemble.

— Tout sera vite passé, ajouta Dana.

Quelque temps plus tard, ils s'arrêtèrent et le cocher leur cria :

— Il y a une foutue foule ici ! Et ces foutues portes m'ont tout l'air d'être fermées !

— Hein ? s'exclama Margareta en regardant elle-même par la fenêtre.

La rue était effectivement barrée par tous ceux qui se pressaient derrière la porte de la ville. Beaucoup étaient à pied, n'emportant qu'un drap ficelé à la diable contenant tous leurs biens, d'autres tiraient de petites charrettes à bras où s'entassaient des chaises, des matelas, des casseroles et des cages en bois bourrées de poules. Au milieu de la cohue, d'encombrants chariots à ridelles barraient le passage, leurs chevaux ne pouvant ni avancer ni reculer en dépit des hurlements et des jurons des conducteurs. Des familles entières s'y étaient serrées entre des sacs de pommes de terre et des caisses, s'efforçant de respirer le moins possible. Une femme aux cheveux blancs, agenouillée sur les pavés malpropres, implorait la Sainte Vierge de venir en aide à la ville. Nombreux étaient ceux qui frôlaient l'hystérie, se lamentant comme s'ils étaient déjà voués à la mort.

— Nous pouvons déjà être malades, tous tant que nous sommes ! criait une femme aux traits décomposés par la peur. Bonté divine, vous ne sentez donc pas l'épidémie vous ronger lentement de l'intérieur ?

— Ce sont les foutus vagabonds qui nous l'ont apportée ! hurlait de son côté un homme tenant un goret dans ses bras. Les gens du voyage et les sorcières. Je donnerais ma tête à couper que nous avons des sorcières dans la ville !

— Il faudrait les exterminer une bonne fois pour toutes !

— Parfaitement !

— Il a raison !

— Ah, si seulement je savais où aller ! se plaignait une jeune femme entourée d'une horde d'enfants dépenaillés. Peut-être qu'il vaudrait mieux rester ici. En ville, nous avons au moins un toit sur la tête !

— Oui, et la peste à coup sûr dans la maison !

— Nous ne savons pas non plus où aller, lança une vieille femme obèse, juchée sur une voiture et mangeant une pomme en toute sérénité, mais je me dis qu'il se trouvera bien une solution !

— Tu es bien sûre de toi ! Tu as pourtant sacrément l'air de l'avoir déjà attrapée !

— Ferme-la, espèce de coquin ! dit la vieille en crachant au visage de l'homme les pépins de sa pomme. De toute façon, nous crèverons tous. Toi comme moi !

Dans la voiture, Luzia épongea la sueur de son front avec son mouchoir.

— Espérons qu'ils ne vont pas tarder à ouvrir, dit-elle, nerveuse. Ah, avec cette masse de gens autour de nous, on doit vite être contaminé !

On entendit des cris, des jurons et un murmure de colère. Margareta n'y tint plus. Pressant un mouchoir contre sa bouche, elle interrogea une marchande qui passait :

— Qu'y a-t-il ? Pourquoi n'avance-t-on pas ?

— Par Jésus et tous les saints du ciel ! s'exclama la femme. Ils ne nous laissent pas sortir, ces fichus fils du diable ! Parfaitement, ces foutus fils du diable !

Elle cracha. Margareta eut un sursaut de recul. Un homme s'approcha de la voiture.

— Sale affaire, dit-il, les portes resteront fermées. Il ne faut pas que l'épidémie sorte de la ville. Plus tard, ils délivreront des laissez-passer pour certaines personnes.

— Plus tard ? répéta Margareta d'une voix suraiguë.

— Cela veut dire que nous ne pouvons pas partir ? demanda Friedrich.

— Pour le moment, non.

— Mais c'est incroyable ! s'écria Dana.

— Friedrich, il faut que tu donnes de l'argent à ceux qui gardent la porte, chuchota Luzia, mais l'homme l'avait entendue et cela le fit rire.

— Cette fois, vous n'obtiendrez rien par de l'argent, mademoiselle, dit-il, vous ne pourrez corrompre les gardiens. La foule les mettrait en pièces s'ils laissaient subitement passer quelques personnes distinguées et pas les autres. Oui, comme je dis toujours, la seule chose qui ne fasse pas de distinction entre pauvres et riches dans ce foutu monde, c'est cette bonne vieille peste !

Il partit d'un nouvel éclat de rire, ravi de sa fine remarque. Dégoûtée, Margareta se détourna.

— Nous devrions rentrer, conseilla-t-elle, ici le danger de contagion est trop grand !

Les autres furent d'accord. Ils parvinrent à faire demi-tour et rentrèrent, plus abattus qu'à leur départ de la maison. Dieu seul savait quand on pourrait obtenir des laissez-passer et, d'ici là, ils seraient peut-être morts. L'épidémie se propageait en effet à une vitesse foudroyante. Margareta se rappela en frissonnant un récit de sœur Gertrud qui terrifiait les pensionnaires. Longtemps avant leur époque, un pestiféré avait été accueilli au couvent parce que personne ne s'était aperçu de son état. Ensuite, il avait été trop tard et, en l'espace de quelques semaines, il n'était plus resté que trois nonnes en vie.

Et c'est comme cela que les choses vont se passer dans cette ville, se dit Margareta saisie par l'épouvante. *Pourquoi ne sommes-nous pas partis plus tôt ? Ah, c'est ma faute !*

Arrivés chez eux, ils se déshabillèrent, brûlèrent leurs vêtements et se lavèrent de la tête aux pieds. Dana accrocha à la gauche et à la droite de toutes les fenêtres et des portes des touffes de branches de rue, plante réputée faire obstacle à la peste. Puis les femmes s'agenouillèrent et prièrent sans lever les yeux une seule fois, récitant un chapelet après l'autre. On ne savait guère d'où venait l'épidémie ni ce qui l'avait provoquée. On croyait certes que la peste était transmise par un « mauvais air », et l'on craignait donc de se contaminer par la respiration. Pour la plupart des gens, d'ailleurs, il s'agissait d'un châtiment divin infligé aux plus grands pécheurs dans une époque de grands péchés. Margareta, dont la conscience était loin d'être nette, espérait en la grâce de Dieu. Pleine de remords, elle jurait dans ses prières de vivre à l'avenir dans la décence et le bien s'il l'épargnait.

Trois jours plus tard, il n'était toujours pas question de laissez-passer. En revanche, on avait appris qu'à la campagne non plus on n'était assuré de rien, car la peste y sévissait tout autant qu'à Prague. À l'intérieur des murs de la ville, les gens étaient de plus en plus nombreux à mourir. Il était interdit aux malades de sortir de chez eux et leur maison était marquée d'une croix sur la porte d'entrée. Toutes les mesures de précaution semblaient vaines. Parfois on rencontrait même des gens manifestement infectés qui se traînaient dans les rues. Il s'agissait de gens vivant seuls, sans soins, ou bien d'autres que leur famille avait chassés à l'apparition de la maladie. Mendiant de l'aide, ils essayaient souvent de s'agripper aux passants, les plongeant dans la panique.

Plus personne ne restait longtemps dehors. Un mouchoir devant la bouche, on courait jusqu'au marché pour acheter l'indispensable. Ceux qui avaient fait des provisions y puisaient afin de ne pas consommer des aliments contaminés. Chacun ne luttait plus que pour sa propre survie, contraint de se montrer impitoyable même envers ses amis et ses proches. Des charrettes parcouraient les rues pour charger les cadavres qu'on enterrait ensuite dans des fosses communes creusées à la va-vite. Certaines familles, dans leur désespoir, tentaient alors de se débarrasser de leurs malades en les assommant et en les déposant sur les cadavres empilés. Chacun avait entretemps appris que la miséricorde pouvait coûter la vie.

Personne n'était encore tombé malade chez les Lekowsky, mais ils étaient continuellement exposés au danger, parce que, en raison de leur nombre, ils étaient en permanence obligés de faire des courses. Ils se relayaient pour cette corvée, à l'exception de la cuisinière qui, réfugiée derrière ses fourneaux, confessait de temps en temps ses péchés à haute voix, implorant le pardon de tous les saints. Revenant un jour des courses, Dana raconta qu'une connaissance lui avait confié que Theresia von Tscharnini avait contracté la peste.

24

Un jour, à midi, Theresia, soudain prise de vertiges, avait perdu connaissance au bout de quelques minutes. Elle avait repris ses esprits dans son lit, secouée par une méchante quinte de toux qui se termina par un flot de sang rouge foncé, à l'odeur amère, maculant sa couverture. Cela remontait à deux jours et, depuis, elle gardait le lit, en proie à une fièvre ardente, tantôt semi-inconsciente, tantôt pleinement éveillée. Les douleurs refluaient avant de reprendre de plus belle, jusqu'à l'intolérable. Il n'y avait nulle trace de bubons sur son corps, ce qui était fort mauvais signe, leur apparition laissant un certain espoir de guérison. Mais quand la maladie s'accompagnait de violentes douleurs et de forts saignements, le patient était d'emblée considéré comme perdu.

À travers un mince voile, Theresia pouvait à tout instant voir Sophia assise auprès de son lit, un tissu imbibé de vinaigre sur la bouche destiné à diminuer le risque de contamination. L'odeur pénétrante qui s'en dégageait incommodait Theresia sans qu'elle sût d'où elle provenait. Elle avait de la peine à garder les idées claires, et souvent les phrases qui lui traversaient l'esprit s'interrompaient sans crier gare. De ne pouvoir les achever lui donnait envie de pleurer. Elle avait aussi des moments de totale lucidité. Elle souriait alors et, d'une voix faible, remerciait Sophia pour son aide. Sa belle-sœur faisait tant de choses pour elle ! Elle lui rafraîchissait le front avec un linge humide, lui essuyait le sang de la bouche, changeait inlassablement les draps. Parfois, elle lui proposait quelque nourriture, mais Theresia la refusait obstinément. La toux et les vomissements paraissaient lui avoir mis la gorge à vif. Les douleurs et les brûlures étaient telles que Theresia était pour ainsi dire prise de panique chaque fois que s'annonçait un nouveau saignement. Elle ne se plaignait ni ne gémissait pourtant, sauf en une occasion : Sophia ayant entrepris de la peigner, ses cheveux s'étaient soudain arrachés en touffes épaisses. Hagarde, elle avait fixé les mèches rousses et avait éclaté en sanglots. En même temps, elle avait trouvé sa réaction absurde, parce qu'elle allait mourir de toute façon et qu'il existait, pour cette maladie, de plus atroces symptômes que la chute des cheveux. Elle n'ignorait pas que la mort était proche et cela ne l'effrayait pas outre mesure. Il y avait beau temps que son existence avait perdu son chaud éclat d'antan et, par ailleurs, les douleurs contribuaient à lui ôter l'envie de vivre. Si elle avait néanmoins peur de mourir, cela tenait à sa certitude de le faire dans le péché, pour avoir trahi sa foi, pour s'être reniée. Par crainte de perdre ses biens, elle s'était soumise à une puissance temporelle, et maintenant, frémissante, elle allait comparaître devant le Seigneur omnipotent. Elle ne pouvait attendre de son jugement que la damnation, un enfer éternel, sans trêve ni repos.

La peur de l'au-delà prolongea l'agonie de Theresia. Son visage était déjà gris, chaque souffle lui arrachait un râle, tous ses os saillaient épouvantablement, mais elle était encore en vie. Elle suait tellement que la literie ne restait sèche que quelques minutes après chaque changement. Sa couche était surmontée d'un baldaquin en velours vert posé sur quatre colonnes en chêne : tantôt elle croyait voir une prairie aux molles ondulations, lumineuse et infinie comme la campagne autour du château Tscharnini, tantôt un lac dans la forêt, aux eaux insondables où plongeaient les plantes grimpantes et dont elle aurait souhaité qu'elles puissent venir rafraîchir sa peau enfiévrée. Malgré l'odeur du vinaigre, elle percevait l'arôme du gingembre et du safran, car Sophia mâchait en permanence ces épices censées protéger de la contamination. Du genévrier mouillé brûlait dans le poêle, remplissant la pièce de sa fumée âcre, mais rien n'arrivait à recouvrir la puanteur de la peste. On pensait aussi que le genévrier contribuait à détruire les germes mortels. Sophia, pourtant, se disait parfois que l'insupportable chaleur l'emporterait bien plus sûrement que l'épidémie. Elle priait constamment, demandant à Dieu de prendre pitié de sa famille et, en silence, elle l'implorait de délivrer Theresia de ses tourments. Elle n'arrivait pas à concevoir comment la malade pouvait être encore en vie, tant il lui restait peu de sang dans les veines.

Soudain, Theresia ouvrit les yeux. Elle avait le regard clair, pour la première fois depuis des heures.

— Où est Richard ? demanda-t-elle.

— Derrière la porte. Je ne l'ai pas laissé entrer pour qu'il ne se contamine pas. Souhaites-tu qu'il entre ?

— Non.

Theresia, épuisée, laissa sa tête tomber de côté. Sophia lui prit la main.

— Nous allons prier.

— C'est la fin, n'est-ce pas ?

Sophia lut dans les yeux de la jeune femme une peur atroce, indescriptible. Elle en eut le souffle coupé. *Richard, je te hais*, se dit-elle, *ce serait à toi d'être ici maintenant, pas à moi. Et il faut que je lui raconte des mensonges, lui parle de contamination et de danger, alors que tu es en réalité trop lâche…*

— Oui, Theresia, je crois que c'est la fin, répondit-elle aussi calmement que possible. Tu auras bientôt terminé de souffrir… Puis, les larmes l'étouffant, elle dut attendre un moment avant de poursuivre avec peine : … vivre vingt ou soixante ans, ce n'est pas ce qui compte, je suis persuadée que chacun meurt quand sa vie a été accomplie…

Elle dut de nouveau lutter contre les larmes. Ces paroles de réconfort un peu ronflantes lui paraissaient soudain si vides et creuses. Aucune philosophie n'était en définitive capable de rendre compte de la vie et de la mort, rien ne pouvait les expliquer. Elle se pencha plus près de la mourante.

— Je sais, ce doit être épouvantable… dit-elle laborieusement.

— Non, la mort n'est pas épouvantable, l'interrompit Theresia en jetant la tête de côté en un geste de colère, non, je suis juste triste à l'idée de ne jamais voir le paradis !

Sur ce, elle chercha à reprendre sa respiration, les yeux écarquillés par l'horreur, son visage prenant une teinte violacée. Sophia s'empressa de la redresser et de lui pencher la tête vers l'avant pour qu'elle ne s'étouffe pas en vomissant. Elle retomba en arrière, vidée de ses forces.

— Theresia ! cria Sophia en étreignant ses épaules décharnées. Theresia, il ne faut pas penser ça ! De tous les êtres humains, tu es celle à qui Dieu accordera sa grâce et le salut. Je t'en prie, Theresia, crois-moi !

— Jamais, chuchota Theresia, pas à une pécheresse comme moi…

— Tu t'es repentie, il n'y a pas eu un jour où tu ne te sois pas repentie, et tu as depuis longtemps obtenu le pardon !

Sophia ajouta à travers ses sanglots :

— Je veux que tu t'endormes en paix, je t'en prie, Theresia…

Puis les yeux de Theresia perdirent tout éclat, elle tomba dans un état d'inconscience dont elle ne sortit plus. Elle expira dans un soupir de douleur extrême.

Sophia se releva lourdement. Les doigts raides, elle recouvrit du drap le corps et le visage torturé de la morte. Durant ces dernières minutes, elle n'avait pas mis son mouchoir sur sa bouche, mais il lui était presque indifférent de s'être contaminée ou pas. Une odeur atroce emplissait la chambre. Elle entrouvrit les rideaux et un rayon de soleil entra dans la pièce. C'était l'été, même si elle avait failli l'oublier.

Richard attendait derrière la porte. Il bondit sur ses pieds en voyant Sophia sortir.

— Comment va-t-elle ? demanda-t-il.

— Elle est morte, répondit Sophia.

À la vue du visage blême et anxieux de Richard, elle éprouva une amertume infinie. Il n'était pas fait pour le chagrin. Même si ce qu'il ressentait était sincère, cela ne s'accordait pas avec sa nature. Elle se dit qu'il était trop faible pour pouvoir exprimer une douleur véritable.

— C'est bien que ce soit terminé, murmura-t-il en suppliant sa sœur du regard. A-t-elle… beaucoup souffert à la fin ?

— Oh oui, répondit-elle, impitoyable.

Il tressaillit.

— C'était la maladie ou la peur de la mort ?

— Ce qui l'a torturée de manière atroce, lui asséna Sophia la voix tremblante de colère, c'est de devoir mourir catholique !

— Cela l'affligeait à ce point ? demanda-t-il, incrédule.

Sophia le toisa avec mépris.

— Tu ne t'es aperçu de rien, n'est-ce pas ? Toi mis à part, tu ne t'intéresses à personne. Tu l'as totalement brisée, mais tu ne l'as même pas remarqué !

— Non.

— Vois-tu, reprit Sophia d'une voix glaciale, je te déteste. Je pourrais beaucoup te pardonner, ta négligence, ton égoïsme, le fait que, pour satisfaire un caprice, tu aies brisé le cœur de tant de femmes, même tes tromperies et ta brutalité envers Theresia. Mais je ne te pardonnerai jamais, et je te haïrai pour cela ma vie durant, d'avoir contraint cette femme à une telle mort. Ton amour de toi-même et de la richesse l'a privée de la paix de l'âme dans ses derniers instants !

La tête haute, elle quitta lentement la pièce. Richard s'effondra sur une chaise sous le poids de la honte et du remords ; il avait devant les yeux Theresia aux premiers jours de leur vie commune, son joyeux visage, son doux sourire. Et elle était morte à présent. Elle était morte dans les tourments sans qu'il ait lui-même tenu sa main. Il était resté lâchement derrière la porte sans oser entrer. Il se cacha le visage entre les mains.

— Mon Dieu, murmura-t-il, qu'ai-je fait ! Jamais je ne pourrai réparer le mal que j'ai occasionné !

Il sauta sur ses pieds. Ne pas ressasser des idées noires ! Surtout pas ! Il avait besoin d'un être auprès de qui s'enfuir, un être qui l'aime et le comprenne, qui ait besoin de lui et ait de l'indulgence... pas Sophia qui le détestait, pas la sotte Marie, pas sa mère, froide et sévère. Les pensées qui se bousculaient dans sa tête ne tardèrent pas à trouver où s'arrêter. Margareta ! Elle était à Prague. Il éprouva un violent désir de la voir, comme jamais auparavant. Il savait qu'elle était comme lui et qu'elle l'aimait. Il était convaincu qu'il pouvait à tout moment la regagner. Il décida d'aller dans sa chambre prier pour l'âme de Theresia avant de se tourner vers l'issue que lui offrirait la compréhension de Margareta.

Venant d'une demeure où une malade était morte de la peste, Richard attendit quatre jours avant de rendre visite à Margareta. Mais ni lui ni personne de la famille ou du personnel ne semblant avoir été contaminé, il finit par s'y résoudre. C'était une journée chaude et sèche du début du mois de juillet. Rares étaient les passants dans les rues. Quelques femmes, le panier à provisions au bras, pressaient le pas, aucune ne s'arrêtant pour se livrer aux habituels bavardages. La ville entière était comme plongée dans un sommeil lugubre. La peste paraissait provisoirement vaincue, et les cas se raréfiaient. Il se disait néanmoins qu'à Prague beaucoup plus de mille personnes avaient trouvé la mort.

La maison des Lekowsky semblait abandonnée sous le soleil à son zénith. Richard frappa à la porte avec hésitation. Il n'était vraiment pas courant, en cette période délicate, de rendre des visites. Mais il éprouvait un besoin de plus en plus impérieux de revoir Margareta, besoin renforcé encore par la haine dont il était l'objet de la part de Sophia.

La porte s'ouvrit prudemment au bout de quelques instants, et Friedrich se montra. Il découvrit avec surprise qui lui faisait face.

— Richard, dit-il, c'est nous que tu viens voir ?

— Non, pas directement, commença Richard extrêmement contrarié de justement tomber sur Friedrich dont il savait ce qu'il pensait de lui. En fait, c'est Margareta que je voudrais voir.

Friedrich haussa les sourcils.

— Pourrais-je savoir pourquoi ?

— Eh bien, je cherche quelqu'un qui… je ne sais pas moi-même très bien. Je ne vais pas bien. Peut-être as-tu appris…

— Oui, je l'ai appris !

Avec une compassion sincère, il étreignit brièvement son ancien ami.

— Je suis vraiment désolé, reprit-il, tu dois avoir vécu des journées terribles. Mais j'ai bien peur que tu ne puisses parler à Margareta. Tu ignores certainement…

Il hésita, et Richard fut soudain envahi d'un grand malaise.

— Mon Dieu, que s'est-il passé ? chuchota-t-il. Margareta n'est pas malade au moins ?

— Non, non. Elle n'a rien. Mais c'est son enfant, Angela…

— Qu'a-t-elle ?

— Elle est décédée avant-hier. Par chance, tout est allé très vite.

Richard le fixait avec épouvante.

— L'enfant, murmura-t-il. Ah, Friedrich, alors il me faut plus que jamais la voir. Je dois la consoler. Je sais que son enfant était tout pour elle !

— Tu ne peux pas, je crois qu'elle a enfin trouvé le sommeil.

— Bien, admit Richard qui fit demi-tour, mais je reviendrai. Jusqu'à ce qu'elle me reçoive.

Il revint une semaine plus tard et fut éconduit, revint encore, une nouvelle fois en vain, mais s'obstina et parvint à ses fins. Il fut effrayé de son aspect quand, pâle, les yeux rougis et gonflés, les lèvres gercées, elle s'avança vers lui. La main qu'elle lui tendit était tremblante.

— Bonjour, Richard, dit-elle d'une voix faible.

Il chercha désespérément des paroles de réconfort. Pour la première fois, il voyait chez Margareta un chagrin et une tristesse dont il n'était pas la cause, et il voulait lui venir en aide.

— Margareta, Friedrich m'a tout raconté. Je suis absolument navré. Ma pauvre, ma chère Margareta, je voudrais tant pouvoir t'être d'une aide quelconque !

Il s'approcha d'elle et l'étreignit. Un instant elle parut vouloir reculer, puis le courage qu'elle avait conservé à grand-peine l'abandonna brutalement et elle enfouit en pleurant son visage dans sa poitrine. Richard la caressa avec douceur tout en ne cessant de lui prodiguer des paroles apaisantes. Il était venu chercher du réconfort auprès de Margareta et se retrouvait dans le rôle de consolateur. Mais cela lui fit du bien. Ils s'agrippaient l'un à l'autre, à la recherche d'un appui, incapables de se cacher plus longtemps derrière l'orgueil et la coquetterie. La résistance de Margareta était brisée.

Richard lui rendit ensuite visite tous les jours et leur intimité grandit au point que leur relation finit par être aussi naturelle qu'aux premiers temps de leur amour. Elle pouvait lui parler de tout, de sa petite Angela, de son attachement pour l'enfant, de sa mort épouvantable, de son immense douleur, de son incapacité à surmonter l'épreuve. Elle en arriva aussi à évoquer Maurice, l'ambiguïté de ses sentiments à son égard, leurs disputes, la méchanceté et les remords qu'elle nourrissait. Il paraissait la comprendre. Et, à son tour, elle l'écoutait parler de Theresia. Elle sentait que cette femme n'était pas faite pour un homme tel que lui, inévitablement condamnée à se briser contre son naturel d'enfant gâté. *Mais moi*, se disait-elle, *moi, je suis la femme qu'il lui faut !*

Cette idée l'effrayait car elle prouvait qu'elle ne voyait plus seulement en Richard l'ami consolateur. Près de quatre semaines s'étaient écoulées depuis la mort d'Angela, et la première douleur, la douleur folle et paralysante, s'estompait un peu. Sa torpeur se dissipant, elle prenait une claire conscience de ce qui avait grandi entre elle et Richard. Des sentiments refoulés se réveillaient et la décontenançaient. Elle comprenait qu'elle était au bord d'un grand danger, encore en mesure de le prévenir, mais que cette prise de conscience en était l'ultime occasion. Or il lui semblait ne pas en avoir la force. C'était de nouveau Richard qui remplissait son existence ; après la mort de son enfant, elle s'était habituée à sa présence, la recherchant comme elle aurait recherché une drogue. Elle avait besoin de lui et il avait besoin d'elle. Elle ne voulait pas l'abandonner. Que leur amour fût sans avenir lui était aussi indifférent que tout ce qui était du passé. Sans plus y réfléchir, elle se précipita dans cet unique chemin de l'oubli que lui offrait le destin, prête à prendre sur elle la responsabilité de l'inévitable et futur échec.

Un jour, Richard lui déclara qu'il lui serait difficile de continuer à venir chez les Lekowsky :

— Il y a encore de nombreux cas de peste en ville et les visites ne sont donc pas les bienvenues. De plus, Friedrich me regarde chaque fois comme si — il rit, un peu gêné – je rendais visite en cachette à mon amante. Il désapprouve nos rencontres.

— Il n'y a rien qu'il ne désapprouve, murmura-t-elle.

Elle s'était elle-même aperçue depuis longtemps de la froideur de Friedrich à son égard. Après le départ de Richard, quand elle venait dans le salon, il l'observait attentivement. Luzia avait elle aussi changé d'attitude.

— Nous ne pouvons pas non plus nous voir chez nous, continua-t-il, le seul moyen serait donc…

Il hésita. Il ne faisait pas de doute que son plan était déjà arrêté :

— Il ne nous reste que la demeure de Maurice.

— Mais Richard, c'est impossible, nous ne pouvons pas nous rencontrer dans une maison vide, ce serait malséant.

— Pourquoi ? C'est la demeure de ton mari, et donc aussi la tienne. Pourquoi n'y recevrais-tu pas des visites ?

— Eh bien, parce que… parce que c'est tout simplement impossible.

Il haussa les sourcils.

— Que penses-tu que nous pourrions y faire ? s'étonna-t-il.

Elle rougit.

— Je ne pense à rien du tout, se défendit-elle avec un peu d'irritation, mais songe au qu'en-dira-t-on !

— Personne ne s'apercevra de rien. Tu as le droit d'être là-bas et je me glisserai chez toi sans me faire voir !

— C'est tout de même impossible. Tu es veuf depuis quatre semaines et j'ai perdu mon enfant. L'heure n'est pas venue de… penser à des choses plaisantes.

Richard prit ses mains dans les siennes.

— Tu ne veux donc pas reprendre goût à la vie ? Ah, Margareta, tu as pourtant besoin de moi. Qu'aurais-tu fait sans moi ces dernières semaines ? Et moi sans toi ? Nous nous comprenons. Nous nous aimons…

— Non, rétorqua-t-elle hâtivement et d'une voix dure, mais sentant déjà qu'elle céderait.

Richard avait parlé avec la douceur qui la faisait fondre depuis toujours. Elle ne voulait pas le perdre, dût-elle pour cela enfreindre une nouvelle fois la décence, la morale et sacrifier sa réputation.

Quelques jours plus tard à peine, ils se rencontrèrent dans la demeure de Maurice. Margareta n'y avait vécu que peu de temps, et cela lui fit un drôle d'effet de se retrouver avec Richard dans les pièces où elle avait épousé Maurice, où il l'avait reçue si souvent un été durant et qui avaient été les témoins, par une sombre soirée de printemps, de sa démarche désespérée en faveur du salut de Richard. Ce furent peut-être ces souvenirs qui dictèrent à Margareta une réserve initiale. Il n'y eut d'abord que de longues conversations entre elle et Richard. Au repas, ils burent du vin, ce qui la mit d'humeur plus joyeuse et plus détendue, sans qu'elle se départît toutefois de sa légère pruderie. À certains moments, pensant à Angela, elle était submergée par la douleur, mais si Richard la prenait alors dans ses bras, ce n'était qu'une manifestation d'amitié et de sympathie. Et jamais elle n'accepterait davantage de lui ! Il était celui qui lui avait jadis infligé la plus amère humiliation de son existence, et il y avait Maurice qui combattait quelque part pour son empereur. Sa fierté si difficilement reconquise et la fidélité que lui imposait son sens du devoir lui interdisaient de fléchir.

Par une belle soirée d'août, après le dîner, alors qu'ils étaient assis au soleil dans la cour intérieure, Richard lui dit :

— Imagine un instant, ma chérie, que tu n'aies pas épousé ce Maurice Lavany. Nous serions maintenant l'un et l'autre libres. Mon père est mort et ne peut plus rien m'interdire, Theresia est morte…

Il se renversa sur son siège dans un geste de contentement un peu trop manifeste. Margareta fut choquée.

— Comment peux-tu parler ainsi ? On dirait que tu as éliminé des obstacles et que tu n'as maintenant plus en vue qu'un avenir riant !

— Ce n'est pas ce que je voulais dire, concéda-t-il, et il n'existe d'ailleurs pas d'avenir riant. Car ton époux est toujours là et il reviendra tôt ou tard.

— Oh oui, il reviendra !

— Mais essaie un instant d'imaginer où nous en serions s'il n'existait pas. Tu pourrais m'épouser ! Si tu avais alors accepté ma proposition d'être mon amante jusqu'à ce que j'aie obtenu ma liberté ! C'est d'ailleurs ce que tu es aujourd'hui !

— Je ne suis pas ton amante, répondit-elle tout bas, et ne l'ai jamais été !

— Et pourquoi ?

— Que signifie cette question ?

Il s'agenouilla à côté d'elle.

— Ma chérie, pourquoi persistes-tu à me repousser ?

— Je ne te pardonne pas de t'être prononcé contre moi, jadis.

Richard la regarda d'un air pensif.

— Il y a longtemps que tu m'as pardonné. Et, si ce n'est pas le cas – riant, il lui baisa tendrement la main – j'implore à genoux ton pardon !

Il la caressait de ses yeux noirs, un demi-sourire insouciant aux lèvres, et Margareta ne put s'empêcher de rire.

— Tu es incroyable ! Pourquoi te pardonnerais-je ?

— Parce que tu m'aimes !

Les traits de Richard avaient repris une expression de gravité, et il l'attira à lui d'un geste brusque.

— Si seulement tu abandonnais ta réserve, murmura-t-il avec émotion, je te montrerais alors ce qu'est l'amour, et, je te le jure, jamais plus tu ne l'oublierais. Crois-moi, je te rendrais plus heureuse que ce vertueux de Lavany !

Elle se détacha de lui et se leva.

— Tu parles de mon mari, dit-elle avec la plus grande froideur possible, et je t'interdis ce ton. Nous devrions oublier cette conversation. Je retourne chez Luzia et Friedrich !

Il se mit sur son chemin. Elle l'apostropha avec rudesse :

— Laisse-moi passer !

Il s'écarta.

— Tu n'as pas de chance, mon trésor, dit-il d'un air moqueur. Loin de moi l'idée de t'épargner le choix douloureux d'un adultère ! Rentre chez toi, tu pourras au moins affronter la conscience pure le regard réprobateur de Friedrich.

— Tu sais très bien que l'avis de Friedrich m'importe peu, répliqua Margareta, furieuse.

— Ah bon ? Et pourquoi donc désires-tu partir si vite d'ici ?

— Parce que telle est ma volonté ! Parce que je ne tromperai pas mon mari et surtout pas avec toi !

— Surtout pas avec moi ! Avec qui donc, sinon ? Ah, petite Margareta, si tu faisais enfin ce dont tu as envie depuis si longtemps, tu tomberais à l'instant dans mes bras !

— Mon Dieu, que tu es prétentieux !

— Non, je ne dis que la vérité. Nous sommes faits l'un pour l'autre. Toi et moi, nous sommes semblables, même si tu ne veux pas l'admettre. Nous ne sommes pas seulement jeunes, beaux et forts, nous aspirons l'un comme l'autre à mener une existence agréable. Nous aimons ce qui est beau, et cela en dépit de l'une des époques les plus sombres de l'humanité !

— C'est toi que tu décris, Richard, pas moi. Je n'aspire qu'à être quelqu'un de bien, à rien d'autre. Je ne veux que le bien…

— Tu le veux, Margareta, c'est bien là en quoi consiste ta lutte. Tu te débats avec quelque chose que tu ne peux atteindre et tu ne cesses de t'infliger des sentiments de culpabilité !

Ces derniers mots firent mouche. La culpabilité était effectivement devenue une compagne inséparable, la tourmentant jour et nuit. Elle n'aurait pas dû abandonner sa famille, elle aurait dû empêcher la mort de Julius, témoigner plus d'affection à Maurice et, enfin, éviter à Angela de passer plus de vingt-quatre heures dans une ville infestée par la peste, de se contaminer uniquement parce que sa mère était venue à Prague par égoïsme et frivolité et avait ensuite retardé son départ en dépit du danger qui menaçait à l'évidence.

— Je ne viendrai jamais à bout de ma culpabilité, dit-elle tout bas.

— Si, tu le peux ! dit-il en s'approchant d'elle. Si tu arrivais à comprendre combien il est merveilleux de vaincre les sentiments de culpabilité et la morale fausse et destructrice qu'on t'a enseignés au couvent. Pourquoi as-tu tant de peine à t'avouer ce que tu désires ? Tu t'aimes toi ! Et, si tu l'acceptes, tu verras quelle force inépuisable cela te donnera ! Abandonne-toi à tes envies !

Elle l'écoutait comme transportée. Elle se rappelait certains moments où, comme fascinée, elle avait contemplé ses propres yeux luisants de désir, senti sur ses épaules sa lourde chevelure d'or et admiré son corps si parfait. Elle avait toujours eu honte de ces moments-là.

— C'est vraiment trop superficiel, chuchota-t-elle tandis que Richard lui passait le bras autour de la taille.

— Osons nous le permettre le temps d'un été. Oublions ce qui est laid, les obligations et la bienséance. Acceptons ce que nous pouvons nous donner mutuellement. Oublions l'époque cruelle, la guerre et la maladie, la souffrance et la mort !

Margareta fut profondément troublée. Elle s'était si longtemps sentie mal, malheureuse, sans espoir, victime de tous les coups du sort, toujours perdante dans le combat contre elle-même et contre les attentes des autres. Les souvenirs du couvent, des mises en garde des sœurs affluèrent. D'où les nonnes et l'Église tenaient-elles donc leur sagesse ? Serait-ce de Dieu qui avait pourtant créé des êtres comme Richard et elle ?

Ses pensées avaient quelque chose de vertigineux. D'effrayant parce qu'elles montraient sous un jour froid et implacable les sensations dépravées de sa prime jeunesse, d'excitant parce qu'elles émanaient de son propre esprit et étaient la revendication de son droit à se conduire selon son gré. Comme tout devenait soudain aisé ! Quel délice de se prononcer en toute conscience contre la morale commune ! Cela lui parut le seul moyen de se libérer de son passé et de l'oublier.

C'était à peine si elle s'était aperçue qu'elle avait relevé la tête. Richard lui baisa les lèvres. Elle eut l'impression que le temps s'était arrêté depuis un soir de septembre, en 1619, qu'elle était à nouveau la jeune fille qui, s'étant laissé embrasser, dans son trouble et son innocence, par un étranger dans l'obscurité d'une forêt, n'avait éprouvé qu'un pur et infini bonheur.

— Tu verras, murmura Richard, la vie merveilleuse que des êtres comme nous peuvent avoir !

Elle acquiesça les yeux clos. Elle voulait oublier et commençait à le faire. Les images de Maurice, de Julius, de Sophia, d'Angela, de ses parents et des nonnes pâlirent dans son esprit. Elle ne ressentit soudain plus qu'indifférence à leur égard ainsi qu'envers les contraintes auxquelles ils recouraient tous pour empoisonner la vie d'autrui. *Il s'agit tout de même de ma vie*, se dit-elle, *de ma propre et unique vie ! Je suis mon seul juge, hormis Dieu !*

Cette révélation l'emplit d'un violent sentiment de bonheur que vint seulement entacher l'idée qu'il lui avait fallu atteindre l'âge de vingt et un ans pour connaître cette félicité. Ouvrant les yeux, elle s'aperçut que le soleil était presque couché. Il ne restait dans le ciel qu'une faible lueur rougeâtre, les maisons de la ville étant déjà dans l'ombre. Les premières lumières apparaissaient aux fenêtres.

— Il faut rentrer, dit-elle, il fait si sombre ici, dans la cour.

— Tu ne veux pas retourner chez toi ?

Margareta secoua la tête. Richard la prit par la main et ils rentrèrent côte à côte, montèrent dans la chambre à coucher qu'elle avait partagée avec Maurice les premières nuits ayant suivi leur mariage. Elle se souvint de l'odeur pénétrante que répandaient les fleurs et les parfums que Jitka avait disposés à profusion. La pièce, inoccupée depuis longtemps, sentait quelque peu la poussière, mais tous les sentiments qu'elle n'avait pas alors éprouvés la submergèrent. Jamais elle n'aurait cru connaître un jour autant d'amour et de désir. Jamais elle n'aurait imaginé qu'un être pût lui offrir tant de tendresse, alors que, sur le lit dans cette pièce obscure, leurs visages étaient proches à se toucher. Plus rien n'existait, ni les scrupules ni le souvenir de Maurice. Richard réussit ce qu'il n'avait jusqu'ici été donné à personne de réussir : Margareta oublia son enfance, sa mère, le couvent et les nonnes, et, sans la moindre réserve, s'abandonna à ses seuls désirs.

25

Très tôt, le lendemain, Margareta se hâta de rentrer chez les Lekowsky, dans l'espoir de ne rencontrer personne de connaissance. Elle portait autour de la tête un grand châle foncé et fixait obstinément le pavé. Elle ne croisa qu'une jeune paysanne qui, tirant une carriole remplie de bidons de lait, suivit des yeux avec curiosité cette femme si élégamment vêtue. On pouvait souvent voir, le matin, des dames de la bonne société rentrant de leurs nocturnes ébats amoureux.

Chez les Lekowsky, tout était calme, au grand soulagement de Margareta. Son inquiétude vis-à-vis de Friedrich avait beau lui paraître ridicule, il était néanmoins plus simple d'éviter une rencontre directe. Par chance, elle trouva la porte d'entrée ouverte, l'aide-cuisinière ayant déjà rapporté le lait. Elle se dépêcha de monter l'escalier en bois qui craquait sous les pas. Rien ne bougeait, mais, quand elle atteignit le premier palier, la porte d'en face s'ouvrit, et Luzia lui fit face. Elle portait une robe de chambre claire et elle était ébouriffée sans pour autant donner l'impression d'avoir dormi.

— Oh, dit Margareta le temps de la surprise passée, bonjour, Luzia.

— Bonjour. Tu arrives bien tard. Ou bien tôt, c'est selon.

— Oui… j'espère que tu ne t'es pas fait de souci.

— Mais non. Je savais où tu étais.

Margareta dut s'éclaircir la voix.

— On dirait que tu n'as pas fermé l'œil de la nuit, ajouta-t-elle en regrettant aussitôt sa réplique, jugeant qu'elle aurait mieux fait de ne pas s'engager dans une conversation de si bonne heure avec une Luzia de mauvaise humeur et n'ayant manifestement pas bien dormi.

Luzia haussa les sourcils.

— Je suppose que tu n'as pas fermé l'œil toi non plus, répondit-elle d'un ton inhabituellement malveillant.

La colère monta en Margareta. Ce n'était plus la peine de faire comme si de rien n'était. Elle redressa la tête d'un air résolu.

— Mais qu'est-ce que tu t'imagines ? Qu'est-ce qui te permet de m'espionner, d'attendre derrière la porte que je rentre pour ensuite me demander des comptes comme si j'étais un petit enfant ?

Luzia ignora totalement sa réplique.

— Si tu voyais de quoi tu as l'air !

— De quoi ai-je donc l'air ? interrogea Margareta en s'examinant. J'ai sur moi ma plus belle robe, je suis coiffée et je ne suis pas non plus outrageusement fardée !

— Ce n'est pas ce que je veux dire. Je parle de ton expression. Tu as l'air si… étrangement satisfaite !

Espèce de vieille fille, sais-tu seulement de quoi tu parles ? faillit répondre Margareta. Mais Luzia était son amie et elle lui épargna cette vexation, se contentant de répéter :

— Étrangement satisfaite ?

— Oui, l'air de quelqu'un qui a eu ce qu'il voulait. Tu as obtenu cette nuit ce que tu désirais depuis longtemps, n'est-ce pas ?

— Et alors ? En quoi cela te regarde-t-il ?

— Tu vis chez moi.

— Je peux te rassurer. Je vais faire mes bagages et m'installer chez nous pas plus tard qu'aujourd'hui !

— Chez Maurice, dit Luzia pesant ses mots, espèce de dévergondée !

Margareta allait gagner sa chambre sans répondre afin de ne pas tenir des propos qu'elle regretterait, quand une autre porte s'ouvrit, livrant passage à Friedrich.

— Que se passe-t-il donc ?

— Margareta va te l'expliquer. Elle vient en effet juste de rentrer. Demande-lui un peu où et comment elle a passé la nuit !

— Je crois que cela ne nous regarde vraiment pas, estima Friedrich d'un ton glacial.

— En effet, confirma Margareta. Puis-je maintenant aller dans ma chambre ?

— C'est avec Richard von Tscharnini que tu trompes ton mari, poursuivit Luzia. C'est lui que tu as toujours et à tout prix voulu. Et maintenant que l'occasion se présente, tu la mets à profit, sans vergogne. Et vous vous retrouvez dans une ville où la peste a sévi pendant des semaines, où des centaines de personnes sont mortes, où règnent la faim et la misère. Lui dont la peste a emporté sa femme et toi ton enfant. Mais tout cela ne peut t'arrêter, toi et ton obstination insatiable à le poursuivre !

Margareta serra les lèvres. Elle dut se retenir pour ne pas frapper Luzia. Était-ce bien là sa douce amie, si compréhensive ? Hébétée, elle regardait la femme pleine de haine et de mépris qui l'invectivait.

— Je m'en doutais, continuait celle-ci, depuis que nous sommes allées chez les Tscharnini, en mai. J'ai compris que tu ne t'étais pas avouée vaincue, autrefois pendant le bal du Nouvel An, et que, depuis, tu exécutais ton projet de le regagner un jour…

— Ce n'est pas vrai, je… commença Margareta, puis se ravisant : Je n'ai pas à me justifier devant toi !

Les yeux de Luzia n'étaient plus qu'une fente.

— Tu ne vaux pas mieux que la première maîtresse venue, susurra-t-elle.

— Luzia, ça suffit, ce que fait Margareta, quoi que nous en pensions, ne regarde qu'elle.

— Ça ne regarde pas qu'elle ! Elle était mon amie, je lui ai fait confiance !

— Pourquoi es-tu soudain habitée de cette étrange morale ? s'étonna Margareta. Je croyais que tu étais capable de tout comprendre, vraiment tout !

Luzia se tordait les doigts. Elle avait le même teint verdâtre que les motifs de la tenture derrière elle.

— Tout, oui, répondit-elle d'une voix rauque, mais pas que tu deviennes l'amante de Richard. Pas l'amante de Richard !

Margareta comprit brutalement. Elle resta bouche bée, les yeux écarquillés. La jeune fille blême, émaciée et tremblante qu'elle voyait pour la première fois en colère et hors d'elle s'était métamorphosée en une femme trompée et humiliée, tout habitée par la haine. Il lui revint en mémoire certains événements, parfois très anciens, qu'elle avait à l'époque considérés comme sans importance. Par exemple quand, après la bataille de la Montagne Blanche, au terme d'une longue nuit de crainte, la nouvelle leur était parvenue que Richard était rentré chez lui : elle avait alors interprété comme le signe de la connivence de Luzia à son égard la tendresse soudain apparue dans ses yeux, alors qu'il s'agissait du soulagement indicible d'une femme en proie à l'angoisse. Plus tard, lors du bal du Nouvel An, la perte de connaissance de Luzia, quand avaient été annoncées les fiançailles de Richard et de Theresia. Plus tard encore, Margareta ayant fait le choix terrible de sauver Richard au prix de la mort de Julius, Luzia avait manifesté une approbation muette. La jeune femme aimait Richard depuis des années, d'un amour sans espoir et douloureux. Margareta l'entendait encore parler de son enfance : « … et Richard m'asseyait devant lui sur son cheval, et nous parcourions les forêts. J'aurais voulu que nous ne nous arrêtions jamais… »

Elle l'aime comme je l'ai aimé tout ce temps-là, songea Margareta, *et pour elle nous étions des alliées, pas des rivales, car elle croyait que moi non plus je n'avais aucune chance.* Et voilà qu'elle l'avait devancée.

— Ah, Luzia, dit-elle désemparée, je ne savais vraiment pas.

Friedrich se détourna et disparut dans sa chambre.

— Je te déteste, éructa Luzia. Je te déteste, Margareta von Ragnitz, toi, tes cheveux blonds et tes yeux bleus. Et je déteste par-dessus tout ton sourire, ce sourire faux et affecté que tu arbores du plus loin que tu aperçois un homme. Je le déteste comme je hais les divers artifices que les femmes comme toi utilisent pour attirer les hommes dans leurs filets !

— Luzia, arrête, implora Margareta, je ne savais pas… je ne pouvais pas deviner…

— Qu'est-ce que tu ne pouvais pas t'imaginer ? Que l'insignifiante Luzia aurait le front de s'attacher à un homme comme Richard ? demanda Luzia en éclatant d'un rire méprisant. Mon Dieu, si tu savais combien je l'aime.

— Pourquoi alors n'as-tu pas détesté Theresia aussi ?

— Il y a une différence entre une épouse et une amante. De plus, Theresia était semblable à moi.

Oui, se dit Margareta, *elle te ressemblait, faible et délicate. Pourquoi ce genre de femmes s'éprennent-elles d'un homme comme Richard, alors qu'elles ne supportent pas sa manière d'être ?*

— Si je l'avais su, je ne serais pas revenue ici. Je n'avais pas l'intention de te blesser, Luzia, crois-moi !

Le soleil, passant par la petite fenêtre du couloir, éclaira le visage blême de Luzia.

— C'est bon, murmura-t-elle, va donc le rejoindre !

Baissant les épaules, elle se glissa dans sa chambre. Margareta sut qu'en cet instant son ancienne amie renonçait à Richard et à tous les rêves qu'elle avait nourris le concernant. Elle aurait voulu la suivre, mais la porte lui fut fermée au nez. Jamais elle n'aurait pensé que Luzia fût capable d'une telle réaction. Elle s'était toujours figuré que son amie était pour une raison quelconque imperméable à l'amour, mais cela avait été une stupidité. L'idée d'avoir peut-être perdu Luzia était douloureuse, elle résolut pourtant de ne plus y penser provisoirement. Le mieux était de partir d'ici le plus vite possible et de ne redonner signe de vie qu'une fois la tempête apaisée.

Elle passa dans sa chambre où Dana était en train de se peigner devant la coiffeuse. Margareta la soupçonna d'avoir tout écouté derrière la porte.

— Tu es au courant de ce qui vient de se passer ?

— Oui, et je trouve…

— Je t'en prie, épargne-moi ça. Tu sais tout et ça suffit. Tu vas retourner à Belefring !

— Mais madame la comtesse, s'écria-t-elle, indignée, vous ne pouvez pas me faire ça ! Je ne veux pas partir !

— Ce n'est pas possible ! trancha Margareta en sortant ses vêtements des armoires. À partir d'aujourd'hui je vais habiter dans la demeure du comte.

— Avec Richard von Tscharnini ?

— Oui.

— Et pourquoi ne pourrais-je rester auprès de vous, comme femme de chambre ?

— Je ne le souhaite pas.

— Et qui va s'occuper du ménage ? Vous avez bien besoin de quelqu'un…

— Je n'ai besoin de personne. Je m'en charge. Je désire être seule avec Richard.

— Et qu'est-ce que je vais bien pouvoir raconter à Belefring ?

— Cela m'est égal. Dis-leur que d'autres amies de Luzia Lekowsky sont arrivées, qu'il n'y a plus de place et que Luzia a assez de domestiques.

Dana secoua la tête.

— En vérité, madame, vous devriez…

— Ne me regarde pas avec ces yeux ! Finalement, c'est tout de même toi qui m'as conseillé de revoir Richard !

— Quand je parlais de le revoir, je ne pensais bien sûr pas à ce que vous… et dans la maison du comte pardessus le marché…

— Ah, arrête maintenant de raisonner, l'interrompit Margareta. Prépare tes bagages. Tu iras à Belefring !

Dana paraissait vraiment fâchée, mais Margareta ne s'en soucia pas. La querelle avec Luzia l'avait décidée à brûler ses vaisseaux. Elle ne voulait plus qu'une chose, partir avec Richard, ne rien entendre, ne rien voir.

Le mois d'août s'écoula, qu'ils passèrent au château des Tscharnini, en pleine forêt, comme des années plus tôt. Cette fois ils étaient seuls et, coupés du monde, ils jouirent pleinement de ces semaines.

Ils étaient venus en même temps, mais séparément, car vivre ensemble à Prague aurait été dangereux. Les gens s'y surveillaient et ne laissaient personne en paix. Margareta ne voulait pas s'exposer aux regards méprisants des femmes de son rang et souhaitait mettre la plus grande distance possible entre Luzia et elle. Dans leur solitude, ils oublièrent le passé, ne se préoccupant pas de l'avenir, vivant au jour le jour. Ce fut une période d'incroyable plénitude. Ils allaient se promener à pied ou à cheval, conversaient, riaient, buvaient du vin, cueillaient des fruits, restaient allongés dans les prés, laissant les brins d'herbe caresser leurs pieds nus. Richard apprit à nager à Margareta dans un petit lac au cœur de la forêt ; ensuite, elle ne se lassait pas de se plonger dans l'eau fraîche avant de se faire sécher au soleil. Ils passèrent des journées entières au bord de ce lac, ne rentrant que le soir au château en courant à travers bois.

Un jour, ils y rencontrèrent le jeune bûcheron qui, à l'automne 1620, avait averti Margareta de l'approche des Bavarois. Il la reconnut et s'avança vers eux.

— Bonjour, monsieur le baron, bonjour, madame la baronne, les salua-t-il respectueusement.

Il était évident qu'il prenait Margareta pour la femme de Richard. Elle ne sut que répondre, mais Richard lui vint en aide.

— Heureux de te revoir, Frantisek. Tu as, semble-t-il, traversé la guerre sans encombre jusqu'ici.

— Oui, monsieur, c'est exact. Et je suis moi aussi heureux que madame la baronne ait réussi à l'époque à atteindre Prague saine et sauve. Je ne l'aurais pas cru. En effet, quelques jours plus tard, on a trouvé la vieille Lioba pendue à un arbre, dans la forêt. Elle était tombée aux mains des ennemis.

— C'est affreux, s'écria Margareta en frissonnant. Je l'ignorais. Lioba et moi… nous nous sommes perdues de vue dans notre fuite…

Ils bavardèrent un petit moment encore, Richard mettant le jeune homme au courant de la mort du vieux baron. Margareta se tenait à ses côtés, heureuse qu'un être au moins pût la considérer comme son épouse légitime.

La vie au château était à la fois la même qu'avant et fort différente. Les souvenirs séparant le passé du présent semblaient avoir disparu. Margareta était alors une enfant bien qu'elle eût l'apparence d'une adulte. Elle avait maintenant l'impression que chacun devait voir combien elle avait changé.

Le plus merveilleux était la liberté qu'elle prenait avec elle-même. Un après-midi, elle sommeillait sur son lit dans une posture qu'elle ne se serait jamais autorisée jadis sous les yeux de Maurice. Ses cheveux, dénoués, s'étalaient sur tout l'oreiller, mais elle s'était fardée avec soin, noirci les sourcils avec de la suie et s'était mis du rouge foncé aux lèvres. Elle avait sur la pommette droite une mouche en velours noir et portait des boucles d'oreilles en or rouge. Elle n'avait sur elle qu'une robe de chambre jaune clair, en soie, et sa jambe gauche émergeait des draps chiffonnés. Elle avait placé derrière la tête son bras gauche où un bracelet d'or d'une grande minceur avait glissé jusque sous l'épaule, bijou que Richard lui avait offert parce qu'il le trouvait bien accordé à son genre de beauté. Les émeraudes qui y étaient enchâssées, provocantes, tranchaient sur le blanc de son bras.

Margareta tourna lentement la tête, et le soleil lui fit cligner les yeux. Elle chercha du regard Richard qui s'était levé et était allé à l'une des fenêtres.

— Richard, dit-elle à mi-voix.

— Tu as dormi ? interrogea-t-il en se retournant.

— Un peu. Reviens-tu dans le lit ?

— Mais que les gens vont-ils penser de nous ?

— Il n'y a personne en dehors de nous.

Lui tendant les bras, elle fit s'ouvrir la robe de chambre. Ne rien faire d'autre que l'amour et fainéanter toute la journée si l'envie lui en prenait, toute une semaine même. Elle s'étira et prit une boucle de cheveux entre ses doigts. Elle pouvait enfin se laisser aller et, même si ce qu'elle faisait n'était qu'immoralité et péché, cela lui paraissait pourtant la meilleure chose du monde. Depuis des semaines, elle ne rêvait plus de Julius et pensait à son enfant sans pleurer.

« En dépit de l'époque où nous vivons », avait dit Richard. Un sentiment de triomphe envahit Margareta quand ces mots lui revinrent à l'esprit. Ils avaient fui la ville frappée par la peste, ils avaient fui la guerre, les êtres aigris et blessés. Ici, ils faisaient valoir leur droit à jouir de leur jeunesse, leur droit à la gaieté.

— Je n'oublierai jamais ce temps passé avec toi, déclara-t-elle, rêveuse.

Richard s'approcha et s'appuya sur les montants du lit.

— Aucun de nous d'eux ne l'oubliera. Tu es si belle, murmura-t-il en caressant du doigt son pied découvert. Tu sais que je pourrais te regarder pendant des heures ?

Elle lui sourit tendrement. C'était ce qu'il y avait de merveilleux avec Richard, on n'avait jamais aucun effort à fournir. Elle n'était pas sans cesse obligée de lutter contre un sentiment d'infériorité comme en présence de Maurice. Richard ne valait pas mieux qu'elle. Il avait beau faire parfois étalage de sa supériorité virile ou se moquer d'elle, elle ne le prenait que comme un jeu et s'y prêtait avec coquetterie.

— Penses-tu parfois au moment où tu ne pourras plus me voir ? lui demanda-t-elle.

— Oui, souvent. Il arrivera forcément, Margareta. Maurice reviendra un jour et, de toute façon, dès l'automne, je devrai regagner Prague.

— Je sais.

Margareta se redressa et se blottit contre le coussin dans son dos.

— Mais je ne souffrirai plus jamais à cause de toi. Car tu as été mien et j'ai joui de ces semaines dont le souvenir demeurera éternellement en moi. Cela, personne ne pourra me l'enlever !

— C'est beau, ce que tu dis là, approuva Richard en prenant place à côté d'elle sur le lit. Nous serons néanmoins tristes. Regarde un peu le ciel. Il ne prend ce bleu intense qu'à l'approche de l'automne. Les matinées et les soirées ont fraîchi ces derniers temps, les fruits ne vont pas tarder à être trop mûrs et la pointe des feuilles commence à jaunir. Le temps nous est compté, chérie, sans que nous nous en apercevions.

Il y avait sur le visage de Margareta une sérénité, une douceur et une compréhension qu'il ne lui connaissait pas.

— Je pleurerai certainement de ne pouvoir retenir ce qui a été le plus beau moment, le plus merveilleux, de mon existence, dit-elle.

— Jamais nous ne pourrons revivre ce qui a été.

— Non, mais ce n'est pas réellement grave. J'y ai beaucoup réfléchi. Tu sais, cette nuit de la Saint-Sylvestre, quand j'ai cru t'avoir définitivement perdu, j'ai moins pleuré cette perte que ce que je ne vivrais plus jamais. Et je crois aussi à présent que ce n'est pas le fait de perdre qui est grave, quelle que soit la douleur qui en résulte. Un désir éternellement non satisfait est beaucoup plus cruel. Ce que nous avons vécu, même si cela n'a duré qu'un instant et ne reviendra jamais, cela nous appartient pour toujours.

Richard l'embrassa sur le front.

— Comme tu es sage, chuchota-t-il dans un sourire. Si ce que tu dis est vrai, nous serons les êtres les plus riches du monde. Notre richesse sera le plus bel été qu'il ait été donné à un homme et à une femme de vivre. Souviens-t'en quand tu pleureras à cause de moi !

Le 30 septembre 1625, Richard dut retourner à Prague, sa famille ayant besoin de lui. Il lui fallait par ailleurs recommencer à s'occuper de ses affaires. Margareta avait de son côté l'intention de partir quelques jours plus tard pour Belefring. Il était impossible de prévoir quand Maurice y reviendrait. À mesure que l'hiver s'approchait, son état de santé pouvait en effet à tout instant lui interdire de prendre part aux combats.

Ils se quittèrent un matin, très tôt ; il faisait presque encore nuit. Margareta était appuyée contre le mur extérieur quand Richard sortit avec le dernier bagage. Il avait l'air concentré comme s'il était déjà en pensée dans son travail. Margareta le considéra avec le sourire. Il ne paraissait pas terriblement affecté par leur séparation, mais elle était maintenant prête à le lui pardonner. Elle l'acceptait tel qu'il était, avec tous ses défauts, cet homme qu'elle avait sauvé du bourreau et qui, de ce fait, lui appartenait.

— Crois-tu que nous nous reverrons ? demanda-t-elle.

Il la prit dans ses bras.

— Je ne sais pas, je le souhaite. En tout cas je t'attendrai constamment.

— Je serai toujours là pour toi, lui promit Margareta quand les larmes lui vinrent soudain aux yeux. Je ne veux pas que nous nous séparions, sanglota-t-elle.

— Mais Margareta, la consola Richard en recueillant une de ses larmes, tu sais bien que mon départ ne te fait rien perdre. C'est toi qui me l'as expliqué en personne.

— Je sais, répondit-elle d'un ton tout de même un peu pitoyable.

— Eh bien, tu vois. Le mieux est que je parte tout de suite, ce n'est pas la peine de prolonger les adieux.

— Richard ! s'exclama-t-elle en lui prenant la main, il faut que nous nous revoyions. S'il te plaît !

— Bien sûr. Il y aura encore bien des étés pour nous. Si la guerre dure assez longtemps et que ton mari reste très occupé.

Il l'embrassa.

— Et maintenant cesse de pleurer, ma chérie !

Il sauta en selle. Margareta le suivit des yeux tandis qu'il s'éloignait. *Si je peux surmonter les minutes qui viennent sans désespérer*, pensa-t-elle, *plus rien ne saurait un jour me toucher.*

— Donne le bonjour à Maurice de ma part ! lui cria Richard en riant.

Son rire, se mêlant au martèlement des sabots, s'éteignit dans le petit jour. On n'entendit bientôt plus que le bruit des feuilles agitées par le vent de l'automne. À l'une des fenêtres de l'étage brûlait un cierge dont la douce lueur dorée semblait accompagner Richard.

LIVRE SECOND

1

Par une journée torride de l'été 1630, en plein midi, un petit groupe de cavaliers s'approchait du château de Belefring endormi sous la chaleur écrasante. On pouvait voir à leur allure qu'ils avaient un long chemin derrière eux. Simplement vêtus, ils étaient couverts de poussière, les chevaux, épuisés, remontaient d'un pas pesant l'étroite route menant au château. Tous les volets étaient clos afin de conserver un reste de fraîcheur dans les pièces, la chaleur étant presque insupportable depuis plusieurs jours. Les fleurs, devant le portail, baissaient la tête, même les abeilles semblaient paresser, bourdonnant lourdement d'une fleur fanée à une autre. Rien ne paraissait bouger dans la propriété, mais les hommes finirent par voir surgir de derrière un arbre un chat blanc et noir, suivi d'une toute jeune fille peu vêtue, aux bras bronzés et au frais minois. Quand elle découvrit la petite troupe, elle s'immobilisa, surprise. Celui qui venait devant souleva son chapeau.

— Bonjour ! s'exclama-t-il. Quel bonheur de rencontrer un être vivant, et si charmant ! Peux-tu, belle enfant, nous dire où nous sommes ?

Les mains sur les hanches, la jeune fille se dirigea nonchalamment vers eux. S'arrêtant juste devant les chevaux, elle rejeta en arrière ses longs cheveux bruns et dévisagea hardiment les cavaliers de ses grands yeux noirs.

— Au château Belefring, la propriété du comte Lavany.

— Le comte Lavany, répéta un des hommes, j'ai entendu parler de lui. N'est-il pas officier dans l'armée du général Wallenstein ?

— C'est bien ça, monsieur, confirma la jeune fille. Aussi n'est-il pas chez lui !

— Il ne va peut-être pas tarder à revenir. Le généralissime de Sa Majesté l'empereur n'est pas en brillante situation… dit l'homme en riant et en se penchant un peu vers l'avant. Crois-tu que nous pouvons avoir ici un peu d'eau pour nous et nos chevaux ?

— Certainement.

— Bien. Mme la comtesse est sans doute chez elle ?

— Oui, je vais la chercher !

La jeune fille s'apprêtait à regagner le château quand un des cavaliers lui demanda :

— Comment t'appelles-tu donc ?

— Anna. Je suis… dit à mi-voix la jeune fille en baissant mystérieusement les yeux. Je suis Anna, la sorcière !

— Oh ! firent les quatre hommes, simulant un étonnement superstitieux.

— Par Dieu ! s'écria l'un d'eux, si toutes les sorcières étaient aussi jolies, j'aimerais qu'il y en ait davantage encore !

— Tu as des yeux d'un noir sacrilège, petite sorcière !

Anna perdit un peu de son assurance sous les regards pleins de convoitise, mais son sourire et ses yeux brillants trahissaient aussi le plaisir que lui procurait la situation.

Le jeu fut trop vite interrompu quand la porte du château s'ouvrit, laissant le passage à deux femmes.

— J'allais justement mener ces hommes à la maison, lança Anna, se sentant un peu en faute.

Dana et Margareta s'approchèrent. Les hommes devinèrent aussitôt qu'ils avaient affaire à la comtesse Lavany. Sautant de cheval, ils s'inclinèrent.

— Madame la comtesse, dit celui qui paraissait être le chef, nous sommes des voyageurs en route pour Kolin et nous voudrions un peu d'eau.

— Bien entendu, répondit Margareta, soyez les bienvenus. Un domestique va s'occuper de vos montures. Voulez-vous entrer ?

Les hôtes prirent place sur un banc de bois dans l'entrée. Jitka apporta des cruches d'eau ainsi que du pain et du fromage. Les étrangers s'y attaquèrent de grand appétit. Les femmes les regardèrent manger, attendant que leur première faim fût apaisée. Dans un château aussi isolé que celui-ci, tout hôte de passage était un porteur de nouvelles bienvenu. Durant ces années de guerre, rien n'était plus impatiemment attendu que des informations sur la situation politique et militaire. Quand ils furent venus à bout de la nourriture, Margareta leur demanda :

— Arrivez-vous de Prague ?

— Oh oui, madame la comtesse, nous arrivons directement de Prague, où nous avons appris des choses fort intéressantes.

— Vraiment ?

— Eh bien, il se chuchote… que l'empereur a congédié le général Wallenstein.

— Mais ce n'est pas possible ! s'écria Margareta, Wallenstein, son généralissime, son confident ?

— Il a été obligé de céder à l'exigence des princes électeurs, lors de l'assemblée de Ratisbonne, expliqua l'un des hommes, au premier rang desquels Maximilien de Bavière bien entendu.

— Wallenstein était devenu trop puissant, ajouta un autre, et l'empereur ne pouvait donc plus être assuré de sa fidélité.

Margareta médita ces propos. Ces dernières années, aucun nom n'avait été aussi souvent prononcé que celui du duc de Friedland. Depuis qu'il avait levé sa propre armée au printemps 1625 pour combattre aux côtés de l'empereur, la puissance de Wallenstein avait crû de manière irrésistible en même temps que sa gloire et sa réputation. Il était presque devenu un mythe et on pressentait qu'il deviendrait l'une des plus brillantes figures de son époque. Il allait de victoire en victoire, son armée, un modèle de discipline et de loyauté, grandissait. C'était lui qui déterminait la politique de l'empereur et, aux yeux des princes, il était un soldat assoiffé de pouvoir et poussé par une folle ambition dont nul ne pouvait percer à jour les desseins réels. Ses adversaires étaient à l'affût d'une occasion qui leur permettrait de se débarrasser du chef de guerre. Elle se présenta en 1629 quand l'empereur promulgua l'édit de Restitution qui déclencha un soulèvement dans l'Empire et se révéla d'une importance décisive pour le cours ultérieur de la guerre. Par cet édit, l'empereur entendait remettre entre les mains de l'Église catholique tous les couvents encore sous la domination d'un prince protestant, coup mortel pour le protestantisme allemand. Les réformés proclamèrent qu'ils allaient opposer une résistance extrême à cet édit. Plutôt tolérant en matière de religion, Wallenstein y vit l'annonce de luttes sanglantes qui dépasseraient en horreur toutes les atrocités commises jusque-là. Il se prononça contre l'édit, ce qui le fit paraître plus dangereux encore aux yeux des princes électeurs. Pendant des années, il avait tenté de consolider les positions de l'empereur, ce qui ne pouvait se réaliser qu'aux dépens de la grande influence politique de ces derniers. Ils profitèrent alors de la réunion des princes électeurs de juillet 1630, à Ratisbonne, pour éliminer enfin du jeu politique leur adversaire. L'empereur, dont le plus grand problème en ces jours-là était d'assurer la succession de son fils sur le trône, se laissa forcer la main. Il comprit qu'il n'avait d'autre moyen d'exaucer son vœu le plus cher que de congédier Wallenstein. Il ne se vit pas en mesure de résister à cette exigence impérative des princes. Le 13 août 1630, il rendit public le renvoi du généralissime.

— Qui donc va maintenant prendre le commandement ? voulut savoir Dana.

— Le comte de Tilly et le duc Maximilien. Ils n'auront pas la tâche facile. Déjà de nombreux officiers ont démissionné et une foule de soldats ont tout simplement déserté. Ils ne veulent combattre que sous Wallenstein.

Margareta était tout oreilles. Si l'armée était en voie de dissolution, cela pouvait aussi signifier le proche retour de Maurice. Elle savait qu'il était hostile à l'édit de Restitution et qu'il ressentirait la destitution de Wallenstein comme une trahison.

— Ce qu'il y a de terrible, poursuivit un autre homme, c'est que les Suédois ont débarqué à Usedom le 4 juillet, avec une armée gigantesque.

— C'est une folie de la part de l'empereur de répandre l'incertitude dans l'armée en ce moment précisément, estima un troisième.

— Les Suédois vont essayer de pénétrer profondément dans l'Empire. Alors, que Dieu nous vienne en aide !

— Moi, en tout cas, j'en ai assez de la guerre, dit un quatrième à l'apparence particulièrement misérable et dépenaillée, je suis paysan et cela fait des années que je suis loin de chez moi. Ma femme doit se débrouiller toute seule, alors qu'elle a la charge des enfants encore petits et de mes parents âgés qui ne lui sont d'aucun secours. Elle a de la peine à nourrir tant de bouches.

— Vous êtes tous originaires de Bohême ? s'enquit Margareta.

— Oui, de la région de Königgrätz. Presque tout le pays appartient là-bas à Wallenstein. La vie n'y est pas difficile, je vous assure.

— Mais qui sait comment les choses se présentent à présent chez nous, intervint un autre, ça fait longtemps que les champs ne sont plus correctement cultivés. Pendant que nous faisons une guerre qui ne mène à rien, notre pays devient un désert.

— Pourquoi ne mène-t-elle à rien ?

— Elle dure depuis trop longtemps, madame la comtesse. Que peut-il en sortir ? Je voudrais retrouver ma famille et vivre comme avant.

— Sauf votre respect, vous ne pouvez imaginer ce que ces dernières années nous ont valu, à nous simples gens. Quand M. le comte part à la guerre, il laisse des hommes pour s'occuper de ses biens et, dans son château, tout continue comme avant. Mais, chez nous, il ne reste que les femmes et personne ne peut faire seul tout le nécessaire. Beaucoup ne survivent pas à des années pareilles.

Gênée, Margareta gardait les yeux baissés. Elle avait honte de n'avoir jamais songé à cet aspect de la guerre. Elle se sentit tout à coup mal à l'aise dans sa robe de soie, avec toutes ses perles autour du cou et des bras. Elle résolut de faire au moins pour ces hommes ce qui était en son pouvoir.

— Vous ne voulez pas vous reposer un peu et passer la nuit ici, au château ? proposa-t-elle.

Son offre fut accueillie avec enthousiasme. Jitka apporta de la bière et la soirée se passa dans une grande gaieté. C'est Anna qui était le plus à l'aise. Oubliant toute retenue, elle badinait avec chacun des hommes au point qu'elle eut bientôt évincé Dana qui, elle non plus, n'était pas particulièrement réservée. Ses cheveux bruns volaient et son rire clair résonnait dans la haute pièce. Margareta, un peu à l'écart, l'observait, amusée. Elle avait encore devant les yeux l'enfant-sorcière pâle et terrifiée de jadis. Elle admirait à présent avec quelle virtuosité elle se laissait courtiser.

Chaque fois que son regard tombait sur Anna, Margareta se sentait terriblement vieille. Elle avait vingt-six ans, dans une époque qui n'épargnait personne. Elle n'avait pas vu les années passer. C'était tout juste hier que, à peine sortie de l'enfance, elle avait fui le couvent, et elle constatait soudain que cela remontait à dix ans déjà. Dix ans en Bohême, dix ans loin de la Bavière, sans la moindre nouvelle de sa famille ni de ses amis. Elle se rappela le désespoir qui avait alors été le sien et son désir de retourner au pays.

Durant les cinq dernières années, elle avait vu Maurice quatre fois pendant quelques semaines. De manière surprenante, la guerre paraissait bien lui réussir. Il avait minci et bruni, même si ses cheveux étaient entre-temps devenus tout gris. Vis-à-vis de Margareta il s'était plus comporté en visiteur qu'en mari, faisant preuve d'une extrême courtoisie et gardant ses distances. En tout cas, il n'y avait pas eu entre eux la moindre dispute. Et il semblait à présent qu'il allait revenir pour une durée plus longue. Un plan germa dans l'esprit de Margareta. Si la possibilité s'en présentait, elle comptait l'amener à satisfaire son vœu le plus cher.

Les nouvelles ne se répandaient que lentement en Bohême où la population était décimée par la guerre et la peste. Pourtant, quelques jours après le passage des étrangers, fut confirmée au château la terrible nouvelle de l'avancée menaçante des Suédois conduits par le roi Gustave Adolphe. Ce dernier se présentait comme le sauveur des protestants réduits aux abois par l'édit de Restitution. Nombreux étaient toutefois ceux qui estimaient que les Suédois étaient guidés par des motifs politiques, en d'autres termes par l'intérêt qui était le leur de s'attaquer à la puissante maison des Habsbourg régnant sur l'Autriche et l'Espagne.

Pour Margareta, le nord de l'Allemagne était si éloigné de la Bohême qu'elle arrivait à ne pas penser aux Suédois. Elle avait l'esprit occupé par d'autres projets, bien décidée à les réaliser sitôt Maurice revenu.

Elle ne s'était pas trompée. Maurice arriva à la fin du mois d'août, fatigué et furieux de la manière d'agir de l'empereur. Jamais Margareta ne l'avait vu dans une telle colère. D'un geste incontrôlé, il jeta son chapeau sur un siège et s'appuya, respirant difficilement, sur le rebord de la fenêtre.

— Et c'est juste le moment où nous n'avons personne pour commander l'armée, ragea-t-il, à part cet incapable de Tilly et le duc Maximilien qui n'a en tête que ses propres intérêts ! Mais comment l'empereur peut-il se montrer stupide à ce point ?

Margareta fit un pas timide dans sa direction. Il se tourna vers elle.

— Est-ce que je t'ai fait peur ? s'inquiéta-t-il. Pardonne-moi ! Ce sont les contrariétés de ces dernières semaines.

— Ah, Maurice, je comprends ta colère, dit-elle en venant tout contre lui, lui prenant le bras et se collant contre son corps. Ce fut une grave erreur politique et militaire de la part de l'empereur d'avoir congédié le général.

Elle avait pris un ton si compréhensif que Maurice considéra d'un air amusé son visage empli de sérieux.

— Ma chérie, tu es certainement plus avisée que l'empereur.

— Je possède un sens des réalités beaucoup plus aiguisé que tu le crois, répondit-elle.

— Je n'en doute pas !

— Fais-moi confiance, Maurice, nous aurons raison des Suédois aussi !

Elle avait parlé de manière si irréfléchie que Maurice ne put s'empêcher de rire.

— Après douze années de guerre, tu as toujours bon moral ! s'étonna-t-il.

— Pas toujours. Aujourd'hui en tout cas, oui. Parce que tu es de retour.

Margareta lui sourit tendrement. Elle avait atteint ce qu'elle cherchait. Maurice avait retrouvé sa bonne humeur.

— Tu vas sans doute rester quelque temps ? demanda-t-elle.

— Est-ce que tu le redoutes ? rétorqua-t-il, le regrettant aussitôt.

Je ne vais pas lui parler de sa froideur passée, s'ordonna-t-il. Margareta se conduisait en ce jour de manière si charmante. Il devinait naturellement qu'elle désirait obtenir quelque chose de lui, mais il la trouvait réellement ravissante dans cet exercice. Elle faisait preuve d'un enjouement enfantin et de douceur, elle avait de surcroît revêtu sa plus belle robe et elle avait les yeux brillants. Aucun homme n'aurait pu rester insensible.

— Excuse-moi, dit-il donc, je suis épouvantable. C'est uniquement la faute de l'empereur. Je suis si heureux d'être rentré chez nous.

Il embrassa ses cheveux et Margareta se pressa encore plus fort contre lui. Il fallait absolument qu'il sente son parfum.

— Maurice, murmura-t-elle, maintenant que te voilà, je voudrais te demander quelque chose !

La chose était si prévisible que Maurice faillit éclater de rire. Il se demanda si les femmes vivaient toutes dans l'idée que les hommes jamais ne les perçaient à jour.

— Et que souhaites-tu de moi ?

— Cela te surprendra peut-être. C'est… eh bien, un très vieux rêve. J'aimerais tant…

— Quoi donc ?

— J'aimerais tant revoir ma famille en Bavière, lâcha-t-elle enfin d'un ton décidé.

— Oh ! s'exclama Maurice qui, d'étonnement, fit un pas en arrière. Aller en Bavière ? À l'époque actuelle ?

— Oui, je sais, cela paraît insensé. Mais je n'ai pas vu les miens depuis dix ans.

— C'est véritablement un peu insensé. Les Suédois viennent d'envahir le pays et tu veux aller à leur rencontre ?

— Mais ils sont encore fort loin. Peut-être est-ce maintenant la dernière occasion d'y aller ! Je t'en prie, Maurice, je t'en prie !

Il soupira.

— Tu as donc un tel mal du pays ? Je l'ignorais.

Elle fit énergiquement oui de la tête tandis que les larmes lui montaient aux yeux.

— Oui, dit-elle précipitamment comme si elle venait seulement d'en prendre conscience, oui, un terrible mal du pays ! Je ne peux pas attendre que la guerre soit finie. Elle dure depuis douze ans déjà et qui sait quand ces déments et ces imbéciles trouveront un accord !

Ses traits exprimaient l'indignation et la révolte d'un être ne comprenant pas comment les humeurs des puissants pouvaient les amener à traiter leurs sujets avec aussi peu d'égards pour leur existence.

— Tu ne sais peut-être pas à quoi tu t'exposes, objecta Maurice, tu n'as pas vu grand-chose de la guerre jusqu'ici !

— Hélas, j'ai tout vu !

— Non, ce n'est pas vrai. Là où tu veux te rendre, les maisons et les villages sont en feu, les gens sans abri et sans rien à manger. Des soldats rôdent, agressent, détroussent et assassinent. Les arbres plient sous le poids des pendus…

Il vit à ses yeux qu'elle n'entendait pas ce qu'il disait. Il abandonna la partie.

— Quand veux-tu partir ?

— Alors nous partons pour de bon ? s'exclama Margareta rayonnante. C'est merveilleux ! Il faut se mettre en route le plus vite possible !

— Et qui ? Juste nous deux ?

— Non. Il faut que Dana nous accompagne, mais aussi Jitka et Anna ainsi que quelques domestiques pour notre protection !

Maurice, à la vue de la joie qui illuminait le visage de sa femme, constata :

— Je crois que tu veux montrer tout ce que tu possèdes.

— C'est bien naturel ! Ce qui aurait été bien…, ajouta-t-elle d'un ton soudain plein de gravité et de tristesse, ce qui aurait été bien, c'est qu'Angela soit avec nous, termina-t-elle tout bas.

Maurice ne répondit rien, se contentant de baisser les yeux en silence. Ils n'avaient plus parlé de leur enfant depuis le jour, cinq ans plus tôt, où Maurice était revenu pour la première fois chez lui pour un bref séjour de repos. Elle ne savait toujours pas ce qu'il avait ressenti durant ces quelques minutes où, ayant appris la nouvelle qui l'avait comme foudroyé, il était resté inerte. Ensuite seulement, il lui avait pris la main, prononçant cette simple phrase :

— Ma pauvre, tu as dû vivre des jours épouvantables.

Même après la mort d'Angela, Maurice était resté l'étranger distant, qu'elle avait changé par sa froideur. Leurs relations étaient encore plus tendues qu'avant, car, depuis l'été passé avec Richard, Margareta avait définitivement perdu tout naturel vis-à-vis de son mari. Au début, elle avait craint qu'à la voir il ne devine cette liaison, tant elle se sentait métamorphosée. Mais il parut ne rien remarquer. Malgré son manque d'assurance, elle n'avait en effet rien de quelqu'un nourrissant un sentiment de culpabilité, sentiment dont elle était tout simplement devenue incapable. Maurice lui était si étranger qu'elle parvenait sans peine à refouler l'idée qu'elle avait trompé en lui l'homme qu'elle avait épousé devant Dieu. Elle savait trop peu de choses sur lui pour connaître son être profond. Elle supposait seulement qu'il souffrait autant de la mort de son enfant qu'elle en avait souffert, qu'il était tourmenté par son état de santé et oppressé par le souvenir d'atroces scènes de guerre. En sa présence, il n'en parlait pas et elle n'osait poser de questions à ce sujet. Il lui paraissait d'ailleurs impossible de lui dire combien elle désirait avoir un nouvel enfant, de nombreux enfants, tant était absurde l'idée de vouloir un enfant d'un homme auquel si peu l'unissait.

Cette fois encore, Maurice détourna la conversation.

— Nous pourrons partir dans une semaine, mais il va falloir se hâter de préparer les bagages.

— Mais bien sûr que je serai prête d'ici là ! Je te suis tellement reconnaissante, Maurice !

Ils partirent lourdement chargés, car Margareta voulut emporter tout ce qui lui tenait à cœur. Elle n'était absolument pas certaine de revenir un jour.

— Je n'ai pas appris à aimer la Bohême, déclara-t-elle à Dana. J'emporte de ce pays peu de souvenirs vraiment agréables.

Ayant profondément désapprouvé la liaison de sa maîtresse avec Richard quelques étés plus tôt, Dana trouvait très rassurant qu'elle mît une telle distance entre elle et la tentation.

— Eh bien, vous n'allez sans doute plus jamais revoir M. von Tscharnini, dit-elle, et je peux simplement dire que c'est très raisonnable.

— Mais non ! protesta Margareta qui, en train d'empaqueter ses bijoux, s'immobilisa. Le château des Tscharnini est le seul endroit de Bohême dont je sache avec certitude que j'y retournerai un jour ou l'autre pour voir Richard. Un jour ou l'autre…

Dana, le souffle coupé, eut une grimace d'incrédulité puis, voyant que Margareta ne s'occupait pas d'elle, outrée, elle quitta la pièce.

Début septembre, les voyageurs se mirent en route, Margareta, Maurice, Dana et un domestique dans une première voiture, Jitka, Anna et deux autres serviteurs dans une seconde que tirait Varus auquel Margareta restait fidèle depuis sa nuit d'effroi dans les forêts bohémiennes. Elle l'emmenait partout où elle allait. Bien entendu, Lilli l'accompagnait aussi, boule de fourrure ronronnant dans son panier.

Il faisait toujours très chaud pendant la journée, sous un ciel presque sans nuages. Ils roulaient à travers une campagne prodigieusement fertile. Des chariots à ridelles avançaient en cahotant dans les prés, fendant une mer d'herbes et de fleurs des champs. Le visage luisant de sueur sous de larges chapeaux de paille, des paysans travaillaient ou observaient une courte pause, des ribambelles d'enfants de tous âges mangeaient leur pain sec et buvaient de l'eau, observant d'un air méfiant les riches voitures passant devant eux, incommodés par la poussière qu'elles soulevaient. Mais ils faisaient parfois signe quand Dana, se penchant par la fenêtre, leur lançait un bonjour retentissant. Compte tenu des temps où ils vivaient, il suffisait presque qu'on ne leur fît pas de mal pour qu'ils éprouvent de la reconnaissance. Des bandits surgissant de la forêt, fréquemment des soldats sans feu ni lieu, avaient souvent massacré des familles entières pour leur dérober leurs maigres biens et disparaître aussitôt. À chaque croisement ou presque s'offrait le spectacle de cadavres dévalisés.

Le voyage se révélait extrêmement fatigant en raison de la grande chaleur et du mauvais état des routes. Dès midi, Margareta et Dana gisaient épuisées dans un coin de la voiture, s'éventant de leur mouchoir. Parfois, quand leurs membres n'en pouvaient plus d'être ballottés et secoués, elles descendaient de voiture et marchaient un certain temps, mais le soleil était trop fort pour qu'elles résistent longtemps. Elles ne se plaignaient pourtant pas, Margareta, poussée par le désir de plus en plus ardent d'arriver chez elle, repoussant énergiquement tout accès de faiblesse, et Dana, endurante et curieuse de nature, gardant elle aussi sa gaieté. Seule Jitka soupirait et gémissait, se posant des linges mouillés sur le front. Le soir, dans de petites auberges malpropres, la fatigue était plus forte que la faim et la soif. Les hommes restaient souvent assis un petit moment dans la salle commune pour boire une bière et oublier les peines de la journée, tandis que les femmes se retiraient rapidement dans les chambres pour se laver et se mettre au lit. Ces pièces étroites, au plancher grinçant et aux petites fenêtres laissant passer les parfums de l'été et les chants d'oiseaux, rappelaient à Margareta sa fuite vers la Bohême dix ans auparavant. Même si, alors, elle était restée en selle de longues heures, jour après jour, pleurant de fatigue plus souvent qu'à son tour, elle avait pourtant l'impression d'être présentement encore plus épuisée. Le souvenir transfigurait l'image qu'elle gardait de la fugitive de seize ans. Le temps avait chassé de sa mémoire la peur, le mal du pays et la douleur.

Ayant enfin franchi la frontière de la Bavière, ils prirent la direction du sud-est. Ils avaient l'intention de se rendre à Munich, avant de rejoindre le château du baron von Ragnitz. La campagne changeait d'aspect, l'automne s'annonçait et beaucoup de champs étaient déjà dénudés, certains arbres d'un rouge et d'un jaune flamboyants. Le soleil était encore chaud, noyant le paysage dans une lumière paisible. La guerre semblait n'être pas parvenue jusque-là. Un après-midi pourtant, les deux voitures traversèrent un village où ils furent accueillis par un silence qui leur donna aussitôt le frisson. L'air était lourd comme si un orage allait éclater. Rien ne bougea ni ne se manifesta en dépit du fracas des roues dans la rue poussiéreuse. Dana se secoua.

— On dirait que plus rien ne vit ici, dit-elle. C'est vraiment un endroit horrible !

Maurice avait l'air soucieux.

— Je crains que tu n'aies raison, acquiesça-t-il en passant la tête par la portière.

Quand il reprit sa place, il était blême.

— Ne regarde pas au-dehors, prévint-il, mais trop tard.

Margareta, ayant tiré le petit rideau, poussa un cri perçant. Incapable de bouger ou de fermer les yeux, elle était comme fascinée par l'horreur du spectacle s'offrant à elle. À la sortie du village, il y avait un chêne immense, très vieux, au milieu d'une prairie en fleurs. Une place où les villageois se rassemblaient les soirs d'été pour s'y distraire et danser, une place devenue le théâtre de l'épouvante. Quelque trente cadavres étaient pendus aux branches, serrés les uns contre les autres, se balançant au gré du vent, le visage noirci et boursouflé. Ils se décomposaient sous le soleil de cette fin d'été.

Une odeur de charogne, douceâtre et putride, entra par les fenêtres, faisant presque perdre connaissance aux occupants. Des milliers de mouches d'un vert et d'un noir brillants, d'innombrables insectes grouillaient sur les corps suppliciés, pondant leurs œufs dans les chairs en décomposition. Les vers insatiables auraient tôt fait de ne plus laisser d'eux que des ossements décharnés.

— Halte ! cria Margareta à bout de souffle.

Se laissant tomber hors de la voiture, elle vomit dans la poussière. Elle fut secouée par le dégoût et l'horreur au point qu'elle eut des sueurs sur tout le corps. Elle se recroquevilla en gémissant, tandis qu'une main se posait sur son épaule et qu'on lui appliquait sous le nez un mouchoir parfumé. Elle haletait. Elle vit devant elle Maurice qui la regardait d'un air soucieux.

— Ça va mieux ? demanda-t-il.

Elle fit signe que oui, mais sentit son estomac se soulever à nouveau. Elle se pencha sur le côté et, se cramponnant convulsivement à la main de son mari, elle vomit une seconde fois.

Quand son malaise se fut un peu apaisé, elle se rendit compte qu'elle était assise par terre dans les bras de Maurice. Il lui tenait toujours le mouchoir sous le nez et l'avait tournée de manière à ce qu'elle ne vît plus l'arbre terrifiant. Ils étaient dans l'ombre des voitures et apercevaient derrière les vitres les visages décomposés des occupants.

— Oh, mon Dieu, murmura Margareta.

Maurice lui épongea le visage avec un autre mouchoir.

— Tu reprends quelque couleur, constata-t-il. Pauvre enfant, tu n'avais encore jamais rien vu de pareil, n'est-ce pas ?

— Mais qui a pu faire ça ?

— Des déserteurs peut-être, des troupes démoralisées ayant perdu leur chef, des soldats coupés de l'armée de Wallenstein. Qui peut le dire ? Ils avaient faim, ils ont incendié et pillé sans retenue. C'est maintenant chose courante.

— C'est ce que tu voulais dire quand tu as prétendu que je n'avais pas encore tout vu de cette guerre, murmura-t-elle. Jamais je n'aurais pensé que des êtres humains pouvaient être aussi cruels.

— Une guerre s'accompagne toujours des pires atrocités. Elle permet aux instincts les plus sombres qui existent en chaque homme de s'exprimer, car la misère incessante soumet les êtres aux pires épreuves. La morale n'est alors plus d'un grand secours.

Margareta s'humecta les lèvres. Elle avait un mauvais goût dans la bouche et se sentait horriblement mal.

— Douze ans déjà, remarqua-t-elle. Parfois je me dis que c'est presque un miracle que quelqu'un soit encore en vie dans l'Empire allemand.

— Allons, beaucoup survivent ! Et, un jour ou l'autre, le pays se relèvera ! Peux-tu remonter dans la voiture ? Il faut partir d'ici avant que l'air que dégagent les cadavres ne nous contamine.

Elle se redressa avec son aide et grimpa dans la voiture, les genoux flageolants. Reconnaissante, elle but une gorgée d'eau à la bouteille que Dana lui tendit, puis, les yeux fermés, elle se renversa dans les coussins. Plus que jamais, elle avait hâte d'atteindre les murailles protectrices du château de ses parents afin de s'y réfugier, à l'abri des atrocités de la guerre.

— J'en ai assez vu et je voudrais tout oublier aussi vite que possible. C'est au-dessus de mes forces, murmura-t-elle, mais personne ne l'entendit à cause du fracas des roues sur les pavés du chemin.

2

Ils poursuivirent leur route sans autre incident. Le paysage devenait de plus en plus familier à Margareta, si bien que son impatience ne cessait de grandir. Si personne ne lui avait dit où elle était, elle l'aurait tout de même su. La Bavière n'avait pas d'équivalent, avec le doux vallonnement de ses collines dont l'herbe paraissait plus verte que partout ailleurs, ses noires forêts de pins, son ciel d'un bleu intense, ses lacs étincelants et ses ruisseaux que franchissaient de simples ponts de pierre recouverts de mousse, ses églises et ses villages enchanteurs blottis dans des vallées entre des coteaux aux pentes raides. Dans la lumière de septembre, le pays était comme un tableau où le peintre n'aurait utilisé que le rouge et l'or. Le matin, il faisait déjà très froid. Chaque fois que Margareta franchissait la porte de l'auberge où ils venaient de passer la nuit, elle serrait autour de ses épaules son fichu de laine, attentive à l'herbe humide de rosée, aux innombrables toiles d'araignées scintillantes, au son des cloches des églises et aux meuglements des vaches brunes qu'on était en train de traire. À cet instant, elle était submergée d'un sentiment de bonheur qu'elle n'avait pas éprouvé depuis longtemps. *C'est mon pays,* se disait-elle, *pourquoi n'y suis-je pas revenue seule, voilà cinq ans, après le merveilleux été passé avec Richard ?*

Un soir, ils firent finalement halte dans une auberge à un demi-mille de leur destination. C'était un gîte particulièrement mal tenu, mais les chevaux comme les voyageurs étaient trop épuisés pour qu'on pût chercher ailleurs. L'idée que, le lendemain, on serait arrivé permettait de supporter bien des désagréments. Margareta sentait la nervosité la gagner. Durant le voyage, elle ne voyait que deux choses en pensée : d'une part la joie sans retenue qui serait la sienne, d'autre part le bonheur qu'éprouveraient ses parents à retrouver leur fille en la personne d'une riche et honorable comtesse. En cette ultime soirée lui vint pour la première fois l'idée que ses parents, amers et usés par tant d'années de soucis et de déception, la rejetteraient peut-être. Son inquiétude devint telle qu'elle quitta la chambre qu'elle partageait avec Dana et Anna et sortit dans la nuit. Il faisait froid, mais l'air frais lui fit du bien. Elle entra dans le jardin de l'auberge, entendit hululer une chouette, sinon tout était calme. Elle essayait en vain de revoir en pensée les traits de sa mère. Et à quoi ressemblait Bernada à présent, et Adelheid ? Après tant d'années, il pouvait s'être passé beaucoup de choses.

Elle sursauta quand une silhouette surgit à côté d'elle. C'était Maurice.

— Ah, c'est toi, dit-elle, soulagée.

— Je suis allé donner un coup d'œil aux chevaux, expliqua-t-il. Ils ne vont pas bien. Heureusement que nous serons arrivés demain.

— Oui, espérons-le.

Grâce au clair de lune, Maurice vit combien elle était pâle et exténuée.

— Tu es énervée ?
— Non, pas très.
— En tout cas, tu n'arrivais pas à dormir.
— Je suis un peu énervée, c'est vrai. Il s'est passé tant de temps.
Il approuva de la tête, l'air de la comprendre.
— Il suffit d'ailleurs de se souvenir de la manière dont tu es partie alors, dit-il, avec une indifférence feinte.
Margareta saisit aussitôt l'insinuation.
— Que veux-tu dire par là ? demanda-t-elle, agressive.
— Ma chère, ne penses-tu pas que le moment est enfin venu, ce soir, de me dire toute la vérité ?
— Quelle vérité ?
— Sur ce qu'il s'est passé il y a dix ans. Tu ne te figures pas, j'espère, que j'ai jamais cru que tu étais vraiment en visite chez des parents de Prague ?
Margareta se sentit rougir.
— Pourquoi me demandes-tu cela ? Il y a neuf ans que nous sommes mariés et tu n'as jusqu'ici jamais éprouvé le besoin d'en savoir plus à ce sujet.
— Demain je vais me retrouver face à ta famille. J'apprendrai donc tout. Je préférerais l'entendre de ta bouche !
— Pendant neuf ans tu t'en es désintéressé, s'entêta Margareta en colère, certaine que Maurice allait affirmer qu'il avait attendu durant tout ce temps qu'elle lui dévoile ses secrets.
Mais il se contenta de rire.
— Oui, cela ne m'a pas intéressé pendant neuf ans. Au début, je ne voulais pas te soumettre à la pression et ensuite cela m'est effectivement devenu indifférent. Aujourd'hui je voudrais pourtant être au courant, car je

soupçonne que, demain, devant ta famille, tu arrangeras un peu les choses à ta manière et j'aimerais donc savoir quel rôle tu m'attribues dans ce jeu.

Il parlait d'une voix dure et son rire était tout sauf amical.

Il ne ressent plus rien à mon égard! L'idée lui traversa brutalement l'esprit. À le voir si impitoyable, elle fut saisie d'angoisse. Elle fit un petit mouvement de côté. Elle n'avait pas eu l'intention de fuir, mais Maurice la saisit par le bras d'une poigne rude.

— Tu resteras ici, ordonna-t-il. Si tu veux aller dormir, tu parleras d'abord!

Intimidée, elle ne bougeait plus.

— Bien, dit-elle, tu l'as sans doute deviné : je me suis enfuie du couvent à cause d'un homme.

— Effectivement, c'est ce que je m'étais dit. Quelle autre raison une jeune fille sentimentale comme tu l'étais aurait-elle pu avoir? Mais qui était cet homme auquel tu étais si passionnément attachée?

— Cela a-t-il de l'importance?

— Oui.

— C'était… Richard von Tscharnini.

Maurice sourit.

— J'admire ma perspicacité. Même ça, je l'avais deviné.

Margareta le regarda fixement.

— Tu l'avais deviné? répéta-t-elle. Mais pourquoi n'as-tu jamais rien dit ni entrepris? Tu m'as même laissée non loin de lui quand tu es parti à la guerre!

La déception que lui occasionnait son manque de jalousie l'amusa.

— Il semble que, dans ce cas aussi, je n'aie pas répondu à tes attentes, dit-il, et je dois te décevoir encore : je ne veux pas d'aveux dramatiques sous un clair de lune automnal. J'ignore si tu as mis à profit ma longue absence pour me tromper avec Tscharnini, mais sois sûre d'une chose : je ne souhaite pas du tout le savoir !

Son indifférence la toucha plus rudement que toutes les accusations possibles et imaginables. Il ne s'intéressait plus à elle, et c'était l'humiliation la plus pénible qu'elle pût concevoir. Il y avait de toute façon beau temps qu'il ne recherchait plus guère de contact physique avec elle dans la mesure où elle accueillait avec répugnance toutes ses approches. Il lui fallait à l'évidence récolter maintenant les fruits amers des avanies incessantes qu'elle lui avait fait subir.

— Tu ne m'aimes plus du tout, constata-t-elle au bout d'un petit moment.

— Et, à ton avis, que devrais-je aimer en toi ?

Ils restèrent un instant sans rien dire. Une légère brume montait des prairies, leur apportant l'odeur des champignons et des feuillages mouillés. Plus aucune lumière ne filtrait des issues de l'auberge. Margareta rejeta en arrière ses longs cheveux.

— Je suis jeune, finit-elle par répondre d'un ton de défi, et belle !

— D'autres le sont, répliqua-t-il avec flegme.

Elle-même surprise par la violente jalousie qui l'envahissait, elle l'apostropha :

— Te serais-tu commis avec une autre ?…

— Non. Je n'ai pas de maîtresse. Mais je m'étonne d'avoir une épouse aussi attentionnée ! Serait-elle par hasard attachée au vieil homme laid qu'elle a jadis épousé à son corps défendant, poussée par la nécessité ?

Margareta eut le souffle coupé, puis elle trépigna de colère.

— Je te déteste, Maurice, siffla-t-elle. Sache simplement que je ne déteste personne autant que toi ! Je déteste ta froideur, ta supériorité, ton calme, et… et…

Elle s'arrêta, ne trouvant plus ses mots, mais Maurice l'écoutait, impassible.

— Tu es si dissimulé, reprit-elle. Pendant des semaines, tu es amical, me laissant croire que nous pourrions vivre en paix ensemble, et puis tout d'un coup, me prenant au dépourvu, tu m'agresses !

— Je ne pense pas t'avoir agressée, répondit-il, toujours calme, je viens plutôt de t'accorder l'absolution pour des fautes passées et à venir. Il n'y a guère de quoi te fâcher !

Tremblant de fureur, elle se tut pour ne pas perdre de nouveau son sang-froid.

— Bon, nous n'allons pas nous quereller maintenant, fit Maurice, conciliant. Comme tu le disais à l'instant : nous pouvons vivre en paix de nombreuses années encore. C'est uniquement de ta famille que je voulais parler avec toi. Demain, tu leur diras la vérité, n'est-ce pas ?

Son ton de commandement l'irrita profondément. Son calme la rendait presque folle. Il lui faisait sentir qu'en tant que femme elle avait perdu son pouvoir de fascination, puis avait l'insolence de poursuivre la conversation comme si de rien n'était. Elle devait cependant lui demander une faveur, une fois encore, et elle n'eut d'autre choix que de ravaler son courroux.

— Bien sûr que je vais dire la vérité, répondit-elle humblement, pourtant, Maurice, j'aimerais vraiment qu'il ne soit pas question de Richard von Tscharnini. Ma famille se moquerait de moi à cause de cette… défaite.

Elle espérait qu'il avait compris ce qu'elle voulait.

— Si tu leur caches Richard von Tscharnini, dit-il avec amusement, tu ne peux guère parler de vérité. C'est tout de même un personnage central de ton histoire !

— Eh bien, si tu en es d'accord, je pourrais prétendre que tu étais cet homme. Cela les rendrait tous plus cléments puisque nous nous sommes effectivement mariés. Et cela ne modifie pas tellement l'histoire ! plaida-t-elle en s'efforçant de prendre une expression de confiance destinée à rendre la tâche difficile à Maurice, s'il voulait repousser sa requête.

Elle espérait qu'il avait oublié son explosion de haine. Il demeura toutefois imperturbable.

— Ma chérie, déclara-t-il, tu vas un peu trop loin.

— Pourquoi ?

— Tu ne vois pas que tu te poses en petit ange et que tu me fais passer pour un aventurier sans scrupules ? Je suis prêt à faire pas mal de choses pour toi, mais je ne me présenterai pas devant ta famille en homme poussant des jeunes filles de seize ans à s'enfuir avec lui !

Elle comprit que Maurice ne changerait pas d'avis. Les lèvres serrées, elle le fixa d'un air méchant.

— Cela aurait été gentil de ta part, finit-elle par dire, et tu m'aurais épargné bien des désagréments. Mais tu t'en moques !

— Tu arrives tout de même en femme mariée, répliqua-t-il sans réfléchir. Avec un peu de chance, ils admireront l'habileté avec laquelle tu t'y es prise pour trouver aussi vite une solution honorable !

Sans un mot, Margareta tourna les talons et rentra dans l'auberge. Se jetant sur son lit, elle mordit l'oreiller pour ne pas crier. Si Dana et les autres se réveillaient, elles s'apercevraient qu'il s'était passé quelque chose et la harcèleraient.

Jamais elle n'aurait cru que Maurice pût se montrer si dur et cruel. Elle avait pourtant jusqu'ici obtenu de lui tout ce qu'elle voulait. À la fois furieuse et malheureuse, elle songeait dans le noir qu'il lui faudrait, le lendemain, avouer que l'homme avec qui elle s'était enfuie l'avait trompée et délaissée. Tout ça à cause de Maurice. Il la traitait comme une enfant, comme une petite fille immature. Mais plus rude encore était de découvrir qu'elle avait perdu, et manifestement depuis longtemps, la confiance et la sollicitude de Maurice sur lesquelles elle avait toujours compté. Elle lutta désespérément contre un sentiment d'abandon : elle n'était plus à l'étranger tout de même ! Demain, elle serait dans la maison de ses parents et, en dépit de tout, c'était chez elle. Là, on l'aimait comme jadis, il ne pouvait en être autrement, et elle ne dépendrait plus de Maurice !

Le lendemain soir, à leur arrivée au château des Ragnitz, il pleuvait. La nuit était tombée très tôt, et le temps était froid et maussade. Le château était bâti au sommet d'une hauteur peu boisée, riante et charmante en été, au milieu d'une campagne verte et vallonnée, coupée de forêts sombres, avec les Alpes comme toile de fond. L'ancienne bâtisse avait à présent un aspect presque menaçant que la faible lueur filtrant par les rares fenêtres ne parvenait pas à adoucir. Margareta avait le cœur qui battait très fort quand les voitures s'arrêtèrent dans la cour pavée.

— Dieu soit loué, s'exclama Dana, je n'aurais pas tenu une demi-heure de plus.

Sa voix claire et insouciante ragaillardit un peu Margareta que Maurice, ayant sauté à terre, déposa au-delà d'une large flaque d'eau.

— Dépêchons-nous d'entrer avant d'être trempés ! dit-il.

Margareta acquiesça, et tous deux se dirigèrent vers la grande porte d'entrée qui, s'entrebâillant, laissa paraître le visage d'une bonne les dévisageant avec curiosité.

— Le baron et la baronne sont-ils là ? s'enquit Margareta.

La jeune fille fit oui de la tête et repartit. Par chance, elle laissa la porte ouverte, si bien que les visiteurs purent pénétrer dans le grand hall d'entrée éclairé par quelques maigres chandelles. Margareta eut soudain de la peine à respirer. Des années durant, elle s'était imaginé ces retrouvailles sans jamais penser qu'elle pourrait être émue à ce point. Bien qu'ayant toujours considéré Sankt Benedicta comme son véritable chez-soi, ce n'en est pas moins dans cette demeure qu'elle avait passé sa tendre enfance. Et rien n'avait changé ! Ni le délicat parfum de Regina flottant dans toutes les pièces, ni le portrait de sa chère grand-mère accroché dans un cadre doré au fond du hall, ni les très nombreuses tapisseries, ni le sol au marbre noir et blanc au dessin évoquant un échiquier. Son regard tomba sur l'escalier aux larges marches et sur la galerie à la balustrade sculptée d'où la petite Bernada était tombée un jour.

Tout comme hier, pensa-t-elle. Ses jambes flageolaient, mais elle ne voulait pas s'asseoir en cet instant. Maurice vit qu'elle avait peur.

— Pourquoi tant d'émoi ? s'étonna-t-il. C'est ta famille que tu vas rencontrer, pas une armée ennemie.

Sa respiration se calma un peu. *Aussi cruel que puisse être parfois Maurice*, songea-t-elle, *je ne peux nier qu'il émane de lui une merveilleuse impression de sécurité. S'il n'était pas là, à côté de moi…*

Des pas se rapprochèrent, une porte s'ouvrit. Regina se tenait devant eux.

Des secondes s'écoulèrent avant qu'un mot ne fût prononcé. Regina s'était immobilisée, comme figée, contemplant sa fille de ses minces yeux marron où se lisait un immense étonnement. Ses lèvres s'ouvrirent légèrement comme si elle essayait en vain d'émettre un son.

Bien que préparée à cette rencontre, Margareta dut lutter pour garder contenance. Cela faisait si longtemps qu'elle n'avait pas revu sa mère, et elle avait pourtant l'impression qu'elles s'étaient quittées la veille. Regina arborait toujours la même dignité, dans une robe de laine bleu foncé, longue et montante, au corset ajusté soulignant la minceur fragile de la taille et aux manches bouffantes mettant en valeur la finesse et la vigueur des poignets. Ses mains, aussi diaphanes que du vieux parchemin, portaient les massives bagues de grenat de toujours. Ses cheveux blonds sans la moindre mèche grise étaient serrés dans une résille, un nœud volumineux au niveau de la nuque imprimant à la tête un port altier. Autour du cou gracile et à la peau blanche comme jadis, Margareta vit la chaîne en or plus que centenaire qu'elle avait vu sa mère porter du plus loin qu'elle se souvenait. Il semblait, aux traits du beau visage familier que Margareta craignait et aimait depuis sa plus tendre enfance, que Regina souriait beaucoup moins qu'auparavant. La fille avança d'un pas.

— Mère, souffla-t-elle d'une voix qu'elle ne reconnut pas elle-même, mère, je suis de retour !

Regina se taisant toujours, elle répéta avec un peu plus d'insistance :

— Mère, je suis de retour. C'est moi, Margareta ! Je suis venue vous revoir !

Regina déglutit.

— Tu es partie bien longtemps !

— Oui… dix ans…

Margareta, qui avait commencé à lever les mains, les laissa retomber. Son envie de se jeter dans les bras de sa mère s'était heurtée à la froideur de celle-ci. Elle retrouva les bonnes manières polies de jadis.

— Oh, mère, excusez-moi, j'ai oublié de faire les présentations, se hâta-t-elle de dire. Mère, voici… poursuivit-elle fièrement après une brève pause, voici mon époux, le comte Lavany !

Maurice s'inclina avec politesse.

— Maurice, voici donc ma mère, la baronne von Ragnitz.

— Madame, je suis enchanté de faire enfin votre connaissance, dit ce dernier en lui baisant la main.

Regina eut un sourire contraint.

— Je suis enchantée, moi aussi.

D'un geste marquant un peu de désarroi, elle fit mine de ramener ses cheveux en arrière. Par chance, son mari apparut derrière elle à l'instant même où Dana, Jitka, Anna et les serviteurs entraient par l'autre porte. La confusion qui s'ensuivit fit baisser la tension. Margareta embrassa son père avant qu'il ait pu se remettre de sa surprise, Jitka se plaignit à haute voix de la pluie et Dana regarda la baronne d'un air si radieux que celle-ci lui rendit involontairement son sourire. Puis elle se souvint de ses devoirs d'hôtesse.

— Il fait frais ici, il faut entrer. Margareta, tu peux indiquer à tes domestiques où se trouve la cuisine.

Dana et les autres descendirent le raide escalier de pierre menant à la cave, tandis que Margareta et Maurice étaient conduits au salon où un feu brûlait dans l'immense cheminée. S'approchant, Margareta tendit les mains vers les flammes.

— Quelle merveilleuse chaleur, dit-elle, puis, se retournant, elle eut un sourire. Tout est comme avant. Rien n'a changé !

Regina qui suivait chacun des mouvements de sa fille remarqua d'un ton froid :

— Je ne peux hélas pas juger si vite si toi tu as changé.

— Elle est devenue merveilleusement belle. Ma fille est maintenant une merveilleuse jeune femme ! intervint le baron, contemplant fièrement la lourde et brillante chevelure et la taille fine de Margareta.

Reconnaissante, elle lui rendit son regard. Elle n'avait jamais eu avec son père de relations empreintes de tendresse, mais à le voir là, maître de soi et élégant avec ses cheveux blancs, une douce chaleur l'envahit. Elle n'avait pas à avoir peur de lui.

— Il n'est l'heure de parler ni de la beauté de Margareta ni de l'état de cette maison, coupa Regina. Il est ridicule de feindre la sérénité. Margareta s'est enfuie il y a dix ans et la voilà qui revient soudain, s'attendant à ce qu'on la prenne dans nos bras !

— Je n'attends rien… commença Margareta, mais Regina s'était déjà avancée vers Maurice.

— Vous êtes son époux ? Nous ignorons tout de vous ! Qui êtes-vous ? Où vivez-vous ? Quand l'avez-vous épousée ?

Sans attendre sa réponse, elle se retourna vers sa fille.

— Où étais-tu toutes ces années ? Qu'es-tu devenue ? interrogea-t-elle d'un ton frôlant l'hystérie. Mais que diable te figurais-tu quand tu es partie ? hurla-t-elle soudain.

Margareta tressaillit.

— Mère, je vous expliquerai tout, pourquoi je suis partie et ce qui est arrivé ensuite. Je ne tairai rien, tenta-t-elle d'une voix hésitante.

— T'es-tu une fois demandé ce que cela a signifié pour moi ? souffla Regina. Le souci et l'émoi, mais aussi la honte ! Pendant des mois, nous ne pouvions plus nous montrer en public. Tu n'as pas seulement sali ton honneur, mais celui de ta famille aussi !

Margareta se mit à pleurer.

— Je suis fatiguée, reprit Regina. Je ne veux plus rien entendre, plus rien voir ce soir. Une seule chose : combien de temps resteras-tu ?

Margareta, profondément blessée, restant muette, pâle comme un linge, la mine revêche, ce fut Maurice qui répondit :

— Nous ne voudrions pas, bien entendu, vous être à charge. Nous repartirons dans quelques jours.

— Vous êtes les bienvenus, se dépêcha de murmurer le baron.

— Margareta, vous pouvez loger dans ton ancienne chambre, proposa Regina. Je pense que tu trouveras le chemin toute seule.

— Oui, dit Margareta en se dirigeant vers la porte. Bonne nuit, chuchota-t-elle.

— Bonne nuit, répondit son père, contrarié.

Suivie de Maurice, elle quitta la pièce en toute hâte. Dehors, appuyée sur la rampe de l'escalier, elle éclata en sanglots.

— Oh, elle me déteste. Elle me déteste vraiment ! Je ne suis plus son enfant, elle a honte d'être ma mère !

— Elle a été dépassée par la situation, objecta Maurice pour la calmer. Cette nuit, elle va réfléchir à tout ça et demain ses sentiments seront tout autres. Elle sera heureuse que tu sois venue.

Lentement, pareille à une vieille femme, Margareta monta l'escalier.

— Tu ne connais pas ma mère, lâcha-t-elle entre deux sanglots, aucune situation ne la dépasse et elle ne change jamais d'avis ! Jamais elle ne me pardonnera le tort que je lui ai fait ! J'aurais dû m'en douter. Comment ai-je été assez bête pour croire que j'étais chez moi ici, en dépit du passé. Oh, je la hais aussi ! Elle est froide et sans cœur. Comment traiter son enfant avec tant de cruauté ! Si mon Angela vivait encore, quoi qu'elle fasse, jamais je ne la repousserais !

— Ma chérie, ne t'énerve donc pas ainsi. Et puis, essuie tes larmes, afin d'y voir un peu mieux. Je suis incapable de trouver seul notre chambre.

Margareta ouvrait déjà une porte et ils entrèrent dans une pièce vaste et sombre. Maurice posa le chandelier sur une table. Margareta s'effondra dans un fauteuil, à bout de forces. Elle chercha son mouchoir en reniflant, avec un gémissement de douleur léger et déchirant.

— Tu es exténuée, constata Maurice, tu devrais cesser de pleurer et te reposer. Demain, le monde aura d'autres couleurs !

On frappa. Margareta tressaillit, mais ce n'était qu'un domestique apportant leurs bagages. Après son départ, Maurice poursuivit :

— Couche-toi, s'il te plaît. Tu as vraiment une mine épouvantable !

Une fois au lit, Margareta ne parvint pas à s'endormir. Les yeux grands ouverts dans l'obscurité, immobile, son bouleversement et son désarroi étaient tels qu'elle ne pouvait penser à autre chose qu'à sa mère. Des scènes de l'enfance se déroulaient devant ses yeux, des jeux avec sa sœur Adelheid, des après-midi devant un feu, sa mère lui racontant des histoires, l'emmenant promener ou peignant ses longs cheveux blonds. Regina avait toujours pris plaisir à rendre sa si jolie fille plus belle encore.

— Tes cheveux ont la plus belle couleur qui soit, disait-elle parfois, il faut que tu portes du rouge. Un rouge foncé et vigoureux te va si bien ! Quand tu te marieras, je t'offrirai une merveilleuse robe rouge.

Elles se l'étaient imaginée dans tous les détails : un profond décolleté, un haut très ajusté, mais la jupe devait être bouffante au point d'à peine passer par une porte. Margareta voulait une longue traîne garnie de pierres précieuses, de saphirs et d'émeraudes et un de ces splendides cols de dentelle empesés qui conféraient aux dames un port si noble.

Elle n'avait jamais eu cette robe et s'était mariée au loin. Margareta sauta du lit.

Non, elle n'arriverait pas à dormir ! Peut-être parce que la chambre avait une odeur inhabituelle, une odeur de moisi et de poussière. Elle était restée si longtemps absente ! Margareta avança à tâtons et sans bruit jusqu'à la fenêtre, écartant les rideaux de soie. À part les silhouettes sombres et indistinctes des arbres et quelques nuages passant devant le croissant de lune, elle ne vit pas grand-chose. La pluie battait lourdement contre les carreaux. La fenêtre… Margareta se souvint s'être agrippée à la vigne sauvage pour descendre dans le jardin et échapper aux interminables et fastidieuses leçons de sa préceptrice, aventures qui étaient ses seules distractions dans son univers protégé. Aurait-elle pu alors imaginer que cette pièce l'accueillerait un jour comme une invitée indésirable dans la maison paternelle ! Ah, c'était à désespérer, et Maurice, pour une fois, n'aurait pas raison : elle n'arrivait pas à dormir et le lendemain serait encore plus gris et triste que la veille. Il fallait absolument qu'elle parle sur-le-champ à Regina.

Elle se glissa hors de la chambre, sans bruit. Maurice ne bougeant pas, elle se sentit soulagée en arrivant dans le couloir faiblement éclairé. Si rien n'avait changé, Regina dormait dans son petit salon de l'aile sud de la demeure. Margareta parcourut les couloirs en frissonnant, protégeant sa bougie de la main gauche derrière la flamme. Elle frappa à la porte de Regina et entra, sans attendre de réponse, dans une pièce étroite toute tendue de vert foncé. Sa mère était assise dans un fauteuil près de la fenêtre.

— Entre, Margareta, dit-elle, je m'attendais à ce que tu viennes !

Margareta referma soigneusement la porte.

— Je n'arrivais pas à dormir après cet accueil.

— Tu l'avais imaginé différent ?

— Oh oui !

Regina lui indiqua un siège d'un geste impérieux. Puis elle se pencha un peu en avant.

— Ce n'est pas la peine de tourner autour du pot. Si tu es venue pour soulager ta conscience et faire tout oublier au prix d'une scène de retrouvailles déchirante, ton espoir est vain. Je ne te pardonnerai pas !

— Vous pensez devoir me punir de mes péchés en me traitant en mère sévère ? demanda Margareta d'un ton ironique masquant son désarroi. Je voudrais savoir ce que j'ai commis de si terrible !

— Ma chère, tu m'as infligé le pire : tu as déçu mes attentes et tu m'as ridiculisée !

— Ah bon ? Je regrette bien sûr de vous avoir causé des désagréments par mon départ précipité et je voudrais pour cela vous demander pardon. Mais vos attentes, eh bien, elles ne coïncidaient pas avec les miennes. Même si j'étais restée, je ne me serais certainement pas comportée conformément à vos désirs !

— Quels grands mots ! répondit Regina avec un sourire. C'est drôle, tu avais eu la même expression sur le visage que maintenant quand je m'étais ouverte, au couvent, de nos projets de mariage. J'aurais dû me douter de quelque chose ! La petite fille avait un air trop récalcitrant !

— Il y a au moins une chose que je ne suis plus aujourd'hui, éclata Margareta : une petite fille.

— Juste ciel, mon trésor, mais c'est exactement ce que tu es toujours ! J'ai d'emblée été étonnée de constater à quel point tu étais restée aussi peu mûre. Tu es plus belle et charmante qu'avant, mais tu as conservé de manière étonnante ta puérilité. Non, ne te fâche pas ! Raconte-moi plutôt où tu as passé ces dix années pendant lesquelles nous nous sommes fait du souci pour toi !

— En Bohême. D'abord à Prague, plus tard, dans la région de Kolin.

Regina se montra impressionnée.

— En Bohême, répéta-t-elle, un pays où l'on s'est durement battu. Tu dois avoir vécu de durs moments.

— Oui.

— Tu es soudain bien peu loquace.

— Mère, ces années n'ont pas été très agréables.

— C'est la guerre. Personne n'a la vie facile. Pourquoi toi, la fleurette protégée du couvent, aurais-tu dû être épargnée ? demanda Regina en se levant et en faisant quelques pas. Tu es partie avec un homme, nous l'avons appris par ton amie Angela. Qu'est-il devenu ?

Rien n'échappait à sa perspicacité. Du premier coup d'œil, elle avait vu que Maurice ne pouvait être l'homme ayant convaincu une jeune fille de fuguer.

— Il n'a pas pu m'épouser, répondit Margareta.

— Non ? Même si tu le dis comme en passant, il semble que cela t'ait éprouvée. Et qu'en est-il du comte que tu as présenté comme ton mari ?

— Maurice ? Il fallait bien que j'épouse quelqu'un.

Regina sourit, presque admirative.

— C'est bien, tu ne te laisses pas abattre. D'ailleurs il me plaît. Bien entendu, il pourrait être ton père, mais il me plaît.

— Il est assez laid.

— Mais plein de charme. Et l'autre ? Tu le vois encore ?

— Je l'aime ! Et j'ai passé tout un été avec lui, alors que j'étais déjà mariée… ajouta Margareta d'un ton provocant.

— Dois-je admirer ton manque de pudeur ? Je ne le fais pas, sois-en certaine. De toute façon, je n'admire jamais les femmes malheureuses.

— Mais je ne suis pas malheureuse !

— Tu es une femme malheureuse et insatisfaite qui préserve de toutes ses forces sa naïveté dans l'espoir d'arracher un peu de bonheur dans l'existence !

Margareta pâlit, les yeux étincelants de colère.

— Vous ne me connaissez pas, apostropha-t-elle sa mère. Vous n'avez jamais rien su de moi, rien fait d'autre qu'essayer de me ligoter et de me brider avec votre morale et votre expérience de la vie.

— Et comment ! N'ai-je pas plus d'expérience de la vie que toi ? Qu'as-tu donc atteint avec ton goût de l'aventure et ta volonté d'indépendance ? Admets que tu as commis une erreur !

— Je ne regrette rien ! J'ai traversé de durs moments, bien plus durs que vous ne le soupçonnez. Mais il y a eu aussi des instants de bonheur dont vous ne pouvez vous faire une idée. Et ne serait-ce que pour ça, tout en valait la peine !

— Comme c'est merveilleux ! se moqua Regina. Crois-moi, rien n'en valait la peine ! Juste pour ces quelques heures de plaisir avec ce séducteur volage ? La première fille des rues venue en connaît de semblables ! Si tu m'avais écoutée, tu aurais aujourd'hui un foyer, des enfants et un mari que tu n'aurais pas épousé par nécessité. Un jour, tu aurais été assez mûre pour aimer cet homme !

Margareta se laissa aller lourdement contre le dossier de son siège. Elle avait l'air plus calme que précédemment, ayant compris que sa mère était définitivement devenue pour elle une étrangère.

— Ah, mère, s'écria-t-elle, c'est peut-être inutile de dire cela. Mais je ne désire pas que les choses soient autres qu'elles le sont. J'ai vécu des drames affreux. J'ai perdu l'homme que j'aime. J'ai sur la conscience la mort d'un ami, j'ai repoussé des gens qui étaient pour moi mon seul appui. Mon enfant…

— Ton enfant ?

— J'avais une fille. Elle est morte de la peste. J'ai souffert de la solitude, de l'abandon, de la culpabilité et du deuil. Mais j'ai appris à vivre avec ça et même à bien vivre. Et j'ai droit à une vie personnelle et donc aussi aux souffrances et aux péchés de cette existence !

Regina considérait sa fille, la bouche entrouverte, les commissures des lèvres abaissées, stupéfaite.

— Tu es malade, dit-elle avec froideur. Je n'ai encore jamais vu quelqu'un qui veuille le malheur !

— Je veux le bonheur ! Bien sûr que je veux le bonheur ! Mais je veux le trouver par moi-même, y parvenir toute seule, pas par les voies qui sont les vôtres ! Je veux une vie qui soit à moi et je préfère satisfaire ce désir au prix du malheur qu'y renoncer !

Sans raison lui sembla-t-il, elle fondit en larmes.

— Vous et votre fichu savoir, poursuivit-elle. Vous m'avez rendue malade et ôté toute assurance ! Vous avez toujours voulu que vos enfants suivent une voie aussi claire et rectiligne que la vôtre ! Vous aviez atteint dans la vie ce que vous recherchiez et vos enfants n'avaient qu'à continuer. Mais le destin vous a été contraire ! Adelheid est laide, il faut dire les choses comme elles sont, et Bernada, paralysée, n'est donc pas sans défaut. Moi, je vous ai déçue, vous apportant le chagrin et la honte. Mais, je le répète, je n'ai pas de regret, pas le moindre !

Elle ne quittait pas sa mère des yeux, tremblant d'excitation. Regina restait impassible.

— Pauvre fille. Tu te demanderas à la fin de tes jours à quoi a bien pu rimer tout cela. Et tu t'apercevras que c'était vain. Tu n'es chez toi nulle part, tu erres, désemparée, espérant trouver une place ici. Mais tu peux en être sûre, tu t'es trompée. Il y a dans tes traits autant de désarroi et d'immaturité que de beauté. Tu es toujours pareille à un enfant flottant au gré du vent et attendant du lendemain un miracle. N'étant pas maîtresse de toi-même, tu es incapable de bâtir ce que tu voudrais, c'est-à-dire une vie indépendante. J'ai pitié de toi !

Margareta sentit monter en elle une étrange froideur la rendant insensible à ces terribles reproches.

— Nous partirons demain, dit-elle, je ne voudrais pas me sentir plus longtemps une étrangère importune dans la maison paternelle.

— Je ne te laisserai pas apporter le moindre trouble dans ma vie, répliqua Regina.

— Le trouble ! répéta Margareta en partant d'un rire léger. Voilà qui, évidemment, est incompatible avec votre sacro-sainte perfection. Je vous souhaite une bonne nuit !

— Bonne nuit, répondit Regina d'un ton cassant.

Margareta quitta la pièce. Tout en retournant dans sa chambre à travers les couloirs obscurs du château, elle comprit qu'elle venait de perdre tout ce à quoi elle avait cru durant les dix dernières années : que ses parents l'aimaient et étaient prêts à lui pardonner et à l'accueillir. Elle s'était certes souvent imaginé avec inquiétude le chagrin et la colère de sa mère, mais n'en était pas moins restée convaincue de pouvoir se tourner vers elle en cas de nécessité. Espoir qu'il fallait maintenant enterrer.

Une bougie était allumée dans la chambre. Maurice était réveillé.

— Où étais-tu ? demanda-t-il.

Se laissant tomber sur le lit, elle ramena les jambes vers son corps et s'aperçut avec surprise qu'elles tremblaient.

— J'étais chez ma mère.

Un instant, elle écouta le vent et la pluie. Les larmes lui coulaient le long des joues malgré ses efforts pour les retenir.

— J'ai perdu ma mère, chuchota-t-elle. Je ne possède absolument plus rien désormais, jamais pourtant je ne renoncerai à ma liberté.

À sa grande surprise, elle sentit le bras de Maurice lui entourer les épaules. Il l'attira à lui et sécha ses larmes. *Il n'agit ainsi que par pitié*, songea-t-elle, *ça fait néanmoins du bien.*

Ce réconfort muet l'aida à se calmer un peu. La tête enfouie dans l'épaule de Maurice, elle tenta d'ordonner ses pensées.

— Demain, nous partons, dit-elle.

3

Le lendemain matin, Margareta et Maurice partirent dans le froid, la pluie et le brouillard, au grand étonnement et mécontentement des domestiques qui avaient espéré passer un hiver dans le calme et le confort.

— Nous n'allons tout de même pas rentrer sur-le-champ à Belefring ? s'enquit Dana avec effroi.

— Non, nous allons chez ma sœur Adelheid !

L'idée lui était venue dans la nuit ; elle ne voyait pas d'autre solution. Perspective qui n'enchantait guère Maurice.

— Notre venue ne va certainement pas enthousiasmer ta sœur. Les temps sont assez difficiles pour ne pas s'embarrasser d'hôtes si nombreux !

— Nous n'avons pas le choix. Et puis je ne l'ai pas vue depuis si longtemps. Et Bernada, ma sœur cadette, sera là aussi.

Margareta avait été surprise d'apprendre ce dernier détail. La veille au soir, dans la confusion ayant marqué leur arrivée, elle n'avait pas remarqué l'absence de sa sœur, cette dernière se couchant par ailleurs toujours très tôt. Le lendemain, son père l'avait informée que

Bernada vivait depuis trois ans chez Adelheid. Il y avait manifestement eu une dispute entre elle et Regina.

Les adieux furent froids. Si le baron avait l'air malheureux, il ne fit aucun effort pour retenir sa fille. Un séjour prolongé n'aurait pu que faire se dégrader plus encore les rapports entre mère et fille.

Pendant le trajet, Dana ne cessa de s'agiter sur son siège. Elle aurait aimé savoir ce qui s'était passé, mais elle avait la langue paralysée par la présence de Maurice. Aussi se contentait-elle d'observer Margareta avec attention et inquiétude. Durant tout le voyage jusqu'au château, sa maîtresse était certes nerveuse, mais en même temps attendrie et pleine d'attente. Maintenant elle paraissait dure et absolument résolue. Dana ne lui avait connu cette expression que la fois où rien n'avait pu l'empêcher de passer cet été inconsidéré avec Richard von Tscharnini.

Adelheid vivait avec son époux, le baron Karl von Sarlach, dans la propriété de ce dernier, à Moorach, un village proche d'Augsbourg. Margareta n'y était allée qu'une fois, pour leur mariage, douze ans auparavant, et elle avait gardé le souvenir, vague, d'un domaine à l'abandon et celui, très net, d'un homme vulgaire et exécrable. Cette fois-là, en raison d'un petit incident, il avait proféré des jurons si horribles que les invités en étaient restés pantois. Aujourd'hui encore, Margareta lisait la peur sur le visage d'Adelheid pâle comme la mort. Elle ne souffla mot de ce répugnant personnage afin de ne pas indisposer d'emblée ses compagnons à son égard : peut-être avait-il changé. Elle-même était presque indifférente à ce qui l'attendait à Moorach. Sa dispute avec Regina et leur séparation précipitée occupaient son attention et ses pensées. Peu à peu, elle comprenait que ses ultimes espoirs des dix années écoulées n'avaient été qu'un mirage et qu'elle ne pourrait plus se dire : *Qu'est-ce que ça peut bien me faire ? Bientôt je rentrerai chez moi, à l'abri, où tous m'aimeront et m'admireront !*

Elle n'avait plus de chez-soi et il n'y avait personne pour l'aimer. Pour la première fois de son existence, il lui vint à l'esprit qu'il n'y avait peut-être pas un être au monde qui l'aimât. Et c'est avec angoisse qu'elle se posait la question même avec laquelle sa mère l'avait torturée : *Arriverait-il un jour où je devrais m'avouer que ma vie n'avait pas eu de sens ?* Elle se hâta de chasser cette pensée, tentant de s'imaginer la réaction de sa sœur en la revoyant.

Ce n'est pas sans difficulté qu'ils trouvèrent le chemin de la propriété. Ils durent s'arrêter à Moorach pour se renseigner. Quand les voitures aux armoiries inconnues stoppèrent devant la fontaine du village, des habitants les entourèrent aussitôt avec curiosité. Un paysan traînant derrière lui une vache rétive s'arrêta, deux femmes portant des paniers en jonc s'approchèrent, des fillettes venues chercher de l'eau interrompirent leur bavardage. Maurice se pencha par la portière.

— Pouvez-vous m'indiquer où se trouve le domaine du baron von Sarlach ?

Les fillettes, se poussant du coude, se mirent à pouffer, le paysan ricana.

— Vous aurez de la peine à trouver un domaine, monsieur ! Mais ce qui en reste est dans cette direction ! s'exclama-t-il, le bras tourné vers l'ouest.

Une lueur de mépris s'alluma dans les yeux des deux femmes. Seule la noblesse manifeste des voyageurs retint les villageois de se livrer à des remarques venimeuses.

Margareta s'aperçut aussi que les fillettes, tête contre tête, s'étaient mises à parler avec vivacité.

— Partons, Maurice, demanda-t-elle à voix basse.

Maurice fit signe au cocher. Margareta vit les paysans, figés, les regarder s'éloigner.

La dernière partie du trajet les conduisit au travers de vastes prairies couvertes de brume et de profondes forêts, puis le long d'un ruisseau aux eaux claires. En dépit du mauvais temps, le paysage était idyllique, au point que Margareta eut un instant l'espoir insensé de bientôt voir surgir une propriété bien entretenue. Un espoir rapidement détrompé ! Une maison en pierre, au mauvais crépi et délabrée, flanquée de quelques petits bâtiments pour les bêtes, de granges, et entourée d'un mur effondré en plusieurs endroits, s'élevait au sommet d'une butte boueuse et déboisée. Les voyageurs découvrirent une cour malpropre couverte d'herbe et de mousse, puis une tour calcinée à l'est de la demeure. Il régnait un silence de mort et le seul signe de vie était un filet de fumée sortant de l'une des cheminées.

Maurice, Dana et Anna qui partageaient la voiture de Margareta étaient aussi effarés les uns que les autres.

— Ce n'est tout de même pas la demeure de votre sœur ? finit par demander Dana.

— Si, murmura Margareta avec gêne, il faut que tu le saches, son mari est un… bon à rien !

— Oh non ! Mais c'est affreux ! s'écria Anna, scandalisée. Vous n'allez tout de même pas demeurer ici ! À quoi ça va ressembler, à l'intérieur !

Anna vénérait Margareta et ne supportait pas l'idée que sa maîtresse, une comtesse, pût vivre dans une maison aussi délabrée. Le comte devait bien voir lui aussi que ce n'était pas pensable ! Elle lui lança un regard implorant, mais il l'ignora. Ce n'est qu'en aidant sa femme à descendre qu'il chuchota :

— Tu ne m'avais rien dit sur la famille de ta sœur ! Tu comptes vraiment rester ?

— Où pourrais-je aller sinon ? répliqua-t-elle violemment.

Il la regarda avec calme.

— À Belefring, dit-il.

— Ah… souffla-t-elle seulement en se détournant de lui et en retroussant avec dégoût ses jupes qui traînaient dans la boue.

C'est affreusement humide et sale ici ! pensa-t-elle en avançant entre les flaques, cherchant à garder l'équilibre. Dana, Anna et Jitka la suivirent. Pouffant et jurant, elles sautaient d'un endroit sec à un autre. Margareta aperçut soudain une maigre silhouette grise appuyée contre la porte d'entrée. Malgré les années écoulées, elle reconnut sa sœur.

— Adelheid ! cria-t-elle.

Sans plus se soucier de l'ourlet de sa jupe traînant par terre, elle courut vers elle. Elle lut alors l'étonnement sur les traits de sa sœur.

— Adelheid, tu ne me reconnais pas ? C'est moi, Margareta !

Adelheid plissa ses yeux clairs et sourit soudain.

— Oh, ce n'est pas vrai ! C'est Margareta ! Mais d'où viens-tu ?

Margareta s'arrêta tout près d'elle, un peu craintive, sur la réserve. Adelheid lui tendit alors la main. Elles se sourirent, parvenant mal à cacher leur émotion. Cela faisait si longtemps qu'elles ne s'étaient vues.

Adelheid n'avait que trente et un ans, mais la guerre et une existence plus que chiche l'avaient vieillie prématurément. Même si, jeune, elle n'avait jamais été belle, elle était à présent aussi maigre et osseuse qu'une haridelle. Ses cheveux raides, d'un blond terne, encadraient un visage blême aux lèvres minces et sèches, aux yeux d'un blond délavé. Elle avait les traits de son père, ne tenant de sa mère que le nez aquilin. La douceur du profil que ce dernier conférait à Adelheid jurait avec les gestes disgracieux de ses grands pieds et de ses grandes mains.

— Tu es donc heureuse de ma venue ? voulut savoir Margareta, et Adelheid répondit avec une vivacité surprenante :

— Oui, bien sûr que je suis heureuse. Je vous en prie, restez aussi longtemps que vous voudrez !

Margareta, de la tête, exprima son soulagement. La maison avait beau paraître inhospitalière, elle se sentait au moins la bienvenue. Elle présenta Maurice et ceux qui les accompagnaient. Elle nota que Maurice fit aussitôt la conquête du cœur d'Adelheid en lui baisant la main, geste auquel elle n'était manifestement pas habituée. Il ne laissa rien paraître de son étonnement devant l'état du domaine et la totale dissemblance des deux sœurs. Margareta lui sut gré de ne pas la laisser seule dans cette situation critique.

Intérieurement, la maison paraissait aussi négligée qu'extérieurement. La plupart des pièces étaient chichement meublées, à l'exception de longs bancs en planches de pin alignés contre les murs. Les conduits des poêles massifs en maçonnerie semblaient défectueux tant les murs et les poutres étaient noirs de suie. Il n'y avait que de loin en loin, devant l'une des petites fenêtres mal jointes, un rideau froissé, manifestement coupé dans une ancienne robe de soie. Margareta eut de la peine à découvrir un tableau ou un tapis. Dans les pièces du bas, Adelheid avait sommairement recouvert les vieux planchers moussus de nattes de joncs tressés comme seuls le faisaient les serfs dans leurs misérables cabanes. Margareta découvrait, horrifiée, cette décrépitude et essayait de respirer le plus légèrement possible : la puanteur était extrême dans ces pièces, et elle eut un haut-le-cœur de dégoût en apercevant dans tous les recoins de gros cafards marron grouillant entre les joncs. Elle décida de poser les pieds de son lit dans des récipients remplis d'eau afin d'entrer le moins possible en contact avec la vermine. *Au moins pas plus que le strict nécessaire*, se dit-elle en frissonnant.

— Il y a un an, une troupe de déserteurs nous a attaqués, expliqua Adelheid. C'est pour cela que tout paraît si dévasté. Dans l'aile est, ils ont même mis le feu et tout incendié.

Par un escalier étroit et raide ils montèrent aux chambres de l'étage qui offraient un aspect plus misérable encore que le rez-de-chaussée. Hormis quelques armoires défoncées, la plupart n'avaient aucun meuble et les fenêtres n'étaient souvent fermées que par des planches clouées au travers desquelles le vent sifflait.

Margareta cherchait à se dérober aux regards indignés de Jitka et d'Anna pendant qu'elles suivaient Adelheid le long des couloirs. Cette demeure était si vaste ! Elle s'assura en frémissant que Maurice était toujours derrière elle. Ils arrivèrent finalement dans quelques pièces un peu plus confortables où les hôtes seraient logés. Margareta et Maurice occupèrent une chambre, Dana, Anna et Jitka une autre, plus vaste, située sous le toit, à laquelle on accédait par le plus obscur de tous les escaliers.

— Depuis l'attaque… recommença à expliquer Adelheid, mais Margareta savait très bien que les choses avaient toujours eu ici cette apparence. Par la fenêtre de sa chambre, elle jeta en frissonnant un regard sur la campagne marécageuse, grise et noyée de pluie. Au loin, dans la brume, elle distingua un bois de pins. Pour détendre un peu l'atmosphère, elle se tourna alors vers sa sœur et lança d'un ton délibérément enjoué :

— Tu devrais à présent ne plus tarder à nous présenter le baron et nous conduire à Bernada !

Tandis que les domestiques s'occupaient des bagages, Adelheid mena ses hôtes jusqu'au salon qui, à vrai dire, était peu digne de ce qualificatif.

— Karl, dit-elle prudemment, nous avons de la visite.

Un petit homme replet, au visage rouge et bouffi, aux cheveux blonds clairsemés et aux yeux noirs, se leva d'un fauteuil élimé. Il souriait sans paraître aimable.

— Par tous les diables, s'exclama-t-il, mais c'est Margareta von Ragnitz !

— Vous vous souvenez de moi ? demanda Margareta avec étonnement.

— On n'oublie pas de sitôt une femme comme vous, rétorqua-t-il avec un ricanement désagréable, même si vous n'étiez encore qu'une toute jeune fille lors de notre dernière rencontre. Je dois dire…

Il ne cessait d'examiner d'un œil équivoque sa belle-sœur jusqu'à ce qu'une voix cassante ne mît fin à son manège.

— Je suis le comte Maurice Lavany. Et voici mon épouse, la comtesse Margareta.

Effrayé, Karl von Sarlach s'inclina avec nervosité.

— Je ne saurais dire à quel point nous sommes heureux de vous avoir ici, s'écria-t-il avec une politesse affectée. Nous allons…

Une voix claire l'interrompit :

— Margareta !

Celle-ci, se retournant, découvrit dans un coin obscur une délicate silhouette de femme assise dans un fauteuil muni d'un haut dossier. C'était Bernada, sa petite sœur, qui n'était qu'une enfant quand elle l'avait vue pour la dernière fois. Adulte, elle avait conservé le même visage fin et gracieux. Elle souriait à Margareta de ses grands yeux bleus.

— Eh bien, nous voilà réunies toutes les trois, dit-elle, tandis que Margareta se penchait sur elle et l'embrassait. Nous allons passer de merveilleux moments ensemble. Tu me raconteras tout à ton sujet ! Mais tu as l'air fatiguée et tu devrais commencer par te reposer !

Margareta sentit alors combien elle était harassée. Elle était glacée et aspirait à une longue nuit paisible dans un lit moelleux. Tout serait différent le lendemain.

À son habitude, Maurice alla s'occuper des chevaux, tandis qu'elle cherchait à rejoindre sa chambre, une bougie à la main. Quelle maison sinistre et terrifiante ! Elle croyait voir des fantômes dans chaque coin. Aussi, quand une main lui toucha l'épaule, poussa-t-elle un cri. Mais ce n'était qu'Adelheid.

— Pardon de t'avoir fait peur. Mais je ne voulais pas que Karl s'aperçoive que je te suivais. Je voulais juste te dire – elle jeta un coup d'œil inquiet dans la cage d'escalier – que tu dois rester ici. Je t'en prie, Margareta ! Je ne peux plus vivre seule ici plus longtemps. J'ai peur de Karl et j'ai peur des marais et de la solitude. L'hiver arrive et tout sera encore plus désolé. Bernada ne peut me protéger. Reste, Margareta, je t'en supplie !

Margareta contempla avec compassion le visage angoissé de sa sœur.

— Bien sûr que je reste, et nous nous amuserons bien. Ne te fais pas de souci.

Se déshabillant dans sa chambre, Margareta élaborait déjà des projets. Elle pourrait essayer de retrouver son amie Angela. Elle et Angela, Bernada et Adelheid… peut-être parviendraient-elles à arranger cette maison et à passer plus tard un merveilleux été ensemble.

Le lendemain matin, les visiteurs firent la connaissance des enfants d'Adelheid pendant le petit déjeuner. Margareta apprit que sa sœur avait mis neuf enfants au monde, quatre seulement étant restés en vie. La fille aînée, Cäcilie, avait douze ans, puis venaient Karl, huit ans, Christian, cinq ans, et la dernière, Emiliana, née à Noël, deux ans plus tôt. Margareta prit d'emblée la toute petite en affection, n'éprouvant que de la compassion pour les trois autres, tant ils paraissaient falots, chétifs et sous-alimentés. Margareta constata que les dents de Cäcilie étaient noires et que le petit Karl était manifestement atteint de troubles mentaux. Ce qui ne l'empêchait pas de mieux se tenir à table que son père qui, en mangeant, faisait plus de bruit que dix personnes à la fois, toussait et reniflait sans cesse, finissant par se moucher énergiquement dans un coin de la nappe crasseuse. Margareta détourna le regard avec dégoût. Elle fut heureuse de n'avoir pas souvent eu à supporter cet usage assez courant jusqu'à une date pas très ancienne, lorsque la bonne société avait soudain décrété qu'il était malséant d'utiliser la nappe pour se nettoyer le nez. Le baron n'était à l'évidence pas au courant.

Après le petit déjeuner, Margareta voulut inspecter les alentours de la maison. Si la pluie avait cessé, les flaques étaient toujours là. Stupéfaite, elle contemplait les ordures accumulées dans tous les recoins de la cour. Elle tomba sur Maurice devant l'écurie.

— C'est répugnant, n'est-ce pas ? demanda-t-elle en montrant le désolant spectacle.

Il acquiesça.

— Savais-tu comment ta sœur vit ici ?

— Eh bien..., répondit-elle en hésitant, oui, je le savais.

— Et tu comptes vraiment rester ?

Elle le regarda avec surprise.

— Bien entendu. Je n'ai pas entrepris ce long voyage pour repartir aussitôt.

— Ta sœur a un train de vie très modeste, avança Maurice avec prudence, et j'imagine que le baron von Sarlach ne voit pas les invités d'un bon œil.

— Adelheid m'a suppliée de ne pas partir. J'aimerais passer quelques mois avec elle et Bernada.

— Soit ! C'est à toi de décider ce que tu fais. Je rentrerai en Bohême dès la semaine prochaine.

— Tu parles sérieusement ?

— Tu ne peux exiger de moi que je vive ici indéfiniment. Je ne saurais que faire et tu ne comptes pas que je me lie d'amitié avec le baron. J'aimerais de plus entrer en contact avec Wallenstein.

— Si nous avions habité chez mes parents, tu serais resté !

— J'aurais été obligé de le faire, je suis tout de même leur gendre, même s'ils ne m'ont pas traité comme tel. En revanche, rien ne me retient ici.

Margareta fut vexée.

— Je te remercie de ta franchise, Maurice. Comment ai-je pu me figurer que tu resterais à cause de moi ?

— Je suis prêt à t'emmener !

Elle fit non de la tête.

— Je dois rester. Et je trouve qu'il est juste que tu partes. Peut-être devrions-nous prendre notre parti de ce que nous nous sentons bien quand nous sommes séparés. Tu vis ta vie et moi la mienne !

Son air de défi fit sourire Maurice.

— Bien, mon trésor, faisons comme ça ! Si, toutefois, les Suédois s'approchent trop près, mets-toi en route pour la Bohême !

— Toi et le général Wallenstein les empêcherez d'avancer jusqu'ici, répliqua-t-elle ironiquement.

Il s'inclina légèrement.

— Je te remercie de ta confiance. Je m'efforcerai de ne pas la décevoir. Viens maintenant, il fait froid, rentrons !

Une semaine plus tard, Maurice se mit en route pour ne pas se laisser surprendre par une arrivée précoce de l'hiver. Le matin du départ, il donna à Margareta une petite bourse solidement lacée.

— C'est une forte somme, expliqua-t-il, afin que tu ne sois pas prise au dépourvu en cas de besoin, par exemple pour louer une voiture. N'en parle pas au baron. Je n'ai aucune confiance en lui !

— Je vais la cacher. Merci, Maurice !

Les serviteurs et Jitka accompagnèrent leur maître. Celle-ci trouvait le domaine si affreux qu'elle préférait affronter les fatigues du voyage plutôt que de rester plus longtemps. Après avoir longuement hésité, Anna finit par décider de ne pas la suivre. À Belefring, elle ne pourrait pas échapper un instant à la stricte surveillance de Jitka, alors que Margareta, moins vigilante, ne ferait guère obstacle à sa soif d'aventures.

Cette dernière ne tarda pas à constater que son séjour ne serait pas aussi insouciant et joyeux qu'elle l'avait espéré. Ses sœurs se montraient charmantes, mais Adelheid ne parvenait pas à cacher sa grande pauvreté. C'était pire que ne l'avait pensé Margareta. Karl ne faisait rien, ne vivant que des redevances payées par quelques rares fermiers, généralement utilisées à rembourser des dettes jamais éteintes. Il n'y avait qu'une bonne à la maison, une créature aussi négligente qu'obtuse, rétive à toute espèce de travail. Les tâches les plus humbles incombaient à Adelheid : c'était elle qui lavait le sol, faisait la lessive dans l'eau glacée, nourrissait les poules et les vaches. Margareta fut profondément scandalisée, un jour de novembre brumeux, de trouver sa sœur en train de fendre du bois derrière la maison. Adelheid maniait à grand-peine la lourde hache et, pâle et les yeux cernés, paraissait morte de fatigue.

— Pourquoi fais-tu ça, pour l'amour du ciel ? lui demanda Margareta indignée. Ton mari pourrait au moins t'épargner ça !

— Pas si fort, je t'en prie ! chuchota Adelheid, terrifiée. Ça ira, ça ira.

— Ça ne va pas ! Je vais chercher Karl !

Elle allait faire demi-tour, mais Adelheid la retint.

— Ne fais pas ça, Margareta. Il serait furieux !

— Et alors ? Je suis là, Dana et Anna aussi, il ne peut rien t'arriver.

— Tu ne comprends pas. Il faut que je m'accommode de lui, une vie durant, même quand vous serez parties.

— Tu dois savoir ce que tu fais, dit Margareta rouge de colère, mais tu ne fendras pas ce bois !

Elle prit la hache des mains de sa sœur.

— Tu ne peux pas faire ça ! protesta Adelheid. Tu n'as pas l'habitude ! Tu as des mains trop délicates !

— Tu ne te doutes pas de la force que j'ai, rétorqua Margareta.

L'idée que le gros baron était en train de sommeiller dans un fauteuil devant la cheminée la plongea dans une fureur folle, lui insufflant une énergie incroyable. Avec entrain et non sans une adresse surprenante, elle se mit au travail.

— Bon, déclara-t-elle avec satisfaction quand elle eut rempli de bûches le premier panier. Je vais à présent t'envoyer Dana et Anna pour t'aider. Et pourquoi pas ta fille Cäcilie ?

De retour dans la maison, elle tomba sur Dana qui fit preuve de bonne volonté et Anna, moins enthousiaste. Elle réussit même à décider la bonne à accomplir quelques menus travaux. Elle ne put malheureusement mettre la main sur Cäcilie. Karl ronflait dans son coin. Le laissant dormir parce qu'elle l'avait promis à Adelheid, elle résolut pourtant d'apprendre à sa sœur à encaisser elle-même les fermages. Tant que Karl gérerait l'argent, le domaine péricliterait.

L'hiver arriva plus tôt que prévu, et le froid leur rendit la vie plus dure encore. Quand Margareta sortait le matin pour nourrir le bétail, il lui fallait se frayer un chemin au travers d'une épaisse couche de neige et le glacial vent du nord-est lui faisait monter les larmes aux yeux.

Cela ne la dérangeait pourtant pas d'aider Adelheid. Elle se sentait forte et en bonne santé, et la bourse soigneusement dissimulée lui donnait de l'assurance.

Parfois, voyant sa sœur assise en pleurs à la table de la cuisine, comptant ses quelques maigres pièces, elle était sur le point d'aller chercher dans la cachette l'argent faisant défaut, mais une voix intérieure l'en dissuadait. Adelheid était trop faible pour cacher quelque chose à Karl. Ce qu'elle lui glisserait en catimini terminerait dans les poches du baron. À part une modeste somme destinée à l'achat de nourriture, elle ne pouvait rien donner à sa sœur.

Pendant l'hiver, Margareta s'aperçut que s'opérait en elle un changement. En réalité, cette évolution avait commencé la nuit où sa mère l'avait repoussée avec tant de rudesse. La constatation de n'avoir plus de foyer parental comme ultime recours l'avait amenée à se montrer dure envers elle-même et son entourage. Elle s'armait contre une sensibilité dont elle croyait qu'elle ne lui avait jamais apporté que des chagrins. Elle tentait désormais d'écarter d'elle les sentiments auxquels elle s'abandonnait jadis, la douceur et l'excès, la tristesse et la joie, la gentillesse et la rage. Elle ne voulait plus aspirer à l'amour et au bonheur afin d'éviter à l'avenir les déceptions qu'elle avait connues ces dernières années.

Elle se mit à parler d'un ton cassant. Quand elle poussait Cäcilie à travailler, donnait une instruction à Dana ou interdisait à Anna d'aller danser au village, elle le faisait avec une sévérité qui étonnait tous ceux qui la côtoyaient. Jusque-là, elle ne s'était qu'exceptionnellement permis de rudoyer quelqu'un.

— Mais madame, essayait d'abord de protester Dana, avant de se faire rabrouer.

— Fais ce que je te dis ! Et cesse de me contredire sans arrêt !

Son ton lui paraissait souvent exagéré, ces êtres ne lui avaient rien fait tout de même. Elle remarquait en même temps que ces éclats la soulageaient et l'endurcissaient. Des choses qui l'auraient jadis horrifiée lui étaient maintenant indifférentes. Rien n'était capable de l'émouvoir, même pas le fait que le baron s'était mis à la poursuivre de ses assiduités, la guettant dans les recoins de la maison et ne la quittant pas des yeux durant les repas. Elle le traitait avec froideur et un parfait mépris. *Peut-être que cela ne correspond pas à ma nature*, se disait-elle, *mais, par le diable, il faut bien que mes expériences malheureuses m'aient appris quelque chose.*

4

En janvier 1631, ayant occupé toute la Poméranie, le roi de Suède Gustave Adolphe semblait déterminé à conquérir d'autres parties de l'Empire saigné à blanc par treize années de guerre. En Bavière, beaucoup, dont Margareta, se sentaient en sécurité, convaincus que jamais les Suédois ne se risqueraient si loin dans le Sud. Même si Wallenstein n'avait plus le commandement en chef, Tilly, à qui avait été depuis longtemps décerné le titre de comte, avait assez d'expérience pour venir à bout des ennemis.

Durant ce long et rude hiver, les habitants du domaine de Sarlach n'eurent que peu d'occasions de se distraire. À Moorach eurent lieu deux procès de sorcières qu'Anna, on s'en doute, suivit avec attention. Elle y fit la connaissance d'un fils de paysan qui lui plut et qu'elle fréquenta assidûment.

— Toute sa famille m'est hostile, raconta-t-elle un jour à Margareta, parce que je vis chez le baron von Sarlach. Nous nous en moquons, bien sûr !

Ses traits, comme si souvent, exprimaient l'obstination, et Margareta préféra se taire. Seules ses propres expériences seraient en mesure d'apaiser la soif de vivre de la jeune fille.

En avril, Margareta s'occupa sérieusement de retrouver son amie Angela. Après avoir réfléchi longuement à la manière de s'y prendre, elle n'avait trouvé d'autre moyen que d'entrer en relation avec le couvent et d'y recueillir des informations. N'ayant guère envie de se manifester en personne, elle pria Bernada de demander par lettre à la supérieure ce qu'Angela était devenue, tâche dont Bernada s'acquitta avec plaisir. Les deux sœurs, en peu de temps, avaient constaté qu'elles s'entendaient fort bien. Bernada admirait la facilité avec laquelle Margareta s'était adaptée à une vie aussi austère et l'apparente sérénité avec laquelle elle parlait de son passé. Margareta aimait la bonté de sa sœur et sa serviabilité.

La première lettre à sœur Gertrud étant restée sans réponse, elles supposèrent qu'elle n'était jamais parvenue au couvent. Bernada en écrivit une seconde et, cette fois, quelques semaines plus tard, elles reçurent une lettre d'une religieuse inconnue de Margareta. Angela avait épousé le baron von Calici, le descendant d'une famille noble italienne établie en Bavière depuis plus d'un siècle. Les Calici résidant aux portes d'Augsbourg, Margareta, brûlant d'impatience, voulut se mettre en route le plus tôt possible. Anna, qui avait entre-temps fait la connaissance de tout le village, lui procura une voiture et un cocher. Margareta fut très heureuse de disposer de l'argent laissé par Maurice, puis, ayant remarqué le regard cupide de Karl quand il fut question de la location de la voiture, elle décida d'emporter la bourse avec elle.

Dana et Anna ne furent pas du voyage parce que Margareta voulait fêter ces retrouvailles seule avec Angela. Elle était transportée de joie en même temps qu'elle redoutait d'être déçue. Peut-être Angela ne vivait-elle plus depuis longtemps au château des Calici ! Nombreuses étaient les familles qui, ces dernières années, avaient quitté l'Empire, se sentant plus en sécurité dans leurs propriétés d'Italie ou de France.

Ses craintes se révélèrent non fondées. Les retrouvailles donnèrent lieu à un débordement d'enthousiasme dont elle n'avait osé rêver. Les deux amies semblaient ne s'être jamais quittées, et Angela embrassa Margareta aussi fougueusement que si elles étaient encore des pensionnaires de Sankt Benedicta et non deux femmes mariées s'étant perdues de vue depuis plus de dix ans.

Margareta fit également la connaissance du baron Leopold von Calici. Il la fascina d'emblée, et elle le trouva presque plus séduisant encore que Richard. Très grand, les yeux et les cheveux noirs et brillants, il avait un sourire qui charma Margareta. Il formait un couple merveilleusement assorti avec Angela qui, dans une robe décolletée vert foncé et avec ses cheveux frisés d'un blond vénitien où étincelaient des émeraudes, était d'une beauté éblouissante.

Une bonne servit un copieux repas dans un petit salon, du porc mariné, de la viande en aspic, des haricots et un vin très épicé, au goût de cannelle. Sur le mur face à l'entrée était accroché un portrait de la belle Angela, la représentant sous les traits séducteurs d'un ange à demi nu, un voile enroulé autour des hanches, ses cheveux roux recouvrant une poitrine blanche comme neige. Margareta avait entendu dire à Prague que ce genre de tableau était en vogue chez les dames aisées, mais elle n'aurait jamais imaginé que quelqu'un eût l'audace de montrer pareille scène. C'était bien d'Angela d'oser le faire, et de surcroît dans une pièce où elle recevait !

— Il faut que tu me racontes tout ce qui s'est passé ! dit Angela, rayonnante, s'adressant à son amie.

Elle était la première à ne pas ajouter : « … depuis que tu nous as jadis abandonnés ! » Il n'y avait aucun reproche dans sa voix, uniquement une intense curiosité et un intérêt bienveillant.

En quelques phrases, Margareta résuma ce qu'elle avait vécu depuis qu'elles s'étaient quittées. Elle préférait confier les détails à son amie quand elles seraient en tête à tête. Certains l'auraient mise mal à l'aise en présence de Leopold en dépit de l'affection qu'elle lui portait déjà. Il émanait de lui une espèce de sérénité apaisée en même temps qu'une confiance en soi inébranlable, quoique dépourvue de toute arrogance. Il régnait entre sa femme et lui une telle atmosphère de complicité et de respect mutuel qu'ils offraient l'image même de l'harmonie parfaite.

Margareta ayant aussi parlé d'Adelheid et de sa famille, Angela se mit à raconter à son tour.

— Avant que tu ne l'apprennes par d'autres, lança-t-elle joyeusement, autant que je te le dise moi-même : tu es chez des gens terriblement dépourvus de morale !

Leopold partit d'un rire insouciant.

— Il faut que tu saches que Leopold était marié quand j'ai fait sa connaissance, poursuivit-elle. Nous sommes tombés amoureux et, afin d'être auprès de lui, je suis entrée au service de sa femme en changeant de nom. Mais elle a fini par se douter de quelque chose et m'a chassée ignominieusement. J'ai alors vécu dans une auberge, au village, et Leopold me rendait naturellement visite.

— Oh, dit Margareta, confuse, trouvant qu'Angela était passablement directe.

— Susanna von Calici est morte il y a trois ans. Six mois après, nous nous sommes épousés.

— De quoi est-elle donc morte si soudainement ? s'enquit Margareta horrifiée.

— D'un arrêt du cœur, tu peux être certaine que nous n'y sommes pour rien. Elle a de tout temps eu le cœur faible. Aux yeux des gens, nous nous sommes bien entendu mariés trop vite. De toute façon, chacun était au courant et nous condamnait. Les Calici sont toutefois trop riches pour qu'on puisse longtemps les tenir à l'écart. Peu à peu tous sont revenus en rampant, cherchant à rentrer dans nos bonnes grâces.

Angela se resservit une rasade de vin. Margareta la contemplait avec fascination, s'étonnant de n'être pas repoussée par les propos frivoles de son amie. À l'évidence, on pardonnait d'autant plus facilement les péchés que la femme les commettant était belle. Et Angela ne possédait pas que la beauté du corps. L'attrait qu'elle exerçait sur ses proches, et notamment sur Margareta, reposait sur sa totale indifférence à l'égard des autorités, de la loi et de la morale. Si l'homme qu'elle aimait était marié, elle se faisait son amante jusqu'à ce qu'il redevînt libre, sans se soucier de savoir si son entourage jasait à leur propos. Autrefois déjà, à Sankt Benedicta, elle ne faisait que ce qui lui plaisait. Margareta se dit que rien n'était plus souhaitable que cette liberté d'esprit flegmatique.

Au bout de trois jours chez les Calici, elle demanda à Angela si elle voudrait bien l'accompagner et vivre quelques mois chez Adelheid. Son amie parut hésitante dans un premier temps, mais Leopold l'incita à accepter.

— Cela fait des mois que je me disais qu'il faudrait prêter main-forte à Tilly contre les Suédois, expliqua-t-il, mais je ne voulais pas laisser Angela seule. Si elle part avec vous, je serai rassuré.

— Faut-il absolument que tu partes à la guerre ? demanda Angela.

— Personne ne pourrait m'y contraindre, c'est moi qui le veux !

— Alors, je t'accompagne, Margareta, et ce sera comme avant. Je donnerai bien sûr de l'argent à ta sœur pour mon séjour. J'espère qu'elle n'est pas trop fière pour l'accepter.

Les préparatifs en vue du voyage prirent quelques jours. Dans l'intervalle, Margareta apprit que leur amie commune, Clara, vivait toujours à Sankt Benedicta, mais comme nonne.

— Notre chère Clara, si sensible, dit Angela, a tout simplement renoncé à vivre dans le siècle !

— C'est dommage, car je ne pourrai pas la voir. Jamais je ne remettrai les pieds dans ce couvent !

— As-tu mauvaise conscience ?

— En tout cas, il me serait extrêmement désagréable de rencontrer les sœurs.

En mai, les deux amies se mirent en route. Angela et Leopold se quittèrent le cœur lourd, et Margareta trouva admirable la manière dont Angela sut cacher ses craintes et ses soucis. Elle l'avait préparée sans ménagement à ce qui l'attendait chez Adelheid, précaution qui devait se révéler utile. Certes, les arbres ayant verdi, le paysage paraissait moins désolé, pourtant même le soleil printanier ne pouvait empêcher de voir le désordre dans la cour. Les champs étaient encore en friche, rien n'y germait, rien n'y poussait et la plupart des étables ou des écuries étaient vides.

Elles reçurent néanmoins un accueil aimable. Dana et Anna étaient heureuses de retrouver Margareta et de connaître enfin son amie Angela dont elle avait si souvent parlé. Lilli ronronnait, les yeux de Bernada brillaient et même Adelheid était souriante. Elle avait une mine horrible, les yeux las et cernés, ses gestes étaient sans force. Elle traitait maintenant ses enfants avec sévérité. Il lui arriva de perdre tout contrôle et de crier à Cäcilie qui, la bouche tombante et les paupières à demi closes, restait là, les bras ballants, sans avoir exécuté ce que sa mère lui avait demandé de faire :

— Tu es une fille fainéante, stupide et laide. Jamais tu n'arriveras à rien !

Cäcilie ouvrit de grands yeux effrayés.

— Toi non plus, tu n'es jamais arrivée à rien, finit-elle par répliquer d'une voix traînante.

Adelheid se détourna brusquement et quitta la pièce.

Karl, les premiers jours, fut d'une grande amabilité. Il accordait à présent son attention et réservait son charme douteux à Angela qui l'avait d'emblée impressionné. Angela le repoussa, bien entendu, mais avec moins d'arrogance que Margareta, plutôt comme en se jouant. Karl crut d'abord à de la coquetterie de sa part, ce qui la rendit deux fois plus attirante à ses yeux. Il manifestait ses sentiments de manière si ouverte que Margareta jeta plus d'une fois un œil effrayé vers Adelheid qui paraissait ne pas entendre les remarques déplacées de son mari, à moins qu'elle y fût indifférente. Souvent, elle regardait fixement par la fenêtre, les yeux brûlants, sursautant quand on lui adressait la parole.

Au bout d'une semaine, il se produisit un incident qui modifia l'attitude du baron envers ses invitées. Tard dans l'après-midi, Margareta et Angela rentraient d'une longue promenade. Ayant marché d'un bon pas, elles étaient lasses et avaient faim. Elles se dépêchèrent donc de monter dans la chambre qu'elles partageaient, afin de s'habiller pour le dîner. Elles s'immobilisèrent sur le seuil, horrifiées.

Un désordre épouvantable régnait dans la petite pièce. Les armoires et les tiroirs de la commode étaient ouverts, les habits et le linge jonchant le sol, la literie dépliée, les tapis roulés en boule, les caisses et les paniers renversés. Agenouillé au milieu du chaos, Karl tâtait avec avidité l'ourlet d'une robe étalée devant lui, si absorbé qu'il n'avait pas remarqué la présence des deux femmes. Angela cherchait encore à reprendre son souffle que Margareta l'apostrophait déjà :

— Que faites-vous là, grands dieux ?

Karl sursauta et se retourna, effrayé. Mais, une seconde plus tard, il se mit à ricaner effrontément.

— Je suis chez moi. Je fais ce qui me plaît !

— Pas dans notre chambre, le contredit Margareta. Vous n'avez pas le droit de fouiller nos affaires !

— Non ? Je n'ai pas le droit ?

Karl se releva avec peine. Il était ivre.

— Je vais vous dire une bonne chose, bégaya-t-il, ce que je fais dans cette chambre me regarde. Je ne… ne vais pas me… laisser embêter par deux bonnes femmes stu… stupides !

Son regard se brouilla et c'est avec peine qu'il parvint à regarder droit devant lui. Angela haussa les sourcils.

— Nous sommes vos invitées, baron, lui rappela-t-elle.

— Et quand vous le seriez dix fois ! J'ai sacrement le droit de vous fou... foutre dehors à tout instant !

— Oh, bien sûr que vous en avez le droit, répliqua Angela, mais vous savez que notre séjour n'est pas sans vous rapporter, n'est-ce pas ?

Entrant dans la pièce, elle jeta un regard méprisant sur le désordre.

— Je sais parfaitement ce que vous cherchez, dit-elle. De l'argent ! Vous avez besoin d'argent pour votre schnaps et vos dettes ! Vous iriez jusqu'à voler vos invités pour votre eau-de-vie !

Sa voix trahissait son mépris. Le baron rougit de colère.

— Espèce de racaille, vous et vos grands airs, éructa-t-il. Maudites bonnes femmes avec leur argent et leurs nobles âmes. Restez, restez ! Je ne vous chasse pas ! Mais prenez garde !

Il cracha par terre avant de quitter la pièce en chancelant. Angela ramassa quelques vêtements froissés.

— Jamais je n'avais vu pareille déchéance. Je ne comprends pas que ta sœur le supporte.

— Le pire, c'est qu'à présent il nous hait, estima Margareta. Il est stupide et brutal, les gens comme lui sont dangereux. Je ne peux cependant pas laisser Adelheid seule. Ces derniers temps, elle semble particulièrement abattue et malade !

— Oui, elle a très mauvaise mine. Tu devrais lui parler. Regarde ! s'exclama Angela en passant la main derrière une planche non clouée du lambris sous la fenêtre et en retirant deux bourses avec un sourire de triomphe. Voilà notre argent ! Il ne l'a pas trouvé !

— Dieu soit loué ! Dépêche-toi de le recacher. Et laisse les choses comme elles sont. Dana et Anna les rangeront.

S'étant changées, elles descendirent dîner. L'atmosphère était à couper au couteau. Margareta observait Adelheid à la dérobée. Elle était pâle comme un linge et ses mains tremblaient pour servir la soupe. Anna, qui pleurnichait tous les soirs pour obtenir la permission d'aller au village, avait la mine défaite. Cäcilie se rongeait les ongles en catimini, recrachant ce qu'elle avait rogné, Dehors, l'orage menaçait. La porte d'une grange battait et grinçait. Margareta frissonna.

Cette ferme et ces marais vont me rendre folle, pensa-t-elle. Elle tenta de refouler les sombres pressentiments qui l'envahissaient. C'est elle qui avait voulu venir ici, elle n'avait donc pas à se plaindre. Elle devrait bien plutôt être heureuse d'avoir ce chez-soi, car elle n'en avait pas d'autre. Et, finalement, elle n'était pas si mal que ça, elle était avec ses sœurs, avec Angela, et la guerre, pour l'instant, les épargnait. Si seulement il n'y avait pas cette menace qui planait, cette peur que la guerre puisse venir détruire ce dernier petit reste de sécurité. Prenant une profonde aspiration, elle chassa ses idées noires. *Cela doit être à cause du mauvais temps et de l'incident avec le baron*, se dit-elle en se rappelant son ancienne formule de réconfort : si le printemps arrivait, elle se sentirait certainement mieux !

5

Par une journée de mai ensoleillée, Adelheid, dans sa petite cuisine aux murs nus, regardait par la fenêtre, l'air sombre. La chaleur avait beau avoir fait sa réapparition après le long hiver, Adelheid ne voyait pas plus le bleu du ciel, ou le rose et le blanc des pommiers en fleur, qu'elle ne prêtait l'oreille au vent des prairies. Elle remuait une soupe en train de bouillir sur le fourneau devant elle et se sentait plus misérable que jamais.

Son existence se résumait à un cycle interminable de travaux et de tâches lui laissant à peine le temps de se reposer. Tôt levée, la première dans la maison, attendue par une multitude de bouches affamées, elle se creusait la tête pour savoir comment elle allait nourrir les vaches, les poules et ses enfants. Ils ne possédaient pour ainsi dire rien ! Ils avaient affermé les meilleurs champs, et les fermages… Rien qu'à cette pensée elle eut un sourire amer ; sur quoi elle aperçut Karl qui traversait la cour d'un pas chancelant. Cet homme les mènerait un jour tous à leur perte ! À part se saouler du matin au soir et lui faire un enfant après l'autre, il ne faisait strictement rien. Elle ne comprenait toujours pas comment sa mère avait pu commettre l'erreur de la marier à ce rejeton dégénéré d'une famille noble, autrefois estimée. Même s'il paraissait à l'époque plus imposant et en meilleure santé qu'à présent, on pouvait déjà déceler sa véritable nature. Notamment une femme aussi avertie que Regina ne pouvait avoir méconnu son absence de caractère. Adelheid eut un nouveau sourire, ironique et froid. Bien sûr, on s'estimait heureux d'avoir trouvé un mari pour elle. Sa mère n'avait jamais caché qu'elle tenait sa fille aînée pour une créature maladroite et laide qui ne saurait avoir de prétentions. Elle avait souffert pendant toute son enfance et sa jeunesse du besoin de domination de sa mère et de la beauté de ses sœurs. Elle ne devait pas oublier que son mariage lui avait au moins permis d'échapper à ces tourments. Elle éprouvait comme une ironie du sort le fait qu'une partie de son passé l'ait rattrapée. Les deux sœurs vivaient à présent chez elle, la gentille et sage Bernada et la belle Margareta qui était venue lui rendre visite en tant qu'épouse d'un riche comte bohémien. Et maintenant, par-dessus le marché, Angela qui, avec sa sensualité fascinante, semblait avoir fait perdre à Karl le peu de raison qui lui restait. *Pour que mon bonheur fût complet*, songea Adelheid avec amertume, *il ne manquerait plus que ma mère !*

Elle avait supplié Margareta de rester auprès d'elle et elle le souhaitait encore. Margareta lui apportait de la vie, de l'agitation et du réconfort dans sa solitude. Or elle et son amie lui montraient combien une existence pouvait être différente de la sienne. Même si Angela avait peur pour son mari, même si Margareta ne paraissait pas véritablement heureuse, elle les enviait pour chacun des événements excitants auxquels elles avaient assisté et pour les moments de bonheur qu'elle-même ne connaîtrait jamais.

Pour comble de malheur, elle savait depuis janvier, et c'était là le pire, qu'elle était de nouveau enceinte.

Jamais encore elle ne s'était rebellée contre cette perspective avec autant de force que cette fois. Peut-être cela tenait-il à la présence de ses sœurs qui renforçait sa volonté. Elle ne voulait plus d'enfant, et Karl le savait, mais s'en moquait. Chaque semaine de grossesse ne faisait qu'exacerber la haine envers lui… et envers l'enfant à naître.

Adelheid, pendant quelques secondes, avait gardé les yeux dans le vide, sans rien voir, puis elle aperçut soudain Margareta et Angela s'approchant par un chemin de terre, balançant entre elles un panier à provisions. On aurait dit deux jeunes filles avec leurs habits d'été et leurs cheveux défaits. Adelheid ressentit à nouveau de l'amertume. Où puisaient-elles la force de conserver leur gaieté et leur confiance ? Comment parvenaient-elles, malgré l'époque, à donner cette impression d'invulnérabilité ?

La porte de la cuisine s'ouvrit en grand. Margareta et Angela entrèrent ; elles avaient l'air ému.

— Oh, Adelheid, sais-tu ce qui est arrivé ? s'écria Margareta. Le comte de Tilly s'est enfin emparé de Magdebourg !

— C'est vrai ? Eh bien, il est arrivé à ses fins.

La forteresse protestante de Magdebourg avait pris position contre l'empereur dès la promulgation de l'édit de Restitution, s'opposant énergiquement à la politique des Habsbourg. À l'approche de Gustave Adolphe, elle prit parti pour les Suédois et, depuis, le comte de Tilly n'avait de cesse de retirer ce qu'il ressentait comme une épine dans le pied.

— L'armée a dû se livrer à des horreurs, rapporta Margareta, il paraît que la moitié de la population a été passée par les armes.

Adelheid soupira. Ces atrocités n'avaient plus rien de nouveau tant il s'en était commis depuis le début des hostilités, cependant, après l'invasion des Suédois, les choses avaient empiré. Le comte de Tilly ayant reconquis Neubrandenburg en mars, et l'armée qui l'occupait ayant été massacrée impitoyablement, jusqu'au dernier homme, les Suédois avaient menacé d'exercer des représailles sanglantes. Menace qu'ils commencèrent à mettre à exécution après avoir pris Francfort-sur-l'Oder. Il fallait maintenant s'attendre à de nouvelles représailles en réponse à la mise à sac de Magdebourg.

— Cette guerre va durer cent ans, prophétisa Dana qui venait d'entrer, l'air sombre.

— Pas pour nous, affirma Angela, Gustave Adolphe n'arrivera pas jusqu'en Bavière !

— J'en suis moins certaine que toi, objecta Margareta, n'oublie pas ce que nous avons entendu dire au village ! Il paraît que l'armée, sous le commandement de Tilly, est tombée bien bas. Qui sait s'il sera en mesure de résister ?

— Ma foi, on dit aussi que l'empereur a déjà repris secrètement contact avec Wallenstein. Il va bien être obligé de rappeler son généralissime, dit Angela dont l'insouciance ne se démentait pas. Au moins, je sais maintenant à peu près où se trouve Leopold, sans doute à Magdebourg.

— Est-ce que vous ne vous faites pas du souci pour lui ? s'inquiéta Dana, curieuse.

Angela, qui suscitait l'admiration générale parce qu'elle semblait n'avoir jamais peur, haussa les épaules.

— Je me fie à son adresse et à son expérience. J'ai la certitude qu'il ne peut rien lui arriver !

Margareta regarda son amie d'un air pensif. Elle ressentait les choses comme Angela quand elle songeait à Maurice : il n'était pas homme à attirer le malheur.

Dana et Angela étant sorties, Margareta, qui avait depuis longtemps l'intention de demander à Adelheid ce qui la préoccupait secrètement, pensa que l'occasion était favorable.

— Tu as mauvaise mine, Adelheid, lança-t-elle à brûle-pourpoint.

— Ah bon ?

— Oui, tu es maigre, pâle et étrangement absente.

— C'est le printemps. Le printemps provoque des malaises chez pas mal de gens.

Adelheid continuant à remuer obstinément sa soupe, Margareta lui prit la cuillère des mains.

— Je ne veux pas te blesser, dit-elle avec douceur, mais je suis inquiète à ton sujet. Dis-moi ce qu'il y a.

— Et pourquoi ? Tu n'es pas ma mère !

— Non. Je n'attends pas non plus que tu le dises à notre mère. À moi, tu peux faire confiance, non ?

Adelheid lut sur le visage de sa sœur une sincère et amicale inquiétude. Se détournant, elle dit tout bas :

— Tout est si épouvantable. Je ne peux pas te l'expliquer précisément. Mais le pire… le pire de tout…

— C'est quoi ?

— Ah, Margareta, soupira Adelheid en s'appuyant lourdement contre la table, je vais de nouveau avoir un enfant dans trois mois !

— Oh ! fit Margareta incrédule, glissant un regard sur le ventre de sa sœur, mais ça ne se voit pas !

— Je ne grossis jamais beaucoup. Les vermisseaux à demi morts que je mets au monde n'ont jamais vraiment changé ma silhouette. Ma vieille robe flottante recouvre de toute façon tout.

— Mais avoir un autre enfant n'est quand même pas une tragédie !

— Si ! Je ne veux plus en avoir !

— Et pourquoi donc ?

— Ai-je vraiment besoin de te l'expliquer ? dit-elle avec un geste de la main passant de l'étroite cuisine au fouillis de la cour. Regarde un peu comment je vis ! Faut-il qu'un enfant de plus se traîne dans les immondices ?

— N'est-ce que cela ? N'est-ce que ta peur d'avoir à nourrir un autre enfant ?

Adelheid ne répondit pas.

— Il ne faut pas t'inquiéter pour ça, reprit Margareta. Je t'aiderai !

— Merci de tant d'obligeance, répliqua Adelheid avec amertume.

— Pourquoi parles-tu d'obligeance ? demanda Margareta, vexée. Je suis ta sœur ! Je peux tout de même t'aider sans que cela blesse ta fierté.

— Ah, tais-toi ! cria Adelheid en se retournant brusquement, les yeux étincelants. Tu n'as pas la moindre idée...

— Qu'est-ce qu'il y a, Adelheid ?

— Je ne sais pas, je ne sais vraiment pas. Je me sens affreusement mal, et je ne veux pas de cet enfant !

— Comment t'aider si tu ne sais pas vraiment ce qu'il y a ?

— Tu n'as pas à m'aider. Je ne t'ai rien demandé. Le problème, ce n'est pas l'enfant, le problème, c'est ma vie. Et je veux enfin décider ce qui arrivera ou non.

— Que vas-tu décider ?

— Je vais décider de ma vie. De la manière dont elle sera à l'avenir.

— Qu'est-ce que cela a à voir avec l'enfant ? Il faut bien que tu le mettes au monde, que tu le veuilles ou non. Moi, à ta place, j'en serais heureuse. Mon Dieu, Adelheid, j'ai vu mourir mon unique enfant. C'est la pire des choses que j'ai endurées dans la vie. Je donnerais tout pour avoir un autre enfant.

Adelheid la toisa avec froideur.

— Je veux bien te croire, dit-elle, tu n'as rien en dehors de ta liberté – et tu ne sais pas apprécier cette dernière à son juste prix.

— D'où tiens-tu que je sois libre ?

— Le contesteras-tu ? Tu bénéficies d'une situation incroyablement enviable. Tu es comtesse, tu portes un nom estimé, tu possèdes une fortune – et ton mari qui, dans des cas analogues, est généralement le revers amer de la médaille te laisse en paix. Tu as fait tes premiers pas dans l'existence de manière bougrement habile, ça, on ne peut te le contester !

— Bougrement habile, reprit Margareta. Je ne soupçonnais pas que sommeillait en toi tant d'amertume et d'envie. Je ne peux que t'opposer tes propres termes : qu'en sais-tu ? Tu ne m'envierais en effet certainement pas les années chaotiques, vides et privées de sens que j'ai derrière moi !

— Quoi que tu aies vécu, ce ne peut avoir été totalement privé de sens, puisque aujourd'hui tu es parvenue là où tu voulais arriver. Tu devrais être satisfaite.

Margareta regarda par la fenêtre d'un air absent. Comme se parlant à elle-même, elle dit :

— Quand je pense à la jeune fille qui s'est jadis enfuie du couvent, alors je suis sûre d'une chose : ce n'est certainement pas d'une vie comme celle que je mène que je rêvais en ce temps-là !

Adelheid eut l'air étonnée.

— C'est étrange, murmura-t-elle, j'avais l'impression que tu t'étais dirigée vers cet objectif en suivant imperturbablement ton chemin, en ligne droite. Mais que m'importe ? Je me suis laissé embarquer dans une existence qui ne m'a valu que des tourments. Tout ce que j'ai fait jusqu'ici n'a pas eu le moindre sens.

— Oui, mais crois-tu que je ne le pense pas de moi aussi parfois ? Qu'ai-je donc atteint ? Je n'ai pas toujours été heureuse et satisfaite ! J'ai été déçue, abandonnée et rejetée par bien des gens, et je n'ai pu faire autrement que l'accepter quel que soit le mal que cela me faisait.

— Mais ton existence…

— Mon existence n'est ni meilleure ni pire que n'importe quelle autre. Seulement tu n'arrives pas à te l'imaginer. Chacun croit que sa vie est pire ou plus injuste que celle des autres. Mais c'est faux !

— Que de sagesse ! Alors, cela signifie que nous échouons tous.

— Oui, acquiesça Margareta perdue dans ses pensées. Il n'est donc guère en notre pouvoir de forcer le destin.

— Mais il est peut-être possible de prendre en main certaines choses prédestinées.

— Ah oui ? Lesquelles donc ?

— Ça, c'est mon affaire !

Adelheid retira enfin du feu la soupe presque entièrement évaporée.

— Tu serais gentille de me donner une assiette, demanda-t-elle. Peux-tu aller à la recherche d'Emiliana et la faire manger ?

— Oui, dit Margareta en se dirigeant avec l'assiette vers la porte. Je suppose que personne ne doit entendre parler de l'enfant, Karl non plus, sans doute ?

— Dieu du ciel ! s'exclama Adelheid. Lui, moins que quiconque. Personne de toute façon. Tiens ta langue, Margareta.

— Oui, oui, se dépêcha de répondre Margareta, je ne suis pas une commère. Mais je me fais du souci pour toi !

— C'est inutile. J'ai quelques années de plus que toi et je ne manque pas d'expérience de la vie. Bien, et maintenant il faut que j'aille nourrir les poules.

La porte donnant sur la cour se referma en claquant. Margareta, furieuse, posa si violemment l'assiette sur la table que la soupe déborda. Qu'Adelheid était donc épouvantable ! Qu'est-ce qu'elle pouvait bien avoir derrière la tête ? *Je ne vais pas la quitter de l'œil*, décida-t-elle, *elle ne fera pas un pas sans que je le sache.*

Elle sortit à la recherche d'Emiliana et tomba sur Anna et Cäcilie. Elles s'entretenaient en pouffant, mais cessèrent de parler dès qu'elles aperçurent Margareta. Bien que consciente de faire l'effet d'une vieille tante sévère, elle ne put se retenir de demander :

— Avez-vous déjà fait ce que vous aviez à faire aujourd'hui ?

Cäcilie qui respectait moins Margareta qu'Anna répondit avec insolence :

— La journée est loin d'être finie, pourquoi devrions-nous avoir terminé ?

Margareta la regarda avec un peu de dégoût. La fillette avait changé ces derniers temps, perdant sa lenteur et sa nonchalance au profit d'une impertinence et d'une agressivité certaines. De brusques étincelles de haine dans les yeux, elle avait pris la désagréable habitude de regarder son interlocuteur par en dessous, la tête à demi inclinée. Elle adorait Anna qui, flattée, l'emmenait partout avec elle, si bien qu'elles disparaissaient souvent la journée entière. Cäcilie brûlait du désir d'attirer l'attention des jeunes hommes. Dans les vêtements que lui prêtait Anna, elle avait d'autant plus l'air ridicule et difforme qu'elle ne cessait de grossir depuis quelque temps. Avec ses cheveux raides et gras, outrageusement fardée, elle était tout sauf jolie au goût de Margareta. Les garçons du village avaient sans doute un avis différent.

— Au lieu de traîner sans arrêt dehors, Cäcilie, tu devrais davantage aider ta mère ! Tu t'amuses pendant qu'elle se tue au travail pour toi !

— Oh, tante Margareta, vous me rendez malade ! Vous êtes juste envieuse de notre jeunesse, comme toutes les femmes qui vieillissent !

— J'ai bien peur de ne jamais avoir l'occasion de t'envier, répondit Margareta avec un sourire dédaigneux.

Anna prit vivement Cäcilie par le bras.

— Nous allons faire notre travail, madame, promit-elle en entraînant Cäcilie.

Margareta l'entendit encore siffler avec colère :

— Tu es impossible ! Comment peux-tu ainsi offenser la comtesse ?

« Une femme qui vieillit ! » murmura Margareta en se regardant dans un petit miroir. Si elle avait toujours les cheveux brillants et la peau du visage lisse et régulière, ses yeux n'avaient plus leur rayonnement d'antan. Mélancolique, elle songea à des robes splendides, à des châteaux illuminés, à des salles de bal et à de la musique. Il y avait beau temps que cela ne trouvait plus place dans sa vie, et, un instant, elle se demanda avec effroi si, en définitive, la vie ne s'écoulait pas à côté d'elle sans la voir, si, quelque part au-delà de ces prairies et de ces forêts, les robes de soie ne continuaient pas à froufrouter, les chandelles à brûler, les jolies femmes à danser avec de jeunes hommes riant aux éclats. Sans elle !

Puis elle finit par sourire à son reflet dans le miroir. Elle n'allait pas se laisser abattre par ce genre de pensées. Une des guerres les plus abominables qu'il y ait jamais eu faisait rage non loin d'elle et il y avait belle lurette que plus personne ne dansait dans l'Empire.

6

Le treizième été de la guerre apporta quelques journées fraîches, mais aussi une grande canicule, des épidémies, la famine et la perspective de maigres récoltes. Le pays ressemblait à une gigantesque ruine fumante, la vie s'étant quasiment éteinte en maints endroits. L'armée impériale qui traversait ce spectacle de désolation n'était plus qu'un tas de vagabonds malades et affamés que les poux, la fièvre et l'épuisement avaient achevé de démoraliser. Leur route, bordée des cadavres du bétail mort de faim et des restes décomposés de malheureux atrocement suppliciés, les conduisait au travers de champs piétinés, de terres en friche et de villages incendiés. Ils se traînaient à bout de forces. Le bruit courait parmi eux que le comte de Tilly, estimant qu'il était impossible de repousser les Suédois, aurait volontiers renoncé au commandement en chef, que l'empereur envoyait des suppliques désespérées à Wallenstein, lui demandant de lever une nouvelle armée et de venir au secours de Tilly. On prétendait aussi que Wallenstein restait sourd à ces requêtes, ce qui amenait bon nombre de gens à le suspecter d'avoir passé un pacte secret avec les Suédois.

Ils n'étaient pas rares non plus à considérer une alliance avec le roi de Suède comme une issue possible au désastre qui s'annonçait. Georg Wilhelm de Brandebourg ainsi que le prince électeur de Saxe furent les premiers à fléchir et à s'allier avec Gustave Adolphe. Jamais encore le pouvoir impérial n'avait paru aussi menacé. En Bavière, cette évolution suscitait une grande inquiétude. Peu à peu, l'idée se faisait jour que l'avance des Suédois pourrait bien les mener jusque dans le sud du pays.

Angela et Margareta n'avaient plus eu de nouvelles de leur époux depuis longtemps lorsque, coup sur coup, chacune d'elles reçut une lettre. Ces dernières années, c'était devenu chose fort inhabituelle, très peu de missives parvenant à leur destinataire.

Leopold avait écrit peu après la prise de Magdebourg. D'un ton presque serein, il exprimait la certitude de la victoire et l'espoir de voir bientôt cesser toutes les guerres ravageant l'Allemagne. Il évoquait pour l'essentiel une multitude de projets d'avenir ainsi que sa joie à l'idée de retrouver Angela. Leopold avait trouvé des mots emplis de tendresse et d'amour pour dire à sa femme combien elle lui avait manqué durant ces derniers mois.

Le ton de la lettre de Maurice était plus froid. Il parlait de l'hiver glacial et tempétueux qu'il avait pourtant passé de manière fort conviviale à Belefring, en compagnie d'autres officiers. Il avait également rencontré Wallenstein à plusieurs reprises et il écrivait que le fait de devoir ne suivre la guerre que de loin commençait à le rendre nerveux. Si jamais Wallenstein se décidait tout de même à répondre favorablement aux prières de l'empereur, il l'accompagnerait aussitôt et, si son chemin devait le mener jusqu'en Bavière, il serait heureux de rendre visite à Margareta.

Angela, que son amie avait mise au courant de tous les détails de sa vie de couple, s'assombrit à cette lecture.

— Ton mari ne paraît pas précisément nostalgique, dit-elle, à moins qu'il ne dissimule sa frustration derrière une indifférence feinte.

— Non, c'est absurde, nous n'éprouvons plus rien l'un pour l'autre. Il n'a pour moi qu'indifférence et moi aussi.

— Ma foi, admit Angela, conciliante, vu que je ne le connais pas, je ne peux de toute façon rien dire là-dessus. Mais où en es-tu avec Richard ? Tu l'aimes encore ?

Margareta soupira.

— Si seulement je le savais ! Chaque fois que je pense à lui et à ce merveilleux été d'il y a six ans, je suis envahie d'une vague mélancolie, mais se rapporte-t-elle à lui ou à l'époque où j'ai découvert tant de choses nouvelles dans la vie ? Je ne le sais pas. J'ai changé, Angela. J'ai toujours été sentimentale, ce temps est cependant révolu. Parfois je vais jusqu'à penser que je suis désormais incapable d'aimer.

— Oh, je crois que tu te trompes. Tu veux peut-être simplement ne plus aimer, afin de ne plus être déçue.

— Mais tu vois bien que tout se termine toujours par une désillusion !

Angela sourit et caressa doucement le bras de Margareta.

— Ta mère est une personne froide et dure, dit-elle, et ce Richard est manifestement un coureur de jupons. Mais tout le monde n'est pas comme cela. Je pense que Maurice, tel que tu le décris, ne te décevra jamais, mais c'est toi qui…

— Je t'en prie, s'énerva Margareta, ne commence pas toi aussi à faire comme Dana ! Vous ne pouvez pas comprendre mes rapports avec Maurice, tous tant que vous êtes.

— Effectivement, nous ne le pouvons vraiment pas !

— Nous arrêtons de parler de ça, d'accord ?

Angela acquiesça de bonne grâce et, les semaines suivantes, n'évoqua plus Maurice de quelque manière que ce soit.

Bien entendu, le projet d'Adelheid de garder secrète sa grossesse jusqu'à la naissance de l'enfant échoua. En juillet, il lui devint impossible de tromper plus longtemps qui que ce soit dans la maison sur son état. Quand Karl s'en rendit compte un beau soir, tous les autres en furent avertis. On pouvait entendre depuis l'autre côté de la ferme ses braillements furieux.

— Encore un foutu merdeux de plus, qui n'ouvrira la bouche que pour manger et crier ! Et pourquoi tu ne m'en parlais pas, hein ?

Adelheid sembla répondre quelque chose à voix basse. Angela, assise dans la cuisine avec Margareta et Bernada, serra les poings.

— Des hommes comme lui, il faudrait les exterminer, dit-elle avec colère. Juste ciel, pourquoi Adelheid ne se défend-elle donc pas ?

— Elle ne s'est jamais défendue, répondit Margareta, et j'espère qu'elle ne va pas faire un jour une bêtise au lieu de se défendre.

Durant ces semaines, Adelheid eut encore plus mauvaise mine qu'auparavant. Elle souffrait de la chaleur qui accablait tout un chacun et qu'aucune pluie n'était venue tempérer depuis près d'un mois. Même dans la maison, il était difficile de trouver un peu de fraîcheur, la nourriture s'abîmait, le lait tournait, les œufs pourrissaient, les asticots grouillaient dans une poule quelques heures à peine après qu'on l'avait tuée et cela d'autant plus que les mouches pullulaient. Adelheid travaillait avec acharnement dans la cuisine et dans la ferme, en dépit de l'insistance de Margareta et d'Anna qui auraient voulu qu'elle se ménage. Un soir pourtant, tandis qu'elle pétrissait la pâte du pain, elle s'arrêta de travailler, portant la main sur ses reins en gémissant.

— Je crois que l'enfant arrive, murmura-t-elle.

Contre toute attente, la naissance se passa sans incident. Avec ses joues creuses et ses cernes sous les yeux, la mère paraissait certes plus morte que vive, mais, au petit matin du lendemain, elle mit au monde une fille en bonne santé. Elle-même parut ensuite retrouver un peu d'allant. Angela prit la petite dans ses bras et la descendit dans la chambre du baron, le réveillant sans ménagement et lui mettant la nouveau-née sous le nez.

— Votre fille, monsieur le baron, annonça-t-elle joyeusement, n'est-elle pas ravissante ?

Karl la regarda de mauvaise grâce, clignant des yeux.

— Nom de Dieu, grogna-t-il, il ne manquait plus que ça, une fille ! Ah, foutez-moi donc tous la paix !

Il condescendit néanmoins, quelques jours plus tard, à donner un nom à sa fille. Ivre, il était facilement sentimental et, dans l'un de ces moments d'attendrissement, il se mit à parler, avec des larmes dans les yeux, du vaillant comte de Tilly.

— Tous nos espoirs reposent sur lui ! s'exclama-t-il d'un ton pathétique. Et je sais que cet homme si noble ne nous décevra pas !

Il eut dans l'œil une lueur de concentration.

— Comment se prénomme le comte ? s'enquit-il.

— Johann, répondit Angela.

— Bien. Ma fille s'appellera alors Johanna.

Il fut difficile de consulter Adelheid à ce sujet, car le travail, les émotions et le chagrin l'avaient plus affaiblie qu'elle n'aurait jamais voulu l'admettre. Ne se remettant que lentement de l'accouchement, elle restait au lit, épuisée, sans énergie. Elle fit par-dessus le marché une forte fièvre. Ses pensées devinrent confuses. Elle se lamentait et pleurait, puis elle criait soudain qu'elle ne voulait pas de cette enfant, la repoussant quand Margareta cherchait à la lui mettre dans les bras. Angela et Margareta s'efforçaient désespérément de dénicher du lait frais pour Johanna, la chose se révélant quasiment impossible par une telle chaleur.

— Comment peut-elle rejeter cet adorable petit être ? s'étonnait Angela, désemparée. Pauvre petite Johanna. Son père ne peut la souffrir, et sa mère non plus.

— Elle n'en voulait pas, plaidait Margareta, et cela la met hors d'elle que Karl ne cesse de lui imposer des rapports.

— Dans ce cas, c'est avec lui qu'elle doit s'expliquer. L'enfant n'en peut mais !

— Oui, mais tu ne peux pour le moment pas la raisonner. Il vaudrait mieux faire un peu attention. Je préfère ne pas la laisser seule avec Johanna.

— Tu ne penses tout de même pas qu'elle pourrait lui faire du mal ?

— Elle a une forte fièvre. Nous ne pouvons commettre d'imprudence.

Depuis la naissance de Johanna, Adelheid couchait à l'étage, juste à côté de la chambre d'Angela et de Margareta, afin que celles-ci l'entendent si elle avait besoin de quelque chose. La nuit, c'était généralement Dana qui prenait l'enfant avec elle. Une semaine après l'accouchement, Adelheid demanda un soir que Johanna reste avec elle pour la nuit.

— C'est mon enfant, pourquoi devriez-vous vous en occuper constamment ?

Angela, heureuse de ce réveil de l'instinct maternel, fut aussitôt d'accord.

— Bien sûr qu'elle va dormir auprès de vous, dit-elle, c'est sa place en effet. Dana va tout de suite apporter le berceau.

— Je me demande si c'est une bonne chose, objecta Margareta avec embarras, depuis le pas de la porte. Johanna crie souvent la nuit, et Adelheid a besoin de dormir. Quand elle aura récupéré ses forces…

— Non, l'interrompit sa sœur, tu as pourtant entendu : c'est mon enfant !

Ce soir-là, sa fièvre semblait avoir baissé, suffisamment du moins pour qu'elle s'exprime avec clarté, Margareta eut néanmoins l'impression qu'elle n'avait pas tous ses esprits. Ses yeux brillaient toujours d'une lueur étrange, et elle avait une expression de tension bizarre. Margareta décida de ne pas fermer l'œil de la nuit.

Plus tard, une fois couchée, elle lutta vaillamment contre la fatigue. Elle était restée debout du matin au soir et elle avait les membres rompus, les paupières douloureuses. Regardant droit devant elle dans l'obscurité, elle était à l'affût du moindre bruit, mais rien ne semblait bouger à côté. Elle n'entendait que la respiration régulière d'Angela, ce qui la faisait s'assoupir sans arrêt. Puis le sommeil la terrassa. Quand elle s'éveilla en sursaut, elle ne sut ni combien de temps elle avait dormi ni ce qui l'avait réveillée. Il faisait encore nuit et seul le chant des grillons entrait par la fenêtre ouverte. D'un coup, elle s'assit, mais ne perçut rien de suspect. Le ciel était plein d'étoiles, un mince croissant de lune, au-dessus des granges et des étables à demi effondrées, éclairait faiblement la cour. L'air, très doux, sentait le foin et les fleurs. Rien de plus paisible que ce paysage nocturne, pourtant, inquiète, Margareta se leva. Il fallait bien que quelque chose l'eût réveillée.

Se chaussant sans prendre le temps d'enfiler sa robe de chambre, elle sortit dans le couloir. En entrant chez Adelheid, elle vit du premier coup d'œil que le lit était vide et que Johanna n'était plus dans son berceau. Elle voulut réveiller Angela, puis, décidant que le temps pressait, elle dévala l'escalier et gagna la cuisine. La porte donnant sur l'extérieur était ouverte. Margareta s'y glissa et regarda autour d'elle. La nuit, la cour était si obscure qu'il lui fallut quelques secondes pour s'orienter.

— Adelheid ! appela-t-elle d'une voix étouffée pour ne pas réveiller tout le monde, et surtout pas Karl. Adelheid, où es-tu ?

À chaque pas, elle trébuchait sur des pierres, des bûches de bois et des détritus divers. Elle resta aux aguets dans deux granges sans rien découvrir, à part quelques souris qui disparurent dans la paille. Traversant le misérable potager d'Adelheid, en prenant garde, malgré sa hâte, de ne rien écraser, elle fit en courant le tour de la maison. Elle se figea sur place.

À quelques pas d'elle seulement, surmontée d'un toit en bois, se trouvait la margelle du puits d'où ils puisaient leur eau quotidienne. Devant se tenait une mince silhouette en chemise de nuit blanche, pieds nus, les cheveux en désordre, tournant le dos à Margareta.

— Adelheid ! lança Margareta hors d'haleine.

Sa sœur se retourna brusquement. Johanna dans les bras, elle la serrait si fort contre elle que la petite ne pouvait émettre le moindre son. Le visage luisant de sueur, ses yeux fiévreux étincelaient.

— Qu'est-ce que tu fais ici ? demanda-t-elle d'une voix tremblante.

Margareta s'approcha prudemment d'un seul pas. Adelheid recula du même mouvement.

— N'approche pas ! Je te préviens ! Disparais !

— Adelheid, que fais-tu ici en pleine nuit ?

— Disparais !

— Pourquoi as-tu l'enfant avec toi ?

— Je veux que tu t'en ailles !

Adelheid vacillait d'épuisement. Elle était si près du puits que Margareta n'osa pas approcher davantage.

— Adelheid, tu ne peux pas te lever comme ça, dit-elle le plus calmement possible, tu es malade, tu dois rester au lit.

— Je ne suis pas malade.

— Si, tu as de la fièvre. Il faut retourner te coucher. Et coucher Johanna. Allez, donne-la-moi !

Elle tendit les mains. Adelheid siffla aussitôt :

— Fiche le camp ! Tu n'as rien à faire ici !

— Je ne partirai pas avant que tu m'aies donné l'enfant. Adelheid, je sais parfaitement ce que tu as en tête. Je ne comprends pas pourquoi tu veux faire ça, et je ne te laisserai pas le faire. Donne-moi Johanna !

Elle trouvait la scène irréelle, tout en sachant que beaucoup agissaient ainsi, le désespoir engendré par la faim et la misère tuant l'amour maternel, si bien que nombre de femmes voulaient épargner à leur nouveau-né ce qu'elles enduraient. Les mères infanticides étaient condamnées à être noyées, mais cela n'avait guère d'effet dissuasif, car elles ne voyaient pas d'autre issue à leur détresse. Johanna, en revanche, pouvait rester en vie, elle allait en personne s'occuper d'elle. À l'idée que ce petit être sans défense pût être jeté dans un puits et s'y noyer, Margareta fut prise de fureur. Elle s'approcha.

— Tu ne peux pas faire ça, implora-t-elle.

— Je le ferai, Margareta ! Quel avenir attend Johanna, quel avenir m'attend, moi ? Je vais lui épargner cet enfer que vous, les riches, vous pouvez appeler l'existence.

— C'est un assassinat, Adelheid. Tu n'as pas le droit de décider si un être peut vivre ou non. C'est la vie de Johanna...

Entre-temps, Margareta était parvenue tout près de sa sœur, sans encore pouvoir attraper l'enfant. Bien que sachant qu'il était dangereux d'agir ainsi, elle se risqua à dire d'une voix calme :

— Ne me raconte pas d'histoires, Adelheid ! Tu n'auras pas le courage de le faire. Sinon, tu l'aurais fait depuis longtemps. Pourquoi restes-tu là, me laissant approcher toujours plus près et te justifiant ? Je suis dans l'incapacité de t'empêcher d'assassiner ta fille, là, sur-le-champ !

Adelheid, le regard fixé sur elle, se mit à trembler de tout son corps. Il y eut comme une lueur, un scintillement dans ses yeux rouges et gonflés. D'un seul coup, des larmes roulèrent le long de ses joues. Elle glissa par terre, appuyée contre la margelle, déposa l'enfant près d'elle dans l'herbe et se prit la tête à deux mains. Margareta s'empara de l'enfant et recula de quelques pas. Elle respira profondément.

— Dieu du ciel, murmura-t-elle, cela aurait pu si mal se terminer. Viens, Adelheid, nous rentrons.

Adelheid ne bougea pas. Margareta attendit un petit instant, puis décida de commencer par mettre l'enfant en sécurité.

Elle transporta avec difficulté le berceau dans sa chambre. Johanna, étonnamment silencieuse jusque-là, se mit à crier. Tandis que Margareta tentait de la calmer en lui parlant tendrement, Angela se réveilla.

— Qu'a donc la petite ? demanda-t-elle encore ensommeillée.

— Johanna vient d'échapper à la mort. J'ai surpris sa mère auprès du puits, s'apprêtant à la noyer.

— Que s'est-il passé ?

— Exactement ce que je pressentais. Adelheid a de la fièvre. Elle n'est pas responsable de ses actes. Dieu merci, j'étais sur mes gardes.

— Mais ce n'est pas possible, murmura Angela, bouleversée. Tu es certaine qu'elle voulait la noyer ?

— Il n'y a pas le moindre doute. Tiens, ajouta Margareta en tendant l'enfant à son amie, occupe-toi d'elle, s'il te plaît. Il faut que j'aille chercher Adelheid. Elle est restée au puits.

— Si tu n'avais pas sauvé Johanna…

— Je dois avoir le don de sauver les enfants. Anna d'abord, puis celle-ci. C'est sans doute une compensation pour le fait que moi-même je n'ai pas…

Elle s'interrompit, ayant entendu dans le couloir des pas traînants. Adelheid avançait pesamment, tâtonnant le long du mur, n'y voyant presque plus tellement elle était faible. Margareta se précipita pour la soutenir. Adelheid se laissa conduire à sa chambre et mettre au lit sans résistance. S'asseyant auprès d'elle, Margareta lui prit la main.

— Nous n'en dirons rien à Karl, qu'en penses-tu ?

Adelheid acquiesça sans ouvrir les yeux. Margareta lui toucha le front avec précaution.

— Tu as une bonne fièvre, dit-elle. Tu comprends ce que je dis ou bien…

Adelheid ouvrit les yeux.

— Je ne voulais pas de cette enfant, murmura-t-elle.

— Je le sais bien. Mais ça ne peut pas marcher comme ça. C'est à toi de décider si tu veux un enfant ou non avant qu'il soit en toi.

— Karl…

— Karl est un lâche et une canaille. Montre-lui les dents et il lui faudra bien se faire une raison.

Adelheid eut un sourire triste et contraint.

— Je… je n'ai pas appris à montrer les dents. Mère…

— Oui, notre mère t'a étouffée, renchérit Margareta sur un ton de courroux, rabaissée et privée de toute confiance en toi. Ça, elle s'y entendait. Ne crois pas qu'elle m'ait traitée différemment.

— Tu es belle. Et tu as l'esprit indépendant.

— Les apparences sont trompeuses, moi aussi, elle m'a rendue malade. C'est étrange, c'est aujourd'hui seulement que je me rends compte que Richard a lui aussi une mère comme la nôtre. La sienne et la mienne nous ont influencés de manière très différente. J'ai tellement désiré ma liberté que je ne pouvais que me faire berner par le premier venu qui me la promettrait, et Richard, de son côté, est incapable de s'arracher à l'étreinte de sa mère. Tu sais…

Elle s'interrompit, s'apercevant qu'Adelheid avait refermé les yeux et avait replongé dans ses rêves fiévreux.

— Ma foi, dit-elle, Richard ne doit pas beaucoup t'intéresser. Tu as assez de tes propres soucis.

Recouvrant soigneusement sa sœur endormie, elle quitta la pièce sur la pointe des pieds. Dehors, Angela l'attendait. Elle paraissait encore bouleversée.

— Dort-elle ? se renseigna-t-elle.

Margareta fit signe que oui.

— Oui, elle dort. Retourne au lit toi aussi. Je vais m'occuper de Johanna.

Elles rentrèrent dans leur chambre et Margareta berça doucement la petite. Elle espérait que cette nuit, comme beaucoup d'autres choses jusque-là, ne serait plus, un jour, qu'un lointain et vague cauchemar dans son souvenir.

Bien qu'allant mieux de jour en jour, Adelheid mit longtemps à se remettre. Sa fièvre diminuant peu à peu, elle finit par pouvoir quitter son lit. Elle s'occupait de Johanna comme elle s'était occupée de chacun des autres enfants, la faisant manger et boire et chassant les mouches quand elles devenaient par trop importunes.

Elle ne reparla jamais à Margareta de cette nuit et celle-ci n'osa pas non plus rouvrir la plaie. Elles gardaient beaucoup de prudence dans leurs rapports, et Margareta cessa de croire qu'Adelheid pût de nouveau attenter à la vie de sa fille. Elle préférait d'ailleurs ne plus y penser. Les émotions, l'austérité de l'existence à la ferme, la chaleur et la peur permanente des Suédois l'avaient mise à bout de forces. Elle regrettait les mois passés dans une monotonie tranquille à Belefring et, ce qui l'étonnait fort, elle regrettait Maurice, son égalité d'humeur, sa présence rassurante. Elle ne se le serait jamais avoué, mais, s'il avait brusquement fait son apparition en lui disant qu'il allait à nouveau veiller sur elle, elle l'aurait reçu à bras ouverts, pas une parole désagréable ne serait sortie de sa bouche.

7

La dernière semaine d'août, il fit si chaud que c'est à peine si on avait la force de respirer. Chacun accomplissait sa tâche avec lenteur, rassemblant ses dernières forces, muni d'un mouchoir ou d'un morceau de papier pour s'éventer. Les enfants pleurnichaient du matin au soir et braillaient plus fort encore si quelqu'un cherchait à les apaiser. Ils réclamaient en vain du lait froid, le précieux liquide ayant depuis longtemps tourné jusqu'à la dernière goutte. Il ne restait plus que l'eau du puits, tiède mais ayant conservé bon goût. Margareta, infatigable, passait son temps à abreuver Varus et la dernière vache afin qu'ils ne meurent pas de soif. Elle ne se ménageait guère au travail, portant sa robe la plus vieille et un chapeau de paille. Chaque fois qu'elle passait par la cuisine, elle s'arrêtait devant une écuelle contenant de l'eau, buvait avidement quelques gorgées directement à la louche, avant de s'essuyer la bouche d'un revers de la main. À quoi bon jouer les dames distinguées par une chaleur pareille ?

La nourriture devenait toujours plus exécrable, et on ne cuisinait plus qu'avec de la graisse rance. Il y avait généralement des légumes flétris et, le dimanche, des crêpes pâteuses dont la préparation donnait lieu à une grande agitation : les souris réussissaient invariablement à pénétrer dans la caisse à farine d'où elles bondissaient quand on l'ouvrait.

Karl avait brassé de la bière dans une grande cuve en bois logée dans un appentis à quelque distance de la maison. S'ajoutant à la chaleur, cette boisson l'avait définitivement mis hors de combat. Margareta poussait impitoyablement Cäcilie à travailler dur. Elle ne lui laissait pas un instant de repos, ce qui lui valait une solide haine et avait en revanche pour effet que la fillette mincissait et avait meilleure allure. Elle n'en était pas moins furieuse de ne plus pouvoir s'adonner à ses plaisirs.

— C'est injuste, ronchonnait-elle, Anna a le droit d'aller partout, et, moi, je suis traitée comme une servante !

— Tu as treize ans et tu dois faire ce qu'on te dit de faire, répliquait Margareta sans pitié. Anna a vingt ans, elle est adulte. De plus, elle fait toujours son travail avant de sortir !

En secret, Margareta s'avouait qu'elle ne désirait tout simplement pas clouer Anna à la maison. La jeune fille était si belle et d'une nature si rayonnante et active que chacun lui concédait bien volontiers le droit à une vie plaisante. Elle ne donnait jamais l'impression qu'elle pourrait négliger son travail en raison de ses divertissements, alors que Cäcilie, du seul fait de l'indolence de son attitude, faisait automatiquement croire qu'elle cherchait à échapper à une tâche quelconque, même si elle était effectivement en train de travailler.

Un matin, Anna apparut au petit déjeuner pâle et en retard. Elle se laissa tomber sur une chaise en gémissant, contemplant avec répugnance le pain devant elle.

— Je n'ai pas faim, murmura-t-elle.

Margareta, en train de faire manger Emiliana, leva les yeux.

— Es-tu malade ?

— Je ne sais pas, répondit Anna d'une voix plaintive.

Dana lui toucha le front.

— Un peu chaude, constata-t-elle.

— Tu as les yeux très brillants, tu as à coup sûr de la fièvre, confirma Angela.

— Il ne manquait plus que ça ! grommela Karl.

Assis en bout de table, il était de fort méchante humeur. Ses provisions d'alcool touchaient à leur fin et il se creusait la tête, se demandant comment mettre la main sur un peu d'argent.

— Si elle est contagieuse, elle devra disparaître, menaça-t-il.

— Allons donc, dit Angela, elle aura pris froid. Ça arrive en été aussi.

— Je me sens vraiment très mal, se plaignit Anna en redressant la tête. J'ai tellement mal à la tête, je souffre de partout. J'ai de terribles étourdissements !

Anna se plaignait rarement. Aussi les femmes réagirent-elles, sérieusement inquiètes.

— Tu devrais te mettre au lit, conseilla Adelheid, cela passera peut-être.

Margareta posa Emiliana par terre.

— Je vais t'aider à remonter, dit-elle, tu verras, tout ira mieux dès que tu seras allongée.

— Mais j'ai été mal toute la nuit, et pourtant j'étais couchée.

— Je sais ce qu'elle a, s'écria Cäcilie, l'air effrayé. Il faut que tu racontes tout ce qui s'est passé, pressa-t-elle la malade. Tu sais ce que je veux dire !

Anna pâlit encore, les yeux noirs de colère.

— Ferme-la, espèce de petite garce, pesta-t-elle. Ça n'a rien à voir avec ma maladie !

Tous dressèrent l'oreille.

— De quoi parlez-vous ? s'enquit Margareta.

— Cäcilie raconte des âneries !

— Ne tourne pas autour du pot, Anna. Je voudrais que tu me répondes.

— Oh, je vous en prie, ce n'est vraiment rien d'extraordinaire, dit Anna, posant la tête sur ses bras croisés et se mettant à pleurer.

Tout le monde se regarda, perplexe.

— Cäcilie, dis-nous alors la vérité, toi, exigea Angela du ton sévère qu'elle savait adopter.

Cäcilie se lança d'une voix hésitante :

— Anna a fait la connaissance de nouveaux amis, il y a trois semaines… Elle y est allée souvent…

— Quelle sorte de gens c'était ?

Anna leva lentement la tête.

— Des gitans. Ils sont très gentils, dit-elle à voix basse.

Tous se figèrent ; Karl, d'effroi, en oublia de manger.

— Avec qui t'es-tu acoquinée ? Avec des gitans ? demanda-t-il le souffle court.

Angela lui coupa la parole :

— Anna, parle à présent, pour l'amour du ciel. L'un d'eux était-il malade ?

Cäcilie se mit à sangloter.

— Tais-toi ! la gronda Margareta tout en secouant Anna sans douceur. Anna, vas-tu enfin nous dire de quoi il retourne ? Bon Dieu de bon Dieu, je veux savoir s'il y avait des malades chez les gitans !

— Ils n'étaient pas malades quand je suis allée chez eux.

— Mais ? Parle enfin !

— Nous avons entendu dire il y a trois jours, alors qu'ils étaient déjà partis, dit Cäcilie en pleurant, qu'un homme de chez eux avait… la variole.

Il se fit un silence incrédule, horrifié, seulement entrecoupé par le babillage heureux de la petite Emiliana. Puis on entendit un bruit sourd : sa cuillère venait d'échapper aux mains du baron.

— Ce n'est pas vrai, chuchota-t-il d'une voix rauque.

— Dieu du ciel ! proféra Dana qui, visiblement, s'efforçait de ne pas pleurer.

— Quand as-tu vu ces gens pour la dernière fois ? demanda Margareta.

— Il y a deux semaines environ.

— Deux semaines, reprit Dana avec désespoir, on dit qu'il faut deux semaines avant que les premiers signes apparaissent, deux semaines exactement. Nous allons tous…

— Du calme, réclama Margareta, nous ne savons pas encore si c'est vraiment la variole.

— Il n'y a plus l'ombre d'un doute, s'exclama Karl, se levant en chancelant. Bonté du ciel, je vais voir s'il me reste un peu d'eau-de-vie. Je n'en peux plus !

Parvenu à la porte, il se retourna.

— Cette personne, dit-il, quitte ma maison sur-le-champ.

Angela le foudroya du regard.

— Elle n'en fera rien ! Anna restera ici, même si elle est malade.

— Vous vous prenez pour qui ? Vous n'avez pas à donner d'ordre chez moi !

— Votre femme et nous tous sommes du côté d'Anna. Vous n'avez plus votre mot à dire, baron, rétorqua-t-elle d'un ton froid.

Karl rougit de colère.

— Prenez garde à vous, espèce de petit serpent venimeux. Vous regretterez amèrement tout ça !

Il sortit. Adelheid prit son bébé sur un bras et Emiliana par la main.

— J'emmène les deux petits dans leur chambre, dit-elle. Où sont les garçons ?

— Dehors, répondit Dana. Je vais les chercher ?

— Non, il fait chaud. Qu'ils vivent provisoirement dans la grange et restent loin de la maison. Cäcilie, tu viens avec moi, s'il te plaît ?

— Oh, mère, nous allons tous mourir, n'est-ce pas ? se lamenta celle-ci en se levant.

Anna, effondrée sur sa chaise, se redressa un peu et s'en prit violemment à Cäcilie :

— Espèce d'imbécile ! Tu es allée là-bas tout comme moi. Ça aurait aussi bien pu t'arriver, à toi !

— Mais tu es la seule à l'avoir attrapée ! fulmina Cäcilie qui ne se contenait plus. Espèce de traînée ! Avec ta manière de toujours en vouloir plus de ce type malpropre…

— Disparais ! ordonna Margareta.

Cäcilie quitta la pièce en courant. Bernada, qui n'avait pas perdu son calme durant toute cette scène, fit reculer un peu sa chaise roulante.

— Angela et moi, nous allons débarrasser, dit-elle. Margareta, toi, tu vas emmener Anna dans la chambre des combles. Nous devrions tous changer de vêtements et, pour aller voir Anna, toujours mettre devant la bouche un chiffon imbibé de vinaigre.

— Ce n'est pas vrai, sanglota Anna. Qu'est-ce que je dois faire ?

— Il faut attendre de voir comment ça évolue, Anna. Peut-être n'est-ce rien !

Margareta la prit par le bras et elles montèrent lentement l'escalier. Les semaines où, à Prague, la peste sévissait et la peur paralysante se répandait dans la ville surgirent devant ses yeux. Cela n'allait pas recommencer tout de même ! Dans la chambre sous les toits, la chatte Lilli vint se frotter avec un ronronnement confiant contre les jambes d'Anna. La jeune fille la prit et posa sa joue contre le doux pelage.

— Tu es la seule à ne pas me fuir, chuchota-t-elle.

Elle se plaça devant la glace.

— Je suis jolie, n'est-ce pas ? Vous devez avouer que je suis très belle !

Margareta accusa le coup.

— Oui, tu es très jolie, Anna !

— Et je suis jeune. J'aime tant la vie ! Madame la comtesse, vous savez comme c'est merveilleux d'être belle. Tout est possible… On peut tout avoir…

Soudain, ses yeux se remplirent de larmes et, les traits décomposés, elle se mit à crier :

— Avez-vous déjà vu les gens qui ont survécu à la variole ? Avez-vous vu leur visage ? Je serai laide, laide, laide !

Elle fit deux pas dans la direction de Margareta, comme pour se jeter dans ses bras, mais, instinctivement, celle-ci recula. Anna se figea.

— Excusez-moi, j'oubliais…

Elle s'effondra en pleurs sur le lit. L'ample et opulent tissu de sa robe rouge s'étala autour d'elle, au-dessous de son abondante chevelure noire et bouclée. Même plongée dans le désespoir, elle était charmante, mais combien de temps faudrait-il aux pustules pour entreprendre leur œuvre destructrice ? S'approchant de la malade, Margareta lui prit la main.

— Anna, ma chérie, peut-être n'est-ce... commença-t-elle, mais Anna retira sa main.

— Partez, vous allez vous contaminer !

— Si je dois me contaminer, il y a longtemps que c'est fait.

— Pourquoi faut-il que ça tombe justement sur moi ? Je ne suis qu'au début de ma vie ! Pourquoi ça n'est pas tombé sur ce bon à rien de baron, toujours ivre, ou sur la laide Cäcilie ?

Margareta caressa avec tendresse les épaules frémissantes de la jeune fille. Elle ne pouvait en vouloir à Anna de sa colère. Elle n'avait pas entretenu avec elle des relations très intimes, l'ancienne enfant-sorcière conservant à l'égard de la comtesse une certaine crainte respectueuse en dépit de l'amabilité de cette dernière ; de plus, la jeune fille paraissait se sentir plus à l'aise en compagnie de Dana ou de Jitka. Pourtant, la nuit durant laquelle, à Belefring, elles avaient toutes les deux lutté contre les flammes et le baron Belinsky restait un lien solide entre elles. Rien ni personne ne pourrait ébranler la gratitude que la jeune fille vouait à Margareta, pas plus que, chez celle-ci, les sentiments de responsabilité et d'affection envers la première. La comtesse se rendit compte qu'aujourd'hui comme hier elle ferait tout pour Anna.

— Peut-être que tu passeras au travers, la consola-t-elle, il ne faut pas perdre l'espoir.

— Ah, madame, il ne *faut* pas que ça m'arrive, à moi ! Comment ferai-je pour vivre si je deviens une femme laide suscitant l'horreur chez chacun ? Pas un homme ne voudra plus me regarder, m'embrasser, me toucher. Je n'aurai pas d'enfant et la seule issue pour moi sera le couvent !

Elle éclata en sanglots. Margareta lui tendit son chapelet.

— Allons, prions, peut-être seras-tu épargnée.

Jusqu'à midi, Anna se sentant mieux, tout le monde reprit espoir. Elle resta dans sa chambre, mais sans s'allonger, debout devant la glace ou appuyée à la fenêtre, clignant des yeux et regardant par la fenêtre les enfants jouer dans la cour. Ayant même fini par avoir faim, elle mangea un peu, puis, alors, tout empira. D'abord, elle vomit, elle fut ensuite prise de tels vertiges qu'elle s'effondra à demi inconsciente. La fièvre montait sans arrêt. Margareta allait souvent la voir, pour au moins lui rafraîchir le visage avec de l'eau. Elle s'était fixé devant la bouche et le nez, bien que peu convaincue de l'efficacité de cette mesure de protection, un chiffon trempé dans du vinaigre. Elle ne redoutait de toute façon pas trop la contagion, se sentant invulnérable après avoir échappé à tant de dangers. Cela ne lui faisait rien de tenir la main d'Anna, de rafraîchir son front brûlant ou de lui tenir la tête quand elle voulait boire. Dana et Angela l'aidaient, présentes et disponibles comme toujours. À un moment, Margareta dit tout bas à Angela :

— Si tu désires rentrer chez toi, je le comprendrai. Il est inutile de toutes nous exposer au danger.

— Mais, ma chérie, je resterai avec toi, même dans les moments difficiles. Je ne serai pas contaminée, je suis indestructible !

— Moi aussi, l'approuva Dana.

Margareta rit.

— Ma foi, dit-elle, nous en réchapperons bien.

Il était cependant clair pour chacune que leur confiance serait mise à rude épreuve. Anna allait très mal. Le lendemain, la fièvre augmenta encore et, sur le corps et le visage, apparurent d'indistinctes taches rougeâtres. Ses maux de tête étaient moindres qu'auparavant, tandis qu'elle était secouée par de violents spasmes fébriles. Par chance, Margareta et Angela avaient acquis au couvent beaucoup de connaissances qui se révélèrent très utiles en la circonstance. Elles savaient préparer des tisanes qui faisaient un peu tomber la fièvre et cuire une nourriture légère mais réconfortante. Elles maudissaient la canicule. Une pluie d'été rafraîchissante aurait fait le plus grand bien à la malade, mais le soleil brillait du matin au soir dans un ciel d'azur. Les grillons chantaient dans les hautes herbes sèches, les oiseaux gazouillaient à l'envi. Malgré la chaleur intolérable régnant dans la chambre sous les combles, on se refusa à transporter Anna à proximité des autres. Il y avait beau temps que Margareta et ses deux auxiliaires se promenaient pieds nus dans la chambre, unique moyen de supporter la chaleur.

La maison était comme morte au milieu d'un paysage d'été éclatant. À l'exception du bébé, tous les enfants avaient été relégués dans la grange où, moroses, ils restaient sans rien faire. Cäcilie, couchée sur le ventre dans le foin, sanglotait sans interruption.

Adelheid travaillait en silence dans la cuisine, aidée par Bernada. Ce n'est que de loin en loin qu'elles échangeaient quelques mots à voix basse. Elles avaient fait taire le baron en lui fournissant en abondance de l'eau-de-vie qu'Angela s'était procurée.

— Bien sûr que cela me coûte de faire ça, avait-elle déclaré, mais s'il restait à jeun, nous perdrions tous la raison.

Obtenir de l'eau-de-vie n'avait pas été chose aisée. À Moorach, personne ne leur en avait vendu. Le bruit de la maladie d'Anna avait dû se répandre, de manière inexplicable. En effet, lorsque Angela et Dana se montrèrent dans le village, toutes les portes leur furent fermées au nez, et quelques servantes disparurent dans l'église en piaillant. Les deux femmes durent parcourir le pénible trajet jusqu'au village voisin pour, moyennant une coquette somme, y acheter deux bouteilles d'un mauvais tord-boyaux. Ils étaient à présent des parias dans les environs, leur domaine, déjà déconsidéré en raison de son délabrement, étant à présent soigneusement évité. Adelheid, au courant des racontars sur leur compte, pressentait qu'elle et sa famille auraient à souffrir des années durant des conséquences de cette maladie. Elle l'acceptait avec l'indifférence qu'elle manifestait envers tout ce qui constituait son existence.

Anna n'était, elle, pas prête à tout accepter. Le quatrième jour de sa maladie, très tôt le matin, un cri suraigu, accompagné de coups sourds et de bruit de verre brisé, réveilla toute la maison. Margareta, Dana et Angela grimpèrent l'escalier menant aux combles plus vite encore qu'elles ne l'avaient jamais fait. Elles s'immobilisèrent, horrifiées, sur le pas de la porte.

Anna s'était levée et traînée à travers la chambre. Haletante, elle était appuyée sur la commode, les cheveux lui voilant le visage, la main droite saignant de plusieurs coupures. Elle avait manifestement donné un coup dans la glace, mille petits débris de verre jonchant le plancher.

— Anna ! s'écria Margareta avec inquiétude.

La malade leva lentement la tête. Angela et Margareta retinrent leur souffle, Dana ne parvenant pas à réprimer une exclamation d'effroi.

Conformément au tableau spécifique de la maladie, l'éruption proprement dite avait commencé en ce quatrième jour, les grosses pustules rouges s'étalant sur le visage boursouflé et le cou. On pouvait aussi en voir sur les mains et les chevilles. Un être atrocement défiguré leur faisait face, les traits figés par l'horreur et le désespoir.

— Anna, répéta Margareta.

La jeune fille ouvrit la bouche et serra les poings.

— Non ! hurla-t-elle de manière si inattendue que toutes trois sursautèrent. Non ! dit-elle encore en se cachant le visage dans les mains. Non ! Par tous les diables, je Te maudis, Dieu, je Te hais ! Je Te hais ! Tu m'entends ? Je Te hais !

Ses cris se transformèrent en un gémissement suraigu, incompréhensible. Avant qu'aucune des trois femmes n'ait pu la retenir, elle s'effondra par terre, inconsciente.

8

Sa vie entière, Margareta se souviendrait de ces journées de la fin de l'été 1631 comme autant d'ombres sinistres. Jamais elle n'oublierait la chambre étouffante sous les combles, avec ses murs en pente, le pommier dont les branches chargées de fruits alléchants s'étiraient jusqu'à la fenêtre, la répugnante odeur de vinaigre, l'écuelle d'eau tiède sur la commode, les visages blêmes d'Angela et de Dana, sa propre lassitude, les douleurs dans les reins. C'est surtout la vision de cauchemar qu'offrait Anna, allongée sur son lit, la tête enfouie dans un coussin taché, qui s'incrusta alors dans sa mémoire. Elle avait le corps entier couvert de pustules, l'éruption, jusqu'à la naissance des cheveux, n'ayant épargné ni les paupières, ni les oreilles, ni même les lèvres. De grosses cloques dans la bouche l'empêchaient d'avaler, bien qu'elle n'eût de toute façon de nourriture que liquide. Dans son délire, elle murmurait des paroles incompréhensibles, enfonçait ses ongles dans le bois de lit ou cherchait à se gratter. Dans ces moments-là, elle déployait une telle force qu'Angela et Margareta avaient de la peine à la retenir. Quand la fièvre baissait un peu et qu'elle reprenait ses esprits, elle pleurait toutes les larmes de son corps. Margareta était persuadée, à certaines heures, qu'Anna allait mourir. La fièvre paraissait la consumer et, plus d'une fois, la comtesse se surprit à souhaiter que la mort vînt délivrer la jeune fille de ses tourments. Deux ou trois fois, la panique la submergea à l'idée qu'elle pût être contaminée. Quand Dana ou Angela avait pris la garde de nuit et qu'elle rentrait, épuisée, dans sa chambre, elle plaçait quelques bougies devant sa glace et, approchant son visage tout près du verre, elle l'examinait avec angoisse.

Le onzième jour, la maladie parut atteindre un paroxysme. C'est à peine si on entendait encore Anna respirer, elle avait la bouche ouverte, la lèvre supérieure retroussée à la manière d'un animal montrant les dents.

— Si elle passe la nuit, elle sera tirée d'affaire, estima Angela sans conviction.

Vers le soir, de gros nuages d'un noir bleuté s'amoncelèrent dans le ciel, un violent coup de vent s'engouffra dans les arbres. Les oiseaux s'étaient tus. Après une canicule de plusieurs semaines, l'orage tant désiré s'annonçait. Aucune des trois femmes qui soignaient Anna depuis plusieurs jours n'eut le cœur de dormir cette nuit-là. Le vent apportait dans la chambre une douce odeur de fleurs des champs. Un sentiment d'angoisse envahit Margareta, Angela et Dana quand elles virent les nuages s'amonceler dans le violet du ciel. Soudain, un éclair jaune soufre déchira la nuit, un grondement de tonnerre ébranla la maison. Le ciel s'ouvrit, quelques larges gouttes claquèrent sur le toit, avant de se muer très vite en une averse crépitante, puis en une muraille de pluie grise et assourdissante.

— Enfin, soupira Angela.

Anna remua avec un gémissement. Un nouvel éclair jaillit, illuminant la pièce comme en plein jour et éclairant le visage ravagé de la jeune fille.

L'orage se déchaîna pendant des heures. Étonnamment, Dana parvint à s'endormir en dépit de la tempête. Angela et Margareta conversèrent à voix basse pour se réconforter un peu, puis, finalement, chacune se retrouva livrée à elle-même dans sa lutte contre le sommeil. Il fit soudain grand jour dans la pièce en même temps, ou presque, qu'un coup de tonnerre ébranlait le bâtiment tout entier. La foudre avait dû tomber tout près. Anna fit un bond en poussant un grand cri. Elle était assise droite dans son lit, écarquillant les yeux en direction de la fenêtre. Il semblait s'être opéré un étrange changement en elle, car, pour la première fois depuis longtemps, elle avait de nouveau le regard clair, libéré du voile de la fièvre.

— Anna ! s'exclama Margareta en lui prenant les mains, Anna, tu me reconnais, n'est-ce pas ?

La jeune fille retomba dans ses oreillers.

— Oui, chuchota-t-elle, oui… Vous êtes la comtesse Lavany !

Puis, épuisée, elle ferma les yeux. Quand elle se fut endormie, sa respiration s'apaisa et les spasmes s'espacèrent.

— Dieu soit loué, dit Angela, elle est sauvée !

Un profond soulagement envahit Margareta. Anna était vivante ! Les paupières lourdes, elle contempla la nuit à l'extérieur. La tempête pouvait faire rage à son aise, ici, grâce à ses soins, une malade guérirait.

Le lendemain matin, Anna allait effectivement mieux. Elle n'avait plus de fièvre, mais restait très affaiblie. Si elle avait le visage ravagé, on pouvait néanmoins constater que les pustules commençaient à sécher.

Margareta avait fini par s'endormir et elle ne se réveilla qu'en sentant le froid. De l'air frais entrait par la fenêtre ouverte. En une nuit, l'orage avait chassé l'été.

Elle s'approcha du lit où Anna, allongée les yeux grands ouverts, tourna la tête en l'entendant.

— Madame la comtesse, je crois que je suis guérie.

— Je le crois aussi. Quelques jours encore et tout sera comme avant.

— Comme avant ? Non, jamais ce ne sera comme avant, dit la jeune fille en se redressant à demi. Pouvez-vous me passer une glace. S'il vous plaît !

Margareta hésita.

— Non, dit-elle alors, pas encore. Tu t'énerverais inutilement. Quand tu iras mieux, tu pourras te voir.

— Ah, arrêtez ça ! Je sais bien que c'est fichu ! Jamais je ne pourrai plus me montrer aux gens !

Se retournant sur le ventre, Anna enfouit son visage dans les oreillers.

— J'aimerais mieux être morte ! Pourquoi ne m'avez-vous pas laissée mourir ? Je ne peux supporter ça, je ne peux pas !

Ni Margareta ni Angela ne réussirent à la calmer. Elle ne s'endormit qu'une fois vaincue par la fatigue.

Les semaines suivantes, les trois gardes-malades constatèrent avec terreur que les pustules ne guérissaient que lentement. Il subsisterait des cicatrices, profondes et sombres. Au bout de huit jours durant lesquels Anna ne fit que pleurer et dormir, Margareta se souvint de sa promesse. Le cœur lourd, elle apporta un miroir à Anna. Mais, cette fois, la jeune fille ne laissa rien paraître. Elle se contempla un instant, puis baissa lentement le regard. Comme si, les jours précédents, elle avait épuisé toutes les larmes de son corps, ses yeux restèrent secs. D'un geste las, elle se tourna vers Dana, la priant de lui apporter sa robe noire à dentelle et des ciseaux. Elle y coupa une espèce de grand voile dissimulant son visage.

À compter de ce jour, plus personne ne vit jamais Anna sans son voile. Elle devint taciturne, solitaire, lunatique et insondable. Elle ne se rendit plus au village et ne revit pas le jeune paysan avec qui elle avait lié amitié. Quand on lui adressait la parole, elle répondait d'une petite voix polie, mais parlait rarement la première. La jeune fille rayonnante et perpétuellement gaie s'était métamorphosée en une créature muette, repliée sur elle-même, aussi mystérieuse que rébarbative.

Au cours du mois de septembre parvint la nouvelle d'une bataille entre les Suédois et les troupes impériales, près de Leipzig, dont Gustave Adolphe était sorti largement vainqueur. Pour la première fois, Angela manifesta une certaine nervosité.

— Pourvu qu'il ne soit rien arrivé à Leopold, disait-elle de plus en plus souvent, mais ce n'est tout de même pas possible !

Margareta essayait de lui remonter le moral. Elle-même commençait à se sentir mieux. À l'évidence, personne n'avait été contaminé par Anna, ce qui lui paraissait miraculeux. Elle était désormais certaine de survivre aux Suédois s'ils progressaient effectivement jusqu'en Bavière.

Parfois pourtant, traversant la cour boueuse les bras charges de mauvais bois de chauffage, elle était prise d'un désir qu'elle osait à peine s'avouer, celui de voir revenir Maurice.

Un matin brumeux de novembre, Margareta était en train de secouer les nattes de jonc contre le mur de la maison quand elle aperçut un cavalier à quelque distance. Le cheval paraissait à bout de forces et l'homme semblait avoir peine à rester en selle. Margareta était curieuse de savoir de qui il s'agissait, tant il était rare que quelqu'un du village s'aventure aux environs de la ferme du baron von Sarlach. Tout à coup, elle ouvrit la bouche, éberluée. Laissant tomber toutes les nattes, elle cria :

— Angela, viens vite !

Celle-ci, tard levée à son habitude, était en train de se peigner en toute tranquillité. Elle ouvrit la fenêtre et, contrariée, jeta un œil dans la cour en contrebas.

— Pourquoi cries-tu ainsi ? Si c'est pour me faire remarquer que j'ai dormi trop longtemps…

— Leopold, l'interrompit Margareta hors d'haleine. C'est Leopold !

— Qu'est-ce que tu dis là ?

— Viens !

Angela ne prit pas le temps de fermer la fenêtre et dévala l'escalier.

— Où est-il ? demanda-t-elle sur le seuil.

— Là-bas, il traverse le ruisseau !

Angela l'avait déjà découvert. Elle partit en courant, pataugeant dans la boue avec les minces chaussures qu'elle avait aux pieds, puis dégringola le pré en pente, tout humide de rosée. Margareta vit Leopold littéralement glisser de selle jusque dans les bras d'Angela. Ils restèrent étroitement enlacés, indifférents au froid et à la bruine incessante. Margareta sourit de voir Angela, toujours si forte, cramponnée à un homme comme si elle était en train de se noyer. Son amie serait-elle moins froide qu'elle ne l'avait cru ?

Ayant ramassé les nattes, elle rentra, passa dans la salle à manger où, comme elle s'y attendait, Angela et Leopold firent leur apparition au bout d'un petit moment. Il avait une mine épouvantable, négligé, exténué et malade. Seul son sourire n'avait rien perdu de son charme.

— Margareta, s'exclama-t-il, que je suis heureux de vous revoir !

Elle lui tendit la main.

— Je suis si contente que vous soyez de retour, Leopold !

— Figure-toi qu'il a été blessé à Leipzig, dit Angela très excitée. Ils l'ont dispensé de service pour six mois.

— C'est qu'un maudit sabre suédois s'était aventuré trop près de mon cœur, expliqua-t-il avec une parfaite décontraction. Ce qui m'a occasionné une grande perte de sang. Par-dessus le marché, j'ai attrapé une fluxion de poitrine.

Il s'assit comme fortuitement sur une chaise, mais les deux femmes se rendirent compte que ses jambes allaient d'une seconde à l'autre le trahir.

— Commencez par manger quelque chose, s'empressa de dire Margareta, vous devez être affamé.

Il fit effectivement montre d'un robuste appétit, avalant au hasard tout ce qui se trouvait devant lui. Attentive, heureuse et un peu soucieuse, Angela suivait chacun de ses gestes. Entre-temps, Karl s'était glissé dans la pièce, à jeun et donc de mauvaise humeur.

— Diable, grogna-t-il, un hôte de plus !

— Mon mari, dit Angela, glaciale.

— Ah bon ? Et d'où venez-vous ?

— J'ai été blessé à Leipzig.

Karl partit d'un rire méchant.

— Ah, vous les gueux de Tilly, il me semble que vous laissez les Suédois entrer bougrement loin en Bavière, non ? Ou alors c'est le fruit d'une tactique particulièrement rusée ? Ne devraient pas tarder à arriver ici, les guerriers du Nord, hein !

Se trouvant très drôle, il rit plus fort encore. Leopold se leva.

— Monsieur, commença-t-il, furieux, à votre place…

Angela lui posa une main apaisante sur le bras.

— Ce n'est pas la peine, il ne sait pas ce qu'il dit. Il n'a de nouveau pas trouvé d'argent pour son eau-de-vie, et alors il raconte n'importe quoi. Quand il a bu, il se tient tranquille.

Karl eut le souffle coupé de colère.

— Un jour, cette bonne femme connaîtra une fin épouvantable, menaça-t-il en se dirigeant d'un pas chancelant vers la porte. Nom d'un chien, vous me dégoûtez tous, murmura-t-il avant de disparaître.

Leopold hocha la tête.

— Je crois que nous ne ferons pas de vieux os ici, dit-il à l'intention d'Angela. Quel détestable bougre !

— Mais non, il faut que vous restiez quelque temps encore, s'écria Margareta. Je suis si bien avec Angela ! Et je n'ai pas eu le temps de faire vraiment votre connaissance, Leopold !

— Nous ne partons pas, la tranquillisa Angela. Un jour, Margareta retournera en Bohême, et je serais alors si triste de n'être pas davantage restée avec elle !

Leopold acquiesça. Il se sentait trop las pour faire des projets. Qu'Angela décide pour eux deux, il n'aspirait qu'au repos et au sommeil. Tout le reste lui était indifférent pour l'instant.

La présence de Leopold changea peu de choses dans la ferme, à part le fait que Karl le détestait cordialement. Plus encore que l'effrontée Angela, il haïssait Leopold, peut-être parce qu'il était jaloux de la jeunesse, de la belle prestance et de la fortune de cet homme. Il ne cessait de lui lancer des piques, de l'offenser ou de lui demander hypocritement de boire un coup avec lui. Il savait que Leopold ne voudrait pas de son eau-de-vie et qu'il pourrait ensuite se montrer d'autant plus insultant. Leopold ne perdait pas son sang-froid, mais Margareta devinait qu'il souhaitait rentrer chez lui. S'il restait, c'était pour faire plaisir à Angela qui, de son côté, s'efforçait de paraître gaie et enjouée. Ce n'était pas aisé : l'hiver était froid et humide, tandis que les Suédois ne cessaient de se rapprocher. L'angoisse et la morosité prenaient le dessus dans la ferme dont les habitants recevaient si peu de nouvelles qu'ils avaient le sentiment oppressant de vivre comme des reclus. Un jour, Margareta entendit raconter que les Saxons, désormais alliés aux Suédois, étaient entrés en Bohême en novembre et qu'ils avaient atteint Prague. Il se disait que leur premier soin avait été d'enlever de la muraille de l'Altstädter Ring où elles étaient embrochées sur des piques les têtes des rebelles exécutés dix ans auparavant et de les enterrer avec tous les honneurs. Margareta se demanda fugitivement si Richard allait une nouvelle fois changer de confession, son catholicisme risquant de lui attirer des ennuis. Il en était capable. D'une manière ou d'une autre, il s'arrangerait pour rendre sa situation aussi agréable que possible.

Le vieux Varus, qui avait fidèlement accompagné Margareta depuis sa fuite pour Prague, mourut dans la première semaine de décembre. Ces dernières années, il était devenu tout gris et ses yeux avaient perdu leur éclat, ce qui ne l'empêchait pas de hennir joyeusement quand sa maîtresse pénétrait dans l'écurie. Un matin pourtant, il ne put se lever, restant couché toute la journée ; le soir, il avait de la peine à respirer. Margareta sut qu'il allait mourir. Tandis que tous dormaient, elle s'assit auprès de lui dans la paille, appuyée contre son corps tiède, caressant sa grosse tête, jouant avec ses oreilles. Elle voyait des flocons de neige tourbillonner derrière la fenêtre.

— Varus, mon chéri, chuchota-t-elle, tu ne veux pas rester encore un peu avec moi ? Tu te rappelles comment tu m'as sauvée ? J'étais une petite fille désemparée et en pleurs, seule au château des Tscharnini. Il n'y avait que toi… et puis est arrivée Lilli… et puis encore Maurice.

Sa gorge se serra, mais elle retint ses larmes. *Pourquoi tout cela me revient-il ? Pourquoi est-ce que je pense à Maurice ?*

Varus mourut peu après minuit. Il releva une dernière fois brièvement la tête et Margareta ne sut si ses yeux l'avaient vue, puis il s'affaissa lourdement dans la paille. Il avait eu une mort rapide et douce.

9

Margareta resta auprès de Varus le temps de retrouver assez de forces pour se relever et se séparer de son vieil ami. Levant la lanterne, elle contempla le corps affaissé, laissa glisser la couverture enroulée autour de ses épaules et la posa sur Varus. À cet instant, la porte de l'écurie grinça et Leopold entra sans bruit.

— Je n'arrivais pas à dormir et j'ai pensé qu'un peu de compagnie vous serait agréable, dit-il avant que ses yeux ne tombent sur Varus. Oh, je suis navré. Quand cela est-il arrivé ?

— Ça ne fait pas très longtemps… c'est-à-dire, je ne sais pas exactement. J'ai un peu perdu la notion du temps.

— Si vous voulez être seule…

— Non, non, restez je vous prie. Cela fait du bien de pouvoir parler un peu. Et vous n'avez pas à craindre que je me jette en pleurant dans vos bras, ajouta-t-elle avec un faible sourire.

— Je ne m'y attendais certainement pas de votre part, répondit-il la regardant longtemps droit dans les yeux. Vous ne devriez néanmoins pas retenir vos larmes par fierté. Vous avez l'air passablement éprouvée. Ce cheval représentait beaucoup pour vous, n'est-ce pas ?

— Oui, Varus était un ami fidèle, le souvenir d'un temps bien lointain, confirma-t-elle en s'asseyant sur une botte de foin. J'ignore d'ailleurs pourquoi je suis à présent si sentimentale. Vous savez, ce ne fut pas une époque heureuse et, au fond, j'ai alors tout perdu… il n'empêche que mon espoir en l'avenir était quasiment infini. Et aujourd'hui ?…

Leopold se sentit touché. Il avait cru devoir consoler Margareta de la perte de son cheval, alors que son visage défait et pâle lui faisait comprendre qu'elle pleurait autre chose. Comment lui venir en aide alors qu'il la connaissait si peu ? Il s'assit pourtant à côté d'elle.

— Aujourd'hui, vous avez perdu l'espoir ? Avez-vous donc vraiment tout perdu ? N'y a-t-il personne pour vous soutenir ? Votre famille, peut-être ?

— Ma famille ? Non, certainement pas !

— Eh bien, je sais que vous êtes mariée. Que se passe-t-il avec votre époux, pourquoi n'est-il pas avec vous ?

— Il est en Bohême. À Kolin ou à Prague, si ce n'est ailleurs. Il passe sans doute son temps à bavarder à propos de la guerre avec le général Wallenstein.

Cela fit rire Leopold.

— Quelle amertume ! Vous vous sentez donc abandonnée par lui ?

Comme Margareta ne répondait pas, il s'empressa d'ajouter :

— Excusez-moi si je me montre trop curieux. Si vous ne voulez pas parler, dites-le.

— Mais non. Je ne vous trouve pas trop curieux ! affirma-t-elle, perdue dans ses pensées, tandis qu'elle prenait quelques brins de paille. Mon mari ne m'a jamais abandonnée. C'est moi... c'est moi qui l'ai chassé. J'étais froide et méchante. Vous n'avez aucune idée de la cruauté dont je suis capable !

— Ma foi, je l'imagine fort bien.

Elle le regarda, effarée.

— Ça se voit ?

— Un peu, répondit-il avec un léger sourire, peut-être suis-je pourtant sur ce point, en tant qu'homme, particulièrement sensible. Nous aimons croire que les femmes nous traitent mal.

— Ne vous moquez pas, le pria Margareta.

Il fit oui de la tête.

— Bien, mais n'attendez pas de moi que je vous donne une image de votre nature. Je vous connais à peine. J'ai seulement l'impression que vous vous niez vous-même. Je crois que vous cherchez à vous conformer à une vision de vous qui ne correspond pas à votre nature réelle et que vous n'y parvenez pas. Vous voudriez tant être forte, un rocher dans la tempête, mais vous ne l'êtes pas. Vous donnez l'impression d'être aux abois.

Elle se prit la tête dans les mains.

— Oui, murmura-t-elle, ce que vous dites n'est pas faux du tout. L'ennui, c'est que je ne sais même pas ce que je veux ! Et autrefois, quand je savais, quand je... voulais avoir pour moi un homme bien précis, j'ai tout fait de travers. Si vous saviez combien de fautes j'ai déjà commises, vous seriez terriblement effrayé !

— Cela ne peut pas être aussi grave que cela, estima Leopold.

Margareta baissa encore davantage la tête.

— Si seulement de toutes les fautes que j'ai commises je savais laquelle fut décisive. Il faut bien qu'il y ait eu quelque chose pour que tout tourne en ma défaveur !

Malgré son désespoir, ce qui émut Leopold chez elle, ce fut une expression de profond repentir si peu en harmonie avec la jeunesse des traits. D'un doigt, il lui fit lentement relever la tête jusqu'à pouvoir la regarder en face.

— Si, à vingt-sept ans, vous vous demandez quelle fut la faute de votre vie, il est loin d'être trop tard !

— Peut-être que ce fut ma rébellion, ma rupture avec ma famille, avec la tradition et la morale, poursuivit-elle sans remarquer sa légère ironie.

Il comprit qu'il devait cesser de prendre les choses à la légère. Le cadavre du cheval était toujours derrière eux, et la jeune femme avait vraiment l'air très affectée.

— Margareta, reprit-il avec calme, j'ignore ce que vous avez fait. Vous parlez de votre rébellion, peut-être êtes-vous seulement allée trop loin dans votre désir d'indépendance.

Margareta ne répondant rien, il poursuivit :

— Pour autant vous n'avez pas raté votre vie. Pourquoi ne retournez-vous pas auprès de votre mari ?

— Non !

— Vous faites comme s'il était le diable en personne – et, en même temps, ma très chère, vous brûlez littéralement du désir d'amour et de protection !

— Ne dites pas de bêtises, l'interrompit insolemment Margareta sans le démonter pour autant.

— Et savez-vous également comment, pour l'instant, vous essayez de satisfaire ce désir ? Vous voulez que tout soit aussi paisible et protégé qu'au couvent ! Oui, vous revenez en arrière à ce point. La vie était alors facile, précisément en raison des strictes limites morales qu'on vous imposait. En prison, on peut tenir le coup une fois qu'on a pris son parti des murs. Il n'y a plus de responsabilité à assumer. C'est en effet cette responsabilité qui, sitôt que vous êtes sortie de votre refuge, s'est révélée au-dessus de vos forces, Margareta, et voilà pourquoi vous voulez revenir en arrière.

Margareta se leva.

— Vous vous croyez plus intelligent que les autres, dit-elle méchamment, mais comme vous le disiez vous-même, vous ne savez pas de quoi vous parlez ! J'ignore d'où vous tenez toute cette sagesse…

Leopold, s'étant relevé lui aussi, l'interrompit :

— Et pourquoi vous cramponnez-vous ainsi à Angela ? Pourquoi ne pourrait-elle partir d'ici ? Elle signifie pour vous le bon vieux temps de votre jeunesse heureuse et insouciante. Mais tout a changé. Angela a fait ses propres expériences, est devenue autre, et vous aussi. Rien ne demeure tel qu'avant, Margareta. Angela ne vous appartient plus. C'est à moi qu'elle appartient maintenant !

Margareta se détourna.

— Laissez-moi seule, demanda-t-elle d'une voix cassante.

— Bien sûr.

Leopold lui sourit et quitta l'écurie sans un mot de plus.

Un violent coup de vent s'engouffra par la porte, laissant pénétrer quelques flocons tourbillonnants. Margareta se sentit misérable. S'accroupissant auprès de Varus, elle fixa la couverture dont elle l'avait recouvert, puis appuya la tête contre le mur de pierre. Ce n'est que bien longtemps après qu'elle rentra, les membres raidis de froid, et qu'elle monta se coucher.

Les semaines suivantes, Margareta et Leopold s'évitèrent le plus souvent. Elle avait un peu honte d'avoir finalement réagi, cette nuit, avec tant de grossièreté et, de plus, elle sentait que, sur quelques points au moins, il l'avait percée à jour. La légère tension entre eux était toutefois à peine perceptible tant la haine du baron envers Leopold était spectaculaire.

Le soir de Noël éclata une bruyante querelle. Il n'y avait plus une goutte d'alcool dans toute la maison, Karl jurant toutefois qu'il y en avait eu peu avant. Proférant des insultes grossières, il finit par accuser Leopold d'avoir touché à la prétendue provision. Afin de préserver la paix de cette soirée, Leopold réagit à cette vexation avec un flegme admirable. Adelheid le regarda avec gratitude. Tous, ayant fait de gros efforts pour refouler leur nervosité habituelle, étaient assis ensemble, dans une rare harmonie, sans gaieté exubérante, mais avec une attention amicale réciproque. Seule Anna, toujours voilée de noir, se tenait à l'écart, près de la fenêtre, contemplant la nuit et la neige.

— Maudit Noël, brama Karl, maudit Noël sans rien à boire !

Adelheid lança à Leopold un regard suppliant, et il répondit d'un signe de tête apaisant. Il était résolu à ne pas gâcher la soirée, Karl se montrant pour sa part tout aussi résolu à provoquer son hôte.

— Si ce n'est pas vous qui avez volé mon eau-de-vie, c'est alors peut-être cette… personne là-bas dans le coin ! lança-t-il à Leopold, ses yeux luisants de haine glissant en direction d'Angela.

Celle-ci tordit la bouche pour un de ses inimitables sourires méprisants bien propres à faire sortir tout adversaire de ses gonds.

— Je vous prierai de laisser ma femme à l'écart de cela, intima Leopold d'un ton cassant.

Angela éclata de rire.

— Laisse-le faire, il ne peut m'atteindre par des provocations aussi grossières ! dit-elle, contemplant celui qui lui faisait face avec autant de froideur que d'amusement.

Karl, bien entendu, perdit tout contrôle.

— Si cette salope de rouquine recommence… menaça-t-il sans pouvoir aller plus loin, Leopold ayant bondi et l'ayant saisi par le bras.

— Je ne veux plus entendre dans votre bouche la moindre insulte envers ma femme, prévint-il d'une voix sourde.

Cäcilie poussa un cri de frayeur, Adelheid attirant Emiliana contre elle. Tout le monde s'attendait à une bagarre. Karl garda pourtant assez de raison pour comprendre que son adversaire était plus fort que lui. Il se dégagea en gigotant.

— Un jour ou l'autre je vous tuerai, prévint-il, fou furieux. Oh, sacré nom, si ce n'était votre argent, il y a longtemps que je vous aurais foutu dehors !

Il disparut, claquant la porte.

— Mon Dieu, dit Leopold, furieux lui aussi, toujours debout au milieu de la pièce, je ne vois vraiment pas pourquoi nous devons absolument rester ici !

— Mon chéri, ne le prends donc pas au sérieux, répondit Angela gaiement. Allez, assieds-toi. C'est Noël !

Mais l'humeur générale avait été perturbée. On voyait, au visage d'Adelheid, qu'elle avait envie de se fourrer dans un coin sombre. Bernada, à un moment, finit par dire :

— Je crois que nous sommes las. Ne faut-il pas aller au lit ?

Soulagés, les autres l'approuvèrent.

Plus tard, montant dans sa chambre, Margareta se sentit fort mal. La soirée lui avait clairement montré qu'ils étaient tous épuisés. Une maison pleine de fantômes serait plus accueillante que cette morne collectivité d'êtres vivotant côte à côte, sans élan. Noël ! La soirée avait été encore pire que les autres. Ah, elle aurait aimé jurer à haute voix si cela ne lui était pas apparu particulièrement blasphématoire cette nuit-là. Pourquoi, d'ailleurs, restait-elle ici ? Adelheid n'avait plus besoin d'être soutenue, personne n'étant en mesure de la libérer de son incompréhensible tristesse si elle ne le faisait pas elle-même. Anna ne réagissait pour ainsi dire pas quand on lui adressait la parole, Bernada vivait sa propre vie, et il y avait une certaine distance entre Margareta et Dana, même si celle-ci se comportait encore de manière aussi adorable. Elle ne pardonnait toujours pas à sa maîtresse la manière dont elle avait traité Maurice et, de plus, était dévorée par l'envie de rentrer en Bohême. Seule sa fidélité l'en empêchait.

Comme si j'avais mérité cette vie, songeait Margareta : *j'oblige des gens à mener avec moi une existence ne plaisant à personne, pas même à moi.*

Sur le point de gravir les dernières marches, elle s'immobilisa. Sur le palier au-dessus d'elle, elle vit un homme et une femme étroitement enlacés, appuyés contre le mur. L'homme chuchota quelque chose, et la femme rit. Ce rire de gorge qui recélait un rien de vulgarité était celui d'Angela. Contrariée, Margareta s'immobilisa. Ces deux-là étaient-ils obligés de se livrer à leurs caresses ici, au risque de blesser la pudeur des autres occupants ? Mais déjà Leopold ouvrait la porte de leur chambre où ils disparurent. Avant que la porte ne se refermât, Margareta les entendit rire à nouveau. Ce rire exprimait tant d'amour, tant de bonheur que Margareta, tapie dans l'ombre, fut envahie par un sentiment violent qu'elle n'identifia pas dans le premier instant. Puis elle comprit, c'était de la jalousie ! Sachant ce que cela signifie d'aimer, elle pressentait ce qu'ils éprouvaient. Elle connaissait cette harmonie, ces moments de totale compréhension réciproque. Elle prit conscience avec douleur qu'elle vivait sans amour depuis presque sept ans. Depuis les semaines d'été passées avec Richard, elle n'avait ri avec personne comme venaient de le faire Angela et Leopold.

Elle entra dans sa chambre à la hâte, comme elle se serait terrée dans une grotte. Ouvrant la fenêtre, elle se pencha dans la nuit glaciale. Elle se calma lentement. Que sa réaction avait donc été excessive ! Comme si tomber dans les bras d'un homme était la seule chose que l'on pût désirer ! Elle sourit avec dédain. Elle n'était tout de même plus la jeune fille de seize ans qui s'était enfuie avec un aventurier. L'amour n'était d'ailleurs qu'une potion magique faisant merveilleusement oublier la monotonie de l'existence, avant un réveil plus douloureux encore. En tout cas, elle devait bien l'admettre, une drogue assez forte pour que, après des années d'abstinence, le spectacle d'un couple en train de roucouler suscite la jalousie.

Elle referma énergiquement la fenêtre. Elle ne se comprenait plus elle-même, tellement son humeur était changeante. Mais elle ne voulait plus penser. Demain, la vie reprendrait son cours habituel et saurait lui montrer le chemin.

Le jour de Noël, les habitants du domaine n'allèrent pas à l'église, contrairement aux autres années. Depuis la maladie d'Anna, on les tenait encore plus à distance qu'avant, dans le village. Margareta décida de rester au lit jusqu'à midi. Rien ne bougeait dans la maison, personne n'ayant manifestement envie de se lever tôt. D'ailleurs, c'était à peine s'il faisait jour dehors, il y avait un ciel de neige, les pins, de l'autre côté du marais, sombres et squelettiques, se perdaient dans le gris des nuages. Après avoir contemplé un instant les champs enneigés, Margareta se hâta de retourner se blottir dans son lit. Elle sentit soudain qu'il valait mieux partir d'ici. Un environnement aussi désolé ôterait l'espoir aux êtres les plus gais. Mais que se passerait-il si Maurice décidait soudain de venir ? On racontait que Wallenstein, ayant fini par céder aux sollicitations de l'empereur, levait une armée contre Gustave Adolphe. Maurice, alors, passerait en vain la chercher.

Il faisait déjà sombre quand Margareta se leva enfin et s'habilla. Elle était en train, devant son miroir, de ramener un peu de vie sur son visage fatigué en l'aspergeant d'eau quand un cri perçant retentit dans l'escalier. Croyant avoir reconnu la voix de Bernada, elle pensa que sa sœur venait de tomber avec son fauteuil roulant.

Elle se précipita dans le couloir, dévala l'escalier. Sur la dernière marche, elle s'arrêta, horrifiée.

Elle vit d'abord Bernada dans son fauteuil, au pied de l'escalier, les mains agrippées aux accoudoirs, les yeux écarquillés, comme pétrifiée par la terreur. Deux hommes se battaient juste devant elle. C'étaient Leopold et Karl qui, haletant, se tenaient enlacés, chacun essayant de faire tomber l'autre. Margareta resta comme paralysée. Pourquoi Leopold ne venait-il pas à bout d'un adversaire comme Karl ? Cent fois plus fort que lui, ses gestes étaient cependant maladroits et laborieux. Affolée, elle comprit soudain : Leopold ne se battait qu'avec les poings, tandis que Karl, armé d'un couteau, en portait des coups à son antagoniste. En plusieurs endroits, la chemise blanche de Leopold se teintait de rouge, les taches s'élargissant à une vitesse inquiétante. Margareta hurla à l'adresse des combattants. Bernada la supplia :

— Mon Dieu, Margareta, fais quelque chose ! Il est en train de le tuer !

Margareta était incapable du moindre mouvement. On entendit un grand bruit dans l'escalier, et Angela surgit. Sans hésiter un seul instant, comprenant la situation, elle se précipita sur les deux hommes.

— Arrêtez ! cria-t-elle. Arrêtez ! Leopold, lâche-le, il est fou !

Les deux hommes ne l'entendaient pas. Angela tenta de ceinturer Karl par-derrière, mais il avait des gestes d'une vigueur étonnante. Il réussit à libérer la main tenant le couteau et, avant que Leopold ait pu esquiver, il frappa une nouvelle fois, atteignant le cœur cette fois-ci. Leopold s'effondra avec un léger soupir.

Margareta s'agrippa à la rampe, priant en silence : *Mon Dieu, faites qu'une fois dans ma vie je m'évanouisse !*

Son souhait ne se réalisa pas et, brutalement, la scène s'imposa à elle avec une netteté impitoyable. Un sang rouge vif s'échappait de la blessure de Leopold à chaque pulsation. Angela, tombée à genoux, la comprimait de ses deux mains, mais le sang, passant entre ses doigts, formait une flaque sur le plancher. Margareta ne pouvait voir le visage de son amie qui était penchée sur le corps de son époux les cheveux défaits pendant devant elle. Karl, hagard, avait les yeux rivés sur le blessé. La porte de la cour s'ouvrit, et Cäcilie entra. Il lui fallut un bon moment avant de prendre conscience de ce qu'elle voyait, puis elle hurla :

— Mère, mère, viens vite ! Père a assassiné M. von Calici !

— Tais-toi, maudite effrontée, cria Karl, tremblant de tout son corps, pâle comme un linge. Calici n'est pas mort !

Adelheid sortit de la cuisine. Angela se redressa et rejeta ses cheveux en arrière. Lentement, elle enleva les mains de dessus le cœur de Leopold.

— Il est mort, dit-elle d'une voix froide, puis se tournant vers Karl : Si, monsieur le baron, il est mort. Il vient de décéder.

— Angela, murmura Margareta.

Celle-ci serra un poing ensanglanté.

— Vous l'avez tué, dit-elle à Karl, puis, l'état d'insensibilité où elle était plongée s'évanouissant d'une seconde à l'autre, son visage se tordit.

— Assassin ! hurla-t-elle, sa voix déraillant presque. Espèce de maudit ivrogne, tu as tué mon mari ! Tu sais ce que tu viens de faire ? Espèce de sale diable, tu l'expieras en enfer, espèce de misérable monstre !

Son cri rauque, ses yeux étincelants appelant à la vengeance firent reculer Karl.

— Je ne l'ai pas voulu, balbutia-t-il, non, croyez-moi, je n'ai fait que me défendre. C'est lui qui m'a attaqué, il voulait me tuer ! C'est comme ça que ça s'est passé. Quelqu'un a bien dû être témoin.

Il arrêta un regard hésitant et suppliant sur Bernada.

— Mademoiselle von Ragnitz, vous étiez là ! C'est lui qui m'a attaqué ! Je vous en prie, vous étiez présente !

— J'étais dans la pièce d'à côté quand la bagarre a commencé, répondit Bernada, mais je vous ai entendu insulter M. von Calici. Vous avez fait une nouvelle remarque à propos de sa femme. Je suppose que c'est alors qu'il vous a attaqué.

— Et vous vouliez le tuer, s'immisça Margareta, puisque vous vous étiez armé d'un couteau !

Karl, devant ces accusations, faillit fondre en larmes. Il se tourna vers sa femme d'un air pleurnichard. Cäcilie s'enfuit en poussant des cris perçants. Adelheid, elle, ne bougea pas.

— Toi, tu le crois que je n'ai pas voulu cela, la supplia Karl. Adelheid, je t'en prie, tu me crois !

Adelheid affronta les regards incrédules de ses sœurs.

— Suis-moi, dit-elle tout bas à Karl, tu sais que je suis avec toi !

Elle le poussa dans la cuisine. Margareta voulut les accompagner, mais Bernada la retint.

— Essaie de comprendre Adelheid, demanda-t-elle.

Angela se releva. Sans un mot, sans se retourner une seule fois, elle monta l'escalier.

10

Très tôt le lendemain matin, Margareta descendit de sa chambre, frissonnante, lasse, les yeux rougis. Tout lui paraissait si irréel, si lointain, alors que c'était hier, dans cette maison, que Karl avait poignardé Leopold von Calici devant les yeux de presque tous ceux qui y habitaient.

Arrivée sur la marche même d'où elle avait assisté au drame, elle constata, la porte de la maison étant ouverte, que quelqu'un avait déjà dû se rendre dans les communs dès le petit jour. Le souvenir de la veille au soir l'assaillit. Elle avait peu à peu repris ses esprits longtemps après qu'Angela avait claqué derrière elle la porte de sa chambre. Le mort était toujours allongé au pied de l'escalier, et elle avait compris que personne, à part elle, ne l'enlèverait de là. Elle était allée chercher Dana et Anna, et elles étaient sorties en silence à la recherche de pioches et de pelles. Elles avaient creusé ensuite dans la terre gelée, derrière la chèvrerie, un grand trou. Il faisait si froid que leurs mains, douloureuses, s'étaient mises à saigner, ce qui ne les avait pas empêchées de travailler rapidement. La nuit était tombée et il s'était remis à neiger. Pleurant de froid et de douleur, les trois femmes avaient porté ensuite le cadavre de Leopold à travers la cour obscure jusqu'à la fosse. Elles avaient l'intention d'y planter une croix le lendemain.

Durant toute la soirée, Margareta avait secoué la porte de la chambre d'Angela, suppliant son amie de la laisser entrer. Elle avait fini par renoncer et, ayant regagné sa chambre, s'était chauffé les mains au feu dans la cheminée, tentant de mettre ses idées en ordre. Elle aurait aimé s'endormir et tout oublier, mais elle n'était tombée dans une somnolence agitée qu'au petit matin. Et voilà qu'elle était de nouveau sur cette marche.

Elle découvrit sur le plancher et contre les murs des éclaboussures de sang. Il fallait absolument les enlever avant qu'Angela ne descendît. Elle alla prendre une serpillière dans la cuisine et se mit au travail. Elle était encore à genoux quand elle entendit un léger bruit. Quelques marches au-dessus d'elle se tenait Angela.

À en juger par sa mine, elle n'avait sans aucun doute pas fermé l'œil de la nuit : blanche comme un linge, elle avait les yeux cernés, les lèvres en sang comme si elle s'était mordue et une éraflure sanguinolente lui barrait la joue. Elle avait lissé ses cheveux et les avait ramenés vers l'arrière. Elle avait sur elle son long manteau garni de fourrure et tenait à la main un sac.

— Tu es déjà réveillée ? demanda maladroitement Margareta.

— Je n'ai pas dormi. Qu'est-ce que tu fais là ?

— Je… euh…

— C'est bon, je vois. Merci. Tu as certainement aussi enlevé le cadavre ?

— Dana, Anna et moi, nous avons… enterré Leopold.

Margareta se releva et fit un pas en direction d'Angela.

— Angela, dit-elle, je suis désolée, je suis affreusement désolée de ce qui s'est passé. J'y ai pensé toute la nuit…

D'un geste hésitant, elle tendit les mains comme pour attirer Angela contre elle. Celle-ci ne fit pas un pas dans sa direction.

— Je ne doute pas que tu sois désolée, répondit-elle, mais, s'il te plaît, tu ne pourrais pas commencer par fermer la porte de la maison ? Il fait froid et, de plus, ajouta-t-elle en portant les mains à sa tête, il y a trop de lumière !

C'est alors que Margareta sentit la forte odeur d'alcool que répandait son amie. Elle recula, stupéfaite.

— Es-tu ivre ?

Angela fit la grimace.

— J'aimerais l'être, mais je n'ai pas réussi à dormir malgré l'alcool. J'ai bu hier au soir et maintenant je n'ai plus qu'envie de vomir. J'ai l'impression que ma tête va éclater.

Margareta ferma la porte de la maison.

— D'où tenais-tu cet alcool ?

— Oh, je m'étais procuré quelques bouteilles en cas de nécessité et je les avais mises à l'abri du baron, dit-elle en descendant les dernières marches, traînant le sac derrière elle.

— Tu ne comptes tout de même pas t'en aller ? s'émut Margareta.

— Si, je m'en vais. Tout de suite.

— Mais, Angela, tu ne peux pas faire ça ! Aurais-tu perdu la tête ? implora Margareta en s'avançant et en saisissant les mains de son amie. Angela, sois raisonnable ! Je comprends ta douleur, je t'en prie, crois-moi, mais tu ne pourras pas la fuir, ni ici ni nulle part ailleurs…

Soudain, elle s'interrompit, prise de peur.

— C'est moi que tu fuis, n'est-ce pas ? chuchota-t-elle. Tu ne peux plus me supporter. C'est moi qui ai obligé Leopold à rester ici. Je l'ai supplié, je me suis lamentée, alors que je savais…

— Arrête !

— Non, non, je sais que je suis responsable de la mort de Leopold. Je…

Angela dégagea rudement ses mains de celles de Margareta.

— Tais-toi donc un peu ! la brusqua-t-elle. Tu n'as jamais voulu de mal à Leopold. C'est lui qui aurait dû savoir que Karl était imprévisible !

— Si tu ne me détestes pas, pourquoi t'en vas-tu alors ?

Angela gémit.

— Tu ne le comprends pas ? Crois-tu que je pourrais vivre plus longtemps dans cette maison ?

— Mais où comptes-tu aller ?

— Je ne sais pas. Je verrai bien.

— Tu es étrange, Angela, comme hébétée. Je suis certaine que tu n'es pas en état de prendre des décisions. Reste donc ici, et je te consolerai. Pour toujours !

— Non, je ne reste pas. N'essaie pas de me retenir, Margareta. Je suis ivre, tu as raison, mais l'effet de l'alcool va passer, et je veux être loin à ce moment-là, très loin.

— Mais pourquoi ? Pourquoi loin de moi ? Qui va te consoler et veiller sur toi ?

— Personne ne peut me consoler, comprends-le ! Mon Dieu, Margareta, j'ai aimé Leopold, et depuis hier il est mort, et si je reste une seconde de plus dans cette maudite maison, je mourrai à mon tour !

Margareta sentit les larmes lui monter aux yeux.

— Mais tu ne peux me faire ça, sanglota-t-elle, tu ne peux pas me laisser seule ici !

Angela ouvrit la porte et sortit dans la neige.

— Je vais au village où je louerai un traîneau, déclara-t-elle d'une voix rude. Il va me falloir commencer une vie nouvelle je ne sais où. Avec d'autres êtres.

— Angela !

— Je suis navrée. Je ne peux pas faire autrement. Tu ne le comprends peut-être pas, parce que tu ignores combien nous nous aimions, Leopold et moi. Je pourrais aussi ne pas fuir la douleur et m'engourdir dans cette existence, mais j'en suis incapable.

Margareta tendit les mains dans sa direction.

— Je t'en prie, Angela, s'écria-t-elle, ne rejette pas tout, notre jeunesse à Sankt Benedicta, tout ce temps que nous…

— C'est loin, tout ça. Juste ciel, Margareta, si tu restes là à pleurer, je ne vais pas tarder à en faire autant ! dit la jeune femme en se prenant la tête à deux mains. J'ai tellement mal à la tête, s'il te plaît, laisse-moi partir !

Margareta recula. Elle était trop lasse et blessée pour supplier plus longtemps. Désemparée et incrédule, elle regarda Angela s'éloigner à pas pesants dans les champs enneigés, sans se retourner une seule fois, sombre silhouette fragile, de seconde en seconde plus ténue. Margareta s'effondra sur une marche de l'escalier. Comment Angela pouvait-elle lui faire une chose pareille ? L'abandonner ainsi dans cette solitude qu'elle-même ne supportait pas ? Angela l'avait quittée, comme l'avaient jusqu'ici quittée tous ceux qu'elle avait aimés. Elle était de nouveau au bord des larmes, quand elle découvrit Karl. Bien que dégrisé, il paraissait très mal en point.

— Mme von Calici est partie ? demanda-t-il en tremblant. Elle ne va tout de même pas chez le juge ?

Margareta toisa le baron avec dégoût.

— Non, certainement pas.

Karl poussa un soupir de soulagement.

— Je ne voulais pas le tuer, commença-t-il d'une voix geignarde.

— Bonté divine, fermez-la, éructa Margareta. Vous n'aurez pas à vous défendre devant un juge. Qu'est-ce que ça rapporterait à Angela ? Le mieux aurait peut-être été que vous vous poignardiez vous-même hier soir, or vous ne l'avez pas fait…

— Un meurtre pareil chez moi, tenta une nouvelle fois Karl. S'il ne m'avait pas agressé, rien ne se serait passé. Mais il me fallait bien me défendre, n'est-ce pas ? Je jure que…

Margareta se leva et s'éloigna. La vue et la voix de Karl lui étaient devenues intolérables.

L'année 1632 débuta dans la morosité et la tristesse. Chacun s'attendait à ce que les Suédois s'emparent de la Bavière. On ne voyait pas qui pourrait les en empêcher, même pas Wallenstein. Les gens attendaient, comme pétrifiés, la suite des événements. Que la fin fut pour aujourd'hui ou pour demain, elle apparaissait inéluctable. À quoi bon s'insurger ? Il régnait sur la ferme désolée du baron von Sarlach un silence pesant, interrompu de loin en loin par les pleurnicheries de Cäcilie dont la peur des Suédois frôlait l'hystérie. Elle suppliait ses parents de s'enfuir, mais Adelheid s'y refusait. Depuis quelque temps, elle faisait montre d'une détermination étonnante. Karl lui était totalement soumis, ne touchait plus à l'alcool, semblant avoir du mal à se remettre du choc que lui avait causé la mort de Leopold. Pour la première fois, Margareta prit conscience qu'il avait dû vivre des heures épouvantables depuis le meurtre. À l'évidence, il avait cru qu'on le traduirait devant un juge et qu'il serait pendu. Margareta elle-même parcourait la maison telle une ombre, de plus en plus fluette et silencieuse. Depuis le départ d'Angela, elle ne savait plus ce qu'elle faisait là. Elle avait le sentiment que personne n'avait plus besoin d'elle dans cette ferme : Adelheid menait sa propre vie, dans laquelle elle n'était pas admise, Bernada était assez forte pour prendre soin d'elle-même, et les deux sœurs ne pouvaient pas lui assurer la sécurité.

Or, si elle aspirait à quelque chose durant cet hiver, comme jamais encore dans sa vie, c'était la sécurité. Il fallait que cette solitude prît fin. Elle aurait aimé louer sur-le-champ une voiture et partir pour la Bohême dans le froid et la neige. Quand elle repensait à Belefring, elle sentait une étrange chaleur l'envahir. Mais sa fierté l'empêchait chaque fois de s'abandonner à ce sentiment. Après tout ce qui s'était passé entre Maurice et elle, il lui était impossible de retourner contrite en son château et de tomber dans ses bras. Il était son mari et la quitter comme il l'avait fait n'était pas admissible, c'était à lui de veiller sur elle. Elle eût cependant été bien incapable de l'en prier. Elle ne savait si elle l'aimait, et pourtant il lui manquait. Quels qu'aient été les sentiments éprouvés en sa compagnie, elle ne s'était en tout cas jamais sentie seule et sans protection.

Or, ce qui la tourmentait désormais, ce n'était plus seulement la solitude, c'était aussi la peur pour sa vie. Si elle avait toujours été de ceux qui croyaient dur comme fer à la puissance de l'armée impériale, cela était devenu impossible. Gustave Adolphe et ses soldats s'enfonçaient chaque jour un peu plus profondément dans le sud du pays, et Margareta prenait conscience avec désespoir que, si rien ne se produisait, elle allait mourir dans cette ferme qu'elle haïssait.

On était le 20 janvier, une journée glaciale, claire et sans vent. Assise le plus près possible du feu, dans sa chambre, Lilli ronronnant sur ses genoux, Margareta fixait les flammes avec, sur le visage, une mélancolie qui ne la quittait plus depuis quelque temps. Elle entendit soudain des pas dans l'escalier. Dana, sans frapper, fit irruption dans la pièce, les joues rouges, hors d'haleine. Lilli, effrayée, bondit et disparut sous l'armoire.

— Madame la comtesse, parvint à souffler Dana, vous ne devinerez pas qui vient d'arriver !

— Qui donc ? Pas les Suédois, j'espère ?

— Monsieur le comte, madame ! Monsieur le comte est arrivé !

Margareta fixa la jeune fille un instant avec incrédulité. Elle se leva, ses genoux se dérobant sous elle.

— Mon mari ?

— Oui, le comte Lavany ! Peut-il monter ?

— Bien entendu… s'il te plaît…

Elle n'avait pas bougé de l'endroit où elle était quand Maurice entra en hésitant dans la pièce. Il sourit en l'apercevant. Il portait un long manteau noir, des bottes et des gants noirs, le chapeau à plume était noir aussi, et, quand il l'ôta, Margareta vit que ses cheveux étaient devenus gris.

— Maurice, dit-elle, toi ici ?

La stupidité de la question ne parut pas le déranger.

— Oui, un peu soudainement, n'est-ce pas ? Mais tu es toute pâle !

— Je ne t'attendais pas. Je croyais que tu étais encore en Bohême et que tu allais te joindre à la nouvelle armée de Wallenstein.

— Oui, c'est ce que je comptais faire, concéda-t-il.

Se baissant sur Lilli qui se frottait contre ses jambes, il la caressa. Puis il poursuivit :

— Lors de mon départ, il y a plus d'un an, je t'ai demandé de venir à Prague si les Suédois approchaient trop près de la Bavière. Entre-temps, ils sont presque déjà ici, et, comme tu ne venais pas, j'ai décidé de partir à ta recherche.

— Pourquoi ?

Margareta se rendit compte que tout ce qu'elle disait ne témoignait pas d'une grande vivacité d'esprit, ce qui lui fit perdre beaucoup de son assurance.

— Vois-tu, dit-il sans la regarder, tu m'avais certes expliqué très clairement avant mon départ que nous devrions désormais vivre séparément, mais, pour je ne sais quelle raison, je n'ai pas réussi à m'y résigner. Sitôt rentré en Bohême, je me suis fait un souci d'encre pour toi !

Avec un sourire un peu désemparé, il ajouta d'un ton plus léger :

— Je sais que tu es courageuse et autonome. De temps en temps, pourtant, je ne pouvais m'empêcher de penser comment, jadis, dans ta fuite vers Prague, tu avais si inconsidérément appelé ton cheval, lorsque la contrée était pleine d'ennemis… alors, je me suis dit que tu aurais peut-être quand même besoin de moi…

Elle le regardait toujours en silence, aussi lui demanda-t-il à voix basse :

— Mon arrivée t'a-t-elle vraiment beaucoup effrayée ?

Margareta s'aperçut avec horreur que les larmes lui montaient aux yeux. Pendant des mois elle n'avait plus pleuré, alors pourquoi maintenant précisément ? La maîtrise d'elle-même qu'elle avait si longtemps conservée s'évanouit quand elle ne lut dans les yeux de Maurice qu'amour et sollicitude. Elle comprit qu'elle n'aurait pas à subir de moqueries de sa part. Elle s'avança, et il la prit tout naturellement dans ses bras. Elle posa la tête sur son épaule et, toujours pleurant, elle sentit un calme bienfaisant l'envahir.

— Oh, Maurice, chuchota-t-elle, c'est si bon que tu sois venu. J'ai tant besoin de toi, Maurice.

Au moment où elle prononçait ces mots, elle ne comprit soudain plus pourquoi elle n'avait jamais auparavant vraiment accepté cette réalité. Elle avait besoin de Maurice et aurait dû le savoir dès le premier instant. Elle l'avait d'ailleurs toujours pressenti, au plus profond d'elle-même, et c'était peut-être cela qui l'avait indisposée à ce point contre lui. Il ne l'avait pour autant jamais déçue. Il lui apparut que, des années plus tôt, par une froide nuit dans les forêts entre le château des Tscharnini et Prague, elle avait remis son destin entre ses mains et que, depuis, jamais il ne l'avait abandonnée. Il avait été là quand Belefring brûlait et qu'elle luttait désespérément pour sauver la vie d'Anna ; c'est lui qui l'avait emmenée en Bavière quand sa nostalgie avait été trop forte, lui qui l'avait prise dans ses bras quand sa mère l'avait rejetée. Et voilà qu'il réapparaissait quand elle se croyait abandonnée du monde entier, comme prise au piège dans cette ferme désolée.

Relevant la tête, elle le regarda. Des années durant elle avait haï ces yeux. Combien elle avait été stupide ! Bien que pleurant encore, elle eut un petit sourire à cette pensée.

Je vais lui parler, décida-t-elle, *je lui dirai tout. Il m'écoutera et me comprendra peut-être. Mon Dieu, qu'il doit m'aimer pour être encore disposé à me pardonner !*

Par-dessus l'épaule de Maurice, Margareta découvrit Dana qui, sur le seuil de la porte, s'était faite le témoin intéressé de la scène. Des yeux, elle lui adressa un ordre, et Dana s'éclipsa d'un air exprimant autant de regret que de compréhension.

11

Ils sortirent de la maison qui leur semblait soudain trop étroite. Se faufilant en catimini par une porte ouvrant sur l'arrière de la maison, ils marchèrent à travers les prairies enneigées. Maurice tenait la main droite de Margareta, la gauche étant occupée à retrousser un peu son long manteau. Il n'était pas aisé d'avancer dans la couche de neige, c'est toutefois à peine si elle le remarquait. Elle ne percevait pas non plus le froid mordant, elle ne voyait que le ciel d'un bleu éclatant, le soleil, les vastes étendues étincelantes, sentant à côté d'elle la présence de Maurice.

Ils avaient déjà laissé la ferme loin derrière eux, quand Margareta s'arrêta.

— Maurice, j'ai tant de choses à te dire que je ne sais par quoi débuter.

— C'est pareil pour moi. Je…

— S'il te plaît, laisse-moi commencer. Je voudrais te demander pardon. J'ai peine à croire que tu sois tout de même venu. Je me suis comportée avec toi de manière si épouvantable, toutes ces années, alors que tu as toujours été le seul à me rester fidèle.

— Margareta, ne prends pas toute la responsabilité sur toi. Moi aussi…

— Tu as été bon, patient, j'ai toujours pu compter sur toi. Tu ne m'as jamais rendu la pareille quand je te traitais de manière méchante et ignoble.

Maurice sourit.

— Ignoble, je ne l'ai peut-être pas été, concéda-t-il, j'ai néanmoins terriblement manqué de compréhension. Je me suis peu posé de questions à ton sujet. Mes pensées tournaient sans cesse et exclusivement autour de la guerre et de la politique.

— Tu t'es malgré tout donné beaucoup de peine pour moi, constamment.

— Oui, mais je n'ai jamais véritablement réfléchi à ton sujet. Je n'ai pas saisi tout ce que tu avais déjà vécu. Tu as quitté ta famille et ton pays d'un jour à l'autre, tu as fait confiance à un homme inconséquent qui t'a trompée. Tu avais le mal du pays et tu ne pouvais rentrer chez toi, tu cherchais une issue à cette situation quasiment désespérée…

— Maurice, cela ne peut pas malgré tout me servir d'excuse !

Margareta recommença à marcher dans la neige en s'enfonçant. Il lui était plus facile de parler s'ils ne se faisaient pas face.

— Je n'ai à m'en prendre qu'à moi-même de tout ce qui s'est passé alors et de tout ce qui est arrivé depuis. Tu m'as dit un jour qu'on ne pouvait pas rejeter ses fautes sur d'autres. Au lieu de tirer au clair mes problèmes, je t'ai détesté et…

— Tu m'as vraiment détesté ?

Elle n'osa pas le regarder en face.

— Oui, murmura-t-elle, je t'ai détesté. J'adorais et je désirais Richard, ce gredin, bien qu'il m'ait laissée en plan. Je lui ai sauvé la vie et livré à la mort, sans rien faire, un homme qui était mon ami !

Ses yeux se remplirent de larmes.

— Mon Dieu, comme tout cela m'a torturée toutes ces années, sanglota-t-elle, tant que je serai en vie, je n'oublierai jamais que Julius est mort alors que j'aurais pu le sauver. Et, Maurice, dit-elle en le regardant au travers de ses larmes, notre enfant, sais-tu pourquoi il est tombé malade et pourquoi il est mort ? Uniquement parce que je n'ai pas quitté Prague à temps. Je suis restée bien que sachant que la peste menaçait. Et je suis restée à cause de Richard. Il était dans la ville...

— Arrête, Margareta, je t'en supplie...

— Il était dans la ville et j'ai préféré risquer notre vie à tous, plutôt que de m'éloigner de lui. Je lui ai sacrifié mon propre enfant ! Je n'ai jamais pensé qu'à moi et je n'ai jamais voulu, en toute circonstance, que réaliser mes rêves puérils.

Maurice prit Margareta par la main et la serra contre lui.

— Tscharnini était-il pour toi un rêve d'enfant ?

Cessant de sangloter, elle acquiesça énergiquement de la tête.

— D'enfant ou pas, c'était en tout cas un rêve. Mon rêve. J'aimais sa beauté, sa jeunesse, sa... tendresse. Et j'ai aimé la fougue avec laquelle il m'a arrachée à une existence que ma mère et les nonnes avaient prédéterminée jusque dans les moindres détails.

Maurice sourit.

— Ce n'est tout de même pas rien ce que tu aimais en lui. Ça suffit pour...

— Non ! Non ! Ça ne suffit pas ! Vois-tu, Richard n'avait rien d'autre à m'offrir que ça, sa jeunesse, sa beauté et son insouciance. Moi, je voulais l'homme le plus beau au monde et le meilleur, et il ne l'était pas. Je… hésita-t-elle un instant. Maurice, je n'ai pas abandonné Richard le jour où nous nous sommes mariés, il y a eu ensuite un certain temps…

Maurice opina lentement du chef.

— Je m'en suis douté, dit-il, la mine impassible, j'ai compris à un moment que tu n'avais pas rompu avec lui. Et, par mon absence, je vous ai procuré pas mal d'occasions.

— Oui, et je… j'en ai profité. J'ai passé un été avec Richard. Mais depuis, cela fait sept ans, je ne l'ai pas revu. Maurice, je sais aujourd'hui pourquoi je n'ai plus voulu le revoir : j'avais reçu de lui cet été-là tout ce qu'il pouvait m'offrir. On ne peut attendre plus de lui, et je dois l'avoir senti.

— Tu n'as plus que du mal à dire de lui à présent, constata Maurice.

C'est avec indifférence que Margareta répondit :

— C'est sa faute.

— Mais sa beauté, son corps ? Ils ont soudain cessé de t'attirer ?

— Les apparences ont perdu de leur importance à un moment donné. Je n'aurais pas dû m'abandonner dès le début à ma passion. Où avais-je donc laissé ma fierté pour lui courir ainsi après, alors qu'il m'avait si outrageusement traitée !

— Quand on aime, Margareta, on revient parfois, bien qu'on ait été renvoyé.

Perdue dans ses pensées, Margareta suivit des yeux la buée blanche que formait son haleine dans l'air froid.

— C'est ce que tu as fait, dit-elle à voix basse.

Ils marchèrent côte à côte en silence quelques secondes, puis elle poursuivit :

— J'étais si désespérée ces derniers temps. Je n'arrêtais pas de me demander quelle faute, dans ma vie, m'avait amenée dans cette triste situation… dans cette ferme épouvantable, abandonnée de tous les êtres que j'avais connus et aimés. Je me disais que tout cela était arrivé parce que je m'étais enfuie jadis, parce que je m'étais refusée à continuer de faire ce qu'on m'ordonnait chez moi et au couvent. Je pensais que la vie dans cette solitude désolée était la punition pour cela.

— Je ne le pense pas.

— Non, moi non plus. J'ai en effet eu raison de m'enfuir. Chacun doit pouvoir décider de soi-même et de sa vie. Mais, par mon départ du couvent, je n'ai fait que glisser d'une dépendance dans une autre, sans m'en apercevoir. Richard a profité de ma dépendance et s'en est servi exactement comme ma mère avant lui.

Elle eut un rire hésitant.

— C'est aussi simple que ça, dit-elle. La faute, dans mon existence, ce fut Richard, et non ma fuite de chez moi.

— Mais ne vas-tu pas te sentir beaucoup plus dépendante de moi encore ? Tu m'as en définitive épousé par nécessité et non parce que tu éprouvais pour moi quelque chose de particulier.

— Ne dis donc pas de bêtises, Maurice. Chez toi, c'est différent. Tu n'as jamais cherché à me dominer et à m'utiliser à tes propres fins. J'ai besoin de toi à la manière dont tout être a besoin de quelqu'un en qui il puisse avoir confiance.

— Tu as besoin de moi, reprit Maurice, mais j'aimerais savoir... peut-être cette question est-elle prématurée, mais dis-moi, Margareta : crois-tu que tu m'aimeras un jour ?

Si Margareta hésita une seconde, ce fut simplement sous l'effet de la surprise.

— Mais je t'aime, Maurice, chuchota-t-elle. Tu ne me crois peut-être pas, c'est pourtant la vérité.

Maurice l'observa attentivement, d'un air affectueux.

— Si, je te crois. Entre-temps, j'ai appris à lire sur tes traits quand tu n'es pas sincère.

— Il y a longtemps déjà que tu sais le faire ?

— Oui, j'ai su depuis le jour de notre mariage que tu me détestais. Même quand tu me parlais sur un ton amical, l'aversion se lisait dans tes yeux.

Il s'exprimait d'une voix aussi indifférente que d'ordinaire, comme s'il était invulnérable jusqu'au plus profond de son être. Margareta apercevait pour la première fois la douleur se cachant derrière son impassibilité. Elle fut horrifiée de sa propre cruauté.

— Tu dois m'avoir considérée comme un monstre de froideur, murmura-t-elle.

— Non, j'étais incapable d'identifier ce que j'éprouvais pour toi. Je sentais ta dureté et ta froideur, mais je n'ai jamais pu m'expliquer pourquoi je t'aimais tout de même.

— Tu m'aimais ? Tout le temps ?

— Oui. En dépit du mal que je me donnais pour ne pas le faire !

— Vraiment toujours ? Même quand tu me déclarais avec un froid sourire que je t'étais parfaitement indifférente ?

— Dans ces moments-là, plus qu'en tout autre.

Le regard de Margareta se perdit dans l'immensité de la neige scintillant dans le couchant.

— Maurice, dit-elle doucement, qui nous rendra ces années perdues ?

— Il n'est pas trop tard, Margareta. Ciel, quel imbécile j'ai fait !

L'attirant à lui, il l'enlaça.

— J'ai bougrement facilité la tâche à ce Tscharnini. Je lui ai cédé la place sans combattre, me retirant avec dignité et me consumant en secret de jalousie et de désir. Margareta, mon ange, tu es pour moi la femme la plus merveilleuse au monde, et je suis un sot et un poltron rongé par la mauvaise conscience d'avoir épousé une jeune fille beaucoup trop jeune. Je ne savais tout simplement pas comment me sortir de cette situation. J'aurais d'emblée dû savoir que tu étais la seule femme que j'avais jamais aimée, j'aurais dû me mesurer à Tscharnini et combattre pour te gagner !

Elle le regarda en face et découvrit dans ses traits une passion inconnue. Elle écoutait, comme subjuguée, une voix qu'elle ne reconnaissait pas.

— Je t'aime tant, poursuivit-il, j'aime l'obstination avec laquelle tu conquiers ton existence propre, j'aime ton courage, et je t'aime comme une femme adulte, Margareta, plus comme la petite fille désemparée que j'ai trouvée dans les forêts de Bohême.

Ils restèrent un instant silencieux, observant le soleil disparaître lentement à l'horizon et tomber le crépuscule hivernal.

— Il commence à faire froid, dit enfin Maurice, ne faut-il pas nous en retourner ?

Ils mirent beaucoup plus de temps à rentrer qu'ils ne l'avaient pensé. Main dans la main, ils regagnèrent la ferme au-dessus de laquelle brillaient déjà les premières étoiles quand ils se faufilèrent par la porte de derrière. Ils grimpèrent l'escalier sans faire de bruit et entrèrent dans la chambre de Margareta. Le feu était éteint dans la cheminée, aucune bougie n'était allumée. La nuit d'hiver, derrière la fenêtre, avait beau être silencieuse, ils savaient qu'au-delà des forêts régnaient la guerre, la souffrance, la mort et la désolation. Margareta prit soudain conscience du danger immédiat qui les entourait. La lumière de la lune lui permit de voir dans les yeux de Maurice la même conviction, la même peur, mais aussi la même fureur contre le destin qui pouvait leur reprendre le bonheur inespéré qu'ils vivaient.

Margareta n'avait jamais éprouvé, même avec Richard, ce qu'elle ressentit quand Maurice lui ôta des épaules son ample pèlerine, quand ils s'aidèrent à se dévêtir de leurs lourds habits d'hiver, quand les mains de son mari glissèrent sur son corps et qu'ils s'embrassèrent pour un baiser qui sembla ne jamais devoir s'arrêter. Jamais encore quelqu'un ne l'avait désirée comme lui. S'agrippant à lui, elle s'abandonna à ses caresses qui enflammèrent ses sens et sa tendresse au point qu'elle crut perdre connaissance. Une seule fois, la colère de Maurice la fit sursauter, à l'instant où il découvrit la sorte de collier qu'elle portait. C'était l'anneau que Richard lui avait offert, douze ans plus tôt, avant de la quitter. Elle n'avait cessé de le porter, et Maurice avait dû le remarquer souvent, sans rien dire. En cet instant, il le lui arracha si violemment qu'elle poussa un cri.

— Plus jamais ! chuchota-t-il. Je te promets que jamais plus je ne le permettrai !

Ils restèrent enlacés jusqu'au petit matin. Ils avaient vécu si longtemps de manière irréfléchie, gaspillé tant d'années qu'on aurait dit qu'ils voulaient rattraper en une nuit le temps perdu. Qui savait combien de temps durerait leur bonheur ?

Le lendemain matin, Margareta et Maurice, morts de fatigue, se rendirent ensemble au petit déjeuner. Dana avait déjà averti tout le monde de l'arrivée du comte Lavany la veille, aussi fut-il accueilli sans étonnement. Pour tous ceux qui l'avaient côtoyée ces derniers mois, Margareta était comme métamorphosée. Un doux sourire aux lèvres, les yeux brillants, elle paraissait très jeune, ce qui ne lui était pas arrivé depuis longtemps. Il émanait du couple une harmonie que chacun ressentait. Pas un instant ils ne s'écartaient l'un de l'autre.

Karl témoignait à son hôte une humble amabilité, lui lançant de temps à autre un regard inquiet. Bien qu'ayant appris de Margareta ce qui s'était passé entre lui et Leopold, Maurice se tut à ce sujet. Il s'entretint le plus clair du temps avec Anna, assise à côté de lui et prêtant à ses propos une oreille indifférente. Margareta faisait manger Emiliana qu'elle tenait sur ses genoux, ne cessant de tourner les yeux vers son mari à l'autre bout de la table.

Après cette nuit, elle en était certaine, rien ni personne au monde ne pourrait désormais les séparer.

Maurice resta trois jours à la ferme. Puis il dut prendre congé, désireux qu'il était d'affronter les Suédois avec l'armée impériale.

— Je tiens certes Tilly pour un incapable, expliqua-t-il, mais, par ailleurs, il n'est pas en mesure d'accomplir ce qu'on exige de lui. En tout cas, je veux être présent le jour où on enverra enfin Gustave Adolphe au diable.

— Tu reviendras ensuite ?

— Je reviendrai dès que la situation sera dangereuse pour toi. Tu restes à la ferme et, quoi qu'il arrive, je serai là avant les Suédois.

En mars 1632, Gustave Adolphe s'empara de Nuremberg et de Donauwörth, deux grandes villes fortifiées. Ses troupes menaçaient maintenant Augsbourg, et les rumeurs à propos de pillages et d'excès épouvantables submergèrent le pays bavarois. Les histoires horribles qui circulaient suffirent à plonger tout un chacun dans la terreur. De nombreuses familles, n'hésitant pas plus longtemps, s'enfuirent précipitamment en direction du sud. La fonte des neiges détrempant les chemins, les chevaux n'avançaient qu'à grand-peine. Jour après jour, des charrettes lourdement chargées, conduites par des hommes au visage figé, passaient devant la ferme, suivies d'enfants maigres et maladifs, de femmes visiblement rongées par les soucis. C'était chaque fois l'occasion d'une nouvelle querelle dans la famille du baron, Cäcilie et Karl voulant quitter la ferme sans délai, Adelheid s'y opposant tant elle craignait pour la santé et la vie de sa dernière-née, une enfant fragile. Margareta tenait à rester.

— Vous pouvez tous partir sans problème, disait-elle, moi j'attends Maurice ici.

— Ce sont les Suédois qui arriveront et personne d'autre ! s'écriait Cäcilie. Oh, père, oh, mère, s'il vous plaît, partons !

— Oui, je me demande… où irons-nous… ce sera peut-être encore pire… mais s'ils arrivent tout de même…

Les jérémiades confuses de Karl étaient presque plus insupportables encore que la crainte des Suédois. Seules

Margareta et Anna gardaient leur calme, la première ayant une confiance inébranlable en Maurice, la seconde ignorant désormais la peur.

La troisième semaine d'avril, une autre famille de fuyards apparut dans la ferme, un homme maigre, au teint blafard et une femme exténuée, tirant derrière elle une demi-douzaine d'enfants. Ils étaient à pied, chargés d'ustensiles ménagers dont la moitié leur avait été volée en route. En dépit de la maigreur de ses réserves alimentaires, Adelheid les conduisit tous à la cuisine où on leur offrit de quoi manger et de l'eau pour se laver. Les habitants de la ferme se rassemblèrent autour d'eux dans l'attente de nouvelles. Les réfugiés racontèrent qu'ils vivaient auparavant dans une petite ferme tout au bord du Danube.

— Presque à l'endroit où les Suédois ont traversé le fleuve il y a deux semaines, expliqua l'homme. Il y a eu une bataille épouvantable, le ciel fut comme embrasé pendant une nuit entière, et nous entendions les cris des blessés. Nos troupes furent écrasées. Il paraît que le comte de Tilly est grièvement blessé et que le duc Maximilien est en fuite.

Les femmes le contemplaient, terrorisées, et Karl poussa un gémissement.

— Le roi de Suède va occuper Augsbourg, poursuivit l'homme, puis ce sera le tour de Munich. Malheur au pays se trouvant entre les deux villes !

— Est-ce que tout ce qu'on raconte sur les Suédois est vrai ? Toutes ces atrocités… interrogea Margareta qui espérait que l'homme allait la rassurer.

— Tout est vrai, assura-t-il, les Suédois ont traversé l'Allemagne, au prix de durs combats, ils sont enragés et assoiffés de vengeance. Ils pillent, détroussent, et rasent toutes les fermes sur leur chemin. Pas une femme n'est en sécurité et les hommes sont aussitôt assassinés !

Karl sortit de sa torpeur.

— Adelheid, cria-t-il, je ne peux plus longtemps prendre la responsabilité de vous exposer au danger, toi et les enfants. Nous partons dès aujourd'hui !

— Margareta, dit Adelheid en se tournant vers sa sœur, Karl a raison. La situation est vraiment sérieuse !

— Il faut que vous partiez, toi, Karl et les enfants, mais, moi, je reste. C'est ici que Maurice viendra me chercher.

— Rends-toi à la raison, je t'en prie !

— Je reste. De plus, as-tu pensé à ce que va devenir Bernada ?

Adelheid pâlit.

— Nous n'avons pas de voiture, dit-elle.

— Au village, il y a des voitures, s'immisça Karl.

— Allons donc ! se moqua Margareta, je vous jure que vous ne trouverez même plus une carriole à deux roues !

— Je ne vais tout de même pas la porter, gémit Karl à la perspective de se voir imposer des épreuves inattendues. Elle est trop lourde et je devrai déjà porter Emiliana si Adelheid se charge de Johanna !

— Vous ne trouverez certainement même pas un cheval, estima l'étranger.

— S'il vous plaît, ne vous souciez pas de moi, pria Bernada, je me sens de toute façon trop faible pour fuir. Laissez-moi ici. Même les Suédois ne s'en prendront pas à une femme paralysée.

— Tu ne seras pas seule, insista Margareta. Nous attendrons Maurice !

Aussitôt, Dana et Anna déclarèrent qu'elles entendaient rester elles aussi. Du fait de ses enfants, Adelheid finit par se résoudre à quitter la ferme.

— Peut-être allons-nous nous séparer pour toujours, dit-elle tristement à Margareta.

— Mais non. Nous nous retrouverons un jour ou l'autre. Cette guerre ne durera pas éternellement et nous lui survivrons.

Adelheid sourit d'un air sceptique. Elle et sa sœur ne s'étaient jamais véritablement entendues, ce qui ne l'empêchait pas d'admirer Margareta et de se sentir en sécurité près d'elle.

Le 23 avril au matin, la famille d'Adelheid partit en compagnie de la bonne de la cuisine et des fugitifs venus du Danube, n'emportant que quelques affaires. Les parents portaient leurs deux plus jeunes enfants dans leurs bras, s'étant attaché sur le dos des paniers remplis de victuailles, d'habits et de couvertures. Karl avait cousu dans l'ourlet de sa veste le peu d'argent qui lui restait. Il avait également sur lui un couteau bien aiguisé pour se défendre contre d'éventuels agresseurs. Tous lourdement chargés, ils s'éloignèrent en un long cortège. Il pleuvait, les enfants pleuraient et aucun d'eux ne savait vers quel destin ils avançaient.

12

Une fois que les enfants eurent cessé de jouer, Adelheid de les morigéner et Karl d'exhaler sa fureur d'un bout à l'autre de la maison, le domaine des Sarlach fut l'image même de la désolation. Il n'y vivait plus que quatre femmes, un chat et trois poules. Le retour du printemps, de la verdure et des chants d'oiseaux ne changea rien au silence de mort pesant sur les vieux murs.

Bernada et Anna restaient assises du matin au soir au soleil, sur le banc étroit, à côté de la porte d'entrée. Margareta et Dana veillaient à tout, nettoyant les planchers, nourrissant les poules et cuisinant les maigres provisions touchant à leur fin de manière inquiétante. Margareta s'efforçait de toujours être occupée, ce qui ne l'empêchait pas, entre deux travaux, de grimper l'escalier raide menant à la chambre sous les toits d'où la vue embrassait toute la campagne environnante.

Un jour, s'étant rendues au village, Dana et elle ne rencontrèrent personne sur la route et n'aperçurent, derrière les fenêtres de deux maisons, que des visages soupçonneux. La plus grande partie des habitants s'étaient déjà enfuis. Margareta trouva terrifiant d'être, à la ferme, aussi totalement coupé du monde extérieur.

Un soir de mai, les événements se bousculèrent. Margareta revenait du poulailler quand elle vit dans les prés quelques silhouettes courir en direction de la ferme. Elle distingua trois femmes et deux hommes, tous visiblement à bout de souffle et de forces. Ils se dirigèrent vers Margareta qui, au dernier moment, réussit à rattraper dans ses bras une femme sur le point de s'évanouir. Ces êtres étaient défigurés par la peur et l'épuisement.

— Les Suédois, parvint à dire le plus jeune des deux hommes, les Suédois sont là !

— Où sont-ils ? demanda Margareta, tremblante.

L'homme montra derrière lui.

— Ils sont dans notre village. Nous sommes les seuls à nous être échappés. Ils torturent les autres à mort !

La femme qui avait failli s'évanouir émit un son plaintif :

— Mon mari, mes enfants ! cria-t-elle. Je les ai vus brûler vifs !

— Ils ont pendu des tas de gens, murmura la deuxième femme d'une voix éraillée, les yeux brillants de fièvre. Et ils noient les enfants dans le puits…

— On a entendu hurler dans les maisons, poursuivit un autre homme, on aurait dit que ce n'étaient pas des êtres humains qu'on tourmentait. Les soldats ont…

— Non, arrêtez ! ordonna Margareta en essuyant de la main son front trempé de sueur.

La femme aux yeux brillants de fièvre tomba inanimée. L'homme le plus âgé s'agenouilla auprès d'elle.

— Nous avons vu l'enfer, chuchota-t-il. Écoutez-moi, dit-il en levant les yeux vers Margareta, je vous en conjure : fuyez tant que vous aurez un souffle de vie en vous ! Vous mourrez mille morts si vous restez !

— Commencez par entrer dans la maison, répondit-elle. Vous avez besoin de prendre des forces !

La femme évanouie revint à elle dans la cuisine. On lui servit ainsi qu'aux autres de l'eau froide et du pain. C'est à peine s'ils mangèrent, lançant des regards inquiets tout autour d'eux et sursautant au moindre bruit. Les trois femmes n'arrêtaient pas d'insister pour repartir. Bien qu'à bout de forces, elles ne voulaient pas s'attarder davantage.

Margareta apprit que le village attaqué était à plusieurs lieues de la ferme. Elle calcula qu'ils étaient en sécurité pour environ deux jours encore. Demeurant résolue à attendre, elle n'en pressa pas moins Dana d'accompagner les paysans. Celle-ci refusa.

— Je reste ici, dit-elle, j'ai déjà surmonté d'autres épreuves avec vous, madame la comtesse.

Le vieil homme se signa hâtivement.

— Sainte mère de Dieu, murmura-t-il, protège cette enfant inconsciente d'une mort atroce !

Les fugitifs partirent dès qu'ils eurent fini de manger. Ils suggérèrent une nouvelle fois en vain à Margareta de les suivre. L'épouvante qu'elle lisait dans leurs yeux avait beau la saisir elle aussi à la gorge, elle ne voulut pas s'en aller. Elle restait à cause de Bernada et de Maurice.

Le silence s'abattit de nouveau sur la ferme, plus sinistre encore maintenant qu'ils savaient l'ennemi si proche. Le soir, Margareta tira trois lits dans sa chambre afin qu'elles puissent rester ensemble même la nuit. Elles parlaient peu, chacune restant éveillée et épiant les bruits du dehors. Mais tout était calme.

Le lendemain matin, Margareta ne cessa d'aller jusqu'au mur éboulé de la ferme, scrutant l'horizon. Ses nerfs commençaient visiblement à la lâcher. Elle voyait dans le miroir son visage blême et épuisé et, quand elle se mit à préparer le déjeuner, elle s'aperçut que ses mains tremblaient. Jurant à voix basse, elle jeta le couteau qu'elle tenait et s'appuya lourdement sur la table.

Ah, Maurice, pensa-t-elle, *dépêche-toi d'arriver ! J'ai tellement peur !*

Un nouveau soir tomba. Bernada, Anna et Dana montèrent se coucher tandis que Margareta faisait un dernier tour dans la maison pour s'assurer que toutes les portes étaient verrouillées. Elle était en train d'appeler Lilli, quand elle entendit frapper légèrement contre la porte d'entrée. Elle crut d'abord s'être fait des idées ; le bruit se répéta pourtant, plus fort et plus insistant cette fois. Elle eut la chair de poule sur tout le corps, et l'épouvante la paralysa, les oreilles bourdonnantes. La lueur de la bougie, dans sa main, vacillait à chacune de ses inspirations. Puis elle perçut des pas légers dans l'escalier. Ce n'était qu'Anna. Malgré son émoi, elle n'avait pas oublié de mettre son voile.

— Il y a quelqu'un à la porte, chuchota celle-ci.

— Oui, confirma Margareta, s'efforçant de ne pas tomber dans l'hystérie, mais tremblant pitoyablement. Des Suédois.

Anna fit non de la tête.

— Ils ne frapperaient pas timidement comme ça.

Les coups reprirent. Margareta considéra Anna.

— Bien sûr que non, dit-elle d'une voix où vibrait le soulagement, bien sûr que ce ne sont pas les Suédois. Alors, il ne peut s'agir que de…

Faisant demi-tour, elle courut dans le couloir, suivie d'Anna. Elle s'arrêta devant la porte.

— Qui est-ce ? chuchota-t-elle.

Une voix étouffée lui répondit :

— Margareta ? Ouvre vite !

Ce devait être Maurice ! Maladroitement, elle manipula le verrou en fer. Il finit par céder, elle ouvrit la porte, avança d'un pas et recula en sursautant. C'était Richard qui lui faisait face !

Comme subjugués, ils se regardèrent un instant, avant que Richard n'ôtât son chapeau en s'inclinant bien bas.

— Mes respects, madame la comtesse, puis-je entrer ?

Elle s'effaça, et Richard referma la porte derrière lui. Il attendit quelques secondes, Margareta restant muette d'étonnement.

— Eh bien, finit-il par dire, je n'avais pas osé m'attendre à un accueil aussi enthousiaste !

— Oh, excuse-moi, mais je ne comprends vraiment pas comment tu… je veux dire, je ne m'attendais absolument pas à te voir.

— Bien sûr que non. D'ailleurs je n'avais pas prévu de venir ici. Pourtant, ma situation devenant critique, j'ai eu besoin d'une cachette.

— Tu… tu n'es tout de même pas dans l'armée du comte de Tilly ?

— Non, je devais seulement lui apporter un message. Or je l'ai trouvé mourant. Il a été blessé à Augsbourg.

— Il est mort maintenant.

— Oui. Et me voilà en mauvaise situation. J'ai failli me faire surprendre par une troupe de Suédois !

— Depuis quand combats-tu du côté de la Ligue catholique et de l'empereur ?

Il sourit ironiquement.

— Je suis un transfuge, tu le sais bien, je suis devenu catholique et partisan de l'empereur. Je me demande à présent, d'ailleurs, si cela a été judicieux.

Posant son chapeau sur la table, il enleva son manteau qui dissimulait un plastron en fer.

— Margareta, dit-il avec tendresse, tu pourrais peut-être lentement reprendre tes esprits. Je suis là, et tu restes comme figée, me posant des questions sans importance !

— Excuse-moi, répondit-elle en se tournant vers la jeune fille. Anna, le baron von Tscharnini est une connaissance de Prague. S'il te plaît, regarde s'il ne reste pas quelque chose à manger !

Anna disparut. Richard la suivit d'un œil intéressé. Ses formes et le voile en dentelle éveillaient son attention. Avec son flair infaillible pour tout ce qui touchait aux femmes, il soupçonnait une beauté derrière le masque. Involontairement, il arbora son sourire de séducteur. *Il n'a pas changé en quatorze ans*, songea Margareta. *Il regarde toutes les femmes comme s'il n'avait en tête que de passer la nuit dans leur lit.*

S'attendant à ressentir jalousie et vexation, elle s'aperçut avec étonnement que son cœur ne battait pas le moins du monde plus vite. Elle comprit qu'il ne l'attirait véritablement plus.

Elle savait bien entendu l'ardeur des désirs qu'il lui avait inspirés, mais elle considérait désormais ceux-ci avec un sentiment de supériorité souriante. Richard avait ce soir-là une mine superbe, il était presque plus beau qu'avant. Chacun de ses gestes, chacun de ses mots, chacun de ses regards respiraient la séduction. Pour la première fois néanmoins, Margareta trouva désagréable sa bouche pourtant si attirante, tout comme son sourire et ses yeux étincelants. Tout en lui lui paraissait faux et outré. *Richard s'aime lui-même beaucoup plus qu'il ne sied à un être humain, et cela se voit sur lui*, se dit-elle, trouvant étrange de ne s'en être jamais avisée.

— Est-ce que les Suédois sont proches ? demanda-t-elle.

Elle souriait à présent, envahie par le sentiment de sa propre force. Cette rencontre qui, autrefois, aurait revêtu pour elle une importance démesurée lui apparaissait aujourd'hui insignifiante.

— Un fort détachement a établi son campement à deux villages d'ici, mais je crains que la route de Munich ne soit coupée. Il faut que je trouve un moyen quelconque de les contourner.

— Mais pas avant demain, tu es certainement très fatigué.

Richard la considéra d'un air pensif.

— Tu as changé, dit-il, tu es devenue comme adulte.

— Sept ans se sont écoulés depuis la dernière fois où nous nous sommes vus. Qui t'a dit où je me trouvais ?

— Luzia. Tu te souviens d'elle ? Elle le tenait de Lavany qu'elle a rencontré en je ne sais quelle occasion.

— Luzia ! Bien sûr que je me souviens d'elle ! Comment va-t-elle ?

— Elle s'est mariée et vit toujours à Prague.

— Vraiment ? Qui a-t-elle épousé ?

— Bah ! Tu ne le connais pas. Un noble, un raseur qui est néanmoins parvenu à conserver son bien au travers du soulèvement et de la défaite. Je pense qu'elle est heureuse avec lui.

— Quelle chance pour elle ! Et Friedrich ?

— Il vit chez eux. Il ne se mariera certainement jamais. J'ai eu un certain temps l'impression qu'il en pinçait pour toi, mais, quand tu as épousé Lavany... Au fait, où est-il, celui-là ? Toujours à Belefring ?

— Non. Il se trouve tout près d'ici. En fait, il peut surgir ici à tout instant.

Richard eut une moue moqueuse.

— Comme c'est fâcheux ! s'exclama-t-il. Parlons sérieusement, il est en Bavière ?

— Oui, je l'attends pour partir.

— Ma foi, voilà une évolution qui me semble parfaitement nouvelle. Autrefois, tu attendais tout et son contraire, mais jamais Maurice Lavany !

— Richard, je n'ai pas envie de parler de Maurice avec toi. Dis-moi plutôt comment se porte Sophia !

Il soupira.

— Elle va bien, répondit-il sur un ton d'impatience, puis, passant devant Margareta, il jeta un œil dans le salon. Devrons-nous rester debout dans l'entrée ?

— Non !

Allumant quelques chandelles avec sa bougie, Margareta s'assit sur un canapé. Richard se laissa tomber dans un fauteuil.

— Mon Dieu, quelle journée, murmura-t-il. Ma très chère, tu ne te rends sans doute pas compte que j'ai échappé de justesse à la mort, aujourd'hui ?

— C'est vrai ? C'était si grave que ça ? demanda Margareta en s'étonnant elle-même de l'indifférence de sa réponse.

Elle se reprit.

— Pardonne-moi, je ne suis pas très aimable.

Il l'examina en silence.

— Il était jadis si facile de te percer à jour, dit-il au bout d'un petit moment. Ce n'est plus le cas à présent. Pour l'instant, je n'arrive pas à déceler si tu t'efforces de cacher l'émoi que te procure ma visite, ou bien si… tu es vraiment indifférente !

— Ah, Richard, dit Margareta avec un doux sourire de lassitude, Richard, je crains que ce ne soit de l'indifférence. Tu as raison, j'ai changé. J'ai pris de l'âge. Et, aujourd'hui, je ne t'aime plus !

— Ah, bon ! répondit-il, visiblement découragé. Je me souviens d'un temps, poursuivit-il méchamment, où tu brûlais d'impatience que je te prenne dans mes bras. Il fut un temps où tu jetais toute décence par-dessus bord…

— Tu ne devrais pas parler en ces termes de notre été au château des Tscharnini, répliqua-t-elle. Ce fut un bel été en effet, même si je le considère comme un épisode révolu dans mon existence. Ah, Richard, s'écria-t-elle en se levant d'un bond, pourquoi es-tu venu ? Que veux-tu encore de moi ?

Richard se leva à son tour.

— Je regrette, dit-il d'une voix altérée. J'ai certainement mal évalué la réalité. Je me figurais que tes sentiments à mon égard étaient restés les mêmes.

— Comment as-tu pu penser cela ? Comment peux-tu croire que je suis une chose utilisable à ta guise, prête à t'appartenir quand tu le désires et tout aussi prête à s'effacer si tu changes d'avis ? Sur quoi se fonde tant de présomption ? Sur ta beauté ? Tu es un homme fort, excitant, d'une apparence incroyablement séduisante, mais moi, il va bien te falloir l'admettre, je n'étais pas destinée à rester pour l'éternité une petite fille à qui des yeux marron font perdre toute raison !

— Oui, je m'en aperçois bien, répondit-il, l'air étonnamment épuisé. Tu te venges avec cruauté, Margareta, parce que je t'aime vraiment.

Elle n'éprouva aucun sentiment de triomphe. Il était bien loin désormais le jour où, gisant en pleurs sur son lit, humiliée, furieuse et triste à en mourir, elle n'avait plus qu'une pensée en tête : *Je lui rendrai la monnaie de sa pièce ! Un jour, il viendra à moi, me désirera et je le repousserai !*

Douze ans plus tard, bien qu'en mesure de se venger, elle n'éprouvait aucune joie à cette perspective, juste un soupçon de pitié.

— Je peux tout de même rester ici jusqu'à demain ? demanda-t-il. Je suis aujourd'hui incapable de faire un pas de plus.

— Naturellement, tu peux rester aussi longtemps que tu le désires.

Richard alla à la fenêtre.

— L'endroit où nous nous sommes rencontrés pour la première fois n'est guère loin d'ici, dit-il. C'était un après-midi d'août et nous étions jeunes, tous les deux. Nous avons été comme envoûtés et n'avions qu'un désir en tête…

— Calme-toi, je t'en prie ! N'essaie pas de m'attrister ! Nous ne sommes pas faits l'un pour l'autre, Richard. Tu as juste eu la chance de me croiser à une époque où je me rebellais contre tout et tout le monde, en même temps que je me sentais si peu sûre de moi. Pendant des années, j'ai voulu être comme toi, aussi brutale, effrontée, belle, dominatrice et capable de tout refouler, sans me soucier de savoir si le monde, autour de moi, s'écroulait. Mais je ne suis pas ainsi faite. Et je ne le serai jamais.

Richard acquiesça lentement de la tête. Les chandelles éclairaient par à-coups son visage. Margareta ferma un instant les yeux.

Elle ne dormit guère cette nuit-là et se leva très tôt. Dans la grise brume matinale, le monde offrait un spectacle de désolation et de menaces. Margareta était frigorifiée en entrant dans la cuisine. Elle sentait dans son corps un fourmillement nerveux, un mélange de tension et de peur, provoqué par la périlleuse situation où elle se trouvait et par l'émoi que lui causait la présence de Richard. Dana la rejoignit un peu plus tard. Elle avait perdu son entrain habituel.

— J'ai terriblement peur, madame la comtesse, avoua-t-elle, nous devrions prendre la fuite. Anna m'a raconté que M. von Tscharnini était ici. Il pourrait porter votre sœur, et nous autres…

— Vous pouvez partir, Dana. Moi, je reste. De toute façon, il m'est impossible de m'enfuir maintenant, précisément avec Richard. Maurice croirait obligatoirement…

Dana la considéra avec curiosité.

— Vous ressentez quoi, au juste ? Alors qu'il est ici en chair et en os ?

Margareta éclata de rire.

— Crois-moi ou non, je ne ressens plus rien pour lui. Vraiment, assura-t-elle en se relevant avec vivacité, le seul que j'attende, c'est Maurice !

Richard dormit jusque dans l'après-midi. Quand il descendit enfin, s'il avait l'air nettement plus reposé que la veille au soir, il paraissait pourtant très nerveux.

— J'ai dormi trop longtemps, dit-il. Nom d'un chien, il y a longtemps que je devrais être parti !

— Il vaut peut-être mieux fuir à la nuit tombée, conseilla Margareta.

Richard la toisa.

— Jamais je n'aurais dû venir, dit-il avec violence.

Margareta n'eut pas à lui répondre, car Anna s'approchait.

— Madame, annonça-t-elle de son ton indifférent, vous devriez jeter un coup d'œil par la fenêtre de pignon. Tout brûle autour de nous.

— Qu'est-ce que tu dis ?

Ensemble, Margareta et Richard grimpèrent les escaliers quatre à quatre. Épouvantés, ils regardèrent dehors. Le ciel, au-delà des forêts, était embrasé dans trois directions cardinales, une fumée gris et noir rejoignant les nuages. Des villages entiers, des prairies et des champs devaient être dévorés par les flammes. Margareta en eut le souffle coupé.

— Oh non ! cria-t-elle. Oh non ! Les Suédois incendient et assassinent ! Ils sont partout, Richard, ils sont devant nous, derrière nous et à côté de nous. Dieu du ciel ! Le passage est bouclé !

— Nom d'un chien, dit Richard. Nom d'un chien ! Mon issue par le sud est coupée. Oh, nom de Dieu, dit-il en se prenant le visage entre les mains, pourquoi ne suis-je pas parti cette nuit ? C'est juste à cause de toi, dit-il en levant les yeux sur Margareta. Seulement parce que j'ai voulu te voir et te retrouver. Et je n'ai rencontré qu'une étrangère, ma Margareta devenue pour moi une étrangère...

— Ne m'en rends pas responsable, veux-tu ? Ce n'est pas moi qui t'ai demandé de venir ! Et nous ne devrions pas parler de ça maintenant. Dehors, c'est la fin du monde, et Maurice... Elle éclata soudain en sanglots : Maurice ne peut plus me rejoindre. Ils le tueront !

Richard examina rapidement les alentours de la maison.

— La voie est libre vers l'ouest, dit-il. En décrivant un large demi-cercle, nous pourrions alors reprendre la direction du sud.

— Mais il faut traverser le marais, répondit Margareta avec désespoir.

— Tu le connais ? demanda Richard.

— Un peu. Peut-être pourrais-je t'y montrer un passage.

— Margareta, dit-il en la saisissant par les épaules, tu ne fais pas que me montrer le chemin, tu m'accompagnes. Les autres aussi. Vous ne pouvez pas rester ici plus longtemps !

— Si !

Il la secoua avec rudesse.

— C'est toi-même qui as dit que Maurice ne pourrait plus passer. Les ennemis ont presque complètement encerclé la maison. Tu mourras si tu restes !

— Lâche-moi !

— S'il le faut, je t'entraînerai par la force, mais je ne t'abandonnerai pas ici !

— Tu m'as abandonnée plus souvent qu'à ton tour, cria-t-elle, pourquoi pas maintenant ? Pars donc et comprends enfin que je ne tiens plus à toi. Et que je préfère mourir ici que trahir Maurice une nouvelle fois !

Richard recula. Il lisait sur son visage blanc comme neige, sur ses lèvres tremblantes, une détermination inflexible.

Je l'aime, songea-t-il, *elle ne me croirait pas, mais, de toutes les femmes que j'ai connues, elle est la seule que j'aime. Je donnerais tout pour l'avoir maintenant.*

Cette constatation était emplie d'une telle certitude qu'il fut submergé par la douleur. C'était en cet instant seulement – alors que Margareta lui était devenue inaccessible et qu'il était plus proche de la mort que jamais – qu'il comprenait ce qu'elle représentait réellement pour lui.

Il se redressa. Il ne fallait pas qu'elle s'aperçoive de sa souffrance.

— Tu serais malgré tout prête à me montrer le chemin ?

— Oui, suis-moi.

Ils redescendirent au rez-de-chaussée où se tenait Dana, la terreur dans les yeux.

— Est-ce que nous sommes perdues ? interrogea celle-ci.

— N'aie pas peur, répondit Richard sans trop réfléchir, vous avez encore un peu de temps.

— Dana, je vais montrer à Richard le chemin qui traverse le marais, dit Margareta en prenant son manteau, je serai bientôt de retour. Attendez-moi ici.

— Oui, madame la comtesse. Soyez… prudente, s'il vous plaît.

Dana frissonnait de peur, mais elle essayait courageusement de n'en rien montrer. Margareta lui adressa un sourire. Puis, suivie de Richard, elle sortit de la maison.

13

La nuit tomba beaucoup plus vite qu'ils ne s'y étaient attendus. Ils n'avaient parcouru que la moitié du chemin traversant le marais quand il commença à leur être difficile de distinguer le sol sous leurs pieds. Par chance, les nuages se dissipèrent, la lune se montra et il fit soudain plus clair.

Margareta ouvrait la marche. Elle entendait derrière elle les pas de Richard et le léger cliquetis de son épée. Se retournant vers lui de temps en temps, elle voyait alors, derrière la ferme, l'embrasement sinistre du ciel. Devant eux, il n'y avait qu'obscurité. L'étroit sentier serpentait entre les saules, l'entrelacs des plantes grimpantes et les eaux d'un vert-marron, d'où montaient, à travers le fouillis des roseaux, des glouglous sinistres, une chaleur humide et l'odeur de la pourriture. Ayant déjà reconnu un jour cette contrée inhospitalière en compagnie d'Angela, Margareta marchait d'un pas assuré. Elle connaissait le chemin en dépit des innombrables bifurcations qui se présentaient. Seul, Richard se fût inéluctablement égaré. Elle songeait qu'il était tout de même étrange que le destin unissant deux êtres obéît ainsi à une même et unique loi. Aujourd'hui comme hier, elle se retrouvait

– et cette fois sans le vouloir – dans la situation de mettre en jeu, pour Richard, la vie de personnes chères. Elle ignorait comment cela se faisait, mais il n'en était pas allé autrement quand elle avait choisi en défaveur de Julius et quand son enfant était mort. Et voilà qu'à nouveau elle mettait en danger des gens qu'elle aimait : en effet, pendant qu'elle courait ainsi au travers du marécage, Maurice avait peut-être fini par gagner la ferme, lui et les autres étant alors contraints d'attendre son retour alors que chaque seconde comptait. Elle n'avait d'autre choix que de se dépêcher et de puiser en elle-même ses dernières forces.

Je suis destinée à sauver Richard von Tscharnini, songea-t-elle, et les premiers points de côté qu'elle ressentit la renforcèrent dans sa détermination. *Sans moi, il aurait déjà laissé sa vie en 1621, sur l'Altstadter Ring. Mais aujourd'hui, c'est la dernière fois, mon chéri !*

Ils atteignirent enfin l'extrémité du marais, le sol devint plus sablonneux et plus solide. Un bois de pins s'élevait devant eux. Margareta fit halte. Elle était hors d'haleine, elle avait le cœur qui cognait. Pressant les mains sur les côtés douloureux de son corps, elle dut attendre quelques instants avant de pouvoir parler.

— Maintenant tu devras continuer seul, finit-elle par dire, je crois qu'il n'y a à présent plus de danger.

— Pour moi non, mais pour toi oui, si tu t'en retournes. C'est ta dernière chance, ma chérie. Si tu viens avec moi, nous aurons une vie on ne peut plus belle !

— Je vais rejoindre Maurice, répondit-elle en secouant la tête, pour toujours.

— Tu choisis la vieillesse et peut-être même la mort…

— Je choisis Maurice. Il n'existe rien d'autre au monde pour moi. Et, avant que j'oublie… ajouta-t-elle en sortant du décolleté de sa robe le cordonnet auquel était accroché l'anneau. Tiens, je te le rends.

Richard contempla la bague.

— Tu l'as gardée à ton cou toutes ces années ?

— Nuit et jour. Il y a moins d'une semaine seulement que je l'ai enlevée. Aujourd'hui, si je l'ai prise, c'est uniquement pour te la rendre.

— Maurice ne s'est jamais aperçu de rien ?

— Maurice a toujours su plus que je ne le pensais. En fait, il était au courant de tout. Mais il n'a rien dit.

— Margareta, je ne t'oublierai jamais, je te le jure. Je te verrai toujours devant moi, telle que je t'ai rencontrée ce jour d'été sur la prairie en fleurs… tu portais une robe blanche et tes cheveux blonds étaient dénoués…

— Tout cela est bien loin, répliqua-t-elle, tout a changé depuis.

— Je voudrais pouvoir recommencer ma vie depuis cette journée-là. Je n'agirais pas comme j'ai agi.

— Eh bien, dit Margareta avec un sourire, cela prouve au moins que tu t'es corrigé. Adieu, Richard. Je te souhaite bonne chance !

Elle l'embrassa à la hâte sur la joue. Il l'entoura de ses bras, cherchant à l'attirer contre lui. Elle se libéra de son étreinte et disparut dans l'obscurité. Ses pieds le démangèrent de la suivre, de ne pas la laisser seule, d'attendre avec elle les ennemis et la mort – pensée héroïque qu'il écarta aussitôt. Margareta avait tranché. Sa vie était devant lui et, pour la conserver, il avait pour l'instant assez à faire, compte tenu de son intention de se frayer un passage jusqu'en Bohême. Il se mit en route en pressant le pas.

Margareta accomplit le trajet du retour plus rapidement encore que l'aller. Une peur panique s'était emparée d'elle, lui faisant oublier toute prudence sur le difficile sentier. Elle eut néanmoins l'impression de mettre plus de temps, ce qui devait tenir au fait qu'elle était seule à présent et qu'elle avait devant les yeux la lueur des incendies, témoignage effrayant de la cruauté de l'ennemi. Si, arrivant à la ferme, elle n'y trouvait pas Maurice, que devrait-elle faire ? Les autres ne partiraient pas sans elle. Aurait-elle alors le droit de tergiverser plus longtemps ? Ah, si seulement elle apercevait la ferme ! Elle n'en pouvait plus ! Elle suffoquait, la douleur entre les côtes était infernale, elle trébuchait souvent à cause de ses longs jupons.

Jusqu'au petit jour, jusqu'au petit jour... si Maurice n'est pas arrivé, alors nous partirons...

Elle effectua en titubant les derniers pas hors du marais et elle se retrouva au pied de la colline sur laquelle la ferme était construite. Elle scruta les énormes murailles noires de la bâtisse. On voyait à l'une des fenêtres la lueur vacillante d'une chandelle. Mobilisant ses dernières forces, elle grimpa la côte en priant tout bas : *Mon Dieu, faites que Maurice soit là, je vous en prie, faites qu'il soit là !*

Toutes les portes étaient verrouillées. Margareta frappa à la porte d'entrée du plat de la main jusqu'au moment où elle entendit des pas s'approcher. Dana parut sur le seuil, le visage souriant.

— Madame ! Enfin ! s'exclama-t-elle. Quel bonheur que vous soyez là. Le comte Lavany vous attend au salon.

— Dana, c'est vrai ?

Sanglotant, Margareta, toujours vacillante, dépassa Dana et pénétra dans la pièce où Maurice se tenait debout auprès de la cheminée. Se retournant, il vint à sa rencontre avec autant de calme et de naturel que si personne n'avait jamais eu le moindre doute qu'il serait là à l'heure dite. Il prit Margareta dans ses bras et attendit qu'elle ait un peu repris ses esprits.

— Mais, ma chérie, dit-il à voix basse, voilà que tu cours je ne sais où en pleine nuit, alors que je suis venu te chercher ?

— Richard… chuchota Margareta.

Maurice fit signe qu'il était au courant.

— Je sais, répondit-il. Dana m'a raconté.

— Il fallait que je l'aide. Je ne pouvais pas le laisser en plan.

Margareta eut le sentiment que Maurice devinait ce qui s'était passé depuis la veille au soir.

— Bien entendu, dit-il, tu as fait ce que tu devais faire. Écoute-moi : il nous faut malheureusement partir à l'instant et retraverser le marais. Tu tiendras le coup le temps nécessaire ?

— Avec toi, une éternité s'il le faut !

— Bien ! Alors, prépare tout !

Ils quittèrent la maison peu après. Ils hissèrent Bernada sur le cheval de Maurice et elle prit sur ses genoux une panière contenant les poules. Margareta ne voulait rien laisser de vivant tomber entre les mains des Suédois. Elle-même portait un sac renfermant des vêtements et un autre où Lilli avait trouvé refuge. Dana, Anna et Maurice s'étaient eux aussi chargés des choses indispensables. Ils se mirent en route en un petit cortège pressant le pas. Margareta n'avait plus peur du tout.

— Je ne sais pas encore comment nous allons nous y prendre, promit Maurice, mais nous rejoindrons la Bohême et nous serons à Belefring au plus tard à l'automne.

Chacun accorda foi à cette prophétie.

Ils évitèrent les Suédois en décrivant un large arc de cercle par le Sud. Ce ne fut pas un voyage aisé dans la mesure où le mois de mai fut cette année-là très chaud et très sec. Ils se traînaient le long de chemins de terre, soupirant de soulagement quand une parcelle boisée se montrait. Au contraire, quand s'étiraient devant eux d'immenses prairies sans arbres, ils fermaient les yeux de désespoir durant quelques secondes. Ils rencontraient constamment d'autres fuyards ; on aurait dit que le pays entier, en proie à la panique, avait pris le chemin de l'exode. On voyait partout passer des voitures sur lesquelles s'amoncelaient les chargements et même défiler en direction du sud de véritables troupeaux de poules, de moutons et de cochons. Ce qui déplaisait le plus à Margareta, c'étaient les nuits dans les auberges bondées. Elle devait généralement dormir avec une douzaine de femmes inconnues dans une chambre beaucoup trop petite et négligée, coincée entre Dana, Anna et Bernada. Serrant contre elle Lilli apeurée, elle était perpétuellement dérangée par les chuchotements, les protestations et les querelles. Maurice passait ses nuits dans l'écurie parce qu'il était impossible de laisser seuls une seconde le cheval et les poules qui, sinon, auraient été immédiatement volés. Margareta aurait aimé rester avec lui, mais il y avait de toute façon trop peu de place dans les communs, au point que les aubergistes n'y toléraient qu'à contrecœur même un homme comme Maurice. Pour ce qui était de dormir, il avait sans conteste choisi le meilleur endroit ; pas un cheval, pas une poule n'étaient en mesure de faire autant et si constamment de bruit que des femmes se disputant les meilleures couches. Ce faisant, elles se moquaient totalement de savoir si elles s'en prenaient à une comtesse Lavany ou à une simple servante. Dans ces temps difficiles ne comptaient plus que la force physique et l'esprit d'à-propos. Si elles avaient néanmoins des égards envers Bernada, il n'en allait pas de même avec Anna, qui, en raison de son voile noir, se faisait ouvertement dévorer du regard. Un soir, une femme se dirigea vers elle.

— Je voudrais bien voir une bonne fois, mon pigeon, ce que tu caches de si beau derrière ces dentelles, dit-elle en arrachant le voile.

Anna eut beau se cacher aussitôt le visage derrière les mains, la vieille en avait assez vu.

— Ah, hurla-t-elle, regardez, regardez, la variole ! Elle a eu la variole, la petite, la variole !

Les autres femmes poussèrent des cris perçants. Dana se leva et gifla la paysanne, ce qui aurait certainement déclenché une empoignade si la femme de l'aubergiste, accourue au tumulte, ne s'était interposée. À partir de ce soir-là, Anna se terra davantage encore et Margareta aspira de plus en plus à retrouver le calme de Belefring. Jamais elle n'aurait cru éprouver un jour un tel regret de la Bohême et de ses habitants si aimables et tranquilles.

Ils n'étaient guère loin de Ratisbonne, quand, dans une auberge, ils apprirent que le duc Maximilien séjournait dans la ville.

Cela provoqua un grand émoi chez Maurice.

— Maximilien est à Ratisbonne, dit-il, j'aimerais bien le rencontrer. Nous avons surmonté ensemble tant de choses, et le voilà dans une passe difficile. Peut-être qu'il a besoin d'aide.

— Tu pourras lui rendre visite quand nous serons à Ratisbonne, fit Margareta, compréhensive.

— Nous n'irons pas à Ratisbonne, expliqua Maurice. Nous allons, avant cela, piquer directement en direction de l'est. Ça grouille de Suédois non loin d'ici, Gustave Adolphe a en effet déjà coupé notre route à Landshut.

— Tu es absolument obligé de voir le duc ?

— J'étais de ses hommes de confiance les plus proches. Je ne voudrais pas me défiler sans lui avoir une fois encore offert mes services. Est-ce que tu le comprends ?

— Oui, bien sûr, mais…

Maurice, à l'évidence, avait déjà en tête un plan précis.

— Si vous m'attendez ici, dans cette auberge, dit-il, il ne peut rien vous arriver. Aller jusqu'à Ratisbonne et en revenir ne me prendra pas beaucoup de temps. Ou bien cela te fait-il peur ?

— Non, répliqua-t-elle, ce n'est pas pour moi que j'ai peur. C'est pour toi. Il va falloir que, d'une manière ou d'une autre, tu traverses les troupes suédoises.

— Je serai prudent. Ils ne m'attraperont pas. Mais si tu as peur, il faut vraiment me le dire ! insista-t-il, l'air grave. Tu comptes pour moi plus que tout le reste. Si tu ne le veux pas, je n'irai pas !

Margareta s'efforça de ne pas avoir l'air trop abattue.

— Naturellement que je souhaiterais que tu restes, dit-elle, mais je comprends pourquoi tu veux partir. Promets-moi seulement que tu prendras bien garde à toi !

Maurice s'en alla dès le lendemain. Bien que ne méconnaissant pas les dangers de ce voyage, il ne pouvait oublier sans autre forme de procès son amitié avec le duc Maximilien et sa fidélité. Il avait trop longtemps pris part aux guerres et à la politique pour disparaître maintenant en catimini et en silence.

Margareta resta avec Dana, Bernada et Anna dans une jolie auberge où elles se sentirent presque bien dans la mesure où peu de gens s'étaient réfugiés dans cette région. L'aubergiste, très aimable, mit sa plus belle chambre à leur disposition. Margareta s'aperçut que cette pause dans leur voyage leur faisait à toutes le plus grand bien. C'était Bernada qui avait l'air le plus épuisée ; elle qui jamais ne s'était plainte dormit deux jours sans discontinuer. Les autres aussi se reposèrent, faisant la grasse matinée et mettant de l'ordre dans leurs tenues. Margareta ressentait néanmoins constamment de l'inquiétude. Elle tentait de se convaincre qu'elle n'avait pas de raisons d'être soucieuse. Maurice s'était jusqu'ici bien sorti de toutes les situations difficiles, de tous les dangers. Il avait cinquante-neuf ans, et, quelle que fût encore la durée de cette maudite guerre, il n'y participerait guère, de toute façon. Leur retour en Bohême représenterait pour lui le début d'une existence nouvelle. Margareta voyait tout à coup très nettement l'avenir : des étés heureux et sans fin à Belefring, avec Maurice ; des semaines à Prague, l'hiver, avec ses amis qui eux aussi avaient pris de l'âge et lui auraient pardonné. Et elle aurait enfin des enfants, de nombreux enfants qui empliraient Belefring de leurs rires, sous la garde de Dana et d'Anna. Sa vie, au bout de vingt-huit années, commencerait alors réellement.

Margareta parlait souvent de ses rêves avec Bernada. Elle avait en effet décidé que cette dernière les accompagnerait en Bohême. Sa sœur en était très heureuse.

— Ce sera beaucoup plus gai que chez Adelheid, disait-elle, mais nous devrons un jour ou l'autre lui rendre visite et vérifier qu'elle a pu regagner saine et sauve sa ferme.

Margareta y était elle aussi bien résolue. Elle se sentait assez forte pour prendre soin de chacun. Si seulement Maurice revenait bientôt ! Elle ne cessait d'attendre, heure après heure, à la fenêtre de la chambre ou dans le pré derrière l'auberge, à l'ombre d'un arbre. Les journées s'écoulaient, de chaudes journées de mai durant lesquelles le général Wallenstein libéra Prague des Saxons, tandis que la plus grande partie du pays bavarois, dévastée, souffrait d'un soleil implacable et que le roi de Suède faisait une entrée triomphale à Munich. Deux semaines déjà étaient passées depuis le départ de Maurice, et Margareta était gagnée par une peur froide contre laquelle elle luttait désespérément. Bernada et Dana tentaient de la distraire, y parvenant de moins en moins. Margareta restait dehors à attendre, du premier au dernier rayon de soleil. Au bout de trois semaines, début juin, elle commença à céder à la panique.

— Il faut que j'aille à Ratisbonne, dit-elle avec désespoir. Dana, il a besoin de moi. Il s'est passé quelque chose d'anormal !

Dana s'en était elle-même persuadée entre-temps, mais elle considérait ce voyage comme trop dangereux. Tous les matins, au prix de conflits et de disputes, elle retenait sa maîtresse sur le point de partir. Très tôt, un dimanche, Margareta entendit soudain un bruit de chevaux. Elle courut à la fenêtre : au lieu de Maurice, elle vit un jeune homme sauter de sa monture et disparaître à l'intérieur de l'auberge. Elle ne se soucia pas plus longtemps de lui, le prenant pour un voyageur. Elle perçut tout à coup la voix de Dana qui l'appelait à grands cris. Elle se saisit en hâte de ses chaussures, sortit de sa chambre et descendit les escaliers à toutes jambes. L'aubergiste, Dana et le jeune homme se tenaient dans la salle commune, une pièce basse de plafond.

— Madame, c'est le comte qui l'envoie ! s'exclama Dana d'une voix suraiguë.

— Vous apportez des nouvelles du comte Lavany ? demanda Margareta fort émue.

— Oui, vous êtes la comtesse Lavany ?

— C'est moi. Dépêchez-vous, parlez ! S'est-il produit quelque chose ?

— Eh bien, le comte m'envoie, commença l'homme en hésitant, il est alité à Landshut.

— Alité ? crièrent Margareta et Dana d'une seule voix.

L'homme, dans son embarras, passait d'un pied sur l'autre.

— Oui... il m'a donné des pièces d'or pour que je vienne jusqu'ici. Il vous fait dire...

— Mais racontez d'abord ce qui lui est arrivé ! le brusqua Dana.

— C'est le cœur. Il a des douleurs et de la fièvre, et souvent il délire. Il est couché dans l'auberge de mon père, et c'est pourquoi il m'a envoyé vers vous.

— Oh, mon Dieu, non ! s'exclama Margareta, se cachant le visage dans les mains et s'effondrant sur une chaise que l'aubergiste se hâta de lui présenter. Je savais que quelque chose s'était produit. Oh, Dana, Dana, que dois-je faire ? Que faire maintenant ? Ah, je dois aussitôt me rendre auprès de lui !

Elle se leva d'un bond. Bien qu'ayant les mains qui tremblaient, elle essaya de contrôler au moins sa voix.

— Il faut que vous me meniez à lui, dit-elle à l'homme.

Celui-ci hésita.

— M. le comte ne le veut pas, expliqua-t-il. Je suis chargé de vous dire que vous devez continuer votre route et qu'il vous rattrapera dès qu'il ira mieux.

— Continuer ma route ? Oh non, il se trompe. Je vais partir le rejoindre dès aujourd'hui.

— Mais je me demande si… reprit l'homme dans un murmure.

Margareta le foudroya du regard.

— Vous allez m'emmener auprès de lui, exigea-t-elle d'une voix sans réplique, je vous donnerai ce que vous voulez… Tenez, dit-elle en détachant son bracelet et en le mettant dans la main de l'homme, prenez ça. Vous recevrez mille fois plus, mais conduisez-moi au comte Lavany !

L'homme acquiesça, subjugué par la magnificence du cadeau. Dana prit la main de la comtesse.

— Ne vous précipitez pas, pourquoi ne pas faire ce que désire le comte ? Peut-être son état n'est-il pas si sérieux que ça !

— Enfin, Dana, dit Margareta en se dégageant, c'est évident que je dois le rejoindre ! Son cœur… il a besoin de quelqu'un pour s'occuper de lui !

— Mais les Suédois !

— Qu'ils aillent au diable ! Je pars, quand bien même je devrais rencontrer Satan en personne. Tu peux rester ici, si tu veux !

Déjà, elle quittait la pièce, incapable de se contenir plus longtemps. Dans le couloir, elle s'arrêta un instant, en pleurs, pliée en deux par la douleur. Ce n'était pas vrai, tout de même ! La phrase prononcée par Maurice lui revint en mémoire : « Si jamais je meurs avant l'heure, ce sera à cause de ça ! » Surtout ne pas pousser cette pensée jusqu'au bout ! Maurice, qui avait une nouvelle fois échappé aux Suédois et à tous les dangers, n'allait pas mourir d'une malheureuse crise cardiaque ! Le sort ne pouvait pas se montrer d'une cruauté aussi inimaginable !

L'esprit de détermination dont Margareta avait fait preuve ces dernières années se manifesta à nouveau en cette situation critique. Elle réussit en moins de temps qu'il ne faut pour le dire à dénicher dans le village une voiture et deux chevaux. Le fils de l'aubergiste se déclara prêt à conduire la voiture, et le porteur du terrible message accepta de chevaucher devant elle pour leur montrer le chemin. Anna resta sur place avec Bernada, Dana accompagnant sa maîtresse. Si sa compagne tremblait en pensant aux Suédois, Margareta paraissait totalement ignorer ce danger. Tous se mirent en route très tôt, le lendemain matin, afin de ne pas avoir à dormir en route. De temps en temps, Margareta, se penchant à la fenêtre, demandait au cocher s'il ne pourrait pas avancer un peu plus vite.

— Il fait trop chaud, madame la comtesse, répondait-il invariablement, d'un ton égal, les chevaux n'y résisteraient pas.

— Oui, bien sûr.

Margareta se laissait retomber sur son siège. Dana l'éventait.

— Ne vous énervez pas, conseillait-elle. Vous verrez, quand nous arriverons à Landshut, monsieur le comte viendra en personne, plein d'entrain, à votre rencontre, et il sera juste fiché que vous soyez venue jusqu'à lui contre sa volonté !

Margareta se montrait réconfortée pour un moment, puis regardait à nouveau par la fenêtre défiler les sombres forêts de feuillus accablées de soleil. Soudain, elle se redressait, une lueur passant dans ses yeux.

— C'est ma faute, gémissait-elle. Dana, je ne l'ai pas dissuadé d'entreprendre cette équipée. Si je lui avais montré combien j'avais peur, il ne serait pas parti. Mais j'ai voulu à nouveau faire preuve de courage. Ah, disait-elle en se serrant les tempes entre les paumes de ses mains, que j'ai été stupide, mon Dieu, que j'ai été stupide ! Je devrais commencer à savoir que cette guerre épargne de préférence les gens prudents plutôt que les téméraires !

— Mais vous dites des bêtises ! Le comte n'a pas été agressé, il a subi une attaque cardiaque, ce qui aurait pu arriver n'importe où !

— Nous aurions cependant peut-être pu trouver un médecin !

— Comment pouvez-vous le savoir ? Il a vraisemblablement été soigné à Landshut par un bien meilleur médecin !

Dana parlait, parlait, ne cessait de parler, pourtant, au bout de quelques secondes, Margareta n'entendait plus. Dana finissait donc par se taire, se contentant de s'éventer d'un geste las. Quelle chaleur ! Qu'il serait merveilleux de retrouver enfin Belefring !

Vers le soir, un poste de contrôle suédois barra la route aux voyageurs. Le guide, le cocher et Dana faillirent perdre leur sang-froid, si grande fut leur peur, tandis que Margareta était saisie d'une colère épouvantable à l'idée que ces gaillards les retardaient et qu'elle devait soudain perdre son temps sur un obscur chemin en forêt, alors que Maurice luttait contre la mort à quelques milles de là. Les Suédois, des hommes barbus lourdement armés, ne manifestèrent ni fureur assassine ni rapacité. Ils avaient pillé le pays tout entier, mais avaient manifestement reçu l'ordre de laisser passer les voitures. Ils enjoignirent aux occupants de descendre et fouillèrent véhicule et bagages de fond en comble, s'entretenant dans leur langue incompréhensible et riant bruyamment. Margareta tremblait d'impatience. S'ils confisquaient la voiture… Mais rien de semblable ne se produisit et, au bout d'un certain temps, ils purent reprendre leur route.

Il faisait déjà nuit quand ils arrivèrent à Landshut. Bien que distinguant difficilement quoi que ce soit, ils ressentirent le vide et la désolation qui régnaient dans la ville. Beaucoup d'habitants s'étaient enfuis, les autres avaient été dévalisés dans leurs demeures. Bien que la nuit fût chaude, il n'y avait personne dans les rues. Margareta n'entendait que le fracas des roues de la voiture sur le pavé et les ébrouements des chevaux. La peur lui tomba alors dessus pour de bon. Se tordant les mains, immobile, elle regardait fixement par la fenêtre afin de cacher ses larmes à Dana.

La voiture stoppa enfin, et le cocher leur ouvrit la porte. Margareta et Dana descendirent, les membres raides. Elles se retrouvèrent dans une étroite ruelle devant une maison délabrée et de guingois. Devant l'entrée pendait l'enseigne rouillée d'une auberge. Le messager sauta de cheval.

— Nous sommes rendus, dit-il, restant planté là, indécis, avec l'indolence qui le caractérisait.

Sans un mot, Margareta passa devant lui et se mit à cogner si fort dans la porte que toute la rue retentit du fracas des coups. Un homme d'un certain âge, portant un tablier plein de taches, ouvrit aussitôt. C'était manifestement l'aubergiste. Des gouttes de sueur perlaient sur son large front.

— Doux Jésus ! haleta-t-il. À entendre un tel vacarme, j'ai pensé que c'étaient les Suédois qui revenaient !

Il examina avec curiosité la nouvelle venue. Margareta avait sur elle une vieille robe dont on pouvait distinguer la finesse du tissu malgré la couche de poussière. Même le harassement qui marquait ses traits ne pouvait masquer qu'il s'agissait d'une dame. Le patron fit une révérence.

— Vous cherchez un hébergement ? demanda-t-il.

— Je suis la comtesse Lavany, je voudrais qu'on me conduise aussitôt auprès du comte !

— Oh, dit l'homme avec un sursaut de recul.

Margareta entra en l'évitant.

— Où est-il ? Conduisez-moi jusqu'à lui !

Elle était là, dans l'étroit couloir aux murs nus, tremblant d'excitation. L'aubergiste ouvrit une porte latérale.

— Lisbeth ! appela-t-il.

Aussitôt apparut une petite femme aux cheveux gris.

— Lisbeth, voici la comtesse Lavany.

Le même effroi que précédemment sur le visage de l'aubergiste put se lire sur celui de sa femme. Les oreilles de Margareta s'emplirent d'un énorme bourdonnement. Elle dut s'appuyer d'une main contre le mur, si soudaine avait été la sensation que ses jambes allaient lui refuser tout service.

— Est-ce qu'elle sait déjà… chuchota timidement Lisbeth à son mari sans terminer sa question.

Margareta fut prise d'une nausée. Elle déglutit à grand-peine et constata que son corps tout entier était brutalement inondé de sueur. Elle eut des éblouissements et comprit que cette vision du gros homme embarrassé et de la femme épuisée dans l'étroit couloir resterait une marque éternellement indélébile dans sa mémoire, bien qu'elle ne distinguât que confusément les traits de l'un comme de l'autre.

— Que lui est-il arrivé ? parvint-elle tout juste à demander d'une voix méconnaissable.

La femme s'approcha à la toucher et lui prit les deux mains.

— Ma très chère dame, dit-elle avec douceur, nous sommes tous dans la main de Dieu. Sa volonté est insondable et néanmoins…

— Qu'est-il arrivé à mon mari ?

— Le Seigneur l'a rappelé à lui. Hier déjà, en fin de matinée, il a pu s'endormir d'un sommeil paisible après les dures épreuves de sa maladie.

Margareta tourna la tête, ne pouvant supporter le regard doux et compatissant de la femme. Elle avait la bouche sèche et pâteuse, elle haletait car la douleur lui coupait la respiration.

— Puis-je le voir ? demanda-t-elle au bout d'un petit moment.

— Nous sommes désolés, répondit Lisbeth. Nous avons déjà été obligés de l'enterrer. La chaleur…

Margareta acquiesça pesamment de la tête.

— Si vous voulez voir sa chambre ?

Docilement, Margareta se traîna à la suite de Lisbeth et monta à l'étage. Elles pénétrèrent dans une petite pièce obscure, chaude et étouffante, seulement meublée d'un lit et d'un tabouret sur lequel était posée une cuvette. L'aubergiste avait placé les bottes de Maurice au pied du lit, à côté de son épée et de la selle de son cheval. Au plafond, une mouche ne cessait de bourdonner. Lisbeth avait une bougie à la main.

— C'est là qu'il est mort, chuchota-t-elle, il est arrivé de Ratisbonne il y a une semaine. Il a voulu passer la nuit chez nous. Mais, vers le matin, son cœur fut pris de spasmes, il avait de la fièvre et n'a pu partir. Il n'a pas beaucoup souffert, il dormait beaucoup…

La voix ne parvenait aux oreilles de Margareta que comme un léger bruissement, en arrière-plan. Son regard glissa des bottes au lit. *C'est là qu'il a reposé, seul et gravement malade, c'est là qu'il est mort. Hier seulement.* Quand on lui avait apporté la nouvelle de sa maladie, il était sur le point de trépasser. Elle avait pressenti toute la journée qu'elle arriverait trop tard. C'était la punition pour sa méchanceté envers lui, ses colères et l'été passé avec Richard. Maurice, le seul homme qu'elle avait aimé, était mort dans ce lit. Son mari, son amant qui l'avait tenue dans ses bras, avait quitté ce monde, l'avait quittée pour toujours.

— Oh non, ce n'est pas possible ! éclata-t-elle en sanglots en se tordant les mains. Ce n'est pas possible ! Non, c'est impossible !

Personne n'était en droit de le lui prendre ! Elle pouvait pourtant prier et implorer, se jeter à genoux et supplier tous les saints de la prendre en pitié, nul ne lui répondrait. Elle était désormais seule. Maurice l'avait quittée, la privant ainsi de son dernier véritable appui. Le monde paraissait sur le point de sombrer et elle n'eut soudain plus qu'une envie : dans son désespoir impuissant, se mettre à crier comme un enfant, aussi fort que sa voix le lui permettrait ! Quelqu'un alors viendrait pour la prendre dans ses bras, parce que cette nouvelle épreuve était au-delà de ce qu'elle pouvait supporter seule. Se retournant, elle aperçut Dana qui, venant d'entrer, se tenait derrière elle. Enfin un visage familier, un visage cher !

Margareta lui tomba dans les bras. Loin de crier, elle se contenta de pleurer tout bas tout en reconnaissant le parfum de rose que Dana, une nouvelle fois, avait secrètement emprunté à sa maîtresse et dont elle avait copieusement arrosé sa robe.

— Dana, murmura-t-elle, Dana, tu sais, je l'aimais tant !

Elle ferma les yeux. Dana n'aurait pu que répondre : « Vraiment, madame la comtesse ? Vous avez alors bien caché votre jeu pendant des années ! »

Mais elle ne dit rien, caressa les cheveux de sa maîtresse et ne chuchota qu'au bout d'un moment :

— Oui, je sais, madame, je le sais bien.

Lisbeth sortit, s'immobilisant une seconde sur le seuil de la porte.

— Si vous avez besoin de quelque chose, appelez-moi !

Dana lui adressa un signe de tête reconnaissant. On entendit dans la rue la voix de l'aubergiste criant au cocher de dételer les chevaux et de les conduire à l'écurie, Mme la comtesse passant la nuit ici.

14

Février 1649. Au-dessus de la campagne bavaroise, de lourds nuages gris, se confondant à l'horizon avec les champs enneigés et dissimulant les montagnes, offraient un morne arrière-plan aux conifères décoiffés par le vent et aux forêts dépouillées de leurs feuilles. Le rude hiver ne tirait qu'insensiblement vers sa fin, la glace, craquelée par endroits, recouvrant encore les ruisseaux, tandis que la neige fondue tombait goutte à goutte des arbres.

Margareta Lavany avançait péniblement, s'enfonçant à chaque pas dans la neige profonde, au travers des prés vallonnés s'étendant autour de Sankt Benedicta. Bien qu'ayant revêtu ses habits les plus chauds, elle était gelée, et elle savait que, le soir venu, elle aurait les membres rompus. Malgré ses quarante-cinq ans, ses cheveux étaient toujours aussi blonds, et c'est à peine si, autour des yeux, on apercevait quelques rares rides. Seuls, courant des ailes du nez jusqu'aux commissures des lèvres, deux traits accusés lui donnaient une apparence sévère. Le regard néanmoins, très clair et paisible, exprimait une grande douceur.

Parcourir ces prairies qui n'avaient pas changé depuis son enfance, et dont elle connaissait chaque sentier, chaque ruisseau et chaque arbre, emplissait Margareta d'une profonde satisfaction. Depuis son retour à Sankt Benedicta voilà dix-sept ans, elle faisait une promenade quotidienne dans ce paysage. Depuis 1632, l'année de la mort de Maurice, le moment où il n'avait plus semblé possible à Margareta de songer à un avenir pour elle-même. Elle n'avait plus eu la force de retourner en Bohême, dans le pays qui avait été celui de Maurice, et de vivre là où elle avait escompté connaître avec lui un nouveau départ dans l'existence. Elle s'était donc réfugiée à Sankt Benedicta, le seul endroit qu'elle s'était cru en état de supporter. Elle avait envoyé Dana, Bernada et Anna à Belefring, les laissant libres d'y faire ce qu'elles voudraient – l'entretenir ou non –, tout lui étant désormais indifférent. Figée dans son désespoir, elle fut accueillie au couvent, comme si cela allait tout à fait de soi, par son amie Clara, qui en était devenue entre-temps la mère supérieure. Celle-ci, qui avait depuis belle lurette cessé d'être la jeune fille pleurnicharde et un peu simplette d'autrefois, l'avait aidée à émerger lentement de son engourdissement. Si Margareta était finalement revenue dans la réalité, le temps où elle prenait part à l'existence avec passion et espoir en l'avenir était irrémédiablement passé. Elle avait observé une étrange distance à l'égard des événements quels qu'ils soient, alors que, durant ces années-là, la guerre avait continué à faire rage, plus atroce et destructrice que jamais. Après l'assassinat de Wallenstein, en 1634, son armée avait volé en éclats. Des généraux, certains incapables, d'autres intrigants, s'étaient succédé à sa tête. Les combats se déroulaient sur des fronts si nombreux que l'œil et l'esprit s'y perdaient. Pendant ce temps, l'Empire était parcouru en tous sens par des hordes de bandits errants, composées de déserteurs, de paysans ruinés et de fugitifs sans patrie. Ils incendiaient fermes et villages, torturaient et assassinaient leurs habitants, dépouillaient les voyageurs, les pendant haut et court sans autre forme de procès. Les famines et les épidémies dépeuplaient peu à peu l'Empire tout entier. La Bavière n'avait pas été épargnée. Par deux fois, les nonnes de Sankt Benedicta avaient dû chercher refuge dans les forêts, par deux fois, le couvent avait partiellement été incendié. Des volées de fuyards et une multitude de malades demandaient chaque année à y être accueillis. Margareta avait surmonté les épreuves de ces années-là en compagnie de Clara, la vision de tant de misère et de détresse réveillant en elle la force de résister, la volonté de survivre. En 1640, elle avait appris que ses parents avaient succombé à la variole, peu de temps l'un après l'autre. Un jour, elle avait rendu visite à Adelheid et à Karl qui vivaient de nouveau à la ferme de Sarlach. Durant leur fuite, huit ans plus tôt, Emiliana et Johanna étaient mortes, et Margareta avait éprouvé de l'amertume en se rappelant combien elle avait dû lutter pour garder la dernière-née en vie, et tout cela pour qu'elle ne dépasse pas l'âge d'un an ! Adelheid et elle n'avaient guère de choses à se dire. Margareta s'était hâtée de quitter la ferme qui réveillait en elle trop de souvenirs douloureux. De plus, l'hébétude de sa sœur lui était devenue insupportable. Quand, peu de temps après, sa chatte Lilli était morte, elle en avait été plus profondément affectée que par la disparition de ses parents. Ce fut justement à cette époque que s'était manifesté timidement en elle le désir de s'intéresser à nouveau au monde. Comme tous les survivants, elle s'était mise à attendre avec impatience la fin de la guerre.

Et la paix était venue, non comme l'œuvre de la raison, mais comme la simple conséquence de ce que nul, en Allemagne, n'était plus en état de combattre plus longtemps. Ferdinand III, le nouvel empereur, fut au nombre de ceux qui mirent un terme à la guerre de Trente Ans par le traité de Westphalie, en 1648, une fois que tout eut été irrémédiablement détruit, incendié et exterminé dans l'Empire. Certains adultes n'avaient rien connu d'autre que la guerre depuis leur enfance. Elle avait fait perdre sa jeunesse à Margareta, même si cette pensée ne la chagrinait pas un instant. N'ayant jamais été quelqu'un qui se résignait à la réalité, elle ne s'en montrait pas moins de plus en plus prête, l'âge aidant, à considérer son existence avec ouverture d'esprit et compréhension. Elle avait intensément vécu, et c'était peut-être la seule chose qui comptait. Qu'un être vécût pour lui ou avec d'autres, en temps de guerre ou en temps de paix, dans la richesse ou la pauvreté, ne lui semblait plus avoir d'importance, seul comptait d'être capable de ne jamais s'abandonner à l'indifférence. Or elle savait qu'à aucun moment de son existence elle n'avait été indifférente.

Margareta ne fut donc pas étonnée de constater que, maintenant que la guerre était finie, elle se préoccupait à nouveau de son avenir, en dépit des dévastations qui l'entouraient. Peut-être le fit-elle précisément en cette journée où elle marchait seule à travers champs parce que, dans l'air froid de février, elle pressentait le retour du printemps. Elle s'arrêta au sommet d'une colline d'où elle n'apercevait déjà plus les murailles du couvent. Comme il était étrange qu'elle revînt constamment ici, sur ce pré où avait débuté sa vie aventureuse, lors de sa rencontre avec Richard von Tscharnini. Jamais pourtant le souvenir de cet instant ne s'était emparé d'elle avec autant de force qu'aujourd'hui. Elle se tenait auprès du pommier dénudé sous lequel les trois jeunes filles étaient couchées dans l'herbe, somnolentes, en ce lointain après-midi si fertile en événements. Margareta crut un instant sentir sur sa langue la douce saveur des pommes et, dans ses membres, l'insouciante lassitude d'une chaude journée d'août. En toute hâte, elle descendit jusqu'au ruisseau à travers la neige épaisse. Une mince couche de glace le recouvrait, mais, quand elle eut touché du pied avec précaution la surface cristalline, cette dernière eut comme un crissement, puis tressauta au-dessus de l'eau étincelante. Margareta inspecta les lieux. Ce devait être l'endroit où, pieds nus, elles avaient franchi le ruisseau en marchant sur les galets. Elle revit Clara qui, assise en pleurs dans l'eau, offrait un spectacle si pitoyable et, derrière elle, Angela, redressée de toute sa taille, rejetant en arrière ses cheveux roux et frisés, qui riait, riait… Margareta l'avait encore dans l'oreille, ce rire incroyablement effronté ! Et ce merveilleux visage ! Elle se revit elle-même, la toute jeune Margareta debout, les yeux fermés, dans l'étroit lit du ruisseau, faisant le vœu que son existence pût toujours être aussi belle qu'en cette journée.

Elle sourit à ce souvenir, puis reprit conscience de la neige et de l'eau gelée. Bien sûr, son vœu n'avait pas été exaucé, mais elle ne croyait plus, aujourd'hui, que rien de ce qui lui était depuis advenu n'ait eu aucun sens.

Sur le chemin du retour au couvent, elle eut soudain très clairement à l'esprit ce qu'elle allait faire en premier. Tandis que les souvenirs de cette journée d'août s'effaçaient, d'autres s'imposaient à elle : un paysage de collines et de forêts à l'est, le pays de Maurice. Un vieux château gris aux fenêtres largement ouvertes, la ville sur les rives de la Vltava, les visages d'êtres qu'elle avait aimés et quittés. Elle voulait revenir à eux, à Luzia, à Sophia et à Richard. Elle voulait revenir en Bohême et à Belefring. Quand le printemps serait revenu et que la neige fondrait, elle pourrait se mettre en route.

Margareta entreprit de préparer son voyage. Il lui fallut pourtant patienter tant l'hiver s'entêtait à ne pas prendre congé. Mais un jour de mars, au petit matin, devant la porte du couvent, elle fit en compagnie de Clara ses adieux à un voyageur qui avait fait une halte à Sankt Benedicta. En mettant le pied dehors, elle sentit que l'air glacial avait laissé la place à un chaud vent d'ouest soufflant en tempête. Sous ses pas, la neige fondait et le ruisseau emportait à grand bruit l'eau de fonte vers la vallée.

— Écoute un peu, dit Clara, maintenant le printemps est vraiment là.

Levant sa lanterne, elle éclaira le toit du couvent le long duquel de la neige molle glissait. Les nuages se déchirèrent et des étoiles se montrèrent en divers endroits du ciel.

— Tu vas donc bientôt me quitter, remarqua Clara avec mélancolie.

Margareta se tourna vers la petite silhouette ronde dans sa robe noire de nonne.

— Tu m'as été d'une telle aide, dit-elle à voix basse, sois absolument certaine que je reviendrai constamment. Pour te voir et revoir Sankt Benedicta. Mais…

— Je te comprends. Ta place est à Belefring. La Bohême est devenue ton pays. Au moins, pour ton second départ d'ici, ce qui est en jeu n'est pas une aventure scabreuse. Quand je songe à tout ce que cet homme t'a valu comme…

— Oui mais, sans lui, il n'y aurait pas eu non plus de Maurice pour moi. Lui aussi, c'est à Richard von Tscharnini que je le dois.

Margareta sourit et, de la main, rejeta en arrière ses cheveux que le vent lui poussait dans la figure.

— Tu verras, Clara, ajouta-t-elle, à la fin des fins, tant qu'il me restera un souffle de vie, j'aurai encore pour ce beau sacripant une pensée amicale.

Table

Du même auteur :

La Belle Hélène, Archipel, 2012.
L'Enfant de personne, Presses de la Cité, 2011.
La Dernière Trace, Presses de la Cité, 2010.
Le Soupirant, Presses de la Cité, 2009.
Le Poids du passé, Presses de la Cité, 2008.
L'Invité de la dernière heure, Presses de la Cité, 2007.
Illusions mortelles, Presses de la Cité, 2006.
Le Sceau du secret, Presses de la Cité, 2005.
Les Roses de Guernesey (2 tomes), Presses de la Cité, 2004.
La Maison des sœurs, Presses de la Cité, 2003.
Le Temps des orages (3 tomes), Lattès, 2002 à 2003.

Composition réalisée par Datagrafix

Achevé d'imprimer en février 2012 en France par
CPI BRODARD ET TAUPIN
La Flèche (Sarthe)
N° d'impression : 67781
Dépôt légal 1re publication : mars 2012
LIBRAIRIE GÉNÉRALE FRANÇAISE
31, rue de Fleurus – 75278 Paris Cedex 06

31/6038/9